NARRATORI CORBACCIO

Keith Stuart

GIORNI MERAVIGLIOSI

Romanzo

Traduzione di Chiara Brovelli

CORBACCIO

Titolo originale: *Days of Wonder*
Traduzione dall'originale inglese
di *Chiara Brovelli*

Per essere informato sulle novità
del Gruppo editoriale Mauri Spagnol visita:
www.illibraio.it
Il sito di chi ama i libri

Casa Editrice Corbaccio è un marchio di Garzanti S.r.l.
Gruppo editoriale Mauri Spagnol

www.corbaccio.it

ISBN 978-88-6700-479-9

A mamma, papà,
Catherine e Nina

Tom

La magia esiste. È quello che ho sempre creduto. Non parlo di conigli che vengono estratti da cilindri, o di persone che vengono segate a metà (e poi rimesse insieme: perché in caso contrario non è magia, ma omicidio). Non mi riferisco nemmeno alla magia delle favole, con principesse, streghe, ranocchi che si trasformano in giovani affascinanti, anche se nella nostra storia hanno un ruolo importante. Quello che voglio dire è che le cose incredibili sono possibili, e che possono diventare reali attraverso la volontà, il nostro sforzo e l'amore. Fu così che cominciò, per noi. Così riuscimmo a superare tutto.

Probabilmente dovrei partire dalla diagnosi di Hannah... ma no, non siamo ancora a quel punto. Questa è una storia di magia, perciò prenderà le mosse da qualcosa di magico. In un certo senso. Oh, fidatevi di me: tra poco, tutto avrà un senso. Partiamo dal quinto compleanno di Hannah, che cadeva due settimane dopo la diagnosi. Perché è così che va la vita, ogni tanto: stai organizzando una festa grandiosa, e all'improvviso – *bam!* – ti piomba addosso una notizia scioccante. Naturalmente a lei non spiegai proprio tutto, come avrei potuto? Ma capiva già molte cose, molte più di me, al punto che le bastò guardare nei miei occhi per cogliere l'essenza di quello che mi avevano detto i dottori, e di quello che ci saremmo dovuti aspettare. Eravamo alla fermata dell'autobus fuori dall'ospedale, il sole freddo si rifletteva sulla tettoia di Plexiglas tutta graffiata. Mi ero sforzato di deglutire, ma era come avere una palla da bowling in gola. Lei aveva alzato gli occhi.

«Va tutto bene», mi aveva detto. «È tutto a posto.»

E mi aveva offerto la sua manina stretta a pugno, perché la toccassi con la mia. L'avevo accontentata.

Comunque.

Comunque.

Dov'ero rimasto?

Sì, mi ero detto. Devo organizzare qualcosa di speciale per il suo compleanno... qualcosa che ci porti fuori da questo posto. Le avevo chiesto che cosa le sarebbe piaciuto, e lei aveva alzato le spalle: «Voglio solo giocare a Lego con il mio amico Jay». Questo è semplice, mi ero detto.

«E vorrei delle fate», aveva aggiunto dopo. «Posso avere delle fate vere?»

Aveva questo libro che amava, una raccolta di racconti che nella famiglia di mia madre era passato di generazione in generazione. Era incredibilmente antico, quindi non aveva nemmeno un briciolo della delicatezza ossessiva delle traduzioni moderne: i bambini morivano nelle foreste, i nani venivano divorati dalle streghe, i lupi massacravano i boscaioli... cose orribili. Hannah adorava tutto questo. Ma soprattutto amava l'idea delle fate, e non quelle da supermercato, con i loro vestitini sciccosi, le ali rosa scintillanti e la bacchetta magica; no, quelle di una volta. Quelle che portavano guai, che volteggiavano e facevano feste nei boschi e intrappolavano gli esseri umani in valli magiche. Ogni volta che arrivavamo in fondo a una storia, Hannah con un sospiro chiedeva: «Ma le fate esistono realmente, vero?» E io le dicevo che esistevano eccome, ma solo le persone speciali riuscivano a vederle. Era solo una battuta, una piccola routine con cui concludevamo le nostre giornate. Quella sera, però, la sera del suo quinto compleanno, alla sua domanda avevo risposto diversamente: «Guarda fuori da quella finestra, più tardi, magari sarai fortunata». Aveva riso, quasi trovasse sciocco il mio suggerimento, e aveva seppellito la testa nel piumone fino a quando non mi ero alzato per andare. Sapevo che era curiosa, perché lo era sempre stata.

Così le avevo dato un bacio sulla testa, i capelli ricci arruffati e pieni di nodi perché nessuno dei due era molto bravo a pettinarli; poi ero uscito dalla sua camera tirandomi dietro la porta... ma lasciandola aperta di una fessura, quanto bastava per dare una sbirciatina. E naturalmente, quando aveva ritenuto che me ne fossi andato, aveva buttato indietro il piumone e, lentamente, era andata alla finestra...

A questo punto dovrei spiegare che io ero direttore di un teatro, e prima ancora ero stato un attore. A otto anni i miei genitori mi avevano portato a vedere *Dick Whittington*, per Natale, ed ero rimasto folgorato. Li avevo scongiurati di riportarmici la sera seguente, e quella dopo ancora. Da adolescente, mentre i miei amici seguivano Bowie, i Pink Floyd e i Clash, io ero ossessionato dalla RSC*, dal Royal Court e dall'Old Vic. La magia in cui ho sempre creduto era la magia del palcoscenico, erano i miracoli che accadono quando metti un gruppo di attori di fronte a un pubblico. Tenetelo a mente, se volete comprendere quanto segue.

Fuori dalla stanza di Hannah, la notte era completamente nera, o quasi, le stelle nascoste da uno strato di nuvole lontane. Sul retro, la nostra casa si affaccia su un campo, e di giorno ogni tanto vedevamo passare persone a cavallo, che seguivano l'ippovia fino ai boschi. La notte però c'era solo buio, e a chilometri di distanza si vedevano lampeggiare le luci della città.

Hannah adesso era in punta di piedi, alla finestra, il profilo del suo corpicino si stagliava sullo sfondo dell'oscurità al di là dei vetri. D'un tratto la testolina si era girata verso destra. Da dietro la siepe alta che recintava il giardino posteriore del vicino giungeva un curioso bagliore, arancione, caldo, come quello di un falò; ma non si udiva nessun crepitio, solo il suono di una melodia delicata, che quasi si perdeva nel vento sferzante. Poi, all'inizio indistinte ma via via più forti, erano giunte delle voci. Cantavano.

Avevo sentito Hannah prendere un respiro sussultante, e poi si era stropicciata furiosamente gli occhi con le maniche del pigiama, prima di guardare di nuovo fuori. Non si era scostata dalla finestra: era rimasta ferma, come in trance, come se fosse esistita una connessione con quello che stava accadendo fuori. Poi, mentre la musica aumentava di volume, si era destata da quel sogno a occhi aperti.

«Papà!» mi aveva chiamato, gridando. Ma non c'era paura nella sua voce; non c'erano shock, né sorpresa. Solo gioia.

* Royal Shakespeare Company. (*N.d.T.*)

«Papà», aveva detto ancora. «Le vedo! Le vedo!»

«Vedi che cosa?» Ero piombato nella stanza, fingendo di non avere la minima idea di quello che stava accadendo. Mi aveva preso per mano e mi aveva trascinato alla finestra.

«Le fate», aveva detto. «Ci sono le fate... qui fuori!»

E naturalmente, lungo il tratto di ippovia che costeggiava il giardino, c'era una fila di splendide figure che salutavano e sorridevano, passando, avvolte in luminosi abiti bianchi e con delle gigantesche ali che fluttuavano dietro di loro. Alcune reggevano delle lanterne appese a lunghi bastoni, la luce delle candele che tremolava per il movimento; altre erano avvolte in scialli di lucine bianche. Hannah aveva guardato la scena, all'inizio quasi ipnotizzata; poi si era messa a battere le dita sulla finestra, e a salutare, felice. Quando una di quelle figure si era fermata, si era appoggiata al cancello del giardino e aveva mandato un bacio verso la finestra, lei aveva sussultato. Per la prima volta da due settimane l'avevo vista dimenticarsi di quello che le stava accadendo. Anche se solo per un istante, quel bacio aveva spazzato via le tenebre dei giorni precedenti. Le figure danzavano e cantavano, la luce delle lanterne formava un alone tutt'intorno. A poco a poco, quando il corteo era passato oltre, la musica si era affievolita e il bagliore si era disperso. Era tornato il buio, ma non era più profondo e nero com'era sembrato poco prima. Quelle fate si erano lasciate dietro qualcosa, che sarebbe rimasto per sempre.

Vi svelerò un piccolo segreto. Tecnicamente, non erano fate. E, ascoltando attentamente, avreste riconosciuto la melodia, che non era una ninnananna incantata o una ballata mistica... ma *2 Become 1* delle Spice Girls, sparata da uno stereo portatile. Il fatto è che, quando dirigi un teatro, tra i fringe benefit c'è anche il fatto di avere a disposizione ventiquattr'ore su ventiquattro un gruppo di attori dilettanti entusiasti, pronti ad accogliere una richiesta del tipo «Verreste a danzare fuori da casa nostra, domenica sera, con indosso delle tute fosforescenti?» Abbiamo anche un magazzino di attrezzature sceniche ragionevolmente fornito, quindi procurarci delle lanterne vittoriane con così scarso preavviso non era un grosso problema, come lo sarebbe stato se ci fossimo dovuti affidare a Homebase.

Comunque, avevo trovato questo sciocco sistema per illuminare l'oscurità, e aveva funzionato. Alla fine, Hannah era balzata via dalla finestra ed era corsa verso le scale, determinata a vedere lo spettacolo da vicino. Quando era arrivata alla porta sul retro, però, le fate se n'erano già andate (come avevamo stabilito): se l'erano svignata lungo il viottolo che si trovava qualche abitazione più giù. Ancora non so se avesse creduto di aver visto delle vere fate, o se sapesse che era stata una messa in scena; quando l'avevo raggiunta, però, era ferma sulla porta aperta, con la brezza che le faceva volare i capelli intorno alle spalle. Aveva alzato gli occhi verso di me, e poi mi aveva afferrato la mano.

«Ancora», mi aveva detto. «Ancora.»

Suppongo che a quel punto fosse evidente che Hannah avrebbe avuto un debole per l'escapismo, per lo stupore che il teatro sa regalare: era nei suoi geni, in fondo. Quanto a me, avevo trovato un sistema, per quanto rozzo e momentaneo, per aiutarla a far fronte a tutto ciò che era successo, e che ancora doveva venire. Sapevo che la finzione avrebbe avuto un ruolo importante.

Così, ogni anno le avevo organizzato qualcosa del genere per il suo compleanno. Un piccolo spettacolo, una sorpresina. Era diventato una sorta di rituale per scacciare la realtà degli esami clinici e delle valutazioni che ci piombavano addosso ogni autunno.

Gli anni erano passati, più rapidamente di quanto avrei mai immaginato, e a tredici anni aveva deciso di voler passare il giorno del suo compleanno con le sue amiche. Una passeggiata in città, pizza, film. Prima o poi doveva accadere. Tutta la finzione del mondo non sarebbe riuscita a fermare il tempo.

Mancavano tre mesi al suo sedicesimo compleanno, quando cominciai a chiedermi se non fosse giunto il momento di organizzare un altro spettacolo per lei. Mi sembrava importante... come se una piccola parte del suo futuro dipendesse da questo. Avevo l'onnipresente sensazione che qualcosa di terribile stesse per accadere: dovevamo essere preparati, e questo era l'unico modo. Credevo fermamente nella magia del teatro. L'ho già detto, forse?

ESTATE 2005

Hannah

Non morire sul palcoscenico. Non pensarci nemmeno. Dico sul serio, cazzo.

È il dirompente discorsetto di incoraggiamento che vaga per la mia testa quando esco sotto i riflettori accecanti del teatro per la prima volta; la vera prima volta. Da attrice.

Ovvio, ci sono già salita un sacco di volte. Quando tuo padre è direttore di un teatro cresci letteralmente sul palcoscenico... il che sembra oltremodo glamour, finché non ti rendi conto che quel palco in particolare si trova in una piccola città di mercato del Somerset, e non, che so io, a New York. Inoltre, sto facendo il mio debutto con il gruppo di recitazione locale, e non con la RSC e, visto che sono in vena di sincerità, dovrei aggiungere che non stiamo mettendo in scena *Amleto*, né *Casa di bambola*, né nient'altro che abbia finto di leggere per gli esami. È una «farsa oscena» scritta negli Anni Settanta da un tizio mai sentito nominare: papà la chiama *Il cazzone sessista incallito*, ma non è il vero titolo. Comunque, questo genere di opera piace ancora al pubblico, quindi continuiamo a riproporlo. Se non altro Sally, il nostro direttore creativo, ha adattato il testo all'epoca moderna, il che significa che ha eliminato le battute razziste. Quelle sessiste sono rimaste, però, perché a quanto pare vanno bene se le pronunciamo con ironia. Ho imparato molte cose su ciò che gli adulti considerano accettabile, da quando mi sono unita al club, l'anno scorso. Non esco molto, quindi le mie lezioni di vita le apprendo dove posso.

Quando entro in scena, la storia è già nel vivo. L'ambiente è il soggiorno di una casa di periferia, degli Anni Settanta, completo di divano verde lime, tappeto a pelo lungo e tavolino di bambù. Ted sta offrendo una performance brillante nel ruolo del protagonista, un ragioniere nevrotico e agitato vicino alla pensione, che deve fare i conti con una vita domestica moribonda. Sally è stata geniale nello scegliere il cast, poiché Ted nella vita reale è davvero un ragioniere nevrotico e agitato vicino alla pensione, che deve fare i conti con una vita domestica moribonda. Natasha interpreta la moglie, anche se dovrebbe avere vent'anni di più ed è cento volte troppo fica per essere sposata con lui. Lavorava come PR per una galleria d'arte londinese, ma lei e il marito decisero di fuggire dalla vita frenetica della capitale quando nacque la loro primogenita, Ashley. Ha aperto una «micro agenzia» per gallerie e artisti nel West Country, ma adesso è in maternità, dopo la seconda gravidanza, e sta rischiando di impazzire. Mi ha confidato che vivere nel Somerset è come essere bloccati a un crocevia tra *Groundhog Day* e *Deliverance*. Ho cercato *Deliverance* con Google, e non credo che il suo commento fosse lusinghiero. Dora, la nostra costumista, le ha scovato una parrucca grigia in un negozio che noleggia costumi, e Margaret – che a ottantun anni è il membro più anziano del club – ha detto che la fa sembrare una sgualdrina francese. Margaret è la persona più rude e cinica che abbia mai conosciuto, ed è anche una delle mie più care amiche. L'ho già detto che non esco molto? Comunque, ho dovuto cercare anche «sgualdrina», con Google, e adesso è la mia parola preferita.

Quindi, la scena in cui mi accingo a entrare è questa: una coppia nevrotica di mezza età, nell'Inghilterra degli Anni Settanta, sta per dare una cena in onore dei nuovi vicini, che sembrano estremamente snob e per bene. Ma all'improvviso rientra la figlia adolescente dei padroni di casa, che si è ubriacata a una festa – questa sono io – e loro devono nasconderla nell'armadio nel sottoscala. Indosso un vestito sgargiante fatto interamente di poliestere e di elettricità statica e, mentre sto tentando di appiattire la gonna, Sally mi fa cenno dalle quinte, piccole e buie. Tra poco devo entrare.

Prendo una serie di respiri profondi.

Sento il cuore che mi martella nel petto, e non voglio pensarci adesso. Ecco, l'effetto sonoro del campanello, e poi entro, passo attraverso le tende nere a lato del palco ed eccomi nell'auditorium, davanti a file di persone che hanno pagato soldi veri perché noi le intrattenessimo.

Oh merda, ci siamo.

La prima cosa che noto è che nell'aria c'è questo strano crepitio, una sorta di alta tensione che tutto avvolge, e che sembra farmi solleticare ovunque: potrebbe essere l'anticipazione della folla, o l'elettricità generata da questo vestito a rischio di incendio. Cerco di non pensarci e di concentrarmi invece su quello che sto facendo: ridacchio e alzo le spalle, come se volessi scusarmi, quando i miei genitori mi chiedono che diamine ho che non va. Poi, barcollando, supero Natasha, con la parrucca grigia che è scivolata sull'occhio destro con un'elegante inclinazione. E faccio un capitombolo, finendo sul vassoio portavivande. Dal pubblico giunge qualche risata, il che è un sollievo dal momento che personalmente ho zero esperienza con l'alcol. A teatro stiamo studiando Konstantin Stanislavskij, che diceva che la recitazione migliore viene dalla «memoria emotiva» dell'attore: in sostanza, devi attingere alle tue esperienze. L'unico ricordo emotivo che ho in questo senso, però, è l'aver visto mio padre cadere dalla panca di un pub, in occasione del party per il suo trentasettesimo compleanno, spaccandosi la testa. Quindi ho guardato un sacco di episodi di *Hollyoaks*, e ho anche digitato «adolescenti ubriache» in un motore di ricerca di immagini. Un errore che non ripeterò.

Così, adesso sono in scena, collassata su quell'orribile mobile. Ted e Natasha mi stanno bagnando il viso con l'acqua contenuta in un vaso, nel tentativo di farmi passare la sbornia, e il pubblico ride. È divertente, sta andando davvero bene.

Poi, con la coda dell'occhio, vedo papà, o Tom, come lo conoscono tutti gli altri: mi sta guardando dal lato del palco. Indossa il solito outfit, jeans neri, camicia, cravatta e blazer. Ha i capelli divisi a ciocche, e il gel brilla sotto le luci. Le mie amiche Jenna e Daisy dicono che sembra una popstar un po' in là con gli anni, belloccio ma con la tendenza a ingrassare, qualche capelli grigio qua e là. Bello o no, non ci somigliamo molto io e lui. A giudicare dalle foto, ho preso da mamma: magrolina, normale, d'aspetto OK, occhi grigi, zigomi ultrasporgenti che sembrano gonfi se esagero con il blush. Oh, capelli ricci assurdi, che per Jenna sono il risultato di «un'esplosione in una fabbrica di cavatappi». (Tornano molto utili, quando devi interpretare una persona ubriaca.) Comunque, la sua espressione è quel miscuglio familiare di incoraggiamento e orgoglio folle a cui ho imparato ad abituarmi. Questa è un'altra cosa che dicono le mie amiche, di lui: non è come gli altri padri, perché ha sempre l'aria felice, non è ossessionato dallo sport e le ascolta veramente, quando parlano. È un papà *coinvolto*. Pare che siano cose rare, da parte dei padri, il che mi sembra alquanto triste.

Mi porta qui da quando ero una bimbetta ai primi passi, da quando divenne direttore. Mi metteva sul palco, e interpretava delle storie per me. In pratica mi insegnò a leggere sedendosi quassù con me, con un solo riflettore puntato su di noi: sfogliavamo libri di fiabe (da cui ero e sono ossessionata) oltre al programma standard dei teatranti: *The Swish of the Curtain*, *Ballet Shoes*, *The Town in Bloom*. I giorni più belli della mia vita. Mi veniva a prendere a scuola e mi portava subito in teatro, e, mentre lavorava con qualche compagnia in tour progettandone lo spettacolo, io camminavo baldanzosa per il palco, oppure correvo lungo i corridoi tra le sedie, urlando e cantando. Poi, per il mio compleanno, cominciammo a mettere in piedi questi piccoli drammi che recitavamo con il gruppo di teatro, per le nostre famiglie e per gli amici. Divenne una sorta di tradizione. Significava moltissimo per me, quando ero più giovane. Sembra passato così tanto tempo, adesso.

Naturalmente desideravo disperatamente prendere parte a uno spettacolo vero, ma lui cercava sempre di dissuadermi. «Non possiamo permettere che la gente creda che ci sia nepotismo, nell'arte», diceva. «La critica ci farà a pezzi, ci sbranerà come un branco di cani feroci.» Dubito seriamente che la critica del giornale locale sarebbe capace di fare a pezzi qualcosa, tanto meno una persona, dal momento che è una signora di ottant'anni suonati che ha un debole per Noël Coward. Ma papà era irremovibile. L'anno scorso non volle assegnarmi il ruolo di Cecily in *L'importanza di chiamarsi Ernesto*, perché a parer suo c'erano delle scene pericolose... cioè, vi rendete conto? Che sciocchezze.

Quando hanno scelto quest'opera in particolare, che tra i personaggi aveva una ragazzina di quindici anni, in pratica ho supplicato Sally di dare la parte a me. Mi ha detto che per lei andava bene, ma che avrei dovuto chiederlo a mio padre, per «motivi di salute». In tutta onestà, pensavo di non avere speranze. So che si comporta così perché si preoccupa per me, e non perché pensi che farò schifo, e che getterò vergogna e discredito sul suo impero teatrale. Idealmente, vorrebbe potermi chiudere in una stanzetta, e non farmi mai uscire. No, un momento; così la faccio sembrare una cosa inquietante. Idealmente, vorrebbe potermi chiudere in una bolla e... oh, Dio, un'idea ve la siete fatta. E non è che io abbia chissà quali ambizioni di diventare una grande star del cinema. Di ambizioni non ne ho proprio; decisamente, non fanno per me.

Dopo uno sketch su un soufflé che non si è gonfiato (che in qualche modo sfocia in una battuta davvero volgare sulle suocere), Margaret fa un cameo come vicina ficcanaso, presentandosi sulla porta in camicia da notte, con la chioma grigia ribelle attorcigliata attorno ai bigodini. Di solito la tinge di colori sgargianti, e l'anno scorso se la fece fare arcobaleno in onore del Gay Pride di Londra, dove chissà come riuscì a farsi fotografare con Sir Ian McKellen. Nello spettacolo, viene a lamentarsi del chiasso e minaccia di chiamare la polizia, fino a quando Ted non le dà una bottiglia di sherry. Alla prova costumi ne hanno usata una vera, ma all'intervallo se l'era già scolata. Questa volta hanno riempito la bottiglia con del tè freddo... con evidente dolore da parte sua.

Dopo, il personaggio interpretato da Ted prova a nascondermi dai vicini trascinandomi dentro l'armadio nel sottoscala, in fondo al palco. Questo non è un mobile scadente sub-Ikea; è stato appositamente costruito da Kamil, il responsabile attrezzature sceniche, che insegna falegnameria al college locale e prende il teatro molto sul serio. Ci ha lavorato per settimane, e poi tutto orgoglioso ci ha mostrato un'autentica sala di legno completa di armadio con delle rotelle incorporate, così da poter essere spostata facilmente. È talmente robusta che la si potrebbe scaraventare giù da una scogliera, e arriverebbe in fondo ancora tutta intera. Il che probabilmente è più di quanto si possa dire per la persona chiusa dentro.

Scusate, ogni tanto tendo a diventare cupa. Soprattutto quando vengo trascinata da una parte all'altra del palcoscenico. È strano essere maltrattata davanti a una sala piena di persone che ridono, ma Ted è un professionista, ed è anche estremamente attento a non afferrarmi in punti per cui potrebbe rischiare l'arresto.

«Come stai?» mi sussurra, mentre mi spinge nel sottoscala. Il viso grigio lievemente smunto è una maschera di preoccupazione, e gli scivolano gli occhiali lungo il naso. Annuisco in modo impercettibile. Sembra rassicurato, e cerca di chiudere la porta sbattendola, ma ho ancora il braccio fuori. Ahia, grazie Ted! Me lo afferra e lo spinge dentro, quindi chiude con tanta forza da far tremare tutta la scala, suscitando l'ilarità generale.

Adesso devo starmene seduta qui per venti minuti, il che non è molto bello perché è buio, lo spazio è poco e non c'è aria... una cazzo di combinazione per una persona con i miei problemi di salute. E inoltre muoio di caldo. Prima Margaret si lamentava dicendo che stava congelando, ed è corsa nella sala della caldaia per provare a far partire il riscaldamento. Forse l'ha alzato così tanto che rischiamo di sciogliercі e deformarci. Forse è per questo che sono un bagno di sudore. Cerco di ignorare il battito cardiaco sempre più veloce. Respiri profondi. Respiri profondi. Questo è il teatro, e lo spettacolo deve andare avanti, anche quando sei chiusa in un forno. Per fortuna Kamil ha praticato un piccolo foro nella porta con il trapano, così posso vedere che cosa sta succedendo. Vedo un'altra coppia di attori del gruppo, Rachel e Shaun, che fanno il loro ingresso in scena: sono i vicini, abbigliati con ridicole approssimazioni – acquistate da Oxfam – di quelli che dovrebbero essere indumenti casual dell'alta borghesia degli Anni Settanta. Ma non è l'unica cosa che noto. Intorno all'ingresso sul palco c'è una larga pozza d'acqua. Rivoli sottili serpeggiano lungo il muro, nella mia direzione. Per un attimo mi chiedo se non sia un effetto speciale dell'ultimo minuto, che papà ha introdotto senza avvisarmi... ma poi vedo Shaun guardare nervosamente la chiazza, e dare una gomitata nel fianco a Rachel. Qualcosa non va. L'acqua scorre in viticci verso la parte principale del palco... siamo in pericolo? Con tutte queste luci, tutti questi cavi... Oddio, sembra la scena d'apertura di un episodio di *Casualty*. L'intero cast sta per essere fulminato.

Intanto, la trama va avanti: viene fuori che i vicini pensano di essere stati invitati a un party di scambisti, anziché a una cena raffinata. Non appena Ted e Natasha escono di scena per «andare a prendere le crudité», Rachel e Shaun decidono che si tratta di un messaggio in codice, e cominciano a spogliarsi. Inevitabilmente arriva il vicario, interpretato da James, ventisette anni, in formissima, l'ateo più devoto che abbia mai conosciuto. Vede la coppia seminuda e sviene sul divano. Natasha si mette a gridare: «Vado a prenderle qualcosa di forte, non è come sembra», e poi apre l'armadio e io cado fuori finendo lunga distesa, con una sonora imprecazione. Accade tutto così rapidamente che non c'è modo di comunicare in modo sottile a qualcuno che stiamo andando sott'acqua. Il vicario prova a darmi una mano ad alzarmi, ma cado sopra di lui (questa è la parte che preferisco dell'intera farsa), e finiamo a terra, gambe e braccia intrecciate irrimediabilmente. «Mi sa che stiamo finendo sott'acqua», cerco di dire sottovoce a James, ma Natasha mi tira su per un braccio, rischiando di lussarmi la spalla, e James infila la porta ed esce.

Il gran finale vede i miei genitori che mi rincorrono attorno al tavolo, mentre i vicini imbarazzatissimi si rivestono. Finalmente riescono a prendermi e mi scaraventano su una sedia, quando arrivano due poliziotti che hanno risposto a una chiamata riguardo a una possibile orgia o a un omicidio in famiglia. Io svengo, e finisco di faccia in una pavlova alle fragole. Il finto dessert, generosamente composto per la riuscita della scena, mi riempie narici e occhi, e sotto i riflettori la panna è diventata rancida.

Lo spettacolo termina qui. Seguono alcuni istanti di tensione, quando si abbassano le luci, ma subito dopo parte un applauso fragoroso. Con un balzo mi porto sul proscenio, afferro le mani di Ted e Natasha e le faccio oscillare in modo stravagante. Per una manciata di secondi mi sento davvero parte di questa piccola squadra bizzarra. Più tardi, al pub, gli attori ripeteranno le battute, rivivranno le reazioni del pubblico, come sempre dopo uno spettacolo, che sia riuscito bene – come questo – o no – come il tentativo poco avveduto di rappresentare l'*Equus* a una fiera locale di cavalli e pony.

Guardo in mezzo alla folla, sperando di scorgere Jenna e Daisy, o magari la mia insegnante di teatro. Ma dal palco le facce si somigliano tutte, ed è difficile distinguere qualcuno dietro le mani che applaudono. Ted mi sta abbracciando, e così pure Natasha, e mi danno pacche sulla schiena, e poi Natasha mi viene molto vicina e mi dice qualcosa, e io devo chinarmi verso di lei per sentire. «Mi senti, Hannah? Sei ancora con noi?» Vorrei risponderle «Sì, sto benissimo, sono una STELLA». Ma poi mi accorgo che non sento più le gambe, e che una nebbia nera e turbinante si è radunata attorno ai margini del mio campo visivo. Indietreggio un pochino, barcollando.

Da lontano sento arrivare una mano che si posa sul mio braccio, e poi un'altra sulla schiena, ma ho la sensazione che mi trapassino, lasciandomi cadere. Il mondo è un carosello confuso di sagome sfocate. D'un tratto mi preoccupo che il pubblico veda quello che sta succedendo. Oddio, è così umiliante. Ho le allucinazioni: mio padre in piedi accanto alla mia tomba, che pronuncia il mio elogio funebre. «È morta così com'era vissuta... come Tommy Cooper.» Adesso ho la *certezza* che qualcosa non vada, decisamente, perché questa cosa è assurda, cazzo.

Finalmente riesco a dire: «Oh, tipico, dannazione». Perché non è la prima volta che mi succede. Proprio no.

Le luci dei riflettori sembrano stelle, sopra la mia testa. Nuotano nell'oscurità. Poi, il nulla.

Benvenuti nel mio mondo.

Tom

A quattro anni, Hannah aveva cominciato a lamentarsi, era sempre stanca. E non solo la sera, o dopo l'asilo: tutto il giorno. Non saltava più dappertutto con le sue amichette, era pallida. Pensavo avesse contratto qualche virus, che soffrisse di dolori della crescita o roba simile. Avevo preso un appuntamento con il medico di famiglia, aspettandomi di sentirmi dire quello che i dottori dicono sempre ai genitori: di tenere d'occhio la bambina, e di non preoccuparmi. Il nostro medico apparteneva decisamente alla vecchia scuola: semicalvo, alto e burbero, accogliente come un boia medievale. Entravi nel suo studio con cautela, e lui si appoggiava allo schienale, con le braccia incrociate e uno sguardo di rimprovero inciso sul viso rugoso, che voleva dire: «Coraggio, sentiamo, mi convinca che non è un altro ipocondriaco venuto a riempirmi di fesserie». Gli elencavi i tuoi sintomi, e lui scuoteva la testa come se avessi immaginato tutto quanto, e poi ti diceva che si poteva sopravvivere, e te ne andavi umiliato. Mi aveva liquidato così quando ero stato da lui, a trentun anni, con un dolore lombare lancinante che mi aveva impedito di stare diritto per tre giorni. E anche quando Hannah aveva tre anni, e io faticavo ad affrontare il ruolo di genitore rimasto improvvisamente solo. Aveva scosso la testa, aveva pronunciato qualche parola schietta di rimprovero, e poi era tornato bruscamente al computer, segno inequivocabile che dovevi uscire dalla stanza.

Così, quando gli avevo portato Hannah e gli avevo elencato i sintomi, mi aspettavo di essere liquidato in quattro e quattr'otto, ed ero stato quasi sul punto di non perdere nemmeno tempo a mettermi seduto; ma lui, dopo avermi guardato in cagnesco per diversi secondi, aveva fatto una cosa che non mi aspettavo. Aveva messo Hannah su una sedia, aveva preso lo stetoscopio e le aveva auscultato il torace. Si era preso un lungo momento, picchiettandole il dorso apparentemente a caso. «È freddo!» si era lamentata lei, cercando di sottrarsi a quel tocco. Lui non aveva detto niente.

Alla fine, si era appoggiato allo schienale, si era tolto lo stetoscopio dalle orecchie e si era voltato verso il computer. Eccoci, avevo pensato. Mi stavo già alzando in piedi, pronto ad affrettarmi alla porta.

«Vi indirizzo all'unità di cardiologia del North Somerset Hospital», aveva detto. Io mi ero bloccato e mi ero seduto di nuovo sulla sedia vicino a quella di Hannah, che muovendosi lateralmente era venuta a mettersi sulle mie ginocchia.

«Perché? Che cosa c'è che non va?» avevo chiesto.

«Ci sono precedenti di malattie cardiache, in famiglia?»

L'orologio da parete ticchettava rumorosamente; sentivo l'odore del caffè istantaneo, che si levava al di sopra di quello onnipresente di disinfettante. Non avevo compreso del tutto quello che mi stava chiedendo.

«Non credo. Non so. Perché?»

Aveva cominciato a battere sulla tastiera.

«La bambina ha un soffio al cuore. Di solito non è niente di preoccupante, ma voglio un controllo. Tanto per.»

«Tanto per cosa?»

D'un tratto annoiata, Hannah stava tentando di scendere dalle mie gambe.

«Be', come stavo dicendo, probabilmente non è niente. Non vorrei azzardare una diagnosi a questo stadio. Dovrebbe ricevere una lettera per un appuntamento entro quindici giorni.»

Avevo lasciato libera la bambina, che era corsa alla porta, le dita sottili che tiravano la maniglia. Quindi mi ero alzato dalla sedia lentamente, troppo confuso e intimidito per domandare ulteriori informazioni. Mentre raggiungevo mia figlia, avevo sentito il dottore voltarsi verso di noi. Mi ero girato, ora preoccupato.

«Arrivederci, signor Rose», aveva detto. Nient'altro.

Ma la sua espressione, il suono della sua voce: erano quanto di più vicino a una manifestazione di compassione. Non mi aveva mai nemmeno salutato, prima di quel giorno.

Quando eravamo usciti, la manina di Hannah nella mia, mi ero sentito schiacciato da un peso tremendo, quasi fossi stato avvolto improvvisamente da un pesante mantello nero.

Mi ci erano voluti alcuni secondi per realizzare che era terrore.

Tutto questo si riaffacciò alla mia mente quando mi inginocchiai accanto a Hannah, sul palco, e gli altri si radunarono tutt'intorno mentre mi avvicinavo per controllare la respirazione. È tutto OK, stavo pensando, era già successo altre volte, era solo una seccatura con cui dovevamo convivere, come il clima inglese o le corse di auto e moto in TV. A preoccuparmi era soprattutto la necessità di trovare qualcosa di divertente da dire quando lei fosse rinvenuta. Qualcosa riguardo ai cadaveri in scena? Non lo so. La cosa importante era il fatto di scherzarci su. Non sarebbe stato spaventoso. Sarebbe stato OK.

Da qualche parte si levò la voce di Ted, che urlando rassicurava il pubblico dicendo che era colpa dell'eccitazione e del calore dei riflettori. Chiese a tutti di uscire in fila indiana, e li ringraziò di essere venuti.

Quindi sì, quella al Willow Tree Theatre era stata una serata interessante. Perdipiù, tutti gli attori si erano presentati, avevamo avuto un pubblico che in gran parte era rimasto sveglio fino alla fine della performance. Lo scenario da sogno per eccellenza. Il lato negativo: Hannah era svenuta e avevamo avuto un'inondazione biblica. Questo è il mondo dello spettacolo, come dicono.

Con la mente continuavo a tornare ai minuti precedenti. Che cos'era successo? La farsa si era conclusa con successo, il cast intero era uscito sul palco. Ted era rilassato e sorrideva, una volta tanto, mentre faceva segno alla moglie Angela, tra il pubblico. Natasha agitava la ridicola parrucca grigia verso il marito, che aveva portato la loro bambina sebbene avessi espresso l'opinione che forse l'opera non era adatta a una bambina di sette anni. («Ashley è molto matura per la sua età», mi aveva assicurato la madre. «E sa tutto sugli scambisti, grazie a sua nonna.» Non avevo indagato oltre.) Al centro c'era mia figlia, Hannah, che per la prima volta aveva calcato quel piccolo palcoscenico da attrice, e stava assorbendo avidamente tutti gli applausi e i complimenti che poteva. E poi, all'improvviso, non si era più mossa, era sbiancata in volto, l'espressione vuota. Il rumore del pubblico era andato affievolendosi, e mentre osservavo, incapace di muovermi, era finita a terra. Sembrava che fossimo entrati entrambi in una sorta di sogno.

«Ho un po' acqua», disse Shaun, alzando una tazza nella mia direzione. «E, ehm, a proposito...»

Ma io non stavo ascoltando.

«Hannah», dissi. «Andiamo, piccola, basta monopolizzare l'attenzione.»

«Chiamo un'ambulanza?» chiese Natasha, la mano delicatamente posata sulla mia spalla.

«Si riprenderà subito», feci io, piano.

Notai un minimo movimento attorno agli occhi, una semplice contrazione, tuttavia inconfondibile.

«Hannah. Hannah, torna da noi.»

Sally, la mia migliore amica, aveva già assistito a scene simili. Si inginocchiò accanto a me e, tranquilla, le scostò i capelli dal viso.

«Potremmo chiamare un dottore, almeno?» chiese, la voce bassa e rassicurante.

Aspettai alcuni secondi, sperando di vedere qualcos'altro: un sussulto, un movimento del braccio, le dita che afferravano le mie, ma niente.

«Potremmo, sì», dissi.

Sally si stava alzando, e io ero sul punto di spiegarle quello avrebbe dovuto dire ai paramedici, quando una voce nitida, catturata dalla bizzarra acustica del palco, risuonò nell'auditorium.

«Quanto siete drammatici.»

E abbassando lo sguardo vidi che Hannah era sveglia, la testa sollevata appena, gli occhi vitrei che gradatamente mettevano a fuoco l'ambiente circostante, le labbra che si incurvavano in un sorriso sghembo. Provò a tirarsi su a sedere, e le diedi una mano, il suo ridicolo vestito crepitava sfregando contro il mio blazer. Cadde all'indietro, e la sostenni; c'era anche Sally, che le mise una mano dietro la schiena. Dagli altri membri della compagnia si levò un sospiro di sollievo. Shaun, gentile, porse la tazza a Hannah, che l'afferrò e, con un gesto ubriaco del braccio, versò quasi metà del contenuto, anche se poi riuscì a portarsela alle labbra, e a vuotarla, deglutendo rumorosamente.

«Cos'è successo?» chiese.
«Hai perso i sensi», rispose Ted. «Durante l'ovazione.»
Mi guardò, mentre si scostava i riccioli ribelli dagli occhi.
«Oh, merda. Scusa, papà, mi dispiace tanto.»
«Ma di che stai parlando?» le dissi, togliendole dalle mani la tazza vuota. «Il pubblico si è divertito moltissimo! Lo svenimento è stato un tocco da maestro. Torneranno in massa.» Ma sapevo che non stava pensando allo spettacolo. Ogni volta che le succedeva, ovunque fossimo, si scusava. E io le ripetevo di non essere sciocca, e ci lasciavamo tutto alle spalle. Eravamo esperti, ormai. Dopotutto, eravamo gente di teatro. Lo spettacolo deve continuare.
«Devo cambiarmi», disse lei. «Prima che questo vestito esploda.» Si alzò in piedi, e Sally e io con cautela la lasciammo andare, quasi stessimo giocando a Jenga, e dovessimo rimuovere un blocchetto estremamente rischioso.
«Vengo con te», si offrì Sally.
«Non ti sta aspettando Phil?» le chiesi. Parlavo di suo marito, un allegro fanatico del rugby, dalla faccia rubiconda, nonché costruttore molto apprezzato nella zona.
«Oh, be', sai che il teatro non fa per lui.»
«Ma prima era qui, vero? Vi ho visti insieme, dopo la prova costumi.»
Sembrò sul punto di rispondere, ma poi tornò a guardare Hannah.
«Andiamo, ti riporto in camerino.»
Curioso... Sally e io siamo eravamo molto amici da anni, ma lei non parlava quasi mai di Phil, che vedevo raramente. Sapevo che era un tipo all'antica, che aveva voluto che lei smettesse di lavorare dopo la nascita di Jay; forse non vedeva di buon occhio l'amicizia tra uomini e donne. Forse credeva che il gruppo di teatro fosse un turbine di passioni sfrenate. Gli sarebbe bastato partecipare a una riunione, perché quell'idea venisse annientata.

Hannah e Sally percorsero lentamente il corridoio fino alla stanza verde. Gli altri erano ancora lì intorno e mi guardavano, in silenzio, cercando però di non essere così ovvi nel fissarmi. Sentivo la loro paura, la loro incertezza. Sapevo di dover fare qualcosa per dissipare la tensione.

È tutto a posto», dissi alla fine. «Davvero. Si riprenderà. È solo uno dei soliti episodi. Ted, sei stato comico, questa sera, Natasha, gran lavoro con la parrucca, mantienila così. Rachel, la scena con il vicario è stata brillante, brava. Shaun, grandioso come sempre nell'afferrare culi. Oh, e... Non vorrei aggiungere ulteriori drammi alla serata, ma qualcuno di voi ha idea della provenienza di tutta quest'acqua?»

«Ah sì, stavo cercando di dirtelo», rispose Shaun. «La caldaia perde. Be', in effetti più che di una perdita si è trattato di un'esplosione. Sembra che sia scoppiato un tubo. Ho chiuso il rubinetto centrale, ma la stanza sul retro è un lago.» Da ex body-builder, Shaun sapeva rendersi sempre molto utile quando una zona del teatro collassava, o veniva allagata, il che accadeva sempre più di frequente. Con i capelli tagliati cortissimi, i tatuaggi e le maglie di Fred Perry, sembrava il classico tipo che avrebbe preso a cazzotti in un pub gli appassionati di teatro, ma grazie all'intelligenza innata e a un'insegnante d'inglese determinata aveva sviluppato un improbabile interesse per i drammi dell'Inghilterra post bellica. Ancora oggi è l'unica persona che conosca in grado di citare *Ricorda con rabbia,* di Osborne mentre isola un solaio. Quando il fratello aveva messo su un servizio taxi, Shaun lo aveva persuaso a chiamarlo «Godot Cars», pubblicizzandolo con questa frase a effetto: «Che cosa state aspettando?»

«Che idea ti sei fatto?» gli chiesi, cercando di tirarlo in disparte senza dare nell'occhio.

«Difficile a dirsi, non sono un idraulico. Ho aperto le uscite sul retro, quindi l'acqua in buona parte sta defluendo. Ho un amico che può venire a dare un'occhiata, ma non prima di domattina.»

«Per domani sera sarà tutto a posto?»

Shaun alzò le spalle. «Chiedimelo domani.»

Era ora di rimettere tutti in carreggiata. Mi voltai verso il resto del cast. «Andiamo. Dovreste cambiarvi tutti, e andare al pub.»

«Tu non vieni al debriefing?» mi domandò Natasha.

«No, porto Hannah a casa. Sally farà gli onori di casa. Ottima performance; sarà un weekend grandioso.»

Mentre il cast usciva, diretto verso la sala verde, Ted mi diede una pacca delicata sulla schiena. «Noi ci siamo», mi disse, «se hai bisogno.»

In auto, tornando a casa, Hannah sedeva accanto a me in silenzio, lo sguardo fisso sulle strade deserte al di là del finestrino. Si era rimessa i suoi vestiti, e in mano aveva il cellulare. Le accarezzai un ginocchio e, quando si voltò, ci scambiammo un sorriso.

«Sicura di non voler fare un salto in ospedale?» le chiesi. «O da McDonald's? O al pub?»

«Portami a *casa*», rispose. «Voglio solo...» Ma la sua voce morì nella sera.

«Cosa?»

Scosse la testa. Quando si mise i capelli dietro le orecchie, notai che portava gli orecchini a cerchio che le avevo regalato per il suo quattordicesimo compleanno, quelli che avevo comprato in una piccola gioielleria di Bath durante uno dei suoi ricoveri. Alla fine, mi guardò.

«Niente sarà mai normale, vero, papà? Siamo onesti.»

Le luci calde delle dimore vittoriane lottavano contro il buio che sopraggiungeva. Superammo la chiesa, con il cimitero che si estendeva nel campo sul retro della costruzione. Hannah fu percorsa da un brivido.

«Facciamo qualcosa, domattina», proposi. «Andiamo nel Dorset, facciamo colazione in qualche chiosco sgangherato sulla spiaggia, leggiamo giornali e fumetti, e ci facciamo fuori l'equivalente del nostro peso in pesce e patatine.»

Mi sorrise, e io riconobbi perfettamente quell'espressione... comprensiva e indulgente, come potrebbe essere quella di un genitore verso il figlio che ha appena espresso il desiderio di festeggiare il compleanno su Marte. Quindi, riportò lo sguardo sul cellulare e cominciò a scrivere. Ragazzini moderni.

Quando parcheggiammo davanti a casa, il nostro gatto grassoccio era seduto sul muro, e sembrava aspettare il nostro ritorno.

«Malvolio, piccolo bastardo ciccione!» esclamò Hannah, smontando dall'auto. Il micio andò verso di lei, con passo felpato, e notai che quando lo accarezzò, con l'altra mano si tenne in equilibrio appoggiandosi furtivamente al pilastro del cancello.

Avevo rimandato il suo debutto in teatro per anni, ma la verità è che era da sempre una grande attrice.

Hannah

Stamattina, ancora mortificata per essere svenuta in scena durante gli applausi, ho fatto una ricerca con Google: «Grandi disastri in teatro». Ho scoperto che, durante una produzione del *Macbeth* del 1948, l'attrice Diana Wynyard provò la scena del sonnambulismo di Lady Macbeth con gli occhi chiusi, e cadde nella buca d'orchestra facendo un volo di quasi cinque metri. La cosa mi ha consolato un po'.

A proposito, Diana non si fece nulla.

Credo di dovervi dare una spiegazione. La mia condizione medica, che non descriverò nei dettagli perché è sabato, prevede un'eccitante trama secondaria: un'aritmia. Questo significa che ogni tanto il mio cuore salta uno o due battiti; in realtà, ogni tanto ne salta diversi, come il batterista in una band indie che suona da schifo. Quando succede mi sento stordita, e a volte svengo. Non mi accadeva da secoli, quindi è piuttosto seccante che ricapiti mentre sono sul palco. So anche che papà si è spaventato da morire, anche se lui finge che non sia così. Scommetto che adesso è a letto, e sta cercando di studiare il modo migliore per proteggermi; e sono abbastanza sicura che questo significhi che per me *Il cazzone sessista* incallito finisce qui.

E naturalmente, come mi aspettavo, arriva anche la chiacchieratina regista-figlia, alle nove e trentotto del mattino. Sono seduta in cucina a mangiare una spessa fetta di pane tostato, mentre ascolto Regina Spektor. E a un certo punto entra lui, che spegne il lettore CD e prende la sedia di fronte alla mia.

«Hannah», esordisce vivace, battendo sul piano del tavolo con le mani, «stavo pensando...»

«Stavi pensando che questa sera non dovrei recitare», intervengo io, addentando un boccone di pane e fingendomi intenta a leggere degli sms. «Né domani sera. Sai, per non correre rischi.»

«È solo che...»

«Papà, no.»

«... fa molto caldo sul palco, ed è stressante, e tu vieni sbattuta di qua e di là, e chiusa nel sottoscala, e poi c'è quella parte in cui finisci di faccia nella pavlova.»

«Lo so», gli dico, mentre passo in rassegna la sfilza interminabile di messaggi di Jenna, che ha evoluto il suo linguaggio per confondere i genitori. «C'ero anch'io.»

Allunga una mano e, con delicatezza, mi toglie il telefono e lo posa sul tavolo. Detesto quando lo fa.

«La prossima produzione è prevista per l'autunno. Faremo in modo che ti venga assegnato un ruolo favoloso... solo, un po' meno frenetico. Che cosa ne dici?»

Tiro un sospiro, un sospiro pesante, e lo guardo. Un tempo facevo quello che diceva lui, quando mi guardava con quell'aria da papà preoccupato, ma di recente ha cominciato a seccarmi.

«No», dico. «Non ci sto.»

«Mm? Come?»

Non se lo aspettava. Ha una reazione a scoppio ritardato, come nelle commedie.

«Io recito. Mi hai scelta, e io recito.»

«Ma, Hannah...»

«Papà, sono svenuta durante l'inchino finale... tutto qui. Questa sera berrò un bel po' acqua e starò più tranquilla. Ma non puoi togliermi la parte. Non lo capisci? Non lo puoi più fare.»

Sembra mortificato. Non discutiamo spesso, anzi, quasi mai. E poi, voglio dire, quest'uomo ha appena visto sua figlia cadere di faccia davanti a ottantacinque persone... dev'essere stata una bella batosta. E inoltre c'è una cosa che non gli ho detto: ultimamente ho cominciato ad accusare stanchezza. Ho faticato durante le ultime settimane del semestre, ho rischiato di addormentarmi durante le lezioni del pomeriggio, e dovevo pungermi con un compasso per restare sveglia quando avevo due ore di matematica (anche se a dire il vero non sono la sola). Comunque, resto ancorata alla mia idea. Sono troppo incazzata. Devo difendere la mia posizione.

Apriamo entrambi la bocca per dire qualcosa contemporaneamente, quando arriva un altro messaggio. Afferro il telefono, sollevata dalla distrazione. È di Jay, il figlio di Sally, che mi chiede se può passare. Lo conosco da quando avevo quattro anni; abbiamo frequentato la scuola infermieri insieme, e poi tutti gli stage, intrappolati in un'amicizia a cui non potevamo sottrarci. Sally e papà sono amici del cuore e, quando tra i rispettivi genitori c'è un legame del genere, ci si ritrova a frequentarsi volenti o nolenti. Per mia fortuna Jay è un tipo OK: un adolescente grande, grosso e stupido, che saltella in giro come un Labrador. Non siamo più molto vicini, ormai, ma ci vediamo ancora. Lui smanetta sui suoi videogiochi, io leggo fumetti, e siamo perfettamente a nostro agio quando ci ritroviamo a dividerci il divano anche per ore. Di recente però è diventato un po' troppo sensibile, e non so perché. Passa troppo tempo a preoccuparsi del fatto che la gente lo eviti. Cioè, potrebbe decisamente migliorare la propria igiene personale, in certe occasioni, e poi quei capelli grunge ridicolmente lunghi sono fuori moda da almeno dieci anni, ma tutto sommato piace a tutti: piace perché, in questo mondo profondamente cinico, rappresenta un fagotto di energia e di entusiasmo. È anche piuttosto belloccio, suppongo, ma ho delle difficoltà a pensare a lui in tal senso, in parte perché siamo cresciuti insieme, quindi bleah; in parte perché ha questa tendenza a trattarmi un po' come l'eroina malata in un melodramma vittoriano. Letteralmente, non c'è niente di sexy in questo, a meno che non si abbia una sorta di attrazione feticista verso sottogonne e consunzione. Cosa che non mi appartiene.

«Jay pensa di fare un salto qui», dico, strascicando le parole.

«Fantastico!» esclama papà, felice del cambiamento di argomento, mentre già spera nel potere taumaturgico di passare del tempo con dei ragazzi. «Sto andando da Sainsbury's, vi prendo qualcosa di buono!»

Decido di non fargliela passare tanto liscia.

«Sapevi che in una produzione del *Macbeth* del 1948 l'attrice Diana Wynyard cadde nella buca d'orchestra durante la scena del sonnambulismo, e fece un salto di quattro metri e mezzo? La sera dopo era di nuovo in scena. Così, nel caso ti interessasse.»

«La Tragedia scozzese», fa lui.

«Eh?»

«L'hai chiamata *Macbeth*, sai che quel nome non va mai pronunciato...»

«Oh, non rompermi i coglioni.»

Sorride e, mio malgrado, sorrido anch'io.

Opto per un bagno e, mentre sono sdraiata nella vasca e mi sforzo di non badare al battito del mio cuore e di non pensare ossessivamente alla sua frequenza discontinua, sento papà che mi saluta a gran voce dalla soglia di casa, prima di richiudere la porta sbattendola. Trascorro quasi un'ora immersa dall'acqua piena di schiuma e bolle dal profumo intenso, pensando all'estate ormai prossima e a quello che farò. Probabilmente lui insisterà per fare qualche gita in macchina ad hoc, di solito in località che hanno qualche interesse dal punto di vista teatrale. Mentre le altre famiglie vanno in Spagna e in Italia, noi visiteremo Aldwincle nel Northamptonshire, per vedere dove nacque Dryden, oppure assisteremo agli York Minster Mystery Plays. OK, bene, l'abbiamo sempre fatto. Ma non è... normale, credo. Mi chiedo quando dovrò cominciare a dirgli di andarci per conto suo.

Mi sto vestendo, quando papà torna dal supermercato. Per venti minuti si aggira rumorosamente per casa facendo Dio solo sa cosa, e poi esce di nuovo. Quando scendo al piano di sotto, trovo un biglietto:

Ho nascosto qualche golosità in giro per casa, per te e Jaybo. Divertitevi. A più tardi. Io sono in teatro, a indagare sulle cause dell'allagamento con Shaun... non preoccuparti, ho maschera e boccaglio. Papi x.

Golosità? Jaybo? Papi? Quant'è coglione, cazzo.

Qualche minuto dopo suona il campanello, e poi bussano, una serie di colpi sonori seguiti da altri due trilli. È Jay. Attraverso a fatica il minuscolo salotto con il tavolino traballante coperto di giornali e le librerie dalle mensole imbarcate sotto il peso dei testi teatrali Faber and Faber e dei Classici Penguin. La carta da parati dallo sgargiante disegno Anni Sessanta si sta staccando, e negli angoli ci sono macchie di muffa, ma papà non si decide mai a chiamare qualcuno. «Fa chic, alla Joe Orton», dice. Così gli rammento che Joe Orton è stato massacrato a martellate dal suo compagno.

Apro la porta e c'è Jay, in shorts cargo e una maglietta dei Blink 182, e il berretto da baseball dei NY con la visiera girata. Lo faccio entrare subito, per risparmiargli ulteriori umiliazioni pubbliche.

«Ehiii», esordisce, mostrandomi uno zaino malconcio. «Ho portato la mia PlayStation 2... che i giochi abbiano inizio!»

«Io non gioco a Medal of Honor, gli dico subito. «Né a FIFA, cazzo. Papà dice che ci ha lasciato delle "golosità" nascoste in giro per casa. Non so cosa voglia dire, ma suppongo che dovremmo dare un'occhiata.»

«Perverso. Tuo papà è un fico. Strambo, ma decisamente fico.»

«Sì, credo di sì.»

«Le uniche cose che mio padre lascia in giro sono quei piccoli Post-It che ricordano a mamma le faccende da sbrigare.»

«Carino.»

«Comunque, come ti senti? Dio, ti sarai presa un bello spavento ieri sera.»

«Sto bene, Jay. Non chiedermelo più.»

«Afferrato.»

Cerchiamo nel salotto, rovesciando i cuscini del divano e sbirciando dietro i libri e sotto la poltrona. Troviamo due tubi di Pringles, una confezione gigante di Haribo Tangfastics e una bottiglia da due litri di Coca-Cola alla ciliegia. Corriamo in cucina, spalanchiamo i pensili e frughiamo tra i pacchetti di pasta e i barattoli di passata, la nostra alimentazione standard. Nel frigo c'è un'enorme pizza con carne, oltre a del pane all'aglio... e un DVD di *Mannequin*, un film degli Anni Ottanta. Jay vede un sacchetto di Revels nella lavatrice ma, quando si china nel tamburo per recuperarlo, sulla mano gli cade un paio di mutande: con un urlo, ritira il braccio di scatto, mentre la mia infame biancheria vola dalla parte opposta della stanza. Scoppiamo a ridere.

«Gesù... sono stato assalito dalle tue mutande.»

«Ti piacerebbe», faccio io.

E per qualche secondo l'imbarazzo è totale.

Quando si è ripreso, infilo il disco nel lettore e ci sediamo alle estremità opposte del divano infossato al centro, il tavolino ingombro delle nostre schifezze ipercaloriche. Devo ammetterlo, non sono una grande appassionata di film; sono troppo veloci, per i miei gusti, troppo chiassosi. Forse dipende dalla mia condizione. Ma *Mannequin* è un capolavoro, diamine. Scopriamo con nostra grande sorpresa che parla di un tizio che si innamora di una principessa degli antichi egizi, che è intrappolata nel manichino che sta nella vetrina di un negozio. Una storia assurda. La principessa è interpretata da Kim Cattrall di *Sex and the City*, che guardavo con Daisy quando i suoi genitori non badavano a noi... più che altro per avere un'infarinatura riguardo al sesso.

«Film così non ne fanno più», commenta Jay, tra una manciata e l'altra di caramelle a forma di ciuccio ricoperte di zucchero.

«Questo perché non siamo impazziti *del tutto*», rispondo. «Che diavolo succedeva, negli Anni Ottanta? Che problemi aveva quella gente?»

«Mamma era una specie di punk, o qualcosa del genere. Ho visto le foto; aveva i capelli divisi in ciocche appuntite... da fuori di testa.»

«Ed era fica?»

«Sembrava uno zombi.»

«Gesù. Gli Anni Ottanta sono stati terrificanti.»

Ci stiamo divertendo a fare commenti stronzi sui vestiti di tutti, che sono davvero comici, e a un certo punto appoggio la testa sulla spalla di Jay, per il troppo ridere. Ma quando finisce il film lui attacca la console e comincia a giocare a questo nuovo shooting game militare, che è identico a tutti quelli che ho visto. Mentre è impegnato a lanciare granate e un elicottero apparentemente indistruttibile, indispettita vado in cucina ad accendere il forno per la pizza. Subito, sento che mette in pausa il gioco, e mi viene dietro come un cagnolino triste.

«Qualcosa non va?» mi chiede, con un tono fastidioso di genuina preoccupazione.

«No. Quel gioco non mi piace, tutto qui.»

«*PlayStation Official Magazine* gli ha assegnato un punteggio di nove su dieci.»

«Non m'interessa, Jay.»

«Ho quasi vinto la battaglia finale con quell'elicottero.»

«Jay, seriamente. Non mi va di starmene lì seduta a guardare tutta quella morte... tutta quella gente che muore.»

Le parole restano sospese nell'aria, come una maledizione.

«Oh, Dio», fa lui. «Scusa. Mi dispiace tanto. Non ho pensato.»

Sbatto lo sportello del frigorifero, frustrata.

«Oh, cazzo, Jay. Non mi riferivo a quello! Non c'entra niente con me... semplicemente non mi interessano soldati fanatici che fanno saltare in aria robe varie, e si urlano "Ho il tuo sei", qualunque cosa significhi.»

«OK. Basta che ti calmi.» Fa per toccarmi una spalla, e io mi tiro via, furiosa.

«Non lo fare!» gli intimo, fremente di rabbia.

«Che cosa?!» grida lui, chiaramente ferito.

È solo un piccolo scambio insignificante di parole e di gesti, ma il suo interessamento stucchevole e soffocante mi conferma ancora una volta che tra noi non potrà mai succedere niente. Non in quel senso. Posso accettare queste stronzate da papà: lui è obbligato per contratto a occuparsi di me; ma decisamente non ho bisogno di *due* uomini che mi trattino come un ornamento di porcellana, soprattutto se sono a malapena in grado di badare a loro stessi. Mi allontano da lui e torno in salotto, dove mi lascio cadere sul divano occupandolo tutto quanto, impedendogli di sedersi accanto a me.

Nemmeno a farlo apposta, la porta si apre ed entra mio padre. Indossa una vecchia felpa con il cappuccio e jeans strappati, entrambi coperti di olio e sporco. Mi viene in mente che ce l'ho ancora con lui per via della farsa, così al posto di un ciao gli offro un saluto con la mano, non accompagnato da un sorriso.

«Ehi», fa lui. «Jay dov'è?»

«In cucina. Che ti è successo?»

«Ah, ho lavorato alla caldaia con Shaun. Temo di avere cattive notizie.» Sembra aver provato e riprovato il discorsetto strada facendo. «Servono dei pezzi di ricambio che non potremo sostituire prima di lunedì, quindi siamo senza acqua... il che significa che non possiamo aprire al pubblico. Non rispetteremmo le norme di igiene e di sicurezza. Dovremo annullare gli spettacoli.»

«Oh, sul serio?» dico. «Proprio al momento opportuno, cazzo.»

«Hannah!» Questa volta non usa un tono di scuse, è piuttosto in collera... il che, per papà, equivale a dire che è davvero furibondo. «Questa decisione ci costerà parecchio. Non chiudo per quello che è successo a te.»

«Certo che no.»

Jay compare sulla soglia.

«Salve, signor Rose.»

«Ah, Jay! Come stai?»

Silenzio, e tensione. Stanno tentando di leggere l'uno l'espressione dell'altro, e anche quella della sottoscritta, in un fuoco incrociato di sguardi imbarazzati. È come la scena finale delle *Iene*, in cui tutti quanti si puntano una pistola addosso... peccato che noi siamo tre inglesi della classe media, quindi si riduce tutto a un accumulo di ansia non espressa a parole. Per qualche secondo mi rammarico del fatto che non ci sia qui una donna adulta, in grado di sistemarli.

Alla fine sospiro, forte, faccio ripartire il gioco in pausa e sparo a quel cazzo di elicottero fino a farlo saltare in aria.

Tom

Lunedì mattina mi misi in macchina e andai al teatro. Lungo il tragitto ascoltai un CD di Bobby Darin, e cantai. Entrando nel parcheggio deserto, provai quel familiare brivido di eccitazione: anche dopo un allagamento, la vista di quel posto riuscì a risollevarmi.

In tutta onestà, non è un bell'edificio. È una mostruosità di cemento edificata negli Anni Settanta, dalla bruttezza quasi maligna. Se un parcheggio multipiano si scopasse la casa di una coppia di vecchi, l'orrendo figlio illegittimo sarebbe il Willow Tree Theatre. Nondimeno, c'è qualcosa di magico in una performance live, che ha quasi un potere di trasformazione: persino quando avviene all'interno di una costruzione come questa, che esteticamente è un pugno in un occhio. La vicinanza di attore e pubblico; la tensione nell'aria, tra loro; nessun televisore a schermo piatto, nessun computer con connessione a banda larga possono rivaleggiare con certe cose. Un tempo la gente veniva a teatro per essere scioccata, messa alla prova, educata. Adesso viene perlopiù a vedere adattamenti delle opere disneyane e i musical moderni, messi insieme attingendo alle hit di spettacoli popolari di tanto tempo fa. Ma va bene. Se la gente vuole *Reflex: The Duran Duran Story*, noi la mettiamo in scena. E, ogni volta che entravo nel nostro piccolo auditorium, che in cartellone ci fosse Shakespeare o l'esibizione di una band che faceva cover delle Shakespear's Sisters (che non esiste, naturalmente, ma se ci fosse con ogni probabilità l'avrei prenotato) avvertivo tutto il potenziale vibrante di quello spazio vuoto.

Quella sera avremmo dovuto avere una masterclass di breakdance per over 35, con MC Neat Trix, che nella realtà si chiama Greg e lavora in un magazzino frigorifero a Shepton. Un tipo adorabile. Più tardi, nel corso della settimana, posto che fossimo riusciti a riparare la caldaia, avremmo ospitato Broadway Bonanza, una selezione di scene di musical classici di una compagnia di ballo locale. Oro per il botteghino. Di tanto in tanto mettevamo in scena un classico, o qualche capolavoro acclamato di teatro moderno, soprattutto se compariva nel programma di studi per gli esami GCSE – perché in questo caso ricevevamo fondi importanti – ma non sapevamo mai se si sarebbe presentato qualcuno al di là di trenta adolescenti annoiati che non avrebbero fatto altro che sbaciucchiarsi e mandare messaggini per tutta la sera. Stava diventando più difficile prenotare compagnie interessanti. Il consiglio della contea tagliava furtivamente il sostegno alle arti, quindi dovevamo tenere la testa bassa e fare del nostro meglio. Pare che all'epoca della costruzione, negli Anni Settanta, ci fossero attori famosi, da queste parti. Margaret ci aveva detto di aver preso parte a una produzione di *Madre Courage e i suoi figli* con Brian Blessed. Suonava poco probabile, ma del resto si poteva dire lo stesso per quasi tutti i suoi aneddoti relativi allo showbiz. Affermava di essere apparsa in diversi programmi televisivi tra la fine degli Anni Sessanta e i Settanta, ma cercando Margaret Wright nell'Internet Movie Database non avevo trovato nulla. Non sapevamo se stesse condividendo con noi ricordi reali, o se fossero solo battute sconce. Diceva cose come: «Dennis Waterman una volta mi diede uno schiaffo, in un episodio dell'*Ispettore Regan*» e si finse disorientata quando scoppiammo a ridere.

Oltrepassai le porte scorrevoli a vetri ed entrai nel foyer. Con la sgargiante moquette color prugna e le pareti nude e grigie sembrava un centro ricreativo del 1978, o giù di lì. C'erano fotografie incorniciate di performance precedenti, inclusi un *Amleto* ridotto (che non aveva alcun senso ma che durava appena settantacinque minuti) e *La donna in nero* in una disastrosa versione musical. C'era una piccola area bar con qualche minuscolo tavolino; che faceva anche da caffè, quando avevamo personale a sufficienza. Il botteghino, che somigliava a un bunker nucleare, ospitava un computer dell'era della guerra fredda con cui si riusciva a malapena a gestire le prenotazioni online. Il mio ufficio era di sopra, vicino ai gabinetti, a tutti gli effetti una rappresentazione fisica del mio cervello: un'accozzaglia caotica di attrezzature teatrali e di ricordi di famiglia. Ogni superficie era ricoperta da pigne di elenchi di compagnie itineranti, di copie lette e rilette di *The Stage* e di raccoglitori pieni di nemmeno so cosa. Sulla scrivania tenevo otto fotografie incorniciate di Hannah, da quando era una bimbetta ai primi passi (seduta sul palco con il tutù), fino all'adolescenza (seduta sul palco con una T-shirt dei Joy Division). Mi sentivo a mio agio, lì dentro, in parte per via di tutti i ricordi, in parte grazie alla costosa poltrona girevole con supporto per la schiena, acquistata dal comune dopo che li avevo convinti di avere una lombalgia acuta. Avevo impiegato due ore a compilare i moduli, ma erano state ben spese.

I miei contatti con il comune si riducevano al minimo. Purché partecipassi alle riunioni per il budget e non mettessi in scena produzioni nudiste di *Romans in Britain*, avevamo carta bianca. Il Willow Tree era un minuscolo avamposto teatrale dall'altra parte della galassia, come *Star Trek: Deep Space Nine*, ma con un budget per il make-up lievemente ridotto.

Mentre il mio portatile si avviava, guardai fuori dalla piccola finestra vicina alla mia scrivania, appena in tempo per vedere Ted che in sella alla sua bicicletta arrivava all'ingresso, in pantaloni di velluto a coste e blazer a scacchi: sembrava un politico laburista locale, o un lettore dell'università aperta. Aveva sempre lavorato come ragioniere presso una ditta di materie plastiche di Bristol, prima di andare in pensione tre anni prima. I suoi due figli erano ormai adulti da un pezzo e vivevono per conto loro, e lui aveva il grande progetto di viaggiare per l'Europa con sua moglie Angela. Nel garage, sotto un lenzuolo, teneva una vecchia motocicletta Triumph con sidecar, che da sempre aveva in mente di restaurare, con la quale sognavano di arrivare in Finlandia per ammirare l'aurora boreale. Ma la sorella di Angela aveva sviluppato una demenza senile, e per assisterla dovevano rimanere in zona. Quindi, invece di zumare verso l'orizzonte su un pezzo di classica ingegneria inglese, aveva cominciato a lavorare come volontario in teatro, dove dava una parvenza d'ordine alla contabilità. Così aveva modo di uscire di casa, diceva. Quando Henry David Thoreau scrisse che «la gran massa degli uomini conduce un'esistenza di silenziosa disperazione», sono certo stesse dipingendo Ted con i suoi ferma pantaloni da bicicletta.

«Bella giornata», disse, quando piombò nell'ufficio e si sedette, tirando subito fuori il portatile dalla cartella di pelle malconcia che gli aveva comprato suo padre quarant'anni prima. Ted è bravissimo a conservare manufatti e reperti privi di valore, ed è per questa sua caratteristica che si è rivelato così utile nel nostro teatro.

«Allora», continuò poi, con un tono che voleva dire adesso-parliamo-di-lavoro, «che cos'ha detto Shaun dell'allagamento biblico?»

Nonostante l'atteggiamento indifferente, sapevo che la sua non era solo cortese curiosità. Quello che avevo davanti era Ted versione Ragioniere Serio. Ted Denaro. E già sapevo che quello che stavo per dirgli lo avrebbe turbato.

«Be'», cominciai, «lui e il suo amico sono riusciti a eliminare tutta l'acqua con una pompa, sabato, e poi hanno piazzato alcuni deumidificatori che l'hanno eliminata quasi del tutto. Ma la caldaia è fuori uso, al momento, e il pavimento del corridoio e del palco è rimasto danneggiato.

«Chiamerò l'assicurazione per far aprire un sinistro», disse. «Hanno detto da che cosa è stato causato?»

«Be', l'idraulico di Shaun ha dichiarato di non essere un esperto in caldaie industriali degli Anni Settanta... suona come una delle materie da incubo a *Mastermind*, no?

Ted non lo trovò affatto divertente.

«Però», continuai, «ha detto che potrebbe essere stato un aumento della pressione. Ha chiesto se qualcuno avesse dato un colpo al boiler, o se vi avesse armeggiato, ma naturalmente gli ho detto di no: chi è che si mette a trafficare con una caldaia? Voglio dire, è davvero importante?»

«La compagnia assicuratrice vorrà saperlo», disse lui.

«Sul serio? Non si limiteranno a pagare?»

Mi guardò con un misto di compassione e pazienza allo stremo. «No, Tom. Non tirano fuori soldi alla denuncia di sinistro. Piuttosto, cercano dei motivi per *non* pagare. È così che funziona, con le assicurazioni.»

«Davvero? Bella fregatura!»

«Tom...» Si tolse gli occhiali e si strofinò gli occhi, come un genitore frustrato che tenta di spiegare le equazioni di secondo grado a un bambino non proprio intelligentissimo. «Ci servono tutte le informazioni possibili. Cioè: è possibile che qualcuno sia entrato e abbia provato a cambiare i livelli impostati? Margaret si era lamentata del freddo, durante la prova tecnica generale. Non escluderei che sia andata al boiler armata di chiave inglese.»

«Non facciamola diventare un'indagine. Non voglio cominciare a redigere una lista di sospetti, per l'amor di Dio.»

Adesso c'era una strana tensione nell'aria, così accesi Radio 4. Ted si allungò a prendere la cartella e tirò fuori un pacchetto di digestive al cioccolato. Lo stava mettendo sulla scrivania, quando notò un piccolo Post-it attaccato alla confezione. *Ti amo, Teddy. Un bacio.* Arrossì e lo tolse, in imbarazzo.

«È di Angela», spiegò, ma non ce ne sarebbe stato bisogno. «Abbiamo qualche problema, ultimamente. Ci stiamo sforzando.»

Sembrava sul punto di aprirsi riguardo al suo matrimonio, cosa che non era da lui, così mi allungai a spegnare la radio, nel caso fosse stato scoraggiato da Melvyn Bragg che stava chiedendo a uno storico di parlare del Factory Act del 1833, e dell'effetto che ebbe sull'industria vittoriana.

«Il matrimonio è contabilità, in un certo senso, no?» disse. «Fai un bilancio delle cose positive e di quelle negative, e tutto funziona perfettamente. Angela e io siamo decisamente in attivo.»

Aspettai che aggiungesse qualche dettaglio, ma l'argomento era esaurito.

«Bene, ne sono felice», risposi allora. «E complimenti per aver sfruttato in modo così abile la metafora della contabilità.»

Tornammo ai nostri computer. Ted batté sulla tastiera per qualche secondo, ma dopo un momento alzò il viso con uno sguardo interrogativo.

«Lei ti manca?» mi chiese. «Elizabeth... ti manca?»

In tutta onestà, devo dire che quella domanda arrivata dal nulla mi colse di sorpresa. Era stranamente diretta, da parte sua. Dovetti pensarci su.

«Non è che mi manchi *lei.* Ma, vedi... mi manca... qualcosa. Mi manca qualcuno. Ha senso?»

Proprio in quell'istante Hannah piombò nell'ufficio con uno zaino sulla spalla e un gigantesco paio di cuffie attorno al collo.

«Ehi, perdenti», salutò, «che succede? Uuh, biscotti al cioccolato.»

Si lanciò sul pacchetto, ma Ted lo fece sparire scherzosamente.

«Hai già pranzato, signorina?» le chiese.

«Io sì, *lui* no però», gli rispose, tirando fuori dallo zaino un contenitore con un sandwich, che fece scivolare sulla mia scrivania. «Per questo sono qui. Hai di nuovo dimenticato il pranzo. Che persona inutile. Giuro, moriresti di fame se non fosse per me.»

«Vado a preparare il tè», fece Ted.

Si spostò nella piccola zona cucina nella stanza accanto, e Hannah prese tre biscotti e si stravaccò sulla poltrona dal rivestimento liso nell'angolo dell'ufficio. Faceva spesso un salto lì, quando andava in città, di solito inventandosi una scusa per giustificare la visita. Si metteva a leggere fumetti o a messaggiare le amiche, finché non si stufava e non andava via. Quel giorno però rimase lì seduta a fissarmi. Io provai a ignorarla, fingendo di leggere delle e-mail, ma mentre il bollitore fischiava e Ted faceva un gran chiasso per prendere tazze e filtri, lei continuò a fissarmi. E a sgranocchiare biscotti. E a fissarmi.

«Ehi, pa'», disse alla fine. «Stai bene?»

«Sì, tutto a posto. Sto solo cercando di sistemare questa faccenda dell'allagamento.»

«No, intendo dire, stai *bene*?»

Finalmente capii che cosa stava succedendo. Girai la poltrona direzionale per guardarla in faccia, le mani intrecciate come un cattivo dei film di James Bond.

«Hai sentito la nostra conversazione di poco fa?» le chiesi.

«Quando si sarebbe svolta, di preciso?»

«Pochi istanti prima che facessi irruzione qui dentro. Hai sentito Ted che mi chiedeva se mi manca Elizabeth.»

«Se mi *manchi*», mi corresse mia figlia. «Comunque sì, ho sentito.»

«Va tutto bene. Stavo solo prendendo in giro quel vecchio maiale.»

Hannah contrasse il viso in un'espressione incredula, ed era chiaramente intenzionata a interrogare il suo triste genitore, quando Ted tornò con tre tazze di tè e subito dopo si mise al telefono con la compagnia di assicurazioni. Fu una conversazione lunga, interminabile, apparentemente incentrata sui concetti di errore umano e responsabilità, e sull'esatta natura e sulla portata del danno, ma almeno servì a fermare l'inquisizione da parte di Hannah, che alla fine se ne andò, annoiata.

«Grazie di avermi portato il pranzo», le urlai dietro.

«L'argomento non è ancora chiuso», rispose lei.

Ted trascorse il resto della giornata a lavorare in silenzio sui moduli online per la richiesta di risarcimento, e alla mia mente si affacciava di continuo l'immagine di una cascata d'acqua che si riversava attraverso le porte del palcoscenico, come in quella scena di *Shining* in cui dall'ascensore fuoriesce un'ondata di sangue. Non stavo pensando a Elizabeth. Niente affatto. E sapevo che, per quando fossi tornato a casa, quella sera, se ne sarebbe già dimenticata anche Hannah.

Hannah

E così, più tardi, papà e io ci ritroviamo a casa davanti alla TV con i piatti del takeaway cinese. Chiaramente lui pensa che mi sia scordata dell'intera questione di Elizabeth, ma sbaglia. C'è una cosa che mi ronza in testa, da un po', e dall'ombra esce fuori per darmi il tormento... ma dopo quello che mi è successo venerdì e dopo aver sentito per caso quella conversazione con Ted... ho bisogno di avere delle risposte.

Di lei ricordo solo una scena. Un addio con tante lacrime. Io do la mano a papà, sulla porta d'ingresso; fuori c'è un taxi. Qualcuno continua a ripetere «Mi dispiace». Stop. La mia memoria si ferma qui. Mi domando che cosa ricordi lui. E se sia riuscito a voltare pagina.

«Dovremmo fare qualcosa, domani», dice lui, d'un tratto, la voce forte e squillante. «Hai già dei programmi?»

«Mi vedo con Jenna e Daisy, probabilmente. Pa', non stai rispondendo alla mia domanda.»

«Ho un'idea: domani giochiamo a Ti sfido a vestirti così.

«Oh mio Dio, sei serio?»

«Sì! Sarà divertente!»

Ti sfido a vestirti così era uno dei nostri giochi preferiti, quando ero più piccola. Le regole erano semplici: dovevamo recarci in un negozio che vendeva abiti usati per beneficenza, e comprare l'outfit più ridicolo che fossimo riusciti a trovare, io per lui e lui per me; la fase successiva prevedeva che andassimo al ristorante indossando quello che l'altra persona aveva scelto per noi. Fu per questo che una volta mi portò nel miglior locale francese di Bath con indosso dei pantaloni da jogging verde lime e una maglietta rosa aderentissima degli S

Club 7, mentre io sfoggiavo un completo elegante da ragazzo, con gilet, e un berretto con pon pon dei Pokémon (tolto dal manichino).

«Papà, no. Sono grande ormai per quel gioco scemo.»

«E dai, dobbiamo esorcizzare la delusione causata dall'allagamento, e celebrare degnamente l'inizio delle vacanze estive. Inoltre, se ti rifiuti, insisterò per discutere delle possibili materie di studio ogni singola mattina, per le prossime sei settimane. E ti avverto che entrerò penosamente nei dettagli.»

Oh merda. Ha trovato la lettera dalla scuola.

«Sì, ho trovato la lettera dalla scuola», mi conferma.

Era un messaggio da parte del preside, che invitava noi studenti a pensare alle materie che avremmo scelto per il programma A-level*, durante le vacanze. Comprendeva un questionario in cui ci veniva chiesto di elencare quelle che pensavamo di seguire, e anche dove ci vedevamo – e questa è la parte divertente – di lì a cinque anni. Dio, chissenefrega. Avevo pensato di scrivere «Sottoterra, a fare da concime alle margherite». Forse l'ho già detto, ma ogni tanto divento un po' cupa.

«Il signor Devon ha scritto che quella che state per prendere sarà una delle decisioni più importanti di tutta la vostra carriera scolastica. Quello che voglio sapere è: perché la lettera era accartocciata, nel cestino della carta?»

Lo guardo male. Gli rivolgo un'occhiataccia da 1,21 gigawatt, che sarebbe capace di lanciare un migliaio di navi nella direzione opposta.

«OK, farò il tuo gioco del cavolo.»

Sorride, trionfante. Il fatto è che la conclusione era prevedibile, e scontata. Abbiamo una regola: non puoi dire di no, quando l'altro ti propone di giocare a Ti sfido a vestirti così. Il concetto è che dobbiamo esserci sempre, l'una per l'altro... anche se «esserci» significa semplicemente umiliarsi in un luogo pubblico. Ogni tanto tocca farlo, suppongo.

Ma la sua felicità è malriposta. Avrò la mia vendetta, per aver can-

* Programma di studi che si concentra su un numero limitato di materie, per consentire allo studente di acquisirne una conoscenza approfondita. Dà accesso alle università più prestigiose. (*N.d.T.*)

cellato la farsa in cartellone e per la lettera della scuola. Lui mi tratta come una piccola, preziosa principessa. Ma non sono più Biancaneve. Sono diventata la Regina delle nevi, cazzo.

Tom

Stupidamente, avevo creduto di essere stato molto bravo a deviare la conversazione dall'argomento Elizabeth. Ma poi vidi qualcosa negli occhi di Hannah: uno sguardo di pacata, riflessiva determinazione, e – oh, quale drammatica ironia! – non avevo mai notato la somiglianza con sua madre come in quel momento. Mi fece ripensare a un'espressione che avevo visto vent'anni prima, nella biblioteca dell'università, a Manchester.

Stava chiaramente tramando qualcosa, come un maestro di scacchi che pianifica la partita con parecchie mosse d'anticipo. Non sapevo se sarei stato una pedina o il suo avversario.

L'indomani eravamo nella strada principale, e stavamo provando vestiti nei negozi di roba usata. Le trovai un paio di pantaloni di tela grezza stonewashed e una camicetta rosa salmone tutta lustrini e paillettes scintillanti, che probabilmente Penelope Keith avrebbe eliminato dal guardaroba di *The Good Life* perché troppo kitsch. Era il mio stratagemma abituale: scegliere capi folli e vistosi, ma piuttosto innocui.

Per lei, però, era una dichiarazione di guerra. Quando entrammo da Pet Rescue, cominciò a frugare tra le maglie, finché non si illuminò. Si guardò intorno per assicurarsi che non avessi visto, e poi indicò un paio di jeans aderenti color argento, su un appendino vicino.

«Provali», mi ordinò.

Quando uscii dal camerino, con un'andatura da papera, mi mostrò il colpo di grazia: una felpa bianca con la scritta non proprio carina BITCH, PLEASE sul davanti, in enormi caratteri dorati e scintillanti. Feci per protestare dicendo che mi avrebbero riempito di botte, ma mi fermò.

«L'ho già comprata.»

Andammo in un bar al centro commerciale, perché Hannah disse che le facevano male i piedi, e trascorsi dieci minuti buoni a chiederle dove saremmo andati a cena, quella sera, ma lei non mi rispose. Mentre eravamo là, due ragazze della sua età vennero al nostro tavolo, entrambe con pantaloni di velours di due diverse tonalità pastello.

«Ehi, Hannah», gridò la prima.

«Oh, ehi», la salutò lei, senza entusiasmo. «Papà, loro sono Emilia e Georgia.»

«Ciao, ragazze», dissi, e subito cercai di studiare le dinamiche sociali. Erano sue amiche? Sue rivali? Semplici conoscenti? In momenti simili, il padre di un'adolescente deve imparare a leggere i significati sottintesi, il linguaggio del corpo, il tono e l'umore, per poter umiliare la propria figlia nel modo più spassoso possibile. Ehi, dopo *quella* felpa, per quanto mi riguardava era più che giusto.

«Ehi», fece Emilia, con una nervosa scrollata di spalle. Georgia era per i fatti suoi, al telefono. «Allora, ci vai alla festa di Nath, stasera? Sarà una figata.»

«Penso di no», rispose Hannah con un sospiro.

«Ma ci sarà anche *Callum*», le disse Emilia, strascicando le parole. Hannah la fulminò con un'occhiata: durò una frazione di secondo, ma bastò a dirle chiaramente: *Che cosa cazzo fai? C'è mio padre, seduto qui. Tappati quella bocca, o ti uccido con le mie stesse mani.*

«Oh, giusto», fece Emilia, indietreggiando.

Mi domandai se fosse il caso di intervenire, in modo sensibile e maturo. Allora, chi è questo Callum? pensai di chiedere mentre davo un colpetto a Hannah con il gomito, e le strizzavo l'occhio con aria lasciva. Ma evitai. Pensai di utilizzare a mio vantaggio quella generosità.

Seguì un lungo momento di silenzio, alquanto imbarazzante.

«OK. Va be', ci si vede!» esclamò Georgia.

E lei e l'amica se ne andarono strascicando i piedi.

«Vengono nella mia scuola. Non sono proprio mie amiche.»

«Capisco», dissi. «Ora, vuoi dirmi dove andiamo stasera? O vuoi che le rincorra e dica loro che non puoi andare al party di Nath perché hai una riunione di ragazze scout?»

«Fa' del tuo peggio», replicò.

Non cedette.

Mancava solo mezzora all'ora di cena, quando finalmente si ammorbidì. Saremmo andati in un locale che si chiamava Virago. Un caffè ispirato alla celebre casa editrice che pubblicava opere femministe. Diedi uno sguardo alla mia felpa nuova, e tra me e me pensai che avrei dovuto tenere le braccia conserte tutta la sera, se non volevo tornare a casa in ambulanza.

Incastrato tra un negozio di fiori e una farmacia artigianale, in un viottolo acciottolato cui si accedeva dalla via principale, Virago era un locale molto in voga nella nostra cittadina. Pavimenti di ardesia, travi a vista, pareti rivestite di librerie (su cui c'erano solo volumi di Virago, naturalmente). Era una serra calda e umida, piena zeppa di coppie che chiacchieravano e di gruppi rumorosi, che si gustavano scodelle di pasta fumante ed enormi pizze vegetariane. Al bancone, la gente si radunava accomodandosi sugli sgabelli, oppure stava in piedi formando fitti capannelli, e beveva e rideva: i più appartenevano alla comunità lievemente alternativa di trentenni e quarantenni benestanti. Le donne indossavano abiti boho e jeans scampanati, gli uomini optavano per panciotti vintage, stivali a punta e berretti piatti, e sembravano comparse di un dramma in costume della domenica sera, incentrato su una famiglia mafiosa. Riconobbi qualche frequentatore abituale del teatro, che però veniva a vedere solo opere normali o spettacoli di musica folk, e non certo farse sboccate o cover band delle Bananarama. Entrando, vedemmo Natasha e il marito Seb che si stavano alzando per andare e, quando i nostri sguardi si incrociarono, ci fecero segno di avvicinarci al loro tavolino.

«Sembra che ti sia avvolto della carta stagnola attorno alle gambe», commentò Natasha, guardando i miei pantaloni. «E perché tieni le braccia conserte? Che cosa stai cercando di nascondere?»

Le spostai appena di qualche centimetro.

«Oh merda. Trinny e Susannah si sono ubriacate e ti hanno vestito?»

«No, è stata Hannah.»

«Voi due...» fece Natasha, guardandoci e scuotendo la testa.

«Vi fermate per un drink?» chiesi. «O siamo troppo cool per voi?»

«Non sai quanto mi farebbe piacere, caro», rispose Natasha, mentre si metteva attorno alle spalle uno scialle che sembrava costare parecchio. «Ma ci ha chiamato la madre di Seb. Il piccolo è sveglio, e così pure Ashley. Il caos totale. Essere mamma è come fare la PR: non stacchi mai e devi sempre essere carina con tutti.»

Quando se ne andarono ci sedemmo, senza fiato perché schiacciati come sardine in mezzo agli altri clienti. Hannah mi passò un menu, composto da fogli di carta marrone su cui i piatti erano scritti con un carattere che riprendeva quello di una macchina da scrivere. Erano tutti rivisitazioni moderne di classici della cucina italiana e americana, con prodotti a chilometro zero e niente carne. Ma io non stavo leggendo, lo tenevo contro il torace a mo' di scudo, così che nessuno vedesse la felpa. Ero ancora parecchio preoccupato, temevo il linciaggio da parte di una folla di metrosessuali e beatnik furibondi. Osservai la sala, verificando eventuali sguardi scandalizzati o disgustati, ma poi chissà perché i miei occhi si fermarono su una donna che indossava una T-shirt degli Iron Maiden, appoggiata alla parete in fondo. Sembrava annoiata, ma era di una bellezza disarmante; mi parve che fosse in compagnia di un uomo più vecchio e di una donna più giovane presi dalla conversazione, le teste chine. D'un tratto incrociò il mio sguardo, sorrise e indicò i suoi amici, facendo roteare gli occhi con aria complice. Guardai subito altrove, sperando che Hannah non mi avesse beccato a adocchiare qualcuna.

«E *quella* chi è?» mi chiese. «Cavoli, è sexy.»

Se n'era accorta.

«Non ne ho idea. Che cosa ti va di mangiare?»

«Non esiste, non cambiare argomento... C'è stato qualcosa tra voi due, un attimo fa.»

«Che cosa? No, invece! Non conosco quella donna, e nemmeno voglio conoscerla. Voglio solo mangiare e impedire che qualcuno noti la mia felpa.»

Finsi di studiare il menu, ma con la coda dell'occhio vidi Hannah che si girava per lanciare un'altra occhiata alla nostra nuova conoscenza.

«Va' a parlare con lei!»

«Hannah, no.»

«E dai, è l'unica in tutto il locale a non essere vestita come una groupie di Jimi Hendrix.»

Decisi di fingere che non stesse accadendo. Cominciava a fare un caldo tremendo. Forse per le candele, mi dissi. Esaminai il menu con concentrazione clinica: se l'avessi fatto abbastanza a lungo, pensai, Hannah avrebbe finito per stancarsi.

«Hmm... potrei prendere i maccheroni al formaggio», dichiarai alla fine. «Oppure il nutburger. Che poi, che accidenti è un nutburger? Hai...»

«Veramente... papà, scusa, potresti farmi portare un bicchiere d'acqua, in fretta?»

Alzai gli occhi e vidi che si stava facendo aria con il menu, il respiro accelerato, l'altra mano sul petto.

«Per favore», aggiunse.

«Sì, sì, subito», dissi, scattando in piedi. Più veloce che potei, feci lo slalom tra i tavoli, aprendomi un varco tra gruppi di sedie e borse, chiedendo scusa quando interrompevo una conversazione. Fui assalito da ricordi del venerdì sera, a teatro.

Finalmente riuscii a superare l'ultimo tavolo, e raggiunsi una zona relativamente tranquilla del bancone, appena dietro una donna che era arrivata un istante prima di me. Una donna che prima stava in fondo al locale, con una maglietta degli Iron Maiden. Oh, ma certo. Hannah mi aveva incastrato. Mi voltai verso il nostro tavolo, e la vidi alzarsi e salutare un'altra ragazza che stava uscendo nel giardino, a lato del caffè. Mentre correva dietro all'amica, si scusò con un'alzata di spalle e mi mostrò i pollici alti. Io mi girai verso il bar e decisi di ordinare qualcosa da mangiare e rimettermi subito seduto. Non ero costretto a parlare con nessuno. Non dovevo nemmeno...

«Notevole la felpa», osservò Lady Iron Maiden, che si era trovata un posticino al bancone, accanto a me. «Scelta coraggiosa, per questo posto.»

Abbassai gli occhi e subito incrociai le braccia davanti alla scritta.

«Ah, sì... è una specie di scommessa.»

Lei sorrise, e si voltò a guardare i suoi amici.

«Doveva essere una serata tra colleghi», disse, «ma metà ufficio non si è presentato, e gli altri sono andati via presto... così siamo rimasti soltanto io, Romeo e Giulietta.»

«Giusto...»

Provai a fare un cenno al personale del bar, ma erano tutti impegnati a prendere ordinazioni di pietanze e a preparare drink per lo tsunami di clienti assetati all'estremità opposta del bancone. All'improvviso avevo la bocca asciutta. Sentivo le goccioline di sudore sulla fronte. Lei si chinò lievemente verso di me.

«Ops, scusa», mi disse. «Stiamo bevendo dalle cinque. Che ore sono, adesso?»

«Le otto e mezza.»

«Oh, merda. Io sono Kirsten, come stai? No, volevo dire, tu chi sei?»

«Sono Tom.»

«Lieta di conoscerti, Tom, io.... Whoa, aspetta, indossi dei pantaloni argentati? Wow, quella scommessa l'hai persa *di brutto*. Forse è ora di smetterla, no?»

«Sì, credo che tu abbia ragione.»

Adesso stavo cercando di attirare un membro dello staff con la forza di volontà, per ordinare drink e pietanze, e darmela a gambe. Avrei dovuto tirare a indovinare, riguardo a Hannah, perché era fuggita dalla scena del crimine. Pizza, probabilmente. Kirsten non sembrava avere alcuna fretta. Si raccolse pigramente i capelli, e li fermò dietro la nuca con un elastico. La sua pelle era tra il miele e il cioccolato. Profumava vagamente di White Musk. Sentivo la sua spalla contro la mia.

«Che cosa fai, Tom?» mi chiese.

«Ehm, sono direttore di un teatro. Il Willow Tree, in cima alla strada.»

«Lo conosco! Ci sono stata! Ho visto un comico lo scorso anno, Kevin qualcosa...?»

«Era bravo?»

«Dio, no, è stato terribile. Scusa. Ma il teatro è pazzesco. Sembra una prigione staliniana. Dev'essere interessante lavorarci!»

«Sì, io...»

D'un tratto apparve davanti a me un membro dello staff e, senza aspettare che Kirsten gli dicesse cosa voleva, sparai la mia ordinazione in una raffica di parole quasi incomprensibili. Non so come, capì. E finalmente riuscii ad andarmene, solo. Sentii il sapore della libertà.

In quel momento, arrivarono i colleghi di Kirsten, che l'afferrarono per la vita.

«Abbiamo trovato un tavolo laggiù», urlò l'uomo. E indicò il tavolo accanto al nostro. Ma certo. Naturale che fosse quello. Lei si girò verso il bar per ordinare da bere, e coraggiosamente pensai di approfittare di quell'opportunità per indietreggiare. Ma feci appena un passo e, senza nemmeno voltarsi, Kirsten allungò una mano e mi prese delicatamente a braccetto.

«Aspettami, arrivo.»

E così tornammo ai tavoli insieme, lei che scivolava senza sforzo alcuno in mezzo alla pazza folla, io che urtavo chiunque, accaldato e stanco. Non riuscivo a processare le sensazioni di quel momento. Voglio dire, lei era bella e sicura, e annoiata e... sicura. Ma io ero fuori allenamento e fuori forma. Qualunque cosa stesse succedendo, non mi pareva di poterle offrire nulla. Era come se fossi stato attirato con l'inganno a un'audizione per un dramma che non leggevo da dieci anni, e non ricordassi né le battute né il personaggio, o non sapessi neppure recitare. Poi ci sedemmo, e lei era vicino a me, e tra noi c'era quell'elettricità statica che accompagna l'aspettativa di qualcosa: questo almeno era chiaro.

«Allora, qualche bello spettacolo in programma? Dev'essere eccitante. Sono una grafica; il nostro ufficio ha sede nella vecchia cappella in città. La conosci? Sto disegnando il packaging di una serie di tè biologici alla frutta. Ce ne hanno mandati una cassa intera da assaggiare. Oh mio Dio, è come bere del succo Ribena molto annacquato, ma con dei ramoscelli che galleggiano dentro. Chi è che compra volutamente uno schifo del genere?»

Stavo annuendo, fingendo di ascoltarla. Poi sentii l'ultima parte e scossi la testa, con vigore.

«Sembra terrificante. Io...»

In quel momento scorsi Hannah che sbirciava dal patio, senza dubbio per controllare se il suo incontro combinato aveva avuto successo. Le rivolsi un gesto disperato – Vieni qui. Lei si fermò, ma probabilmente il mio sguardo folle le fece capire che non stavo scherzando, e che volevo i rinforzi. Mi raggiunse, con calma, l'andatura rilassata.

«Ah, Hannah», dissi. «Scusa, Kristen, questa è Hannah, mia figlia.»

Pensavo che quella rivelazione l'avrebbe scoraggiata: magari avrebbe pensato che ero troppo vecchio, o... sì, be', avrebbe realizzato che ero sposato. Se soltanto avessi avuto la fede al dito. Invece sembrò felice del fatto che la compagnia si allargasse.

«Ehi», urlò, quando Hannah si sedette. «Tuo padre è direttore di un teatro!»

«Lo so!» esclamò Hannah, con un tono estremamente entusiasta. Poi si scambiarono un cinque. Io ero un pesce fuor d'acqua.

Arrivarono i piatti che avevamo ordinato e, mentre io assaggiavo in silenzio i miei maccheroni al formaggio fuso, Hannah e Kirsten si divisero la pizza, chiacchierando allegramente, e ogni tanto voltandosi a guardarmi o indicandomi, per poi lasciarsi andare a risolini maliziosi. Mi concentrai, e pregai affinché Sally arrivasse miracolosamente a salvarmi. Se non altro, era bello vedere Hannah scherzare senza freni, anche se le battute erano tutte a mie spese.

Ma poi accadde questo.

«Allora, che cosa farai dopo la scuola?» chiese Kirsten.

Chi non conosceva Hannah non l'avrebbe notato, ma un'ombra fugace apparve dietro il suo sorriso.

«Veramente non ci ho ancora pensato», rispose, alzando le spalle.

«Oh, andiamo, devi averci fatto un pensierino! Quando avevo la tua età volevo essere Madonna, o un pilota. E l'università? Papà, dille che deve continuare a studiare!»

Non dissi nulla, ma io e Hannah ci scambiammo un'occhiata.

«Fammi indovinare che cosa sceglierai. Arte? Sembri un'artista.»

«Non lo so», disse Hannah, la voce ora più sommessa, quasi coperta dal baccano del locale.

«Mmm?» fece Kirsten, prendendo un'altra fetta di pizza. «Oh, niente design?!»

«No, io...»

«Se diventi designer, lascia perdere le piccole agenzie locali, segui il mio consiglio. Vai a Londra. O a New York, cazzo. Oh, wow, hai il mondo intero ai tuoi piedi. Eccitante, eh?»

La massa di gente sembrava china su di noi, dei corpi disposti in circolo che si compattavano tutt'intorno, ci privavano dell'ossigeno. L'aria era calda e rarefatta, il rumore penetrante.

«Non lo so. Ho parecchie difficoltà a pensare al futuro. Cambiamo argomento», fece Hannah.

Riconobbi l'espressione sul suo volto. L'avevo già visto tante di quelle volte! La risolutezza e la paura, che giravano come turbini opposti, come mulinelli nella marea. Mi guardò, e capii che ne aveva abbastanza. Sapevo di essere eccessivamente protettivo, e sapevo che lei a volte trovava ridicolo e frustrante il modo in cui dirigevo la sua vita e controllavo il cast di personaggi che ruotavano intorno a lei. Ma il motivo era *questo*. Ogni tanto nelle nostre vite entrava qualche persona nuova, che era all'oscuro di tutto. Ignorava la situazione.

«Dai», la incitai, «andiamo a prendere un po' d'aria fresca. Scusa, Kirsten, è stato bello conoscerti.»

Mi alzai e porsi la mano a Hannah, che l'afferrò e si tirò su.

«Mi dispiace», disse, ma non capii a chi si rivolgesse.

«Ho detto qualcosa di stupido?» chiese Kirsten.

«No, è soltanto stanca.»

«In effetti è pallida. È stato un piacere anche per me. Posso lasciarti il mio biglietto da visita?»

Infilò una mano nella tasca posteriore dei pantaloni, ma noi c'eravamo già girati. Misi un braccio sulle spalle di Hannah, per guidarla, e sentii che stava tremando. Andammo verso la porta; sgomitavo per far spostare le persone, all'inizio piano, poi con più vigore. Quando arrivammo all'uscita e la infilammo rumorosamente, ci sentimmo come due sommozzatori che tornavano in superficie per la prima volta dopo ore, e annaspavano sentendo l'aria fresca e rinvigorente.

Hannah si appoggiò al muro del locale, alzando gli occhi ed evitando di guardare me, strofinandoseli con il dorso della mano coperto dalla manica della camicetta trash. Andammo a casa a piedi, in silenzio. Sapevamo tutti e due che ci sarebbero state tante cose da dire, ma era una conversazione che avevamo sempre schivato; se ne stava lì ai margini, ogni giorno, in agguato. In ospedale erano sempre stati positivi riguardo alla prognosi, ma ci avevano insegnato a non dare niente per scontato. Ogni volta che aveva una ricaduta, quella domanda mai posta tornava a galla: quanto tempo avremmo avuto? Sul serio, quanto? Al suo sedicesimo compleanno mancavano meno di due mesi. Una tappa importante, un rito di passaggio. D'un tratto, sembrava crudelmente lontano... fuori dalla nostra portata, quasi.

«Scusa se ho cercato di combinarti la serata», fece Hannah, tra un brivido e l'altro. «Crudele, da parte mia. Sapevo che con quella felpa avresti attirato l'attenzione. È stato un esperimento maligno.»

«Per scoprire che cosa?»

Superammo il teatro, i fari delle auto in transito illuminavano l'edificio di cemento, che così sembrava un inquietante castello espressionista.

«Hai voltato pagina?» mi chiese. «Dopo mamma?»

«Wow... Cos'è che te l'ha fatto venire in mente?»

«Ce l'ho sempre in mente. Sei talmente inutile. *Qualcuno* deve badare a te.»

Mi tolsi la felpa e gliela misi sulle spalle, in modo che la scritta BITCH, PLEASE fosse ben visibile sulla sua schiena.

«Ecco», feci io. «Te lo meriti.»

Rise, e mi prese a braccetto. E io la riportai a casa.

Hannah

Siamo in camera mia: le mie amiche Jenna e Daisy, e io. Jenna è seduta con le gambe incrociate sulla mia sedia da ufficio, Daisy è spaparanzata in fondo al letto con un vestitino estivo a fiori, eterea e distante, quasi fosse uscita dalla pubblicità di un profumo. Dovremmo parlare di *Jane Eyre*. Invece ho passato l'ultima mezzora a raccontare loro di quello che è successo ieri sera, al Virago café, di come ho cercato di appioppare una tipa ubriaca a mio padre. Questo ha scatenato una certa ilarità. Adesso mi stanno martellando per avere informazioni.

«Come sapevi che lei sarebbe stata interessata?» grida Jenna. «Come sapevi che non era là con il fidanzato?»

«Hannah ha un talento particolare per scovare anime sole e disperate», dice Daisy. «Come il ragazzino del *Sesto senso.*»

«Vedo la gente single», rispondo. «Vanno in giro come persone normali.»

«Callum è single?» chiede Daisy. «Lo hai tenuto d'occhio per... quanto? Le ultime due settimane del semestre?»

«Assolutamente no. Fatti controllare la vista.»

«Io trovo che la signora protesti eccessivamente.»

Conosco Daisy dalla prima elementare: ha una grave forma di asma, e legammo subito per via delle nostre rispettive cure, ultrainvasive. È bella e bionda e alta, ma anche amichevole e divertente, il che è del tutto ingiusto. Tutti l'adorano, e la odiano. Adora le Sugababes, i film drammatici adolescenziali americani e il suo nuovo telefono con videocamera. Attualmente non ha un ragazzo, ma non le mancano nuove proposte. Ogni tanto sospira e mi chiede di gestire la serie di sms provocanti e schifosi che le inviano gli sfigati in classe con noi.

Una volta un tirocinante di inglese le scrisse invitandola ad andare con lui a vedere *Canto di Natale*. E questo dopo averla avuta in classe per una lezione, letteralmente. Cioè, aveva venticinque anni, che stronzo.

Jenna è un'emo fatta e finita, una nerd patita di informatica. Indossa jeans neri, T-shirt nere e una felpa nera con cappuccio enorme, anche quando fuori si muore di caldo. È per metà indiana e per metà irlandese, il che significa che vive in un incubo culturale, e che non fa fatica a suscitare la disapprovazione dei suoi genitori. Non è in classe con noi, quindi l'abbiamo conosciuta solo quando abbiamo cominciato a frequentare il corso di teatro in preparazione al GCSE, l'anno scorso; ci misero nello stesso gruppo, nella classe di improvvisazione, e legammo subito quando dovemmo fingerci animali.

Jenna è l'attrice migliore della classe, finora; credo sia per il fatto che deve mentire così spesso ai suoi genitori. Non vogliono che entri a far parte del gruppo di teatro, anche se le piacerebbe moltissimo, perché secondo loro porterebbe via tempo agli studi. Praticamente è sempre in punizione, così vive nelle chat room e nei forum. È stata la prima persona di mia conoscenza ad avere la banda larga, perché ai suoi costava una fortuna in chiamate, e loro ragionarono che, finché navigava, non usciva a ubriacarsi o a farsi mettere incinta. Invece ha avuto una sfilza di fidanzati virtuali che aggancia giocando a Final Fantasy XI in modalità multiplayer. In realtà non capiamo molto di quello che le sta succedendo, ma cerchiamo di darle conforto quando ci racconta che Olaf il Megalord l'ha mollata per un'elfa dei boschi, o qualcosa del genere. Del resto, chi sono io per giudicare? Non ho mai avuto un ragazzo. Sono troppo letargica per avere a che fare con gli esponenti dell'altro sesso.

Comunque, abbiamo deciso di fondare una specie di club del libro con incontri regolari, per discutere dei testi assegnatici nei corsi di inglese e di teatro, perché questa è l'unica parte della preparazione agli esami che possiamo affrontare durante l'estate. Quando finalmente torniamo al libro, tocca a Jenna parlare.

«Quello che non capisco è che Jane combatte per tutto il romanzo contro il patriarcato, e poi che cosa fa? Se lo sposa!»

«Rochester è il patriarcato?» chiede Daisy.

«Be', vediamo: è ricco e potente, è proprietario di una magione, ha la servitù, non si cura della figlia e tiene la moglie chiusa in soffitta. Quindi sì, Daisy... è il patriarcato.»

«Ma Jane se ne innamora solo quando lui è debole, quando deve farsi avanti per salvarlo», suggerisco. «Quindi batte il patriarcato e fa suo Rochester.»

«Osservazione valida», ammette Jenna. «Io adoro Jane, ma non fa che *pensare* e *pensare*... arriverà alla conclusione sfinita.»

«E inoltre tutte le sue amiche e compagne di scuola muoiono di tubercolosi», aggiunge Daisy. «Immagino sia alquanto deprimente. La gente era talmente fragile.»

«Questa è una parte in cui mi rivedo», dico.

«Oh merda, giusto. Scusa.»

«Tranquilla, non c'è problema.»

Riprendiamo a leggere per un secondo, finché Jenna non scoppia a ridere nel libro aperto davanti a lei.

«Scusate, scusate. È solo che mi sei venuta in mente tu, Hannah, che ti accasci sul palco.»

«Oh, grazie!»

«No, cioè... è stato terribile, è chiaro, ma...»

«Dio, che delusione. Provo un tale imbarazzo.»

«Non devi! Comunque sei stata un fenomeno.»

«Adesso come ti senti?» mi chiede Daisy.

«Non lo so. Bene. Cioè, mi stanco parecchio, ma non è una novità. Non ditelo a mio padre.»

«Io ho sempre questa sensazione di spossatezza», fa Jenna. «Non so che cosa sia.»

«Io lo so», le risponde Daisy: «Stai alzata a guardare otto episodi di *Buffy* ogni sera, fino alle tre del mattino».

«Sono innamorata di Spike. Perché i *miei* fidanzati non possono essere vampiri e pezzi di fighi immorali?»

«Forse volevi dire *immortali*?» le suggerisco.

«So esattamente che cosa voglio dire», replica Jenna.

«Che cosa cambia?» Daisy sospira, mentre si toglie lo smalto sbeccato. «Tanto nemmeno li incontri, di persona.»

«Dovremmo guardare un film su *Jane Eyre*», intervengo, cercando di riportare tutte in carreggiata. «Così non ci toccherà rileggerlo. C'è in DVD?»

«Io ho già guardato quello in bianco e nero, con... com'è che si chiamava? Orson Welles. Una vera merda.»

«Quello è un classico, scema.»

«Scema sarai tu. Noleggiamo quello con Kate Winslet.»

«Oh mio Dio, Jenna; lei non ha fatto *Jane Eyre*, ha recitato in *Sense and Sensibility*.»

«Ed è sulla lista delle letture?»

«No! Gesù, io mi levo da questo gruppo.»

«Quando lascerò la scuola, chiuderò con i libri», proclama Jenna. «Nessuno leggerà questa roba, di qui a dieci anni. Sono tutte stronzate. Per allora vivrò in un mondo virtuale.»

«Quindi quale sarebbe la novità? Tra dieci anni», fece Daisy, «*io* starò girando il Sud Italia in camper con Matthew McConaughey. E tu, Hannah?» Mi guardano tutte e due. Io mi appoggio allo schienale e lancio il libro dall'altra parte della stanza. Atterra con un tonfo sonoro.

«Che cosa c'è che non va?» mi domanda Daisy.

«Niente!» rispondo, alzando un po' troppo la voce. «Sono solo stufa di leggere queste stronzate. Che cosa ci può insegnare *Jane Eyre*? E perché papà ha rimesso questo fottuto questionario nella mia bacheca?»

Mi alzo, strappo la lettera e la getto nel cestino.

«Ma che stai facendo?» mi blocca Daisy. «Devi riconsegnare il modulo compilato il prossimo semestre!»

«Hannah, sei fuori?» mi chiese Jenna.

«No! Non ha importanza, dimenticatevene, sto bene.»

«No che non stai bene. Siamo tue amiche, e vogliamo sapere che cosa ti prende.»

È per Callum?» fa Daisy, con un risolino. «Vuoi che gli chieda se gli va di uscire con te?»

«Oh Dio, no! Non è niente. Vado a prendere da bere. Che cosa volete?»

«Non i tuoi cazzo di infusi alla frutta», mi risponde Jenna. «Sanno di succo di Ribena annacquato con dello sporco che ci galleggia dentro. Acqua, per me. Sto cercando di depurarmi bevendo solo liquidi trasparenti.»

«Tuo padre ha della vodka?» domanda Daisy.

Quando esco dalla mia camera, mi fermo sul pianerottolo e le sento parlare a bassa voce. «Sembra pallida», osserva Jenna, che ha questo modo di sussurrare ridicolmente forte. Daisy è d'accordo. Vado di sotto, perché non voglio sentire nient'altro. Sorprendere le tue amiche che sparlano di te è sconvolgente, ma beccarle a *preoccuparsi* per te è spaventoso, cazzo.

Più tardi, dopo che sono andate via, sono sdraiata sul mio letto e ascolto i suoni dell'estate, fuori: passeri che cinguettano nella grondaia sopra la finestra aperta; il cane del vicino che abbaia; dei bambini in un giardino sul retro di qualche casa, che fanno baccano in una piscinetta. La vita va avanti, ma è talmente silenziosa, lontana, che riesco a immaginare di galleggiare, allontanandomi da tutto quanto. Non so se mi sono addormentata o se ho soltanto sonnecchiato, ma all'improvviso è quasi sera, e il cielo azzurro ha lasciato il posto a una distesa slavata di grigi minacciosi. Le nuvole sembrano scogliere frastagliate. Mi alzo, e mi gira la testa. La stanza perde colore.

«Oh merda», dico. Cerco il telefono, ma l'ho lasciato di sotto. Esco sul pianerottolo, facendo un gran chiasso, e mi lancio verso la balaustra, ma in qualche modo la manco. Oh wow, mi dico, sto volando. Invece no. Sto cadendo. Le scale mi vengono addosso a una velocità tale che mi viene da vomitare.

Bam.

Andata. Non sono più niente.

Una voce dice: «Papà. Aiuto».

Tom

Uscii dal teatro appena fece sera. I raggi di sole si stavano tingendo di una calda tonalità tra il marrone e l'oro, mentre percorrevo in auto le strade fiancheggiate da alberi. Qualche centinaio di metri più avanti, c'era una piccola fila di negozietti locali che inspiegabilmente era diventata un posto di ritrovo per gli adolescenti della zona. Diedi un'occhiata, nel caso Hannah fosse lì, ma vidi solo Jenna e Daisy sedute sul muro accanto all'edicola, immerse in una conversazione animata. Diedi un colpetto di clacson, che spaventò entrambe. Jenna si lanciò in un urlo drammatico, prima di vedere che ero io, e e poi mi salutò con la mano. Accostai, e premetti il pulsante per abbassare il finestrino dal lato del passeggero.

«Scusate!» urlai, quando vennero all'auto.

«Mi ha fatto cagare sotto dalla paura, signor Rose!» esclamò Jenna. «Cioè, mi ha spaventata a morte. Scusi.»

«Tranquilla. Hannah è a casa?»

«Sì», mi rispose Daisy. «Abbiamo studiato *Jane Eyre*.»

«Oh, ma certo, come no. Lei come sta?»

«Bene, credo», fa Jenna.

«Be', l'abbiamo trovata un po' pallida. Ci ha chiesto di non dirle niente, ma siamo un po' preoccupate per lei.»

«Credo stia ancora cercando di superare quello che le è successo venerdì sera», spiegai. «Sono certo che sia tutto a posto.»

Parcheggiai nel viale e salii in veranda. C'erano un paio di buste chiuse, sullo zerbino: un estratto conto della banca e una busta marrone del consiglio comunale, che aveva l'aria di contenere qualche noiosa comunicazione. Le raccolsi e aprii la porta. Stavo per gridare un «Ciao», ma non appena varcai la soglia tutto il fiato che avevo abbandonò il mio corpo.

Hannah era raggomitolata in fondo alle scale, come se fosse ruzzolata giù mentre dormiva. Ma non stava dormendo. Il viso era cereo, il respiro affaticato e sibilante, e dalla testa fuoriusciva un rivolo di sangue che aveva formato una pozza sul gradino sottostante.

«Oh mio Dio, Hannah», dissi, in un gemito. Mi gettai in ginocchio, ma non sapevo se fosse il caso di muoverla, o anche solo di toccarla. Vidi un taglio sul lato sinistro della testa, una ciocca di capelli zuppa di sangue che sgorgava orribilmente dalla ferita. Era immobile, come morta. Il panico si diffuse nel mio corpo come benzina in un motore. Corsi in soggiorno e strappai il telefono dalla base, digitando il 999.

Otto minuti dopo un'ambulanza era davanti a casa. Un paramedico, un ragazzone robusto, addrittura più grosso di Shaun, mi superò in un istante; mise subito le dita sul polso di Hannah, poi sul collo, una mano sulla testa, il viso abbassato e vicino al suo. Mi chiese come si chiamasse; glielo dissi. «Hannah», la chiamò, forte. «Hannah, riesci a sentirmi?» Comparve un altro paramedico, una donna, con una barella. Io indietreggiai verso la soglia del soggiorno, sentendomi inutile, disperato. L'uomo aveva messo una specie di garza attorno alla testa di Hannah, che già si stava intridendo di sangue.

«Spostiamola da qui», disse. Poi si voltò verso di me. «Viene con noi?»

«Sì. Sì, io...» Diedi un'occhiata al soggiorno, non so perché. Uscii di casa senza chiudere la porta, seguendo i paramedici. La mia testa era completamente vuota.

Dopo, venni a sapere che il vicino aveva chiuso la porta per noi. C'era un'intera folla a guardare l'ambulanza che ripartiva. Allora non me ne accorsi.

Per il suo sesto compleanno, le avevo chiesto se volesse una piccola festicciola in teatro. Sembrava una decisione sensata, perché c'era un sacco di spazio e i bambini avrebbero potuto fare tutto il chiasso che volevano... che era sempre considerevole. Aveva annuito, ma senza troppo entusiasmo. Durante i mesi successivi alla diagnosi, eravamo riusciti a rendere la situazione abbastanza normale. La miriade di pillole era solo una delle tante routine quotidiane. Ma allo scadere di quel primo anno, la realtà le si era parata nuovamente davanti. Ancora non capiva bene che cosa stava succedendo, ma sapeva che era qualcosa di serio. Disperato, ero tornato con la mente all'anno precedente, alla sua felicità nel vedere le fate: se abbiamo un teatro, dovremmo organizzare uno spettacolo, avevo cominciato a pensare.

Da sempre scrivevo drammi; durante l'adolescenza avevo divorato tutte le guide alla stesura di testi teatrali e sceneggiature presenti nella biblioteca della città, e poi avevo seguito tutti i corsi pratici mentre studiavo per la laurea. La maggior parte dei miei compagni erano fanatici del cinema che ambivano solo a diventare i nuovi Fellini, Paul Schrader o William Goldman, mentre io ero ossessionato da Harold Pinter, Jim Cartwright e Caryl Churchill, dal modo in cui utilizzavano la natura intima e provocatoria del teatro per esprimere la propria furia politica ed emotiva. Al termine dell'università, ero stato cofondatore della compagnia teatrale itinerante più fallimentare nella storia del dramma inglese, e l'avevo fatto con l'intenzione di scrivere e mettere in scena opere originali. Questo a metà degli Anni Ottanta, quando il teatro contava ancora qualcosa. Ma le cose erano andate diversamente. E probabilmente fu meglio così.

Quindi, Hannah aveva quasi sei anni quando eravamo saliti sull'autobus per recarci al primo controllo cardiologico annuale. Avevamo preso posto, e lei era taciturna e ansiosa, la testa appoggiata al finestrino lurido mentre percorrevamo sobbalzando la strada trafficata per Bath. Che cosa posso fare, mi ero chiesto? Come posso renderle tutto questo sopportabile?

«Ti piacerebbe avere uno spettacolo, per il tuo compleanno?» le avevo domandato. «Se organizziamo una festa in teatro, dovremmo mettere in scena qualcosa.»

Per la prima volta da quando eravamo saliti su quell'autobus si era voltata a guardarmi.

«Oh, sì!» aveva esclamato. «Una storia di fate?»

Una piccolissima scintilla di entusiasmo.

«Ma certo», le avevo risposto, nel disperato tentativo di tenerla accesa. «Altrimenti cosa?»

Il primario ci aveva detto che la situazione sembrava stabile, ma che la terapia e i controlli annuali sarebbero andati avanti. Per lei era stato difficile accettarlo. Tornati a casa, avevo chiesto aiuto al gruppo dei miei attori. Quasi tutti avevano risposto di sì, felici di dedicare ore del loro tempo prezioso a imparare, provare e mettere in scena un'opera di dieci minuti che ancora non avevamo nemmeno scritto. Era cominciata così. Così avevamo sperato di restituire a Hannah un po' di normalità.

Carissima Willow,

volevo raccontarti qualcosa di più degli spettacoli che papà organizzava per me, il giorno del mio compleanno, in teatro. Hai presente le storie che parlano delle origini dei supereroi? Be', anche se io non lo sono, questa è la mia.

Il primo che mettemmo in scena fu La Sirenetta, *per il mio sesto compleanno. Avevo visto la versione cinematografica della Disney, ma ricordo di aver odiato con tutto il cuore il modo in cui la favola di Hans Christian Andersen era stata trasformata in un film «sicuro», sdolcinato e fiacco. Preferivo il racconto più cupo e triste nel mio vecchio libro. Che dice così: una giovane sirena dona la sua voce alla strega del mare in cambio della possibilità di trasformarsi in un'umana, e di sposare un principe affascinante. Ma quest'ultimo si innamora di un'altra donna, e l'incantesimo della strega prevede che la sirena debba morire la mattina in cui i due si sposeranno. All'ultimo minuto, le sue sorelle riescono a ottenere una sospensione della maledizione: se la sirena pugnalerà il principe al petto prima delle nozze, riprenderà la sua forma originaria e sarà salva. La scelta è tremenda: sacrificare la vita di lui o la sua. Anche a sei anni, quella tragedia così crudele mi parve più vera delle aragoste canterine e del lieto fine.*

Papà buttò giù un testo rudimentale, e Sally lavorò con gli attori. In buona parte improvvisarono. In parte la magia fu proprio questa. Il giorno del mio compleanno, papà portò me e le mie amiche a teatro, e tutti i membri del cast si presentarono con le rispettive famiglie; Ted e Angela prepararono tè e dolci per tutti: sembrava una piccola festa della comunità. Probabilmente era una cosa un po' strana, ma a noi sembrò del tutto normale. No, non normale. Fu meravigliosa.

Ricordo solo piccoli frammenti dello spettacolo. C'erano dei lenzuoli blu appesi come sfondo, e tutte le luci avevano filtri blu e verdi per creare quest'atmosfera sognante, sottomarina. Kamil costruì lo scafo di una nave di legno su cui navigava il principe; due del gruppo tenevano una lunga striscia di organza sul proscenio, che facevano fluttuare per ricreare il movimento delle onde.

La cosa più importante fu che tirai dentro Margaret. Veniva in teatro ogni giorno, e rimaneva seduta nel bar nel ridotto, a bere tè, ma un giorno papà le chiese se potesse tenermi d'occhio, mentre lui dava una mano a scaricare della merce che gli stavano consegnando; chiacchierò con me quasi fossi un'adulta. Fu così che la conobbi, e mi piacque da subito. La supplicai di unirsi al gruppo, così mi avrebbe fatto compagnia durante le prove, e lei acconsentì, ma sottolineò che voleva rimanere seduta in sala a guardare, e basta. Non dispiacque a nessuno. Io andavo a sedermi accanto a lei con i miei libri, sperando che leggesse con me, e lei lo faceva. Leggeva in modo meraviglioso, cambiando voce a seconda dei personaggi, colmando le pagine di vita e di umorismo. Papà la sentì e la incoraggiò a fare un'audizione per una parte, ma lei rifiutò. «Io guardo e basta», diceva sempre. «Voglio solo rimanere qui.»

Quando cominciammo a organizzare lo spettacolo, però, chiesi a papà: «Ti prego, di' a Margaret di fare la strega del mare». Lui rise, e disse che non poteva proprio... che forse non era una proposta così lusinghiera, per un'anziana signora. Così glielo domandai io. «Saresti perfetta perché la strega del mare è divertente e cattiva.» E lei accettò. «Dalla descrizione mi somiglia parecchio», disse. Quando papà venne a saperlo si arrabbiò per il fatto che gliel'avessi chiesto, ma lei liquidò la sua preoccupazione con un gesto della mano.

«Insultare me è impossibile, semplicemente. Se alla mia bambina serve una strega, è giusto che l'abbia.»

Papà le chiese se avesse esperienza, in fatto di recitazione. «Un pochino, ma ormai è passato tanto tempo. Non sono sicura di essere ancora capace di imparare delle battute. La memoria mi gioca brutti scherzi.»

Lui le disse di stare tranquilla, perché si trattava solo di un breve spettacolo per amici e famigliari. Disse anche che il testo non era lungo, e che il piano prevedeva di improvvisare. Ricordo che le disse: «Se qualcosa va storto, siamo nel letame tutti quanti. Sempre».

Margaret non era sicura che fosse corretto che una persona del pubblico diventasse attrice. Ricordo molto bene la risposta di mio padre. «Be', vedi, è questa la magia del teatro. Tutti, in sala, sono attori.»

Lei ci raccontò una delle sue storie, di quando aveva visto la prima londinese di Hair, *nel 1968. «Alla fine, salimmo tutti sul palco con gli attori. Ballai con Zsa Zsa Gabor.» Non credo che papà le avesse creduto, ma rise comunque. Le disse: «Dora sta realizzando un costume fantastico per la nostra strega del mare. Credo ti si adatterà perfettamente». Alla fine, Margaret accettò di fare un tentativo.*

Willow, fu straordinaria.

Dora aveva confezionato un abito mostruoso: una gonna nera voluminosa che terminava in otto lunghi tentacoli fatti di poliestere imbottito di gommapiuma. Margaret camminò per tutto il palco, pronunciando le battute con la sua voce rauca, spaventando e deliziando tutti quanti, incluso il cast, in particolare Rachel, la Sirenetta. Alla fine, andò da papà e lo ringraziò. «Non credevo avrei più recitato», gli disse. «Questa per me è stata una meravigliosa sorpresa.»

Il suo ritorno sulle scene avrebbe segnato il momento più memorabile della serata, se non fosse stato per quello che accadde dopo, alla fine della recita. Una cosa che ero riuscita a dimenticare per molto tempo, e che non credo nessuno avesse previsto.

Al momento clou, la Sirenetta deve scegliere: uccidere il principe o lasciare che il matrimonio venga celebrato, e morire lei. Ebbene, sappiamo che cosa succede, in teoria, no? La Sirenetta non ce la fa a fare del male al suo adorato umano; invece, si tuffa in mare e si dissolve, con il cuore in pezzi.

Questa avrebbe dovuto essere la conclusione. Ma non andò così. Presa dall'emozione del momento, una voce dal pubblico urlò alla Sirenetta: «No, non morire!»

Era la mia voce, Willow. E, prima di rendermene conto, stavo correndo sul palco...

Vuoi sapere come andò a finire? Sarò crudele, ti lascerò in sospeso. Dovrai continuare a leggere le mie lettere, per scoprirlo.

Hannah

Sono in ospedale, a Bath. Non ricordo come ci sono arrivata, né cosa sia successo, ma so che c'entra una scala, e che adesso ho sei punti in testa. Papà mi ha trovata nell'ingresso, coperta di sangue, come la vittima in un film violento. Probabilmente somiglio al mostro di Frankenstein, ma non mi sono ancora guardata allo specchio.

È successo tutto ieri. Stamattina, dopo una notte di merda, mi hanno portata sulla barella in cardiologia, dove mi hanno sottoposta a una serie di esami, perché pare che due black out in un paio di giorni non siano «un buon segno». Quando hai problemi di cuore, ci sono due macchine che impari a conoscere molto bene: l'ecocardiografo e l'elettrocardiografo. Il primo fa un'ecografia, più o meno come quella che fanno alle donne incinte, solo che non cercano di vedere un bambino, ma valvole difettose del cuore, il che è molto meno carino ed eccitante, e inoltre non ti danno una foto da portare a casa. Per fare un elettrocardiogramma, invece, devi stare distesa e tremante in una stanza bianca e vuota, mentre un'infermiera ti mette degli elettrodi su tutto il petto, così che possano analizzare il battito cardiaco. Devi indossare la camicia dell'ospedale al contrario, quindi ti senti esposta, e provi parecchio imbarazzo. Poi ti ci abitui.

Adesso mi trovo in un letto nel reparto di cardiologia, attaccata a un monitor Holter, che somiglia a un Game Boy ma serve a misurare i battiti, e non ci giochi a Tetris. Devi portarti in giro quest'affare maledetto per ventiquattro ore, quindi in effetti sarebbe fico poterlo usare per farci qualche partita.

Mi sento intontita. Forse è per via dell'anestetico locale che mi hanno iniettato per i punti, ma non credo. Penso che il motivo sia più serio. A quindici anni dovrei essere in giro per la città con le mie amiche, o stravaccata davanti alla TV, o impegnata a cambiare ossessivamente il nome del mio profilo su MSN. Non dovrei trovarmi in ospedale, attaccata a un monitor che controlla il cuore. E invece eccomi qui, a guardare le lancette dell'orologio, finché non torna papà.

Ho una cardiomiopatia. Imparai a compitarlo solo a nove anni. Per essere più specifici, ho una cardiomiopatia dilatativa. È una malattia che colpisce le pareti del cuore, e implica che il battito sia irregolare, e che il sangue non venga pompato in modo efficiente. Ci sono persone che nemmeno sanno di averla; e a volte non lo scoprono mai. E ci sono persone che muoiono all'improvviso. Io sono da qualche parte, tra queste due possibilità estreme, ma sfortunatamente tendo verso la seconda. Quella mortale. Se la terapia funziona e faccio controlli regolari, c'è la possibilità che stia bene. Ma c'è anche il rischio che qualcosa all'improvviso vada storto, e che – *boom* – abbia un arresto cardiaco. Quando sei giovane, lo scenario peggiore dovrebbe prevedere che le ragazze più popolari non vogliano esserti amiche, o che i tuoi genitori non ti lascino andare al concerto della boy band del momento, per il tuo compleanno. Nel mio caso, il peggio che possa capitarmi è che collassi nel bel mezzo di una lezione di educazione fisica, e che non mi svegli più.

Scusate. L'ospedale mi mette sempre tristezza.

Ieri sera papà è andato a casa, ma si fa vivo alle undici, quando comincia l'orario delle visite, e mi saluta quando è ancora fuori dalle porte in fondo al reparto. Ha il consueto ghigno, ma lo vedo stanco e rugoso, e ha i capelli in disordine: sembra Nikki Sixx appena uscito da una clinica per disintossicarsi. Quando gli danno il permesso di entrare, corre da me e mi tende le braccia. Le afferro, sforzandomi di non piangere per il sollievo che provo vedendolo. Poi, senza farlo apposta, mi dà un colpetto alla testa, e io mi tiro indietro attraversata una fitta lancinante.

«Ops, tesoro, scusami! Come ti senti?»

Decido di non sfogare su di lui tutta la mia angoscia esistenziale. Invece, mi ricompongo ed entro in modalità adolescente alienata.

«Sto bene. Stufa marcia, ma OK. Stanno aspettando i risultati dei test. Tu che hai fatto?»

«Ero seduto al bar, di sotto. Sono arrivato alle sette, ma tu dormivi e ti stavano facendo quegli esami. Ho letto il *Guardian* dalla prima all'ultima pagina. Mi sento molto bene informato.»

«Sei stato di sotto tutta la mattina?»

«Sì, certo. Tu sei qui. Dove altro dovrei essere?»

«Papà, sei uno sfigato.»

In quel momento vedo arrivare il dottor Peter Vernon. È il mio cardiologo (mi piace dire così, perché sembra che l'abbia assunto). Lavora con pazienti molto più piccoli di me, a cui chiede di chiamarlo dottor Pete. Io non posso farlo, perché sembrerebbe inquietante. Invece, lo chiamo dottor Pete Venkman, o solo Venkman, pensando al personaggio interpretato da Bill Murray in *Ghostbusters*, e a lui sembra andare bene: almeno credo, perché mi dà sempre farmaci incredibilmente potenti, o mi spiega quanto è messo male il mio cuore. Da parte sua non sarebbe carino obiettare, considerate le circostanze. Comunque, ha una quarantina d'anni, capelli biondi, abbronzatura color toffee. Sembra un surfista che chissà come ha lasciato l'oceano per lanciarsi nella carriera medica. Tutte le ragazze ricoverate in cardiologia cadono in deliquio, quando passa lui... anche se in effetti tendono ad avere comunque capogiri per via della loro aritmia... ma va be'.

Arriva da noi, prende una sedia e vi si lascia cadere morbidamente, guardandomi con occhi acuti.

«Ehi, Hannah.»

«Ehi, Venkman», faccio io. «Come butta?»

Sta tamburellando con la penna sulla cartella, a cui dà un'occhiata, e poi torna a guardare me. E di nuovo i suoi appunti. Picchietta, picchietta. È la sua tattica per prendere tempo. Involontariamente, mi rendo conto che ho deglutito: un *gulp* da fumetto, un *gulp* da «oh merda, ci siamo».

«Allora... ragazzi», dice alla fine. «Vi porto notizie... non proprio perfette.»

«Non proprio perfette?» faccio io, e in verità non trattengo una risatina. «Non perfette come il volo spaziale dell'Apollo 13?»

Sento la mano di papà sul letto, che accarezza la mia. Afferra le mie dita. Il tempo passa, si dilata come una pozza di pittura densa.

«Mi lasci indovinare», dico io, che non riesco a smettere di farfugliare. «Mi avete bocciata all'esame SAS?»

Venkman non si disturba nemmeno a fingere un sorriso.

«Ho dato un'occhiata all'eco e all'elettrocardiogramma», continua. «Hannah, si nota un'aumentata dilatazione delle cavità cardiache, e una tachicardia ventricolare piuttosto seria.»

«Certo. Potrebbe darmi questa batosta nella mia lingua?»

«Il battito è particolarmente accelerato e irregolare... per questo ti capitano questi black out. E...»

«E che cosa vuol dire?» interviene allora papà, prima che Venkman abbia avuto il tempo di dirci tutto. «Che cosa facciamo, adesso?»

Venkman si interrompe e assume un'espressione incredibilmente sincera. Avete presente, nei film di gangster, quando qualcuno sta per tradire un vecchio amico, e gli rivolge uno sguardo colmo di dolore... appena prima di piantargli un proiettile in faccia? Ecco, vi siete fatti un'idea.

«Be', per il momento cambiamo i farmaci, e vediamo se questo aiuta a stabilizzare il quadro clinico. Sarò onesto, la situazione mi preoccupa un po', ma terremo le cose sotto controllo.»

Papà stringe più forte. D'un tratto, la mia mente è attraversata da diapositive di tutti questi momenti: di queste piccole chiacchierate difficili, spesso in stanzette dall'aria viziata, lontane dal trambusto dei reparti. I ricordi sono talmente vividi che riesco a vedere tutti i primari che ho incontrato, i loro volti, i poster appesi intorno a noi, il rivestimento liso delle sedie scomode. Quando qualcuno ti sta dicendo quanto sei malata, il tuo cervello comincia a registrare su un DVD ad alta definizione: ricordi cosa indossavi, ricordi l'aria gelida sparata dal condizionatore, ricordi che cosa stavi facendo con le mani.

«Sentite, è inutile fare speculazioni, in questo momento», continua Venkman. «Dobbiamo scegliere i farmaci, sottoporti ad altri test, e poi vedere come va.»

Ho un milione di domande, ma non posso rivolgergliele davanti a papà. Non deve sapere quanto è grave la situazione. Venkman capisce. Passerà più tardi e parlerà solo con me. Facciamo così. Quando sei malata come me, impari in fretta che devi proteggere la tua famiglia. Quindi, per ora lascio che il dottore se ne vada; la cartella, con tutti i diagrammi, gli appunti e le tristi conclusioni, è stretta nella sua mano.

«Be', a me sembra una grande stronzata.»

Guardo papà, per un po' resta in silenzio, gli occhi che si spostano da me alle macchine disposte intoro al letto. Il suo viso è privo di espressione, i suoi pensieri – per un attimo – sono assolutamente inaccessibili. Quando ero ancora una bambina mi faceva queste promesse sciocche su come avremmo sconfitto questa cosa, o su come sarebbe andato tutto bene. Allora era più facile; aveva una miriade di espedienti brillanti per farmi sentire meglio. Andavamo a casa e costruivamo un castello con le lenzuola, poi ci mettevamo seduti a mangiare dolciumi e a leggere storie; giocavamo a Ti sfido a vestirti così; guardavamo un musical; ci sedevamo in un caffè fingendo di essere delle spie, dei reali in esilio, o dei supereroi; mettevamo in scena spettacoli per il mio compleanno. In questo momento, non gli viene in mente niente da dire, o da fare, che possa rassicurarmi. E questa è la cosa più triste che sia successa, durante l'ultima settimana.

Invece, si alza dalla sedia, viene a sedersi sul letto e, senza dire una parola, mi abbraccia. Io mi aggrappo a lui, il tessuto ruvido della sua giacca sfrega contro il mio naso. Eccoci qui. Un altro letto d'ospedale, un altro piccolo dramma. Mentre affondo il viso nell'incavo della sua spalla, sento il rumore dei miei battiti, e m'incazzo con il mio cuore.

Mi stacco.

«Puoi, ehm... puoi andare a casa e prendermi delle cose?» gli chiedo. «Qualche fumetto. Una montagna di fumetti. Qui ci si annoia a morte.»

«Non lo so. Non voglio lasciarti qui da sola.»

«Pa', forse non l'hai notato, ma sono circondata da personale medico.»

«Credo sia meglio che resti qui, comunque.»

«Senti, ho bisogno di qualcosa con cui svagarmi, o finirò per impazzire. E tu dovresti andare a prendere qualcosa per pranzo.»

«Sto bene.»

«Papà! Va' a casa, o suono l'allarme e ti faccio sbattere fuori.»

Non si muove, così mi tiro su a sedere e allungo il dito verso il pulsante sulla parete. «Ti avverto. Non costringermi a premerlo. Le infermiere si incazzano *sul serio* se lo schiacci e non stai morendo.»

«Hai vinto! Vado! Ma credo che più tardi vogliano venire a trovarti i ragazzi del teatro. Ce la fai ad affrontare tutta quella confusione?»

«Certo, ma non posso parlare per tutte le persone qui dentro.»

«Almeno non dovranno vedersela con Margaret.»

Margaret ha la fobia degli ospedali. È per qualcosa che ha a che fare con il marito, che pare abbia trascorso i suoi ultimi giorni in un reparto da incubo da qualche parte, dove se ne andò senza che nessuno se ne accorgesse. Una volta ha fatto promettere solennemente a papà che, se mai lei dovesse ammalarsi gravemente, lui farà in modo che non muoia in ospedale. Una richiesta stramba, ammettiamolo, visto che la sua stessa figlia è sempre vicina a tirare le cuoia in qualche clinica. Tipico di Margaret. Priva di tatto, come sempre. Dio, ho una tale voglia di vederla!

«Te l'ha *detto* lei che non verrà?» gli chiedo, patetica.

«No, ma sai com'è fatta. Ricordi la Promessa? Comunque, verranno tutti gli altri. Creeranno già abbastanza confusione senza di lei.»

«Merda, mi farete sbattere fuori.»

«Li avviserò di non fare troppo casino.»

«No, non farlo.»

Passa un'infermiera, che ci sorride. Papà la guarda un momento, vedo che sta pensando.

«Sai, sono tutti molto felici all'idea di mettere in scena qualcosa per il tuo compleanno, proprio come ai vecchi tempi. Richard si è offerto di occuparsi delle luci. Dora è pronta a mettersi alla macchina per cucire. Dobbiamo soltanto scrivere qualcosa di stupefacente.»

«Ah-hah», dico, ma non lo sto ascoltando veramente. Non sto pensando al mio compleanno, o al revival della nostra sciocca tradizione. In questo momento, non penso nemmeno a dove sarò tra una settimana, figuriamoci tra un mese.

Mio padre si alza dal letto, e mi guarda ancora.

«Sicura di cavartela?» Sembra ferito, davanti alla mia indifferenza. O forse la sta pensando come me: che sono una canoa con una falla, senza pagaia, che va dritta verso un cazzo di cascata.

«Pa', vai.»

«Non starò via molto. Ti voglio bene.»

«Ti voglio bene anch'io. Adesso sparisci.»

Va verso l'uscita, ma sulla soglia si volta a guardarmi e mi saluta con la mano. Ha gli occhi rossi. Se ne tornerà a casa e vedrà il punto in cui sono caduta. Dovrà affrontare tutto da solo. Ripenso alla serata al Virago. Lo avevo quasi sistemato con una donna. Ci ero andata talmente vicina! Gli ho promesso che non farò più nulla del genere, ma questo è stato prima. Adesso io sono in ospedale, e lui è a casa. Dove ci sarà silenzio. Quel silenzio lo tormenterà fino a quando non tornerà a trovarmi. Il solo pensiero è insopportabile. Lui non è bravo a stare da solo.

Tom

Da genitore, non puoi fare a meno di tracciare una mappa della vita di tuo figlio. Non appena te lo mettono tra le braccia, cominci a porti LE DOMANDE. Come sarà, tra qualche anno? Troverà l'amore? Come reciterà l'*Amleto*? E poi cominci a fare progetti per il futuro, a risparmiare per la prima auto, per la casa, per il primo incidente sugli sci non coperto da assicurazione in un Paese straniero. Ma poi talvolta la vita compie una di quelle frenate che ti fanno rivoltare lo stomaco, tirando bruscamente il freno a mano e svoltando in un viale inaspettato... e d'un tratto i tuoi piani finiscono sparpagliati sulla strada, come rifiuti.

E così adesso ero in auto, stavo tornando dall'ospedale, le parole del cardiologo che si ripetevano in loop nella mia testa. La nostra risposta alla diagnosi iniziale, dieci anni prima, era stata di sfida. Fottiti, vita, è questo il massimo che puoi gettarci addosso? Francamente, ho recitato in parecchi drammi di Ibsen, al punto di sapere che il fato si prende gioco di tutti noi, e bisogna affrontare la situazione come meglio possiamo. A Hannah era capitato in sorte un testo tragico, ma eravamo determinati a interpretarlo come avremmo fatto con una commedia romantica hollywoodiana, come un inno alla vita.

Ero poco concentrato sulla strada, avevo inserito il pilota automatico, come si dice, percorrendo le strade tranquille a mezzogiorno. Quando parcheggiai, mi ci vollero diversi secondi per realizzare che accidentalmente mi ero fermato in teatro. Tanto valeva entrare, decisi, e magari controllare la posta, recitare un monologo, qualunque cosa. Qualunque cosa, pur di rimandare il ritorno a casa. Usai l'ingresso principale, sbloccando le porte automatiche e lasciando che si aprissero davanti a me. L'odore familiare di detergente e di birra vecchia mi assalì le narici, insieme con i ricordi del ridotto affollato di spettatori ansiosi, divisi a gruppetti, tutti ben vestiti, che ordinano un gin tonic e studiano il programma. Stavo per salire al piano di sopra, quando sbucò Sally dal corridoio che conduce nel backstage, con due enormi sacchi della spazzatura sotto le braccia. Sembrò allarmata, quando mi vide.

«Oh mio Dio, credevo fossi Phil!» esclamò, lasciando cadere i sacchi.

«Phil? E perché dovrebbe venire qui?»

«Oh, oggi ha la giornata libera, sta riparando le grondaie a casa. Il fai-da-te lo mette sempre di cattivo umore, quindi sono venuta a rintanarmi qui, sto dando una sistemata. Come sta la nostra Hannah?»

«Hanno dovuto metterle sei punti, e stamattina l'hanno portata in cardiologia per farle alcuni esami. Dicono che c'è stato un peggioramento.»

«Oh, Tom.»

«Ci siamo già passati. Un giorno alla volta, eccetera eccetera.»

«Lei come la sta prendendo?»

«Oh, come al solito, con distacco clinico. Tipico atteggiamento da adolescente. Mi ha mandato a casa a prenderle dei fumetti.»

«Ma certo.»

«Voglio solo andare avanti con la nostra vita.»

«E lo farai. Lo fai sempre.»

Mentre eravamo lì, in silenzio, dalla porta dell'auditorium emerse un tizio in completo grigio, che venne verso di noi. Lo guardai, con aria interrogativa. Aveva un viso tagliente, privo di fascino, gli occhi inespressivi di un pesce eviscerato.

«Oh, questo è il signor Benton, dalla compagnia di assicurazione», mi spiegò Sally con un sorriso afflitto. «È qui per esaminare il danno.»

«Salve. Il signor Rose?» Mi porse la mano. Era flaccida, e bagnata.

«Ebbene? Posso aiutarla in qualche modo?»

«Stenderò la mia relazione, ci faremo sentire noi.»

«Ci sono problemi?»

«Ci faremo sentire.»

Se ne andò, e intanto tirò fuori un cellulare dalla tasca della giacca. Lo guardammo parlare, mentre saliva su una Ford Mondeo nel parcheggio. Mise in moto e partì. Sally mi guardò, aspettando una qualche reazione.

«Dovremmo cominciare a organizzare la recita per il compleanno di Hannah!» dissi.

Vidi un'espressione interrogativa sul suo volto.

«Be', ma sei sicuro che per lei vada bene?»

«Ma certo!»

«Sì... ecco... Non sarà un po' troppo cresciuta? Di sicuro non vorrà trascorrere quella giornata a cazzeggiare con noi qui in teatro.»

«Sì, invece! Certo che lo vuole! La scorsa settimana desiderava disperatamente salire su quel palco. Questo posto ce l'ha nel sangue. Servirà a distrarci da tutto il resto.»

Sally sembrava tesa, e incerta.

«Sarà meglio che vada. Più tardi andiamo tutti in ospedale. Ci vediamo là?»

«Sì, senz'altro. Grazie, Sal.»

A casa, tirai fuori da sotto il mio letto la valigia piccola, e la portai in camera di Hannah. Mi scoprii a bussare alla porta, come un idiota, e poi aprii, lentamente, preoccupato all'idea di violare la sua privacy. Era tutto in ordine, come sempre, a parte qualche indumento sul letto non rifatto. Quella era sempre stata la sua stanza fin da bambina. Le pareti bianche conservavano le piccole cicatrici lasciate dallo scotch, nei punti dove aveva appeso vecchie foto che da tempo ormai aveva tirato giù. Adesso c'erano enormi poster di fumetti e rock band, e una bacheca strapiena con gli orari di scuola, e foto di amici e parenti. Sollevai una mano e toccai un'istantanea di noi due, scattata al Festival di Edimburgo qualche anno prima. Eravamo congelati, ma felici, fuori da un teatro. Avevamo visto una decina di spettacoli, perlopiù tremendi. Lei aveva scritto delle recensioni per il suo blog. Ricordo che allora le avevo detto: «Magari farai la critica, da grande». Non mi aveva risposto. Già allora, non le piaceva parlare del futuro.

Esaminai la libreria. Le tre mensole più in alto erano piene di collezioni di fiabe: libri di Andrew Lang, traduzioni moderne dei Fratelli Grimm e di Hans Christian Andersen; antologie di Angela Carter.

Sulle quattro più in basso c'erano i fumetti. Centinaia. Quella era l'altra sua ossessione letteraria. Era cominciata quando aveva sette anni, e le avevo comprato una copia di *Justice League of America*, o qualcosa del genere, dopo l'ennesima visita in ospedale. Non avevo idea di che cosa fosse, avevo semplicemente visto Wonder Woman in copertina e avevo pensato che sarebbe stata un modello perfetto a cui ispirarsi. L'aveva letto così tante volte che alla fine si era disfatto tra le sue mani. Ero dovuto andare in un negozio di fumetti, a Bristol, per comprarle tutti gli arretrati. E mi ero reso conto che c'era una continuità tra favole e avventure dei supereroi: si tratta sempre di storie leggendarie in cui bene e male si scontrano, in cui ci sono mostri spaventosi e poteri soprannaturali; e alla fine, contro ogni probabilità, il bene trionfa. Potevo capire perché piacessero, a Hannah. Ma non ero riuscito a stare al passo. Non avevo idea di cosa stesse leggendo, ora. Presi una selezione di fumetti a caso, sperando in bene.

Stavo cercando un cambio di vestiti, quando la trovai. Nascosta in un cassetto, sotto mucchi di calze spaiate: una foto stampata su un foglio formato A4: una foto di me ed Elizabeth, di tanto tempo prima, scattata prima di avere Hannah. Eravamo seduti in un pub, le pinte sollevate verso l'obiettivo. Non ricordo dove fosse stata scattata, ma io avevo un trucco da palcoscenico, quindi doveva essere stato dopo una rappresentazione, da qualche parte. Sembravamo felici. La cosa assurda era che non avevo la più pallida idea di dove mia figlia avesse rimediato quella fotografia. Non vedevo l'originale da anni. Da quando Elizabeth se n'era andata. La rimisi al suo posto. Prima di uscire dalla stanza, controllai il cestino della carta straccia. Recuperai la lettera che invitava a scegliere le materie per il programma A-level, la lisciai con cura e la fissai alla bacheca. Quindi, scesi di corsa al piano di sotto. La casa non mi era mai sembrata così vuota.

Durante il tragitto per tornare in ospedale, passai davanti al teatro, e pensai al signor Benton che andava in giro a ficcare il naso nella sala caldaia. Che cosa stava cercando, esattamente? Non aveva importanza; la visita era solo una formalità, indubbiamente; non poteva esserci nessun problema. La compagnia avrebbe pagato, e si sarebbe sistemato tutto. Ogni cosa sarebbe andata a posto.

Hannah

Papà è andato via da un'ora per prendere le mie cose, quando sento del trambusto fuori dal reparto, e capisco di avere visite. Le porte si spalancano, e sento una voce acuta che urla: «Non mettevo piede in un ospedale dal 1994!»

Oh mio Dio, è Margaret! È venuta! Per la prima volta dopo ore ho la voglia e l'energia per tirarmi su a sedere. Mi vede, e comincia a salutare come una matta.

«Vedo che sono ancora dei luoghi miserabili», grida, e la sua voce rimbomba come un'esplosione nell'ambiente misurato e asettico: l'effetto è quello di una persona che supera un corteo funebre con una Rolls-Royce, a tutta birra. Un paio di pazienti la guardano stancamente, quando passa davanti ai loro letti, ignara. «Avevo giurato che non vi avrei più messo piede, se non distesa su un carrello con un'etichetta legata all'alluce. Questo ti fa capire quanto bene ti voglio, tesoro.»

Mi stampa un bacio al rossetto sulla guancia, e poi si siede sulla poltrona accanto al letto. Indossa un completo con pantaloni di velluto rosa salmone, i capelli ribelli e tinti di lilla raccolti sotto un cappello rosso dal bordo floscio: un look chic, stile «programma protezione testimoni». Un attimo dopo il resto del gruppo sciama intorno a noi, abbracciandomi, e tutti cercano un posto dove sedersi. Il loro calore è come nettare. Sally e Natasha si siedono sul margine del letto, e rovesciano sulle lenzuola inamidate un sacchetto di plastica pieno di riviste e tavolette di cioccolato. Ted prende un'altra sedia, il caschetto da ciclista ancora in testa; Jay entra per ultimo, strascicando i piedi, con una camicia a scacchi e jeans boot cut, lo sguardo fisso sul suo cellulare. Inciampa nelle stringhe e per poco non fa cadere una bacinella reniforme dalle mani di un'infermiera che si trova a passare di lì. Sally si china in avanti e mi afferra il braccio, l'espressione ansiosa fuori posto in mezzo a questo tableau bizzarro.

«Come stai? Abbiamo fatto male a venire tutti?»

«Niente affatto. Stavo morendo dalla noia. Scusa, è solo un modo di dire.»

«Ti ho preparato un biglietto», fa Jay, lanciandomi qualcosa in grembo. È un disegno: una figura umana stilizzata, in quello che dovrebbe essere un letto, con le parole «Alzati, pigrona bastarda» scarabocchiate in cima.

«Grazie, lo custodirò per sempre.»

«Ah, ecco Tom», fa Sally.

Si voltano tutti, e Ted schizza meccanicamente in piedi, offrendo il suo posto a mio padre, che arriva goffo con un borsone sportivo.

«Ehi, come stai?» mi chiede. «Ti ho portato dei vestiti, e qualcosa da leggere.»

«Cioccolato, fumetti *e* letto», osserva Natasha. «Credo che tornerò a casa e mi butterò giù dalle scale.»

«Grazie a tutti di essere venuti!» esclama papà.

«Che idiozie», fa Ted. «Non vorremmo essere in nessun altro posto.»

«A me ne vengono in mente molti», ribatte Margaret. «Al bar non servono nemmeno alcolici. Come fa un malato a riprendersi?»

«Margaret», le dice papà, «non mi aspettavo di vederti qui. Grazie.»

«Sì, be', la tua promessa è ancora valida», gli risponde. «Se ti sembra che abbia una brutta cera, portami immediatamente fuori di qui.»

«Va bene», risponde papà. «Voglio dire, è incredibilmente inappropriato, ma va bene.»

In mezzo al tumulto generale di chiacchiere e rassicurazioni da parte di tutti gli altri, papà mi prende la mano e la stringe. «Il cardiologo è tornato?»

«Non ancora», mento. Venkman è passato subito dopo che papà era andato via, e ha analizzato la situazione nel dettaglio, con me. Pare che il mio cuore abbia parecchie difficoltà; è un maratoneta stravolto. Potrei aver bisogno di un defibrillatore interno, che mi ha descritto come una scatoletta che verrebbe posizionata sotto la clavicola, e che darebbe una botta al cuore ogni volta che questo sembrasse prossimo a un arresto. Venkman è bravo con le metafore.

Ma per qualche minuto, in mezzo a quel caos, riesco a dimenticare tutto. Natasha ci parla dei suoi ultimi tentativi di integrarsi nella società di campagna, facendo entrare la figlia – la vivacissima Ashley – nel club dei Giovani Fantini.

«L'hanno mandata a casa perché si è messa a inseguire i cavalli. Le altre mamme non vogliono rivolgermi la parola. Siamo degli emarginati.»

«Perché non la porti al club di teatro per bambini?» le suggerisce Sally. «Si è divertita allo spettacolo dell'altra sera, e...»

«No, il club del teatro è mio!» esclama Natasha, alzando parecchio la voce. «Scusate. È solo che ho bisogno di avere una cosa che sia solo mia, che conti per me, che non riguardi i bambini, e che non sia affollata di mamme stronze e di stivali di gomma verdi. È chiedere troppo? È l'ora delle confessioni. Gente: non sono mai stata una grande appassionata di teatro. Mi sono unita a voi perché gli incontri si tenevano l'unica sera in cui Seb poteva tenere i bambini. O questo o l'apicoltura. Non giudicatemi.»

Dopo questa bomba, Ted ci aggiorna sui tentativi sempre più disperati di portare Angela in vacanza («ha respinto la proposta di un weekend a Weymouth, nel caso sua sorella peggiorasse»). La sua preziosa motocicletta con sidecar rimane in garage o, per usare le sue parole, «arrugginisce nella sua ignobile tomba». Jay ci racconta di quanto si irriti e di quanto imprechi suo padre, mentre sistema il bagno («è come stare in un film di Tarantino»).

La suora del reparto arriva troppo presto. «D'accordo, compagnia bella», esordisce. «Tra un minuto i pazienti pranzano, quindi dovete prepararvi ad andare. Mi rincresce.»

«Ma siamo appena arrivati», obietta Margaret.

«Gli orari di vista sono esposti chiaramente sulla porta. Cerchiamo di essere flessibili, nei limiti del possibile, ma voi siete davvero tanti.»

«Tempismo perfetto», commenta Ted.

«La storia della tua carriera di attore», replica Margaret.

Segue un breve ma caotico turbine di abbracci e chiacchiere di commiato; papà si china a darmi un bacio sulla fronte, come fa da sempre, e mi dice che mi vuole un mondo di bene, come fa da sempre. E io annuisco, nel mio solito modo. Le nostre mani si intrecciano, e poi si separano. Margaret chiede se ho bisogno delle sue pillole per dormire, ma rifiuto cortesemente l'offerta. Stanno uscendo tutti insieme, come una sorta di gang di strada borghese di mezza età. Prima di andare via, Sally si china e mi dà un bacio sulla guancia.

«Presto ti dimetteranno», mi dice. «Quando ne avrai voglia, possiamo andare a prenderci un caffè e a spettegolare un po'.»

«Sarebbe carino.»

«Grandioso. Sarà meglio che raggiunga Jay. Non voglio che si faccia investire di nuovo da un'ambulanza.»

Sposto tutti i fumetti, le riviste e le tavolette di cioccolato dal letto, per tenermi impegnata. Quando la folla se n'è andata, il reparto ritorna al suo silenzio sconvolgente, e in qualche modo sembra più buio e più piccolo. È come se si stesse chiudendo intorno a me, come la scena del compattatore di rifiuti in Star Wars, tranne per il fatto che non ci sono robot a salvarmi... anche se ho una fastidiosa scatoletta accanto al letto che con i suoi *bip* mi offre un'imitazione di C1-P8 ventiquattr'ore su ventiquattro. La macchina che monitora il cuore emette un suo ritmo di segnali, e lo schermo mostra un'accozzaglia di numeri fluttuanti e di linee frastagliate in movimento, come un videogame di pessima qualità. Strano pensare che rappresentino la mia vita. Ecco l'esistenza ridotta alle sue basi, nude e crude: gli spasmi elettrici di un muscolo che ha le dimensioni di un pugno. Peccato che nel mio caso non sia un pugno, ma una molle stretta di mano.

Dall'altra parte del reparto c'è un ragazzino più giovane di me, che dorme o è privo di conoscenza; i suoi genitori sono seduti accanto a lui, in silenzio, spaventati, si stringono la mano e si rassicurano a vicenda. La donna si alza, cerca delle monete nella borsa e va verso la porta. Andrà a prendere un caffè, forse, o qualcosa da mangiare per tutti e due; lui la guarda andare. Le sorride.

Sono una squadra, supereranno questa sfida insieme, qualunque cosa succeda. Possono contare l'uno sull'altra.

*

Qualche ora dopo sono in macchina con papà, e me ne torno a casa con una bella borsa piena di farmaci. Ho dei betabloccanti per tenere sotto controllo il ritmo cardiaco, una piccola scorta di Enalapril, un inibitore dell'enzima che converte l'angiotensina (cercatelo con Google, Dio santo), e poi un nuovo, eccitante diuretico che impedisce al mio corpo di trattenere i liquidi. Come regalo d'addio è alquanto deludente. Gli effetti collaterali includono stanchezza, vertigini, problemi ai reni e – i miei preferiti – incubi assolutamente assurdi che fanno sembrare i film horror soprannaturali giapponesi dei cartoni dei Pokémon.

L'indomani mi trascino per casa: mi sento staccata dal mondo, contaminata... da che cosa non saprei dirlo. Fuori dalla mia camera, la strada sembra distante e artificiale, come un set cinematografico. Una raffica di vento basterebbe a far volare via tutto. Raduno le energie per raggiungere Sally in un caffè, una topaia con le luci basse che un tempo era la dimora di un tessitore, in fondo alla strada principale. I pavimenti sono di ardesia nera, ci sono una stufa a legna e grandi tavoli su cavalletti, con panche ricoperte da file di cuscini dalle stoffe disegnate. Sono qui perché ho bisogno che Sally mi aiuti a fare una cosa; una cosa che ho in testa da anni, ma che gli eventi recenti hanno portato in cima alla lista delle priorità. Prima, però, in preda all'ansia, devo navigare nel mare delle domande sulle mie condizioni.

«Come stai?» mi chiede, stringendo tra le mani un gigantesco latte macchiato. «Cosa dicono i medici?»

Be', Sally, dico tra me e me, è sempre la solita storia; il mio cuore potrebbe continuare a ticchettare come un orologio, o potrebbe peggiorare, se non fermarsi del tutto. La gente vuole delle rassicurazioni, ma non ce ne sono, ed è un'agonia vedere i loro volti, quando afferrano chiaramente la situazione. Magari potrei trovare in Internet una sezione FAQ su «come spiegare i tuoi problemi cardiaci in modo socialmente accettabile». Oppure potrei scriverne una io.

«Non è che stia *straordinariamente* bene», riesco a dire alla fine. «Ma cosa posso fare? Da una parte sto ripassando per il GCSE, e mi chiedo se ricorderò qualcosa sulle equazioni di secondo grado o sulle anse o sul participio passato; dall'altra penso che potrei tirare le cuoia la settimana prossima, quindi che importanza ha? Oh Dio, è così... noioso. Fondamentalmente, la macchina che pompa il sangue nel mio corpo è difettosa, e sempre lo sarà; fine della storia. Un'infermiera una volta mi disse che, se potessi vedere il mio cuore, scoprirei che somiglia a una borsetta floscia. Mi fece addirittura un disegno.»

«Oddio, e la tua reazione quale fu?»

«Le tolsi di mano la matita e aggiunsi il logo di Louis Vuitton.»

Pausa. Sally scoppia a ridere e mette una mano sulla mia. È calda, per il latte macchiato. Almeno, non devo proteggerla come faccio con papà, ma con lei posso condividere solo determinate cose. Quando devo liberarmi delle cose davvero negative, vado sempre e solo da una persona.

«Comunque, c'è una cosa di cui ti devo parlare», dico, con un tono più vivace, che spero cambi l'atmosfera.

«Coraggio.»

«OK... da dove comincio? Forse avrai notato qualcosa riguardo a papà: è un incapace. Si affida a me in tante situazioni. E... ecco... per come si stanno mettendo le cose, potrebbe non essere un bene.»

«Oh, Hannah...» protesta. Ma la fulmino con un'occhiataccia, e lei si interrompe subito.

«Quindi sì», continuo. «Sally, ha bisogno di organizzarsi. Deve trovarsi qualcuna. Ma è troppo stupido per vederlo, o per farlo.»

«Qualcuna?» fa lei, e sembra alquanto stupita. «Una fidanzata, intendi?»

«Ehm, sì. L'idea ti pare così strana?»

Ricordo vagamente quando aveva degli appuntamenti, in passato. Una serata ogni tanto: tentava di svignarsela quando pensava che stessi dormendo, di sopra, dopo aver reclutato silenziosamente una serie di baby-sitter discrete. Ma nessuna di quelle relazioni furtive durò. All'epoca ero troppo piccola per domandargli perché, ma adesso lo capisco. Il motivo ero io, è chiaro. E lo sono ancora. So che suona totalmente egocentrico, ma è lampante che sono il sole al centro del suo sistema solare... quindi che cosa succede se quel sole esaurisce il suo combustibile nucleare, si gonfia fino a diventare una gigante rossa e poi esplode? (Il ripasso di fisica sta andando bene, almeno.) Decido di non spiegarlo a Sally; la metafora del sole che muore è un po' lugubre, anche per me.

Sally ci pensa su un momento.

«Sono d'accordo», dice alla fine. «Tuo padre *è* stupido.»

«Ti ringrazio.»

«E decisamente ha bisogno di avere una persona nella sua vita. Come tutti.»

«Esatto. E, volendo concedermi un istante di egoismo, mi sta intorno un po' *troppo*, capisci? Non fa che propormi di fare "una cosa folle" o "un gioco ridicolo". Se ne esce con certe idee... "Andiamo a vedere qualche assurda produzione sperimentale a Stokes Croft." A volte mi va soltanto di stare con le mie amiche, e di non fare niente, di essere cinica e annoiata come una normale adolescente. È come... come se non fosse capace di lasciar andare quello che eravamo. Quando ero una bambina.»

«Allora, qual è il piano? Non penserai di iscriverlo a uno di quei programmi di incontri in TV, vero?»

«No, certo che no! Be', non subito. Non fino a quando non saremo disperati. Intendevo partire da amiche di amici; volevo scoprire se nel Somerset c'è qualche single disponibile. E poi, be', organizzare un appuntamento. Non lo so. Comunque, è qui che entri in gioco tu.»

«Cosa? Come?»

«Tu conosci donne della sua età. Di persone così vecchie io conosco solo i genitori delle mie amiche e gli attori dilettanti, ed entrambe le categorie sono bandite.»

«Così vecchie?» mi fa eco Sally. «Ti rendi conto che ho la *stessa* età di tuo padre, vero?»

«Sai che cosa voglio dire.»

La guardo ancora e, non per la prima volta, penso che è un vero peccato che sia sposata. Credo la si possa definire bella. Porta sempre i capelli castani – che le arrivano alle spalle – legati in una coda di cavallo, e indossa jeans strafichi e T-shirt aderenti, e ha questi occhi a mandorla stupefacenti. Qualcuno le darebbe trent'anni, forse anche meno. Non sembra la madre di un adolescente. Suo marito Phil è un bastardo fortunato.

«Ci penserò su», mi risponde. «Ma non sono sicura che lui accetterà.»

«Oh, io sono *sicura* che si rifiuterà. Ma ha avuto dieci anni per occuparsene da solo, e non è arrivato da nessuna parte, quindi adesso passiamo all'attacco e assumiamo il controllo della sua vita amorosa.»

«E se non trovassimo nessuna che sia adatta? Voglio dire, per quanto suoni improbabile...»

«Passiamo alla fase due. Siti di incontri. Vanno di moda, adesso, non si rivolgono solo a pervertiti solitari.»

«Hai analizzato la questione nei dettagli.»

«Be', ho avuto un po' di tempo a disposizione.»

«Vero.»

«E il problema è che non so quanto me ne resti.»

Lasciamo che questa frase rimanga sospesa, tra noi, per un momento. Osservo i baristi che lavorano concentrati dietro al bancone, girando manopole e menando fendenti a pulsanti sulla grande e fumante macchina del caffè, che sbuffa ritmicamente. Mi salta in mente l'immagine di un monitor per il cuore, che sovrasta un letto d'ospedale. La linea è piatta, i *bip* si sono fermati. Qualcuno lo stacca. In silenzio, porta via la macchina.

«Mi aiuterai?» chiedo a Sally. «Se mi succede qualcosa, non voglio che papà resti solo, perché è un pericolo per se stesso e per gli altri. Fine. Mi dispiace. Scusa se suona stupido.»

«Non suona stupido, certo che no. Sì, certo che ti aiuterò. Ma sappi che supererai anche questa.»

«Se lo dici tu», rispondo con un sospiro. «L'importante è fare in modo che mio padre esca con una donna, e il primo passo è parlarne con lui.»

Tom

«Papà, papà, mi stai ascoltando? Papà?»

Eravamo seduti nel ridotto del minuscolo cinema indipendente della città. Era uscito un nuovo film Disney, ma noi avevamo scelto una pretenziosa pellicola francese su una disastrosa vacanza di famiglia in Dordogna. Mia figlia aveva appena trascorso due giorni in ospedale, e vedere una storia simile mi era parso il modo perfetto per aiutarla a riacclimatarsi alla vita reale. Ero perso nei miei pensieri, stavo guardando fuori dalla vetrata, osservavo il traffico della sera che passava con un ronzio.

«Papà!» gridò Hannah.

«Eh? Scusa, che cosa stavi dicendo?»

Fece roteare gli occhi, in modo stravagante.

«Ho detto che stavo pensando al fatto di avere un appuntamento.»

Ci siamo, pensai. Devo gestire la cosa nel modo corretto.

«Ah sì?» le chiesi. «Hai chiesto a un ragazzo di uscire? Si tratta di Jay?»

«Cosa? No! Che orrore! Non sto parlando di me, ma di te!»

«Oh, Hannah, ancora con questa storia?»

«Sì, papà, ancora.»

Non riuscii a trattenermi, mi mossi nervosamente sulla sedia, come una spia straniera che aspettava di essere interrogata e torturata.

«Sto bene così. Non ho bisogno di questo, adesso.»

«Be', forse non si tratta di ciò di cui hai bisogno *tu*.»

«Che vuoi dire?»

«Oh, Dio... devo farti lo spelling? Ascolta, hai avuto... quanti?

Cinque appuntamenti nell'ultimo decennio, e so qual è il motivo. Non è per il fatto che sei una persona terribile, anche se ovviamente anche questo contribuisce. La ragione sono io, è questa.» Alzò il braccio con la fascetta dell'ospedale che portava ancora al polso. Ma non è più giusto... non è giusto che continui a usarmi come scusa.»

«Hannah, non lo sto facendo. Non è così.»

«Devi farti una vita che non includa me.»

«Ce l'ho già. Ho il...»

«E che vada al di là del tuo dannato teatro.»

«Lo so, lo farò. È che...»

«Ma io voglio vederlo con i miei occhi, papà! Voglio sapere che stai bene... che starai bene... se mi succede qualcosa.»

«Non posso... Non posso pensare a questo. Mi dispiace, Hannah.»

Un ricordo si affaccia alla mia mente. Università. Secondo anno. Mi ero appena trasferito in una casa con altri quattro studenti di teatro. E molto rapidamente avevo appreso una preziosa lezione di vita: mai scegliere quattro studenti di teatro come coinquilini. Mai. La prima settimana c'eravamo amati di una passione gloriosa. Era stato come vivere in una splendida comune hippy, solo che ci davamo molte più arie. Di lì a un mese, tuttavia, la convivenza era diventata un turbine furioso di discussioni sotto l'effetto dell'alcol, di scopate fini a se stesse e di droghe ricreative di scarsa qualità. Per il resto dell'anno ero stato con loro il meno possibile.

Invece, avevo preso a frequentare la biblioteca, con gli studenti veri, dove fingevo di studiare. Elizabeth era una sempre lì. Si sedeva ogni giorno allo stesso banco, con una pigna di volumi di economia dall'aspetto spaventoso, e annotava appunti come una mitragliatrice su un blocco per schizzi formato A4. Portava occhiali neri con la montatura spessa, e vestiti comodi, ma non sembrava un'imbranata, e non era neppure carina; no, lei era formidabile. Veniva da una minuscola cittadina in mezzo al nulla, nel Somerset. Non avevo mai visto una persona come lei. Ciondolavo lì intorno, cercando di non farmi notare e al tempo stesso di essere piacevole. Un giorno le avevo chiesto se il posto accanto a lei era libero, poiché la biblioteca era molto affollata. Non era vero. Ma lei mi aveva risposto comunque di sì: mi aveva rivolto la parola con brusca efficienza, quasi fossi un cameriere che chiedeva se fosse possibile sparecchiare. Ecco. Ero innamorato. Tre anni dopo (per abbreviare una storia molto lunga), mi aveva detto ancora di sì, solo che questa volta io avevo un ginocchio a terra, e stringevo tra le dita un anello con diamante da pochi soldi, sotto gli occhi dei suoi genitori increduli. Magari ci tornerò su più avanti.

Comunque, lo sfigato iscritto a teatro e la mente superiore iscritta a economia si erano sposati. La classica situazione, due opposti che si attraggono: la perfetta commedia romantica. Ma è per questo che le commedie romantiche terminano con un matrimonio, e non prendono le mosse da quello: perché le forze che attirano due persone diverse l'una verso l'altra possono cambiare, e farle dividere, e allora – sorpresa! – ti ritrovi genitore single. Io però avevo anche Hannah, quindi era tutto meraviglioso. Accidenti, che decennio complicato sarebbe sopraggiunto!

Comunque, questo ricordo serviva chiaramente a rammentarmi che avevo conosciuto mia moglie gironzolando intorno al suo banco, nella biblioteca dell'università. Questa non era più un'opzione per un direttore di teatro di quaranta e passa anni. Sarebbe stato da schizzati. Dovevo trovare un modo per tirarmi fuori da quella conversazione e, se c'era una cosa che avevo imparato sugli adolescenti era che l'imbarazzo rappresenta un eccellente diversivo. È il fumogeno all'interno delle comunicazioni tra genitori e figli.

«Allora, chi è questo Callum?»

«Cosa? Chi? In che senso? Perché?»

Capite che cosa intendo?

«Al centro commerciale... La tua amica ha parlato di un certo Callum.»

«Non è una mia amica.»

«Ha fatto quel nome e tu l'hai guardata in un modo che, se fossi stata Medusa, l'avresti pietrificata.»

Hannah pugnalò la sua cioccolata calda con il cucchiaino, e cominciò a farla girare turbinosamente, con intenti malevoli.

«È solo un idiota che frequenta il mio corso di inglese. Se ne sta seduto al banco e non dice niente, e ha questo sorriso scemo stampato sulla faccia, quasi stesse giudicando tutti quanti. Un giorno ha scritto un tema su *Jane Eyre* e il desiderio romantico, e il signor McAlpine l'ha letto a tutta la classe perché... oh, lasciamo perdere.»

Con ciò, lanciò il cucchiaino dall'altra parte del tavolo. Senza volerlo avevo toccato un tasto dolente.

«Ed era ben scritto?»

Hannah mi guardò scuotendo la testa, incredula.

«Cazzo, se era scritto bene», disse, sprezzante. «Parlava di come, in quella che in pratica è una visione apocalittica dell'Inghilterra vittoriana, questa storia d'amore fiorisce con la potenza di una galassia che nasce. Comunque, Emilia ha detto a tutti che io stavo piangendo, e non era vero, ma sai come vanno queste cose: d'un tratto, tutti hanno cominciato a dire "Oooh, Hannah è innamorata". Stronzate. Non sono interessata a lui... né a nessun altro, in quella scuola patetica.»

«E *tu* sei la persona che intende insegnarmi qualcosa sugli appuntamenti nel Ventunesimo secolo?»

«Non ho detto che volevo insegnarti qualcosa.»

«Lascerai che me la sbrighi da solo?»

«Non esattamente. Vedremo come va.»

«Hannah?»

«Non sono sicura di potermi fidare di te, ecco.»

«Di fidarti che riesca a trovare l'amore?»

«Non ti serve amore, papà. Ti serve aiuto. Sei un incapace. Ho bisogno di affidarti a qualcun'altra. Il mio è puro egoismo.»

«Sei cattiva. Sei una ragazzina cattiva.»

«Ma ci stai pensando? A uscire con qualcuna, intendo?»

«Dopo quello che è successo al Virago? Credi che uno di noi due sarebbe capace di affrontare di nuovo una situazione tanto imbarazzante?»

«Quella al Virago è stata un'esercitazione. I risultati sono stati... molto interessanti. Papà, ti chiedo solo di pensarci su. OK? Per favore.»

La guardai e trassi un sospiro, prima di tentare un diversivo. «Ehi... dobbiamo metterci a pensare seriamente allo spettacolo grandioso per i tuoi sedici anni. Mancano solo poche settimane! Sto pensando al ghiaccio. Ho studiato: una piccola pista di pattinaggio in scena non è costosa come potrebbe sembrare, e... Hannah?»

Lei aveva lo sguardo rivolto altrove, verso il bar, le macchine per i popcorn, la piccola calca di borghesi appassionati di cinema vicina alle porte della sala due.

«Non lo so, papà.»

«Hai ragione. Forse il ghiaccio è un po' troppo, soprattutto considerando le anche di Margaret.»

«No, cioè, per lo spettacolo non so. Non so niente riguardo a ciò che va oltre la prossima settimana, oltre domani...»

«Hannah, che cosa vuoi dire?»

«Lo sai. Il dottor Venkman ha detto... Ascolta: io non riesco a pensare al futuro. Non riesco nemmeno a immaginare di esserci ancora. E poi non sono più una bambina, papà. Non posso continuare a vivere in un mondo finto. Devo essere realista.»

Le porte si aprirono e le persone cominciarono a passare nella sala di là, mentre chiacchieravano animatamente delle rispettive giornate, delle rispettive vite, o si chiedevano fino a che punto effettivamente potesse andare storta una vacanza in Dordogna. Mi voltai verso Hannah.

«È stata una settimana difficile», dissi.

«È stato un decennio difficile», fece lei ma, quasi si fosse accorta di aver detto una cosa orribile, sembrò scrollarsi dall'umore che aveva avuto fino a quel momento.

«Andiamo a vedere questo film o no?»

Andammo. La famiglia francese va in Dordogna perché la figlia sta per partire per l'università, e il figlio si è arruolato nell'esercito. Sarà la loro ultima vacanza tutti insieme, ed è un disastro: piove sempre, il piccolo château che hanno affittato ha una perdita nel tetto e infine si rompe il generatore di corrente. Così si ritrovano seduti al buio e cominciano a raccontarsi delle loro vite e delle loro speranze, e si rendono conto di non conoscersi affatto. Poi il ragazzo rimane ucciso durante un'esercitazione militare in Medioriente. A posteriori, saremmo dovuti andare a vedere il nuovo film Disney.

Martedì mattina, nell'ufficio del teatro. Stavo girando sulla mia sedia da un minuto scarso, quando sentii il campanello dell'ingresso laterale. Pensai che fosse Ted, o forse Janice, la donna delle pulizie, oppure un volontario, ma quando scesi vidi attraverso il vetro un uomo che non riconobbi, con una cartella in mano. Dal vestito, pensai a un testimone di Geova. Stava esaminando l'edificio in lungo e in largo, come se avesse fatto arrivare per sbaglio una palla sul tetto, con un calcio, e stesse cercando di capire come arrampicarsi per recuperarla. Scenario improbabile, decisi.

Aprii la porta con un poderoso strattone, poiché con il freddo tendeva a gonfiarsi deformandosi, come qualunque altra cosa nell'edificio.

«Salve», dissi, cercando di usare un tono il più normale e disinvolto possibile.

«Il signor Rose?» fece lui. Giudicai che avesse all'incirca cinquantacinque anni, la barba ben curata, occhiali con montatura metallica, i capelli che andavano diradandosi lasciando intravedere la testa.

«Esatto, Tom Rose, sono il direttore. Posso fare qualcosa per lei?»

«Lavoro per Chapels Surveyors. Sono qui per fare una stima della proprietà.»

Lo disse come se dovessi sapere di che cosa stava parlando. Invece non ne avevo la più pallida idea. Lo guardai per qualche secondo: magari aveva sbagliato teatro; o forse avevo sbagliato io. Dopo tutto quello che era successo con Hannah, non riuscivo a radunare i miei pensieri dandovi un senso compiuto.

«Ehm, io... è sicuro di essere nel posto giusto? Io non ho chiesto una stima.»

«Oh», fece lui. E per un istante sembrò che ci fosse stato un ridicolo errore. «Ecco, mi ha mandato a chiamare il comune. Ci hanno chiesto di valutare la proprietà e il lotto di terra circostante.»

All'improvviso ebbi la sensazione di essermi addentrato in un universo parallelo bizzarro e spaventoso, popolato interamente di sgradite sorprese. Vivere in *EastEnders* dev'essere più o meno così, pensai. Aprii la bocca per dire qualcosa, ma mi resi conto di non avere nulla a disposizione... nemmeno il fiato.

«Io... io...»

«Mi ci vorranno solo pochi minuti, non le sarò d'intralcio. Devo solo dare una rapida occhiata in giro.» Il suo tono divenne gentile e accomodante, come se fosse sinceramente preoccupato che stessi per avere un colpo. Che aspetto dovevo avere, ai suoi occhi? Non mi ero fatto la doccia, non mi ero rasato, non mi ero neppure guardato allo specchio. Sembravo malato? Facevo paura? Ritenni possibili entrambe le cose.

«Perché?» Quell'unica parola mi uscì in uno squittio stranamente strangolato, simile al verso di una cavia da laboratorio sottoposta a un notevole stress, che di lì a poco sarebbe stata costretta a mangiare del rossetto. Se avevo un'aria spaventosa, di sicuro il tono non lo era. «Perché il comune ha bisogno di far valutare l'edificio?»

Silenzio. Non credo che nessuno dei due riuscisse a processare fino in fondo quello che stava succedendo. Eravamo finiti in un dramma di Pinter.

«Signor Rose, sono qui per fare il mio lavoro. Posso darle il nostro contatto presso il comune... sarà il caso che parli con loro.»

Mi scrisse un nome e un numero su un pezzo di carta, che strappò dalla cartella.

«E adesso, se vuole lasciarmi passare...»

Provò a infilarsi tra me e lo stipite, ma qualcosa mi spinse a bloccargli il passaggio. Ma che stavo facendo? Che cosa stava succedendo?

«No», dissi. «No, non glielo lascerò fare.»

«Sono autorizzato dal comune.»

«Mi dispiace, non mi interessa. Non so che cosa ci sia sotto, ma lei oggi non darà nessuna occhiata in giro.»

«Sono molto occupato. Mi crea disagio dover programmare un altro sopralluogo.»

«Come posso spiegarglielo?» feci io, e letteralmente non sapevo come fare, perché non sapevo che cos'avrei detto. Sembrava che stesse accadendo tutto senza il mio permesso. «Lei qui non entra, oggi. Adesso potrebbe gentilmente andare via?»

«Signor Rose...»

«Devo insistere, vada. Subito. D'accordo?» Mi sentii attraversare da un'assurda scarica di adrenalina, come se mi fossi scolato duecento lattine di Red Bull una dietro l'altra. Abbassai lo sguardo sulle mani, che erano strette a pugno. Oh Dio, pensai, sto per aggredire fisicamente un perito nominato dal comune? Finirò al notiziario locale?

Lui fece un passo indietro e diede un'altra rapida scorsa alla cartella, quasi a voler controllare il suo programma, in particolare la parte che diceva «12:05: minaccia da parte di un direttore di teatro con lo sguardo da pazzo».

«Ne parlerò con il comune», disse alla fine, quindi si voltò e si allontanò a passo svelto.

Più tardi, nel pomeriggio, avevamo la solita riunione del comitato esecutivo del Willow Tree Theatre. Ci mettevamo sempre sul palco, per rammentarci il motivo per cui eravamo lì; e questa volta non fu un meeting come tutti gli altri. Disposi le sedie in circolo, al centro della scena, e portai fuori il tavolino pieghevole per la torta e i biscotti, che non potevano mancare, e che venivano puntualmente portati da Ted, che preparava una Victoria sponge buonissima. Si era parlato di annullare l'incontro, per via di quello che stava succedendo a Hannah, ma io avevo insistito. Lo spettacolo doveva continuare.

Sally lesse i punti da discutere. C'erano alcune richieste di risarcimento, in seguito alla cancellazione degli spettacoli del weekend, e inoltre una ballerina si era slogata una caviglia durante la lezione di breakdance della settimana precedente, quindi dovevamo controllare i moduli dell'antinfortunistica per essere certi che non potesse farci causa per milioni di sterline.

«C'è altro?» chiese Sally. «Tom, il comune si è fatto sentire per l'assicurazione?»

«No, zero», risposi, con un biscotto allo zenzero in bocca. «Oh, a parte il fatto che questa mattina si è presentato un perito che voleva dare un'occhiata al teatro. Gli ho detto di smammare. E ho trovato la cosa alquanto strana. Sono i biscotti allo zenzero di Waitrose, Ted? Sono buonissimi.»

«Si è presentato un *che cosa*?» lo interruppe Ted, con un tono tagliente che solitamente non gli apparteneva. Compresi subito che potenzialmente avevo combinato un casino.

«Un perito immobiliare. Ha detto di essere stato incaricato dal comune.»

D'un tratto, l'atmosfera si fece tesa. Decisi di continuare a parlare.

«Ho pensato che ci fosse stato un errore. Cioè, non può c'entrare la caldaia, giusto? Il comune non si muove mai così in fretta. O no? Oh, cazzo. Pensate che debba richiamarli?»

«Sì, è senz'altro il caso che li richiami, maledizione!» urlò Sally.

«Possono avere una sola ragione per mandare un perito, e di sicuro non è la volontà di costruirci un giardino d'inverno nuovo», aggiunse Ted.

Tirai fuori il telefono e digitai il numero lasciatomi dal perito, battendo senza garbo sulla tastiera. L'apparecchio all'altro capo della linea squillò per diversi minuti, o almeno questa fu la mia impressione. Misi il telefono in vivavoce, così che potessero ascoltare tutti.

«Ufficio commerciale», rispose alla fine una voce di donna.

«Sì, Tom Rose del Willow Tree Theatre. Posso parlare con il consigliere Jenkins?»

«Temo sia occupato. Posso prendere un messaggio?»

«Questa mattina ho ricevuto la visita di un perito, che ha detto di essere stato incaricato di fare una valutazione dell'edificio. Ha specificato di aver ricevuto l'incarico dal vostro ufficio.»

Ci fu una pausa. Sentii il rumore delle dita che battevano su una tastiera.

«Prego, resti in linea», disse poi la voce femminile.

Dopo pochi secondi di silenzio gracchiante, partì la musica: una versione traballante e registrata male della *Spanish Flea* di Herb Alpert. Sembrava fosse stata suonata da un'orchestra jazz di giovani musicisti scarsamente preparati, chiusi in un container pieno di api. Poi, bruscamente tornò la voce di donna.

«Avrebbe dovuto ricevere una comunicazione ufficiale.» Sembrava frustrata dalla mia incompetenza nel ricevere la posta.

«Ma non è arrivata», risposi. E poi mi ricordai di quella busta dall'aria ufficiale consegnata qualche giorno prima, il giorno dell'incidente di Hannah. Capitava che il comune inviasse comunicazioni relative al teatro al mio indirizzo di casa, per via di un errore apparentemente irrimediabile nel database. Decisi di non farne parola.

Dall'altra parte, ci fu qualcosa che somigliava molto a un profondo sospiro.

«L'Ufficio commerciale sta prendendo in considerazione l'ipotesi di vendere alcune proprietà nella zona, per entrare in possesso di capitale da destinare ad altre responsabilità statutarie», spiegò, in tono monotono, come se stesse leggendo parte di quella lettera che non avevo ricevuto... o che avevo ricevuto ma non avevo aperto. «Il teatro è fra queste.»

«Vendete il teatro?» feci io.

«Non credo sia stata presa una decisione in merito. Non sono nel consiglio; dovrà parlare con...»

«Ma io sono il direttore. Cioè, quando pensavate di informarmi?»

«Come ho detto, avrebbe dovuto ricevere una lettera che le illustrava la situazione nei dettagli.»

«Non mi è arrivata», ripetei, ma adesso avevo la gola arida, e avevo la sensazione che si stesse gonfiando, impedendomi di pronunciare le parole. Nella mia testa, per due stranissimi millisecondi, vidi Hannah bambina che ballava sul palco.

«Le farò mandare un'altra copia», mi rispose l'impiegata. «E chiederò al consigliere Jenkins di richiamarla. Arrivederci.»

Aveva chiuso la comunicazione. Portai il telefono all'orecchio e lo scrollai, come se quel gesto servisse a rimettermi in comunicazione con quella donna.

«Vogliono vendere il teatro?» chiese Sally, sbigottita.

«No, certo che no», intervenne Ted. «Vogliono vendere il *terreno*. Il teatro verrà demolito.»

Ci fissammo, come dei rapinatori di banche un po' imbranati che avevano appena fatto scattare l'allarme silenzioso collegato alla centrale di polizia.

«Demolito?» ripeté Natasha, come se non avesse alcun senso. «Ma non possono farlo, no?»

Ted la guardò e alzò le spalle. Per un po' rimanemmo seduti, in un silenzio umiliante. Sally si prese la testa fra le mani.

«Strano che si facciano vivi subito dopo la compagnia di assicurazione», osservò. «Secondo voi è una coincidenza?»

«No», dichiarò Ted. «Per me no. Forse stavano cercando una scusa per vendere. E probabilmente l'hanno appena trovata.»

«Be', non c'è che dire, è stata una settimana difficile», commentai. Mi sentii in dovere di mantenere un'atmosfera leggera. «Forse è il caso che apra anche l'altro pacchetto di biscotti?»

Guardai Ted, e lui guardò me. L'espressione sul suo volto era inconfondibile. Paura. Miserabile, autentica paura. Del genere che nemmeno i biscotti potevano ridimensionare. Non vedevo quello sguardo, nei suoi occhi, da tanto tempo. E in breve quello stesso terrore assalì anche me.

Carissima Willow,

adesso ti racconto dello spettacolo che mettemmo in scena per il mio ottavo compleanno, ma c'è un antefatto che devi comprendere, prima. Ti prego, porta pazienza.

Credo di poter affermare che il giornale a fumetti Justice League of America, *che papà mi comprò quando avevo sette anni, cambiò la mia vita. Quel numero segnò un nuovo inizio per la squadra di supereroi della DC Comics. Uno scrittore un po' strambo e brillante di nome Grant Morrison aveva deciso di ri-immaginare Superman, Wonder Woman, Batman (*buuu*) e i loro alleati come un pantheon di moderne divinità greche. Erano tutti dei onnipotenti, che si battevano esclusivamente contro le più gravi minacce all'umanità. All'epoca non lo compresi, ma i colori, i personaggi, la mera forza dirompente delle storie provocarono un'esplosione nella mia testolina.*

Inoltre, era il numero che poneva Wonder Woman accanto ai grandi eroi DC, e lei spaccava di brutto. Al secondo anniversario della mia diagnosi, volevo essere coraggiosa e invincibile, come lei. Così, quell'anno, per il mio compleanno dovemmo per forza scegliere La Regina delle nevi, *la fiaba strana ed eccitante di Hans Christian Andersen dedicata alla giovane e audace Gerda e alla sua missione per salvare l'amico Kai, prigioniero nel mortale castello di ghiaccio della regina. Ricordo che fu la più ambiziosa tra le nostre produzioni. Papà noleggiò un cannone sparaneve e un ventaglio gigantesco, per rendere ancora più autentico il viaggio di Gerda attraverso la Finlandia, fino al Circolo polare artico. Per il castello della regina, in cui Kai era rinchiuso, Kamil costruì un edificio incredibile con tavole a cui aveva incollato degli specchi, e Perspex bianco e freddo.*

Ero talmente impressionata, e così eccitata! Dissi a mio padre che questa volta dovevo partecipare allo spettacolo, non volevo solo restarmene seduta a guardare. «Io lo so chi vuoi essere», mi disse. «La bandita.»

Non si era sbagliato. Durante il suo viaggio verso nord, Gerda veniva assalita da alcuni banditi in una foresta, ma tra loro c'era anche una ragazzina molto tosta che provava pietà per lei, e le permetteva di alloggiare nel loro castello per la notte. Era completamente matta. Aveva una renna di nome Bay, che teneva incatenata nella sua camera da letto, e centinaia di uccelli in gabbia. C'era un punto in cui afferrava una delle sue colombe, la scuoteva fino a farle sbattere le ali, e poi urlava «Baciala» e la lanciava in faccia a Gerda. Dormiva tenendo un pugnale vicino al petto, con cui minacciava costantemente la giovane. Io la trovavo stupefacente. Era impavida e selvaggia e, quando dava la sua renna a Gerda, quest'ultima si metteva a piangere di gratitudine, e lei le diceva: «Non mi piace sentirti frignare». Ricordo di averlo ripetuto a papà, e di aver gridato «Dev'esserci, nel testo». Ero una collaboratrice molto esigente.

Capivo che era una storia d'amore e d'amicizia, che narrava come queste cose spesso comprendano un coraggio che non ha bisogno di essere riconosciuto a parole. Anche in questo caso ricordo solo frammenti della performance. Rachel era Gerda, avvolta in un cappotto di pelliccia, sotto le gelide luci azzurre, costretta a lottare contro le raffiche di vento che portavano neve; Margaret interpretava la Regina delle nevi, sulla sua carrozza, con un abito bianco fluente e una sciarpa di pelliccia attorno al collo. Sembrava Crudelia De Mon durante una vacanza in montagna, a fare snowboard.

Ma il momento che più mi è rimasto impresso non fu durante lo spettacolo, bensì durante la prova tecnica. Ted e papà erano sul palco, e stavano dando una mano a posizionare le luci. Richard aveva costruito un ingegnoso set girevole di gel colorati, che aveva collocato sui due riflettori che puntavano sulla parete di fondo del palco; quando abbassava le luci della sala e accendeva quelli, si creavano dei bellissimi raggi turbinanti, e colorati. L'aurora boreale.

Ted alzò gli occhi, prima meravigliato, e poi... non so... il suo viso si fece improvvisamente serio. Quasi avesse visto qualcosa di terribile. Un fantasma.

Disse a papà: «Questa è l'unica aurora boreale che vedrò, nella mia vita».

Papà posò il testo e andò dall'amico. «Non puoi saperlo... La sorella di Angela potrebbe migliorare. C'è ancora tempo.»

Ted scosse la testa.

«A volte bisogna accettare la realtà. Quando arrivi alla mia età, ti rendi conto che... i sogni svaniscono. All'inizio non te ne accorgi, ma è così. Scivolano via.»

Papà gli diede una pacca sulla schiena.

«Ci andrai», gli disse. «Io sono ancora un sognatore; ne ho centinaia, di sogni. Non rinunciare.»

Ted sorrise e alzò di nuovo lo sguardo verso lo spettacolo di luci. Papà fece per andare via, a controllare la lista delle cose da fare, ma Ted si voltò verso di lui.

«Grazie», gli disse.

«Di che cosa?»

«Di aver preso un vecchio e stupido ragioniere. Di avermi reso parte di questo posto. Sognavo da sempre di lavorare in un teatro.»

«Visto?» fece papà. «Il sogno si è realizzato.» Poi saltò giù dal palco e, quando mi passò accanto, mi sorrise.

Richard lo vide andare via e, dal fondo della sala, urlò: «Adesso la spengo, l'aurora?»

Ma Ted gli rispose così: «No, lasciala accesa. Solo un altro po'.»

E rimase lì a guardare quel turbinio di luci, tutto solo, sul palco.

Quindi sì, imparai un sacco di cose dalla Regina delle nevi. *Imparai che l'escapismo del teatro ha significati diversi a seconda delle persone. Io volevo essere Wonder Woman, e Ted voleva essere libero.*

Tom

La sera seguente ci riunimmo di nuovo, al White Horse, il minuscolo pub lungo la strada principale, dove ci sedemmo con aria cospiratrice attorno a un vecchio tavolo di quercia. C'erano quelli della vecchia guardia, Ted, Sally e Margaret, e poi Natasha e Shaun, e qualcun altro. Hannah era a casa, a riposare. A quel punto avevo avuto modo di controllare la posta, e avevo scoperto che la lettera del comune riguardava effettivamente la visita del perito; mi veniva assicurato che nessuna decisione era stata presa, ed ero invitato a mettermi in contatto con il consigliere Jenkins, se avessi avuto delle domande... Sì, insomma, domande riguardo alla demolizione del teatro che dirigevo da quattordici anni. Il pub era deserto, a parte noi, ma la sala rivestita di pannelli di legno era talmente piccola da sembrare mezza piena. Un tempo c'erano dei dipinti vittoriani che ritraevano scene di caccia alla volpe, ma l'attuale proprietario non voleva promuovere sport cruenti, pertanto erano stati rimossi e sostituiti da insipidi acquerelli, opera di artisti dilettanti, che Margaret riusciva a tollerare solo facendo parecchi esercizi di respirazione, ed evitando di guardarli direttamente.

«Quindi siamo fottuti?» esordì Sally.

«Ecco...» risposi, «io non direi *fottuti*. Mettiamola così: è probabile che la situazione lievemente incresciosa rischi di minacciare il futuro del teatro.»

«Appunto, siamo fottuti», ripeté lei.

«Al momento stanno semplicemente facendo valutare l'edificio», osservò Ted. «Probabilmente lo fanno di prassi, per avere un'idea di quello che possiedono e di quello che possono cedere in caso di necessità. Ora, quella dell'allagamento è la faccenda più seria. Se possono provare che i costi per la manutenzione sarebbero troppo elevati... be', potremmo avere un problema.» Era il Ted che conoscevo: pratico, ponderato, razionale.

«Io non credo che butteranno giù il teatro», disse Shaun. Ah, finalmente, pensai, una nota di ottimismo. «Voglio dire, l'edificio è chiaramente pieno di amianto. E rimuoverlo costerebbe parecchio.»

Si guardò intorno, osservando la congrega di volti terrorizzati.

«Va tutto bene finché non cominci a demolire. Anche solo un frammento di quella roba nei polmoni porterebbe a...»

«Grazie del contributo, Shaun», risposi, ansioso di allontanare la discussione da argomenti come eventuali sostanze chimiche cancerogene, o la demolizione del teatro.

«Non penso che vorranno chiudere un teatro, a meno che ciò non comporti significativi vantaggi dal punto di vista fiscale», disse Ted. «Non è una grande pubblicità.»

«All'inizio degli Anni Settanta provarono a chiudere un teatro in cui lavoravo», saltò su Margaret, prendendo un bel sorso del secondo bicchiere di Dubonnet e limonata. «Organizzammo una protesta nudi, fuori. Arrivò la polizia, ma gli agenti dissero che il loro addestramento non contemplava l'aver a che fare con trenta attori nudi. C'erano tette e piselli ovunque, santo cielo. Sembrava una festa di compleanno di Freddie Mercury. Finimmo al notiziario londinese serale.»

Shaun strizzò l'occhio a Natasha, che gli diede un pugno sul braccio. Sally fece roteare gli occhi.

«Grazie, Margaret», feci io. «Lo terremo a mente.»

«Tom, ti prego, niente proteste nudiste. La vita di tua figlia è già difficile così com'è», sottolineò Natasha.

«Ci sono altre questioni?» chiesi, ormai deciso a cambiare argomento.

«Be', sì, tra poco ci sarà il West Country festival», disse Sally, mentre sfogliava veloce le pagine del suo taccuino. «Passiamo a quel punto?»

Ottima idea, distogliere l'attenzione dalla minaccia che incombeva sul teatro parlando di qualcosa di positivo ed eccitante. Il WestFest era un evento annuale di arte e musica, che aveva luogo appena fuori

Shepton Mallet. Gruppi di attori locali erano invitati a mettere in scena spettacoli e a organizzare intrattenimenti, ma quell'anno sarebbe stato un po' diverso. Venendo incontro all'era nuova ed eccitante dell'iPod, ciascuna compagnia doveva produrre tre scene prese da opere diverse. Si poteva attingere a qualunque dramma, nella storia del teatro, quindi Sally aveva scelto parti di *The Country Wife* (classico e fruttato, perfetto per un festival), del *Gabbiano* (il buon vecchio Čechov) e di *Rumori fuori scena* (poiché parlava di una disastrosa rappresentazione teatrale, avrebbe funzionato anche se fosse venuto malissimo).

Il giorno prestabilito, ci avrebbero chiamato a caso sul palco, perché ci esibissimo in uno dei nostri contributi; poi sarebbe toccato a un altro gruppo e così via, mescolando i vari frammenti come le carte di un grande mazzo teatrale. Secondo gli organizzatori, tale approccio avrebbe «richiamato i giovani», anche se questi ultimi sarebbero andati sotto il tendone del sidro, o a guardare le band locali che si esibivano sull'altro palco, o – l'ipotesi in assoluto più probabile – avrebbero vagato con l'aria cupa, alla ricerca di un segnale decente per i cellulari. Comunque, ai partecipanti veniva versato un compenso e, tenendo conto degli spettacoli cancellati e dei costi che avremmo dovuto sostenere a causa dell'allagamento, quei soldi ci avrebbero fatto comodo.

«D'accordo», cominciò Sally, «le prove procedono bene, abbiamo noleggiato un minibus e gli organizzatori ci hanno messo a disposizione due grandi tende dove potremo sistemarci per la notte. Devo però fissare delle regole di base in vista dell'evento, e la prima riguarda il consumo di alcol.»

«I drink li porto io», disse Ted. «Ma Angela vuole che torni entro le dieci. Si fa prendere dall'ansia, se tardo troppo. Il solito per tutti?»

«Angela è perennemente in ansia», commentò Margaret.

Per il resto della serata, fra i progetti per l'apparizione al festival del nostro gruppo, l'argomento vendita venne evitato del tutto. Ma era lì, annidato sullo sfondo, come il cattivo in una pantomima. Appena prima che Ted ci lasciasse, ricordai l'altro motivo cruciale per cui avevo voluto riunire tutti.

«Sapete cos'altro incombe», dissi. «Lo spettacolo per il compleanno di Hannah! Ho qualche idea a cui sto lavorando... al momento ho semplicemente ordinato degli attrezzi scenici. Ho in mente un progetto ambizioso, che sto studiando con Kamil.»

Era uno di quei momenti in cui, mentre stai facendo una conversazione in un pub, il locale intero sembra ammutolire: come in *Un lupo mannaro americano a Londra*, quando i due ragazzi vogliono sapere del pentacolo sul muro all'interno dello Slaughtered Lamb.

«Ma certo», intervenne Ted, con un tono conciliante che mi disarmò. «Manteniamo però la giusta prospettiva: dobbiamo scoprire che fine farà il teatro, prima di fare progetti in grande.»

«Non succederà niente al teatro», gli risposi, alzando la voce più di quanto non fosse stato nelle mie intenzioni. «L'hai detto tu stesso, si stanno semplicemente tenendo aperte tutte le possibilità. L'hai detto tu, Ted.»

«Lo so, ma...»

Forse fu il caldo opprimente nella sala affollata, forse fu la faccenda della telefonata, o forse il senso di colpa per non aver letto la comunicazione del comune. Fatto sta che, d'un tratto, montai stranamente in collera.

«Ma cosa, Ted? Stiamo esaurendo il tempo, non lo capisci? Dovrà essere uno spettacolo coi fiocchi! Dovrà essere il nostro capolavoro!»

Attorno al tavolo volò qualche scambio di occhiate, allarmato. Ted arrossì. Shaun spostò lo sguardo da me a lui, e viceversa, quasi stesse assistendo a una partita di tennis. Stavo per riprendere a parlare, ma in quel momento entrò il marito di Natasha con il piccolo che piangeva sul passeggino. «Passavo di qui, mentre cercavo di far addormentare il signorino», disse. «Ho pensato di fare un salto per salutarti e anche per rovinarti la serata», disse alla moglie.

«Carino da parte tua, tesoro, ma dov'è l'altra?»

«L'altra?»

«Ashley? Nostra figlia, ricordi?»

Per pochi, disperati secondi sembrò sotto shock.

«Pigiama party!» esclamò alla fine. «Dorme da un'amichetta. Gesù, mi hai fatto venire un infarto.»

«Siamo... siamo i genitori peggiori della storia?»

Dissipata la tensione della serata, Natasha andò ad abbracciare il marito, prese in braccio il bambino e se lo mise in grembo. Cominciammo a chiacchierare, e a goderci il fatto di essere lì insieme. Guardai Seb e Natasha, che cullavano il loro piccolo, e ridevano insieme. Sembrava un momento che avrebbero ricordato, in futuro. Andai indietro con la mente, ma mi resi conto che cominciavo a perdere quei ricordi fugaci... stavo perdendo la sensazione – l'idea stessa – di stare con una persona. Oh mio Dio, mi dissi, sto diventando Philip Larkin.

Fuori, quando tutti se ne andarono, Sally mi fermò sotto il vecchio lampione vittoriano, appena più in là della luce proiettata dall'insegna luminosa del pub.

«Momento stressante», disse.

«Il comune non chiuderà il teatro, adesso ne sono sicuro.»

«Non mi riferivo a questo. Parlavo di Hannah.»

«Siamo un po' scossi. Posso solo cercare di indovinare che cosa debba provare in questi giorni. Un tempo lo sapevo. Lo sapevo davvero.»

«Per i genitori è così», fece lei con un sospiro. «Da piccoli sono i tuoi amici del cuore. Si aggrappano a te, fanno quello che dici loro di fare; e subito dopo diventano degli estranei che indossano vestiti costosi, ti svuotano il frigo e ti mandano a farti fottere. Non puoi fermarli, per quanto ti sforzi. Hannah sta crescendo, Tom.»

«Lo so.»

«Non vorrà continuare ancora a lungo a frequentare questo gruppo di tristi attori dilettanti.»

«Ed è proprio per questo che voglio riportare in vita la vecchia tradizione del compleanno, un'ultima volta. Perché dopo ci saranno solo ragazzi e party, e gruppi teatrali di giovani dall'umore altalenante. Be', per me sarebbe così, per lei non so.»

«Comunque, dovresti parlare con lei. Chiedile che cosa vuole, semplicemente.»

«Lo so che cosa vuole.»

«Tom, ti prego... ascoltala.»

Tornando dal pub, passai davanti al teatro, buio, immobile e minaccioso come uno spaventoso dipartimento governativo, o come un gigantesco sepolcro. Non ebbi difficoltà a immaginarlo chiuso per sempre, abbandonato, l'esterno orribile che invitava alla demolizione. Quel pensiero mi gelò fin nelle ossa. Se avesse chiuso, sarebbe finito tutto. Come avremmo potuto mettere in scena lo spettacolo per i sedici anni di Hannah? C'erano tanti di quei ricordi legati a quel luogo: le nostre vite, i nostri sogni. Se ci avessero portato via il teatro, come saremmo riusciti a tenerli in vita? Dove saremmo finiti?

Mi voltai, e fui percorso da un brivido. La temperatura era scesa, chiaramente. Era precipitata così, all'improvviso.

Hannah

Sono seduta nelle prime file della platea, zona centrale, con Margaret, e assisto alle prove delle scene che proporranno al WestFest. Io non partecipo al progetto perché, sapete com'è, devo ripassare, portare a termine il programma di studio per gli esami, convivere con una malattia cardiaca potenzialmente letale e tutto il resto. Quindi me ne sto qui senza fare niente, nella fresca semioscurità dell'auditorium, e cerco di leggere i testi di inglese per il GCSE con una torcia, mentre blocco i messaggi di testo di Jenna e Daisy che mi fanno domande stupide su Callum, anche se Callum *non sta succedendo*, punto.

Chissà che cosa sta facendo. Chissà dove vive, e se in questo momento è seduto da qualche parte a leggere, come me. Chissà perché sto pensando a un ragazzo che non conosco e di cui non m'importa.

Intanto, papà è seduto con Sally in prima fila. Hanno entrambi pigne di testi teatrali sulle ginocchia, ma guardano anche il laptop di papà, chiacchierano e ridacchiano tra loro come due ragazzini. Ci sono quasi tutti i membri del gruppo, inclusa Rachel, la nostra strepitosa e sfuggente superstar. È membro del gruppo da anni, ma va e viene, perché ha una decina di altri ingaggi con teatri, compagnie di ballo e band di cantanti. È determinata a raggiungere la fama con ogni mezzo, e sua madre l'ha portata a tutti i provini per *Pop Idol* e *X Factor*. Si atteggia già a diva, presentandosi tardi alle prove, di solito con un entourage di amici e parenti. Ma è brillante, ti intimidisce, e quindi la fa sempre franca.

Lei e Shaun stanno cominciando la scena di seduzione di *The Country Wife*, quando arriva James, il vicario sexy della nostra farsa

Anni Settanta. Indossa una camicia bianca di lino e pantaloni chino, ed è super muscoloso. Vede me e Margaret, e imbocca la nostra fila per poi lasciarsi cadere sulla sedia accanto alla mia. Oh mio Dio. Non so che dopobarba usi, ma è il più buono che abbia mai sentito. Cristo, e adesso come posso concentrarmi su *Jane Eyre*?

«Cosa succede?» sussurra.

«Shaun e Rachel fanno la scena della seduzione di *The Country Wife*.»

«Oh, succosa.»

«Se lo dici tu.»

«Tu non dovresti essere in un parcheggio da qualche parte a tracannare sidro bianco da una bottiglia di plastica?»

Rido, ma mi dà fastidio il fatto che mi veda come un'adolescente stupida. Ha a malapena dieci anni più di me, santo Dio. Mi domando se abbia una ragazza. Non parla mai della sua vita privata. È così misterioso. So che era una specie di web coder, e che a diciotto anni fondò una società sua perché stava già facendo una fottuta montagna di soldi. Si trasferì a Londra, si trovò un appartamento da urlo, ma poi ci fu la grande crisi del web, e così tornò a stare dai suoi genitori. Mi ha raccontato che i suoi clienti, a Londra, lo portavano al National, al Donmar e al Royal Court; che ha visto Shakespeare al Globe. Così, al suo ritorno qui, si unì al gruppo di teatro. Dalle stelle alle stalle. Lui e Natasha parlano spesso del periodo trascorso a girare e a fare sesso, le serate sempre in un bar diverso, o in qualche hotel sciccoso, le feste a base di cocaina a bordo delle barche da turismo sul Tamigi. Adesso lui sembra un po' perso.

Faccio per dirgli qualcosa, ma mi fermo perché è chiaramente preso da quello che sta succedendo sul palco, il che è strano perché l'azione è ferma. Rachel sta bevendo da una bottiglia di Evan, con gli occhi chiusi, la schiena inarcata. Sally è saltata su e sta mostrando a Shaun dove mettersi, una mano sul suo braccio tatuato. James fissa la scena, rapito. Mi volto verso Margaret. Sorride tra sé e sé.

«Che c'è?» le sussurro.

«Conosco quello sguardo», dice, indicando James. «Il nostro uomo è cotto.» E torna a guardare il palco.

Dannazione: Rachel.

Prima che pensieri assassini mi attraversino la mente, la porta in fondo alla sala viene spalancata e il battente finisce contro il muro con un tale fracasso che tutti quelli in scena si fermano e si voltano a guardare, incluso papà. È il marito di Sally, Philip, che se ne sta lì con un paio di pantaloni della tuta larghi e cascanti, e una maglia da rugby. È paonazzo in viso, indubbiamente per l'imbarazzo a causa del suo ingresso cacofonico. Fa un largo sorriso e saluta verso il palco, poi vede Sally e muove il braccio, entusiasta.

«Posso prendere in prestito mia moglie?» chiede, tranquillo.

Sally salta giù dal palco e va svelta verso l'uscita. La guardo andare, e sembra imbarazzata, o qualcosa del genere. Non so dirlo. Vedo che anche papà la sta osservando. Lei segue Philip nel dirotto e, quando rientra dopo appena un minuto, alza le spalle mentre rivolge un'occhiata a papà, il viso privo di espressione. Lui le sorride, e in quel sorriso colgo comprensione ma anche dell'altro. Sally si ficca i copioni nella borsa, e in pratica percorre il corridoio marciando, fino a raggiungere il palco.

«OK», grida, «temo di dover andare. Quindi, finiamo qui. James e Margaret, mi dispiace, lavoreremo alla vostra scena di Čechov la prossima volta.»

E con ciò si volta e quasi si mette a correre, uscendo dall'auditorium. Shaun e Rachel la guardano, praticamente a bocca aperta. Subito, si girano verso papà, che alza le spalle e comincia anche lui a radunare i fogli. Mentre gli altri chiacchierano in scena, lui si alza e risale la platea di qualche fila, fino a raggiungermi.

«Ehi», dice, prendendo il posto davanti al mio. Non sta guardando me, ma la porta alle mie spalle.

«Ehi.»

Restiamo seduti in silenzio per qualche secondo, e io aspetto che dica dell'altro, ma se ne sta lì con questa espressione cupa. Non comprendo affatto le dinamiche all'interno di questo posto. Sospiro, e torno al mio libro. Che cosa farebbe Jane Eyre in questa situazione?

«Be', allora io vado», fa James. Lancia un'ultima occhiata vero il palco, e io mi chiedo se stia guardando Rachel, e magari stia considerando di invitarla a bere un caffè. Ma poi percorre la fila di sedie e infila l'uscita. Io ci sarei venuta a farmi quel caffè, James.

«Allora», dice alla fine papà, «questa storia dell'avere appuntamenti. Tu... sarebbe strano, per te, se lo facessi?»

Chiudo il libro e me lo sbatto sulle ginocchia, fingendomi scandalizzata.

«Papà, è stata *mia* l'idea.»

Lui va avanti, senza riconoscere che ho ragione.

«È passato tanto tempo da quando tua madre se n'è andata, forse dovrei rimettermi sul mercato, come si dice.»

«Papà, è esattamente quello che ti dicevo.»

«Mi sono reso conto che in effetti non è giusto da parte mia affidarmi a te per tante cose.»

Oh mio Dio, il tipico maschio.

«E dimmi... cos'è che ti ha spinto a rifletterci su proprio adesso?»

«Non lo so, forse il fatto che non sto diventando più giovane.»

Silenzio. D'un tratto noto che Margaret è in piedi nel corridoio, e ci sta osservando. Papà si gira, e la vede anche lui.

«Arrivederci, Margaret.»

Ha gli occhi socchiusi mentre ci guarda. È dubbiosa.

«Avremmo dovuto fare *La tempesta*», dice senza fermarsi. «Čechov è di una noia mortale. Una volta uscii con un russo. Bel viso, modi deliziosi, ma beveva come un bue; e ne aveva anche l'odore. L'apparenza può essere ingannevole, no? Soprattutto quando c'entra un uomo.» Con ciò, se ne va.

Papà e io ci scambiamo un'occhiata, lievemente sconcertati.

«Quindi qual è il prossimo passo?» gli chiedo, poi.

«Non lo so; la facciamo internare?»

«Non parlavo di Margaret! Ma dei tuoi appuntamenti!»

«Non ne ho la più pallida idea. Che cosa fa la gente, oggi? Vado al bar di un hotel e attacco bottone?»

«Che orrore, no! Papà, sei il direttore di un teatro, non sei James Bond. Né uno strambo totale.»

«E allora cosa? Dov'è che gli adulti incontrano altri adulti in una piccola città?»

«Be', questo non lo nemmeno io, se vuoi la verità, ma lo scopriremo... Oh, e poi... può darsi che abbia parlato di questa cosa con Sally.»

«Hannah!»

«Lei conosce un sacco di donne!»

«Non lo sa nessuno degli altri, vero? Dio, non ne avrai fatto parola con Margaret...»

«No! Papà! Non sono completamente fuori di testa.»

«Bene, OK. Lo sospettavo, ma fa piacere avere una conferma.»

Mi alzo dalla sedia scricchiolante e gli metto una mano sulla spalla.

«Possiamo farcela», gli dico.

Ed esco dall'auditorium con la sensazione di avere uno scopo, con una forte determinazione, come la Emma di Jane Austen o, meglio ancora, come Alicia Silverstone in *Ragazze a Beverly Hills*. Qualcosa andrà bene, mi dico. Qualcosa deve andare bene.

Tom

Un mese dopo quella tragica visita dal pediatra, quella in cui il nostro dottore misantropo aveva diagnosticato per primo il soffio al cuore a Hannah, ero seduto in un piccolo ambulatorio dell'ospedale, con un anziano cardiologo. In toni pacati, e con espressioni serie, mi aveva comunicato che mia figlia aveva una cardiomiopatia dilatativa, e che l'ingrandimento delle cavità del cuore avrebbe potuto creare delle difficoltà all'organo nel pompare il sangue per farlo circolare in tutto il corpo. Avevo annuito, obbediente, e i miei occhi erano andati alla porta. Vedevo Hannah a tratti, attraverso il pannello di vetro; stava giocando con un'infermiera. Mi aveva detto che persone con lo stesso disturbo spesso non avevano sintomi, e ignoravano beatamente di soffrirne, ma la condizione di mia figlia era un po' più grave. Non capivo che cosa stava cercando di dirmi; non capivo niente... Almeno fino a quando non avevo udito l'espressione «potrebbe potenzialmente limitare la durata della sua vita», ma anche in quel momento la sua voce era sommessa, le parole erano caute, al punto che non ero riuscito ad afferrare completamente quello che mi aveva detto. Avevo annuito, ancora.

Non gli avevo chiesto «Quanto?» Quella parola, che sta alla base di ogni scena hollywoodiana in cui viene comunicata una prognosi infausta, non mi era nemmeno passata per la testa, in quel momento. Sarebbe arrivata molto, molto più tardi. Per un secondo o due avevo dimenticato le mie battute.

Dopo, ero uscito incespicando in mezzo al trambusto gentile del reparto, stringendo in mano una ricetta per dei farmaci betabloccanti, e un opuscolo con un cuore sulla prima pagina. Questo simbolo indicava l'amore, mi ero detto. Quando Hannah mi aveva visto, era corsa da me, e io l'avevo presa in braccio e l'avevo stretta forte.

«Possiamo andare?» mi aveva chiesto. «Adesso possiamo prenderci un gelato?»

«Sì, tutto quello che vuoi.»

«Fammi scendere, mi stai facendo male.»

«Scusa, Hannah», le avevo detto, rimettendola a terra. «Mi dispiace tanto.»

«Sei una grossa cacca. Andiamo.» Ed era corsa verso la porta a due battenti.

«Aspettami, piccola schizzata», le avevo urlato, allungando le braccia.

Lei aveva riso, e avevo riso anch'io. Avevo già cominciato a mentirle.

Mi alzai di scatto quando sentii aprirsi la porta d'ingresso, per poi richiudersi con violenza. Ero sdraiato sul divano nel nostro soggiorno, circondato da pigne di carte ingiallite. Sul pavimento c'erano due grosse scatole piene di dossier e cartelle provenienti dal teatro. Ted mi aveva detto di cominciare a cercare qualche documento ufficiale del comune, qualunque cosa che chiarisse le questioni della proprietà e della gestione del teatro. Vi avevo dedicato l'intera giornata, sperando di trovare qualche accordo vincolante cruciale, risalente agli Anni Settanta, che assicurava sostegno perpetuo, indipendentemente da possibili affari immobiliari che si sarebbero potuti presentare da lì a quarant'anni. Finora avevo trovato diverse bollette, qualche vecchio programma; un contratto decennale con una ditta di disinfestazioni; tutta la corrispondenza relativa a un'aspra disputa avvenuta nel 1986 con una compagnia itinerante di burattinai satirici; una lettera di *Blue Peter* che si congratulava con il direttore precedente, per una vendita di beneficenza che si era rivelata un successo, e centinaia di vecchi estratti conto, ora coperti di muffa e sbiaditi in modo irrecuperabile. Le sole comunicazioni dal comune riguardavano i resoconti annuali, e un paio di contratti per il completamento di alcune opere di restauro. Niente che dicesse *oh, a proposito, avete la nostra parola che questo posto non verrà mai demolito.*

In quel momento entrarono come due furie Hannah e Sally. Avevano un'enorme pizza da asporto e due bottiglie di vino rosso. Ebbi la strana sensazione che il corso della mia serata di lì a poco sarebbe stato radicalmente alterato.

«OK», fece Sally, posando il cartone della pizza sul piccolo tavolo della sala da pranzo, «dov'è il tuo portatile?»

«Perché ti serve? Che cosa sta succedendo?»

«Abbiamo fatto delle ricerche», spiegò Hannah, mentre si guardava in giro per trovare il laptop. «Abbiamo scelto il miglior sito di appuntamenti, e adesso ti diamo una mano a registrarti.»

«Perché suona come una minaccia?» chiesi.

Sally stappò una bottiglia e riempì maldestramente tre bicchieri; quello meno pieno lo diede a Hannah.

«Non preoccuparti, Tom», mi disse, «siamo delle professioniste.»

Hannah trovò il portatile sulla credenza e lo mise sul tavolo, accanto alla pizza; tirò fuori una sedia per il sottoscritto, a cui ne affiancò altre due. Stava succedendo tutto a velocità esagerata, come se avessero soltanto cinque minuti per creare un profilo, o altrimenti l'universo sarebbe esploso.

«Sul serio, che cosa vi è preso?»

«Siamo state al bar a *pianificare*», disse Hannah. «Siamo molto motivate, e abbiamo un sacco di idee. Quindi, mettiamoci in moto. Siediti qui, non ci vorrà molto.»

«Oh, mio Dio. Dobbiamo farlo adesso? Stavo sbrigando un lavoro importante, delle ricerche per il teatro.»

«Quelle possono aspettare», protestò Hannah, tirandomi su dal divano.

Pensai alla conversazione che avevamo avuto qualche giorno prima. Non sarebbe stato poi così pesante stare al gioco... che, con ogni probabilità, non avrebbe portato da nessuna parte. E poi, era evidente che non avevo modo di opporre resistenza all'intrusione di quel romantico tornado. Mi sedetti di fronte al laptop. Hannah stava già digitando qualcosa su Google. Sullo schermo si aprì la homepage di un sito di appuntamenti. Mostrava la foto di un uomo e di una donna che camminavano lungo un sentiero nei boschi, tenendosi per mano. Dieci per l'originalità.

«Perfect Connection punto com?» gemetti. «Ti aiuta ad avere appuntamenti, o a migliorare lo swing a golf?»

«Vedi?» fece Hannah. «Questo è il motivo per cui dobbiamo essere qui per stendere il tuo profilo.»

«Niente battute patetiche da papà», ordinò Sally.

«Lui *è* una battuta patetica delle sue», le rispose Hannah.

Su diedero un cinque sopra la mia testa. Oh be', non può andare peggio di così, pensai. E poi Sally andò al lettore CD e mise la colonna sonora di *Dirty Dancing*.

Dovevamo inserire i miei dati, e poi caricare un certo numero di foto «che mostrino vari aspetti della tua personalità». Hannah non mi permise di usare quella in cui ero vestito da Vedova Twankey, scattata durante la nostra produzione di *Aladdin* tre anni prima, né quella in cui posavo con un pitone di due metri e mezzo (la star dello *Show degli animali selvatici spaventosi* che avevamo messo in piedi in primavera, rischiando di perdere una tarantola infilatasi in un buco del palcoscenico). Invece, lei e Sally selezionarono degli scatti relativamente normali, incluso uno che Hannah aveva realizzato a mia insaputa al caffè della biblioteca di Bristol, mentre leggevo *L'arcobaleno della gravità*, che a parer mio superava il confine tra «intellettuale artistoide» e «coglione assurdamente pretenzioso», ma mia figlia fu irremovibile.

Quindi, vennero una montagna di domande personali. Che cosa facevo per divertirmi? Che posti nel mondo mi sarebbe piaciuto visitare? Che cosa includeva, per me, l'appuntamento ideale? Un turbine di cose a cui non pensavo da anni. Che cosa faccio per divertirmi? Ecco, passo il tempo con un gruppo di attori dilettanti, e faccio stupidi travestimenti con mia figlia. C'è qualcuno che cerca questo in un potenziale partner?

«Metti che ti piace visitare teatri, musei teatrali e case di famosi drammaturghi», suggerì Hannah.

«Ma così non sembrerò un gigione insopportabile?» chiesi.

«E in che modo questa descrizione risulterebbe poco accurata?» fece Sally.

Digitai: «Visitare teatri, gallerie e musei. Andare a concerti», aggiunsi, per chiarire che non avevo settantacinque anni.

«Papà, qual è stato l'ultimo spettacolo che hai visto?»

«Mmm... vediamo... come si chiamava quella band che ha suonato cover blues al teatro, un paio di settimane fa?»

«Faux Diddley?»

«Ecco, loro.»

«Va bene.»

Lo accettò.

«Hmmm, appuntamento ideale, appuntamento ideale», ripeté Sally. «Fammi indovinare...»

Girò sulla sedia e mi guardò per qualche secondo, gli occhi marroni quasi neri piantati nei miei, in un modo che quasi mi turbava. Qualche ciocca di capelli era scappata fuori dalla coda, e le incorniciava il viso. La bocca era arricciata in una smorfia di seria contemplazione. Per qualche motivo, volevo che azzeccasse la risposta.

«Non guardare», disse. «Questa la inserisco io.»

«Non scriverai qualcosa di ridicolo, vero?»

«No! Fidati!»

Si chinò sopra di me, facendomi sentire il profumo del sapone sulla sua pelle, e digitò furiosamente all'interno della casella, prima di premere invio, caricando la pagina successiva. Sorrise a Hannah, e poi tornò a guardare lo schermo.

«OK, adesso che cosa c'è?» chiese.

Una lista apparentemente infinita di dettagli personali. Fisico («Sfatto» disse Hannah), stato civile («matrimonio finito», disse Sally), qualità migliore («io», fece Hannah). Si stavano divertendo a mie spese, ma decisi di stare al gioco. E poi arrivò la domanda sui figli.

«Metti: "Una figlia, aperta parentesi, temporaneamente, chiusa parentesi"», disse Hannah.

«Hannah!»

«Che c'è? Mi è concesso scherzarci su.»

L'intrusione di quella realtà inconcepibile riecheggiò nella stanza, riducendoci al silenzio per un momento, e spingendo via tutto il resto. Hannah finì il suo vino, e ci guardò con occhi torvi.

Sally mi mise una mano sulla spalla. «Dai, su. Ci siamo quasi.»

Dopo circa ottanta pagine di domande, il sito alla fine chiedeva una dichiarazione personale che sarebbe apparsa in cima al mio profilo; qualcosa che mi rappresentasse come potenziale compagno. I suggerimenti di Hannah e Sally furono i seguenti.

«Sicuramente è meglio di niente.»

«Il David Duchovny delle poverette.»

«Il David Duchovny delle povere cieche.»

«L'eccentrico insegnante di inglese per cui avevate una cotta sui banchi di scuola.»

Decidemmo di saltarla e di caricarla in un secondo momento. Sally diede un'occhiata all'orologio e si lasciò andare a un gemito.

«Phil sarà a casa tra poco. Sarà meglio che vada.»

Si alzò e portò il suo bicchiere di vino in cucina, seguita da Hannah. Sentii una conversazione bisbigliata, da cui ero chiaramente escluso.

Poi Sally emerse dalla stanza, le braccia allargate che invitavano a un abbraccio.

«E adesso giochiamo al gioco dell'attesa», disse.

«Sicuramente la mia casella sarà piena di messaggi, domattina», risposi. «Dovrò assumere un'assistente personale, per gestirli tutti. Magari Ted potrebbe farmi un tabulato, che ne dite?»

«Tutto quello che vuoi, Romeo.»

Quando se ne fu andata, mentre Hannah era occupata in cucina, diedi un'occhiata al profilo e andai a cercare la sezione in cui Sally aveva descritto il mio appuntamento ideale. Esitai un momento, non sapendo se fosse una violazione della sua privacy, finché non mi ricordai che in effetti riguardava me.

Aveva scritto così: «Un pomeriggio sonnolento in un vecchio pub di campagna, a sfogliare quotidiani insieme, dividendoci il supplemento a colori, e leggendo ad alta voce le nostre storie preferite. Poi il teatro, un caffè e una chiacchierata. Parliamo, ridiamo, e vediamo qualcosa che ci fa riflettere».

Merda, pensai. Ci ha preso in pieno.

Hannah

OK, questo è imbarazzante.

Sto passando un po' di tempo nel negozio di fumetti della città, che fa anche da negozio di vinili di seconda mano, e pertanto è il posto più sfigato-friendly della zona. Per «passare il tempo» intendo che sto oziando su una poltrona malconcia in un angolo della stanzetta piccola e ingombra di roba, mentre leggo fumetti che non mi posso permettere. I proprietari, Ricky e Dav, non hanno nulla in contrario; almeno, non lo danno a vedere. Quando il negozio aprì, tre anni fa, era il posto più eccitante della città, dopo Superdrug. Non sapevo praticamente niente di fumetti, al di là di quelli Marvel e DC che mi comprava mio padre, quindi ero elettrizzata. Mi aspettavo di entrare e trovare un personaggio tipo il disgustoso Uomo dei Fumetti dei Simpson, che se ne sta dietro al bancone, pronto a giudicare tutti. Ma Ricky e Dav non sono così. Salutano tutti, raccomandano bei titoli, e non importa se qualcuno entra e chiede l'ultimo Superman. Si innamorarono mentre lavoravano in un megastore di fumetti a Londra, e decisero di tagliare la corda e di aprire un'attività tutta loro. Ricky è un vecchio rocker con una passione per gli strambi fumetti indipendenti; Dav è una goth, indossa top di pizzo nero e anfibi Dr. Martens alti fino al ginocchio, ma curiosamente adora gli shojo manga, i bellissimi fumetti giapponesi dai colori vivaci, con tanto rosa, destinati a un pubblico femminile. Mentre suo marito cercava di indottrinarmi parlandomi di Art Spiegelman e Daniel Clowes, lei mi faceva leggere *Cardcaptor Sakura*, *Sailor Moon* e *Fruits Basket*, che hanno per protagoniste queste bellissime ragazze dotate di poteri magici, tanto dolci e innocenti nell'aspetto, ma con un'esistenza piena di drammi, forza ed emozioni. Wow, chissà perché ne fui attratta da subito. Quindi sì, Rick e Dav si contendono il ruolo di guida, nella mia educazione ai fumetti, quasi fossi la loro speciale Padawan. Non so perché. Forse il motivo è che non vengono molte ragazze, qui, anche se adesso sono riuscita a convertire Jenna. Non si lamentano quando ci sediamo a leggere *V For Vendetta* oppure *Hopeless Savages* o *Y: L'ultimo uomo sulla Terra* per la diciassettesima volta, dalla prima all'ultima pagina, per poi rimettere ogni volume al suo posto, cinque ore dopo.

Oggi c'è solo Ricky, con la sua T-shirt di Halo Jones e un giubbotto da motociclista malconcio. Sono qui da qualche minuto, quando mi passa davanti con un fascio di graphic novel, e mi dà un cinque.

«Ehi, Hannah. Cos'hai selezionato dalla nostra biblioteca, oggi?»

Sollevo il fumetto che ho in mano. Sto rileggendo dei numeri vecchi di *Black Hole*, la serie inquietante di Charles Burns che parla di una malattia sessualmente trasmissibile che trasforma tutti gli adolescenti eccitati d'America in mutanti. Credo sia una metafora.

«Oh, ottima scelta», commenta.

«Potrei addirittura acquistarlo.»

«Ehhh? No, dai, che shock! Una cosa del genere mi ucciderebbe!»

Si afferra il petto e finge di collassare. Potrei essere realmente crudele e dirgli che – ah ah – ho una malattia cardiaca che potrebbe uccidermi. Ma penso di conservare la mia rivelazione per un'altra volta, e mi limito a fulminarlo con un'occhiata. Barcollando, va a mettere sull'espositore i nuovi volumi, e poi torna dietro al bancone. Sullo sfondo, due ragazzi più grandi stanno studiando gli scaffali con i fumetti nuovi, e ne aggiungono in silenzio alle grosse pigne che già tengono sotto braccio. Ricky mette *Scary Monsters* di David Bowie, e quando partono le note dall'impianto stereo li vedo annuire entrambi. Sa come inchiodare gli smanettoni, e indurli a spendere.

Sento il rumore della porta che si apre e si richiude, e vedo entrare una sagoma sottile, con passo strascicato. «Ehilà», saluta a gran voce Ricky, per farsi sentire al di sopra di *Ashes to Ashes*, ma non c'è risposta vocale dal nuovo cliente, solo un gesto della mano. Wow, che maleducato, penso, e alzo gli occhi. Oh merda, è Callum. *Callum.* Porta un lungo impermeabile grigio sopra una maglietta bianca, e questi anfibi militari giganteschi: sembra uscito da un anime cyberpunk, o da un film Anni Ottanta su dei teenager ribelli. Per qualche motivo il viso comincia a formicolarmi, e lo stomaco si ribalta quasi fosse in una centrifuga. Per poco il fumetto non mi cade dalle mani, che adesso sento intorpidite e appiccicaticce.

No.

Sta' zitto, corpo.

Non mi piace Callum. È solo un ragazzo irritante che sta nella mia classe di inglese. *Zitto.*

Eppure i miei occhi disobbedienti gli stanno incollati, mentre vaga per il negozio diretto all'espositore delle novità. Voglio guardare altrove, ma non ci riesco. Perché naturalmente adesso devo sapere che cosa guarda. Se sceglie *Spiderman* fondamentalmente è un bambino, se sceglie *Daredevil* è un masochista. Mi sorprendo a pensare: dai, prendi *Batman*, così posso liquidarti subito come un cazzone. Però non lo fa. Prende *Young Avengers*. Ah, figlio di puttana. Quella serie è uscita solo da un paio di mesi e già spacca. Teenager fichi che devono fare i conti con le loro capacità, che combattono e si innamorano. Geniale. Lo sfoglia con tiepido interesse. Io cerco di concentrarmi su *Black Hole*... ma questo serve solo a rammentarmi che la copertina mostra una ragazza seminuda minacciata da un serpente gigantesco. Sono letteralmente a tre metri da questo ragazzo, e ho un'immagine sessuale freudiana in grembo. Quando alzo di nuovo lo sguardo, Callum è al bancone e sta passando *Young Avengers* a Ricky. E intanto guarda me.

Guarda proprio me.

Sorride – un mezzo sorriso soffocato, un po' compiaciuto ma non crudele. La lunga frangia gli cade sugli occhi, come una tenda che scende... troppo presto perché mi veda restituire il sorriso.

«Ottima scelta», gli dice Ricky. «Numero fantastico. Allan Heinberg è uno scrittore eccezionale.»

«Grazie», fa Callum, che si allontana dal bancone. Non lo sto guardando; sto leggendo il mio fumetto. Sento che si ferma. Non lo sto guardando. I suoi passi vengono verso di me. Non lo sto guardando. Sto leggendo.

«Ehi», fa, timido. «Tu sei Hannah, giusto?»

Alzo lo sguardo. Ha gli occhi verdi come giada, le ciglia di una lunghezza assurda. Il viso è spigoloso, e solenne, ma anche dolce. I capelli sono così scuri che mi domando se li tinga.

«Ehm sì, sono Hannah. E tu sei Callum.» Glielo dico come se lo stessi aiutando a ricordare il suo nome. Non so perché. Non so che cosa sto facendo. «Vieni spesso, qui?» gli chiedo. Oh, cazzo. Lui sorride.

«Non molto. Mi faccio spedire i numeri a domicilio, quindi faccio un salto solo quando voglio qualcosa di nuovo. Questo non dev'essere male, vero?»

Solleva *Young Avengers*. Annuisco, cercando di non mostrarmi impressionata dalla sua scelta.

«Passabile.»

«E *quello*?» chiede, indicando il fumetto che ho sulle ginocchia.

Oddio. Abbasso gli occhi. Eccola... la ragazza in reggiseno con il serpente.

«Sì, un po' strano. Mi sto dando ai fumetti indipendenti... hai presente, *Ghost World*, *Love and Rockets*, *Hicksville*. Non ne so molto, ma sto cercando di imparare. Mi piacciono anche i manga. Alcuni.»

Perché gli sto dicendo tutto questo? Lui guarda il suo fumetto e alza le spalle.

«Credo di seguire la massa. I manga non parlano di ragazzini con gli occhi enormi che praticano arti marziali?»

Gli sorrido.

«Marvel non pubblica solo uomini con tanti muscoli che si prendono a pugni?» replico.

«Touché», fa lui con un ghigno. «Quindi niente supereroi, per te?»

«Oh, li adoro! Il primo fumetto che ho letto fu *Justice League*. Ho amato *X-Men*. *Sensational She-Hulk* era divertente, quel discorso sul fatto di infrangere la quarta parete. E mi piace quello che sta facendo Greg Rucka con Wonder Woman. Non sono proprio una fan dei fascisti enormi e muscolosi. E a te cosa piace... a parte *Young Avengers*?»

«Oh, vado pazzo per *Iron Man*.»

Cerco di nascondere la mia delusione.

«Sto scherzando. È orribile. Ed è un fascista enorme e tutto muscoli.»

«Tony Stark è un coglione.»

Pausa.

«Vuoi dare un'occhiata a questo?»

Provo a passargli un numero di *Black Hole*, che si apre su una pagina che mostra un ragazzo che fa sesso con una ragazza munita di coda. Arrossisce e si tira indietro, come se gli stessi offrendo un sacco dell'immondizia pieno di pannolini sporchi.

«Io... magari un'altra volta. Sarà meglio che vada.»

Sembra visibilmente scosso. L'ho terrorizzato con il mio fumetto sul sesso.

«Certo», gli dico, riprendendomi il giornaletto. «Ci si vede.»

«Lo spero», fa lui.

«Lo spero», ripeto in tono monotono, come un pappagallo robot. «Cioè, lo spero anch'io. Volevo dire. Un'altra volta. Io resto qui ancora un po'. A leggere fumetti.»

Perché non mi viene un black out adesso? Sul serio. Perché non posso svegliarmi al pronto soccorso con un'amnesia totale riguardo all'ora precedente? Sarebbe un sollievo misericordioso.

Indietreggia di qualche passo, annuendo, e poi si volta e va verso la porta. Appena prima di uscire, fa una cosa fichissima: arrotola il suo numero di *Young Avengers* e lo infila nella tasca posteriore dei pantaloni. Buon segno, mi dico, attraverso il velo di vergogna e imbarazzo che è calato su di me: significa che non è un collezionista pignolo che si mette a piangere se la copertina del suo prezioso fumetto si spiegazza un pochino. Vuole solo leggerlo. Quindi, esce e s'incammina lungo la via. Resto lì seduta a fissarlo per diversi secondi e, quando finalmente torno in me, mi rendo conto che mi sto facendo aria con un fumetto.

Capite? È IMBARAZZANTE. L'intera conversazione tra noi due è stata un fallimento. Ma a irritarmi *davvero* è il fatto che me ne importi qualcosa. Perché? Sono troppo occupata per pensare a certe stronzate.

Guardo Ricky, che mi sta fissando con un ghigno enorme stampato sul viso. Non dice niente, ma mi fa «OK» unendo pollice e indice, mentre annuisce in segno di approvazione, prendendomi in giro. Tiro indietro il braccio, come se volessi lanciargli il fumetto, e lui si accovaccia dietro il bancone, con gesto teatrale.

Sto per rimettermi a leggere, o almeno a fare finta, quando sento vibrare il telefono. È un messaggio di Sally.

Forse ho rimediato un appuntamento a tuo padre x

Mi alzo di scatto e digito il suo numero, mentre vado svelta alla porta per non dover parlare di questo in negozio. Mi risponde mentre sto uscendo.

«Dimmi che non è uno scherzo.»

«Non è uno scherzo.»

«Come hai fatto? Dove l'hai trovata? Che cos'ha che non va?»

«Ma niente! Fa parte del mio club del libro. Si chiama Karen e si è separata dal marito l'anno scorso... storia triste. Ma è pronta a tornare in pista. L'ho fatta bere un pochino e le ho venduto tuo padre. Non nel senso letterale dell'espressione.»

«Com'è fisicamente?»

«Perfetta. Molto carina, divertente, fottutamente brillante. Gli piacerà.»

«Merda. E adesso che cosa si fa?»

«Intanto, lasciami parlare con lui. Per tastare il terreno. Dobbiamo fare in modo che l'incontro sembri casuale. Sono entrambi molto vulnerabili. Dobbiamo andarci con i piedi di piombo.»

«È come quando cercano di far accoppiare due panda.»

«Sì, Hannah, è esattamente così.»

«Wow, che strana giornata.»

«Perché, che altro è successo?»

Quella domanda mi fa tornare in me: sto parlando con la madre di Jay. Non sono pronta a fargli sapere di questa storia con Callum. Non che ci sia una storia. Comunque. Va be'.

«Oh, niente», dico. «Roba di amiche.»

«OK. Be', non dire niente, per adesso. Prima controllo ancora che per Karen sia OK. Tu comportati normalmente. Fa' del tuo meglio.»

«Grazie, Sal.»

Riappende, e io mi ficco il cellulare nella tasca posteriore dei jeans. Potrei tornare in negozio e rimettermi a leggere, ma adesso mi sento stranamente motivata e piena di energia – una sensazione pazzesca e davvero poco familiare, da qualche giorno a questa parte. Un'immagine prende forma nella mia testa: un'istantanea. Un ragazzo con un giaccone lungo, silenzioso, fico, un po' freddo e distaccato. I capelli scuri gli cadono davanti agli occhi. Quelle ciglia, però. Quelle ciglia. Mi accorgo che sto sorridendo. Sto sorridendo così tanto che cominciano a farmi male le guance.

Oh, cazzo. Non può succedere niente con Callum... è un problema di cui non ho bisogno. Magari chiamerò Jenna o Daisy e andrò da qualche parte, a fare qualcosa. Magari chiamerò papà. Devo togliermi Callum dalla testa. Sul serio. Non può succedere niente, con lui.

Tom

E così mi ritrovai al ristorante italiano della città, un locale di fascia *lievemente* alta, un mercoledì sera. Ero seduto da solo al piccolo bancone del bar, e sorseggiavo un gin tonic. Aspettavo. In qualche modo avevo lasciato che Sally mi organizzasse un appuntamento con una sua amica, e adesso dovevo stringere i denti e andare fino in fondo. Mi era parsa una buona idea fino a quando non ero arrivato lì... proprio come quella volta in cui avevo assistito a una produzione di cinque ore del *Re Lear*, allestita in una lavanderia automatica degli Anni Sessanta.

Non c'era esattamente il pienone alla Casa del buon appetito. Alcuni uomini di mezza età occupavano una tavolata al centro della sala, e ridevano di gusto, i volti paffuti rossi come il vino che si stavano scolando avidamente. Una coppia molto anziana era appollaiata in un angolo: non si parlavano, mettevano svelti il cibo nelle bocche tremanti. Un tizio che sembrava italiano, con un completo vintage, era seduto da solo vicino alla porta dei servizi, e leggeva il giornale mentre sbocconcellava una pizza. Immaginai che fosse un killer mafioso, che aspettava che la vittima designata si recasse al bagno degli uomini per seguirlo e strangolarlo vicino all'asciugamano. Mi chiesi se non fossi un po' razzista. Diedi un'occhiata al telefono, per vedere se ci fosse un messaggio di scuse da parte di Karen, che mi avvisava di non poter venire; ma no, ne trovai soltanto uno di Hannah: «Non renderti totalmente imbarazzante. Ti voglio bene, H». Pensai di mettermi a giocare a Snake, così da sembrare disinvolto e disinteressato, anziché disperato, ma in quel momento la porta del ristorante si aprì, ed entrò una donna sola. Alta, capelli di un biondo scuro, rossetto molto rosso; indossava un vestito bianco con dei fiorellini rossi. Oh, Dio: mi aspettavo jeans e camicia a quadri. Di certo non tutto quel glamour, capace di intimidire. Già cominciavo ad annaspare, e ancora toccavo il fondo. Si diede un'occhiata intorno, poi il suo sguardo cadde su di me, e ci fu un momento di cauto riconoscimento: dopotutto, ero l'unica persona che poteva essere l'altra metà del suo appuntamento al buio, al di là del killer, che la stava squadrando furtivo. Sorrisi, e salutai con la mano. Salutai la donna, non l'assassino.

«Sei Tom?» chiese, la voce squillante e sicura, mentre passava accanto alla tavola, i cui occupanti si voltarono a guardarla.

«Sì! Sì, sono io. Tu sei Karen? L'amica di Sally?»

«Sì! Wow. Il ristorante giusto e l'uomo giusto, ottima partenza.»

Il mio cervello stava rapidamente cercando di fare le sue deduzioni. Lei era attraente, intelligente, sicura, forse aveva passato da poco i quaranta, difficile darle un'età. I suoi occhi scintillavano sotto la luce fioca che proveniva dagli strambi lampadari a bracci da pochi soldi. Mi aveva definito «l'uomo giusto», ma chiaramente nel contesto significava che ero «l'uomo corretto in una stanza piena di estranei», piuttosto che «l'uomo con cui voglio trascorrere il resto della mia vita». Non ebbi nemmeno il tempo di chiederle se le andasse di bere qualcosa, perché in quel momento ci raggiunse un cameriere, che sembrò sbucare dal nulla.

«Il signore e la signora sono pronti ad accomodarsi?» chiese, rivolgendoci un ghigno allusivo, che mi turbò non poco. Sapeva che avevamo un appuntamento al buio? Era così evidente? Ci accompagnò a un tavolo vicino alla finestra, e ci diede i menu, sempre con quel ghigno lievemente sghembo.

«Un drink per la signora?» chiese, e la voce, l'accento e i modi mi fecero pensare al Conte dei Muppet. Probabilmente anche questa era un'osservazione razzista, e decisi di tenerla per me.

«Vino?» chiese lei.

Oh-ah, argomento vino. Che cosa prevedeva l'etichetta? Dovevo lasciar scegliere lei? Insistere per trovare un vino che accompagnasse alla perfezione quello che avessimo ordinato? E se ancora non sapevamo cosa avremmo mangiato? Che cosa beveva la gente, adesso? I vini del Nuovo Mondo andavano ancora di moda?

Intanto, lei stava studiando la lista delle bevande.

«Sì, vino va bene», dissi, allegro. «Sono uno facile.» Oh merda, mi ero definito «uno facile» al primo appuntamento.

«Prendiamo una bottiglia di bianco italiano», fece lei, riconsegnando la lista al cameriere. «Fa troppo caldo per un rosso, non trovi anche tu?»

«Sì, decisamente.»

Un momento di silenzio. Presi un sorso minuscolo di gin tonic. E poi un altro. E un altro. Oh no, sembravo un pappagallino assetato e alcolizzato.

«Allora», fece lei alla fine. «Dirigi un teatro?»

«Sì», risposi, e nella mia voce colsi un eccessivo sollievo. «Da quattordici anni. Sei mai stata a vedere qualche spettacolo?»

«Un paio. Andavamo a Londra, a teatro, trascorrevamo il weekend fuori. Mio marito era un po' snob. Scusa, non che ci sia niente di male in un teatro locale, solo che... oh, Dio. Scusami tanto.»

«No, nessun problema. Capisco. Scommetto che il Royal Court Theatre non ospita un tributo comico a Perry Como, il mese prossimo.» (Noi sì, naturalmente. E si intitolava *Perry Comb-over**.)

«No. Un vero peccato.»

«E dimmi, tu che cosa fai? Sally non me l'ha detto.»

Il cameriere tornò in quel momento, ci versò il vino e rimase alle spalle di Karen, con il taccuino. Almeno, il servizio rapido significava che si sarebbe concluso tutto in fretta.

«Siete pronti per ordinare?» chiese, guardando i due menu sul tavolo, che nessuno dei due aveva ancora toccato.

«Direi di no», rispose Karen, che mi rivolse un sorriso complice.

Prendemmo i fogli laminati e lucidi, e li studiammo. Non devo prendere meccanicamente la pizza, mi dissi. Devo far vedere che ho classe, che sono discreto, e anche qualcos'altro; devo mostrare una maturità che rifletta la mia comprensione e il mio apprezzamento della cucina italiana.

* *Comb-over*: riporto (di capelli). (*N.d.T.*)

«Io prendo sempre la pizza», disse Karen. «Non riesco a farne a meno.»

Le sorrisi, improvvisamente più rilassato, più calmo. Per la prima volta pensai che avrebbe potuto anche essere un'esperienza sopportabile, e non un esperimento sociale da incubo. Ordinammo tutti e due una pizza napoletana. Praticamente eravamo anime gemelle. Il cameriere annuì, soddisfatto, e poi sparì.

«OK, vuoi sapere del mio lavoro. Ho uno studio fotografico... facciamo ritratti di famiglia, servizi ai matrimoni, quel genere di cose. Hai presente quegli scatti che la gente tiene sulla mensola del camino... quelli sovraesposti con bambini vestiti eleganti che si arrampicano sui genitori? Dove tutti sorridono come maniaci, su uno sfondo totalmente bianco? Ecco, li facciamo noi.»

«Ah. Ed è divertente?»

«No davvero, non è quello che avevo in mente quando andai alla scuola d'arte per studiare fotografia, ma, sai, così è la vita, no?»

«Suppongo di sì. Io pensavo che sarei diventato il nuovo Kenneth Branagh.» Uh-oh, umore in picchiata. «Allora, che libro state leggendo, adesso? Intendo con il vostro gruppo di lettura.»

«Oh... *Coppie* di John Updike. Non ho idea del perché la scelta sia caduta su quel titolo. Pessimo.»

«Non l'ho letto.»

«Non farlo. Seriamente, non leggerlo. È uno studio nichilistico dedicato ad alcuni ricchissimi figli del boom economico che si tradiscono a vicenda, e si comportano in generale in modo orribile. Io avrei voluto leggere *Cloud Atlas*, ma Sophie l'ha spuntata come al solito.»

«Adoro *Cloud Atlas*! È il libro più straordinario che abbia letto negli ultimi anni.»

«Io non ho ancora avuto modo di leggerlo.»

«Posso prestarti il mio.»

Troppo ardito? Stavo insinuando che ci saremmo rivisti. Forse l'avrebbe trovato un po' troppo presuntuoso, da parte mia, dal momento che non avevamo nemmeno cominciato a mangiare. Mi dissi che non aveva importanza, perché comunque non era una cosa che volevo, giusto?

«Leggo molto di più, ora che sono da sola», disse, prima di guardare distrattamente il display del telefono. «Scusa, controllavo solo che non ci fossero messaggi della babysitter.»

«Ah. Quanti anni hanno i tuoi bambini?»

«Ne ho una sola, Betty. Ha sei anni.»

«Bellissimo nome.»

«Lo scelse mio marito... per Betty Blue. Probabilmente non fu un buon segno, pensandoci ora. Aveva questa maledetta ossessione per Béatrice Dalle. Scusa, devo smetterla di parlare di lui.»

«No, va bene, io...»

Prima che avessi modo di finire la frase, il cameriere mi mise di fronte una pizza, e poi fece lo stesso con Karen. Erano gigantesche, strabordavano dai piatti, e il formaggio fuso colava sulla tovaglia. Le fissammo, stupiti.

«*Buon appetito!*» cantilenò l'uomo, prima di correre verso la tavolata di uomini.

Tutti e due afferrammo con cautela coltello e forchetta, domandandoci come affrontare quei mostruosi dischi di formaggio fuso. Lei guardò ancora il telefono, e poi, chiaramente infastidita dal suo stesso comportamento, lo lasciò cadere nella borsa che aveva messo ai suoi piedi quando ci eravamo seduti. La coppia di anziani ci superò, strascicando i piedi, ed entrambi sorrisero benevoli. Il cameriere li salutò con la mano. Notai che l'assassino mafioso era scomparso. Adesso c'eravamo soltanto noi due, e i manager che tracannavano vino.

Cominciammo a mangiare, angosciati entrambi all'idea di ritrovarci con dei lunghissimi fili di mozzarella rovente e unta che penzolavano dalle labbra, come dei personaggi dei fumetti con la bava alla bocca. Pensai a cosa dire: qualcosa che non fosse troppo personale, ma nemmeno noioso. Mi ero scordato tutti gli argomenti accettabili che mi avevano fornito Sally e Hannah. Dovevo accennare alla guerra in Iraq o evitarla del tutto? Dovevo raccontare qualche aneddoto sul teatro? Ero solo, nell'arena mortale e sconosciuta delle storie romantiche, e adesso... e adesso avevo la pizza sulla camicia. Mi tamponai con il tovagliolo e alzai le spalle guardando Karen, che stava fissando il suo piatto, la fronte corrugata, l'espressione concentrata.

«Mi, ehm, mi piace», dissi, sentendo che la situazione sembrava finalmente sciogliersi. «Voglio dire, era da un po' che non lo facevo.

Uscire con una donna, intendo. Non mi riferivo a "quello". Anche se non faccio nemmeno "quello" da un'eternità. Oh, Dio.»

Ero al mio primo appuntamento con una perfetta sconosciuta, e accidentalmente avevo fatto un'allusione al sesso. Presi un lungo sorso di vino, mentre cercavo di farmi venire in mente qualcosa che non fosse da psicopatico, ma impiegai più tempo di quanto mi fossi aspettato, e mi resi conto di aver vuotato il bicchiere. Poteva andare peggio di così? Lei alzò lo sguardo, e notai i suoi occhi velati. Oh, sì. Sì che poteva andare peggio. Adesso stava piangendo.

«Scusami, scusami tanto. Non sei tu, sono io.»

«Vado a prenderti un po' d'acqua?»

«No, sto bene. Solo che... oh, merda. Mio marito e io... eravamo venuti qui per il nostro decimo anniversario di nozze, l'anno scorso. E... oh, pensavo di potercela fare, ma...»

Posò forchetta e coltello, e la guardai impotente mentre si asciugava gli occhi con un fazzolettino di carta.

«Lui se ne andò sei mesi fa, senza nessun preavviso. Aveva un'altra, ovviamente. Naturalmente. Una vacca conosciuta al lavoro. Mi dispiace, non credo tu voglia sentire questa storia.»

«Non c'è nessun problema, lo so. So com'è.»

Lo sapevo, sì. In un certo senso.

«Dieci anni. E se ne andò, così. Si mise a urlare con me, ci crederesti? Quando me lo disse, era arrabbiato con me; arrabbiato perché era successo. Venne mia madre, e rimase con noi quella notte. Dormimmo insieme, lei, Betty e io, nel letto che lei e papà ci avevano comprato come regalo di nozze.»

Si interruppe. Io mi concentrai sulla pizza, cercando di tagliare una fetta, ma d'un tratto i suoi singhiozzi si fecero così forti e disperati che prese a tremare tutta. Il cameriere stava venendo a chiederci se andasse tutto bene, ma poi fece dietrofront così bruscamente che probabilmente lasciò dei segni sul pavimento di legno. Gli uomini d'affari ci guardavano, e parlavano tra loro sottovoce. Io la fissai, ammutolito, il viso privo di espressione: non sapevo cosa dire, o fare. Non sapevo se alzarmi e abbracciarla, se lasciarla lì, o che...

La questione si risolse molto rapidamente. Si alzò, prese la borsa, sembrò esitare un secondo, ma poi prese la sua decisione.

«Mi dispiace, devo andare. Non ha niente a che vedere con... solo che è troppo presto, credo.»

«Va bene, va bene, davvero.» Mi alzai anch'io, ma per qualche motivo non mollai la mia fetta di pizza e, dal momento che non l'avevo tagliata bene, tirai su anche il resto... Stava per ricadere sul piatto, ma d'istinto l'afferrai. Lei borbottò qualche parola di scuse, si voltò di scatto e con la borsa fece cadere il bicchiere pieno di vino sul pavimento, dove andò in frantumi tra un tintinnio di cocci. Raggiunse di corsa la porta, e un attimo dopo era fuori, nell'aria della sera. Io rimasi lì a guardarla, consapevole del fatto che mi trovavo in una pozza di vino, e che avevo una pizza ripiegata sul braccio, a mo' di tovagliolo. C'era silenzio, intorno a me; gli uomini avvinazzati erano tutti eccitati, un sorrisetto si allargava sui loro volti... avevano una storia da raccontare in ufficio, l'indomani. Il cameriere arrivò quasi subito con uno strofinaccio, con cui si mise a pulire il pavimento di quercia lucido.

«Mi dispiace tanto», dissi. «Pago, è chiaro...»

«Shhh», fece lui. E poi alzò gli occhi, con uno sguardo di comprensione sincera. «Nessun problema. Davvero. Non deve pagare proprio niente.»

Mi chinai per dargli una mano, e una parte del condimento della pizza gli finì sulla testa.

Sarebbe potuta andare peggio, certo, pensai uscendo dal locale, qualche minuto dopo, chiudendo con cura la porta alle mie spalle e partendo a passo spedito, nella serata ancora calda. Lei avrebbe potuto assassinare me o il cameriere; oppure un camion sarebbe potuto entrare nel ristorante, sfondando il muro, e ucciderci tutti.

Mentre rincasavo, sentii vibrare il telefono. Mi chiesi se fosse Karen, che voleva scusarsi un'ultima volta; invece era Hannah. «Come procede? Devo venire a salvarti? Ricorda: niente aneddoti sul teatro.» Certo, pensai, perché avevo avuto molte opportunità di parlare.

Mi dispiacque per quella donna, ovvio. Conoscevo bene il dolore crudo che provava. Ma soprattutto provai sollievo. Adesso potevo dire a mia figlia che l'idea degli appuntamenti era un errore.

Cominciai a elaborare un resoconto della serata, che ne enfatizzasse l'esito disastroso senza ridicolizzare Karen. Lo stavo già studiando in termini drammatici. Stavo già dirigendo lo spettacolo.

Hannah

«Quindi, pare che la partner di papà sia corsa fuori dal ristorante in lacrime... e questo a dieci minuti dall'inizio della serata. Quindi sì, sta andando tutto secondo i piani.»

Sono con Margaret, in un piccolo caffè che si chiama Crumpets, e le sto raccontando dello spettacolare successo di papà al suo appuntamento romantico. Ci vengo solo con lei, perché è un locale vecchio stile, tradizionale: tazze di porcellana con piattini, alzate per dolci a tre piani, centrini di pizzo, cameriere adolescenti vestite da serve francesi, quel genere di cose. Ci vediamo qui una volta ogni due settimane: non ricordo come o perché sia cominciata questa tradizione. Credo che lei mi abbia sempre trattata da adulta, e io all'inizio volevo sapere quanti dei suoi aneddoti sul teatro degli Anni Sessanta e Settanta corrispondessero a realtà. Ma è difficile tirarle fuori qualcosa sul suo passato, al di là del repertorio di storie pazzesche, quindi di solito finiamo per spettegolare del gruppo di attori, della città, della scuola, delle notizie, dei ragazzi, dell'inevitabilità della morte. Credo di piacerle perché condividiamo il medesimo atteggiamento fatalista. È strano, ma qundo parliamo della vita, e più in particolare della sua inevitabile conclusione, lo facciamo alla pari: non ci preoccupiamo di rassicurarci a vicenda. Nessun altro lo fa, tra le persone che ho intorno: si sentono in dovere di proteggermi da qualunque accenno alla morte. O, per essere più precisi, sentono di dover proteggere loro stessi.

«Non riesco a immaginare cosa possa aver combinato quel poveretto di tuo padre», fa lei, mentre mette una bella quantità di marmellata sul suo scone (con cui ordiniamo sempre tè con panna). «È un uomo così affascinante.»

«Dio, spero che non si sia esibito in un monologo, o qualcosa del genere. Non lo escludo, conoscendolo.»

«Che cos'ha detto, lui?»

«Non molto. Ha raccontato una storia elaborata su come ha fatto cadere il condimento della pizza sulla testa di un cameriere, e poi ha insistito per cambiare argomento.»

«Quindi, il tuo esperimento finisce qui?»

«Stai scherzando? Non intendo arrendermi così facilmente.»

Ci fermiamo per portarci uno scone alla faccia.

«Quando conobbi mio marito, eravamo a un ballo organizzato dal suo gruppo parrocchiale. Io mi ero imbucata, sperando di trovare un po' d'alcol, e invece trovai lui. Dovetti fargli io la corte. Gli uomini sono come buoi... essenzialmente stupidi, ma sono utili e hanno gli occhi buoni.»

«Perché non parli mai di lui?»

«Oh, non c'è molto da dire, tesoro. Fu solo un altro lungo matrimonio, con i suoi alti e bassi. Niente di emozionante. Lui era un uomo semplice, felice di rimanere sullo sfondo. Non gli dispiaceva se sparivo per settimane, quando andavo in tour. Teneva la casa e il giardino in ordine, cucinava per me. Odorava di fumo di sigaro e di colonia Bay Rum. Gli altri dettagli stanno sbiadendo, mia cara. Tutto sta sbiadendo.»

Abbassa lo sguardo sul piatto, e poi guarda fuori dalla finestra. Vedo un luccichio nei suoi occhi. Sono infossati nelle orbite rugose, ma brillano come gemme.

«Sono molto, molto vecchia, ecco. Mi domando per quanto ancora potrò essere utile, in teatro. Temo di aver cominciato a commettere degli errori.»

In effetti Sally adesso le trova dei ruoli minori, che prevedono un numero inferiore di battute. Gli altri membri del cast la tengono d'occhio. Aveva fatto una brutta caduta, durante la prova generale per *L'importanza di chiamarsi Ernesto*, e questo li aveva spaventati a morte. Glielo aveva letto negli occhi... la paura della debolezza mortale; lo sapevo, perché succedeva anche a me.

«Se sarà necessario, ti metteremo su una sedia a rotelle e ti porteremo in giro per il palco», le dico.

Si lascia andare a una risata fragorosa. «Sarei magnifica nel ruolo di un patriarca in fin di vita. Il portamento ce l'ho. Ecco: vorrei entrare in scena e pronunciare il discorso finale di Prospero, dalla *Tempesta*... e poi svignarmela.»

«Sarebbe proprio da te, Margaret.»

«Vero, ragazza. Ma dubito che andrà così.»

«Fammi vedere che cosa posso fare. Mio padre dirige un teatro, sai...»

«Me ne ricorderò.» Si interrompe un secondo. «Ma c'è la possibilità che non mi permettano di tornare.»

«Che cosa intendi?»

«Ho una confessione da fare. Il pomeriggio dello spettacolo, stavo morendo di freddo in teatro, ricordi? Be', sono andata nella sala caldaia, e chiaramente non funzionava. Così mi sono messa a girare tutte le manopole e a premere bottoni. È così che facevo partire il mio televisore. Dopo, quando ci sono passata davanti, ho sentito un rumore terribile, come un colpo, provenire da quella stanza; ho avuto troppa paura per indagare. Pensavo potesse esplodere. Oh cara, avrei dovuto dirlo a tuo padre.»

«Margaret, non credo che tu abbia provocato l'allagamento girando qualche manopola.»

Oh mio Dio, penso tra me e me. Margaret ha causato l'allagamento girando qualche manopola.

«Comunque», continua, «la cosa strana è che, mentre mi allontanavo, ho sentito aprirsi la porta della sala caldaia, e richiudersi. Mi sono chiesta se ci fosse entrato qualcun altro, e...» Il mio cellulare vibra, sul tavolo. L'interruzione sembra far perdere il filo a Margaret.

«Oh, mi sto comportando da sciocca, non preoccuparti. Controlla pure la tua corrispondenza, so quanto è importante per voi giovani tenervi in contatto.»

«Ma, Margaret...»

«Non è niente. Sul serio. Probabilmente ho immaginato tutto.»

Si alza a fatica. Faccio per aiutarla, ma lei mi liquida con un gesto della mano. «No, no, ce la posso fare», dice. «Vado solo un momento al bagno.»

Se ne va, strascicando i piedi, e io guardo, confusa, mentre cerco di immaginare che cosa accidenti fosse sul punto di dirmi. Forse si è pentita della sua confessione; forse si sta inventando qualche alibi bizzarro che coinvolge una celebrità della TV degli Anni Sessanta. O forse sta davvero perdendo la testa. Poi il telefono vibra ancora. Due messaggi confusi di Daisy.

Dovr dei? Ho una notizia, amica

Serata indie al Duke's, venerdì. Dobbiamo andare. Sarà tremenda. Daze x

Il Duke's è l'unico nightclub della città, e ha sede al primo piano di un pub Tudor sulla strada principale. Di solito è un posto da incubo dove mettono pezzi dance da classifica e dove servono due cocktail al prezzo di uno, con nomi come Scopata fino alla morte, ma ogni tanto organizzano un evento speciale. Io non ci vado mai, ma Daisy me lo chiede ogni volta. Le piace farmi sentire inclusa. Sto digitando la mia risposta «grazie ma no grazie», quando Margaret torna al tavolo.

«Un ragazzo?» mi chiede, scivolando pesantemente sulla sua sedia.

«Puah, no. No, è Daisy. Vuole convincermi ad andare con lei in un nightclub.»

«E?»

«E le dico sempre di no. Troppo caldo, troppo rumore, e poi io non bevo, e...»

«Hai paura di ammalarti?»

«Forse. Non lo so. È come... insomma, tutta quella gente si diverte, dimenticano tutti i loro problemi... e io non mi sento mai parte del gruppo.»

«Almeno non hai un'anca di plastica che ti molla sulla pista da ballo, cara. Considerati fortunata.»

«Giusto.»

Cambia espressione. È come se entrasse e uscisse dalla stanza... o addirittura dal tempo stesso.

«Ho dimenticato i passi dei balli di una volta», dice, tra sé e sé. «Un tempo li conoscevo tutti. È come se qualcuno avesse tolto il tappo... se ne va tutto, come in un mulinello.»

«Margaret...»

«Oh, va bene. Sto bene. Noi non siamo di questo mondo, vero? Tu e io. Possiamo tenerci in disparte e vederlo per quello che è.»

«Come i supereroi dei fumetti.»

Mi scappa una risatina, ma lei mi guarda, seria.

«Hannah, tuo padre può badare a se stesso. Lo sai, vero?»

«Lo spero.»

Mette la mano sopra la mia.

«Bambina, tu sai tante cose, ma non credi a niente. La vita è straordinaria. Va avanti.»

«Margaret.»

«Sì, cara?»

«Pensi di finirlo quello scone? Perché sto morendo di fame!»

«Sei incorreggibile.»

«Quello è un no?»

«Prendilo», mi dice. «Adesso devo andare. Ho appuntamento dal dottore. Passo più tempo là che a casa, ultimamente. Che noia. E pensare che una volta non vedevo l'ora di trovarmi davanti qualche giovane aitante che mi chiedesse di stendermi e mettermi a mio agio.»

«Merda, Margaret.»

Si è alzata di nuovo, questa volta è stata più veloce, e adesso mi sorride. Le cameriere le passano accanto ballando lo shimmy, quasi fosse parzialmente invisibile, quasi potessero attraversarla. Stringe la borsetta al petto; le dita sono magre, quasi scheletriche; l'anello di fidanzamento con l'enorme zaffiro fa danzare scintille sulla parete. Lo bramo da quando ero piccola. Per qualche strano motivo mi viene in mente Callum, e quello che credo sia successo tra noi al negozio di fumetti. Che cos'era? Totale imbarazzo o chimica? Sarà al Duke's? Provo un brivido di eccitazione, a quell'idea. Non sono pronta a provare sentimenti del genere.

«Va' a quel club», mi dice Margaret, quasi mi avesse letto nel pensiero. «La fortuna aiuta gli audaci.»

Fuori, il sole picchia, i marciapiedi sono roventi e percorsi da crepe, le strade invase da gente che fa spese. Provo a immaginare che cosa debba aver detto papà a quella povera donna. Non credo l'abbia turbata di proposito; non è Valmont, è troppo stupido per essere crudele.

Come riuscirà a sopravvivere?

Hannah

L'indomani mattina, papà sta facendo i bagagli per il WestFest. Sembra un folle. Ha noleggiato un minibus per portarci il cast, e adesso è parcheggiato davanti a casa. L'agitazione organizzativa ha preso il sopravvento. Sono in camera mia, a leggere e a sforzarmi di ignorare il rumore che fa, ma a un certo punto butta dentro la testa.

«Sai dove sono finiti i miei pantaloni scozzesi?» chiede. «Sembrano svaniti nel nulla.»

«Sono appesi. Da Oxfam, in città.»

«Cosa?!»

«E dai, papà. Pantaloni tartan? Sembreresti uno squallido tributo a Rod Stewart.»

«Buffo... in effetti me li regalò proprio un cantante che proponeva cover di Stewart.»

«Comunque sia, erano ridicoli. Avresti potuto indossarli con una maglietta che diceva NON FATE CASO A ME, STO ATTRAVERSANDO UNA CRISI DI MEZZA ETÀ».

«Avresti portato da Oxfam anche quella.»

Mi abbraccia, e poi va via di corsa con una lista di «cose da fare» accartocciata in mano. Lo seguo, ansiosa di vedere se riesco a spillargli qualche altro dettaglio riguardo all'appuntamento, mentre è distratto dai preparativi.

«Allora», gli dico, «sei pronto a raccontarmi cos'è successo mercoledì sera?»

«Oh Hannah, ho un sacco di cose da fare», risponde, la testa seppellita nel suo guardaroba. Sta gettando dei vestiti in un borsone malconcio... sembra che stia scappando dalla mafia. «Non eravamo compatibili.»

«Non è che magari, non lo so... involontariamente hai sabotato la serata?»

«Questa è un'ignobile ingiuria. Sicura di cavartela per due giorni? Saremo di ritorno domenica, all'ora di pranzo. Terrò il telefono sempre acceso. Se hai bisogno, vengo a casa di corsa.»

«Starò bene.»

«Davvero? Posso stare tranquillo? Hai l'aria stanca.»

In tutta onestà, mi sento ancora un po' esausta dopo l'incidente della scala del destino. Ma non voglio che si preoccupi e che annulli tutto. Vivere con un genitore iperprotettivo significa rassicurarlo costantemente che non stai esagerando con gli sforzi, senza farlo agitare mostrandogli quanto in effetti tu abbia *bisogno* di andarci piano. È una lama a doppio taglio, psicologicamente parlando.

«Papà, vai.»

«Jeff e Brenda sanno che sei sola. Faranno un salto domani, per vedere come stai.»

Jeff e Brenda sono i nostri vecchi e dolcissimi vicini, che papà mise in allerta già all'epoca della prima diagnosi. Se deve lasciarmi a casa da sola per più di due ore, li avvisa. A loro non dispiace, pare: in effetti, Jeff ha fatto addirittura un corso di rianimazione, nel caso fosse chiamato all'azione. Ma è un po' vacillante, e anche parecchio sordo, quindi credo che schiatterò ben prima che abbia capito che qualcosa non va, e che sia entrato in modalità supereroe.

«Oh, cazzo. E io che avevo in mente di organizzare un festino a base di coca e sesso.»

«Be', sono sicuro che Jeff e Brenda saranno felici di darti una mano. Purché finisca a mezzanotte, e lasciate il giardino in ordine.»

Va in bagno, riempie il beauty con troppi prodotti per due sole notti in un campo con un gruppetto di attori dilettanti.

«Sicura di non voler venire? Sarà divertente. Ted porta il suo ukulele.»

«Non potresti mai fare il venditore, pa'.»

«OK, vuoi che ti porti altri snack e DVD? Potresti organizzare un pigiama party con le tue amiche, magari. Potremmo arredare la stanza con poltrone sacco, coperte e lucine!»

«Non ho nove anni!» grido. «Me ne starò qui a leggere fumetti.»
Mi stringe in un abbraccio che sembra durare secoli.
«Assolutamente ragionevole. Brava la mia bambina.»
Brava la mia bambina? Non appena se ne va, al volante del minibus, mando un messaggio a Daisy, picchiando furiosamente sui tasti. «Sì, ci vengo al club.» Non è che una serata fuori con le mie amiche. Ho bisogno di fare cose così. Ho bisogno di ribellarmi.

Tom

Era il mattino della partenza per il West Somerset Arts and Crafts festival, ed ero nervoso. Un pochino. Non per l'evento in sé, è ovvio... seriamente, immaginate Glastonbury, ma molto più in piccolo e senza band fiche, droghe o giovani alla moda; una rivisitazione di Glastonbury interamente popolata di famiglie borghesi lievemente compiaciute in stivali Hunter, che spingono passeggini nel fango. Non era nulla di cui avere paura.

No, ero nervoso all'idea di lasciare sola Hannah.

Certo, era successo che passasse la notte altrove, negli ultimi quindici anni – naturale. Ma era la prima volta che andavo via *io*... a una distanza non percorribile a piedi. Quindi sì, avrei potuto prendere precauzioni eccessive. Avrei potuto lasciare un documento di cinque pagine con i numeri di trenta contatti per le emergenze. Avrei potuto allertare tutti i nostri vicini, e non limitarmi a Jeff e Brenda. Avrei potuto telefonare prima agli organizzatori del festival per verificare la presenza di segnale per il cellulare. Avrei potuto trascorrere quasi tutta la notte in bianco, ripercorrendo scenari da incubo nella mia mente. Avrei potuto chiamare Venkman per chiedergli qualche consiglio. Alle sette. Avrei potuto provare rimorso – in silenzio, ma ardentemente – per aver acconsentito ad accompagnare il gruppo a quello stupido evento.

Avevo salutato Hannah da due ore, e il nostro allegro minibus era in una lunga coda di veicoli che si snodava lungo la stretta strada di campagna che conduceva all'ingresso per gli artisti. Io guidavo; Sally era accanto a me, con la cartina del campo e il pacco che ci avevano dato al momento dell'iscrizione. Dietro di noi sedevano cinque membri del gruppo e tre amiche di Rachel, tutti stretti tra montagne di borsoni pieni di vestiti e costumi. Ted e Jay si dividevano scomodamente un sedile, e quest'ultimo passò buona parte del viaggio a guardare come un pesce lesso Rachel e la sua banda, tutte in shorts denim e pezzo sopra del costume. Natasha era riuscita ad assicurarsi un weekend lontana dai bambini, e aveva festeggiato la libertà con una bottiglia di vodka (qualcuno aveva commesso l'errore di chiederle se avesse pensato di portare la sua deliziosa primogenita, e si era beccato il solito discorsetto «il teatro è una cosa solo *mia*»). James quella mattina si era presentato con ventidue lattine di sidro da pochi soldi, che non erano durate a lungo: in breve si erano ritrovati tutti alticci, in particolare lui e Shaun, che avevano trascorso l'intero tragitto a discutere sulle migliori live band nella storia della musica, fingendo di fare a botte sul sedile in fondo. Naturalmente c'era stata anche qualche cantata, gentilmente offerta dall'ukulele di Ted; e poi Rachel e le sue backing vocalist si erano lanciate in un pezzo che Jay aveva identificato come *Don't Cha* delle Pussycat Dolls. Natasha era scivolata dal sedile.

Era una di quelle perfette giornate d'estate; il cielo era una distesa pura di azzurro, il sole una palla calda e brillante. Quando entrammo nel campo, il fango secco scricchiolò sotto gli pneumatici; l'aria era intrisa dell'odore di concime, e di carne cotta sulla griglia. Dei tizi allegri con dei giubbotti fluo ci indirizzarono a un posteggio in mezzo a un mare di camper. Prendemmo coraggiosamente le nostre borse e camminammo a fatica verso un campo adiacente, dove decine di tende erano già state montate per attori e musicisti. Ne avevamo due, da dividerci in dieci, il che sarebbe stato interessante. Interessante era anche il fatto che avremmo dormito fra una tribute band che suonava pezzi dei Wurzels, e un gruppo teatrale chiamato Magico show degli insetti acrobati. Al nostro arrivo trovammo due uomini vestiti da formiche rosse, seduti fuori dalla tenda a mangiare hamburger e a fumare.

«Probabilmente dovremmo riservare una tenda alle donne e una agli uomini», propose Ted.

«Guastafeste!» commentò Rachel.

Ma fu stabilito che era la sistemazione più sensata. Scaricati i bagagli e radunati i costumi, uscimmo dal campeggio per accedere all'area del festival, una distesa di pascoli punteggiata a caso di tendoni, tende mensa, birrerie, giostre ed eccentriche bancarelle di articoli vari. Per un abitante del Sudovest interessato ad acquistare un cappello da giullare, a mangiare una baguette con porchetta troppo cara e poi a guardare una band pop degli Anni Ottanta caduta nel dimenticatoio che si esibiva chiassosamente in una serie di canzoni spacciate come «Greatest Hits», quello era il posto in cui stare. Era un festival organizzato da e per persone che avevano solo una vaghissima idea di cosa fosse un festival, forse per avere dato una scorsa a un articolo del *Guardian*.

Lo Shuffle Theatre era un ampio tendone bianco sporco all'estremità dello spiazzo, accanto alla tenda del tè gestita dalle signore del Women's Institute, e al fienile del sidro dedicato a un Maiale Ubriaco. Ci era stato detto di arrivare entro le dieci per un briefing e, quando sollevammo il lembo all'ingresso ed entrammo, con venti minuti d'anticipo, c'era già una folla considerevole di attori dilettanti, che circolava disordinatamente. Venti gruppi locali partecipavano al festival, e molti sembravano aver dato fondo al budget annuale per i costumi, per quell'occasione. Pareva la taverna di Mos Eisley in *Guerre Stellari*, ma molto più «campestre». C'erano vivaci abiti elisabettiani, uniformi militari vittoriane, e poi toghe, e per qualche ragione spuntarono anche dei vichinghi. Quando ci passarono accanto due uomini in completo nero e camicia bianca, Shaun sussurrò «Pinter» a James, ed entrambi annuirono, con aria complice.

Una donna con la T-shirt del festival saltò sul palco in fondo alla tenda, e gridò un «Salve» al microfono; il ritorno insopportabile fendette l'atmosfera conviviale come un'accetta in un panetto di burro fuso. Chi aveva ancora l'udito si voltò a guardarla.

«Benvenuti allo Shuffle Theatre!» gridò, senza che ce ne fosse bisogno, mentre veniva raggiunta da un uomo con gli occhiali. «Grazie infinite di aver voluto partecipare a questo evento divertente e innovativo. Io mi chiamo Ann, e sono la coordinatrice artistica. Questo è Derek, il nostro tecnico.»

Un breve applauso. Derek annuì. Portava un gigantesco walkie-talkie in una specie di fondina attaccata a una cintura per attrezzi.

«Come sapete», continuò lei, «ciascun gruppo dovrà presentare tre scene, durante l'arco della giornata... ma nessuno di noi sa quando e in che ordine. A ogni scena è stato assegnato un numero e, quando questo apparirà sullo schermo laggiù, avrete cinque minuti per infilarvi i costumi e salire sul palco. È tutto chiaro?»

«Sì», rispondemmo tutti a gran voce.

«Derek ha programmato un generatore di numeri casuali per l'occasione, non è vero?»

«Be', Ann, come ho già spiegato, sono pochi i generatori di numeri a passare il test statistico per la casualità. Ma il programma che ho sviluppato è accettabile.»

«Oh... grandioso, grazie, Derek.»

Gli fece un applauso, che ne fece partire uno generale, quindi adesso c'era un tendone pieno di persone che battevano le mani a un generatore di numeri parzialmente casuali. Colsi l'opportunità per controllare il cellulare. Una tacca. Niente messaggi.

«Lei sta bene», mi sussurrò Sally.

«Allora: lo spettacolo comincia alle undici, e termina alle nove di questa sera», gridò Ann. «Ci sono tè e caffè gratis per tutti nella tenda allestita dal Women's Institute, qui accanto. Alla destra del palco ci sono i camerini, per uomini e donne... Sono solo lenzuola appese a un filo, quindi cercate di essere discreti. A tutti, buon divertimento!»

Un altro applauso.

«Oh, quasi dimenticavo. L'azienda produttrice di sidro, qui accanto, offre agli attori uno sconto di una sterlina a pinta. Dovete solo mostrare il pass artisti!»

Questa volta applausi e acclamazioni furono entusiastici, e si assistette a un esodo in massa dal tendone.

«Sarà una buona idea?» si interrogò Ted. «Una lunga e caldissima giornata, attori eccitabili, alcol a pochi soldi? Mi sembra...» Ma Shaun, James, Rachel e le amiche stavano già andando a unirsi alla coda diretta al Maiale Ubriaco. «Non ha importanza», disse Ted tra sé e sé.

Mezzora dopo cominciò lo spettacolo. Erano entrati alcuni curiosi, ora l'ingresso era spalancato, e l'interno offriva ombra, gigantesche poltrone sacco per sedersi e, chissà, forse anche un po' di intrattenimento. Tra il pubblico spiccavano anche parecchi attori, che sorseggiavano il loro sidro e chiacchieravano allegramente. Lo show si aprì con una scena chiassosa tratta da *The Way of the World*, ben recitata da un gruppo giunto dalla Cornovaglia, che sfoggiava una magnifica collezione di lucenti costumi dell'epoca, che chiaramente volevano mettere in mostra, dal momento che sul palco c'erano molti più attori pronti di quanti richiesti dal copione. Il pubblico apprezzò il pezzo scatenato e osé e si lasciò andare a un applauso generoso. Ma subito dopo seguì una sequenza tratta dagli *Spettri* di Ibsen, combinazione alquanto inappropriata, in cui Osvald rivela alla madre che ha contratto la sifilide e che sta diventando pazzo. Perché i Seashore Players di Weston-Super-Mare avessero ritenuto il pezzo adatto a un festival d'estate era un mistero per tutti, ma gli attori – tutti in polo nera – lo recitarono con cupa determinazione.

Sgattaiolai fuori durante una scena tratta da *History Boys*, recitata da una scuola femminile, per provare a chiamare Hannah. Il telefono impiegò un'eternità a connettersi e, quando presi la linea, la sentii a malapena.

«PRONTO? HANNAH?»

«Ehi... Pa'!... Non... [rumore interminabile]... Il cast?»

«COME?»

«... [inquietanti rumori statici]... in televisione... Ma... Appena lasciato, è tutto a posto.»

A posto? Cosa era a posto? Cos'era successo?

«HANNAH TI SENTO MALISSIMO. È TUTTO OK?»

«... cadut... Niente...»

«COSA? SEI CADUTA?»

«NO! VA TUTTO BENE! TORNA AL TUO [...] FESTIVAL,... TOTALE [rumore statico infuriato simile a un ronzio di vespa].»

A quel punto s'interruppe la comunicazione. Fissai il display, pensando di richiamarla, ma poi le mandai un messaggio. Sentii risate e altri applausi, e adesso c'era un flusso regolare di attori in costume che andavano dal teatro alla tenda del sidro, come formichine operaie in preda ai fumi dell'alcol. Scorsi Rachel con le sue amiche, che mi passarono accanto trascinandosi con due pinte ciascuna, ridendo sguaiatamente. Il caldo faceva brillare tutto. Sentivo il sudore scendermi lungo la schiena. Mi domandai che cosa ci facessi lì, in quel campo a così tanti chilometri da casa.

Dovemmo aspettare quasi due ore per la nostra prima performance. Il generatore di numeri non troppo casuali selezionò la scena tratta da *Rumori fuori scena*, quella che Sally aveva scelto per camuffare astutamente la potenziale incapacità del nostro gruppo. In realtà, i nostri si dimostrarono tutt'altro che incompetenti. James fu grandioso nei panni del regista in difficoltà, Sally eccelse come Dotty Otley, l'attrice frustrata di mezza età, e Rachel regalò una brillante Brooke Ashton, la stella giovane e confusa, anche se barcollò lievemente durante tutta la scena. La maggior parte delle battute vennero inghiottite dal chiasso che andava aumentando sotto il tendone, ma alla fine partirono gli applausi, e qualcuno addirittura esultò.

Ehi, forse dopotutto andrà bene, pensai. Magari non manderemo tutto a rotoli.

L'esibizione successiva – la scena della seduzione tratta dal *Riccardo III* – dovette essere interotta perché qualcuno tra il pubblico continuava a gridare «Lui è dietro di te» a Lady Anna. Allora il sovrano scese dal palco e cominciò a prendere a pugni il colpevole, fino a quando non sopraggiunsero due membri del Totnes Drama Collective, che lo fermarono e lo portarono via afferrandolo per la finta gobba. Qualcuno barcollò addosso alle lenzuola che chiudevano i camerini, tirandole giù e scoprendo tre membri del coro dell'*Edipo re*. Alla fine scoppiò una zuffa tra due club di Bristol per via di un incidente occorso a un attore di talento che un'associazione aveva sottratto all'altra, chiaramente causato del rancore che per settimane aveva continuato a covare sotto la cenere.

Sally venne verso di me, passando in mezzo ad attori rissosi, dai costumi ora laceri e scarmigliati. Qualcuno tra il pubblico cominciava a scappare.

«Qui dentro è un manicomio», disse. «Chiamo Jay... è andato ad ascoltare una band. Devo avvisarlo di non tornare qui. Ci sono degli adulti che si picchiano. Alcuni in toga. Sembra di essere tornati al gruppo di discussione dei Giovani Conservatori.»

James e Shaun ci raggiunsero saltellando, e collassarono accanto a noi, rossi in volto ed eccitati, portando con sé una nube di fumi di sidro. I responsabili della sicurezza erano all'ingresso del tendone, e cercavano di dare una mano alla gente a uscire di lì. Un'anziana in costume vittoriano ci passò accanto, borbottando a proposito di quel comportamento vergognoso.

«Pare che il sidro abbia una gradazione alcolica del nove per cento», rivelò James. «Non c'è da stupirsi se sono tutti ubriachi marci.»

«Avete visto il display dei numeri casuali?» urlò Shaun.

Ci voltammo tutti. Invece di un numero, adesso si leggeva un messaggio lampeggiante: BLAIR È UNA GRAN FICA. Ann era salita sul palco con il megafono, ma non riusciva a farsi sentire. Derek glielo strappò di mano.

«Chi ha manomesso il mio generatore di numeri casuali?» gridò.

Qualcuno dal pubblico gli rispose: «Non esiste un generatore di numeri casuali».

Ann si riprese il megafono. «Adesso facciamo una breve pausa», urlò. Una parrucca dall'acconciatura elaborata attraversò in volo la sala e le diede un pugno su una spalla. «Credo che gli attori di qualche gruppo abbiano preso un colpo di sole.»

«Be'», fece Ted, «sono certo che rimetteranno tutto in carreggiata.»

Si alzò, e come lui gli altri. A fatica mi tirai su anch'io. Tutta quella situazione mi aveva irritato, ma adesso l'aspetto farsesco della scena che avevo davanti cominciava a prevalere sul fastidio. Se Hannah fosse stata lì, l'avrebbe trovata comica. E, pensando di nuovo a lei, d'un tratto mi sentii curiosamente in dovere di godermi quell'anarchia anche per mia figlia, di assorbirla, come avrebbe fatto lei... fosse soltanto per poterglielo raccontare, dopo. Un'ondata di gioia montò dentro di me, mentre osservavo il tendone. Due uomini con indosso dei costumi shakespeariani in disordine si stavano baciando sul palco, mentre gli attori di Pinter discutevano con una guardia, agitando le pistole giocattolo. L'anziana che avevamo visto andare via prima era tornata con una pinta di sidro, accompagnata da due ragazzi giovanissimi che indossavano uniformi da soldati ridotte a brandelli. Lei portava un elmetto da vichingo. Sembrava di assistere alla scena di un film di Derek Jarman. Notammo che, dietro il palco, le travi di sostegno della tenda stavano cominciando a pendere pericolosamente. «Abbiamo letteralmente tirato giù il teatro!» urlò qualcuno, suscitando un coro di risate rauche. Entro pochi secondi arrivarono i tecnici, in preda al panico, che cominciarono a rimuovere le luci. Ann saltò di nuovo sul palco, il viso una maschera di terrore.

«Vi prego di dirigervi all'uscita», disse a gran voce.

Mentre ci univamo alla folla di commedianti che si avviavano incespicando verso il mondo esterno, Ted mi circondò la schiena con un braccio.

«Be', mi sa che finisce qui», gli dissi.

«Sicuro», rispose.

«Non ci pagheranno, vero?»

«Buon Dio, no.»

«Ci avrebbero fatto comodo quei soldi.»

«Sì. Sì, decisamente.»

«Ce ne andiamo?»

«Credo sarebbe una buona idea.»

Lasciammo il teatro, un gruppo raffazzonato di attori che camminavano pestando i piedi nell'erba alta, malfermi sulle gambe, cercando di capire il da farsi, quasi aspettandosi che il tendone alle loro spalle collassasse, avvolto dalle fiamme. Poi la banda di Rachel si staccò per andare a prendere ancora un po' di sidro, e si portò dietro Natasha. Shaun e James volevano andare a dare un'occhiata al tendone del cabaret. Ted, Sally, Jay e io decidemmo di andare a cercare qualcosa da mettere nello stomaco, e trovammo un furgone fast food accanto allo show degli insetti acrobati. Prendemmo dei cheeseburger giganti e ci sedemmo a guardare l'esibizione, in mezzo a un piccolo pubblico di giovani famiglie. Le due formiche rosse di prima erano ai lati di una struttura per equilibristi, mentre una donna con un elaborato costume da mantide religiosa camminava con grazia sul filo. Sul prato davanti a loro, diverse persone vestite da coleotteri si esibivano in capriole e ruote. Dalle casse stridenti dell'impianto stereo uscivano le note di *Ugly Bug Ball* della Disney. Era uno spettacolo incredibilmente assurdo, e assolutamente accattivante.

«Be', che esperienza pazzesca», disse Sally. «Ero convinta che la rivolta in teatro sarebbe stata la cosa più assurda della giornata, e invece è ancora tutto da vedere.»

«Non riesco a credere di essermela persa», fece Jay. «Stavo guardando una cover band del posto, che fa pezzi dei Nirvana. Osceni. Pensavo sarebbe venuta anche Hannah.»

«Non è ancora al cento per cento», spiegai. «Ha bisogno di riposo.»

Jay annuì, ma non disse nulla. Ted sparì per diversi minuti, e tornò con tre bottiglie ghiacciate di birra locale per noi.

«Be', gli altri sono tutti ubriachi.»

E ci sedemmo al sole, sorseggiando le nostre birre, mentre guardavamo quello show bizzarro e la gente intorno a noi – papà con pantaloncini cargo e maglia da rugby, mamme in prendisole e cappello floscio che tenevano in braccio bimbetti dai capelli arruffati. Il passo rallentò, il mix di alcol e sole fece la sua magia. Lanciai un'occhiata a Sally, e sorrisi.

«Che c'è?» mi chiese, timidamente.

«Non lo so. Solo che... solo che combiniamo delle stronzate da fuori di testa.»

«Vero.»

«Mi domando se lo Shuffle Theatre sia già in fiamme.»

«Io mi aspetto di vedere quelli della SWAT che si calano da un elicottero.»

«Povero Derek, lui e il suo generatore di numeri casuali.»

«Già, è lui la vera vittima di tutto questo.»

Jay si voltò verso di noi, asciugandosi la bocca con il dorso della mano.

«Sapevate che i computer non sono in grado di generare numeri casuali?»

Sally e io ci scambiammo un'occhiata ironica. Jay prese un enorme boccone del suo cheeseburger.

Al termine dello spettacolo, qualcuno applaudì, gentile, e io, che a quel punto ero un po' brillo, mi infilai le dita in bocca e fischiai. La mantide religiosa si voltò nella nostra direzione e sorrise, rivolgendoci un profondo inchino, arrivando quasi a sfiorare il terreno con la parte anteriore della testa di cartapesta.

Con Sally e Jay andai al luna park, dove per poco non vomitammo sulla giostra delle tazze. Mandai a Hannah una foto mia e di Jay, con enormi masse di zucchero filato. Lei mi rispose: «Idioti, divertitevi xx». E io mi stavo divertendo.

Alcuni di noi tornarono alle tende intorno alle ventitre, il cielo ora scuro e punteggiato di stelle; la temperatura stava scendendo. Qualcuno aveva acceso un falò. Ci sedemmo intorno al fuoco, in silenzio. Era difficile distinguere chi c'era, al buio: la gente continuava a sgattaiolare via per andare a dormire o a bere ancora. Sentii vibrare il telefono in tasca e, quando lo guardai, improvvisamente mi preoccupai. Sul display era comparso il numero di Hannah. Perché chiamava a quell'ora? Che cos'era successo?

«Pronto?» dissi. «Hannah? Hannah? Ci sei?»

Sentivo delle voci, ma suonavano distanti e lievemente smorzate. «Pronto?!» Mi misi a gridare.

In preda al panico, le scrissi, poi fissai lo schermo cercando di farla rispondere con la forza di volontà. Ma niente.

Ero pronto a chiamare i vicini, quando ricevetti un messaggio. «Scusa, papà, mi sono seduta sul cellulare mentre guardavo la TV. Hannah x.»

Finalmente riuscii a prendere fiato. Probabilmente stava guardando qualche orribile film per adolescenti con Jenna. Le mandai un messaggio sciocco, e mi rilassai di nuovo, abbandonandomi all'effetto calmante del calore delle fiamme.

Stavo per ritirarmi, quando qualcuno venne a sedersi accanto a me, porgendomi una birra. Sorpreso, la presi senza alzare lo sguardo, pensando che fosse Ted, tornato per l'ultimo goccetto.

«Posso sedermi qui?» chiese una voce che non riconobbi. «È solo che le formiche giganti cominciano a essere un po' turbolente. È per via di quel dannato sidro.»

Alzai gli occhi, scioccato. Era una donna di poco più di trent'anni con i capelli rossi che le scendevano in grossi riccioli intorno alle spalle. Indossava una felpa grigia e un paio di blue jeans. Era a piedi nudi.

«Sono Grace. La mantide religiosa. Eri allo spettacolo, prima?»

«Oh, sì. L'ho trovato fantastico. Grazie della birra.»

Senza quello strano costume aveva un aspetto molto meno pauroso.

«Scusa, non volevo spaventarti.»

«Oh, no, tranquilla. Credevo fossi Ted.»

«Ted?»

«Il mio ragioniere. Cioè, il ragioniere del teatro. Io sono il direttore. Posso ricominciare? Ciao, sono Tom.»

«Ciao Tom, io sono Grace. Come in *Will & Grace*. Lo guardi mai?»

«Sì, lo adoro! E hai...»

«I capelli di Grace. Sì.»

«E naturalmente nessuno te l'aveva mai detto.»

«No, decisamente non mi era mai successo.»

Fissammo il fuoco per un po'. Frammenti di cenere accesa ronzavano intorno a noi come lucciole.

«Quindi siete attori, eh?» chiese alla fine.

«Sì, in teoria ci saremmo dovuti esibire allo Shuffle Theatre, ma... Dio, si sono ubriacati tutti con quel sidro. È stato sconvolgente.»

«Hanno dovuto far intervenire la polizia, vero?» rise. «Ci siamo persi tutta l'eccitazione, stando nella zona riservata alle famiglie. Che ingiustizia. Ma Greg e Andy stanno facendo del loro meglio per rimediare.»

Guardò verso la sua tenda, dove le due formiche giganti erano distese sul dorso segmentato, e si passavano uno spinello, come in un'inquietante versione strafatta della *Metamorfosi* di Kafka.

«Com'è stata la tua giornata?»

«Divertente, ma i costumi pesano una tonnellata e dentro a quella maschera è un forno. In più ci sono i bambini che vengono a pungolarti di continuo, e a chiederti se sei davvero un insetto gigante. Ogni tanto mi domando come abbia fatto a mettermi in questa situazione.»

«E come hai fatto?»

«Oh, sai, la solita vecchia storia: una ragazza studia danza, si presenta a venti milioni di provini mentre lavora da Wetherspoon; dieci anni dopo, disperata, si unisce a una troupe di insetti acrobati.»

«Ci siamo passati tutti.»

«Quindi adesso, ogni estate, giro il Paese con loro, in un Transit; partecipiamo a festival, a feste all'aperto, a eventi aziendali.»

«Sei brava sulla fune.»

«Ah sì, quel numero viene da tre mesi alla scuola circense. Avresti dovuto vedere la faccia di mio padre quando gli chiesi di pagarmi *quel* genere di studi.»

«Anch'io feci parte di una compagnia itinerante, per un po'. Facevamo pretenziose rivisitazioni dei classici moderni. Questo appena dopo la laurea. Eravamo in otto... e viaggiavamo su un Transit, naturalmente.»

«Naturalmente.»

«Era divertente. Tanto. Imparare le battute nelle stazioni di servizio lungo l'autostrada, dormire in hotel da pochi soldi, quattro in una camera; di tanto in tanto riuscivamo ad attirare qualche adolescente e a convertirlo a un vecchio dramma di Terence Rattigan. Niente preoccupazioni, niente responsabilità, nessuna idea riguardo al futuro.»

«E poi?»

«Ah, be', mi sposai. E divenni padre di una bellissima bambina...»

«La classica storia.»

«Quasi. Mia moglie mi lasciò. E mia figlia si... si ammalò piuttosto gravemente. I giorni dei tour erano finiti. Adesso dirigo questo piccolo teatro. Queste persone che vedi formano il mio gruppo di attori.»

Con il braccio indicai vagamente le nostre due tende, ma in quel momento, quando completai un arco un po' brillo, in qualche modo la mano atterrò dietro le spalle di Grace. Oh, Dio, pensai, ho appena fatto una di quelle mosse da adolescenti al cinema... allunghi il braccio e lo metti sulle spalle di lei. Ma non era stato intenzionale. Con mio grande stupore, lei mi venne più vicina, senza alzarsi.

«Vivi qui vicino?» le chiesi.

«No, su a Stockport. Domattina ripartiamo per il gelido Nord. Per questo devo godermi al massimo questo calore, finché posso.»

Vidi delle sagome che si muovevano nell'oscurità, lontano dal bagliore del falò; altri campeggiatori che andavano in cerca dei gabinetti, o che tornavano dalla tenda dove si ballava tutta la notte. Che chiudeva all'una.

«Non dovrebbe esserci una chitarra? Per cantare le canzoni di Bob Dylan?»

«Be', Ted ha un ukulele.»

«Allora perché rovinare una serata perfetta?» rispose.

La luna era appesa sopra di noi, luminosa, a forma di falce, un apostrofo luminoso nel cielo. L'aria era densa, pesante, e io ero incredibilmente consapevole del corpo di Grace vicino al mio.

«La moglie che se ne andò», disse d'un tratto, «è ancora in circolazione?»

«No. Cioè, è ancora viva, ma noi non la vediamo mai.»

«E tua figlia è...»

«La situazione è dura. Ha questo problema al cuore. Non sappiamo quanto sia serio. Cioè, che sia grave lo sappiamo. Solo che non...»

«Lo so», mormorò. «So com'è.»

Non elaborò, ma la guardai, e i suoi occhi mi stavano dicendo qualcosa. Avrei dovuto essere in grado di leggerli, ma non riuscii.

«Lo spettacolo deve andare avanti», disse ridendo, e batté con la mano sulla mia gamba. La lasciò lì. «Senz'altro, deve continuare.»

«Ehi», esclamai. «Non siamo su un palco. Questo non è uno spettacolo.»

All'improvviso mi sentii completamente ubriaco, anche se avevo bevuto solo due o tre birre in tutta la giornata. Ero ebbro di *qualcosa*. C'era questa sensazione nell'aria, questo crepitio di possibilità, invisibile ma palpabile. Stava succedendo qualcosa tra noi? Il mio intuito era un po' arrugginito. Lei prese un lungo sorso della sua birra, e con altri due vuotò la bottiglia. La luce del fuoco tremolante proiettava sagome intorno a noi; le ombre coprivano parte dei nostri visi, come trucco scuro di scena. I suoi capelli riflettevano l'arancio delle fiamme, ne assorbivano il calore. Stava sorridendo.

«C'è qualcosa di magico nei falò, vero?» disse con aria sognante.

Ero fuori allenamento, ma mi parve che quel commento volesse portare da qualche parte. Mi chinai fino ad avvicinare il viso al suo. Lei non si mosse. Chiusi gli occhi e mi avvicinai ancora.

«Ehm, sarà meglio che vada», fece lei e, prima che avessi il tempo di reagire, saltò agilmente in piedi. Oh mio Dio, avevo frainteso tutto, avevo sbagliato a interpretare l'intera situazione. Avevo commesso un errore mostruoso. Credo che l'orrore fosse scritto chiaramente sul mio volto, come un graffito.

«È che partiamo molto presto», disse, conciliante. «Abbiamo un altro evento a Cheshire, domani.»

«Mi dispiace tanto, mi sono fatto un'idea...»

«No, va bene. Solo che non... non stavo... Buona fortuna con il tuo teatro.»

«Sono mortificato, davvero.»

«Non c'è problema, sul serio.»

Non sapevo cosa dire, né come tirarmi fuori da quella situazione conservando la mia dignità. Considerai di camminare semplicemente nel fuoco, quale offerta sacrificale agli dei delle storie romantiche, che chiaramente erano furiosi con me. Invece, optai per una frase gentile, per poi darmela a gambe.

«Bene, è stato un piacere conoscerti, Grace», le dissi.

«Anche per me, Toby.»

In quel momento orribile imparai ancora una volta una preziosa lezione di vita. Ogni singolo momento è aperto a interpretazioni, non esiste una realtà oggettiva. Pensavo di trovarmi davanti alla magica possibilità di due estranei che stabilivano una connessione davanti a un falò, invece lei stava solo parlando con un tipo di nome Toby, che stava nella tenda accanto, mentre finiva la sua birra. Da attore avrei dovuto capirlo. Mi voltai e tirai fuori il cellulare. C'era un messaggio di Hannah: «Mi manchi, papà». Oh Hannah, pensai, tuo padre è un idiota e non è ancora pronto per queste cose.

Strisciai alla nostra tenda e mi infilai dimenandomi nel mio sacco a pelo, accanto a Shaun e James, sospirando pesantemente mentre mi sistemavo sul terreno duro.

«Tutto OK?» mi sussurrò Shaun.

«Ho solo avuto un incontro imbarazzante», risposi. «Pare che non sia molto bravo a leggere i segnali.»

«Conosco la sensazione», fece lui.

Ma eravamo troppo ubriachi e stanchi per confrontare le nostre esperienze.

Hannah

I genitori di Jenna credono che sia a dormire da me. Non è del tutto falso. Jenna effettivamente è a casa mia, e passerà realmente la notte fuori. Solo che non staremo a casa a guardare *Buffy*, come avevamo detto. Usciamo. Andiamo a una serata indie in un pub che potrei definire semirurale, che probabilmente sarà pieno di vecchi goth e punk e di teenager a cui dovrebbe essere vietato l'ingresso. L'evento mondano dell'anno.

In questo momento, tuttavia, siamo in camera mia, e stiamo cercando di entrare nel giusto stato d'animo grunge sparandoci gli Elastica sul mio lettore CD. Papà ha trascorso gli ultimi dieci anni a indottrinarmi con la sua collezione di musica degli Anni Novanta, e adesso l'educazione sta dando finalmente i suoi frutti. Jenna è seduta sul letto, mi sta finendo il mascara mentre beve vodka con il marchio del supermercato, mescolata con succo di frutta tropicale. Ne ho presi due sorsi, ma è tremenda. Siamo vestite tutte di nero, lei in jeans e classica T-shirt dei Nirvana con smile, io in top smanicato, gonna aderente, collant smagliati, anfibi. Jenna si è dipinta le unghie con un orribile smalto nero che compra al mercato, e ha fatto anche le mie. Sembriamo due ragazze pronte a creare problemi. Il senso di anticipazione, la musica martellante e l'odore di alcol ci rendono un po' folli. Per qualche minuto non penso alla mia malattia, a quanto potrei peggiorare, non penso a niente di serio o di noioso. Ed è una tale liberazione!

«Mio padre sta uscendo di testa per via del questionario sulla scelta delle materie», fa Jenna.

Oh, fantastico. È stato bello finché è durato.

«Dio, Jenna, come rovinare la festa. Dobbiamo parlarne *adesso*?»

«Vuole che prepari un foglio di lavoro con le varie opzioni, così che possa inserirvi le materie del GCSE in cui ho i voti migliori, e fare dei riferimenti incrociati», continua, incurante del mio commento. «Cioè, non abbiamo ancora sostenuto la simulazione degli esami! Hai presente quella parte in cui chiede "Dove vuoi essere di qui a cinque anni"... Be', io scriverò così: "Il più lontano possibile da qui, fisicamente parlando". Gesù, la scuola è uno schifo. I genitori sono una palla. Tuo padre che cos'ha detto? Lo sa che hai gettato via la lettera?»

«Sì, l'ha recuperata dal cestino e l'ha appuntata di nuovo in bacheca.»

«Ah ah, tentativo fallito.»

«Non direi, l'ho buttata via un'altra volta.»

«Cosa? Perché?»

Alzo il volume, e *Stutter* ci polverizza i timpani.

«Perché 'fanculo il futuro!» grido.

E poi ci mettiamo a pogare per la stanza, prendendoci a spintoni. Jenna mette My Chemical Romance, e a quel punto perdiamo completamente il controllo, cantiamo anche noi *I'm Not Okay*. Io prendo in mano il telefono, per vedere se ci sono messaggi di papà. Prima ha provato a chiamarmi, ma io ero seduta nel parco a leggere, e non sentivo quasi niente, e poi sono stata attaccata da una vespa incazzosa e d'istinto le ho lanciato addosso il cellulare; dopo mi ha mandato un paio di messaggi... in cui parlava di una specie di orgia alcolica nel tendone del teatro. Sembra che se la stiano spassando. Merita di divertirsi un po'.

Un'ora dopo ci incontriamo con Daisy nella strada principale, fuori dal pub. Lei indossa un vestitino corto a fiori, abbinato a collant azzurro cielo, e sulle unghie lo smalto verde.

«Che accidenti ti sei messa?» fa Jenna, quando la raggiungiamo.

«Come? È grunge, no?»

«Sembri la nonna ubriaca di Courtney Love», continua Jenna.

«OK, quindi ci vado abbastanza vicina. Comunque, ragazze, lui è Dave», disse, indicando vagamente il tizio all'ingresso. Ha i capelli a spazzola, ed è alto più o meno un metro e ottanta. «Ci farà entrare.»

«Non conciatevi da sbattere via, signore», dice lui. «Non fatemi perdere il posto.»

«OK.» Daisy entra e ci fa segno di seguirla. Dave ci tiene la porta aperta, e sento i suoi occhi su di noi quando gli passiamo accanto. Sta annuendo, e ghignando; ci sta squadrando. Mi domando se gli uomini si rendano conto del fatto che noi sappiamo *sempre* quando fanno così. Ci sono dei vecchi che sorseggiano le loro pinte, al bar principale, e già si sente la musica forte che proviene dal club al piano di sopra. Saliamo le scale, e il volume aumenta, già sento vibrare il basso nel petto. Qualche teenager più grande sta nel corridoio a chiacchierare e a controllare il telefono. Una coppia che non conosco è seduta sull'ultimo gradino, a sbaciucchiarsi, e blocca il passaggio a tutti. Daisy dà un cinque a un tipo con una maglietta dei Green Day. Conosce tutti, pare: è decisamente lei quella cool del nostro trio, quella che ha sempre tutto sotto controllo. Quando apre la porta, il rumore esce dal buio insieme con le luci stroboscopiche. C'è già un gruppetto di ragazzi sulla minuscola pista, che pogano sulle note di un pezzo punk piuttosto veloce, che non riconosco. Gruppetti di ventenni e trentenni sono seduti ai pochi tavoli che non sono stati sparecchiati, e bevono birra da bicchieri di plastica, urlandosi nelle orecchie. Sono quasi tutti in jeans e camicia a quadri. A un tavolo ci sono delle donne con qualche anno di più, che cantano e ridono, chiaramente ricordando il testo da quando il pezzo uscì la prima volta. Le pareti imbiancate, i pavimenti antichi di quercia e le travi annerite che si incrociano sul soffitto creano uno sfondo bizzarro per questo ritrovo grunge.

Daisy sfreccia subito al bar in fondo alla stanza, dove saluta qualcuno che conosce; Jenna e io rimaniamo indietro, cercando di abituarci al rumore mentre cerchiamo qualche faccia familiare. Al di sotto di tutto, sento il mio cuore che batte. *Thud... thud... thud...*

«Prendiamo da bere?» urlo alla mia amica.

«Dici che ci serviranno?» risponde lei, gridando.

«Scopriamolo.»

Quando chiedo due Heineken (la prima cosa che mi venga in mente), il tizio dietro il bancone mi guarda a lungo, poco convinto, ma alla fine me le dà comunque. Jenna guarda il suo bicchiere, attonita, quasi le avessero servito la Sacra Sindone.

«Se mio padre mi vedesse adesso se la farebbe sotto», mi urla nell'orecchio.

Mi giro, prendo un sorso, faccio una smorfia e osservo la sala.

Lo vedo quasi subito.

È seduto a un tavolo vicino al centro, con due ragazzi più grandi e una donna estremamente bella. Callum. Ha un cardigan blu marino sottile, sopra una T-shirt a righe aderente, abbinata a pantaloni di velluto a coste marroni, e Converse. Non si è messo dei vestiti grunge, il che mi fa realizzare all'istante che sono uguale a tutte le persone presenti nel locale, a parte lui. Il DJ mette *Jesus Christ Pose* dei Soundgarden. Callum prende una bottiglia di birra, si appoggia allo schienale della sedia e beve un sorso lungo, soddisfacente. Sento che potrei sciogliermi e colare tra le tavole del pavimento.

«Chi stai guardando?» urla Jenna. «Hai visto qualcuno che... Oh, capisco.»

Mi dà un colpetto nel fianco con il gomito.

«Che c'è?!»

Lei scuote la testa e sorride. Per il resto della canzone fingo di non guardare Callum, mentre le mie amiche si parlano gridandosi in faccia. Dovrei unirmi alla conversazione, invece di sforzarmi di non fissare con desiderio quel ragazzo, ma prima che abbia il tempo di dire qualunque cosa parte il basso inconfondibile di *Lithium* dei Nirvana, e Daisy ci trascina in pista, mentre prende un'enorme boccata d'aria dal suo inalatore. A volte mi dimentico che è messa male come me. Mentre io me ne sto rintanata in teatro o a leggere fumetti, lei è fuori a bere e a scopare. È molto più brava a fare la malata cronica. Il piccolo spazio adibito a pista d'un tratto è una massa brulicante di persone con magliette di band e jeans, che saltano su e giù e l'una contro l'altra, quando il ritornello raggiunge il culmine. Rimaniamo in pista per qualche pezzo, una combinazione esplosiva di *Song 2* dei Blur, *Basket Case* dei Green Day e *Battery* dei Metallica. Qualcuno tra i tizi più vecchi si è messo a ballare, ai margini, e muove la testa quasi calva ignaro di tutto e tutti, trasportato all'epoca in cui aveva ancora tutti i capelli. In qualche modo siamo finite in un gruppo al centro, schiacciate e sbattute contro gente che non conosciamo, il sudore che evapora dalla pelle, i vestiti fradici, l'odore di sudore e deodorante che permea ogni cosa. All'inizio provo uno straordinario senso di libertà, una scarica di euforia, mentre l'effetto della birra si unisce a quello della musica. Ma ai Green Day le gambe mi cedono e, anche in mezzo a quella massa di corpi, sento il petto in fiamme, il cuore che spara i suoi colpi balbettanti. Provo a dirlo a Jenna, ma sta ballando, completamente in trance, gli occhi chiusi, la testa bassa. Allora tento di farmi largo da sola, le gambe che si sforzano di trovare un appoggio in quella calca, e per lo sforzo il dolore peggiora. Il primo accenno di panico.

Credo di avere un black out, per qualche secondo. Un attimo prima sono al margine della pista, quello dopo sono al bar, e sto prendendo dei respiri profondi mentre cerco di mantenere la calma, di riprendermi. Il primo istinto è quello di chiamare mio padre, ma cosa potrebbe fare? È in un campo da qualche parte nel Somerset, non gli basterebbe un'ora per arrivare. Se lo chiamo e poi perdo i sensi si spaventerà a morte. Ho solo bisogno di rilassarmi. Dovrei prendere un po' d'aria fresca, ecco. Il DJ attacca con i pezzi rétro e mette *In The End* dei Linkin Park. La sala esplode. Faccio per muovere un passo, ma le gambe sembrano chilometri sotto di me, e completamente disconnesse. Avverto una pressione e un turbinio ai margini del campo visivo, piuttosto familiari. Sto per tornare al bancone e chiedere dell'acqua, quando vedo una mano che mi porge un bicchiere. È Callum. Lo prendo e lo ringrazio, e comincio a bere dei piccoli sorsi mentre cerco di essere disinvolta e, al tempo stesso, di non svenire.

«Non hai una bella cera, come posso aiutarti?» mi chiede. Invece di urlarmi nell'orecchio, pronuncia le parole chiaramente, con calma.

«Devo uscire di qui», grido.

Posa il bicchiere sul bancone, poi mi prende la mano e cerca di spingermi verso la porta che dà sul pianerottolo, ma so che sarà affollato. Trovo l'energia di tirare nell'altro senso, e gli indico l'uscita d'emergenza dall'altro lato della sala. Prima che possa obiettare, lo sto già trascinando là. Passiamo in mezzo a un gruppo di goth decisamente in là con gli anni, uno con cappello a cilindro e completo da becchino, un altro con delle lenti a contatto nere piuttosto inquietanti, con un outfit di pelle che lo fa sembrare un idiota. Comincio a pensare di soffrire di allucinazioni. Quando arriviamo alla porta, Callum spinge la lunga barra di metallo, ma subito si volta a guardarmi.

«Non si muove, è chiusa a chiave», urla. «Dobbiamo andare dall'altra parte.»

Faccio no con la testa. Sempre più disperata, lo tiro via, indietreggio e, con tutta la capacità visiva e la forza che mi restano, faccio un passo avanti e do un calcio alla barra. Mi aspetto che la porta si limiti a vibrare silenziosamente, ma con mia grande sorpresa, e con mio grande sollievo, si spalanca, facendomi uscire sulla passerella di ferro. Senza pensarci, comincio a scendere la stretta scala come una furia, mentre l'aria più fresca della notte inonda i miei sensi. Arrivata in fondo, mi giro e mi appiattisco contro un furgone, ansimando. Ho le mani sulle ginocchia, il capo chino. Un attimo dopo Callum è lì, una mano sulla mia schiena.

Io continuo a respirare, nient'altro.

«Va un po' meglio?» mi chiede alla fine. Solo che questa volta sento davvero la sua voce. È preoccupato, ma tranquillo. Io sto ancora lottando con le vertigini.

«Sì», riesco a rispondergli. «Il mio cuore... è fottuto, fondamentalmente.»

«Lo so. Cioè, l'ho sentito a scuola. Vuoi che chiami un'ambulanza?»

«No. Mi serve solo un momento.»

Ho gli occhi chiusi. Sento il profumo di Callum. Birra, e zucchero filato. Decisamente non è Lynx, per fortuna, cazzo. Sento le auto che passano sulla strada vicina, e c'è una coppia che sta discutendo da qualche parte, nel parcheggio, ma non riesco a distinguere quello che si dicono.

Quando apro gli occhi, finalmente, non vedo più quel turbinio nero ai margini del mio campo visivo. Sto tornando in me.

Lentamente, mi tiro su. Callum toglie il braccio e si allontana appena. Restiamo così per un po'. Insieme, in silenzio.

«Va meglio», dico poi. «Puah. Merda. Va meglio.»

«Vuoi che chiami le tue amiche?»

«No! Voglio dire, non ancora. Sto bene. Adesso mi riprendo. Potresti solo rimanere qui un secondo?»

«Sì, certamente.»

I due che stavano litigando ci superano, barcollando, ora a braccetto. Si buttano in mezzo alla strada. Una macchina inchioda, l'autista pigia sul clacson. Guardiamo i due urlare contro quel tizio, e poi scende il silenzio. Oh Dio, di che cosa parliamo?

«Non c'è che dire, hai fatto vedere a quella porta chi è che comanda», osserva lui. «La prossima volta che resto chiuso fuori di casa, ti faccio uno squillo.»

Sorride, e un attimo dopo sto sorridendo anch'io.

«Mi sono fatta prendere dalla disperazione», spiego. «Adesso puoi tornare dentro, se vuoi.»

«Oh ti prego, no. La musica Anni Novanta non è proprio il mio genere.»

«Allora perché...?»

«Sono qui con mia sorella e il suo ragazzo. Loro la adorano. Sono entrato perché lei conosce il DJ. Tu come ci sei riuscita?»

«Sono con Daisy. Riesce sempre a trovare il modo di imbucarsi.»

«Ah sì, certo. Mi piace, è divertente.»

«Oh, Daisy piace *a tutti.*»

«Non intendevo in quel senso.»

«No, non c'è problema. So che cosa volevi dire. Tutti abbiamo un amico o un'amica incredibilmente popolare, giusto?»

«Io no.»

Mi metto a giocherellare con i bracciali d'argento che Jenna mi ha fatto mettere, che tintinnano rumorosamente. Lui alza un attimo gli occhi verso la porta dell'uscita antincendio. Mi domando se stia cercando una via di fuga.

«Posso farti una domanda molto, molto seria?» mi chiede. E mi guarda con quest'espressione preoccupata, la fronte corrugata. Ho un tuffo allo stomaco, perché penso di sapere che cosa avverrà, adesso. Mi chiederà che problema ha, esattamente, il mio cuore. Quando l'ho scoperto? È fatale? Ho paura di morire? Quando cominciai a frequentare le superiori, dovetti tenere un discorsetto sulla cardiomiopatia davanti a tutta la classe. Alcuni tra i ragazzi decisero che era un loro preciso dovere proteggermi, e per un po' fu divertente, almeno fino a quando un gruppetto di compagne non si ingelosirono – cioè, erano letteralmente gelose di una con un disturbo al cuore potenzialmente letale. Fui vittima di bullismo, per un po', e una addirittura mi gettò la sim nel gabinetto, tirando lo scarico. Da allora, ho smesso di parlare della mia condizione.

«OK», dice. «E, onestamente, non sei tenuta a rispondere se non ti va.»

Mi preparo.

«OK...» Si schiarisce la gola. «Qual è il tuo fumetto preferito? Il migliore di sempre, per te?»

Senza volerlo, scoppio a ridere; e la mia risata è così fragorosa che lui fa un salto. «Oh mio Dio!» esclamo.

«Lo so, lo so, è una cosa troppo personale. Ci conosciamo a malapena.»

«Sei un idiota.»

«Rispondi alla domanda.»

«Oh cielo, che tristezza. OK, tra i miei preferiti c'è la serie *Fables*, perché ho questa passione per le favole. Non ti annoierò parlandotene adesso. Comunque al primo posto c'è *Ghost World*, assolutamente. Amo i personaggi, la grafica, le vibrazioni divertenti e tristi. Amo il modo in cui Enid e Rebecca se ne vanno in giro per caffè e negozi, annoiati e soli e incazzosi, perché non ci sono posti in cui possano esistere, nella loro piccola, merdosa cittadina. Non so come faccia Daniel Clowes a sapere che cosa si prova a essere una ragazzina nell'età dell'adolescenza, ma lo sa. E tu che mi dici?»

«Oh, io non capisco niente di adolescenti femmine.»

«No! Intendevo, qual è il tuo fumetto preferito?»

Fa un respiro profondo, drammatico, e poi pronuncia tutto d'un fiato: «In questo momento mi appassiona *Daredevil*, e in particolare mi piace il lavoro di Brian Bendis, *Preacher*, *Swamp Thing*, *Ultimates...*»

«Oh, sìììììì.» Annuisco, come se capissi perfettamente. «Hai una passione per i tizi sottoposti a tortura. Afferrato.»

Mi pento subito di essere stata tanto critica, ma lui ride. Ha quest'abitudine di distogliere lo sguardo, quando ride. Adesso so questo, di lui.

«Ho cominciato a disegnare dei fumetti miei. Non sono granché.»

«Wow. Li posso vedere?»

Scuote la testa, e in un lampo il suo umore sembra cambiare. «Non credo sia il caso. Non avrei dovuto parlartene. A dire la verità è meglio se torno dentro. Mia sorella sarà preoccupata, pensando che sia scappato un'altra volta.»

«Un'altra volta?»

«È una lunga storia.»

«Sei un combinaguai, Callum?»

«Non sono abbastanza interessante da causare problemi.»

«Lascia che sia io a giudicarlo.»

Decido di darmi una spinta per staccarmi dal furgone, mentre lo dico, per sottolineare quanto sia fica e imperturbabile, ma non appena lo faccio le gambe cedono un po'. Callum si slancia in avanti, mi mette un braccio dietro la schiena e mi afferra per la vita. Avverto un formicolio alla spina dorsale.

«Tu torna dentro», gli dico. «Io me ne vado a casa. Penso di averne abbastanza di musica indie, per una sola serata. Potresti dire a Jenna o a Daisy che sono andata via?»

«Certo. Naturalmente.»

Però è ancora lì, con un braccio intorno alla mia vita, il viso vicino al mio, e non si stacca, e io non faccio niente per allontanarlo. L'aria è così calda e vicina, come una presenza fisica tra noi due. Ci stiamo guardando. E d'un tratto sento la voce di mio padre.

«Hannah? Hannah? Ci sei?»

All'inizio penso di avere un'allucinazione indotta dal senso di colpa. Ma poi realizzo.

«Oh merda, il cellulare!» Lo tiro fuori dalla tasca. «Oh no, il mio sedere ha appena chiamato mio padre!» Premo il tasto per chiudere la telefonata. «Oh merda, chissà se ci ha sentito, sarà fuori di sé.»

«Per i tuoi gusti in fatto di fumetti?»

«E dai, non è divertente! Non dovrei essere fuori, in teoria Jenna è a casa mia per un pigiama party.»

«Digli che ti sei seduta sul telefono mentre guardavi la TV, con il volume alto.»

«Oh sì, mio padre *è* così stupido da credere a una cosa simile.»

«Scusa.»

«No, non dicevo in senso ironico. Lo è sul serio.»

Scrivo esattamente quello che mi ha suggerito, e poi fisso nervosa il display, preparandomi a sentirlo squillare. Che cosa dirò? Invece, arriva un messaggio. Sollevata, lo mostro a Callum. «Andate a letto, voi due!»

Lui ghigna, allusivo.

«Intende me e Jenna», specifico.

Il suo ghigno diventa lascivo.

«Oh, per l'amor di Dio! Ascolta, me ne vado a casa. Grazie ancora.»

«Non ho fatto granché, ma prego.»

Ci salutiamo con un cenno del capo, ma non ci diciamo niente. Lui torna verso l'ingresso del pub, tutto fico. Io mi incammino lungo la via, ma per poco non inciampo in una pietra della pavimentazione, fuori posto. Sto tremando e sono nervosa, e ho un nodo allo stomaco... cioè, è chiaro che dipende tutto dalla paura che papà mi scoprisse, ma di solito la prospettiva di farlo arrabbiare non mi sconvolge tanto.

«Ohi, Hannah!» fa Callum, urlando. Mi giro per guardarlo. «Ti va di... ecco... di vederci, qualche volta? Presto? O, non so...?»

«Oh... certo.»

«Ah, bene. Fantastico. Ti scrivo!»

«Super! Porta i tuoi fumetti!»

Sto camminando da cinque minuti, quando riesco finalmente a formulare dei pensieri coerenti. E dopo altri cinque mi rendo conto che non ha il mio numero.

Tom

Eravamo seduti sulle nostre sedie girevoli, Ted e io, e guardavamo la lettera mentre intingevamo cupamente dei biscotti digestive nel tè ormai tiepido. Era passata una settimana dal tragico festival artistico, e dal mio disastroso incontro ravvicinato con la mantide religiosa. Non ne avevo parlato con nessuno, perché non volevo che si spargesse la voce che l'esperienza romantica più significativa degli ultimi anni si era conclusa con un rifiuto da parte di un insetto gigante. Il teatro era tranquillo; non c'era molto da fare, a parte agitarci per via delle due scioccanti notizie dei giorni precedenti. La prima: la compagnia assicuratrice si era fatta sentire per informarci che, sfortunatamente (cito), era alquanto improbabile che pagassero. Ted aveva chiamato l'ambiguo perito che aveva curiosato in teatro; questi affermava che l'allagamento era dovuto a un danno accidentale o a un errore umano, piuttosto che a un difetto tecnico, il che significava che la copertura veniva meno. Era assolutamente ridicolo. Sally era andata nella sala caldaia e aveva smanettato con quella bestia arcaica un paio di volte, ma non quella sera, giusto? E, se così fosse stato, avrebbe detto qualcosa.

Morale in ogni caso, avremmo dovuto spendere una cifra considerevole per la riparazione, che nessuna cover band dei Culture Club e nessuna serata dedicata ai musical hollywoodiani sarebbero riuscite a pagare.

La seconda tragedia era una lettera dell'Ufficio urbanistica del comune, che mi invitava a partecipare a un «incontro esplorativo» concernente il futuro del teatro. Il Comitato direttivo per l'urbanistica avrebbe ascoltato il mio appello, e avanzato le proprie raccomandazioni al comune. Dopo, ci sarebbe stata un'altra riunione importante, seguita da una votazione. Sembrava che fossimo stati catapultati in una versione spaventosa di *Pop Idol*, in cui gli sconfitti venivano rasi al suolo da una palla demolitrice.

«Niente di buono, eh?» dissi a Ted, nell'istante stesso in cui una metà del mio biscotto digestive si spezzava e affondava nel tè. «Il fato cospira contro di noi.»

«Probabilmente puoi ripescarlo con un cucchiaino», mi rispose.

«No, Ted, mi riferisco all'assicurazione e alla lettera del comune.»

Tentai di ripescare il biscotto con un cucchiaino, ma era già troppo molle, e si distrusse sparendo al di sotto della superficie. Era chiaramente un presagio orribile. Gli dei ci parlano attraverso i biscotti? Non lo escludo a priori.

«Se fossimo in un musical di Gene Kelly, scatterei in piedi e griderei: «Mettiamo in piedi uno show e salviamo il teatro!» dissi.

«Credo che i giorni del tip tap siano passati, per me.» Ted alzò le spalle. «E poi il budget non c'è. E al momento non disponiamo neppure di un teatro che funzioni.»

Restammo in silenzio, e fui felice di lasciar passare la giornata in tranquillità, in parte perché non volevo pensare alle ripercussioni dell'allagamento, in parte perché chissà come mi attendeva un altro appuntamento al buio. Tornato dal festival, avevo trovato un messaggio sul sito di appuntamenti, inviato da una certa Vanessa, che proponeva un «incontro informale». La sua foto sembrava essere stata scattata in qualche trafficata città indiana; indossava una gonna cachi e degli occhiali da sole, e somigliava a una di quelle donne avventurose degli Anni Trenta che scalavano montagne e pilotavano aerei, serie e impressionanti. Avevo ricevuto un invito da Amelia Earhart. Proponeva qualche regola di base: non avremmo parlato di lavoro, né di politica. Questo mi aveva portato a credere che potesse essere una spia, cosa abbastanza intrigante da spingermi a risponderle, anche *senza* Hannah in piedi sopra di me e armata di qualche oggetto contundente. Non mi ero aspettato che mi scrivesse, perché era chiaramente una donna bella e seria. Invece, l'aveva fatto entro un'ora. E adesso avevamo un appuntamento. I casi erano due: o c'era una reale penuria di uomini disponibili nel Somerset sudorientale, o ero un partito migliore di quanto pensassi.

«Uh-oh, vuole andare al cinema a vedere *Mr. & Mrs. Smith*», avevo detto a Hannah.

«Oh, non dovrebbe essere male! E non dovrete parlare molto, il che riduce le probabilità che tu dica qualcosa di stupido. La soluzione vincente.»

«Sì, ma non credi che un film romantico con due tra gli attori più desiderati di Hollywood fissi uno standard impossibile per il nostro appuntamento? Cioè... Brad Pitt, per l'amor di Dio? Somiglio di più a William Pitt.»

«Chi?»

«Cristo, a scuola insegnano ancora storia, oggi?»

E così, uscito dal teatro, dopo aver incaricato Ted di cominciare a farsi fare dei preventivi per la caldaia, mi fermai in centro per comprare una T-shirt seria. Mentre ero in città, vidi James seduto solo e sconsolato fuori da un bar, impegnato a battere svogliatamente sul suo cellulare. Lo raggiunsi, facendomi largo tra le persone sedute, che erano in giro a fare spese e si godevano la possibilità di comportarsi come la gente del Continente, gustandosi un caffè all'aperto.

«Ciao, James», esordii, abbastanza forte da fargli mollare il telefono sul tavolino di metallo, con un clangore sonoro.

«Oh, ciao», disse. «Stavo cercando di mandare un messaggio a una persona. Credo che chiunque abbia inventato il T9 fosse bravissimo a interrompere le conversazioni altrui.»

Un silenzio imbarazzante.

«Ho comprato una camicia», aggiunsi poi. «Per un appuntamento. Ho un appuntamento.»

«Oh, ottimo», fece lui, con autentico entusiasmo.

«Aspetti qualcuna?» gli chiesi, strizzandogli l'occhio in un modo che voleva essere complice, alludendo alla comune esperienza di due uomini vigorosi impegnati in romantiche relazioni, ma probabilmente il mio gesto risultò solo parecchio inquietante.

«No. Dio, no. Sono venuto a leggere e a pensare un po'.»

«Oh. Povero te», commentai, con profonda invidia.

«Cioè, c'è qualcuna che mi piace. Mi piace da una vita, ma non... non ci concluderò niente. Quindi credo di essere sulla tua stessa barca.»

«Ah, amore non corrisposto. Da attore, faresti bene a rammentare questa dolce infelicità. La prossima volta che ti verrà affidato un ruolo romantico, sarà materiale a cui attingere.»

«Grazie, Tom, questo mi è di grande aiuto.»

Distinsi una punta di ironia nella sua voce. Non era il discorsetto di incoraggiamento che aveva sperato di sentire. Mentalmente, presi nota di lavorare al repertorio di frasi da usare quando parlavo del più e del meno con dei ragazzi.

Andai al cinema con un'ora di anticipo, nel caso non avessi trovato parcheggio e avessi dovuto affrontare il terrificante multipiano accanto. E infatti così fu. L'edificio, risalente agli Anni Settanta, sembrava progettato da uno sviluppatore di videogame frustrato, che l'aveva riempito di passaggi impossibili e stretti, e di rampe a chiocciola collegate tra loro. Ogni singola barriera di cemento era coperta dai segni lasciati da migliaia di auto. Feci manovra con cautela, e mi infilai tra due pilastri massicci, il che significa che dovetti strisciare sul sedile posteriore per uscire. Quindi finii in una grossa pozza oleosa, schizzandomi tutta la gamba dei pantaloni.

Dopo aver tentato per diversi minuti, senza successo, di eliminare le macchie alla toilette del cinema, rinunciai e andai al bar, con delle chiazze bagnate e sospette. Spesi cinque sterline per un latte macchiato e aspettai.

Era il classico multisala: un enorme auditorium aperto che puzzava di popcorn, popolato interamente da teenager sovreccitati che riempivano secchi di caramelle che al grammo costavano più dell'oro. Vanessa arrivò cinque minuti prima dell'orario stabilito, e quando entrò notai quanto poco c'entrasse con l'ambiente che aveva intorno. Indossava un vestito di lana leggera che aveva l'aria di essere costato parecchio, blu con dei bottoni neri extralarge, e i capelli neri erano tagliati e acconciati in modo perfetto, in stile Audrey Hepburn. Sembrava uscita da uno dei tanti poster hollywoodiani che ricoprivano le pareti. Mi si fermò il fiato in gola.

«Tom?» chiese, avvicinandosi al tavolino corredato di sgabelli, dove mi ero appollaiato. Colsi un accenno di delusione.

«Vanessa?» feci a mia volta, con un tono più incredulo di quanto non fosse stato nelle mie intenzioni. «Ho parcheggiato nel multipiano di là dalla strada, e sono finito in una pozzanghera.»

Lei si guardò intorno con distacco, senza dire nulla, e notò i capannelli di persone che si stavano formando alla biglietteria.

«Hai già preso i biglietti?»

Oh cazzo. 'Fanculo. Avevo già mandato tutto a puttane.

«Ehm, no. No. Ci vado adesso.»

«Sì, buona idea, sta arrivando parecchia gente.»

Lo disse come una maestra delle elementari, che con pazienza informava un bambino che forse era meglio non fare la verticale sul banco.

Una volta superati i ragazzini con le caramelle ci lanciammo verso la biglietteria, dove un adolescente con fare assolutamente noncurante ci disse che i posti per *Mr. & Mrs. Smith* erano esauriti. Mi voltai verso Vanessa, cercando di non avere l'aria patetica di chi deve chiedere scusa, probabilmente senza successo.

«Potremmo provare a vedere quel legal thriller che hanno recensito sul *Guardian*?»

«Esaurito anche quello», fece il ragazzino, che era molto più preso dal gruppo di ragazze che stava servendo il suo collega.

«D'accordo, che cosa ti è rimasto, allora?» chiese Vanessa.

Con un sospiro, l'altro tirò qualche pugnalata al terminale touchscreen del computer.

«Per *I giochi dei grandi* ho ancora dei biglietti disponibili», disse. «È un film drammatico che parla della rottura di due matrimoni.»

Vanessa lo guardò, il viso privo di espressione.

«Be', mi sembra perfetto per un appuntamento», commentai.

Si stava formando una coda sempre più consistente dietro di noi, tutti facevano versi spazientiti e guardavano l'ora. Mi girai verso Vanessa in cerca di una guida, ma lei stava ancora fissando il ragazzino, il viso immacolato assolutamente incredulo.

«Due biglietti.»

Percorremmo il lungo corridoio che portava alle varie sale, guardando in silenzio le fortunate coppie che avevano prenotato i posti per il film con Brad Pitt e Angelina Jolie.

«Allora», fece Vanessa, «di solito che genere di film ti piace?»

Vuoto. Non volevo dirle che di solito andavo a teatro, perché in teoria non dovevamo parlare di lavoro. Pensai a quando ero andato a vedere *Madagascar*, con Hannah e Daisy. Avevamo mangiato così tanto zucchero filato che avevamo avuto le allucinazioni per tutta la durata dello spettacolo.

«Oh sai... commedie, thriller, storie d'amore, avventure...»

«In pratica film di ogni genere...?»

«Ehm, sì... così sembra. E tu?»

«Sono una grande fan dei thriller d'avventura comico romantici. Vedi, abbiamo moltissime cose in comune.»

Mi sorrise, e il suo viso si accese di un calore talmente genuino e inaspettato che fui invaso da un'ondata gigantesca di ottimismo e di eccitazione. Che passò non appena partì il film.

I giochi dei grandi era un dramma sulle relazioni disgustosamente attuale, in cui tutti hanno rapporti infelici. Un paio di volte durante la sessione di tortura di novanta minuti, mi voltai a guardare Vanessa, e fui sollevato di vederla con il telefono in mano, forse per messaggiare qualcuno chiedendo aiuto. «Vuoi andare via?» le chiesi a un certo punto.

«Non mi dispiacerebbe», sussurrò, «ma ho paura che qualcuno che conosco mi veda, e pensi che abbia voluto vedere questo film.»

Così rimanemmo fino alla fine e, quando finalmente cominciarono a scorrere i titoli di coda, sperai con tutto me stesso che il bracciolo della mia sedia avesse un pulsante in grado di espellermi fuori dal quel cinema, facendomi viaggiare fino al sole.

«Che esperienza», commentai.

«Mi ha ricordato il mio matrimonio», disse lei. «Pieno di rancore che covava sotto la cenere, e un po' troppo lungo.»

«Usciamo di qui per non tornarci mai più?»

«Sì, credo sarebbe la scelta più saggia.»

Lei era ancora traumatizzata quando uscimmo nell'aria balsamica di quella sera d'estate, sorpresi di vedere che era ancora chiaro.

«Potremmo andare a mangiare qualcosa» propose Vanessa.

Esitai un momento, non perché non ne avessi voglia, ma perché ero stupito all'idea che me l'avesse chiesto. Avevo immaginato che, appena usciti, lei si sarebbe dileguata, come Beep Beep.

«Ehm, potremmo provare uno dei posti che ci sono qui.»

Essendo un multisala fuori città, il cinema era circondato da una serie di ristoranti tematici sgargianti, che proponevano coraggiosamente – e in modo alquanto approssimativo – una varietà di esperienze gastronomiche internazionali. C'erano cinese, thailandese, italiano; c'era un Mucho Mexicano, dove all'ingresso ogni cliente riceveva un sombrero di plastica. Quest'ultimo ebbe il mio voto, ma Vanessa obiettò.

Alla fine optammo per la New York Steak House di Sal, che tentava di riprodurre un caseggiato di Manhattan, completo di finta scala antincendio. All'interno c'erano file di tavoli con séparé di legno sui quali spiccavano cuscini di poliestere rosso vivo, e ogni parete era coperta di oggetti svariati che avevano a che fare con la Grande Mela: insegne di taxi, poster di teatri, idranti e gigantografie dell'Empire State Building. Camerieri in camicia bianca e farfallino rosso correvano in giro con enormi vassoi, e servivano a famiglie che non stavano più nella pelle piatti di patatine fritte e di hamburger bruciacchiati. Un jukebox suonava Frank Sinatra. Uno scenario stupefacente.

«Wow», fece Vanessa. «Pensavo fosse un ristorante, ma a quanto pare abbiamo varcato le porte dell'inferno.»

«Be', indubbiamente quegli hamburger ardono tra le fiamme da tempo immemore.»

«Non sono convinta dell'autenticità.»

«Oh, andiamo», protestai. «Guarda, c'è il muso di una Cadillac che sbuca dalla parete, laggiù. Più autentico di così...»

Stavamo ancora cercando di decidere che cosa fare, quando una cameriera vestita come Marilyn Monroe in *Quando la moglie è in vacanza* ci piombò addosso come un fulmine e ci strattonò verso un tavolino vuoto. Ci sedemmo, obbedienti, aprendo il menu con l'immensa trepidazione che di solito è riservata all'apertura dell'estratto conto subito dopo Natale. Guardai Vanessa, mentre esaminava il cartoncino laminato e appiccicoso con vitreo distacco. Doveva avere più o meno trentacinque anni, ma i vestiti eleganti e alla moda la facevano apparire più vecchia... o almeno più matura. Sembrava seria, ma con una venatura ironica. Sembrava abituata ad affrontare situazioni imprevedibili. Sembrava capace. Sicura. Oh, merda, alzò lo sguardo e mi sorprese a osservarla.

«Allora», disse, ansiosa di rompere il ghiaccio o di togliersi di dosso i miei occhi, «hai una figlia?»

«Sì, Hannah. Ha quindici anni. Molto intelligente. Più di me, ovviamente. È fantastica. E tu?»

«Ho un figlio di undici anni, che data l'età parla solo di giochi per computer e una figlia tredicenne che non mi parla affatto.»

Mimò il gesto di digitare sul display di un cellulare.

D'un tratto Marilyn Monroe arrivò con taccuino e matita.

«Io prendo una lombata New York, cottura media», disse Vanessa, senza alzare lo sguardo.

«La vuole con patatine fritte normali o piccanti da bruciare?»

«Chi è che le prenderebbe piccanti da bruciare?»

«A qualcuno piace caldo», dissi, strizzando l'occhio a Marilyn.

Lei si limitò a fissarmi, in attesa della mia ordinazione.

«Per me maccheroni al formaggio della mamma», dissi.

La cameriera mi rivolse un sorriso disperato, e poi sparì.

«Pensi che andrà meglio o peggio del film?» chiesi.

«A meno che non ci servano marito e moglie che stanno affrontando un doloroso divorzio, non può andare peggio, no?»

«Mi dispiace. Avrei dovuto prenotare i biglietti.»

«Va bene lo stesso. Avrò qualcosa di cui parlare con mia madre... credo sia andata a vederlo lo scorso weekend. Per scelta. Non abbiamo molto in comune, quindi è una manna dal cielo.»

«Be', sono felice che la serata non sia stata un disastro totale, per te.»

Ci scambiammo un sorriso, e poi ci guardammo in giro, cercando di accettare il fatto di essere seduti in quel ristorante. Anche se stava andando tutto storto, mi sentivo curiosamente rilassato.

«Una volta lavoravo in un posto simile a questo», dissi. «Subito dopo aver lasciato l'università. Ero in quella strana fase "non so cosa fare della mia vita". L'hai passata anche tu?»

«Oh, assolutamente sì. Ho viaggiato per tre anni. Australia, Thailandia, Vietnam, Cina, e poi il Sud America. Impazzisco se non mi levo dai coglioni e non vado a vedere qualche posto nuovo, ogni tot mesi. Adoro esplorare. Da bambina ero ossessionata dai *Predatori dell'Arca perduta*, quindi probabilmente volevo essere Indiana Jones al femminile. Ma non è il desiderio di tutti?»

«Io volevo essere Derek Jacobi.»

«Certo. Comunque, a Pasqua ho portato i ragazzi a Mumbai per le vacanze. Mia figlia ha speso duecentocinquanta dollari per mandare messaggi agli amici, e mio figlio è caduto da un elefante, si è slogato una caviglia e ha passato gli ultimi tre giorni in camera, in hotel, a giocare sul portatile. Non vedevano l'ora di tornare a casa. Ragazzi, eh? Quindi, com'è che siete solo tu e Hannah? Se non sono indiscreta.»

«Io... be', eravamo molto diversi, mia moglie e io. Ci mettemmo insieme e avemmo una bambina da giovani. Era dura. Andavamo sempre in direzioni opposte. Io lavoricchio e cazzeggio, lei era molto motivata, determinata. E voi, invece?»

«Il mio compagno, il mio ex compagno, Daniel, è quello che si potrebbe definire un imprenditore seriale. Anche lui un tipo molto motivato e determinato. Adesso vive a San Francisco, sta lavorando a una tecnologia che apparentemente cambierà la vita a tutti noi. Non lo so. Magari dovremmo presentargli tua moglie, sembrano la coppia perfetta... entrambi destinati al successo.»

«Ma tu sembri... cioè, sei... sei molto... intelligente.»

«Hai presente quei professori matti che si vedono nei film? Quelli con delle pettinature da schizzati, vestiti strambi, che però interiormente sono spietati, concentrati e indomiti? Ecco, io sono l'esatto opposto. Faccio le cose meccanicamente, sbrigo il mio lavoro, ma in realtà vorrei essere fuori a vagare per le Mendip Hills con una guida naturalistica e una fiaschetta di caffè. So che i miei ricordi più felici dovrebbero essere legati al mio matrimonio, ma non è così. I ricordi più cari riguardano me che faccio snorkelling nella Grande barriera corallina, circondata da questi splendidi pesci che mi nuotano intorno, quasi fossi in un film Disney. Piansi per due ore, in quell'occasione. Mi piace vedere e provare cose nuove. Sono molto motivata e impegnata, da questo punto di vista, e sono appassionata anche di piatti regionali. Quindi, quelli che stiamo per assaggiare devono essere buoni, o perderò il controllo.»

«Oh», dico, guardando i piatti degli altri clienti. «Quindi non pensasti di trasferirti a San Francisco con tuo marito?»

Scosse la testa.

«Quando gli si presentò quest'opportunità, lui avrebbe voluto portare con sé tutta la famiglia: dava per scontato che per me non ci fossero problemi, che sarei voluta partire.»

«E invece qualche problema c'era?»

«Sì, c'era. I bambini sono inseriti, qui. Vengono prima loro. E sapevo che lui sarebbe stato poco presente. Ce la saremmo dovuta cavare da soli. Così, eccoci qui. Sto tentando disperatamente di fare in modo che i ragazzi comincino a mostrare più interesse per i viaggi intorno al mondo, però. Ho affisso una grande mappa sulla parete della cucina, e mettiamo degli spilli nei posti che vogliamo visitare. Loro ne hanno messi un paio ciascuno. Io ne ho messi ottantadue. Prima o poi ci andrò, ma per ora... be', bisogna scendere a compromessi, no? Per amore. Daniel questo non riusciva a capirlo.»

«In tutta onestà, penso che certe persone non funzionino come parte di un'unità... che si tratti di famiglia o di un ufficio, o qualunque cosa. Non comprendono il prossimo, non riescono a relazionarsi con gli altri. Non è che siano crudeli intenzionalmente, solo che... Solo che vedono il mondo in un altro modo.»

«Oh, Daniel *era* crudele. Adesso devo comportarmi in modo civile quando ci incontriamo. Sai, per i ragazzi. Dobbiamo fingere di essere adulti, quando in realtà vorrei solo mollargli un calcio nelle palle.»

«Ugh, detesto fingermi adulto.»

«Ma lo sei. Sei a tuo agio con te stesso, ti prendi cura di tua figlia.»

«Non lo so. Ho bisogno di avere sempre delle persone intorno. Ho bisogno di una fitta rete di supporto.»

Lei mi sorrise.

«Questo è essere adulti.»

Marilyn arrivò con il cibo. I miei maccheroni al formaggio sembravano vomito riscaldato, e ne avevano anche il tanfo. La bistecca di Vanessa dava l'idea di essere rimasta coinvolta in un'esplosione nucleare.

«Questa cos'è?» chiese lei.

Notai un lieve cambiamento nel tono della sua voce. Non era aggressiva, piuttosto professionale. Ebbi l'impressione che stesse cominciando una trattativa che si sarebbe senz'altro conclusa a suo favore.

«Una lombata alla newyorkese, cottura media», le rispose Marilyn, controllando il taccuino.

«No che non lo è. Sono stata a New York, dove si dà il caso che la chiamino semplicemente lombata, e non lombata "alla newyorkese". È il taglio di carne sbagliato, ed è decisamente troppo cotta.»

Marilyn non sembrò troppo sorpresa.

«Mi dispiace tanto. Lo chef sta lavorando di merda, oggi. Si crede troppo bravo per un posto come questo, ma il cibo fa schifo, non è vero? Davvero, mi rincresce.»

Vanessa la guardò un secondo.

«Tu non ne hai colpa, davvero. Sei stata fantastica. Ma potresti farmi un favore? Potresti riportare questa cosa in cucina, e dire allo chef che la sua lombata somiglia a una meteora che ha appena sfondato il soffitto del ristorante, atterrando sul mio piatto?»

«Sì, signora», fece Marilyn, che prese la bistecca con un ghigno provocatorio.

Io guardai Vanessa. Si appoggiò al séparé, e prese un sorso di vino. Non ebbi il tempo di dire niente, perché la porta della cucina si spalancò, e sentii una voce forte e burbera che gridava: «OK, chi è che l'ha detto?» Vanessa e io ci voltammo, e vedemmo un omone con il viso paonazzo, e con un grembiule bianco coperto di macchie, che osservava furiosamente la sala, tenendo in mano il suo piatto. Era lo chef, e stava venendo a ucciderci.

«Oh mio Dio», esclamò lei. «Gordon Ramsay imbottito di steroidi.»

«Non posso guardare. Ha la mannaia?»

«Peggio... ha la mia lombata.»

Scoppiò una gran confusione. Lo chef chiaramente voleva interrogare tutte le persone presenti nel ristorante, che era affollato di famiglie alquanto attonite. Pensai che il caos ci avrebbe offerto la copertura di cui avevamo bisogno per filarcela, ma non appena ci vide sembrò individuare all'istante da chi venivano le lamentele.

«È stata lei, non è così?» urlò.

«Uh-ho», fece Vanessa.

Fece per precipitarsi da noi, ma Marilyn lo afferrò e lo trattenne, aiutata da due aiuto-cuochi e da una donna con un completo più elegante, che aveva l'aria di essere la direttrice.

«Forse ce ne dovremmo andare», suggerii.

Senza aggiungere una sola parola, ci alzammo, gettammo sul tavolo una somma di denaro sufficiente a coprire il conto e ci avviammo all'uscita, accelerando il passo.

«Bravi!» gridò lo chef, lottando per liberarsi. «Andatevene a fare in culo!»

Arrivai alla porta per primo, e la aprii, proprio nell'istante in cui lo chef prendeva la lombata dal piatto e ce la lanciava. Vanessa si chinò calcolando i tempi alla perfezione, e la bistecca colpì la finestra accanto a me, dove rimase attaccata.

«Dopo di te», dissi, indicandole la libertà con un gesto plateale del braccio.

«Gentilissimo», fece Vanessa. Quindi, si voltò verso lo chef e gli fece un gestaccio.

Corremmo fuori, tenendoci per mano e ridendo. Il sole era tramontato, si stava facendo buio. Ci fermammo un secondo, cercando di assimilare tutto quello che era successo, e forse domandandoci cos'altro sarebbe potuto andare storto. Lei aveva ancora la mano sulla mia schiena.

«Sarà meglio filarcela», dissi. «Prima che venga fuori e ci ammazzi.»

«E adesso cosa facciamo? Magari potrei portati da me, e farti vedere le foto che ho scattato nel Sudest asiatico...»

Sotto la luce al neon alquanto trash delle insegne dei ristoranti, aveva una bellezza trascendentale. Il sorriso era dolce, i suoi occhi erano posati su di me. Ma, quando li guardai, d'un tratto mi tornò in mente il falò.

«Credo converrai con me che questa serata è stata un successo strepitoso.»

«Non posso negarlo.»

«Al punto che forse le nostre strade dovrebbero separarsi, e noi dovremmo dimenticarcene quanto prima, così da non trascorrere il resto delle nostre vite preoccupandoci di non poter fare di meglio.»

Mi guardò, e fece un passo indietro.

«Oh», rispose, «forse hai ragione.»

Puah, pensai, questa volta ho letto bene i segnali. Non successe nient'altro, dopo la paura iniziale e le calamità in serie. Non ci demmo baci superficiali e non ci scambiammo i numeri di telefono. Ci separammo e basta. Io tornai alla mia auto, entrai passando dal bagagliaio e, scavalcando per arrivare al volante, mi procurai uno strappo enorme nella gamba del pantalone.

Tornando a casa, non riuscii a togliermi dalla testa un'immagine. Vanessa, fuori dal ristorante, a dividerci solo la brezza scintillante. C'eravamo tenuti per mano, avevamo riso... come fanno le coppie quando hanno vissuto un'avventura. Non mi ero più sentito così dopo... oh, cielo... dopo Elizabeth.

Strano. Non appena pensai a lei, mi sentii in colpa. Il matrimonio era finito da tanto tempo, lei era a migliaia di chilometri di distanza, ma era ancora nella mia testa.

In mezzo a quel vortice sconvolgente di emozioni e ricordi, finalmente emerse un tema. Continuavo a pensare alle cose che erano andate storte quella sera, e non riuscivo a smettere di sorridere.

Hannah

Il giorno dopo l'incidente al nightclub sono davanti al mio portatile, e vedo che Callum mi ha aggiunta ai suoi contatti su MSN; deve aver rimediato il mio indirizzo e-mail da qualcuno, a scuola. Tipo infido. Non appena mi connetto, si apre la finestra dei messaggi con un *ping*. È lui.

Come stai? digita.

Molto meglio! Scusami per il quasi svenimento e tutto il resto.

No problem. Mi fa solo piacere sapere che è tutto OK. Ti va ancora di vederci?

Ci penso su qualche secondo. Cioè, mi va? Ho davvero bisogno di prendermi un fastidio del genere?

Noto che c'è anche Jenna online, quindi apro una chat con lei.

Che cosa czz ti è successo ieri sera? digita. Callum ha detto che eri tornata a casa. Ti ho mandato un messaggio. Stai bene?

Mi sentivo svenire, Callum mi ha aiutata a uscire dal locale.

Ooh, il principe azzurro!

Piantala. Stiamo chattando in questo momento, vuole che ci vediamo. Secondo te dovrei dirgli di sì?

Ti va?

Non lo so!

Jenna mi manda l'emoticon a forma di cuore.
Batto furiosamente sulla tastiera. NON MI PIACE.
Allora mi manda l'emoticon sorridente, seguito da: Escici, e basta. Che cos'hai da perdere?

OK. Ma qualunque cosa accadrà sarà colpa tua.

Torno da Callum.

Sì, vediamoci.

Mi dice che andrà in centro domani mattina, si siederà sulla panchina in fondo al parcheggio; quella vicina al fiume, dove vanno le coppiette. Che romantico.

Il giorno dopo, vengo assalita da una serie di ansie per nulla familiari. Che cosa mi metto? Vestiti super casual, per fingere che non m'importi nulla? Oppure mi sforzo sul serio? Wow, queste sono cose di cui le persone normali si preoccupano di continuo. Vado verso lo specchio dietro la porta della mia stanza, con una certa cautela, e noto subito il pallore spettrale e gli occhi cerchiati di nero; con questi capelli, poi, sembra che mi sia accidentalmente addormentata su un generatore elettrostatico di Van de Graaff.

«Buongiorno», dico. «Lieta di conoscerti, sono la sposa di Frankenstein. Sì, mio marito sta bene, grazie. Gli passerò i tuoi auguri.»

Sono eccitata e non lo sono. Non vedo l'ora di incontrarlo e ho una paura folle. Mi sono dimenticata che aspetto e che voce ha, ma non riesco a pensare ad altro. Quando sento il rumore della buca delle lettere, e di qualcosa che cade sulla moquette, ho la sciocca fantasia che sia un invito formale. «Il signor Callum Roberts gradirebbe trascorrere del tempo con la signorina Hannah Rose nel parcheggio dietro il centro commerciale.» Ma non è quello. Mentre corro giù per le scale, noto la busta semplice, marrone, classica da comunicazione ufficiale, con una finestrella per l'indirizzo. C'è sopra il mio nome. Prendo un respiro profondo e la apro.

È dell'ospedale... Mi comunicano la data dei prossimi esami.

Tempismo incredibile. Il mio cuore flaccido come una borsetta affonda come una pietra nell'acqua. Adesso non mi va proprio di uscire con questo ragazzo che conosco appena. Voglio solo tornarmene a letto, oppure correre in teatro da papà, o chiamare Daisy per farla venire qui a preparare dei popcorn e a guardare la TV. Ha l'aria di essere una crudele lezione di vita: non fare progetti, non attendere il futuro con ansia. Oramai, penserete, avrei dovuto impararlo.

Ma in qualche modo riesco a convincermi che, se devo gironzolare in giro avvilita, tanto vale che lo faccia in un posto carino. Come un parcheggio. L'appuntamento sarà un disastro, così depennerò questa voce dalla lista dei miei impegni e potrò tornarmene alla vita che conosco, fatta di paura e di disprezzo.

Quando arrivo, trovo Callum con un gruppo di ragazzi della nostra scuola; alcuni seduti sulle panchine, alcuni sulla recinzione di legno che corre lungo l'argine ripido che scende al fiume; altri poi sono sul bordo erboso. Sono tutti in maglietta e shorts, o minigonne. Il sole è tanto caldo da sciogliere l'asfalto, e nell'aria c'è un odore di catrame che si mescola a quello dei gas di scarico delle auto in transito. I ragazzi parlano forte, stravaccati sulle panchine, si prendono a pugni, si scambiano tormentoni presi dal *Catherine Tate Show*, c'è un coro riecheggiante di «*Am I bovvered?*» Vedo Emilia e Georgia distese sull'erba, vicine, che si dividono un paio di cuffie per ascoltare musica dallo stesso iPod. Vedo Jay che parla con un tipo della nostra scuola; quando mi vede, sorride e mi saluta con la mano. Callum è seduto all'estremità di una panchina, preso a gomitate dal ragazzo accanto, ma concentrato sul display del suo telefono. Indossa una polo Lacoste rosa, jeans skinny chiari, Converse alte piene di segni. Dallo scollo della polo penzolano un paio di occhiali, tipo Ray-Ban. Sento pulsare qualcosa nella mia testa. Penso di girarmi e di andarmene. Mi sto supplicando di farlo.

«Ehi, Hannah», grida una ragazza. Non so chi. Callum alza gli occhi e sorride. Mette via il cellulare, si tira su e mi viene incontro.

«Ehi.»

«Ehi.»

«Stavo per mandarti un messaggio. Alcuni di noi vanno a prendere qualcosa da bere e vanno al campo di Westway.»

«Ah-hah.»

«E stanno un po' là. Poi la famiglia di Ben ha organizzato questa grigliata colossale, e... Mi stai ascoltando?»

«Sì.»

«Sicura?»

«Sì.»

Non è quello che mi va di fare. Mi sto pentendo di essere venuta. Il cuore batte rumorosamente.

«Sì, Ben vive in questa villa enorme appena fuori città, qualcuno di noi si ferma da lui a dormire. Ho pensato che sarebbe fico se... se...»

Ba-bump, *ba-bump*, *ba-bump*. Respiro profondo. Non voglio finire bloccata in mezzo al nulla. Non voglio ritrovarmi in una stanza con dei ragazzi ubriachi. Non voglio che Callum mi metta in questa posizione.

«Vai tu», gli dico, decisa. «Va bene. Io non penso di venire.»

«Hannah?»

«Nessun problema, è tutto a posto. Ti prego, non preoccuparti.»

Avverto dei movimenti alle nostre spalle. I ragazzi si sono alzati e si stanno rincorrendo nel parcheggio, passando in mezzo ai veicoli. Guardo verso Jay, quasi sperando che il mio vecchio amico venga a salvarmi, ma quando lo vedo noto che sta fissando me e Callum con un'espressione gelida. E poi se ne va anche lui. Senza nemmeno salutare.

«Voi venite, ragazzi?» ci urla qualcuno. «Cazza ha un frigo portatile pieno di alcolici e tre grammi e mezzo di coca. Da stare male.»

Sento salire tante emozioni diverse. Callum mi sta fissando, e non mi va che lo faccia. Sta per succedere qualcosa.

Un attimo dopo arriva uno dei suoi amici. Non ha fiato, dopo aver corso in giro, e odora di deodorante e di birra.

«Tu vieni, bello?»

«Vai», dico a Callum.

Voglio tirarmi fuori da questa situazione. È stato un errore. Qualcosa mi fa bruciare gli occhi. Devo spostarmi, perché un'auto vuole parcheggiare dove siamo noi. Vedo l'autista attraverso il parabrezza, che ci guarda male e ci fa gesti, insensibile davanti al piccolo psicodramma che si sta consumando... perlopiù nella mia testa. So che Callum andrà. È una bella giornata, e passeranno la serata a bere e a ridere e ad ascoltare musica su un piccolo stereo portatile, mentre il sole si getta al di là delle cime degli alberi. Poi cominceranno a formare delle coppie e a sparire. Callum andrà con loro, fine della storia.

«No, amico», risponde. «Abbiamo altri programmi.»

«Cosa?» fa l'altro.

«Io e Hannah abbiamo dei programmi, scusa. Ti mando un messaggio più tardi, bello.»

L'amico si allontana, indietreggiando, e intanto ci guarda, sorride e scuote la testa. «Tipico di Callum», dice. «Sparisce sempre.» E poi corre via, attraversa il parcheggio e dà una tirata agli shorts di un altro ragazzo. Callum lo guarda.

«Abbiamo dei programmi?» gli chiedo.

«Sì. Be', io ne ho uno. Uno, in effetti.»

«E sarebbe?»

«Fare quello che ti va. Qualunque cosa sia. Ecco, l'ho detto.»

«Un programma grandioso, ci hai pensato molto, è chiaro.»

«Tutta la mattina.»

«Mi dispiace per... per il campo, e tutto il resto.»

«Oh, tranquilla. Là ci posso andare sempre. E comunque c'è una puzza tremenda di merda di mucca.»

«Che cosa intendeva il tuo amico? Quando ha detto che sparisci sempre?»

«Oh, niente. Stava solo facendo il cazzone. Tu come ti senti?»

«Non in formissima. Ma non mi va di parlare di questo, se per te va bene...»

«Certo. Posso capirlo. Va bene, io ti ho detto il mio programma. Adesso devi dirmi il tuo.»

«I miei programmi per questo pomeriggio?»

«Sì, per che altro?»

Ha scelto me.

Il sole è caldo sulle nostre facce. In lontananza, ai margini del parcheggio, la luce brilla. Ogni cosa ha una tinta dorata. Forse sarebbe più bello se fossimo in spiaggia, o su una collina a guardare la campagna ondulata, piuttosto che in mezzo a una distesa di Volvo, di fronte a un supermercato Argos. Ma è bello anche qui. Mi sento bene.

«Sì, ne ho uno», dico.

Gli tolgo gli occhiali da sole dallo scollo della polo, e me li metto.

Ha scelto me... del resto, chi non l'avrebbe fatto?
«Andiamo.»

Circa venticinque minuti dopo, siamo nel negozio di fumetti. Callum sta guardando gli scaffali, io sono seduta per riprendere fiato. Il tavolino davanti a me è pieno di novità che non abbiamo letto, e di vecchie pubblicazioni che amiamo. Dav è dietro al bancone, con un vestito di velluto viola e un paio di enormi stivali con la zeppa che si allacciano fino alle ginocchia. Le unghie simili ad artigli sono lucide, dipinte della stessa tinta dell'abito. Adoro Dav, perché è chi vuole essere, e ha l'aspetto che vuole avere. L'ammiro per questo. Quando Callum non può sentirci, viene da me e mi dà un colpetto con il gomito.

«Voi due siete...?» Con un gesto frenetico, indica me e lui.

«Siamo cosa?»

«Lo sai!»

«Proprio no.»

«Insieme?»

La guardo, senza dire nulla.

«Ha un fisico atletico», sussurra.

Decido di non rispondere, ma mi ritrovo ad annuire. Sono stata tradita dai movimenti della mia stessa testa.

Callum viene a sedersi di fronte a me, e stiamo insieme a ridere e a fare gli sfigati appassionati di fumetti. Mi racconta di come sia cresciuto leggendo *2000 AD* e, siccome non vedeva mai suo padre, le guide maschili nella sua vita furono il Giudice Dredd, Rogue Trooper e Strontium Dog, il che non mi sembra proprio l'ideale. Io gli dico che le mie figure materne furono Wonder Woman, Black Widow e Tempesta degli Uncanny X-Men («mi insegnarono che era importante essere forte, indipendente e avere una chioma decisamente voluminosa»). Non parla molto della sua vita a casa, se non per dire che sua madre ha collezionato una serie di fidanzati inutili, anche se l'ultimo sembra OK. Io gli racconto della mia infanzia in teatro, di come trascorressi la maggior parte del tempo ad assistere a prove generali, di come idolatrassi Oscar Wilde, anziché Justin Timberlake. Gli dico persino degli spettacoli organizzati in occasione del mio compleanno.

«Quindi, vediamo se ho capito bene», dice. «Ogni anno l'intero gruppo di attori metteva in scena delle opere soltanto per te e le tue amiche?»

«Sì.»

«Opere scritte da te?»

«Una specie. Erano sempre basate su favole... altra mia ossessione, te l'avevo già detto? E non mettevamo mai giù dei copioni veri e propri. Io e papà stendevamo le linee guida, e gli attori improvvisavano.»

«Wow, quindi in pratica avevi un teatrino vero per giocare? Vorrei aver assistito a quelle rappresentazioni.»

«Credo ci siano delle foto, da qualche parte. Peccato che non siano mai stati scritti i testi, ma io e mio padre siamo due tipi caotici. Ti sembrerà tutto un po' assurdo.»

«No! be', sì. Ma è molto bello che tuo padre abbia fatto questo per te. Ed è fico che tu sia appassionata di fumetti e di teatro. È una combinazione non comune.»

«Hai letto *Il fumetto come arte sequenziale* di Will Eisner?» Mi rendo conto di essermi trasformata in una maestrina nerd, ma è il mio argomento preferito e non riesco a fermarmi. «Scrive di come fumetti e teatro inquadrino l'azione in modo simile. In pratica, riducono ciascuna scena ai suoi elementi più importanti, e tu spettatore/lettore devi riempire gli spazi con la tua immaginazione. Impiegano spesso le stesse tecniche, basta pensare a come creano lo spazio, la luce, e... Scusa, credo di aver passato un sacco di tempo a pensare a questa cosa.»

«Non scusarti. Non chiedere scusa perché sei brillante.»

«Non sono brillante. Il saggio che hai scritto su *Jane Eyre*: quello era brillante.»

Alza le spalle e distoglie lo sguardo. «Hannah, ascolta. Io... c'è una cosa che dovrei dirti.»

Ecco, ci siamo, penso. Ha una ragazza. O un ragazzo. Oppure sta per trasferirsi in Scozia. O tutte e tre le cose.

«Ho una specie di problema. Un problema medico. Più o meno. Cioè, non è grave come il tuo, ma... soffro di depressione. Prendo dei farmaci per questo, e vedo un terapista ogni due settimane. Però quello che vedi adesso sono io.»

«Merda. Mi dispiace.»

È solo che... a volte è dura. Ogni tanto va tutto bene, ma spesso non è così. A volte io... be', devo stare da solo. Non riesco ad affrontare le persone. Volevo che lo sapessi. Così. Non lo so. Che cazzo. Qualcuno dei miei amici lo sa, ma non andare a dirlo a tutta la scuola.»

«Non lo farei mai.»

«Lo so.»

«Quel ragazzo si riferiva a questo quando ha parlato del fatto che sparisci sempre?»

Callum annuisce. «Quindi capirò se...»

«Cosa?»

«Se non ti va di frequentarmi.»

«Perché non dovrebbe andarmi?»

«È un bel peso da sopportare.»

«Anche una malattia cardiaca lo è.»

«Giusto. Bella coppia. Ti va di parlarne?»

«Di che cosa? Del mio problema al cuore?»

«Sì, dimmi qualcosa di concreto. Sulla tua malattia.»

«Ehm... prendo dieci pastiglie due volte al giorno, e una è un diuretico, quindi devo fare *sempre* pipì. È questa la concretezza che volevi?»

«Sì, è esattamente quello che volevo sapere, ti ringrazio.»

Avrei potuto dirgli qualunque cosa. Avrei potuto dirgli degli esercizi cardiopolmonari, delle ecografie addominali, di qualunque altra cosa riguardante la cardiomiopatia. Invece, sono andata dritta alla pipì. Perché? Dio, *perché*?

Comunque, così ho fatto. Questa è stata la nostra conversazione impegnata, per oggi. Ci rimettiamo a leggere, ma dentro di me mi chiedo che cosa si provi a soffrire di depressione, e che cosa significhi esattamente. Si sente spesso triste, semplicemente? Ha tendenze suicide? E una piccola, orribile parte di me pensa: ho davvero bisogno di questo? Che cosa ci faccio con lui? Mi sono infilata in questa cosa in modo più o meno accidentale e adesso salta fuori che la situazione sarà complicata. Ma poi Dav mette Nick Cave, e mi dico: OK, sono seduta qui a leggere fumetti, e lui è carino, e in effetti è tutto assolutamente sopportabile. La porta del negozio si apre ed entra Ricky, e immagino che Dav debba avergli mandato un messaggio, o comunque gli abbia detto qualcosa, perché viene verso di me con due lattine di Coca-Cola e un sacchetto di ciambelle.

«Per i nostri ospiti», dice. E lascia tutto sul tavolino, per noi.

Potrei mettermi a piangere, davanti a tanta gentilezza.

Così, quando arrivano le sei e il negozio deve chiudere, andare via è straziante. Gli altri nerd escono strascicando i piedi, con i loro sacchetti di plastica pieni di storie. Callum e io rimettiamo al loro posto tutti i giornaletti che non possiamo permetterci di acquistare. Dav mi saluta con un abbraccio; Ricky fa un saluto alla Spock.

Ed eccoci di nuovo fuori, che ci guardiamo intorno, con questa sensazione di incertezza.

«Grazie», dico a Callum.

«Di che cosa?»

«Dei tuoi meravigliosi programmi.»

«Be', in pratica hai fatto tutto tu.»

«Grazie di non avermi costretta ad andare con i tuoi amici. Grazie di avermi chiesto che cosa volessi fare io.»

«Prego, non c'è di che», rispose. E poi: «Hannah?»

«Sì?»

«Ti capitano mai dei momenti in cui pensi, ehi, qualunque cosa succeda, ho questa giornata. Cioè, è mia, nessuno può portarmela via. In futuro forse mi ritroverò sotto un'ondata di cacca, ma non oggi. Questa giornata è mia e posso godermela, e tutti i ricordi saranno al sicuro. Ha senso?»

«Sì, ha senso. Assolutamente.»

«Be', oggi è stata una di quelle giornate. Per me.»

«Anche per me.»

«Davvero?»

«Davvero.»

«Posso darti una cosa? È fottutamente stupido, ma... Voglio solo che tu gli dia un'occhiata.»

Tira fuori qualcosa dallo zaino... è un maxi quaderno. Faccio per sfogliarlo, ma lui mi ferma.

«No, non ancora. Aspetta che me ne sia andato. Sono... è imbarazzante.»

«Cosa? Perché? Oh, non mi avrai scritto un sonetto, vero?»

«No.»

«Mi hai ritratta come una delle tue ragazze francesi?»
«Che?!»
«Oh, hai presente quella scena in *Titanic*... in cui Kate Winslet si scopre le tette e...»
«No! Portalo a casa e più tardi dagli un'occhiata. E, be', fammi sapere che cosa ne pensi.»
«Contaci.»
Adesso ho parlato delle tette di Kate Winslet. Sono davvero una professionista, in questo.
«C'è una convention di fumettisti a Bristol, tra qualche settimana», fa Callum. «E hanno pensato a questa iniziativa... puoi presentare i tuoi disegni e farli valutare da editor e case editrici.»
«Oh, fico. Ci vai?»
«Non lo so. Ne dubito. Merda. No, non credo.»
«Perché no?»
«Il perché te l'ho detto.»
Lo guardo, ma lui evita di incrociare i miei occhi, e non mi va di insistere e di rovinare l'intero pomeriggio.
«Sarà meglio che vada», dico allora. «Mio padre mi aspetta.»
«Arrivederci, Hannah Rose.»
Mi viene vicinissimo, e la sensazione che provo è familiare. È come quando, qualche ora fa, vedevo brillare il calore, in lontananza. Mi bacia sulla guancia, poi ancora, molto vicino alle labbra. Restiamo così un secondo, le mie dita che salgono lungo il suo braccio. Ha la pelle d'oca.

Ogni anno, quando ero una bambina, papà metteva in scena uno spettacolo per il mio compleanno. Lo faceva per aiutarmi ad affrontare il controllo annuale al cuore, e anche la paura e l'incertezza che provavo più o meno ogni giorno. Li chiamava i Giorni della meraviglia, perché diceva che la meraviglia vince su tutto. E li rendeva strani e incredibili. Ingaggiava musicisti che suonassero fuori dal teatro, quando arrivavo con le mie amiche. Nel ridotto c'erano dolci, caramelle e bevande gassate, servite da personaggi in costume. Sembrava che tutto il bene del mondo emanasse da quel teatro, che era un po' come il Cubo Cosmico nei fumetti di *Capitan America*. La fonte ultima di luce e di potere.

Ma questa giornata, Dio... finisce dritta accanto a quelle. Non ci sono state performance, non c'era nessun palco, nessuna magia teatrale. C'eravamo soltanto io e questo ragazzo, e quello che abbiamo fatto provare l'una all'altro. So che sembrerà stupido, ma quando l'ho toccato ho sentito... meraviglia.

Quindi, qualunque cosa accadrà, non mi avrà oggi. No, oggi no.

Questa.

Giornata.

È.

Mia.

Tom

Ad agosto inoltrato divenne chiaro che l'estate era arrivata davvero, e non aveva intenzione di lasciarci. Siamo in Inghilterra, quindi la gente fu euforica per qualche giorno; le spiagge erano affollate, i bambini se la spassavano nelle fontane nei parchi, nell'aria c'era profumo di barbecue... ma poi arrivarono le intossicazioni alimentari, e i guasti ai treni, e fu l'anarchia. Quasi ogni giorno andavo in teatro con quella che era diventata la mia nuova divisa, shorts cargo, camicia di lino bianca e Panama. Mi feci crescere la barba. Hannah diceva che sembravo un serial killer che aveva una passione per il vino, e che girava la Provenza in autostop.

Controllai il sito di appuntamenti un paio di volte, per vedere se – per qualche bizzarro miracolo – ci fossero messaggi di Vanessa, ma non ne trovai. Hannah mi sorprese a guardare la pagina e mi disse di controllare nuove potenziali richieste, che poi mi costrinse ad accettare. Così mi ritrovai ad avere tre appuntamenti di fila: l'equivalente romantico del bere fino a ubriacarsi. Uscii con Jocasta, un'ambientalista che insisté per mangiare in un bistrò vegetariano biologico e molto costoso, il Physic Garden. Era in mezzo al nulla, pieno di strana gente dall'aspetto molto semplice, che indossava vestiti realizzati con stoffe tessute a mano. Temevo realizzassero che in realtà ero un mangiatore di carne, e che mi trascinassero fuori così che potessi essere bruciato su un rogo sacrificale, all'interno di una gigantesca melanzana di vimini. Poi ci fu Oregon, che aveva fatto la modella per dei cataloghi di vendita per corrispondenza, e adesso gestiva un'agenzia che forniva servizi per l'infanzia alle famiglie appartenenti all'alta borghesia, appena giunte in città. Più che altro, spettegolò dei suoi clienti famosi: un'attrice di un telefilm ambientato in un ospedale, in onda da molti anni, aveva una relazione con un dottore vero, e si faceva rimborsare le spese per gli hotel dicendo che si trattava di ricerche per il lavoro. Infine mi vidi con Eva, che nel suo messaggio mi aveva spiegato di avere una passione per la musica sperimentale, cosa che avevo trovato interessante. Per il nostro appuntamento, tuttavia, andammo a un concerto a Bristol, dove restammo a guardare un uomo che lentissimamente smontava un pianoforte a coda, impiegandoci due ore (durante le quali mi si addormentarono le chiappe). Dopo, saremmo dovuti andare a bere qualcosa, per discutere dello spettacolo; invece, le dissi che mi serviva un po' di tempo per me, perché volevo riflettere su ciò che avevo visto e sentito... e poi me la filai, al volante della mia macchina, sparandomi gli Oasis a tutto volume.

Quando arrivai a casa, quella sera, Hannah era fuori con Daisy. Trovai una bottiglia di porto, in fondo alla credenza al piano di sotto. Me ne versai un bicchiere, e presi la foto che mi ritraeva con Elizabeth, che stava sulla mensola del camino. Mi sedetti sul divano, quel divano che Lizzie e io avevamo comprato insieme, e poi c'eravamo trascinati dietro attraverso una successione di merdosi appartamenti in affitto, fino a quando non avevamo acquistato la nostra prima casa. C'era una macchia di vino rosso, su un cuscino, ricordo della sera in cui ci eravamo ubriacati guardando l'*Eurovision Song Contest*. Avevamo cantato tutte le canzoni. Adesso sentivo solo il ronzio dell'impianto di riscaldamento, e lo *swish* sommesso delle auto che passavano in strada. Tenni in mano la cornice, e con un dito ricalcai il sorriso di lei. Il ricordo del falò e dell'umiliante bacio mancato si affacciò alla mia mente, prendendomi in giro, come lo spettro di Banquo. Forse questo porto è scaduto, pensai.

Tutte le mattine, Hannah usciva di casa di nascosto per incontrarsi con Callum al parcheggio (oh, il fascino dell'amore giovanile). Mi ero sempre chiesto come mi sarei sentito, quando fosse successo. Ero determinato a non essere uno di quei padri folli e iperprotettivi, che minacciavano di violenza fisica i fidanzati delle figlie. In tutta onestà, non sarei stato troppo convincente in quel ruolo, poiché ho l'aggressività di un film commedia della serie *Carry On*. Decisi di essere gentile, cordiale, e non troppo strambo. Ma per il mio cuore fu uno strazio, perché sapevo che adesso sarebbe stato Callum a dividere con mia figlia una parte delle avventure che avrebbe vissuto. Dovevo fargli spazio. Il pomeriggio, si vedeva ancora con Jenna e Daisy, per la loro congrega di lettura, ma mi dispiaceva per Jay; un tempo erano stati molto amici, e adesso il loro rapporto sembrava appeso a un filo. Qualche volta lui venne in teatro a cercarla, per poi andarsene con un'espressione cupa e sconfortata. Un giorno gli chiesi se stesse bene, e lui borbottò che a casa le cose erano «strane»; ma era chiaramente una bugia, perché niente era mai strano, quando si trattava di Sally. Era la persona più organizzata che conoscessi.

Comunque, pensavo che Hannah stesse attraversando un buon momento, finché una mattina non entrai in camera sua e, quando appuntai nuovamente il questionario sulla scelta delle materie in bacheca, vidi la lettera che fissava l'appuntamento per gli esami cardiologici, su cui aveva scarabocchiato una faccina triste. Non mi aveva detto di averla ricevuta. Mi diceva sempre degli appuntamenti. Mi chiesi se, in cuor suo, si sentisse esclusa per via di tutti i miei appuntamenti.

Mi dissi che ci serviva un po' di tempo di qualità, insieme, e mi ricordai dell'inaugurazione di un nuovo ristorante in città. Ovviamente, sarebbe stata una perfetta opportunità per giocare a Ti sfido a vestirti così. Le mandai un messaggio, chiedendole di raggiungermi sul palco per mezzogiorno. Poi trascorsi un'ora a razziare il guardaroba, e misi insieme tre outfit ridicoli tra cui avrebbe dovuto scegliere. Li appesi a delle grucce, che poi nascosi dietro le quinte: sarebbe stata una rivelazione divertente.

Arrivò alle dodici e quindici, accaldata e seccata, impegnata a picchiettare con le dita sul cellulare, mentre veniva verso il palco. Avevo sistemato un tavolo e due sedie, per ricreare la scena di un dramma «kitchen sink».

«Salve, Casanova», disse, mentre saliva dalla scaletta laterale e si portava sotto la luce dei riflettori. «Com'è andato il tuo appuntamento di ieri sera?»

«In una scala di eventi catastrofici che va da uno a dieci?»

«Chiaro. Che altro sistema di misurazione abbiamo?»

«Gli darei un tre.»

«Positivo. Com'era la musica?»

«Distruttiva.»

Prese la sedia di fronte alla mia, e mi scrutò con attenzione.

«Non sta funzionando, vero?» mi chiese.

«Che cosa, l'esperimento degli appuntamenti? Mi sto divertendo come mai in vita mia, tesoro!»

«Papà. Dimmi la verità.»

«Mi dici una cosa tu, prima?»

«Certo.»

«Perché non mi avevi detto nulla dell'appuntamento in ospedale?»

Abbassò lo sguardo, il viso smarrito sotto una valanga di riccioli.

«Volevo farlo. Solo che stanno succedendo un sacco di altre cose.»

«Vuoi che la smetta con questa scemenza delle uscite romantiche?»

«No!» rispose, e d'un tratto mi guardò. «Al contrario!»

«Ma non sta funzionando. È che nessuna di loro è...»

«Cosa?»

«Niente.»

«Nessuna di loro è Elizabeth. È questo che stavi per dire, ho ragione? Papà, lei se n'è andata più di dieci anni fa!»

«Lo so.»

«Devi andare avanti!»

Batté le mani sul tavolo, e il rumore riecheggiò nell'auditorium vuoto. Era evidente che stava evitando la reale questione, quella del suo appuntamento in ospedale.

«Hannah, non è così semplice. È come se... tua madre è parte di me, è parte della mia vita. I momenti che abbiamo trascorso insieme, quello che provavo per lei non possono sparire, così. E ogni volta che mi ritrovo seduto di fronte a una sconosciuta in un caffè, in un pub, in un bistrò, o che vado a un concerto, e mi sento in imbarazzo, e cerco disperatamente di fare conversazione, penso a lei, e a come tra noi non ci fosse imbarazzo, e io non mi sentissi disperato. E mi manca. Mi manca davvero.»

Non era la direzione che avrei voluto dare al mio discorso. Mi ero discostato dal copione, e stavo improvvisando sfrenatamente.

«Devi solo continuare a provare», disse lei. Mi prese la mano.

«Hai bisogno di una persona. Prima o poi ti capiterà un appuntamento che funziona, tu ti divertirai, e sarà tutto perfetto.»

Scossi la testa.

«Non lo vedo, nel mio futuro.»

«Papà, non essere drammatico! Hai avuto, quanti? Cinque appuntamenti? Non sono niente! Andiamo, ti prometto che a un certo punto scatterà qualcosa. Non mollare, e alla fine incontrerai una donna e penserai, ecco, è quella giusta!»

Vanessa.

«Non è vero.»

Fuori dal ristorante, l'insegna al neon, le stelle.

«Non puoi saperlo! Ci sarà una persona... ci sarà una possibilità. Succederà!»

«Invece no, Hannah, perché credo che sia già successo, e di aver mandato tutto a rotoli.»

Noi due che c'incamminavamo, mano nella mano, come una vera coppia.

«Cosa? Che vuoi dire, pa'?»

«Vanessa. Hai presente la donna con cui sono andato al cinema?»

E per la prima volta le raccontai tutta la storia. Il film orribile, il ristorante e Marilyn Monroe, e la lombata, e quando arrivai alla parte in cui ce l'eravamo data a gambe lei stava ridendo.

«Stai scherzando? Vi ha cacciato fuori? Siete dovuti scappare dal ristorante?»

«Sì, siamo usciti e... be', era una splendida serata, ed era tutto così tranquillo, e... non lo so. Siamo andati ciascuno a casa propria. Fine.»

Guardai il sorriso di Hannah lasciare lentamente il posto a un'espressione corrucciata.

«A me sembra che questo dovrebbe essere l'inizio di una storia», disse. «Non la fine.»

«Hannah, dai, è stata solo una cosa così. Comunque, abbiamo già abbastanza carne sul fuoco in questo momento. Credo sia meglio lasciarci alle spalle questo triste episodio, e ho in mente la soluzione perfetta.»

«Papà, io...»

«Hai presente l'inaugurazione del nuovo ristorante, questa sera?»

«Il fatto è che...»

«Ebbene, ho riservato un tavolo per il signore e la signorina Ti sfido a vestirti così!»

Era sempre così, lei faceva finta che non le interessasse, perché era la nostra regola, e poi uscivamo e ci divertivamo e ci dimenticavamo di tutto il resto. Insieme. Era la nostra regola. Balzai su, pronto a rivelarle gli outfit che avevo scelto per lei.

«Mi dispiace, non posso», disse, quasi in un sussurro. Mi fermai di colpo. «Vado a vedere *Batman* con Callum.»

«Ma... nemmeno ti piacciono i film d'azione. E poi *odi* Batman.»

«Lo so, ma... insieme rideremo e lanceremo popcorn allo schermo.»

«Lo chiami il Viscido col mantello.»

«Lo so.»

«La Merda oscura.»

«Lo *so.* Ma Callum vuole andare a vederlo. Va bene? Ti dispiace?»

Mi rimisi seduto. «No, certo che no. Va bene.»

«Sicuro?»

«Assolutamente sicuro.»

«Sono preoccupata per te.»

«Non essere sciocca. Va' e divertiti.»

Le vibrò il telefono, che tirò fuori subito dalla tasca.

«È Callum», disse, con un'espressione addolorata. «Mi dispiace, gli ho... ehm, in pratica gli ho promesso che ci saremmo visti.»

«Capisco.»

«Posso... posso andare?»

«Sì. Sì, scusa. Certo.»

Mi rammentai della mia nuova linea di condotta: sarei stato gentile e affabile, e non troppo strambo. E poi la lasciai andare.

Hannah

Ho fatto una cosa che probabilmente non avrei dovuto fare. Se papà lo scopre mi uccide. Oppure muore dalla vergogna. Oppure prima mi ammazza e poi muore. Mi sono messa in contatto con Vanessa. Sono entrata nel profilo di papà e le ho mandato un'e-mail. Le ho scritto un messaggio in cui dicevo di essere la figlia e di volerla incontrare, e le ho lasciato il mio indirizzo di posta elettronica e il mio numero di cellulare. Onestamente, stavo solo cazzeggiando e non avevo intenzione di inviarlo davvero. Ma poi ho fatto finta di premere invio... e ho fatto finta con troppa convinzione, e l'ho mandato.

Era già un bel casino, ma poi, dopo quarantatré minuti, mi ha mandato la sua dannata risposta. «Felice di conoscerti», scriveva. «Dove ti andrebbe bene?»

«Oh merda.» Me lo sto dicendo adesso, ancora e ancora. «Oh merda, merda, merda.» Lo dico sottovoce mentre cerco disperatamente di farmi venire in mente un posto dove poterla incontrare senza correre rischi, dove papà non andrebbe mai. Le suggerisco la mia terza casa, il posto che preferisco per gli incontri imbarazzanti: il negozio di fumetti. Riposta: «Va benissimo, facciamo domani alle 13?»

«Oh merda!»

Questa è la cosa più strana e più stupida che abbia mai fatto! Dev'essere nella parte alta della classifica. Non posso dire di essermi ubriacata di Smirnoff Ice, per poi vomitare nei capelli di una mia amica, né sono mai uscita accidentalmente con un mio cugino di secondo grado (mentre Daisy ha fatto entrambe le cose). Tendo a essere cauta riguardo a tutto. Penso bene alle cose. Ci rimugino sopra. Non contatto in segreto le potenziali fidanzate di papà. Anche se, in tutta onestà, non ne avevo ancora avuta l'opportunità. Gesù, chi lo sa di che cosa sono capace?

Il giorno dopo decido di fare un giro più lungo per andare in città, per evitare il teatro e non rischiare di incontrare accidentalmente papà. Questo mi porta a passare davanti alla casa di Callum. Non mi ha ancora invitata ufficialmente, niente del genere, ma ha commesso l'errore di dirmi dove vive, e penso di fare un salto a salutarlo, durante questa mia missione così rischiosa. Comunque ho una scusa per farlo, perché devo restituirgli il quaderno. Finalmente ho trovato il coraggio di guardarlo, ieri sera. È sempre un po' snervante quando un amico condivide qualcosa di creativo: come quando Jenna mi fece leggere la sua fan fiction su *Lost*. I disegni però sono stupefacenti. Ritraggono perlopiù una ragazzina con una chioma selvaggia di capelli neri, che tiene i pugni serrati e se va in giro con un'aria feroce, accompagnata da un gigantesco lupo nero. In un disegno è in piedi in un vicolo invaso dal fumo, in un altro è in una biblioteca, e tutti i libri si sollevano dagli scaffali e volano intorno a lei. Ci sono ombre pesanti, rabbia, violenza, come in *Sin City* o in *Walking Dead*. Sono davvero impressionata.

Callum vive in una zona degradata accanto a un grande stabilimento alimentare. Le case sembrano fatte di Lego, con i mattoni rosso vivo e le finestre vuote e buie. I giardini sono quasi tutti incolti, invasi dalle erbacce, da biciclette e giocattoli rotti. Quando arrivo a casa sua, devo schivare una Jeep appoggiata su mattoni, nel vialetto. Provo a suonare il campanello, ma vedo i fili penzolanti, e decido di bussare. L'allegria di poco fa comincia a sbiadire. Busso ancora, e questa volta sento l'abbaiare furioso di un cane dall'interno. Faccio qualche passo indietro.

Dopo pochi secondi, una donna di mezza età viene alla porta con un libro, l'aria stanca e contrariata. Il viso è invecchiato prima del tempo, ma non è brutta. I lunghi capelli crespi sono tirati indietro e legati in una coda di cavallo, e indossa dei jeans e una felpa rosa chiaro con il cappuccio, di Juicy Couture. Oddio, probabilmente sto per fare la conoscenza di sua madre.

«Sì?»

«Buongiorno, Callum è in casa?» chiedo, cercando di avere un tono gentile, ma anche di non sembrare una presentatrice di BBC Radio, perché di solito credo che l'effetto sia quello.

«È a letto, tesoro.»

«Oh», dico e, senza pensarci, controllo l'ora sul display del telefono.

«Sarà... si alzerà presto?»

«Ne dubito. Ha una brutta giornata.»

«Volevo solo salutarlo. Siamo amici. Una specie. No, siamo davvero amici.»

Accenna appena un'espressione di compassione.

«Quando si sente così, non importa chi tu sia... non vuole vedere nessuno. Come ti chiami? Gli dirò che sei passata.»

«Sono Hannah.»

D'un tratto il suo viso si illumina.

«Oh, *quella* Hannah? Dio, tesoro, so tutto di te!»

«Davvero?»

«Sì, Callum non parla d'altro. Mi ucciderà, se scoprirà che te l'ho detto.»

Mi sento avvampare in volto, l'imbarazzo provoca uno spettacolo di fuochi d'artificio sulle mie guance.

«Be', io sono felice che l'abbia fatto.»

«Sono Kerri, la mamma.»

«Salve, Kerri», dico. Oddio, è tutto così assurdo.

Il cane arriva di corsa alle sue spalle, e abbaia, da dietro le sue gambe, destandomi da questo umiliante stato di trance.

«ZITTO, SWAMP THING!» gli urla lei.

«Mi lasci indovinare... il nome gliel'ha messo Callum?»

«È sempre stato matto. Ti inviterei a bere una tazza di tè, ma la casa è un disastro, e non credo che Callum si farà vedere, oggi. A volte si sente molto giù.»

«Lo so, me l'ha detto.»

Sembra sorpresa, ma poi sorride.

«Non ne parla con tante persone. Si tiene tutto dentro. Tipico.»

Arriva un uomo, lungo il corridoio dietro la donna, e suppongo sia il fidanzato attuale di cui Callum mi aveva parlato al negozio di fumetti. È molto basso, capelli neri corti, i lineamenti marcati, l'aspetto aggressivo. Ma senza dire niente le dà un bacio sulla guancia e mi sorride. «Bene», dice, e ci passa accanto per andare alla sua auto. Lei lo guarda aprire una cassetta degli attrezzi e sparire sotto il cofano. Poi si volta di nuovo verso di me, in attesa, chiaramente impaziente che io me ne vada. Swamp Thing ricomincia ad abbaiare, e lei lo colpisce piano sulla testa con il libro che ha in mano. Noto il titolo, *Uomini e topi*, il libro più brutto tra quelli compresi nel nostro programma. Il cane uggiola e torna in casa. So come si sente.

«Allora, ehm, può dire a Callum che sono stata qui?» dico. «E anche che il suo fumetto mi è piaciuto.»

«Sarà fatto, tesoro.»

«Spero che si senta meglio molto presto.»

Lei scuote la testa. «Mi preoccupa molto.»

«Arrivederci», dico, ma la porta si sta già chiudendo.

Percorro il vialetto, e poi mi volto a guardare la casa. La più piccola delle due finestre al piano di sopra ha le tende chiuse. Ma sono certa di averle viste muoversi.

Al negozio di fumetti, Ricky sta riordinando la sezione dei suoi titoli «raccomandati», e sta creando un espositore dedicato a Batman, per festeggiare l'uscita di *Batman Begins*. Ferma sulla soglia, lo guardo, accigliata.

«Venduto», gli dico.

Lui mi guarda, con aria colpevole. «Temevo questo momento.»

Preferisco non dirgli che sono andata a vedere quello stupido film. Un fiasco totale. Christian Bale che parla con una voce burbera ridicola, e per due ore interpreta il classico «bianco che scopre le arti marziali», e si lagna. Io e Callum abbiamo riso per quasi tutto il tempo.

«Allora, quali capolavori di Bat Fascista intendi promuovere?»

«Oh, sai, i soliti.»

«*Il ritorno del cavaliere oscuro*, *The Killing Joke*, *Il lungo Halloween*... i tuoi nerd ossessionati non li hanno già comprati?»

«Hannah, io...»

Sto per lanciarmi in un altro attacco bruciante allo Psicopatico col mantello, quando sento aprirsi la porta, alle mie spalle, e voltandomi vedo una donna di poco più di trent'anni, con un meraviglioso abito di Hobbes. Ha una bellezza alla Audrey Hepburn, capelli e make-up sono perfetti. In qualche modo, capisco subito che non è una cliente regolare.

«Vanessa?» dico.

«Hannah?»

«Sì, sono io.»

Rimaniamo lì a guardarci, in imbarazzo. Ricky scorge una chance di fuga, e se la svigna andando dietro al bancone.

«Scusa, è una cosa un po' strana, vero?» le chiedo.

«Be', sì. Ma in tutta onestà, Hannah, sono arrivata a un punto della mia vita in cui mi piace fare cose strane. Lunedì sono andata a un corso di Pilates, ieri mi sono unita a un coro, oggi incontro un'adolescente in un negozio di fumetti per parlare di un appuntamento che ho avuto con suo padre. Quindi, buttiamoci.»

Le indico le due poltrone semidistrutte nell'angolo, quasi le stessi mostrando il mio ufficio. Le raggiungiamo in silenzio, e lei si accomoda al posto che aveva preso Callum al nostro primo «appuntamento». È una ricreazione inquietante di quel momento, solo che adesso sono qui con la donna che è uscita con mio *padre*, il che mi fa sentire un po' come in una soap opera, o in una tragedia greca. Solo quando siamo entrambe sedute, l'una di fronte all'altra, mi rendo conto di non avere un piano. Non so assolutamente che cosa sto facendo. D'un tratto, mi sento molto, molto affaticata.

«Questo posto è meraviglioso», osserva Vanessa. «Perché non ci ero mai venuta? Amavo i fumetti, da ragazzina. Ho letto tutti i numeri di *Tintin*. Segnavo tutti i posti in cui era stato su una grande mappa del mondo, appesa nella mia stanza. Avevo una cotta per il capitano Haddock, che durò più o meno fino a quando non compii quindici anni. Ero un po' stramba, da piccola. Comunque, ciao: che cosa posso fare per te?»

Mi piace da subito. Cioè, cazzo, è bella, è sofisticata e sembra perfettamente a suo agio con se stessa. Comincio a temere che papà forse non le interessi affatto. Decido di introdurre l'argomento nel modo più sottile possibile.

«Ecco, volevo solo... credo che papà sia stato... dopo l'appuntamento, intendo... Oh, Dio... senti, lui ti piace?»

Scoppia a ridere, ed è una risata così fragorosa e spontanea che comincio a ridere anch'io. Un tizio che sta studiando la sezione manga ci guarda con sospetto.

«Non sei una che perde tempo», fa lei.

«La vita è troppo breve», rispondo. E mi domando se papà le abbia raccontato qualcosa, perché subito la sua bocca si fa seria. Le occorre un momento per rispondere.

«Sì», dice. «Mi è piaciuto. Cioè, l'appuntamento è stato una catastrofe nucleare, ma una di quelle divertenti.»

«Esistono disastri nucleari divertenti?»

«Qualche mese fa non l'avrei ritenuto possibile, ma questa è la mia nuova vita, una vita in cui esco con degli uomini e vado a lezione di Pilates.»

«Lui mi ha detto molto poco.»

«Ti ha detto dello chef che ci ha tirato addosso la lombata?»

«Credevo che quella parte se la fosse inventata.»

Scuote la testa con un certo entusiasmo. «No, è tutto vero. Penso che, se non ce la fossimo data a gambe, saremmo finiti sul menu.»

«Tu gli piaci.»

«Allo chef?»

«No! A mio padre!»

«Sul serio? Non mi ha chiesto il numero, non mi ha mandato email o messaggi.»

«Credo fosse in imbarazzo, sai... per il fatto che sia andato tutto storto. E poi ha un sacco di cose a cui pensare, in questo momento. Il lavoro, me...»

«Te?»

Quindi, le spiego tutto, perché forse papà non l'ha fatto. Le racconto di mamma che se ne andò, della mia diagnosi, che in quest'ultimo periodo è stata una fottuta scocciatura. Chiarisco che non la sto ricattando emotivamente affinché acconsenta a rivederlo, ma probabilmente lo sto facendo. Papà mi ucciderà. Non dico niente del teatro, perché lui ha avuto qualche difficoltà a parlare del suo lavoro con le donne con cui è uscito. Penso che voglia essere lui a dire – di persona – che passa la vita a prenotare esibizioni di bande di ottoni, comici malinconici e spettacoli di burattini educativi. Il che è del tutto comprensibile. In cambio, lei mi racconta un po' della sua vita, del divorzio, del fatto che sia sempre occupata per via di un noioso lavoro d'ufficio, dove regna la serietà, e del suo desiderio di fuggire in Africa, in Ecuador o in Giappone. È buffo, mi sento un'adulta che sta facendo una conversazione da adulti in un caffè, o qualcosa del genere. Lei è divertente, è davvero in gamba, e frustrata e appassionata.

«Sai che cosa mi manca?» mi dice. «Frequentare posti come questo. Quando cresci, ti fai carico di tutti questi fardelli: la famiglia, il lavoro, le ambizioni... E pensi che tutto questo arricchisca la tua vita, ed è vero, ovviamente, ma ti porta via qualcosa. Ed è talmente facile perdere di vista te stessa in mezzo a tutte queste richieste e responsabilità! Perdi il senso della persona che sei, di ciò che ti piace. Voglio dire, perché ogni sera torno a casa a leggere relazioni? Perché non leggo...» dà un'occhiata al negozio, in cerca di ispirazione. «Perché non leggo *Batman*?»

«Fra tutti quelli che avresti potuto scegliere», mi lamento.

«Pessima scelta?»

«Non cominciare», urla Ricky da dietro il bancone.

«Forse dovrei farmi dare delle raccomandazioni?» risponde.

«*Persepolis*», dico subito. «Tu sei senz'altro una fan di *Persepolis*. Parla di una ragazzina che cresce in Iran, negli Anni Settanta, e si ribella contro le aspettative della società.»

«Ha dei super poteri?»

«No. Non è quel genere di fumetto.»

Annuisce, dà una rapida occhiata al cellulare, e poi torna a guardare me. «OK, adesso che cosa facciamo?»

«Non lo so. A te va di rivederlo?»

«Sì. Ma... magari in un'occasione più informale. Senza pressioni. E senza la possibilità di essere cacciati fuori da un ristorante da uno chef maniaco.»

«Hmmm, difficile. E lui non può scoprire che noi due abbiamo parlato. Lo troverebbe inquietante.»

«E in effetti avrebbe ragione. Oh aspetta, ci sarebbe questa cosa... no, ma è troppo sciocca.»

«Credimi, niente è troppo sciocco per mio padre.»

«Be', l'insegnante di musica della scuola locale tiene queste sessioni tutti i giovedì sera, al centro ricreativo del comune... in pratica, sono lezioni di musica per adulti. Si va lì, si beve un bicchiere di vino, si sceglie uno strumento e facciamo lezione. La mia vicina mi ha convinta ad andare con lei. Pensi che dovrei invitarlo? Può portare qualcuno anche lui. Così non sarebbe proprio un *appuntamento.*»

«Oh mio Dio, sinceramente sarebbe proprio una cosa da lui. E conosce senz'altro qualche persona che verrà.»

«Bene, mi sembra un buon piano. Voglio dire, è stupido ma, santo cielo, a questo sono ridotta.»

Si alza, e mi alzo anch'io. Poi mi porge la mano. Gliela stringo. Apparentemente abbiamo appena concluso un affare. Fa per andare via, ma poi si ferma.

«Quel fumetto... *Persepolis*... ce l'hanno, qui?» chiede, e la sua voce viaggia da una parte all'altra del negozio.

«Sì, ce l'abbiamo», le urla Ricky.

«Bene, allora ne prendo una copia, che diavolo.»

Wow, dovrei farmi assumere qui, portarci le possibili fidanzate di papà e vendere loro fumetti in cambio di una percentuale. Quando Vanessa se n'è andata, decido di dare uno sguardo alla sezione delle novità «appena arrivate», e vedo che hanno il primo numero di una nuova tiratura di *Daredevil.* Lo porto al bancone, e frugo in tasca alla ricerca di qualche moneta.

«Come? Un'altra vendita?» fa Ricky. «Ti chiederei di venire più spesso, ma non sono sicuro che sia tecnicamente possibile.»

«Vendimi questo fumetto del cavolo e piantala. Oh, e mi presti una penna?»

Al ritorno, passo per la via di Callum. Quando arrivo a casa sua, le tende nella camera al piano di sopra sono ancora chiuse. Tiro fuori il fumetto, e lo guardo un momento. Nell'angolo della copertina ho scritto TI SFIDO ad alzarti dal letto. Hannah xxxxx. Lo infilo nella buca delle lettere.

A una cinquantina di metri, comincio a pentirmi di quella frase. Soffre realmente di depressione... e se adesso pensa che stia banalizzando la cosa, dicendogli di alzarsi? E poi, perché CINQUE baci?

Ma il pensiero che sta sotto a tutto quanto – e non solo da ora – è questo: perché lo sto facendo?

Tom

Il messaggio fu una duplice sorpresa. Innanzitutto, Vanessa mi aveva contattato di nuovo, cosa del tutto inaspettata, e in secondo luogo voleva portarmi a un corso di musica per adulti. Naturalmente l'idea mi piacque subito. Inoltre, lei avrebbe portato la sua vicina, quindi tecnicamente non sarebbe stato un appuntamento... a meno che non avessi completamente frainteso la situazione. Non mi ci volle molto per radunare i miei chaperon. James disse che era talmente solo da prendere in considerazione la proposta (e io lo informai che quello era un posto dove notoriamente si rimorchiava), e Natasha, come al solito, era in cerca di una scusa per lasciare a casa i bambini, e, se questo significava suonare i bonghi in un centro ricreativo, l'avrebbe fatto. Scrissi a Vanessa dicendole che avevo messo insieme la mia band, e che ci saremmo visti là. Un secondo appuntamento. Un sequel. Appuntamento II – questa volta partito da lei. E, a differenza della maggior parte dei sequel, questo poteva solo essere meglio dell'originale, no?

James, Natasha e io ci incontrammo fuori dal teatro, per andare là insieme, ma Natasha arrivò in ritardo perché si era dovuta togliere un po' di latte. «Quello in polvere nemmeno lo assaggia quel piccolo bastardo», spiegò, senza fiato. «Bella fortuna produrre latte delizioso. Ho beccato Seb a metterne un goccio nel caffè, l'altra sera. Voglio dire, ma che cazzo? Grazie di avermi tirata fuori da lì. Non sono sicura di essere molto portata a fare la mamma. Che ne pensate, ragazzi?»

Non le rispondemmo.

Il centro ricreativo era una chiesa vittoriana riconvertita, che faceva anche da centro esercitazioni per i cadetti della marina (siamo a oltre sessanta chilometri dal mare, quindi Dio solo sa che cosa combinino). Seguimmo un'accozzaglia di hippy e artistoidi nella piccola sala, che irradiava l'atmosfera consumata e chic tipica delle sale di quartiere. Piastrelle di legno a scacchi Anni Settanta, tende orribili tra il giallo e l'arancio con dei disegni appese sopra le grandi finestre con vetri singoli; gigantesco bollitore per il tè sopra un tavolo su cavalletti, nell'angolo, e accanto a quello un altro tavolo ingombro di bottiglie di vino bianco e bicchieri di plastica.

Ci spostammo tutti in quella direzione, ci versammo un bicchiere («Uno solo», disse Natasha, «darà un po' di brio al latte») e demmo un'occhiata agli altri partecipanti, che tracannavano goffamente il loro vino con il marchio del supermercato. C'erano un sacco di maglioni larghi, pantaloni di tela grezza, dreadlock e berretti piatti, combinati in vario modo. Ma c'erano anche gruppi di uomini e donne in jeans e camicia, che sorseggiavano il vino e chiacchieravano, quasi fossero a un evento aziendale. La cosa bella del vivere in una cittadina del Somerset è che tutti dovevano inventarsi un modo per divertirsi. Se qualcuno organizzava qualcosa – fosse una serata danzante per bambini con disturbo da deficit di attenzione e iperattività, o circoli della maglia gangsta rap, la gente veniva. A volte facevamo fatica a riempire il teatro, ma un pubblico c'era sempre.

L'insegnante, una donna rubiconda intorno alla cinquantina, con una chioma folle di capelli biondi e neri – come la cantante dei Berlin – cominciò a tirar fuori strumenti da uno scatolone, che sistemò su un tavolo al centro della sala. Ero intento a seguire questo processo, quando arrivò Vanessa. Era vestita in modo più casual dell'ultima volta – gonna denim corta e camicetta ricamata con fiori d'oro scintillanti intorno al collo e alla vita, e stivali rosso scuro. I capelli corti erano pettinati con il gel e lucidi. Sembrava più giovane, ma era sempre elegante da togliere il fiato. L'amica indossava un abito a fiori e scarpe da ginnastica; doveva avere più o meno l'età di James e, dal modo in cui irruppe nella stanza, mi parve subito molto sicura di sé, e divertente. Gli dei che combinavano incontri ci erano favorevoli?

«Vanessa», chiamai.

Si voltò e sorrise. Un sorriso radioso. Sentii cedere lievemente le ginocchia, ma pensai che fosse l'alcol. Facemmo le presentazioni. La sua amica si chiamava March, perché i suoi orribili genitori avevano deciso di dare alla loro figlia il nome del mese in cui fosse nata, qualunque esso fosse. Faceva gioielli d'argento che vendeva tramite un negozio online. Era più estroversa di Vanessa, aveva l'aria di essere lei la leader nella loro amicizia.

«Non riesco a credere che nessuno di voi l'abbia mai fatto, prima», gridò, facendosi sentire al di sopra delle conversazioni che si facevano sempre più numerose. «È divertentissimo!»

Stava per spiegarci come si svolgeva la serata, quando l'insegnante batté le mani, forte.

«Bene!» esclamò. «Alcuni tra i vostri figli forse mi conoscono come la signorina Baker, ma potete chiamarmi Gwen. Benvenuti al nostro corso di musica. Spero che vi siate servite tutti un bicchiere di vino.» (Mi guardai intorno... effettivamente avevano provveduto tutti.) «Bene! Adesso, come di consueto, ci divideremo in gruppetti di quattro o cinque persone, e poi chiederò a tutti voi di venire al tavolo a scegliere uno strumento. Quindi, lavorerete insieme per comporre un breve pezzo su un tema. È chiaro per tutti?»

D'un tratto avevamo di nuovo dodici anni, e facemmo tutti sì con la testa, obbedienti.

«OK, dobbiamo essere veloci», sussurrò March. «La roba migliore va via in fretta, quindi non indugiate. I bonghi sono i più ambiti... se li volete, dovete essere spietati. Anche lo xilofono è molto popolare.»

Stava ancora illustrando la gerarchia degli strumenti, quando Gwen batté di nuovo le mani, e d'un tratto convergemmo tutti sul tavolo, come zombie famelici. Natasha superò la calca e si lanciò sui bonghi, che afferrò vittoriosa. James tentò di accaparrarsi le maracas, ma si accontentò delle campanelle da slitta. March prese un tamburello. Io rimasi bloccato dietro un donnone con giubbotto di pelle, ma approfittai della sua zoppicante indecisione per prendere la prima cosa su cui riuscii a mettere le mani... un oggetto di legno con delle tacche, e con una bacchetta separata. Lo guardai senza comprendere.

«Quello è un güiro», spiegò a gran voce Gwen, notando la mia confusione. «Con il bastone si raschia la superficie scannellata. Non ha fatto musica a scuola?»

Era tutto così ridicolo, una mischia di gente avvinazzata che sgomitava ma, quando incrociai lo sguardo di Vanessa, lei mi guardò con un misto di gioia e trionfo. Aveva un grande triangolo in mano. Emergemmo dalla calca contusi e tornammo nel nostro angolo, dove ci sedemmo in cerchio con le gambe incrociate, confrontando i vari bottini di guerra. C'era rumore, e c'erano risate, il tutto punteggiato dalle note di una tromba da bicicletta o di un rullante.

«Bene, avete tutti uno strumento?» urlò Gwen.

Questa volta, tutti urlammo: «Sì!»

«Eccellente, allora vi do il tema della composizione: i suoni della città. Non dovete provare a scrivere una canzone; pensate a creare l'atmosfera e l'esperienza dell'ambiente urbano. Avete venti minuti!»

Subito partì un ronzio di attività, via via che i componenti dei vari gruppi si stringevano in cerchio. Io colsi l'opportunità per trascinarmi verso Vanessa.

«Allora, grazie di avermi invitato a questa... cosa», le dissi.

«Prego. Se devo essere sincera non è proprio per me, ma March sa essere molto persuasiva. Mi ha detto che avevo bisogno di uscire di casa. E le possibilità erano questo corso, o una proiezione della *Sirenetta* al cinema, con il testo delle canzoni in sovrimpressione per permettere al pubblico di cantare.»

«Come stai?»

«Sono stufa del lavoro, sono stufa di stare sola. Sto vivendo la crisi di mezza età più sobria e rispettabile del mondo. Ti sto dando troppe informazioni? Perché ho scelto il triangolo?»

«A volte ho questi momenti in cui mi chiedo in che misura abbiamo realmente il controllo delle nostre vite. E quanto invece dipenda solo dalla fortuna cieca.»

Vanessa annuì, convinta. «Avrei dovuto scegliere lo xilofono», disse.

«Sto cercando di fare un'osservazione seria sulla fallacia dell'autodeterminazione.»

«Scusa. E dimmi, che cosa fai in quei momenti di angoscia esistenziale?»

«Mi preparo una tazza di cioccolata calda e ascolto la radio.»

«Quindi non sei il tipo che affronta le cose... che afferra il toro per le corna?»

«Oh signore, no. Dove porta mai un atteggiamento del genere?»

Rise, ma il suono degli strumenti ci richiamò nel gruppo. All'improvviso, tutti volevano sapere che cosa ne pensassimo del loro progetto.

«Saremo un autobus», ci spiegò March. «Natasha, io e James siamo il motore. Tom, tu sei le porte. E tu Vanessa sei il campanello. Perfettamente sensato, direi.»

«Non c'è niente di sensato», osservò lei.

March versò dell'altro vino a tutti, e sembrò andare più vicina a James. Hmmm, interessante. Natasha era impegnata a battere sui bonghi con una velocità e una ferocia sempre maggiori.

«Estremamente terapeutico», commentò. «Me li comprerò anch'io.»

Durante i dieci minuti successivi, elaborammo una composizione ragionevole ispirata a un autobus. March, James e Natasha suonavano insieme, acquisendo velocità per poi rallentare fino a fermarsi; io raschiavo il güiro per le porte che si aprivano, e poi un'altra volta quando si chiudevano; quindi Vanessa toccava due volte il triangolo e il motore ripartiva.

«Questo è un capolavoro sperimentale», esclamò infine Natasha.

«Muori pure di gelosia, Brian Eno», dissi, e fui felice di vedere che Vanessa aveva colto il riferimento, o che era stata tanto gentile da sorridere comunque.

Allo scadere dei venti minuti, dovemmo rimanere seduti ad ascoltare le composizioni di ciascun gruppo. C'erano rumori di strada, con trombe per bicicletta e castagnette, c'erano rumori del centro commerciale (uso abbondante dello xilofono per la musica dell'ascensore). Fu ridicolmente piacevole, e la stanza era piena di volti felici e orgogliosi. Gli adulti si abbandonano di rado all'opportunità di essere creativi, ma quando lo fanno si riconnettono con qualcosa che è dentro di loro, e che un tempo si mostrava con naturalezza, e spesso. Fu una sorta di magia.

Mentre gli altri andavano a prendersi ancora un po' di vino, Vanessa disse che doveva andare a casa per lasciare libera la ragazzina che le faceva da baby-sitter, così l'accompagnai, a piedi. Percorremmo i viottoli acciottolati della parte vecchia della città, superammo una fila di antichi negozi vittoriani trasformati in abitazioni. Parlammo dei nostri matrimoni e cercammo di spiegarci a vicenda (e di spiegare a noi stessi) dov'è che le cose erano andate storte.

«Se ci ripenso adesso, non sono più sicuro di cosa fosse reale, e di cosa non lo fosse», dissi. «Quando siamo stati felici? Lei era già insoddisfatta all'inizio? Non so più quali ricordi abbiano ancora un significato.»

«Ecco che cosa penso», rispose Vanessa. «Quando sei in una relazione con qualcuno, vivi questi momenti che definiscono la vostra storia sin dal principio, e continui a ricordarli fino a quando il rapporto sta in piedi. In pratica, ti costruisci una storia giorno dopo giorno. Ecco che cos'è un rapporto di coppia: è una fabbrica di ricordi... e, quando una persona se ne va, la macchina si rompe e la verità fuoriesce come carburante.»

Smise di camminare, e per un attimo sembrò infastidita dal suo stesso scetticismo. «Però, sai, non tutte le fabbriche sono orribili; quando avevo poco più di vent'anni andai a Rio, e al ritorno, uscendo dalla città per raggiungere l'aeroporto passai davanti a tutti i vecchi edifici industriali abbandonati... sono centinaia, e sembrano allungarsi per chilometri. Ed è strano, ma pensai che fossero la cosa più bella che avessi visto in Brasile. Non so perché. Gli edifici sono ricordi, no? Comunque, mi dispiace, ma questa sono io.»

Indicò una grande casa, l'ultima di una fila, con finestre enormi e muri immacolati rivestiti di stucco, di un'elegante sfumatura verde Farrow & Ball.

«Saggia, direi.»

«Infatti. È il risultato di tutti i viaggi che ho fatto, uniti all'esperienza di un matrimonio con una testa di cazzo totale.»

Sorrise, allegra; aveva gli occhi più espressivi che avessi mai visto. Pensai che gli studiosi avrebbero dovuto dedicarvi anni per tradurre il linguaggio complesso e meraviglioso che usavano per comunicare.

«Be', è stata una bellissima serata», dissi. «Non ero sicuro che ti saresti più fatta sentire.»

«Nemmeno io, in tutta onestà. Ma qualcuno mi ha detto che avrei dovuto darti una chance.»

«Ti prego di ringraziare quella persona da parte mia.» Adesso ero in imbarazzo, e mi stavo preparando ad andare via.

«Tom», fece lei, «ci saremmo dovuti baciare. Quando siamo usciti dal ristorante, quella sera. Eravamo l'una tra le braccia dell'altro; il cielo era pieno di stelle, eravamo sfuggiti a uno chef armato di mannaia. Se fosse stato un film di Indiana Jones, ci saremmo dati un bacio.»

«Magari possiamo riprovare?» le chiesi.

«Hmmm», rifletté. «Non ora, non qui. Ma sono certa che avremo un'altra opportunità... Ci sarà il momento perfetto, come quello. Questa volta, dovrai afferrarlo.»

Si voltò e si incamminò verso casa. Io già volevo rivederla. Volevo costruire la nostra fabbrica di ricordi.

Hannah

Ed ecco una svolta inaspettata. Dovrei incontrarmi con Margaret per il tè, ma lei mi telefona e mi dice che non si sente molto bene, e mi chiede se posso andare a casa sua, anziché al solito caffè. Non ci sono mai stata; non credo che nessuno ci sia mai stato, quindi rispondo di sì, assolutamente, perché troverò senz'altro degli indizi intriganti sulla storia della sua vita. Sto per uscire, quando ricevo un messaggio di Callum.

Sto meglio, dice. Posso vederti?

Ci penso circa due millisecondi.

Certo, scrivo. Sto andando a trovare un'amica. Vuoi venire?

Sì.

Ti avverto, però: ha 81 anni.

Breve pausa.

ROFL, risponde. Mi sa che hai sbagliato, hai scritto 81!

Non era un errore.

Pausa lievemente più lunga.

OK, ci sono.

Passo a prenderti.

Quando arrivo a casa sua, noto che le tende della finestra della sua stanza sono ancora chiuse. Busso, ma non viene nessuno. Busso di nuovo. Niente. Nemmeno quel cane schizzato che mi abbaia contro. Penso che forse ha cambiato idea; forse è in quel suo stato vulnerabile, e il pensiero di prendere un tè con un dolce da una vecchia signora è un po' troppo. Sinceramente, non posso biasimarlo.

Mi volto, e ripercorro il vialetto cercando di non essere troppo delusa, mentre mi sento profondamente delusa, e mi domando *perché* mi senta così. Ho percorso una decina di metri, lungo la strada, quando sento una porta che si apre, alle mie spalle, e quando mi giro vedo Callum che si precipita fuori come un razzo, infilandosi una felpa. Intravedo appena il suo torace. È abbronzatissimo, e magro.

«Aspetta», urla, e corre per raggiungermi. E un attimo dopo è lì, che ansima, piegato in avanti, le mani sulle ginocchia, ed emana un caratteristico odore di ragazzo.

«Oh merda», dice. «Scusa, sono stato a letto per... boh, credo tre giorni. La depressione ti sfinisce, cazzo.»

«Capisco bene. Io sono sempre stanca.»

«Grazie del fumetto che mi hai lasciato.»

«Oh, non è niente.»

«A proposito, mamma dice che sei carina.»

«Tua madre ha senz'altro dei problemi. Scusa, non intendevo...»

«No, tranquilla. Hai visto anche il suo fidanzato, Joe, giusto?»

«Più o meno. Mi è sembrato simpatico...»

«Era disteso sotto un'auto con il culo fuori?»

«No.»

«Wow, evento raro. Ha un'officina che vende parti di auto per quei tizi tristi che modificano Ford Escort fino a farle somigliare a delle navicelle spaziali. Ha un'ossessione per le macchine. Tenta continuamente di insegnarmi a riparare motori, e a installare enormi body kit, che non ho idea di cosa cazzo siano.»

«Si direbbe che voglia aiutarti.»

«Vorrei soltanto che mi lasciasse in pace. Non ho bisogno di un altro perdente che entra nella nostra vita per incasinare tutto ancora una volta.»

«Che vuoi dire?»

«Niente, è tutto a posto. Comunque, dimmi di questa tua amica.»

Così, mentre camminiamo sotto il sole del pomeriggio, gli parlo di Margaret e delle storie pazzesche che ci racconta, e cerco di spiegargli come nacque questa folle amicizia tra noi.

«Conosce davvero tutte quelle star della TV?» mi chiede lui.

«Non lo sappiamo! Per questo sono tanto eccitata all'idea di vedere casa sua. Potrebbero esserci degli indizi!»

Il tragitto non è lungo, ma a un certo punto mi sento mancare il fiato, così facciamo una deviazione nel parco, dove ci sediamo un momento sulle altalene.

«Mamma ha detto che i miei disegni ti sono piaciuti. È vero?»

«Sì. Adoro tutto quel nero. Fa molto Charles Burns.»

«Mi piacciono tutti quegli artisti di *2000 AD*, che usano tanto inchiostro. Frazer Irving, Ashley Wood... Scusa, non mi capita quasi mai di poter parlare di queste cose.»

«Figurati! Neanche a me. Nessuno è appassionato di fumetti, a scuola. O di teatro. Finisci per sentirti solo. Per questo hanno inventato i forum. All'improvviso tutte queste persone che hanno le tue stesse passioni sono... *lì*. E puoi parlare con loro.»

«Senza lasciare la tua stanza.»

«*Esattamente.* Allora, di che cosa parla il tuo fumetto?»

«Prometti di non ridere?»

«Non posso promettertelo, Callum. Ho un senso dell'umorismo molto crudele.»

«Prometti di non ridere più di cinque minuti?»

«Farò del mio meglio.»

«D'accordo. Allora, la protagonista è una supereroina. Che però non lo è, esattamente. Cioè, è una ragazza che sprofonda in questa terribile depressione... una depressione che la consuma; una coperta fatta di oscurità assoluta, totale. Poi però scopre di avere questa capacità di evocare la sua malattia nella vita reale, trasformandola in una specie di forza... Forza che si materializza sotto forma di una specie di cane gigantesco e mostruoso. E lei lo aizza contro i cattivi. Il fumetto si intitola *A Darkness*. Hai presente la canzone di Bonnie Prince Billy? *I See a Darkness*... che parla sempre di depressione. Ecco, la sostanza è questa. Una stronzata, vero?»

«Stai scrivendo un fumetto con una supereroina che soffre di depressione?»

Devo aver usato un tono davvero sprezzante, perché mi guarda come un cagnolino bastonato. Vorrei sollevarlo su dall'altalena e stringerlo tra le mie braccia, ma collasserei.

«Credo di sì.» Alza le spalle.

«Io lo trovo fico. E tanto.»

Il suo viso si illumina, e le labbra si incurvano in un enorme sorriso che scopre tutti i denti. Ah, che sensazione straordinaria far stare bene qualcuno! Callum spinge l'altalena indietro, poi alza le gambe e si lascia andare. Poco dopo sta volando, avanti e indietro, spontaneo.

«Ti piace sul serio?» mi chiede, mentre mi sfreccia accanto.

«Sì, davvero. Devi scriverlo!»

«Mi darai una mano tu?»

«Cosa? E come?»

«Mi serve qualcuno che scriva i testi. Che lo faccia meglio di me. Io non... Quando provo a scrivere come mi sento, si dissolve tutto quanto.»

«Oh Dio, non lo so. Mi stai dando una grossa responsabilità. Non sono sicura di esserne capace.»

«Ma tu adori i fumetti, adori il teatro, avrai senz'altro pensato di diventare una scrittrice dopo la scuola, no?»

Il rumore delle catene arrugginite delle altalene mi ricorda il gemito di una strumentazione cardiaca. Non rispondo.

«E com'*è*?» gli chiedo, invece. «La depressione. Che cosa ti fa provare?»

Callum salta giù dall'altalena e cammina intorno alla struttura per qualche secondo.

«È come se tutto il mondo fosse grigio. Come se non ci fossero alti e bassi, né colori vivaci. Non vedi uno scopo, non esiste niente di bello, di divertente, di interessante. La gente pensa che sia un po' come una profonda tristezza, ma non è così. Io mi sento solo vuoto, senza vita. A volte è come se venissi cancellato.»

«Cazzo. Mi dispiace.»

«Per questo ho cominciato a disegnare... mi aiutava a dare un senso a quello che mi succede. La mia terapista ha detto che è una buona idea. Quando provo a imbastire una storia, però... è... difficile, ecco. Sento di aver bisogno di qualcuno che ricomponga i vari pezzi. Allora, mi aiuteresti?»

Non so che cosa rispondergli. Scendo dall'altalena e gli metto una mano sul braccio.

«Non sei l'unico ad avere l'impressione di essere cancellato», gli dico.

Lui si volta a guardarmi. «Hai paura?» mi chiede.

I suoi occhi sono enormi, come pianeti. Il vento percuote le altalene dietro di noi.

«Pft, che importa. È la vita, e basta. 'Fanculo.»
E poi lo trascino via.

Non sono affatto sorpresa di scoprire che Margaret vive in una grande dimora decrepita, nascosta dietro meli nodosi e una siepe gigante che non viene potata da chissà quanto tempo, con un cartello sul cancello che mette in guardia da un cane. Gli ampi bovindi hanno i vetri crepati e sporchi, rami d'edera strisciano sulla muratura rovinata come tentacoli di qualche creatura aliena. Fissiamo il tetto pericolante, e notiamo le due inquietanti torrette. Sembra la casa di un film horror.

Per qualche secondo restiamo sul sentiero, assimilando quello che abbiamo davanti.

«La tua amica vive *qui*?» mi chiede Callum.

«Già.»

«Hannah, non è uno scheletro seduto su una sedia a dondolo, con indosso un vestito, vero?»

«Non l'ultima volta che l'ho vista. Dai, andiamo.»

Mi faccio strada in mezzo alle ortiche che invadono il sentiero, diretta all'enorme portone di legno. Il campanello non c'è, così sollevo il battente di ferro e lo abbasso più volte sulla superficie di legno sospettosamente morbida.

Niente. Busso ancora.

«C'è ancora qualcuno che viene ad aprire, quando bussi?» commento.

«Secondo me non è in casa», suggerisce Callum. «Andiamo in un posto meno da brivido. In un cimitero indiano, magari.»

Sto per proporgli di provare più tardi, quando sentiamo cigolare un chiavistello dall'altra parte della porta e – lentamente, a fatica – questa si apre. Nella semioscurità, illuminata solo da una lampada antica su un mobiletto di legno sullo sfondo, c'è Margaret. La vedo debole, come non l'avevo mai vista, ha i capelli scarmigliati, le guance incavate e gli occhi infossati, come se fossero stati risucchiati nella testa. Indossa una specie di lunga veste da casa, a fiori, e sta fumando una sigaretta marrone.

«Ah, entrate. Oddio, non mi sono ancora vestita.»

Callum mi guarda, e io lo fulmino con un'occhiata; quindi Margaret si addentra nell'ombra con passo strascicato, aspettandosi che la seguiamo. Vado per prima, e lui mi viene dietro timidamente... e per la prima volta ho paura che possa mettermi in imbarazzo. La seguiamo attraverso l'atrio, facendo scricchiolare il mosaico di piastrelle sbeccate sotto i nostri piedi, e passiamo nel soggiorno. Non so cosa mi stessi aspettando: una collezione assurda di merdose suppellettili teatrali? Una parete coperta di foto che la ritraggono con persone famose? Un Tony Award, magari? Invece è una noiosissima stanza di una persona anziana, con un vecchio divano consumato, una poltrona con il rivestimento a fiori ormai liso, e un vecchio televisore di legno. Sulla mensola del caminetto ci sono un paio di foto incorniciate di Margaret con il marito, accanto a un orologio ornamentale molto kitsch; ma niente di strano, o di appariscente. Non posso farne a meno, e mi sento orribile per questo, ma sono delusa.

«Venite», ci invita. «Accomodatevi. Tra un minuto preparo il tè.»

Lei prende la poltrona, su cui si siede cautamente. Mi affretto ad aiutarla, ma mi manda via con la mano, facendo volare la cenere della sigaretta.

«No grazie, cara», fa lei, indicando il divano.

Callum e io ci accomodiamo, imbarazzati tutti e due, quasi fossimo stati spediti dalla preside per aver pomiciato a lezione. Lui tiene lo sguardo fisso sui piedi: non l'ho mai visto così goffo, così simile a un qualunque altro adolescente che vuole solo riuscire a svignarsela da uno schifo di riunione di famiglia. L'unico rumore è il ticchettio dell'orologio che riecheggia nella sala. Gli do un colpetto nelle costole, perché desidero disperatamente che dica qualcosa.

«Allora tu sei Callum?» gli chiede Margaret, squadrandolo.

«Sì», le risponde lui, prima di distogliere lo sguardo, a disagio.

«Credo intendessi dire "Sì, *signora*"», lo rimprovera lei, la voce acuta e severa. Callum sembra terrorizzato, ma Margaret mi fa il suo sorrisetto segreto. Che stronza. La adoro.

«Scusi, signora», dice lui.

Margaret e io scoppiamo a ridere.

«Che c'è?» geme Callum.

«Signora!» ripeto, dandogli uno spintone per gioco. «Sta scherzando, stupido.»

«Oh, non essere crudele, Hannah», dice Margaret, agitando vagamente la sigaretta verso un ingombrante posacenere di vetro sul bracciolo della poltrona. Strizza l'occhio a Callum, che subito diventa paonazzo. D'un tratto, mi sto divertendo un mondo. Stemperata la tensione, cominciamo a parlare. Margaret mi chiede della scuola, si lamenta della sua salute e dei farmaci che prende e che le fanno venire sonno; Callum e io capiamo perfettamente. Siamo una banda di vecchi compagni di merende.

«Allora, come vi corteggiate voi giovani di oggi?» vuole sapere Margaret.

«Oh Dio, non guardare me, non ne ho la più pallida idea», dico, e quasi all'istante mi rendo conto che adesso Callum sa che non ho mai avuto un vero ragazzo, prima di lui.

«Siamo tutti e due patiti dei fumetti», dice. «Sono quelli che ci hanno fatto avvicinare.»

Margaret fa un verso di disapprovazione, e scuote la testa. «Ogni volta che mio padre mi sorprendeva con un giornale a fumetti, lo arrotolava e lo usava per sculacciarmi.»

«Idem», dico io.

Margaret ride. Callum sembra scioccato.

«A mia madre non è mai importato. Sembrava semplicemente contenta che leggessi qualcosa. Adora leggere; dice che la aiuta a mantenersi lucida, mentre... mentre affronta le cose. La gente crede che sia stupida perché mollò la scuola a quindici anni, senza diploma o altro; invece no. Adesso è assistente insegnante.»

«Hai fratelli o sorelle?»

«Due sorelle», rispondo io per lui. «E il padre se ne andò quando era piccolo. È cresciuto in una famiglia matriarcale!»

«Ah», fa Margaret, con il tono di una detective della TV che ha appena scoperto chi è l'assassino. «Per *questo* è così educato.»

Il viso di lui è di nuovo un'esplosione scarlatta. «Ogni anno mamma mi comprava un libro della collana Penguin Classics, per Natale... di solito Dickens, Jane Austen, o qualcosa del genere. Io ero appassionato di mountain bike, e me ne andavo in giro a fare casino con i miei amici, quindi non li guardavo nemmeno. Li archiviavo nella mia libreria. Mamma però continuava a comprarli. E poi, quando a scuola cominciammo a studiare letteratura inglese, ne aprii uno, sa, tanto per capire con che razza di stronzate noiose avrei avuto a che fare. E fu allora che lo scoprii. Ogni libro era... qual è il termine corretto? Chiosato. Lei aveva scritto tutte queste note, e sottolineato per me le parti importanti usando colori diversi. Vi aveva dedicato delle ore, era evidente... e io li avevo riposti su una mensola. Adesso mi sono messo a leggerli sul serio. E i suoi commenti sono maledettamente utili.»

«Quindi, quel tema su *Jane Eyre* che hai letto in classe...?»

«Precisamente. Non avrei saputo la metà di quelle cose, senza mamma. In pratica, l'ha scritto lei.»

C'è un momento di silenzio.

«Qualcuno gradisce una tazza di tè?» chiede poi Margaret, che con un gesto invita Callum ad aiutarla, e poi lo prende a braccetto mentre vanno in cucina insieme.

«Margaret, posso dare un'occhiata in giro? Muoio dalla voglia di esplorare casa tua.»

«Accomodati. Anche se non ci sono molte cose interessanti. Non mi piace avere intorno il passato, che mi guarda compiaciuto. Ora, Callum, dimmi qualcosa di più della tua vita...»

Li lascio a chiacchierare, perché sono ansiosa di andare in esplorazione. Di fronte all'atrio c'è la sala da pranzo, fredda e vuota, con l'eccezione di un tavolo di legno lucido con due sedie, una di fronte all'altra. Le pareti spoglie sono percorse da crepe e ingiallite. Di sopra c'è un grande bagno con grosse piastrelle bianche e nere e un'enorme vasca con i piedini; dietro, un mobile con delle mensole pieno zeppo di articoli da toeletta dall'aspetto costoso. È il locale più fico della casa intera! Poi, lentamente, con una spinta apro la porta della camera di Margaret, quasi aspettandomi che il tesoro sia nascosto qui. Invece no, ci sono soltanto un letto di ferro battuto, una vecchia specchiera e un armadio di legno. Ovunque sento profumo di lavanda. Non so che cosa sto cercando, ma, di qualunque cosa si tratti non è qui. Ho la strana sensazione che la stessa Margaret sia qui solo in parte, come una presenza spettrale. Provo ad aprire la porta in fondo al corridoio, ma è chiusa a chiave. Sbircio attraverso la serratura, ma intravedo solo un paio di vecchie valigie e delle scatole.

Quando torno di sotto, Callum sta portando una selezione di dolci nel soggiorno, su una raffinata alzata a tre piani. Ovviamente, tiro fuori il cellulare e gli scatto una foto. «Materiale per ricatto», dico. E poi arriva con una teiera con copriteiera rosa, e penso che adesso potrei morire felice.

Ci sediamo e ci rimpinziamo di Battenberg cake e pasticcini, mentre sorseggiamo il nostro tè da tazze di porcellana. Callum chiede a Margaret del suo passato, e lei gli racconta alcuni aneddoti familiari che includono teatri londinesi morti da tempo, e programmi TV poco noti; conosco queste storie a memoria, e mi detesto perché comincio a prestare attenzione per cogliere eventuali incongruenze. Lui sembra impressionato dai nomi con cui lei infarcisce la narrazione, e ride delle parti sconce. Mi metto più vicina a lui, sul divano.

«Allora, Callum», esordisce d'un tratto Margaret in tono serio, «che progetti hai per la tua vita?»

Lui è talmente sbigottito dall'improvvisa formalità della domanda che quasi soffoca, mentre deglutisce un pezzo della sua Mr Kipling Country Slice.

«Callum è un artista», dico, mentre lui si riprende. «Disegna storie e personaggi stupefacenti, ma è troppo timido per mostrarli a qualcuno. Tra poco ci sarà un'importante convention di fumettisti, a Bristol, in cui gli esordienti hanno l'opportunità di sottoporre i propri lavori... sto cercando di convincerlo ad andare, ma non vuole.»

«Perché no?» fa Margaret.

«Perché costa parecchio.» Callum alza le spalle. «L'ingresso, i biglietti del treno, e tutto il resto. Non sono mai stato in una città da solo. Be', una volta, ma... comunque, sono un super codardo. Lasciamo perdere.»

«Hannah verrà con te, vero, Hannah?»

Lui guarda me, e poi Margaret.

«Non credo che papà me lo permetterà. Voglio dire, è... devo evitare posti pieni di gente, o stressanti, in questo momento.»

Margaret scuote la testa e alza la mano rugosa, in un gesto ribelle.

«Be', mia cara, il mio motto è: "Non chiedere il permesso prima, chiedi semplicemente scusa dopo". Ci pentiamo più delle cose che non facciamo, che di quelle che facciamo. Devo ammetterlo, questa filosofia mi ha messo spesso nei guai, soprattutto quando urlai "Thatcher fuori" durante il bis alla produzione di *Mother Goose* della Finchley Playhouse, nel 1987. Ma, Hannah, la vita è costellata di rischi, ed è piena di persone che si ammazzano cercando di ridurli al minimo.»

Ha gli occhi lucidi e sembra sfinita dopo quello sfogo. Sta svanendo, visibilmente. Non ce la faccio a dirle che la situazione è cambiata, che le mie condizioni sono peggiorate. Siamo sempre state vicine, lei e io. Non posso dirle che forse non lo siamo mai state come ora.

«Comunque», riprende Callum, «costa troppo, e...»

Il ticchettio dell'orologio. Le ombre che strisciano nella stanza.

«Quando mi trasferii a Londra, negli Anni Cinquanta, vivevo in un monolocale a Dulwich», racconta Margaret. «L'appartamento di sopra era occupato da questo gentiluomo garbato; non ricordo nemmeno il nome. Era molto cortese, aveva sempre un sorriso stampato sul volto. Uscimmo insieme qualche volta, ma tra noi non nacque nulla. Aveva qualche anno più di me, e io ero una sciocca ragazza delle Midlands che cercava di diventare un'attrice. Comunque, un giorno mi confessò di essere un borseggiatore, che perdipiù aveva un incredibile successo. Ogni mattina saliva sull'autobus che andava a Soho e faceva una fortuna derubando i turisti. Mi insegnò persino qualche trucchetto; come creare diversivi, come leggere i movimenti delle persone; disse che mi sarebbe potuto essere utile, per la mia carriera. Poi, un giorno, tornando a casa lo trovai sul vialetto con una valigia; se ne stava andando, così. Forse aveva fatto abbastanza soldi, o forse aveva derubato la persona sbagliata, non lo so. Ma prima di andare mi diede un bacio e disse: "Non restare ferma ad aspettare quello che vuoi, prenditelo. Ruba il tuo futuro". Se n'era già andato quando scoprii che mi aveva infilato cinque banconote da dieci sterline nella tasca del cappotto.»

«Quindi», riassume Callum, «ci sta suggerendo di rubare i soldi che ci servono per andare alla convention?»

«No», fa Margaret, ridendo. «Vi sto dicendo di prendere quello che potete, quando si presenta l'opportunità: di accettare la fortuna, di afferrare il futuro con tutte e due le mani. È vostro. Ma non lo sarà per sempre.»

Finiamo di bere il tè e portiamo tazze e piatti in cucina.

«Be', è l'ora del pisolino, per me», annuncia Margaret. «È stato un piacere vedervi, tutti e due. Abbiate cura l'una dell'altro.»

Vado ad abbracciarla, e mi spavento a morte quando sento il suo corpo minuscolo, tutto ossa, così fragile e stanco. Abbraccia anche Callum, e lui la lascia fare, anche se il gesto si prolunga più di quanto potrebbe essere sopportabile, per lui.

Ripercorriamo il sentiero che attraversa il giardino, mentre dardi di sole passano tra i rami dei meli. Varcato il cancello, gli prendo la mano.

«Sei stato bravo, oggi.»

«Significa che scriverai un fumetto con me?»

«Non cominciare! Che idea ti sei fatto di lei? A volte è un po'... eccessiva, ecco.»

«Margaret è stupefacente. E quelle storie che racconta! Dovrebbe scrivere le sue memorie.»

«Già.» Alzo le spalle. «Un tempo credevo che fossero vere, tutte quante, adesso non ne sono più così sicura. Ho dato un'occhiata alla casa ed è tutto così... noioso. Le stanze sono vuote.»

«Ti aspettavi di trovare Ian McKellen chiuso nella camera da letto?»

«No! Che orrore! Pensavo solo che avrei trovato delle prove. Qualcosa che dimostrasse che la sua vita era accaduta davvero.»

«Fa differenza?»

«La fa per me. Io voglio crederci. Mi rendo conto che la mia esistenza deve sembrarti parecchio stramba.»

«No, è una figata che Margaret sia tua amica. Ed è una figata che tu abbia il teatro. È come una grande famiglia scombussolata. La tua vita è uno sketch di *Little Britain*, solo divertente.»

«Suppongo sia come dici tu. I genitori di mio padre morirono quando ero piccola, e la famiglia di mamma non l'ho mai conosciuta. Quindi credo che Margaret sia un po' come una nonna, per me. Ted è un nonno, e Sally è un po' come una mamma, o una sorella maggiore. Ho così tanti "parenti".»

Lui mi guarda un secondo. «E io sono una specie di fidanzato?»

«Oh, tesoro. Tu non sei *affatto* un fidanzato.»

Si ferma di colpo, e mi guarda con un'espressione scioccata.

«Stavo scherzando», gli dico, dandogli una sberla sulla spalla.

«No, non è questo», fa lui. Non me n'ero accorta, ma mentre camminavamo si era messo una mano nella tasca posteriore dei jeans. Quando la tira fuori, ha qualcosa chiuso nel pugno. Mi guarda, e solleva le dita. Sul palmo, ci sono tre banconote stropicciate da cinquanta sterline.

«Eh? E quelle da dove arrivano?»

«Quell'abbraccio... deve aver... Io torno indietro», dice.

«No, aspetta.»

«Hannah, non posso prendere questi soldi, sono troppi.»

«La conosco, Callum. Se glieli riporti, si arrabbierà moltissimo. Oh mio Dio, non riesco a crederci! Ti ha messo del denaro in tasca di nascosto!»

Callum si volta a guardare indietro, verso la casa, e poi guarda me, chiaramente combattuto, e sgomento.

«Sai che cosa significa?» gli chiedo.

«Che almeno una delle sue storie è vera?»

«No, scemo. Che andrai a quel festival del fumetto!»

Ci pensa su un secondo, e poi mi sorride. «Questa volta sono io che ti propongo un accordo. Andrò a quel festival e mostrerò i miei disegni solo se tu prenderai in considerazione di scrivere i testi.»

«Oh Dio, fa' come ti pare.»

«Davvero ci penserai su, seriamente?»

«Croce sul cuore.» Incrocio le dita dietro la schiena.

«C'è ancora una cosa.»

«Sarebbe?»

«Verrai con me. Possiamo prenderci il weekend. Staremo da mia sorella Zoe, andremo alla convention un paio di giorni e poi lunedì faremo un giro per Bristol. Stanze separate, ovviamente.»

«Tu sei pazzo. Mio papà non mi darà mai il permesso.»

«Gli daremo il numero di Zoe, e l'indirizzo. E potrai chiamarlo ogni due ore, letteralmente.»

«Non lo so.»

«Hannah?»

«Non lo *so*!»

Tira fuori le banconote e me le sventola davanti al viso. «Abbiamo dei soldi da spendere. Pensa a tutti quei fumetti nuovi...»

«Io vorrei venirci, sul serio! Solo che devo trovare il modo per ottenere il suo permesso.»

Non gli dico che ho un appuntamento in ospedale, il lunedì. Non mi va di pensarci, e non voglio la sua pietà. Voglio inspirare la possibilità di quest'avventura. Si china verso di me, e faccio lo stesso anch'io. Sembra sul punto di dirmi qualcosa, invece ci baciamo sulla bocca, lentamente. Sento l'elettricità che attraversa tutto il mio corpo.

«Tanto per sapere», dico poi, «quando abbiamo trascorso quel pomeriggio al negozio di fumetti... perché non hai scelto di andare con i tuoi amici? Perché sei rimasto con me?»

«Gesù, Hannah.» Ride. «Hai mai passato un po' di tempo con te? Seriamente. Hai mai parlato con te? Ti sei mai ascoltata quando parli, quando fai battute? Sei mai tornata a casa per ripensarci tutto il giorno e tutta la notte? Be', io sì.»

«Stupido. Sta' zitto.»

«Sono serio.»

«Sei seriamente stupido.»

Mentre torno a casa, esamino questa settimana così strana. Penso al mio incontro con Vanessa, e alla sua risata sonora e spontanea. Penso a Margaret, nella sua casa vuota. Ma soprattutto penso a Callum e alla sua depressione, ai suoi disegni, al suo torace abbronzato. E, per il resto della giornata, sento sulle labbra il bacio che vi ha lasciato.

Tom

«Sto pensando di lasciare Angela.»

Ero in auto con Ted, stavamo andando in comune per l'incontro relativo al teatro, quando lui mi sganciò addosso questa bomba coniugale da un megatone. Per poco non uscii di strada, finendo in una siepe. Come se non avessi già abbastanza pensieri.

«Cosa? Perché? Voglio dire, lo so il perché, ma... che cosa?!»

«È questa routine terrificante in cui siamo finiti... non vedo una via d'uscita. Tutte le sere ceniamo senza rivolgerci la parola, ci sediamo a guardare la TV in silenzio, andiamo a letto senza parlarci. Sento le pareti chiudersi su di me. La tensione nell'aria è insopportabile, ci sta schiacciando.»

«Con lei ne hai parlato?»

«Tom, mi stai chiedendo se le ho parlato del fatto che non riusciamo a parlarci?»

«OK, afferrato. Ma quello che intendo dire è: che cosa vuoi che succeda?»

«Qualunque cosa! Siamo insieme da quarant'anni, ma non voglio accettare questa situazione, e basta... Questo lento strisciare verso il nulla.»

«Ted... questo è il peggior discorso che si sia mai sentito fare.»

«Sto dicendo sul serio!»

«Lo so. Ti chiedo scusa. Ascolta, devi darle almeno una possibilità. Almeno dille come ti senti.»

«Sono un sessantenne, non vado in giro a dire come mi sento. Non siamo al *Grande Fratello Vip*.»

«Sei un attore, però... interpreta la parte! Non hai niente da perdere. Se le cose vanno così male da farti desiderare di andartene, perché non dirglielo? Oppure sorprendila! Sistema quella dannata motocicletta, prenota un albergo, e portala... non so, a Pontefract. Il punto è che hai il potere di cambiare la situazione, devi solo essere deciso. A volte le persone hanno bisogno di uno shock, per cambiare... e lo shock di vederti con i tuoi pantaloni di pelle da biker potrebbe essere la spinta di cui Angela ha bisogno.»

Silenzio. Poi, Ted si voltò a guardarmi.

«Pontefract?»

«È il primo posto che mi è venuto in mente.»

«Non Parigi, o Roma, o l'aurora boreale...»

«Ho un sacco di cose per la testa, Ted.»

Lasciamo la strada a doppia carreggiata per imboccare una via secondaria, stretta, il sole che brilla attraverso il parabrezza ci fa cuocere nell'abitacolo.

«Comunque», fece lui, «ne abbiamo già parlato. Non possiamo partire, perché Angela deve essere a disposizione della sorella. Non ha nessun altro; se cade... Quanto alla moto, chi sto prendendo in giro? È un ammasso inamovibile e arrugginito. La vita diventa più ardua quando hai la mia età. Le opzioni si calcificano.»

«Ted, ci sono sempre delle opzioni. Fino alla fine.»

Era una conversazione che avevamo affrontato tante volte. Volevo essere comprensivo, volevo fargli da co-pilota attraverso le sue frustrazioni e le sue ansie, ma una vocina dentro la mia testa stava dicendo: «Hannah arriverà mai a dire alla gente che essere vecchi è uno schifo?» Feci sparire subito quel pensiero odioso. La storia del teatro chiaramente mi stava stressando.

«Scusa, mi dispiace, non ha importanza», fece Ted, ora in tono allegro, come se mi avesse letto nella mente. «Abbiamo una faccenda seria di cui occuparci. Adesso ascolta: questo incontro serve a valutarci. Vogliono capire se possono abbattere tranquillamente l'edificio o se noi ci batteremo. Da parte nostra, dobbiamo spiegare loro perché il Willow Tree rappresenta una risorsa importante.»

«Li trasformeremo in amanti del teatro, tutti quanti», dissi. «A quest'ora, tra una settimana, saranno in fila per vedere... che cosa dovremmo avere?»

«La Brass Trap. Una banda di ottoni tutta al femminile, che fa sexy cover di pezzi funk.»

«Certo. Certo, sì.»

«Brass Trap, capisci? Bra. Strap.*»

«Sì, ho afferrato, Ted. Le ho ingaggiate io.»

La sede del comune era un mostruoso palazzo moderno al centro di una città nuova dalla bruttezza spettacolare. Sembrava essere stato costruito interamente con mattoncini Lego color pudding di semolino. Dietro le finestre, impiegati dall'aria annoiata sedevano alle rispettive scrivanie con lo sguardo fisso sui monitor dei computer, mentre indubbiamente prendevano importantissime decisioni sulla raccolta dei rifiuti. Mettemmo l'auto nel costosissimo parcheggio accanto, quindi entrai nella reception molto determinato, con Ted che mi correva dietro con ventiquattrore e taccuino.

«Salve», urlai alla receptionist. «Sono qui per salvare il mio teatro.»

Sperai di apparire sicuro e risoluto, come si conveniva alla situazione.

«Nome, prego.»

«Willow Tree Theatre», risposi.

«No, il *suo*.»

Una volta stabilito chi fossi e perché mi trovassi lì, la donna ci accompagnò in una piccola sala conferenze con un lungo tavolo bianco circondato da sedie da ufficio da pochi soldi. «Aspettate qui», ci disse, e poi sparì. Ted e io ci guardammo intorno.

«Pensi che ci stiano osservando?» gli chiesi. «Perché ho questa sensazione.»

La stanza era luminosa e priva di anima, come la reception, e mi riportò all'istante in tutte le sale d'attesa degli ospedali in cui Hannah e io eravamo stati accompagnati nel corso degli anni. Qui però alle pareti non c'erano fiori dipinti ad acquerello, o poster di film Disney, bensì foto incorniciate di varie città del Somerset: un tentativo poco

* Gioco di parole. *Brass Trap*: trappola di ottoni; *Bra Strap*: spallina di reggiseno. (*N.d.T.*)

entusiasta di orgoglio civico. Ci sedemmo a capotavola, per chiarire chi è che comandava. E poi restammo lì, a fissare la porta, per diversi minuti.

«Stanno facendo dei giochini psicologici», sussurrai. «Questa è una guerra dei nervi.»

«Tom, siamo in comune, non nella sede del KGB.»

«Appunto, è esattamente ciò che vogliono farti credere.»

In quel momento, un uomo robusto di mezza età, con degli occhiali dalla spessa montatura di tartaruga e una camicia a righe, entrò seguito da un collega alto come un campanile, completamente calvo, con un completo antracite più piccolo di almeno una taglia. Sembravano una coppia comica della TV degli Anni Settanta.

«Sono il consigliere Bob Jenkins, e questo è il consigliere Vernon Spenser», disse il piccoletto. «Aspettiamo solo la signorina Bale, consulente urbanistica, per cominciare.»

Presero posto all'altra estremità del tavolo, e mescolarono alcune carte. Da fuori giunse una voce di donna, che sembrava parlare al cellulare. Non riuscii a distinguere le parole, ma la voce sembrava stranamente familiare. Quando fu più vicina, stavo giusto cominciando a collocarla.

«Ah, eccola qui», disse Bob, alzandosi. Vernon fece lo stesso. Ted e io ci alzammo. «Questi sono Ted e Tom del Willow Tree Theatre. E questa è Vanessa Bale, esperta di urbanistica che ci assiste nel progetto.»

Vanessa entrò e fece per salutarci, ma quando mi vide, e io vidi lei, ci bloccammo entrambi con le braccia tese, pietrificati in una posa pre-stretta di mano. Le nostre bocche crollarono come edifici in demolizione. Per qualche millisecondo riflettei sulla stupefacente crudeltà dell'universo.

«Ciao», disse.

«Ciao», dissi io.

«Oh», fece Bob, notando il furioso tsunami di imbarazzo che si era abbattuto sulla sala. «Voi due vi conoscete?»

«Sì», rispose Vanessa.

«No», risposi io, nello stesso preciso istante.

«Be', no», si corresse lei.

«Be', una specie», mi corressi io.

Vanessa aveva un'aria più severa, nell'indifferenza della sala comunale illuminata da luci alogene. Indossava una gonna e una giacca talmente rigide e formali che probabilmente sarebbero rimaste dov'erano, se lei fosse scivolata fuori, sospese nel tempo e nello spazio. Sembrava irritata e a disagio, e indubbiamente quell'incontro non era l'ideale come terzo appuntamento. Adesso compresi perché avesse voluto evitare di parlare del suo lavoro. Chissà quante volte era stata subissata di domande sulle buche lungo la strada principale, o sul perché un vicino di casa avesse avuto il permesso di costruire una serra orribile. Ci sono professioni – il medico, l'insegnante, il politico, il terapista – che non ti permettono mai di staccare la spina. A ogni cena, c'è sempre solo un vol-au-vent ai gamberetti che ti separa da frasi come «Senti, so che non sei al lavoro, ma...»

Ci accomodammo alle estremità opposte del tavolo, come se questo scambio imbarazzante non fosse mai avvenuto. Vanessa prese posto tra Bob e Vernon, che adesso sembravano due malvagi scagnozzi. Fu Bob a parlare.

«Come sapete», disse, «al momento stiamo valutando la possibilità di sopravvivenza del Willow Tree Theatre. Ci rendiamo conto che è una preziosa risorsa per la comunità; tuttavia, la sua manutenzione è costosa, e con il recente allagamento – che, stando al perito dell'assicurazione è stato causato da un uso improprio della caldaia – l'intervento di riparazione sarà oneroso. La domanda di proprietà residenziali in città è estremamente elevata, e in questo momento dobbiamo dare priorità alle decisioni urbanistiche che agevolino la messa a disposizione di alloggi.»

Si interruppe e guardò Vernon, che continuò la lezioncina con il medesimo tono robotico. «È opinione dell'Ufficio commerciale edilizia privata e urbanistica che il teatro non rispetti i suoi obblighi di luogo di intrattenimento. Tra un mese si terrà una riunione del consiglio. Suggeriremo che l'edificio venga demolito per far spazio a una considerevole area di sviluppo urbano, con destinazione residenziale.»

«Cosa? Quando?» chiesi, senza fiato.

«Cercheremo di chiudere l'edificio entro due mesi», rispose Bob. «Fino ad allora, tutti gli eventi devono essere cancellati, fino al voto del consiglio.»

Naturalmente questo era lo scenario peggiore che Ted e io avessimo provato a immaginare... ma sentirlo confermare in modo così crudo e così privo di ambiguità fu uno shock che ci lasciò ammutoliti. Ecco. Stava succedendo davvero.

«Possiamo dire qualcosa?» chiese Ted, la voce rotta e debole, quasi provenisse da una radio a onde corte nella sala accanto.

«Vi verrà chiesto di presentare la vostra causa alla riunione del consiglio.» Bob usò un tono controllato, senza il più piccolo briciolo di empatia. «Esiste la possibilità che il consiglio voti per la conservazione del teatro. Tuttavia, se la votazione appoggiasse l'Ufficio urbanistica...»

S'interruppe. E io vidi la palla che fendeva l'aria.

«Tutto questo è assurdo», disse Ted.

«Mi rincresce molto», tentò Vernon. Ma non sembrava per nulla dispiaciuto; a guardarlo, veniva da pensare che si stesse già preparando mentalmente all'appuntamento successivo.

«Per questo dovrete intervenire all'incontro», disse Vanessa. «Se perorate bene la vostra causa... chissà...»

Bob e Vernon la guardarono con quella che si avvicinava molto a un'espressione sorpresa.

«Ma la gente viene a vedere gli spettacoli», dissi, come un bambino piagnucoloso. «I numeri sono adeguati.»

«Non per una risorsa di quelle dimensioni», replicò Bob. «Se paragonate i numeri degli spettatori a quelli del multisala locale...»

«La smetta di chiamarlo "risorsa", dannazione è un teatro.»

«Signor Rose, la prego.»

«Andiamo, Tom», fece Ted.

«No, questa è una follia», mi opposi. «Non potete paragonare il teatro a un multisala! Il teatro è un simbolo, non solo per chi lo frequenta, ma per tutte le persone che vi passano accanto e lo vedono ogni giorno. Ci fa capire che viviamo in una società civilizzata, artistica. I cinema multisala sono solo enormi magazzini dove la gente va a vedere dei film... Sono l'equivalente dei centri commerciali, nell'industria dell'intrattenimento. Ma il teatro è un'altra cosa, è antico. Naturalmente il Willow Tree non è antico, ma comprenderete quello che intendo. Anche se non sbanchiamo il botteghino, il valore simbolico è incommensurabile, no?»

«Il comune non ha un budget da destinare a un simbolo, signor Rose», mi fece notare Vernon. «Soprattutto non quando qualcuno l'ha allagato, rendendo inoperanti le garanzie di polizza.»

«Dunque si tratta di questo? Veniamo puniti per un incidente?»

«Nessuno sta punendo nessuno», disse Vanessa. «Semplicemente, dobbiamo pensare a cosa è più importante per le persone che il comune rappresenta. E in questo momento la disponibilità di alloggi ha la priorità. La comunità è in crescita, e...»

«Che cos'è una comunità senza un cuore?» chiesi. «Del resto, che cosa potete saperne, voi?»

Mi alzai, e la sedia cadde all'indietro. Non mi ero nemmeno concesso la possibilità di riflettere, e già mi stavo dirigendo alla porta, a grandi passi. Obbediente, Ted radunò gli appunti che non aveva usato, li rimise nella ventiquattrore malconcia e mi seguì. Si alzò anche Vanessa.

«Venite alla riunione», ci ricordò. «Sostenete la vostra causa.»

«Ci puoi scommettere.»

«Tom.» Mi mise una mano sul braccio. «Sii affascinante e divertente, sei bravo in questo.»

Aveva detto troppo, e lo sapevamo tutti e due; volevo essere furioso, ma rimasi completamente disarmato da quella incauta dimostrazione di comprensione. La mia testa era un auditorium affollato da un pubblico urlante composto da emozioni conflittuali. Ted dovette trascinarmi via. Percorsi il corridoio a fatica, voltandomi verso la sala. Vanessa uscì, e ci fissammo, comunicandoci un fuoco incrociato di sgomento. Poi lei si voltò e tornò dai suoi colleghi, che senza dubbio si stavano facendo delle domande.

Ted e io eravamo già in auto, quando finalmente parlammo di quello che era appena successo.

«Ebbene», disse lui, sospirando. «Sappiamo qual è la nostra posizione.»

«Sì, esatto.»

«Avevi già incontrato Vanessa, quindi?»

«Sì. Siamo usciti insieme. Due volte soltanto, ma...»

«Ti era piaciuta?»

«Sì.»

«E non sapevi che lavorava per il comune?»

Scossi la testa.

«Piuttosto imbarazzante.»

Uscimmo dalla città, diretti alla strada a doppia carreggiata. Ted si sintonizzò su Radio 4, e poi la spense.

«Mi era piaciuta», continuai. «Cioè, il primo appuntamento è stato un disastro totale, ma lei mi era piaciuta. Ci siamo divertiti, capisci? Alla vita piace giocarci degli scherzetti, no? Adesso, pare che il nostro quarto appuntamento coinciderà con una riunione del consiglio comunale, durante la quale dovrò impedirle di demolire il teatro.»

«Guarda il lato positivo», mi esortò Ted. «Questa è praticamente una relazione.»

E intanto viaggiavamo. Il cielo era inondato da una luce arancione talmente vivida da sembrare quasi innaturale. Ed era così bella, così brillante che mi vennero le lacrime agli occhi.

A casa, trovai Hannah raggomitolata sul divano a leggere, con Malvolio che dormiva sulle sue ginocchia. Una piacevole scena di felicità domestica. Preparai una cioccolata calda per entrambi, mi sedetti accanto a loro e le raccontai tutti gli eventi scioccanti di quella serata, inclusa la rivelazione clou riguardante Vanessa. Forse calcai su alcune parti, per ottenere un effetto drammatico. Dopo, Hannah rimuginò su quanto le avevo detto.

«Quindi, cioè... che cosa succede se chiudono davvero il teatro?» volle sapere.

«Non lo faranno! Non succederà. Li annienteremo alla riunione del consiglio. Sarà la nostra performance migliore di sempre. Non rimarrà un occhio asciutto in tutto il comune.»

«Papà, è un consiglio comunale, non il finale di *Flash Dance*.»

«Lo vedremo.»

«Per l'amor di Dio, niente tutine aderenti.»

«Non intendo fare promesse che non posso mantenere.»

Ansioso di tenere la mente occupata con altri pensieri, le chiesi di lei e Callum. Mi disse del tè da Margaret, e della depressione di lui. Era preoccupata, non sapeva come affrontarla.

«Be', siete solo all'inizio», le spiegai. «Non è che stiate per sposarvi. Perché non state per sposarvi, vero?»

«Papà, sono seria! Potrebbe essere un po' fragile, e non so se sono la persona giusta per una cosa del genere.»

«Forse lo sei.»

«Comunque, torniamo ai tuoi appuntamenti.»

«Con Vanessa, intendi?»

Presi un respiro profondo. Dovevo far capire a Hannah che l'incontro di quella sera era stato l'ultima goccia. Avevo chiuso con le storie d'amore. Nel futuro prossimo, saremmo stati soltanto io e mia figlia.

«Ascolta, oggi ho visto le cose sotto una luce nuova. Vanessa è divertente e bella, e sofisticata e interessante, ma sta anche dando una mano al comune a buttar giù il teatro. E questo, per me, è un ostacolo insormontabile.»

Mi parve un messaggio chiaro e per nulla ambiguo. Avevo chiuso con gli appuntamenti. Avevo chiuso con Vanessa.

Hannah

Papà ha ammesso di essere seriamente preso da Vanessa. Certo, ha detto che la storia del teatro ha reso le cose un po' complicate – in particolare, la minaccia di demolizione da parte del comune – ma è chiaramente interessato a lei, e ha bisogno di capire come far funzionare tutto. Voglio dire, me l'ha spiegato da schifo perché è un idiota, ma il messaggio era chiaro e per nulla ambiguo. Vanessa è assolutamente OK.

L'indomani mattina vado al Willow Tree dove ho appuntamento con Callum, perché durante una chat via MSN ieri sera alle undici l'ho invitato a vedere casa mia – quella vera. Allora lui ha ammesso di non capire il teatro. Sono rimasta seduta a fissare lo schermo in silenzio, con occhi torvi, per quarantasei minuti circa, mentre lui scriveva «Scusa» ripetutamente. Alla fine, gli ho risposto: OK, ti faccio fare un tour, domani, alle dieci. Fatti trovare. Ho concluso con un'emoticon accigliata, e poi mi sono disconnessa.

Adesso sto camminando lungo la strada principale, sotto il sole, quando mi vengono in mente papà e Vanessa e ho questa strana sensazione che non so individuare. Non è proprio eccitazione, non è agitazione... anche se c'è molto da essere nervosi, quando si tratta di papà e di relazioni amorose. Alla fine afferro: la strana emozione che provo, per nulla familiare, è speranza.

Alzo la musica del mio iPod – sto ascoltando *The Universal* dei Blur. È uno di quei momenti di sincronismo che avvengono quando il lettore musicale è in modalità shuffle, perché questo pezzo parla di comprensione dell'eternità del cosmo, del fatto di lasciarsi andare, di lasciarsi cadere in esso. Potrebbe essere assolutamente deprimente, ma quando parte il ritornello vedo una figura che aspetta fuori dal teatro, e i miei sentimenti si riversano fuori come la Coca-Cola da una lattina shakerata. Lo riconosco dalla postura. Capo chino, frangia sugli occhi, le mani nelle tasche basse, i piedi che puntano lievemente uno verso l'altro. Porta due T-shirt sovrapposte, entrambe in tenui tinte pastello. Prima ancora di arrivare da lui, so già che profumerà di buono. Perché solo pochi ragazzi comprendono quanto sia importante?

Mi tolgo le cuffie e adotto un'espressione seria. «Che cosa significa che non "capisci" il teatro?» gli chiedo, le mani sui fianchi.

«Ciao anche a te.» Mi guarda con un ghigno.

Io continuo con il mio sguardo torvo.

«Mi dispiace», dice alla fine, e la sua compostezza comincia a sgretolarsi. «Coraggio, fammi fare un giro, sono certo che sarà... divertente.»

Poi glielo dico. Perché non sa ancora tutto.

«C'è anche mio padre. Passeremo a fargli un saluto.» Non glielo sto chiedendo. Glielo sto comunicando.

«Quindi sto per fare la conoscenza del teatro *e* di tuo padre?» mi chiede. «Lo sai che sono psicologicamente fragile, vero?»

Gli tendo la mano. «Andiamo, l'importante è essere insieme. E, se è di buon umore, magari possiamo chiedergli di Bristol.»

L'auditorium è fresco e buio. Accendo le luci di sala, sulla parete, e illumino le file di poltrone che scendono verso il palco, che è vuoto a parte un tavolo e tre sedie... Evidentemente papà ha avuto una delle sue riunioni. Milioni di particelle di polvere sono sospese nell'aria come stelle. Ogni volta che mi trovo qui, sono sommersa dai ricordi, come Keanu Reeves quando entra in *Matrix*. Vedo istantanee della mia vita che mi passano accanto sibilando.

«"L'isola è piena di rumori, suoni dolci e arie che danno piacere e non fanno male"»*, dico. Callum mi guarda come se fossi impazzita. «Sì, comunque questo è il teatro», continuo, con un ampio gesto che comprende tutta la sala. «Quella laggiù è la zona del palco; dove stanno gli attori e le scenografie, mentre quelli lassù sono i ri-

* W. Shakespeare, *La tempesta*, Atto III, Sc. II., Garzanti, traduzione di Agostino Lombardo. (*N.d.T.*)

flettori... sono quelli che permettono al pubblico di vedere che cosa sta succedendo...»

«Stai facendo la condiscendente?»

«No, è solo che non mi è chiaro quale parte non capisci.»

Callum prende un respiro profondo. «Ascolta... questa è solo una sala, giusto? Quando guardi un film, o leggi un fumetto... be', ti mostrano tutto, ti portano ovunque, e l'artista o il regista o chi per loro possono farti vedere le cose in un certo modo. Ma guarda quel tavolo... quello sarà sempre un tavolo in uno spazio vuoto. Non ti dice niente.»

Lo fisso, la mia bocca si apre, scandalizzata.

«Sono in un mare di guai, vero?»

«Vieni con me», gli ringhio.

Afferro la sua mano e lo trascino lungo la parte posteriore della sala, nella cabina di regia luci. È un piccolo spazio con una massa di cavi neri che corrono lungo pavimenti e pareti, e con una grande console sotto la finestra che guarda verso il palco.

«Questa è una console Strand MX 24», dico. «È l'orgoglio, e la gioia, del nostro tecnico delle luci. Papà e Richard mi portarono qui, fin da quando ero piccola, e mi mostrarono come funziona. A sei anni ero praticamente l'assistente di Richard. So a che cosa serve ogni singolo tasto, so quali luci controlla ogni slider, so impostare l'illuminazione di uno spettacolo base. So come programmare segnali ed effetti. Quindi, ti mostrerò come si può fare in modo che questo posto dica delle cose al pubblico.»

Accendo la console, aspetto di sentire il ronzio elettrico, poi abbasso le luci di sala così che l'auditorium sia buio pesto; resta accesa solo la piccola lampada sopra i controlli. Svelta, posiziono alcuni slider.

«Innanzitutto userò quella grossa luce sopra il palco; ha un filtro ambrato. Quindi accenderò alcune di quelle più piccole, intorno, con una tonalità più fredda. Ora, dai un colpetto allo slider principale.»

Sono entrata nel flusso creativo, come un DJ di quelli fichi. Callum guarda la console, senza capire. Gli prendo la mano e la posiziono sopra i controlli; ha la levetta dello slider tra le dita, e lentamente gliela faccio spingere in su. All'improvviso il palco è inondato da una luce di un giallo caldo, bordata di blu.

«Dove siamo?» chiedo.

«Wow, è come...»

«Sì?»

«Sembra di essere all'aperto. In un campo soleggiato?»

«Esatto!»

«Come ci sei riuscita?»

«Te l'ho spiegato, riflettore grande che punta sul palco, lievemente angolato, con un filtro caldo. Quello è il sole. I colori più freddi sono i blu: creano il cielo. È piuttosto basilare. Quindi, abbiamo creato lo scenario per un bel picnic in una giornata di sole. Si capisce chiaramente, giusto?»

«Sì, suppongo.»

«E adesso guarda questo.»

Abbasso la levetta dello slider principale, e siamo di nuovo al buio. Poi accendo delle luci diverse, e rivolgo un cenno a Callum. Sa che deve muovere la levetta di prima.

«Sollevala piano piano. E fermati a metà.»

Le luci si accendono, ma questa volta è solo un Fresnel nell'angolo a sinistra in fondo al palco, convenientemente fornito di filtro freddo. Con l'attenuatore, tavolo e sedie proiettano ombre nere mostruose sul palco e sulle pareti; le sagome che si intersecano sembrano le sbarre di una prigione; lo spazio è gelido.

«È lo stesso spazio di prima?» gli chiedo.

Callum fa no con la testa.

«Che cosa sembra, adesso?»

«Non so... una prigione?»

«Giusto. Le ombre sul palco sono come l'inchiostro nei fumetti... aggiungono profondità, sentimento. È esattamente lo stesso concetto. E l'illuminazione modifica anche lo spazio. Puoi accendere tutte le luci laterali, così il palco sembra allungarsi all'infinito, o accendere un sagomatore puntato sopra il palco e chiudere le alette, così da proiettare un quadrato di luce sul pavimento, creando l'impressione che ogni cosa sia contenuta in uno spazio minuscolo.»

Accendo un sagomatore e abbasso tutte le altre luci, e il palco si riduce a una sedia e a un tavolo, con il niente intorno. Mi sto divertendo a mostrargli queste cose, a insegnargli quello che so. Quando mi volto a guardarlo, nell'oscurità della piccola cabina, vedo un bagliore attraversare il suo volto. Come se avesse riconosciuto qualcosa. Ma non è una cosa buona; non è positiva.

«Callum?»

Indica il palco. «Quel luogo. Lo riconosco. È come... è esattamente come mi sento io, qualche volta. Quando sono... quando...» Oh, merda.

È agitato. L'ho fatto agitare con un effetto delle luci.

Spengo il sagomatore e accendo una fila di Fresnel con filtro, così da avere un po' più di colore sul palco.

«Callum, scusa.»

«No, è tutto OK.» Si dà una scrollata, un po' come un attore comico, sciogliendo i muscoli quasi si stesse scaldando in vista di una maratona. «Fico, è tutto fichissimo. Wow, me le hai suonate, eh?»

«Be', ti avevo avvisato.»

Accenna una risata, e così io. Ci sono ancora tante cose di cui non possiamo parlare.

«OK. Credo che tu sappia abbastanza riguardo alle luci da sostenere un test.»

«Un test?»

«Esatto. Adesso io vado nel ridotto a prendere due bottiglie di Coca-Cola, e voglio che giochi con gli slider, che sperimenti, che ti diverti, che ti lasci prendere. E poi voglio che crei una scena che illustri un'emozione che sceglierò io.»

«Ooookay», dice, lentamente. «Che cosa vuoi che ricrei?»

Fingo di rifletterci per qualche secondo; fingo di non averci pensato su negli ultimi dieci minuti.

«Voglio che crei uno scenario di luci che mostri quello che provi per me.»

Mi fissa, e un sorriso cauto si allarga sul suo viso. «OK. A me questa sembra una trappola.»

«Stiamo a vedere. Poi vieni a chiamarmi quando sei pronto.»

«Aye aye, capo.»

Esco dalla cabina di regia luci e vado verso l'uscita. Prima di arrivare alla porta mi volto, e lo vedo osservare la console, con aria confusa. Lancia un'occhiata nella mia direzione, e con una mano mi fa segno di sparire.

Nel ridotto vado dietro al bancone e prendo due bottiglie di Coca-Cola dal frigorifero. Janice, la donna delle pulizie, sta lavoricchiando, cammina trascinandosi dietro l'aspirapolvere.

«Ti stai godendo le vacanze?» mi chiede.

«Sì.»

«Ti tieni occupata?»

«Puoi dirlo forte.»

«I miei figli sono a casa su quella dannata PlayStation», dice. «La scuola è finita da sei settimane, fuori c'è un bellissimo sole. E loro che cosa fanno? Dannati videogame. Dovrebbero essere fuori a sperimentare la vita, e non a far saltare in aria qualunque cazzo di cosa.»

Per un attimo, questo mi fa pensare a Jay, e mi sento in colpa perché ultimamente non ci vediamo, e non rispondo ai suoi messaggi. Quando uso MSN, cambio le impostazioni in modo che non veda che sono online. Joy è un po' strambo e appiccicoso, mi chiede sempre come sto, e che cosa succede. Sto per rispondere a Janice, quando Callum mette fuori la testa dalla porta a due battenti.

«Sono pronto», dice.

«Non ci hai messo molto.» Torniamo alla cabina di regia luci, e intanto penso che sarà una delusione. Magari scopro che non si è nemmeno disturbato a provarci. Oppure ha trasformato l'esperimento in una specie di scherzo. È strano, ma all'improvviso questa cosa mi sembra davvero importante, anche se ancora non so perché mi preoccupi tanto di questo ragazzo. Quando entriamo in cabina, vedo che ha messo un pezzo di carta sui controlli, così che non possa vedere come li ha sistemati... vedo solo lo slider principale. Misterioso.

«OK, facciamolo», dico, spegnendo le luci di sala e creando ancora una volta il buio totale.

«Devi spingere lo slider. *Tu.*»

Gli sto molto vicina, nella cabina oscura. «A che velocità, e fino a dove?» gli chiedo, facendo la mia migliore imitazione di una star di film sensuali.

«A gran velocità», risponde, con lo stesso tono. «E fino in fondo.»

Metto un dito sotto la levetta, ma tengo lo sguardo fisso su di lui.

«Quindi, questo è quello che provi per me?» gli chiedo.

«Sì.»

Metto il broncio, e lo lascio sudare un momento, poi spingo la levetta fino in cima.

L'effetto è istantaneo.

Un'onda di bianco. Un flash accecante, come se stessimo uscendo da un lungo tunnel e ci ritrovassimo sotto il sole rovente. Ha acceso al massimo tutte le luci. Tutte. Lanterne di Fresnel, sagomatori, diffusori, e persino le luci di sala, tutte alla massima potenza. Non solo: è riuscito anche a trovare il controller della palla a specchio, quindi sopra quel muro di luce ci sono dei puntini scintillanti che turbinano su ogni singola superficie, come stelle cadenti.

«Oh mio Dio», esclamo, fingendo di essere rimasta accecata, con le braccia davanti al viso. «Tutta la luce dell'universo!»

Pausa.

«Esatto», dice, guardandomi dritto negli occhi. Le sagome, le luci si riflettono nei suoi occhi. «Esatto.»

Prima di avere il tempo di pensarci, faccio un passo verso di lui e prendo il suo viso tra le mani, e poi le mie labbra sono sulle sue, la bocca aperta, gli occhi chiusi. Ho la sensazione che non siano rimasti altri esseri umani vivi; che noi due siamo chiusi in una capsula, che vola oltre una supernova... oltre la fine del mondo. È come se...

«Ehi, non si viene a pomiciare in cabina», dice una voce accanto a noi. «Regola numero uno del teatro.»

Oh cazzo. Mi stacco lentamente da Callum. Le nostre labbra sono incollate per un secondo, e poi si separano. Lentamente, penso. Se faccio tutto lentamente, forse scoprirò di aver solo immaginato quella voce, o comunque se ne andrà. Se mi muovo lentamente, posso sperare che non sia papà, e che non mi abbia beccata a pomiciare in cabina. Ma poi mi volto, piano, con cautela, e lui è lì. Che ci guarda sorridendo dalla soglia.

D'istinto, Callum tira giù lo slider, e tutte le luci si abbassano.

«Forse è un po' troppo tardi, per questo», osserva papà. «A proposito, io sono Tom, il padre di Hannah. Magari potresti accendere le luci in sala, così che possa vederti?»

Lo faccio io. Papà ha un enorme ghigno stampato sulla faccia. Si sta godendo la situazione. È nel suo paradiso personale. E farà in modo che questa scena duri il più a lungo possibile. Io mi sforzo disperatamente di pensare a qualcosa di intelligente da dire, qualcosa che disperda questo terribile miscuglio di tensione e farsa.

«Lui è Callum», dico.

«Lo spero», fa papà.

Callum è immobile, e in silenzio. Sembra una sagoma di cartone di se stesso, a grandezza naturale. Se non fossi così umiliata, lo troverei divertente anch'io. Guardo papà supplicandolo con gli occhi, ma si sta troppo godendo il momento. Come ogni vecchio attore senza vergogna, lo spremerà fino a tirarne fuori tutto quello che può. È evidente che sono il sollievo comico di cui ha tanto bisogno dopo lo shock della riunione del consiglio. Sono il portiere ubriaco nel suo *Macbeth*.

«Bene», dice alla fine, battendo le mani. Ma prima che abbia il tempo di concludere la frase la porta dell'auditorium viene spalancata, e Shaun si affaccia all'interno.

«Tom, possiamo scambiare due parole?»

«È importante? Perché sono occupato a mettere in imbarazzo mia figlia e il gentiluomo suo amico.»

«Si tratta dell'allagamento.»

«In tal caso sarà meglio che venga. Callum, è stato bello conoscerti. Non appena avrò finito con la caldaia, potremo continuare la nostra discussione sulle regole della cabina.»

In silenzio, guardiamo papà e Shaun uscire dalla sala, con passo spedito.

«Credo che sia il caso di tagliare la corda», dico.

«Non pensi che dovremmo aspettare tuo padre?»

«Dio, no, sarà insopportabile. Dobbiamo scappare finché possiamo.»

«Che cosa facciamo, allora?»

«In tutta onestà, penso che andrò a casa e dormirò qualche ora. Ho come le vertigini. Dev'essere tutta questa eccitazione. Le luci, il bacio...»

«È stato bello?»

«Molto.»

Sorrido. Sorride anche lui. Siamo di nuovo tutti sorrisi.

«Magari mi fermo a casa di Margaret, mentre vado», gli dico. «Per ringraziarla dei soldi che ti ha nascosto addosso.»

«Sicura che non vuoi che ti accompagni?»

«No, sto bene. Solo che ogni tanto ho bisogno di rallentare. Tu va' pure dai tuoi amici. Va' al parcheggio. A giocare ai videogame. Ti raggiungo più tardi.»

«OK», risponde, ma gli dispiace, e questo mi fa molto piacere. «Grazie di avermi invitato a teatro. E di avermi insegnato come si usano le luci.»

«Di nulla. Mi è piaciuta la tua idea di "accecare il pubblico intero". Potrei anche usarla, un giorno.»

E ci baciamo *ancora*, e le sue labbra sono ancora morbide, e la mia testa continua a girare.

Tom

Pochi minuti dopo eravamo nella stanza sul retro, con un altro idraulico amico di Shaun: Benji. Eravamo lì in piedi, tutti e tre in fila a esaminare la caldaia, come agenti della Scientifica sulla scena di un crimine... un'analogia che si sarebbe rivelata perfetta. Benji, apparentemente, non era un vecchio idraulico come tanti; era una sorta di esperto forense. Rappresentava l'esperto di *CSI* dell'idraulica. E, quando Shaun lo aveva accompagnato a quantificare il danno un'ultima volta, prima del preventivo per la riparazione, aveva notato qualcosa.

«Guardate», disse, indicando una delle tubazioni principali che portavano al vecchio ed enorme boiler. «Vedete? C'è una rottura, qui. Ma il tubo è tutto ammaccato.»

Lo esaminammo con attenzione per qualche istante. L'uomo che sussurrava agli impianti idraulici stava aspettando una nostra risposta.

«Quindi? Che cosa significa?» chiesi io.

«Significa che il danno non è stato causato da qualcuno che ha smanettato con la caldaia. Ma da qualcuno che ha colpito il tubo con qualcosa di pesante.»

Lo guardai, cercando di non sembrare troppo incredulo. «Qualcuno... ha cercato di uccidere la caldaia?»

«Amico, ti sto solo dicendo quello che dicono le prove, però sì, la mia opinione professionale è questa.»

«Non capisco. Perché qualcuno dovrebbe voler danneggiare il teatro? Avevamo in cartellone una farsa degli Anni Settanta, non stavamo mettendo in scena un musical su Saddam Hussein. Cioè... possibile che sia stato il comune?»

«Tom», fece Shaun, fermo. «Io non credo che il comune possieda un Ufficio sabotaggi industriali.»

Benji scosse la testa. «In ogni caso, non si tratta di un danno accidentale, e neanche di uso improprio. È stato vandalismo», concluse. «Punto e a capo, amico.»

«Non ci credo. Non posso.» Continuavo a fare no con la testa, sforzandomi di dare un senso a tutto. Shaun mi mise una mano sulla spalla.

«So che è difficile da mandare giù, ma ascoltami... se alla polizia denunciamo un atto vandalico, forse l'assicurazione pagherebbe. Voglio dire, non salverà il teatro, ma ci aiuterà, no?»

Perdemmo qualche minuto a scambiarci le nostre teorie, e alla fine decidemmo di cercare degli indizi. Io mi tolsi la giacca e mi arrotolai le maniche, entrando nella parte del detective indurito dall'esperienza. C'erano più ammaccature su un lato del boiler, ma nessuno ricordava se ci fossero state anche prima. Benji trovò il palo di un'impalcatura, in un angolo al buio, e lo identificò severo come l'arma del delitto. Per il resto il locale non conteneva quasi nient'altro, a parte due scaffali in stile industriale carichi di vecchia attrezzatura per le luci, cavi e attrezzi. Non mi parve fosse stato portato via niente.

Non riuscivo a darvi un senso. Proprio no. Tornai su, in teatro, ma Hannah e Callum se l'erano filata. Volevo mandarle un messaggio, scusandomi per il comportamento e dicendole che Callum mi sembrava carino, ma mi accorsi che avevo lasciato il cellulare nella tasca della giacca, nel locale caldaia. Non volevo tornare subito sulla scena del crimine, così andai in ufficio, dove Ted e io rimuginammo tutto il pomeriggio. «Chi mai potrebbe voler danneggiare il teatro?» ci chiedemmo, mentre divoravamo digestive al cioccolato. Stavo appunto estraendo l'ultimo biscotto dalla confezione, quando Sally piombò nella stanza.

«Tom, non hai guardato il telefono?»

«L'ho lasciato di sotto. Sally, non crederai mai...»

«No, ascolta, dobbiamo andare. Subito. Dobbiamo andare in ospedale!»

Mi afferrò per una manica e mi trascinò verso la porta, ma con uno strattone la fermai.

«Sally, ti prego! Si tratta di Hannah? Le è successo qualcosa?»

Cinque minuti dopo eravamo sulla mia macchina e stavamo navigando le strade strette che portavano fuori città. Io ero al volante, Sally era al telefono: stava chiamando tutti i membri del gruppo, a cui diceva di andare in ospedale perché era successa una cosa. Sembrava tutto così irreale. Dai bocchettoni per il ricircolo dell'aria entrava profumo di erba tagliata.

Finalmente arrivammo, parcheggiammo e superammo di gran carriera la porta doppia del pronto soccorso, dove James stava già parlando animatamente con le impiegate dell'accettazione.

«Ehi, che cosa sta succedendo?» chiesi.

«Sono appena arrivato anch'io», mi disse. «Sto lavorando in un posto qui vicino, quindi...» La sua spiegazione si interruppe così. «Tom, è terribile.»

«Possiamo vederla?» chiese Sally.

Intorno a noi, nella sala d'aspetto, si stavano consumando i consueti drammi. Un bambino che piangeva tenendosi il braccio; un operaio dall'aria stordita, con un gilet fluo, che si premeva uno straccio insanguinato contro la testa; un anziano che tossiva in un fazzoletto scozzese.

L'impiegata dell'accettazione venne da noi. Andava per i cinquanta, i capelli raccolti in uno chignon da cui scappavano fuori delle ciocche; il trucco era sfatto, secco. Sembrava confusa.

«Potete ripetermi per chi siete qui?»

«Margaret Wright», rispose Sally. «Si è sentita male, è stata ricoverata nel pomeriggio.»

«Non abbiamo nessuna paziente che risponda a quel nome, ma abbiamo una Margaret Chevalier. Ha avuto un'emorragia subaracnoidea questa mattina. È lei?»

Ci scambiammo qualche occhiata, come dei perfetti idioti. Margaret Chevalier?

«Uno di voi è Tom Rose?» continuò la donna, che voleva disperatamente liberarsi di noi. Alzai la mano. «La signora ha indicato lei come famigliare più prossimo.»

«Sì. Allora è la nostra Margaret. Come sta?»

«L'hanno portata in radiologia, per farle un'ecografia», rispose, dopo aver preso un lungo respiro. «Con lei c'è la ragazza che l'ha trovata.»

Hannah. Oddio, come avrebbe preso tutta quella situazione?

In quel momento arrivò Shaun, con Jay e Ted al seguito. Sally si voltò a guardarli, perplessa.

«Pensavo ti avrebbe portato papà...» disse al figlio.

Jay alzò le spalle. «Ha detto che aveva altro da fare.»

«Sono passato a prenderlo io, nessun problema», spiegò Shaun.

«Che succede?» chiese Ted.

È probabile che non vi lascino entrare tutti, in reparto, c'è parecchia gente», continuò l'impiegata. «Comunque, prendete quel corridoio e salite con l'ascensore. Seguite i cartelli.»

C'eravamo già mossi, tutto il nostro gruppetto scalcagnato; ci lasciammo alle spalle la confusione del pronto soccorso, superando una serie di porte doppie, con James e Shaun davanti a fare strada; Sally era silenziosa, e camminava tenendo a braccetto Jay. Passammo accanto a inservienti che spingevano carrelli enormi carichi di lenzuola, che chiacchieravano e ridevano tra loro, come se fosse tutto normale; e immaginai che per loro lo fosse. Un giovane dal fisico asciutto e atletico, con gli occhi stanchi e uno sguardo amichevole, entrò nell'ascensore con noi.

«Dove andate?» ci chiese, con un marcato accento dell'Est Europa.

«In radiologia...» fece James.

«Vi porto io.»

E poi ci ritrovammo in un corridoio identico all'altro, stesse pareti verdi, stesso pavimento lucido. La radiologia si trovava oltre una serie di porte che davano accesso a reparti con nomi medici poco familiari. A fatica tenemmo dietro alla nostra guida. Nessuno di noi parlava.

«Ecco», ci disse l'inserviente, premendo un citofono accanto alla porta doppia. E poi ci salutò.

Dentro, fummo subito assaliti dal rumore; le infermiere correvano tra i letti, spingendo strane macchine; qualcuno gemeva dolorante da un'area chiusa con una tenda; mentre eravamo lì, fermi e inutili, sulla soglia, due infermiere ci urlarono di spostarci, e passarono spingendo una barella con una giovane priva di conoscenza, la pelle giallognola. Mi diressi verso quella che sembrava una sorta di accettazione, ma un'infermiera bionda con i capelli corti ci fermò.

«Posso aiutarvi?» Si prese un momento per esaminarci tutti, mentre già cercava di capire che cosa fare con quel bizzarro clan che affollava il suo posto di lavoro.

«Sono Tom Rose. Questi sono i miei attori.» Non riuscivo a radunare i pensieri. «Siamo qui per Margaret.»

La donna prese una cartella dal banco dell'accettazione.

Passò qualche secondo. Non c'erano finestre, l'aria era pervasa dall'odore di alcol etilico. Gli enormi pannelli luminosi sul soffitto inondavano il locale di un'impietosa e severa luce bianca. Stavo tentando di guardare oltre la spalla dell'infermiera, lungo la fila di letti, lungo la fila di volti silenziosi e smunti.

Un giovane con una camicia di un rosa vivace passò di corsa, ma la donna si voltò afferrandolo per un gomito.

«Dottor Fitzpatrick, queste persone sono qui per la signora Chevalier. Il dottor Fitzpatrick è il nostro tirocinante. Può assistervi lui.»

«Sta arrivando quell'overdose da paracetamolo», le disse lui, ignorandoci.

«Non ci sono letti», gli rispose l'infermiera, parlando in modo lento ed esperto, in tono monotono. «Finché non liberiamo il numero quattro.»

«OK», fece il medico. «Fatemi sapere.» Poi si rivolse a me. «Siete famigliari?»

«Sì. Una specie.»

«Siamo colleghi attori», spiegò Shaun, ma poi cambiò tattica. «Siamo i suoi amici.»

James gli mise una mano sulla spalla.

«D'accordo, la situazione è questa: temo che Margaret abbia avuto un'emorragia cerebrale molto grave. Se fosse più giovane, tenteremmo un intervento chirurgico, ma... non credo sopravvivrebbe all'intervento, alla sua età, e in queste condizioni. È solo questione di tempo prima che si verifichi una seconda emorragia, che probabilmente le sarà fatale. Mi dispiace, ma possiamo somministrarle solo cure palliative.»

«Sta... sta morendo?» chiese Ted.

«Temo di sì. Vi porto da lei, è nel letto in fondo. C'è una ragazza, con lei. Hannah, giusto? È un po' scossa.»

Seguimmo il dottore lungo la fila di letti, schivando le infermiere, l'udito ora acuito e capace di cogliere frammenti di conversazioni urgenti. Poi vidi Hannah, seduta accanto all'ultimo letto sulla sinistra. Teneva la mano a Margaret; una mano fragile e percorsa da vene come una foglia d'autunno. Sopra le lenzuola bianche e inamidate, il viso di Margaret si vedeva appena, avvolto da una chioma spettinata di capelli grigi. Quando ci avvicinammo, ora più esitanti, Hannah alzò gli occhi umidi, il mascara che colava lungo le guance tracciando delle righe nere.

«Papà!» gridò. «Ero andata a casa sua per ringraziarla dei soldi. L'ho vista dalla finestra. Oh, papà.»

Presi la sedia vuota accanto alla sua, e l'abbracciai. «Va tutto bene», le dissi. Una parte di me avrebbe voluto chiederle «Quali soldi?», ma decisamente non era il momento.

«Ho chiamato l'ambulanza, non sapevo che cosa fare.»

«Hai fatto la cosa giusta. Esattamente quello che dovevi fare.»

Lasciò andare per un momento la mano di Margaret, che scivolò sul letto come un peso morto.

«Che Dio ci aiuti, ecco che arriva la cavalleria.» Improvvisamente Margaret si mosse, la voce rauca ma forte come sempre. Ci guardò, ora immobile. «Spero che siate qui per portarmi via da questo posto deprimente.»

«Margaret», feci io. «Ti hanno detto...»

«Che è giunta la mia ora? Sì, caro, certo che me l'hanno detto. Ci è voluto un po', ma li ho assillati finché non hanno spifferato tutto.» Prese due respiri sibilanti, e per un attimo gli occhi affondarono nel cranio. «Sarò anche vecchia, ma so ancora come ottenere da un uomo quello che voglio. Il che mi fa ricordare una cosa.» Sollevò una mano e mi puntò addosso il dito ridotto a pelle e ossa. «Mi hai fatto una promessa, Tom.»

«Lo so», le risposi.

«Non morirò qui. Per me è inaccettabile.»

«Lo so.»

All'inizio l'infermiera non volle nemmeno sentirne parlare.

«Signor Rose, non è in condizioni di lasciare l'ospedale.»

«No, vede, noi le avevamo fatto una promessa. Le avevamo assicurato che, se mai fosse successa una cosa del genere, non l'avremmo lasciata morire in ospedale.»

«Ma è sotto farmaci potenti, e potrebbe morire da un momento all'altro. Portarla a casa non è una soluzione pratica. Mi dispiace.»

In quel momento arrivò il dottor Fitzpatrick, trafelato.

«L'overdose è in attesa, di sotto», disse. «C'è una possibilità di fargli avere un letto?»

«Stanno portando un incidente sul lavoro», lo informò la donna. «Due maschi, fratture multiple... non posso ricavare magicamente posti dal nulla.»

Ci fu una breve pausa, e poi – quasi seguendo una coreografia comica – si voltarono entrambi verso Margaret, lentamente.

«Se magari potessimo liberare il dodici...» fece il dottore.

Cinque minuti dopo stavamo correndo fuori dal reparto, accompagnati da un giovane inserviente che spingeva Margaret su una sedia a rotelle. Era stata dimessa in quattro e quattr'otto, e affidata alle nostre cure, e qualcuno era riuscito a procurarci un'ambulanza. Una volta stretti in ascensore, riuscimmo finalmente a valutare la situazione.

«OK», dissi. «Dobbiamo portare Margaret a casa sua. Hannah, l'indirizzo?»

«No!» gridò lei. La guardammo tutti, sorpresi. «Prima vuole fare una cosa. L'ha detto a me. Le ho fatto anch'io una promessa.»

«Ma Hannah, sta morendo», sussurrò Sally.

«Ti sento», fece Margaret.

«Possiamo provarci?» supplicò Hannah. «Ti prego, papà...»

Mi stava guardando. E anche Ted e Sally mi stavano guardando. Persino l'inserviente aveva lo sguardo piantato sul sottoscritto.

«D'accordo», dissi. «Dove si va?»

Hannah ce lo disse, e in realtà avrei dovuto sapere quale sarebbe stata la risposta.

Quando si aprirono le porte dell'ascensore, carambolammo nell'accettazione, e per poco non ci scontrammo con Natasha che veniva dalla direzione opposta.

«Oh Dio, ci siete tutti, scusate il ritardo», disse. «Ho dovuto prendere l'autobus.»

Il viso era madido di sudore, gli occhi nascosti dietro un paio di occhiali da sole con le lenti sporche; spingeva un passeggino ultimo modello e piuttosto costoso.

«Come sta Margaret?»

«Non bene», la informò Sally. «La stiamo portando in sala.»

«Operatoria?»

«No, al Willow Tree. Non le resta molto tempo, ti spiego tutto strada facendo.»

«Oh, Dio. Povera Margaret.»

«Non voglio sentire "Povera Margaret"», fece l'anziana, che era seduta sulla sedia a rotelle con un'aria quasi regale, la borsetta in grembo. Il viso era praticamente trasparente, i capelli in disordine erano bianchi sotto le luci crudeli dell'ospedale.

«Mi viene in mente quando mio marito mi pagò la cauzione per tirarmi fuori di prigione», disse, mentre ci affrettavamo a raggiungere l'uscita. «Era il 1969, stavo fumando erba in un club di Chelsea con due membri dei Pink Floyd. Ci fu una retata, e prima di rendermene conto venni arrestata. Mi guardai intorno, e quei due se l'erano svignata... scappati attraverso la finestra del bagno.»

Fuori era parcheggiato un veicolo simile a un minivan bianco, con una rampa che dava accesso al retro. Il paramedico si fermò di colpo, e un altro ci venne incontro.

«La portiamo a casa, allora?» chiese.

«Una specie», risposi, chiedendomi se tecnicamente si trattava di sequestro di persona. Lui non sembrò per nulla preoccupato.

«Sally, tu e io possiamo salire con lei in ambulanza...»

«No, io voglio rimanere con Margaret», intervenne allora Hannah. «Per favore, papà.»

«Andiamo io e Hannah», fece Sally.

«OK», dissi. «Hannah e Sally salgono sull'ambulanza. Ted, James e Jay vanno con Shaun, e Natasha e il bambino vengono in macchina con me.»

I ragazzi corsero alla Triumph Stag di Shaun.

Sally mise un braccio intorno alle spalle di Hannah, e la guidò verso l'ambulanza, mentre Margaret veniva spinta su per la rampa.

«"Ancora una volta alla breccia, cari amici"», declamò a gran voce, citando dall'Enrico V, e poi si accasciò di nuovo, e il portellone si richiuse alle sue spalle.

Natasha venne con me alla mia auto.

«Vedi, questo non è un passeggino, è un *travel system*... questa parte si sgancia dal telaio e diventa un seggiolino per auto», mi spiegò, mentre frenetica mi dava una dimostrazione. «Questo modello ha avuto una recensione eccellente su *Modern Parenting*, per la praticità... va be', non ha importanza adesso.» Quando ebbe finito, agganciò l'ovetto sul sedile posteriore, mentre io guardavo l'ambulanza che partiva, diretta verso la strada principale. Pochi istanti dopo vedemmo uscire dal parcheggio Shaun al volante della sua ridicola Triumph vintage, con Ted e Jay pigiati dietro; i due veicoli formavano uno strano corteo.

Al teatro, trovammo Ted e Jay che tentavano disperatamente di uscire dalla Stag, mentre i paramedici abbassavano la rampa per la loro fragile consegna. Poi, uno di loro fece scendere Margaret, con molta delicatezza; era accasciata e immobile, ora pallidissima, il corpo quasi inesistente sotto le coperte. Dietro di lei venivano Sally e Hannah, abbracciate.

«Il teatro», disse Margaret. «Mi avete portato in teatro.»

Hannah si inginocchiò accanto a lei.

«Ricordi che cosa mi avevi detto quella volta, al caffè?»

«Cara ragazza... Sì, ricordo.»

«Credi di farcela?»

«Tesoro, non mi sono mai lasciata sfuggire un'opportunità di esibirmi.»

«AHEM», brontolò il paramedico che spingeva la sedia a rotelle. «Dove andiamo?»

«Oltre le porte a vetri, e poi a destra», gli diedi indicazioni.

«Posso rammentarvi che sono una persona e non un pacco da consegnare?» disse Margaret, senza aprire gli occhi. «Adesso diamoci una mossa, mi rifiuto di morire in un parcheggio.»

E così entrammo. Varcammo le porte, superammo la biglietteria, dove alcuni volontari erano occupati a pulire e a srotolare i manifesti nuovi. Sally spiegò loro sottovoce che cosa stava accadendo, e loro mollarono tutto e si unirono a noi, così come le donne delle pulizie che stavano passando l'aspirapolvere nell'area bar. Il bizzarro corteo percorse il corridoio che conduceva alla sala, e poi entrò nell'auditorium buio. Ci vollero quattro di noi per sollevare di peso la sedia a rotelle e portarla su per la scaletta che saliva al palco.

«Shaun», dissi, dopo che l'avemmo posata, «potresti salire in cabina di regia luci e accendere un riflettore?»

«Vengo anch'io», si offrì James.

Margaret li guardò andare, e annuì tra sé e sé.

«Hannah», disse poi, «sii gentile, posizionami al centro della scena.»

Lentamente, Hannah spinse la sedia attraverso il palco, mentre noi restavamo lì, sul proscenio, non sapendo che cosa fare. Per alcuni momenti regnò il silenzio.

«Cos'è che intende fare?» chiese Natasha, mentre muoveva delicatamente la carrozzina avanti e indietro.

«Non lo so. Hannah non ce l'ha spiegato, in effetti. Forse vuole solo stare sul palco, per un po'.»

«Magari dovremmo andare via tutti», suggerì Jay. «Magari vuole rimanere da sola.»

«Jay, tesoro, stiamo parlando di Margaret», gli disse sua madre. «Rimanere sola è l'ultima cosa che vorrebbe. Io credo invece che dovremmo sederci, tutti.»

Prendemmo posto in prima fila, attori, volontari, donne delle pulizie e – forse la cosa in assoluto più bizzarra – i due paramedici. Sul palco, in mezzo all'oscurità, riuscivo a malapena a distinguere Hannah in ginocchio accanto alla carrozzina, che parlava sottovoce con Margaret. L'anziana si chinò in avanti, verso mia figlia, allungò una mano bianca come ossa, e le toccò il viso.

Quindi la infilò nella borsetta, e tirò fuori una busta che le diede. «Aprila dopo», le disse.

Hannah si allontanò, scese dal palco e ci raggiunse. Si accese il riflettore, che trovò Margaret sola, curva, che quasi non sembrava più lì con noi. Annuì una volta, poi nulla. Il silenzio rendeva l'aria densa.

«Ma... è morta?» fece Janice. Qualcuno la zittì, furioso.

Io avevo messo un braccio intorno alle spalle di Hannah, che adesso si voltò e posò la testa sul mio petto. Sally mi guardò.

«Forse dovremmo...»

Ma in quel momento Margaret si schiarì la gola, e il rumore riecheggiò nella stanza come un colpo d'arma da fuoco.

«Non ho mai interpretato Prospero», disse, la voce chiara, cristallina. «Questo è il mio unico rimpianto. Qualche donna ha vestito i suoi panni, ma non molte. Prospero era il vecchio bacucco creato da Shakespeare. Non parlatemi di *Re Lear*, quella vecchia merda fuori di testa, che inveiva contro le ingiustizie del mondo. Tipico. Prospero aveva grazia, calore, astuzia. Comprese che il mondo è pieno di magia; creò la sua corte di bestie e spiriti. Quando fu il momento di congedarsi, accettò la morte con eleganza.

«Ed è il modo migliore di andarsene. Siamo circondati da cose meravigliose, per tutta la nostra vita, lunga o breve che sia. Come dicevo sempre a mio marito, la lunghezza non conta, conta quello che ci fai.»

Dalla sala si levò qualche risatina.

«*La tempesta* fu l'ultimo dramma di Shakespeare. Si conclude con un discorso che Prospero rivolge direttamente al pubblico. Alcuni sostengono che sia l'epitaffio dello stesso autore. Che chiedeva un'ultima ovazione. Come faccio io adesso, miei cari.

Ora i miei incantesimi
si sono tutti spenti,
la forza che possiedo
è solo mia, ed è poca.
Ora sta a voi
tenermi qui confinato
o mandarmi a Napoli.
Poiché ho riavuto il ducato
e perdonato il traditore,
non fatemi rimanere
col vostro potere
in quest'isola nuda,
ma scioglietemi da ogni legame
con mani generose.

ORA I MIEI INCANTI SON TUTTI
SPEZZATI,
E QUELLA FORZA CHE HO
E' MIA SOLTANTO
E ASSAI DEBOLE. ORA
SENZA DUBBIO
POTETE CONFINARMI
QUA
O FARMI ANDARE A
NAPOLI. NON VOGLIATE,
GIACCHE' HO RIAVUTO IL
MIO DUCATO
E PERDONATO AL
TRADITORE, CHE IO RESTI
AD ABITARE,
IN GRAZIA DEL VOSTRO
MAGICO POTERE,
QUESTA ISOLA;
MA LIBERATEMI DA OGNI
INCEPPO
CON L'AIUTO DELLE
VOSTRE VALIDE MANI.

Il vostro fiato gentile
colmi le mie vele
altrimenti fallisce il mio progetto
che era di dar piacere.
Ora mi mancano
spiriti da comandare,
arte per incantare,
e la mia fine
è la disperazione,
a meno che
non sia salvato dalla preghiera
che va tanto a fondo
da vincere la pietà
e liberare dal peccato.
Come voi per ogni colpa
implorate il perdono,
così la vostra indulgenza
metta me in libertà.

Ted e io fummo i primi a lanciarci in un applauso – forse conoscevamo il discorso meglio degli altri – ma subito si unirono a noi tutti i presenti. Fu uno scroscio modesto, prodotto da un esiguo gruppo di persone, che però riecheggiò nell'abisso della sala, e crebbe di volume: un trucchetto acustico da cui si erano sentiti lusingati tutti gli artisti che avevamo ospitato. Poi, senza smettere di battere le mani, Hannah si alzò con le lacrime agli occhi, e io la imitai, e dopo di me si alzarono anche Ted e Sally, e in breve fummo tutti in piedi. Margaret, esausta, sollevò la mano in un saluto regale.

«Vi ringrazio», disse. «Siete troppo buoni. La mia performance si è conclusa. Quando mio marito morì, pensai che sarei rimasta sola. Invece no. Ero qui con voi. È stato meraviglioso. Forse adesso è giunto per me il momento di riunirmi ad Arthur. Abbiate cura di voi, e gli uni degli altri, e abbiate cura di questo posto. Tutti i teatri hanno un'anima. Questo avrà la mia.»

Tacque. Il riflettore rimase puntato su di lei, mentre noi cominciammo a muoverci nel buio, non sapendo come dovesse finire quell'addio surreale.

Alla fine, Shaun si schiarì la gola. «Pensate che sia...» cominciò.

Ma Margaret prese vita come una di quelle macabre macchine che predicono il futuro, al luna park. «E tu», disse, indicando James. «Tu sei innamorato di Shaun. Per l'amor del cielo, diglielo.»

Un silenzio attonito. D'un tratto, gli occhi di tutti erano puntati su James. Il quale sembrò sul punto di dire qualcosa, poi si bloccò. Ci pensò su, e alla fine iniziò a parlare.

«Hai ragione», balbettò. «Non so come diavolo facessi a saperlo, ma è vero.»

Shaun lo guardò. «Perché non mi hai mai detto niente?»

«Perché... non volevo... non potevo... cioè, tu sei etero.»

I due si fissarono, nella semioscurità del teatro.

«Davvero?» fece Shaun. «Amico, non ne sono così sicuro.»

Intorno a loro, l'esiguo pubblico taceva.

«Onestamente», riprese Margaret, «come farete senza di me? In effetti mi sento bene, adesso. Mi domando se la diagnosi non fosse sbagliata... Per favore, fatemi scendere da questo palco e portatemi a casa. Sto benissimo. Proprio bene.»

Hannah

Margaret è morta dopo ventitré minuti. L'avevamo rimessa sull'ambulanza, ma poi ha perso conoscenza durante il tragitto, ed è finita così. Se n'è andata. Le sue ultime parole sono state «Attento a non far sbattere la carrozzella, babbeo, una volta ho pranzato con la Regina Madre». E probabilmente era così che voleva andarsene: con un pizzico di tragedia, e un pizzico di farsa. Tutti vi hanno colto il lato divertente. Tutti tranne me. Mi sento completamente vuota, e provo dolore, come se qualcuno avesse usato un escavatore per togliermi tutte le emozioni.

Una settimana dopo ci stiamo preparando per il funerale. A quanto pare è più rapido organizzare certe cose, quando non c'è quasi nessuno da avvisare. Almeno noi del teatro ci siamo tutti; siamo qui riuniti all'esterno del forno crematorio, che sembra un orribile bungalow lasciato cadere in mezzo al cimitero. Non verrà nessun altro. Nessun famigliare, nessun altro amico, nessuna apparizione a sorpresa dell'ultimo minuto da parte di qualche star della TV degli Anni Settanta. Soltanto noi, che aspettiamo il nostro turno. Apparentemente ci sono concessi venti minuti per dirle addio. Una vita intera riassunta in un intervallo di tempo inferiore addirittura a un episodio di *EastEnders*.

Papà ha passato l'intera settimana al telefono, per organizzare il funerale. Dalla mia stanza lo sentivo rispondere alle stesse domande, ancora e ancora: no, non c'è un marito, niente fratelli o sorelle, niente figli. E poi i responsabili dell'agenzia di pompe funebri, con i loro volti cupi, si siedono con te, e con aria mesta e solenne ti spiegano quanto costerà il pacchetto cremazione standard, quasi stessero vendendo doppi vetri per le finestre.

È venuto a trovarmi Callum. Papà lo ha lasciato salire in camera mia. «Non devi parlare, se non ti va», mi ha detto. «Io sono qui. Sono qui con te.» Ci siamo seduti sul mio letto, l'una accanto all'altro, e siamo rimasti così per parecchio tempo. Io ho allungato una mano, e le nostre dita si sono toccate.

«Voglio davvero andare a Bristol», gli ho detto.

Adesso sono fuori da questa orribile costruzione moderna, e non c'è nulla di reale. Le facce nuotano intorno a me, ora a fuoco, ora no. Ted indossa il vecchio completo da ufficio, Angela in cardigan è accanto a lui, con un'espressione di disapprovazione. Sally mi mette un braccio intorno alle spalle, per qualche secondo. Qualcuno dice «Be', è venuta parecchia gente», ma non è vero. Papà è occupato a radunare i presenti. Continua a chiedermi «Come ti senti?» E io continuo ad annuire. Come ci sentiamo tutti?

La funzione prima della nostra è terminata e, quando si apre la porta, vediamo uscire un gruppo di famigliari addolorati. Sono tutti eleganti, in bianco e nero, si aggrappano l'uno all'altro come persone sopravvissute a una tragedia. Sono in tanti, giovani uomini e donne, bambini, anziani, famiglie al completo. Gli ultimi sono dei ragazzini brufolosi, che si pungolano a vicenda e ridono. Uno mi lancia un'occhiata maliziosa, quando mi passa accanto. È il nostro turno.

«Eccoci», fa James. Noto che tiene la mano sulla schiena di Shaun.

Un carro funebre dalla carrozzeria nera e sfavillante si ferma accanto a noi. Riconosco i tizi delle pompe funebri. Papà li saluta. Il portellone si apre, e tirano fuori la bara come fosse una valigia. Quando la vedo, ho l'orribile sensazione che il mio petto cada in picchiata, come in seguito a una discesa a piombo sulle montagne russe. Dentro quella cassa c'è la mia amica. Niente più chiacchierate, tra noi.

Sollevano la bara, ed entriamo tutti nell'edificio. L'aria è immobile, densa. Ci sono dei fiori appassiti in vasi d'ottone, sui davanzali. «Posso fare qualcosa per te?» mi chiede Jay, e io scuoto la testa. Mi ha mandato un po' di messaggi, ma non me la sono sentita di rispondere. Seguo papà verso la prima fila di sedie. Lui mi prende la mano. Non voglio essere toccata.

Il parroco è basso e grassottello, e il viso lucido emana preoccupazione, ma come con i portantini è tutto provato, e stantio. Un paio di giorni fa ha chiamato mio padre per chiedergli se avesse qualche aneddoto del passato di Margaret, che magari avrebbe potuto citare durante la funzione. «Nessuno che sia adatto a un edificio consacrato, padre», gli ha risposto lui. So che lo racconterà a tutti, durante il piccolo rinfresco dopo il funerale.

Parte la musica dell'organo. Sento una sedia scostata, poi la porta in fondo si apre e si richiude: è chiaro che qualcuno ne ha già abbastanza di questa macabra stronzata. Papà mi aiuta ad alzarmi. L'inno è *Abide With Me*, e il gruppo canta con vigore. Riesco a distinguere le voci. Il baritono esitante di Ted, il contralto dolce di Sally. Questa è la parte che viene meglio a tutti quanti: sono determinati a dare una buona performance, per Margaret. Io guardo la bara, che adesso è sistemata su un plinto di legno nella parte anteriore della stanza. Una settimana fa, la persona chiusa là dentro aveva idee, storie, sentimenti. Come può sparire tutto quanto?

Quando la musica si ferma, il parroco annuncia: «Adesso Tom Rose dirà qualche parola». E Tom Rose si alza, si fa avanti e si gira per guardare noi.

«Margaret era unica», comincia, la voce forte e chiara, che riecheggia nel locale fosco. «È una cosa che si dice spesso dei propri cari, ma Margaret lo era sul serio. Sapeva essere sorprendentemente affettuosa, e anche spaventosa e offensiva nello stesso momento. Raccontava storie brillanti ma incredibilmente oscene, che a nessun altro sarebbero concesse. Afferrava la vita e la scrollava per ricavarne il massimo.»

La gente mormora, annuisce. Papà mi guarda, il suo viso è un miscuglio di comprensione, preoccupazione e paura, come se avesse appena realizzato qualcosa di terribile. E visibilmente si scrolla dall'incantesimo.

«Abbiamo vissuto momenti indimenticabili con lei, non è vero? Nessun'altra interpreterà la matrigna cattiva di *Cenerentola* come Margaret. Infilò tante di quelle battute sconce, nella produzione del 2001, che ricevemmo tre richiami ufficiali dalla polizia.»

Adesso si sente ridere. A me gira la testa, mi fa male la gola. Provo a deglutire ma non ci riesco.

«Adesso però Margaret ha lasciato il palco per sempre. È passata nella grande sala verde, su in cielo.»

Altre risate. Corrugo la fronte, per via del rumore, e papà si volta di nuovo a guardarmi.

«Nel linguaggio degli attori, adesso riposa. È a metà fra un ruolo e il successivo. Ho il sospetto che presto si unirà al teatro del paradiso, dove sono certo che...»

D'un tratto sono in piedi. Non so perché o come, ma qualcosa mi ha tirata su dalla sedia quasi fossi una marionetta. «Oh per l'amor di Dio, papà, dillo e basta!» grido.

Lui si interrompe, e sento qualche mormorio intorno a me. Vacillo appena, e afferro lo schienale della sedia per sostenermi. La mano di Sally è subito sul mio gomito, ma la allontano con una scrollata. Guardo papà.

«Margaret è morta. Puoi dirlo. Puoi pronunciare quelle dannate parole. È morta, papà. È morta.» E la mia voce è uno strumento danneggiato, rotto.

Sto correndo, adesso. Dal niente, sto correndo, sfreccio lungo il corridoio, ignorando i rumori di piedi strascicati alle mie spalle, ignorando la voce che mi chiama: «Hannah! Hannah!»; mi butto contro la porta, come quella sera al club, e anche questa volta cede e mi ritrovo dall'altra parte, sputata nel mondo che c'è fuori. Continuo a correre, mi chino per passare sotto i salici piangenti, percorro la fila di lapidi sbeccate e coperte di muschio, lapidi antiche di cui nessuno si cura più. Un piede scivola sull'erba fradicia, ma resto in piedi. Non so dove sto andando.

E poi la vedo.

Seduta su una panchina accanto al torrente che si snoda attraverso il cimitero. È Angela, ed è sola. Rallento fino a camminare, e mi avvicino da dietro. Il cuore mi batte all'impazzata, il respiro è sibilante, patetico. Lei però non si volta a salutarmi. Mi siedo accanto a lei. E restiamo così, senza dire niente, per qualche secondo.

«È finita?» chiede alla fine. «Mi dispiace essere andata via prima.»

«Sono venuta via prima anch'io.»

«È solo che... mia sorella...»

«Sta...?»

«No. Ma accadrà presto, credo. Molto presto.»

Un rombo di tuono, parecchio lontano, molto sommesso. Il torrente è ridotto a un rivolo d'acqua; presto tornerà a riempirsi.

«Julia», continua Angela. «Mia sorella si chiama Julia. Ha sette anni più di me ma siamo sempre state molto unite. Da bambine avevamo tante bellissime bambole. Passavamo ore a pettinarle, a vestirle. La nonna ci faceva dei vestitini a maglia; ce li mandava impacchettati in fogli di carta marrone. E poi, durante gli anni di scuola, con i fidanzatini, con gli esami e tutto il resto, lei mi è rimasta sempre accanto, vegliava su di me. Era così divertente, così *brillante*. La adoravo. Fu la prima della nostra famiglia a iscriversi all'università. Quando andavo a trovarla mi portava a bere il tè, mi comprava libri e trucchi. Poi si diventa adulti, e ci si vede meno, sai: il lavoro, una casa da tenere, se sei fortunata dei figli, e via dicendo. Ma siamo sempre rimaste vicine.

«Tre anni fa, subito dopo la morte di suo marito, cominciò ad avere momenti di confusione, a dimenticare le cose... cose importanti. Il disturbo divenne serio. Dovemmo trovarle una casa di riposo... scegliemmo un bel posto, non molto lontano. Il personale è stupendo, ma lei sa essere un'ospite difficile. Urla, lancia oggetti, impreca.»

Smette di parlare, e sento che tutto il suo corpo sta tremando. Metto la mano sulla sua.

«È la mia sorella maggiore, Hannah. Fu lei a darmi lezioni di guida sulla sua Reliant Robin. Mi accompagnò a scegliere l'abito da sposa. Quando il nostro figlio più grande ebbe la pertosse, venne a stare da noi per due settimane. Si occupò di pulire, di fare da mangiare. «Sei la mia sorellina», diceva, «è compito mio.» Adesso tutto quello che eravamo sta scivolando via, e io non riesco a lasciarlo andare. Ted ha quella dannata motocicletta che cade a pezzi nel garage; so che ce l'ha con me perché non possiamo montare in sella e partire, ma che cosa posso fare? Lei si è sempre presa cura di me. Mi dispiace. Mi dispiace tanto, scusami. Questa è l'ultima cosa di cui tu abbia bisogno.»

«No. Ti sbagli. Questo è esattamente quello di cui ho bisogno. Tutti, là dentro, si comportano come se quanto è avvenuto fosse... divertente, ecco. La cara vecchia Margaret... ha recitato il suo pezzo sul palco, ed è morta in ambulanza. Che spettacolo.»

«Ma era tua amica?»

«Sì, ma non è questo il punto. Non solo questo, comunque.»

«Che intendi dire?»

«Non sopportavo di stare là dentro. Tutti ridono, chiacchierano, cantano, e attendono con ansia il rinfresco. Racconteranno qualche aneddoto su Margaret, brinderanno in suo onore, ma poi basta. Io voglio solo che qualcuno dica: Margaret è morta, e siamo molto tristi, e la ricorderemo. Voglio che la sua morte significhi qualcosa di più della possibilità di raccontare qualche storia e di ubriacarsi. E se nessuno si ricorda com'era davvero?»

«Te ne ricorderai tu», mi dice Angela.

Senza pensarci faccio questo strano verso sprezzante, che vorrebbe essere una risata di scherno, e che invece mi fa lacrimare gli occhi, e mi ritrovo con il moccio al naso. Angela mi offre un fazzolettino di carta, e soffio fuori circa cinque litri di catarro. Forse sono allergica ai cimiteri. Delicate gocce di pioggia ci bagnano il viso; un vento lieve soffia descrivendo un arco tra le foglie dei salici.

«Comunque», le dico, «dimentica quello che ho detto. È tutto OK.»

«Hannah, tu...»

«OK, sarà meglio che torni là.»

«Hannah...»

«Angela, vuoi sapere qual è, a parer mio, la cosa migliore che tu e Ted possiate fare per tua sorella? Cioè, suppongo non ti interessi, perché sono solo una quindicenne.»

«Invece sì, mi interessa. Coraggio, ti ascolto.»

«Essere... felici. Prendervi cura l'una dell'altro. Avere una vita. Ecco, è questo che vorrebbe la sorella con cui giocavi, che andavi a trovare quando frequentava l'università e ti insegnava a guidare. Sì, credo che lei vorrebbe così.»

Angela mi guarda per un istante, e mi domando se sia arrabbiata. Chi vorrebbe ricevere dei consigli di vita da una persona che non ha nemmeno l'età per bere, guidare o arruolarsi? Invece, il suo viso si addolcisce in un sorriso.

«"Con la bocca di bambini e di lattanti"», fa lei, citando la Bibbia.

E dopo torniamo al crematorio, a braccetto. Mi sto sforzando di non guardare le lapidi. Invece, sto pensando di prendere un tè con la mia amica, mentre spettegoliamo e ridiamo. Era in gamba, e viva, ma adesso se n'è andata... come cenere trasportata dalla brezza.

Tom

Naturalmente si era deciso che, se ci fossimo riuniti dopo il funerale di Margaret, sarebbe stato al teatro. Era la sua vita. La sua ossessione. Era economico e comodo. Uscendo dal crematorio, vidi Hannah e Angela che percorrevano lo stretto sentiero dirette verso i variopinti gruppetti di persone. Accennai un pallido sorriso, non sapendo esattamente che cosa fosse successo tra noi. Non ricordavo che si fosse mai allontanata di corsa da me, di solito ero la persona da cui correva. Ma il dolore fa fare strane cose alle persone... basta pensare a Giulietta, Edipo, o... dovrei smetterla di trarre lezioni di vita dalle tragedie.

«Ehi», mi disse adesso, senza guardarmi negli occhi, e giocherellando con la manica. «Mi dispiace, ho sbroccato.»

«Non era un granché come discorso, avrei dovuto fare di meglio.»

«Era OK, solo che io avevo bisogno di uscire. Dai, andiamo in teatro prima che quegli avidi bastardi finiscano tutti gli involtini con il würstel.»

Non volle parlare durante il tragitto a piedi. Io le misi un braccio intorno alle spalle, ma lei si divincolò. La pioggia si fece più insistente, le poche goccioline lasciarono il posto a un acquazzone, e alla fine ci ritrovammo a correre per raggiungere l'ingresso. Dentro, Sally stava disponendo gli stuzzichini sul bancone, e James e Shaun stavano conversando dietro un gruppo di volontari della biglietteria, i cui piatti di plastica erano già stracolmi di tramezzini e patatine. Qualcuno aveva messo un CD di Billie Holiday nell'impianto stereo. C'era un'aria conviviale. La gente diceva: «A Margaret sarebbe piaciuto», e annuiva. Dora venne a parlare con me, e in quel momento vidi Jay emergere dalla folla e avvicinarsi cauto a Hannah.

«Ben fatto», disse Dora, prendendo uno Scotch egg dal suo piatto, ed esaminandolo con zelo.

«Sì, è bello stare insieme in un momento come questo», dissi. Ma ero distratto dalla conversazione che stava avvenendo accanto a me.

«Ehi», disse Jay.

«Ehi», rispose Hannah.

«Come stai?»

«Lo sai, non benissimo.»

«Non ti ho vista molto. Non sei uscita.»

«Lo so, mi dispiace, è solo che...»

«Hai ricevuto i miei messaggi?»

«Sì.»

«Perché... non hai mai risposto.»

«Mi dispiace tanto, Jay.»

«Una volta ero il tuo migliore amico.»

«Siamo ancora amici, Jay. Sul serio.»

«Non volevo dirti niente, ma poi ti ho vista... Mi manchi.»

«Jay, ti prego. Mi dispiace tanto. Ho un sacco di cose per la testa, tutto qui. Oh, scusa... aspetta, torno subito.»

E con ciò, scappò verso l'uscita. La guardai correre in mezzo alla piccola folla di gente, mentre la sua espressione – il suo atteggiamento in generale – passava gradualmente da un'indifferenza sofferente a qualcosa che si avvicinava alla felicità. Fu una trasformazione così drammatica che indovinai chi doveva essere arrivato prima ancora di vederlo. E, quando finalmente arrivò da Callum, gli gettò le braccia al collo. Guardai accanto a me, e notai che anche Jay li stava guardando. Il suo viso era più grigio e cupo del cielo fuori. Decisi che era mio dovere, e una mia responsabilità, disperdere il malumore: dopotutto, era un funerale.

«È solo l'eccitazione della novità», dissi, dandogli un colpetto alla spalla, e guardando la coppia dall'altro lato della sala. «Sai com'è. Arriva una persona nuova, diversa e affascinante, e all'improvviso diventa l'unico tuo pensiero. È la natura umana.» Un'immagine di Vanessa comparve crudelmente nella mia testa. «Voglio dire, guarda...

stanno arrivando Jenna e Daisy; anche loro sono le sue amiche del cuore, ma scommetto che non le considererà nemmeno...»

Invece Hannah le abbracciò subito entrambe, e poi le trascinò da Callum, felice come non la vedevo da quella mattina nella cabina luci. Era il grande momento? Quello delle presentazioni ufficiali? A un funerale? Tipico degli adolescenti, sempre così egocentrici; le loro emozioni hanno un raggio d'azione pari a quello di un moscerino. Comunque, la scena non sarebbe potuta andare peggio, in relazione al mio discorsetto di incoraggiamento. Mi voltai verso Jay, e non fui del tutto sorpreso di vederlo un pochino più sconfortato.

«A te piace?» mi chiese, il tono mesto ma misurato.

«Be', sembra simpatico... ma non ci siamo visti molto. Potrebbe essere terribile. E in quel caso lo farò uccidere come tutti gli altri.»

Gli sorrisi, complice, ma la sua espressione non cambiò.

«Ma non ti dà fastidio che Hannah vada al festival del fumetto con lui a Bristol, questo weekend?»

Un pizzico di preoccupazione. Solo un pizzico. Perché era evidente che c'era stato un errore madornale.

«Che vada dove a fare cosa?»

«Va con Callum a Bristol. Conosco un amico di lui, Ed, e ne stava parlando su MSN. Staranno dalla sorella di Callum. Merda, scusa... pensavo lo sapessi.»

«Io... oh, sì. Adesso ricordo. Sì. Vanno a Bristol. Vanno a Bristol loro due soli e dormono là. Naturalmente è una cosa di cui abbiamo discusso. Se adesso vuoi scusarmi...»

La stanza era strana, molto strana, come nei film quando cercano di simulare gli effetti dell'assunzione di allucinogeni. Ogni cosa divenne smorzata, torbida, le voci si ridussero a un borbottio lagnoso. Stavo andando verso Hannah, ma al tempo stesso mi sembrava che lei si stesse allontanando ancora di più. Mi resi conto – e la cosa mi stupì – di essere estremamente arrabbiato.

Hannah vide che mi stavo avvicinando e si girò sorridendo. Stava per dire qualcosa, ma la interruppi. Mi sembrava di stare sul palco, in procinto di recitare la scena di una litigata furiosa.

«Hannah, cos'è questa storia di Bristol?»

Immediatamente il sorriso se ne andò. Un'intera cavalcata di emozioni sembrò attraversare i suoi occhi, come se stesse mandando avanti velocemente un videotape che aveva dentro di sé. Gli adolescenti sperimentano qualcosa di simile al processo di elaborazione del lutto, quando vengono colti in flagrante dai genitori: negazione, rabbia, negoziazione, depressione, accettazione, e infine punizione. Ma finora questa era una cosa che avevo osservato solo da lontano. Mentre adesso mi ritrovavo ad avere un posto in prima fila.

«Io... te ne avrei parlato», farfugliò. «Ma...»

«Ma sapevi che ti avrei detto di no.»

«Papà, io...»

«Sapevi che avrei detto di no perché conosco a malapena questo ragazzo, e perché hai un appuntamento in ospedale lunedì.»

«Possiamo spostarlo, papà, è solo...»

«No che non possiamo!» La voce risuonò più forte di quanto non fosse stato nelle mie intenzioni. Buona proiezione: la maledizione dell'attore. Scese il silenzio. Mi resi conto vagamente dei corpi che si muovevano per guardare noi... per meglio assistere alla performance. «È una cosa seria, Hannah.»

Lei mormorò qualcosa sottovoce, tenendo gli occhi bassi.

«Chiedo scusa?» dissi, sempre più simile a un incrocio tra Laurence di Abigail's Party e il capitano Mainwaring.

«Ho detto che lo so che è una cosa seria, cazzo!» Me lo sputò addosso con una forza che mi sciocCò. «Lo è sempre!»

Callum si schiarì la gola. «Tom, se potessi solo...»

«No, non puoi!» urlai. «Penso che tu abbia fatto abbastanza, e adesso vorrei che uscissi dal mio teatro, subito.»

«Papà!»

«Tom», disse un'altra voce alle mie spalle. Era Sally. «Tom, non è meglio se ci spostiamo tutti altrove, e ne parliamo con più calma?»

Mi voltai di scatto verso di lei e, con mia grande sorpresa e con orrore, la vidi sussultare. Mi sentii in colpa, ma la collera ebbe la meglio.

«Tu lo sapevi? Sicuramente tuo figlio sì.»

«No, non lo sapevo. Lo sto scoprendo ora... esattamente come tutte le altre persone presenti alla *veglia di Margaret.*»

Riportai lo sguardo su Hannah, stava fissando Jay con ferocia, al punto che pensai che sarebbe esploso.

«Chiariamo una cosa», le dissi. «Tu non andrai a Bristol né con

Callum, né con chiunque altro, e di sicuro non trascorrerai la notte fuori. Non lo conosco, non mi fido di lui, e non puoi saltare un appuntamento in ospedale! C'è anche la tua festa di compleanno da organizzare, che era...»

«Oddio, 'fanculo quello stupido spettacolo!» strillò Hannah. «Non lo voglio fare, non ho mai voluto farlo, solo che non volevo turbarti! Ho quindici anni, papà! È imbarazzante. Tu sei imbarazzante! Andiamo, Callum.»

Lo afferrò per un braccio e si voltò verso le porte. Una piccola folla di gente si separò per non ostacolarla. Callum però non si mosse. Guardava me. Non aveva un'espressione adirata, né colpevole; era... addolorato. Sì, era quello l'aspetto.

«Ti prego, Callum», fece Hannah, il cui tono da furioso si era fatto disperato. Era un momento chiave, compresi: una impasse cruciale, un test fondamentale della volontà e della lealtà del ragazzo. Lui sembrava terrorizzato dal peso delle sue responsabilità, il proverbiale coniglio sorpreso dai fari di un'auto. Non credevo fosse in grado di muoversi.

E poi lo fece.

Senza distogliere lo sguardo dal sottoscritto, cedette alla pressione di Hannah e la seguì verso l'uscita. Con un unico movimento fluido, varcarono le porte e se ne andarono. Presi un respiro profondo e feci uno scatto in avanti, determinato a seguirli, ma sentii una mano sul gomito, che con forza mi trascinò indietro.

«No», fece Shaun. «Lei è arrabbiata, e lo sei anche tu. Non accadrà nulla di buono, se la segui adesso. Credimi.»

Tentai di svincolarmi, e questa volta arrivò anche James a trattenermi. Provai una strana sensazione, una sorta di euforia tinta di rosso. Una piccolissima parte del mio cervello stava osservando la scena quasi fosse un dramma in un solo atto, e rimase alquanto impressionata dal mio coinvolgimento emotivo nel ruolo del padre in collera, e respinto.

«Lo spettacolo è finito, gente», dissi con un ghigno. «Un piccolo disaccordo. Margaret avrebbe approvato, ne sono certo. Credo che stia guardando giù e che si stia godendo la scena, con un bicchiere di sherry in mano!»

Risate, e la gente si girò dall'altra parte. James mi chiese se avessi bisogno di un drink, e scossi la testa. Vidi che Sally era con Jay, e che stavano parlando sommessamente, in netto contrasto con il tableau violento che avevo appena offerto.

Negli Anni Trenta un famoso drammaturgo tedesco, Bertolt Brecht, introdusse una tecnica delle arti dello spettacolo che chiamò *Verfremdungseffekt*, che approssimativamente si può tradurre come «effetto alienazione». Chiese agli attori di prendere le distanze dalle parole e dalle emozioni che stavano esprimendo, così che il pubblico potesse riflettere spassionatamente sui temi politici dei suoi drammi. Ma non credo si rendesse conto del fatto che quel distacco era una rappresentazione molto più accurata dell'emozione umana, rispetto a tutti quei naturalisti lagnosi e agli attori di metodo, che «sentivano» ogni sentimento. Credo che Brecht fosse incappato in una verità universale; non puoi mai sapere davvero che cosa pensi... perché rimane sepolto sotto strati di abitudini e sotterfugi. Devi stare indietro e farti realmente un esame, per trovare la verità. Perché la verità spesso fa paura.

E spesso è anche piuttosto semplice. Io ero spaventato dal fatto che lei stesse crescendo. Ero spaventato dalla prospettiva di rimanere solo. Me ne resi conto mentre ero lì, nel ridotto del Willow Theatre, circondato da persone addolorate che bisbigliavano, e guardavo mia figlia che si allontanava come una furia, attraverso il parcheggio e poi lungo il marciapiede, fino a sparire dalla mia vista.

Hannah

I finestrini sono davvero sporchi, quindi vedo a malapena i campi che sfrecciano fuori. Callum e io siamo seduti vicini sul treno affollatissimo, e ci dividiamo il posto con una madre e la sua bambina piccola, che continua a tirarmi calci a una gamba. Non ci diciamo granché, perché sarebbero troppe le cose da dire. E questa carrozza rovente, piena zeppa di famiglie chiassose, non è il luogo giusto. Così ce ne stiamo seduti e fingiamo di riuscire a scorgere il paesaggio attraverso polvere e sporcizia.

Lo stiamo facendo. Stiamo scappando. Be', stiamo andando a un piccolo festival del fumetto a Bristol, e tra due giorni torneremo a casa. Ma quello che conta adesso non è il fatto che torneremo: è il fatto che siamo rimasti fedeli al piano che avevamo ideato, mentre uscivamo dal teatro. In un certo senso, è stato Jay a farlo accadere. È possibile che, se fossi effettivamente andata a chiedere il permesso a mio padre, e lui mi avesse detto di no, il suo rifiuto avrebbe messo la parola fine a quella storia. Invece, per il modo in cui è esploso tutto quanto, ero fottutamente determinata a partire. Sono andata a casa, ho riempito uno zaino di vestiti, ho lasciato un breve messaggio a papà (non ricordo nemmeno che cosa ho scritto) e poi ho trascorso la notte da Daisy. Callum e io ci siamo incontrati in stazione alle otto di stamattina. E poi siamo partiti. Ho circa quaranta chiamate perse di papà, e so che ha telefonato alla mamma di Daisy per essere sicuro che fossi viva, ma non ha chiesto di parlarmi, e non ha detto che dovevo tornare a casa. Le ha fatto semplicemente presente che lui c'era, se avessi avuto bisogno del suo aiuto. Devo ammettere che sono stata in pena per lui, e che per un attimo ho messo in discussione il piano intero. Ma poi mi sono ricordata di come ha urlato con Callum, e non era giusto. Avevamo in mente di chiedergli il permesso; avremmo presentato papà alla sorella di Callum, rassicurandolo riguardo al fatto che avremmo dormito in camere separate (ed è assolutamente così). Ero pronta a scendere a compromessi, e a tornare domenica, anziché lunedì, in tempo per l'appuntamento in ospedale. Ma non ne ho avuta la possibilità, perché Jay ha mandato tutto a puttane. E per qualche motivo non voglio comunque andarci, in ospedale: non questa volta. Sono sempre stata una brava paziente. Ho fatto tutto quello che mi hanno chiesto di fare, ho preso tutte le pillole e le precauzioni, ho fatto gli esercizi... per tutta la vita. Adesso voglio ribellarmi, anche una volta soltanto.

All'improvviso il treno percorre una curva, e le ruote balbettano abbandonando per un attimo il loro ritmo ipnotico. Il rumore è davvero irritante. La mano di Callum si sposta sopra la mia, e la stringo.

Il festival si svolge in un grande hotel non lontano dalla stazione. Nel suo zaino Callum ha un album con gli esempi migliori del suo lavoro. Voglio dire, io li trovo tutti straordinari, ma ieri sera ha passato ore a vagliarli, e a poco a poco ha messo da parte dei pezzi bellissimi. Oggi continua a passare dall'eccitazione a un'ansia folle. È difficile stargli dietro, quindi lo lascio blaterare mentre percorriamo le strade calde e per nulla familiari.

«È stata una pessima idea, vero?» continua a ripetere. «Scommetto che verranno centinaia di artisti. Chi è che guarderà i miei lavori merdosi? Merda. Scusa. Dio, quest'edificio è enorme. Hai visto che Gareth Ellis sarà al festival? Cazzo. CAZZO. Tu come stai? Vuoi andare a casa?»

«Callum, chiudi quella bocca.»

Quando arriviamo la bocca la chiude, perché ammutolisce. Il festival occupa un'enorme sala conferenze al pianoterra di un hotel moderno di dimensioni gigantesche. Nell'area principale c'è una lunga fila di commercianti, i tavoli stracarichi di scatole piene di fumetti, giocattoli e action figure; ci sono bancarelle con pubblicazioni di piccole case editrici e fumettisti indipendenti, che mostrano i loro lavori fotocopiati in economia, e graffettati a mano. In mezzo a loro sciamano centinaia di persone – perlopiù trentenni in jeans e T-shirt, con pochi capelli e in sovrappeso, che girano e si fanno largo a spintoni. Io mi sento un'aliena esotica.

All'ingresso ci viene consegnato un programma di poche pagine, e Callum controlla subito gli orari. La sessione portfolio è alle due del pomeriggio. Una squadra di editor di DC, *2000 AD* e di un sacco di altre case si siederanno per incontrare nuovi artisti, e per dare un'occhiata ai loro disegni. Decidiamo di prenderci un paio d'ore per farci un giro e orientarci. Ho qualche difficoltà ad assimilare tutto. Non avevo mai visto tanti fumetti tutti insieme in vita mia. Sono in un mondo diverso. Troviamo un commerciante specializzato in fumetti americani indipendenti, e passiamo un'eternità a sgomitare in mezzo a collezionisti dall'aria severa, sfogliando novità di editori quali Avatar e Oni Press.

Ci dividiamo, e io scopro una stanzetta dedicata ai manga, messa in quarantena rispetto ai fumetti seri. Ma almeno c'è. All'interno le vibrazioni non potrebbero essere più diverse; alle pareti ci sono poster variopinti di *Dragon Ball*, *Naruto* e – sì! – *Sailor Moon*, e c'è un piccolo stereo da cui escono pezzi J-pop follemente veloci; ci sono delle donne, alle bancarelle, e persino un paio di ragazzine adolescenti che curiosano e chiacchierano. Una indossa un vestito rosa straordinariamente decorato, con una gonna rosa enorme e gonfia, e un gigantesco fiocco bianco, quasi fosse uscita da un video anime. Io rimango sulla soglia, attonita. È la prima volta che incontro altre fan dei manga, nella vita reale. Mi siedo per prendere fiato, e mi metto a parlare con un'artista che disegna fumetti in stile manga. Parliamo di *Blue Monday* e di *Scott Pilgrim*. Mi chiede se sto bene, allora le dico del cuore, e lei mi racconta che c'è un manga intitolato *Millennium Snow* che parla di una ragazza malata di cuore che si innamora di un vampiro. Ci scambiamo i contatti MSN. Callum deve venire a trascinarmi via. Mi sento come Alice nel Paese delle meraviglie.

«È ora», dice, deglutendo.

Quando ci presentiamo alla sessione portfolio, si è già formata una coda che si snoda lungo il muro all'esterno della sala, e poi giù per il corridoio. Ci mettiamo in fondo, e notiamo che alcuni hanno portato enormi cartelle di cuoio. Callum abbassa gli occhi sull'album malconcio, in imbarazzo, e poi lo nasconde nello zaino. Lo vedo pallido, triste.

Dopo circa un'ora siamo vicini alla testa della coda, e stiamo guardando la stanza caotica piena di artisti che, orgogliosi, tirano fuori fogli grandi e vivaci con i loro lavori. All'estremità opposta ci sono i leggendari editor, che scherzano e chiacchierano. Callum sembra pronto a svenire. Qui dentro l'aria è pesante, c'è un sacco di gente, e il baccano riesce quasi a mettere KO anche me. Per la prima volta, tornano le antiche preoccupazioni. Anche al di sotto delle chiacchiere di eccitabili nerd, sento quel rumore che accelera. *Baddum, baddum, baddum.* Sarà molto imbarazzante se dovessimo perdere i sensi tutti e due. Pure, forse servirebbe a farlo notare.

Alla fine veniamo spinti verso il primo banco libero. Un tizio con qualche anno più di noi, con occhiali dalla montatura spessa e camicia a scacchi sbottonata su una T-shirt con un grande logo di *Flash* ci squadra da capo a piedi. Il cartellino dice che è un editor capo alla DC. Cazzo. Probabilmente ha incontrato Alan Moore.

«Allora, che cosa mi avete portato?» ci chiede, la voce burbera e strascicata con l'accento californiano.

Callum sembra istupidito, mentre io d'un tratto avverto una scarica di adrenalina. Do una lieve gomitata al mio ragazzo, che, spaventato, si mette in azione. Posa lo zaino sulla scrivania, e per poco non rovescia la birra dell'editor, quindi tira fuori l'album. Quando lo consegna, ha un'espressione realmente colpevole, quasi avesse disegnato una donna stilizzata con due tette enormi, o qualcosa del genere.

L'editor comincia a sfogliare i disegni.

«È una storia a cui sto lavorando», spiega Callum, la voce sommessa, agitata. «In pratica parla di una supereroina, e si intitola *A Darkness*. Ecco, il personaggio principale è lei. Soffre di depressione, ma acquisisce la capacità di attirare altre persone nel suo... ehm... mondo. Al suo fianco c'è questo cane gigantesco che le aggredisce. È... una specie di metafora per...»

«Bella sfiga, amico», commenta l'editor.

«Sì, cioè, è piuttosto cupo ma...»

«La grafica è buona, ragazzo, ma non sono sicuro che il mondo sia pronto ad accogliere la depressione come una nuova supereroina.»

Sta già guardando chi viene dopo di lui, e quasi spinge via l'album. Finisce tutto così. Non è giusto. Lancio un'occhiata a Callum, ma lui non fa nulla. Sta allungando le mani verso i disegni. Qualcuno deve agire.

«Quindi *Batman* non parla di depressione?» dico.

Oh merda. Che cosa sto facendo?

«Scusa?» fa l'editor.

«Hannah», mormora Callum.

«Il Cavaliere oscuro», continuo. «Il fantastiliardario solitario che vive in una caverna e combatte contro tutti questi tizi cattivi e folli che probabilmente sono creazioni della sua immaginazione... non parla forse di depressione?»

«Ecco, io...»

«Hannah, basta», mi supplica Callum.

Ma per me non è basta.

«*Lanterna verde: Rinascita* non è un'allegoria sulla depressione? Hal Jordan va in pezzi e deve letteralmente affrontare la paura stessa. E *Alias*? Jessica Jones si ritira dalla sua esistenza da supereroina, nega di avere dei poteri, e spreca la sua vita bevendo e scopando. Michael Gaydos la disegna in modo tale che sia sempre in ombra, in ogni singola vignetta. Non è depressione?»

Callum adesso sta cercando di trascinarmi via.

«*A Darkness* parla di una ragazza la cui depressione è talmente enorme da entrare nel mondo come una forza letale. Ma è speciale. È forte al punto di imparare a controllarla e a direzionarla. Cioè, è la fantasia di ogni emo. È eccitante da morire. Dimentichiamoci di uomini in tutine di lycra. Il mondo è un luogo oscuro e merdoso. Ciascuno di noi si rifugia in Internet, o nel proprio cellulare. La vuole sapere una cosa? *Flash* non ha più molto da dirci. Ma una ragazza che usa la depressione come super potere per vendicarsi dei nemici? È come se *Hulk* incontrasse *Carrie*. Chi è che non leggerebbe una storia del genere?»

Il tipo mi guarda, il viso senza espressione. Mi domando se stia per farci sbattere fuori. Callum si rifiuta di voltarsi verso di me.

«Sei l'autrice?» mi chiede.

«No.»

Spinge l'album verso Callum.

«Torna l'anno prossimo e portami una storia... falla scrivere dalla tua amica. I disegni sono fichi, ma non dicono un decimo di quello che lei mi ha appena urlato addosso.»

La sorella di Callum vive in un sobborgo di periferia a una ventina di minuti dal centro. Dobbiamo cambiare due autobus, e quando arriviamo alla piccola casa a schiera malandata non mi sento più le gambe. Il minuscolo giardino anteriore è stato coperto con una gettata di cemento, ed è un disordine di spinelli e bottiglie di vino vuote. Le tende sono chiuse, a ogni finestra. Callum suona il campanello, ma naturalmente non funziona, così decide di bussare. Pochi istanti dopo sentiamo il rumore di qualcuno che traffica alla porta, e una voce soffocata che strilla: «Quel cazzo di affare si è bloccato di nuovo».

«Sta' indietro, credo che questa sia la mia specialità», dico, cercando di tirarlo su di morale.

Ma prima che abbia il tempo di fare qualunque cosa la porta si spalanca, e davanti a noi appare una ragazza, una studentessa universitaria a giudicare dall'età, con i capelli che le arrivano alle spalle, tinti di un rosso vivo. Indossa una T-shirt e un paio di leggings sotto una lunga e morbida vestaglia blu. Sembra una schizzata.

«Non oggi, grazie!» ci dice, urlando, e poi finge di richiudere la porta. Invece la riapre di scatto e getta le braccia al collo di Callum, stringendolo forte. Lui è infastidito da tutta questa sciarada. «Questa è Heather?»

«Hannah», le dico.

«Ah, scusa, Hannah! Io sono Zoe, ma mi chiamano tutti... ehm, Zoe.»

Abbraccia anche me, spremendo fuori quella poca aria che mi era rimasta nei polmoni.

«Entrate! Sono tutti via per il weekend, quindi abbiamo la casa solo per noi. Sono bloccata qui a scrivere un tema su Platone. Quel bastardo di un greco, quant'è palloso.»

L'interno è un collage di tappeti e tappezzerie dai disegni più svariati, un vero pugno in un occhio. Strisce, fiori, tonalità rosa salmone e verdi avocado. È un po' come se tutte le idee peggiori dell'interior design Anni Settanta e Ottanta si fossero radunate qui per tirare le cuoia – o, per meglio dire, per andarsene con un'esplosione finale. Zoe ci precede attraverso l'ingresso stretto, e ci porta in soggiorno, che è un'accozzaglia di mobili da pochi soldi mal assortiti, di lucine e candele. Sulla parete sopra il divano c'è uno striscione enorme, con la scritta BLAIR E BUSH CRIMINALI DI GUERRA, a caratteri enormi e sorprendentemente precisi. Da uno stereo portatile gigante, dentro al camino (presumibilmente inutilizzato) esce un pezzo dei Goldfrapp.

«Bevete qualcosa?» ci chiede Zoe. «Callum, hai l'aria distrutta!»

«Credo che andrò dritto a letto, Zoe. È stata una lunga giornata.»

«Non puoi presentarti qui e andare a dormire! Ho degli alcolici! Possiamo bere illegalmente! Pensavo foste venuti per questo!»

«Sto bene così.»

Noto uno scambio di sguardi, tra loro. Dura solo un secondo, e ho la sensazione che si stiano comunicando molte cose che io non riesco ad afferrare.

«Non c'è problema, fratellino», gli dice lei, alla fine. «Tu dormi nella stanza di Will, la prima sulla sinistra in cima alle scale. C'è un poster gigantesco di *Donnie Darko*, appeso, non ti puoi sbagliare. Aspetta, vado a prenderti un po' d'acqua.»

Scompare in cucina.

«Mi dispiace», fa Callum.

«Per che cosa?»

«Per averti trascinato in questa cosa e averti fatto perdere tempo.»

«Ma di che cosa stai parlando? Avevo bisogno di andare via! E il festival era strepitoso. Domani ci torniamo, ci rimettiamo in coda e convinceremo qualche pezzo grosso della Marvel a darti un lavoro.»

Callum alza le spalle. Evidentemente è la sua risposta di default a *qualunque cosa*, quando si trova in questo stato.

«La Marvel non c'è», fa lui. «Ci vediamo domani mattina.» E torna nell'ingresso, con ancora addosso la giacca, lo zaino su una spalla. Così io mi ritrovo sola nell'atrio di una sconosciuta, senza sapere che cosa fare. Non è quello che mi ero aspettata. Credevo che saremmo arrivati qui, che ci saremmo bevuti un paio di bicchieri di sidro, magari anche tre, per poi rintanarci in una stanza buia e... non lo so. Non so cosa sarebbe successo, ma ero impaziente di scoprirlo. Non mi sono trovata spesso in situazioni del genere: ho avuto una vita abbastanza protetta, forse l'ho già detto. Comunque, mi aspettavo del contatto fisico. Un pochino. Forse qualcosa di più. Non lo so. Oh Dio, è tutto così strano.

Zoe torna ancheggiando nel soggiorno, con due bicchieri e una bottiglia di vino bianco, e mi sorprende a guardare con aria assente lo striscione fissato alla parete.

«Quello viene dalle proteste pacifiste di marzo», dice, dandomi un bicchiere. «Eravamo in tantissimi, siamo saliti su un autobus e siamo andati a Londra. L'atmosfera era incredibile. Sapevi che il figlio di Tony Blair frequenta la mia università? Quella merdina.»

Non mi va di dirle che tutta la questione dell'Iraq sembra lontana e irrilevante, dalla nostra cittadina nel Somerset. Cioè, per un periodo c'era stato un accampamento di pacifisti, nel parco, finché la polizia non arrestò tutti perché fumavano erba sulla struttura per arrampicarsi. All'inizio dell'estate, Jenna si era impegnata politicamente per un po', e aveva cominciato a indossare magliette di CND... ma poi è uscito *Harry Potter e il principe mezzosangue*, e, dopo essere rimasta in coda per due ore fuori dalla libreria per assicurarsene una copia, ha perso interesse per qualunque conflitto che non coinvolgesse dei maghi.

Non mi viene in mente nulla da dire, così mi concedo un po' di tempo per sbadigliare sonoramente.

«Oh, ho afferrato», fa Zoe. «Cos'è, vi siete messi d'accordo? "Siamo sfiniti e ce ne andiamo subito a dormire?" E poi, dopo dieci minuti, sento cigolare le molle del letto? Perché, se è così, ho già parlato chiaramente con Callum: non succederà. Non finché ci sono io a sorvegliare due adolescenti arrapati.»

«No!» le dico, con un tono più scandalizzato di quanto non fosse nelle mie intenzioni. «Io non... non sono un'adolescente arrapata.»

Zoe scoppia a ridere.

«Ti credo. E chiaramente Callum non è in forma, dico bene?»

«Ha portato alcuni dei suoi disegni al festival del fumetto, per farli vedere ad alcuni editor... ma non sono parsi molto interessati. E poi, ehm... io ho insultato *Flash*.»

«Ah», fa lei. Si siede sul divano, spostando una montagna di fogli e libri. «Vieni, siediti. Raccontami com'è andata.»

Obbedisco. Racconto a questa sconosciuta dai capelli rosso fuoco di come ci era venuta l'idea di andare alla convention, e di come fossi stata io a persuadere suo fratello. Le dico di Margaret, che di nascosto gli aveva infilato dei soldi in tasca, e del litigio con mio padre, e di come io e Callum ce ne fossimo andati come due stupidi delinquenti minorenni in un film di John Hughes.

«Ah!» esclama Zoe. «Mi piace il modo in cui hai pensato "Adesso gliela faccio vedere io, a papà... scappo a Bristol, una città non troppo grande e relativamente sicura, a una trentina di chilometri da casa mia".»

«Non mi ero mai allontanata tanto, senza di lui.»

«Avete un buon rapporto? Tu e tuo padre?»

«Mia madre se ne andò quando avevo solo tre anni, quindi direi di sì. E inoltre ho un problema al cuore, quindi lui è sempre stato iperprotettivo. Ma è noioso, non è necessario che ti parli di queste cose.»

«Callum mi aveva detto della tua malattia. Mi dispiace.»

«Vabbè. Comunque, siamo soltanto noi due. Io e papà. Oh, e quello stupido gruppo di attori dilettanti che lui sembra aver adottato.»

«OK. Cioè, sembra una famiglia standard.»

«Crescere così è stato divertente, ma... a volte sarebbe bello se le cose fossero normali.»

«Be', Callum pensa che tu sia pazzesca.»

Per poco non sputo il vino sul tavolino Ikea, e sugli appunti del corso di Zoe.

«Cosa?! Perché?! No! Come?»

Mi riempie di nuovo il bicchiere.

«Ti ha parlato della nostra famiglia?» mi chiede.

Scuoto la testa.

«È complicato, quindi... OK, respiro profondo. Vuoi conoscere la sua storia da supereroe?»

«Certo.»

«I miei genitori ebbero me e Polly quando erano ancora molto giovani. Quattro anni dopo, mentre passavano un brutto periodo, mamma ebbe un flirt, e all'improvviso – *bam!*: "oh, benvenuto Callum, addio papi". Quindi be', mio fratello ha interiorizzato un senso di colpa non indifferente, mettiamola così. E poi, quando aveva tredici anni, queste teste di cazzo nella sua vecchia scuola cominciarono a prenderlo di mira. Hai presente quei video in cui un ragazzino viene aggredito da qualche idiota annoiato? Be', il protagonista era sempre lui. Li mandavano via e-mail a tutti gli studenti della scuola. Dopo pochi mesi, scappò di casa. Almeno, ci provò. Voleva andare a Londra, ma salì sul treno sbagliato e si ritrovò a Cardiff. Mamma andò a riprenderlo in macchina. Era confuso. Perse settimane di scuola, e dovette fare una cura per la depressione, ma reagì molto male ai farmaci. È stata dura per lui. E poi ci siamo io e Polly, l'altra sorella. Che è un genio: si sta laureando in fisica, cazzo. E invece io sono qui a studiare Scienze politiche. In pratica, ha davanti due modelli abbastanza impossibili.»

«Merda.» Non riesco a dire altro.

«Merda, esatto. Ancora un po' di vino? Basta che non dici a tuo padre che ti ho fatta ubriacare.»

Più tardi, un po' brilla e incerta sulle gambe, salgo al piano di sopra, e vado nell'altra stanza libera. Mi infilo una maglietta e un paio di pantaloni del pigiama a righe, e mi lavo i denti nel bagno orribile, umido e pieno di muffa. Sto per tornarmene in camera, in punta di piedi, quando mi fermo un momento a pensare. Senza fare il minimo rumore, striscio verso la stanza di Callum, apro la porta con una spinta e guardo dentro.

Lui è raggomitolato sul bordo del letto, il viso rivolto verso di me; è ancora sveglio, l'espressione avvilita. Si è avvolto in un piumone dei My Little Pony.

«Mettiti a dormire», gli dico.

«Non ci riesco. Ho troppe cose per la testa.»

«Domani torniamo là e spacchiamo.»

«Hannah, io non voglio tornarci. Voglio andare a casa.»

«Perché?»

«Ho paura.»

«Che vuoi dire?»

«Non voglio scoprire che non sono abbastanza bravo. Non potrei reggere una cosa del genere, in questo momento. E non esiste che tu non ti presenti all'ospedale a quell'appuntamento.»

«Oh, 'fanculo l'appuntamento! Io non ci vado. È da tutta la vita che faccio come mi dice quel dannato ospedale, quindi adesso mi prendo una giornata libera. Che si fottano.»

«Hannah, non voglio che ti ammali a causa mia.»

Lo guardo... guardo questo stupido raggomitolato nel letto come un bambino. Un mese fa ci conoscevamo a malapena, e adesso eccoci qui, a passarci le nostre rispettive paure.

«Callum, io sono già malata. E lo sarò sempre.»

«Mi troverai patetico.»

«No, invece! Io ti trovo fichissimo. Cioè, in questo momento non proprio... Gesù, hai visto che piumone ti hanno rifilato?»

Lo guarda. Un accenno di sorriso gli solleva appena gli angoli della bocca.

«È mio», dice. «Me lo sono portato da casa.»

«Credo che la nostra relazione finisca qui.»

«Be', è stato molto bello finché è durato. Adesso resteremo soltanto io e i miei pony.»

«Magari no», dico, mentre lancio un'occhiata giù dalle scale, verso il soggiorno. «Nella stalla c'è posto per una persona in più? Solo per qualche minuto?»

Non mi risponde, ma io striscio comunque nella stanza, e poi mi infilo nel letto, sotto il piumone, sistemandomi dietro di lui. Non ci tocchiamo nemmeno. Lo circondo con un braccio, e lui lo afferra con entrambe le mani. Lo sento respirare, e mi rendo conto del materasso che si alza e si abbassa. Oh merda, sono a letto con un ragazzo... Jenna sarà sconvolta. Che situazione assurda. L'altro braccio dove dovrei metterlo?

Sento il battito del suo cuore.

Il ritmo è veloce, ma costante. Assolutamente costante.

Mi avvicino, così da premere il mio corpo contro la sua schiena. Sento il pulsare della musica, al piano di sotto.

«Callum, dormi?»

Non mi risponde, e il suo respiro è pesante, molto pesante. Dovrei sentirmi offesa? Sollevata? Penso alla nostra giornata, ai momenti eccitanti, a quando abbiamo esplorato la mostra, scoprendo nuovi fumetti assurdi, a quando abbiamo aspettato in fila per vedere dal vivo gli editor della DC... e poi, merda, a quando ci ho litigato! Mi rendo conto che è stata una delle giornate più belle della mia vita... lontano da casa, da papà. E adesso non mi va proprio di tornare. È come se mi fossi liberata, e ho la sensazione che il futuro che ho davanti non debba essere necessariamente come pensavo. Forse posso scappare. Ma ogni volta che finisce una canzone del CD di Zoe, la casa sprofonda nel silenzio, e io sento il mio cuore, che incespica, che inciampa nei suoi stessi battiti. E mi ricorda quella che sono. Mi sussurra esattamente quello che da sempre ho cercato di nascondermi. La situazione sta peggiorando. Sono sempre stanca. A un passo dalla spossatezza totale. Una spossatezza che si trascina per ore. Per giorni. Per mesi. Per sempre. So che cosa significa. Significa che non dovrei fare progetti con questo ragazzo, né con nessun altro. Perché non porteranno a nulla.

«Dormi?» gli chiedo, ancora.

Non mi risponde.

«Callum?»

Niente.

«Callum, io sto morendo.»

Non mi risponde.

Tom

Me ne andai di soppiatto, superando il buffet di finger food e il bar dove tante persone ordinavano furtivamente da bere. Notai mormorii, sguardi preoccupati, ma li ignorai e me la svignai su per le scale, diretto nel mio ufficio.

Sulle scrivanie, il pavimento e le librerie c'erano scatole di cartone e strani oggetti che erano stati consegnati negli ultimi due giorni. Lo ammetto, avevo trascorso un po' di tempo su eBay e su siti di vari grossisti di materiale teatrale, per acquistare e noleggiare attrezzature che ci sarebbero potute servire per lo spettacolo di compleanno. Era stato presuntuoso da parte mia, ma mi ero fatto prendere dall'entusiasmo creativo, che mi aveva offerto un po' di leggerezza e di sollievo dall'organizzazione del funerale. Naturalmente, già mentre prenotavo quella roba sapevo che esisteva una possibilità che non mi sarebbero serviti dieci costumi da fate per adulti, un costume deluxe da lupo, una macchina per fumo, una rete enorme di lucine bianche, venti latte di pittura d'argento, svariate corone e un trono. Ma volevo far vedere a Hannah che stavo prendendo seriamente il nostro spettacolo: e che avremmo fatto le cose in grande. E adesso quella roba era lì, ammassata in mucchi altissimi che minacciavano di crollare e di schiacciarmi, rendendomi vittima dell'incidente mortale più ironico di tutti i tempi.

A che cosa stavo pensando?

Sentii dei passi che salivano le scale, e poi Ted si affacciò dalla porta.

«Tom, volevo solo... oh buon Dio, che accidenti è tutta questa roba?»

I suoi occhi diedero una scorsa all'ufficio, poi si posarono su di me, e poi increduli tornarono a guardare la stanza.

È possibile che abbia ordinato delle attrezzature di scena. Per lo spettacolo di compleanno.»

«Oh, Tom.»

«Lo so.»

«Abbiamo provato a dirtelo.»

«Lo so.»

«Sta per compiere sedici anni. A sedici anni non vogliono scrivere opere teatrali sulle fate con il papà. Vogliono uscire con gli amici, andare a mangiare la pizza, andare a... un concerto dei Take That?»

Scossi la testa.

«Delle Spice Girls? Girls Aloud? Fine. I gruppi pop non sono il mio campo.»

Sospirai profondamente, e lui si sedette accanto a me, portando lo sguardo a livello del mio e guardandomi, comprensivo.

«Ho sbagliato ad arrabbiarmi?»

Lui fissò le scatole piene di accessori scintillanti.

È dura, vero? Quando crescono e vogliono avere una vita loro», osservò. «Passi anni a decidere tutto quello che fanno, cosa mangiano, dove vanno, con chi... e poi, quasi da un giorno all'altro, dovresti semplicemente farti da parte? È già abbastanza difficile quando puoi condividere tutto questo con un'altra persona, ma farlo da solo, Tom... Non è semplice. È pesante, molto pesante. Ma tu hai fatto tutto quello che potevi per Hannah, e molto di più. Ci sarai sempre per lei. Tutto quello che posso dirti è che, quando hanno questa età, a volte la cosa importante non è scoprire il modo migliore per proteggerli. Ma trovare quello giusto per lasciarli andare. Mi dispiace, probabilmente ho rubato la frase da uno dei film preferiti di Angela.»

«Non posso», gli dissi sommessamente. «Non ci riesco.»

«Tom, ascoltami. Lei se la caverà.»

«È solo che...»

«Tom?»

«Sì?»

«Dieci costumi da fata? Dieci?»

Sorrisi, mio malgrado. «Erano in offerta.»

«Ascolta, avrebbe dovuto dirti della convention di fumetti. Lo sa.

Niente fa arrabbiare un'adolescente come la consapevolezza di essere in torto. Non lo sopportano.»

«Suppongo di dover biasimare me stesso, per la sua propensione al melodramma. Sai che detesto citare il bardo, ma quando scrisse: "Il mondo è tutto un palcoscenico sul quale tutti noi, uomini e donne, siam solo attori"*, be', nel caso di Hannah non è una metafora, la sua infanzia è stata esattamente questo. Oddio, questo mi ricorda una cosa. Abbiamo un'importante riunione con il consiglio comunale, lunedì sera, subito dopo l'appuntamento in ospedale.»

«Già.»

«Posso dirti un segreto, Ted?»

«Ma certo.»

«Sono seriamente preoccupato. Ho paura di perdere questo edificio. Perché non è soltanto questo, giusto? Ci siamo seduti in questa stanza, anno dopo anno, a prenotare un esercito di... ecco... di spettacoli terrificanti. Giovani compagnie itineranti in ascesa, comici sul viale del tramonto, in declino, varietà improbabili, persino l'occasionale genio incompreso. Abbiamo avuto di tutto un po'. È stato più come invitarli a casa, in realtà... sono stati nostri ospiti. Non cambierei nemmeno un momento del nostro passato qui. Ted... e se...»

Ma non riuscii a finire la frase. Lo guardai, gli occhi velati di lacrime.

«Vieni qui», mi disse.

E mi abbracciò.

Mi ero quasi scordato del rinfresco per il funerale, e quando tornai di sotto e vidi tutta la gente radunatasi per Margaret fui percorso da un brivido che mi scosse fin dentro le ossa.

Sabato passò in una foschia infinita, o così mi sembrò, di stress, solitudine e autoaccuse: fu un po' come trovarsi intrappolato in una produzione sperimentale di una compagnia poco nota di Edimburgo. Rimasi seduto nel soggiorno, a scrivere messaggi a Hannah, a controllare se aveva risposto ai miei, a leggere e ad analizzare il biglietto

* W. Shakespeare, *Come vi piaccia*, traduzione di Goffredo Raponi (liberliber.it).

che mi aveva lasciato, sapendo che doveva essere pregno di intenti e significati nascosti.

> Papà, sono andata a Bristol. So che sei contrario, quindi dovremo affrontare la cosa. Vorrei che non ti fossi messo a urlare con Callum, lui era dalla tua parte. Ti scrivo. Ti prego, lasciami in pace per un paio di giorni. Fidati, non farò niente di stupido. Forse bisognerà spostare l'appuntamento in ospedale. Non arrabbiarti, è la prima volta in tutta la mia vita. Non morirò per questo.
> Hannah.
> P.S. Non sprecare il weekend ad avercela con me. Preparati per il gran giorno davanti alla corte!

In realtà mi ero già preparato per la nostra argomentazione contro la demolizione del teatro. Durante la settimana, Ted e io (ma soprattutto lui) avevamo controllato il bilancio comunale, e avevamo realizzato che l'edificio era una risorsa preziosa in confronto ad altre cose che erano un peso per le casse. Inoltre, Sally aveva passato in rassegna mazzi di vecchi programmi, e aveva scoperto che un membro del cast dei film di Harry Potter si era esibito in una produzione del *Pigmalione* al Willow Tree, e quindi avevamo pensato che l'edificio potesse essere considerato di interesse storico. Non era granché ma era qualcosa.

Domenica ricevetti un sms. Da Callum. «Tom, probabilmente non le va di sentirmi, ma sto cercando di convincere Hannah a presentarsi in ospedale per quell'appuntamento, domani.» Cominciai a digitare una risposta, che però non inviai.

Lunedì non avevo ancora sentito niente, da Hannah. Provai a chiamarla, ma il telefono suonava, e suonava. Mi sentivo in preda a una sorta di torpore, quasi fossi stato catturato dalla risacca, che mi stava trascinando via da tutto quello che conoscevo. Ero in auto, diretto in ospedale, e non ricordavo di esserci salito. Avevo con me gli appunti per la riunione del consiglio, ma stavano cadendo dal sedile accanto sul pavimento.

L'appuntamento era fissato per le dieci, ma quando arrivai – una decina di minuti prima – di Hannah non c'era traccia. L'impiegata in accettazione, in reparto, disse di non averla vista; chiamò Venkman.

Io mi sedetti nella sala d'aspetto. Non avevo idea di quanto tempo dovessi fermarmi, prima di rinunciare. Mi domandai che cos'avrei dovuto fare, se rientrando a casa non l'avessi trovata; e anche nel caso contrario. Un'ora dopo, avevo visto infermiere entrare e uscire, ignorandomi o sorridendomi gentili, senza darmi nessuna informazione. Era passata una mamma con un bimbetto ai primi passi, che per qualche minuto aveva giocato con i mattoncini Duplo sparsi sul pavimento, prima che venissero chiamati da un medico che non riconobbi. Fissai il telefono, sperando di ricevere l'avviso di un messaggio in arrivo, ma non accadde. Camminai per la stanza, avanti e indietro, e mi rimisi seduto. Alla fine, mi alzai per andare via. Pensai a quello che avrei detto a Hannah, a come farle capire che cos'avevo provato, ma, quando feci per aprire la porta, mi trovai di fronte un ragazzo, che mi bloccava l'uscita, e mi guardava. Aveva un'espressione strana, vuota.

«Siamo qui», mi disse. «Deve venire con me.»

Dovetti fissarlo qualche secondo, come uno stupido, prima di realizzare chi fosse.

«Callum!» esclamai alla fine. «Sono rimasto qui ad aspettare come un idiota, perché non mi avete detto che eravate arrivati? Avrei potuto...»

«Signor Rose, mi dispiace tanto», disse. E io smisi di parlare. Smisi, perché lui stava piangendo. «Mi dispiace tanto. Credo sia grave.»

«Callum, adesso calmati», gli dissi sottovoce. «Portami da lei.»

Lo seguii fuori dalla stanza e nel lungo corridoio bianco. Le luci erano talmente forti! Un inserviente ci superò spingendo un grosso carrello carico di lenzuola. Lentamente, cominciavo a tornare in me.

«Dov'è?» chiesi.

Callum si fermò e mi guardò.

«Da questa parte. Mi dispiace. Io non ne avevo idea...»

«Andiamo.» Lo precedetti, accelerando il passo.

«Ecco, è qui dentro.»

Guardi in un piccolo ambulatorio, e vidi Venkman impegnato a consolare qualcuno...

«Papà.»

Hannah.

Era seduta su una sedia di plastica accanto alla scrivania, ed era così pallida che sentii una stretta allo stomaco. Era bianca. Indosso aveva una felpa oversize nera, con il cappuccio, che non riconobbi. Forse era di Callum. Teneva le maniche strette nei pugni. Non riusciva a guardarmi; era il ritratto del senso di colpa. In qualche modo, in quel momento di confusione e di orrore imminente, capii che non si trattava della nostra discussione, o della fuga a Bristol. Si sentiva in colpa per quello che sarebbe venuto adesso.

Sentivo il sangue pulsare nelle orecchie.

«Signor Rose», fece Venkman. Adesso era in piedi, mi stava dando qualche pacca sulla spalla. Mi sforzai di concentrarmi su di lui. «Sarà meglio che si sieda.»

Obbedii. La paura rende docili, in ospedale. Callum rimase al margine della stanza, e poi sgattaiolò via, chiudendo la porta senza far rumore. Stavo già pensando, quale dramma sta per andare in scena, in questo piccolo ambulatorio? A quale atto crudele dovrò assistere?

«Allora... il cuore di Hannah ha dei problemi», mi comunicò Venkman. «Si è verificato un significativo peggioramento nella funzionalità. È successo in fretta, e questo mi induce a credere che la situazione possa solo peggiorare.»

Per qualche motivo, notai che aveva una macchia rossa sulla camicia, appena a sinistra della cravatta sottile blu. Ketchup, senza dubbio: colazione frettolosa. Forse ha preso un panino morbido con il bacon, al bar dell'ospedale. Ci portavo Hannah ogni volta che venivamo.

«Dovremo mandarla in uno dei centri cardiologici maggiori del Paese, probabilmente il Great Ormond Street, ma sono certo che saranno d'accordo con me riguardo a quello che sarà il prossimo passo.»

«E sarebbe?»

«Hannah dev'essere messa in lista d'attesa per un trapianto di cuore.»

Lo fissai, e annuii lentamente. Guardai Hannah, per vedere una sua reazione, ma era curva, lo sguardo rivolto ai piedi. Sembrava un'alunna fuori dall'ufficio del preside.

«Come precauzione?» chiesi.

Il dottore scosse la testa.
«Ha bisogno di un trapianto, Tom.»
«Quando... quando sarà operata?»
«Non sono in grado di dirvelo. Dovrà sottoporsi ad alcuni esami; al Great Ormond Street la ricovereranno per qualche giorno. Hanno un intero team dedicato a questo: chirurghi, infermiere specializzate, psicologi... E poi naturalmente dovremo aspettare che si renda disponibile un donatore adatto. Potrebbero volerci mesi, e... anche molto di più. Ma l'intervento ha un tasso di successo molto elevato. Si rimetterà in piedi e ricomincerà a fare guai in men che non si dica.»
Sorrise, ma fu un sorriso fugace, che attraversò il suo viso come un'ombra. «Hannah», disse poi a lei, gentile, «hai delle domande?»
Lei non disse nulla. Non alzò nemmeno lo sguardo. Scosse la testa. Le presi la mano, ed era fredda. Sembrava più giovane, piccolissima. Troppo per far fronte a quello che stava succedendo. Io mi sentivo stordito, come se non fossi veramente lì. Non riuscivo ad allineare i pensieri per formulare una risposta sensata. Evidentemente Venkman decise che, in assenza di reazioni da parte nostra, fosse il caso di continuare a darci informazioni.
«Il Great Ormond Street ha un'équipe cardiochirugica eccellente. Si prenderanno cura di Hannah durante l'intera procedura. So che vi spaventa, me ne rendo conto. Ma siamo tutti...»
«E se non volessi?» fece Hannah, d'un tratto.
Lui si interruppe e la guardò. Un velo di sudore rendeva lucida la sua fronte.
«Scusa?» le domandò.
«E se io non volessi sottopormi a un trapianto?»
Lo disse con una voce a malapena udibile, un SOS giunto da una nave colpita persa a chilometri dalla costa. Il dottore sembrò riflettere per qualche secondo su quanto le avrebbe detto, prima di chinarsi lentamente verso di lei.
«Hannah, ascoltami: questa non è un'opzione che possiamo considerare, al momento.»

Ci trascinammo fuori, verso il parcheggio, scioccati, in silenzio, mentre la realtà della vita ordinaria d'un tratto sembrava troppo sgargiante, troppo detestabile: i bambini che correvano in accettazione; i pazienti appena fuori dalle porte, che fumavano; la gente che si lagnava del servizio degli autobus in città. Camminai tenendo un braccio intorno alle spalle di Hannah, mentre Callum rimaneva dietro di noi, chiaramente a disagio e incerto, ma non avevo le forze per rassicurarlo. Invece, gli dissi che gli avrei dato un passaggio a casa, e poi nient'altro. Quando ci fermammo fuori da casa sua, rimase seduto un momento, forse alla ricerca di qualcosa da dire.

«Mi dispiace», non gli venne altro. Lei non rispose, e io nemmeno. Afferrai il volante e guardai dritto davanti a me, come se stessi ancora guidando. Lo sentii scendere e chiudere la portiera, e un attimo dopo se n'era andato, e noi eravamo soli. Provai a farmi venire in mente qualcosa di confortante, qualcosa che stemperasse la tensione, la battuta perfetta, l'aneddoto adatto. Ci ero sempre riuscito, ogni volta, indipendentemente da tutto. Ma non avevo parole. Niente. Invece, misi in moto e ripartimmo, seguiti da un silenzio pesante come piombo.

A casa, Hannah borbottò qualcosa a proposito del fatto che aveva bisogno di dormire e, mentre prendevo il suo zaino dal bagagliaio, lei entrò e si trascinò di sopra. Io rimasi nell'ingresso, non sapendo se fosse il caso di concederle tempo e spazio, o se invece dovessi seguirla, abbracciarla c rassicurarla, ancora e ancora, ripetendole fino a quando non ci avessimo creduto tutti e due che sarebbe andato tutto bene. Ma dentro di me temevo di non esserne capace. Perché non era quello che provavo. Invece, mi sentivo inutile, e spaventato.

Pensai di preparare una tazza di cioccolata calda per tutti e due. Avrei potuto portargliela di sopra, e magari l'avrei trovata addormentata e gliel'avrei lasciata sul comodino. Andai in cucina e presi il vasetto dalla credenza, e vidi che era vuoto. Lo fissai per qualche secondo, e poi non so perché lo lanciai contro il muro, dove andò in mille pezzi, sprigionando una nuvola di polvere di cacao. Rimasi lì a guardare quel disastro, e fui scioccato dal telefono che cominciò a squillare, in soggiorno. Lo ignorai, e la chiamata passò alla segreteria telefonica.

«Buongiorno, questa è la residenza di Tom e Hannah Rose. Attualmente siamo indisposti. Vi preghiamo di lasciare un messaggio succinto...»

«Tom, Tom, ci sei?» Era la voce di Ted, e capii immediatamente dove si trovava e perché mi stava chiamando. Attraversai la casa come un automa, e presi il ricevitore.

«Ted.»

«Ah, eccoti! Ha chiamato Jenkins, il consigliere. Ha detto che non ti sei presentato all'incontro...»

«Ted...»

«Cos'è successo, per Dio? Questa volta mi sa che siamo fottuti sul serio.»

«Ted, si tratta di Hannah. Si tratta di lei.»

«Oh, no. Cos'è successo.»

«Si tratta di Hannah.»

Premetti il tasto che metteva fine alla telefonata, e lasciai cadere il ricevitore sul pavimento. Immerso in un torpore terribile, tornai in cucina e mi appoggiai pesantemente al piano di lavoro. Sullo sportello del frigo, tenuta ferma da una calamita che riproduceva un casco di banane in miniatura, c'era una foto di noi due, raggianti. L'aveva scattata Jay il primo giorno di prove della farsa Anni Settanta. Lei indossava un berretto con pon pon a righe rosa e blu; gliel'avevo comprato per farle uno scherzo, ma le era piaciuto e l'aveva portato costantemente, per giorni, nonostante le temperature si stessero alzando. E ora era lì, nella tasca dello zaino che avevo messo sul tavolo della cucina. Andai a prenderlo, e lo guardai. Lo tenni tra le mani.

«Il mio preferito», disse Hannah.

Alzai lo sguardo e lei era lì, in piedi sulla soglia, con ancora indosso la felpa enorme con il cappuccio, ancora pallida come un lenzuolo, a parte le occhiaie nere.

«Papà», disse, «ho tanta paura.»

«Lo so. Ho paura anch'io.»

«È solo che non... che cosa ho fatto di sbagliato?»

«Niente, tesoro. Non hai fatto niente di sbagliato.»

«Allora perché sta succedendo?»

«Semplice sfortuna, tesoro. Scalogna nera.»

Vidi un velo formarsi sui suoi occhi. Non succedeva da tanto tempo, al punto che nemmeno ricordavo quando fosse stata l'ultima volta. Abbassò le palpebre, e due grosse lacrime le scesero lungo le guance. Mi si spezzò il cuore. E sapevo che quel momento non l'avrei più dimenticato.

«Scusa se sono scappata», disse, la voce spessa e liquida, le spalle incurvate.

«È tutto a posto, non pensarci. È passato. Probabilmente non ti metterò nemmeno in punizione.»

«E il teatro... l'incontro...»

«Non ha importanza, Hannah. Non ha nessuna importanza, adesso.»

Stava venendo verso di me, lentamente, tremante. Ripensai a lei, a due anni. A quando cominciava a muovere i suoi primi passi. Si aggrappava al divano e si tirava su, poi si staccava e veniva disinvolta verso di me, o andava verso Elizabeth, con la naturalezza di chi camminava da anni. Poi crollava di botto sul pavimento. A volte la prendevamo prima che finisse a terra, e lei rideva. Quanto rideva!

La presi anche questa volta.

«Mi dispiace, papà. Oh, papino... scusami.»

Le gambe non la ressero più, e mi ritrovai a tenerla su, mentre si abbandonava ai singhiozzi. Ero terrorizzato all'idea di lasciarla andare, di non essere in grado di stringerla forte, di cadere con lei. In quei pochi secondi, sentii che dipendeva tutto da me, dalla mia capacità di tenere duro... come durante l'ultimo abbraccio di una scena tragica.

Perché alla fine gli attori devono mantenere la propria posizione. Quando le luci si abbassano e il palcoscenico sprofonda gradualmente nell'oscurità, devono resistere. Se non lo fanno, l'illusione va in pezzi.

Hannah

Dicono che le belle notizie arrivano sempre a tre a tre. A quanto pare hanno fatto male i calcoli. Margaret, il teatro, il trapianto... Sarebbero dovute finire qui.

Invece no.

Due giorni dopo il mio appuntamento, una volta che la voce riguardo alla mia situazione si è sparsa in tutta la città (e a tutti coloro che sono su MSN), ho ricevuto un messaggio, un messaggio del cazzo, da Callum. Diceva che gli dispiaceva, e che la mia situazione era molto pesante, ma in realtà voleva dire «troppo». Mi stava dicendo addio. Quindi, sì. È finita.

Sono ferita e furiosa, anche se una parte di me sa che non posso biasimarlo. È già abbastanza incasinato senza dover avere a che fare con una ragazza in lista per un trapianto di cuore. Comunque sia... un messaggio. Quei pochi passi che avevamo compiuto insieme non hanno significato niente, per lui. Jenna dice che i ragazzi sono tutti uguali, pezzi di merda o vigliacchi. Io non lo chiamo, comunque. Non gli urlo «Come hai potuto?» Non ho l'energia per farlo. Lascio perdere, come se mollassi un palloncino legato a uno spago nel cielo azzurro, e vuoto.

I giorni si trascinano, uno dopo l'altro, scivolano anonimi dalla luce alle tenebre e via dicendo. Papà sta cercando di aiutarmi, ma è ridotto a uno straccio. Se ne va in giro per casa con gli occhi rossi e lividi, la barba ruvida e non curata: sembra un marinaio impazzito, vittima di un naufragio. Io continuo a ripetergli di tornare in teatro, di mettere giù una specie di piano, ma lui non vuole. È passata Sally, e li ho sentiti parlare al piano di sotto, ma ho notato lunghi silenzi. Lui è spaventato, e sta spaventando anche me.

Mi distendo sul letto, con le tende tirate a metà, e penso, e dormo. La stanchezza mi schiaccia contro il materasso quasi fossi un peso morto. A volte non so se sono sveglia o se sto sognando, ma non mi pare ci sia molta differenza tra le due cose. Chissà se è così che si sente Callum, nei suoi momenti giù, mi chiedo; e poi me la prendo con me stessa per aver pensato a lui.

Malvolio non mi lascia mai sola. Si siede in fondo al letto e fa le fusa, e mi pungola in faccia con il muso. Papà deve portargli la pappa di sopra, perché non vuole saperne di andare giù. Stupido gatto... credevo che di noi umani non gli importasse niente. Forse è a pezzi, come me.

Presto ricomincerà la scuola e, anche se potrebbe sembrare folle, la cosa peggiore di quest'ultima settimana è stato sentirmi dire da papà che non devo tornarci. Ho pianto così tanto che dopo mi martellava la testa. Tutti gli altri tornano alla solita routine, si infilano la merdosa divisa grigia e rompono le palle su quanto sia tutto estremamente noioso... tutti tranne me. Non voglio essere la disadattata, la stramba, la stravagante, la pazza chiusa in soffitta. Voglio stare in aula, nella sala comune, voglio sedermi sulla panchina al centro sportivo, voglio sentire i pettegolezzi importanti, su come Britney Parsons si è ubriacata con otto bicchieri di vodka e Red Bull alla festa di Stammo, o su Ryan Benton che ha toccato Jane Clough dietro i bidoni della raccolta differenziata, da Tesco. Voglio tornare alla normalità, ma so che la normalità non sarà mai più la stessa, per me.

E poi una mattina mi sveglio ed è il mio compleanno. Ho detto a papà – l'ho supplicato – di non farmi nessuna festa, nessuna sorpresa. Mi porta la colazione a letto, su un vassoio, con una pigna di cartoline e dei regali. Non li apro. Mentre sono ancora sdraiata qui, preoccupata all'idea di non essere aggiornata sui pettegolezzi di scuola, sento il campanello, di sotto. Quasi non ci faccio caso, finché non riconosco una voce, e capisco che papà ha disobbedito a un mio preciso ordine: niente visite. Dopo, sento un rumore di passi che salgono le scale e arrivano sul pianerottolo, e poi dei colpi alla porta di camera mia.

«Hannah?» fa Daisy. «Spero che tu sia presentabile, perché stiamo entrando.»

La porta si apre, e la luce che filtra dalla finestra nel corridoio è accecante. Mi metto il braccio sugli occhi e mi lascio andare a un gemito, come un vampiro malaticcio.

«Buon compleanno», fa Daisy. «Oh mamma, sembra di stare nello spogliatoio dei ragazzi. Fammi aprire la finestra... brutta stronza, ma quanto puzzi?»

Attraversa il pavimento della mia camera, disseminato di rifiuti, apre le tende e poi la finestra. Subito entra una brezza che sembrava stesse aspettando soltanto questo, da giorni. L'aria è invasa da profumi floreali, lacca per capelli e buon odore. Le mie amiche si sono sforzate, per l'occasione.

«Sentite, apprezzo davvero che siate venute», dico, strascicando le parole, prima di voltarmi e premere il volto contro il cuscino. «Ma non mi va di vedere nessuno.»

«Zitta», fa Jenna. «Questo è un intervento. Primo, ti facciamo alzare dal letto; e poi tramortiamo tuo padre e gli tagliamo la barba.»

«Mi dispiace. Non sono pronta per gli scherzi.»

«Non sta scherzando. Sta ascoltando i System of a Down, e questo l'ha resa parecchio aggressiva.»

«No, è la tua merda di dance rap pop a rendermi aggressiva.»

«Vi prego», mormoro, «so che cosa state cercando di fare, ma per favore... vi supplico... andate via.»

Restano in silenzio per un momento e, anche attraverso questa nebbia di tristezza e di paura, so che si stanno fissando, incoraggiandosi a vicenda. Stanno elaborando un altro piano, usando il linguaggio di noi teenager, fatto di sguardi, gesti esasperati e movimenti frenetici delle braccia. Sono consapevole del fatto che una piccola parte di me, nascosta da qualche parte, non vuole che rinuncino.

Poi avverto il peso di una persona che si siede sul letto, e sento una mano sul braccio, una mano calda e morbida. So che è Daisy, perché Jenna non si comporterebbe mai in modo così gentile. Do loro la schiena, ma è chiaro che hanno deciso di cambiare tattica.

«Hannah», dice. «Ricordi quando, a dieci anni, ebbi quel bruttissimo attacco d'asma? Quello che per poco non mi uccise... hai presente? Mi portarono di corsa in ospedale e mi attaccarono a un respiratore, e io me la feci sotto per la paura. Il mattino dopo venisti a trovarmi con tuo padre. Io ero ripugnante, non sapevo nemmeno che cosa stesse succedendo, ma voi rimaneste lì un'eternità, a parlare, e poi ti sentii posare un sacchetto di plastica sul tavolo accanto al letto. Ricordi dentro che cosa c'era, Hannah?»

Io non mi muovo, né dico niente.

«Ooh, questa la so», urla Jenna. «Uno Sherbet Fountain e un fumetto dei Simpson!»

«Grazie Jenna, non siamo a lezione, cazzo. Comunque, il punto è questo. Ricordo di essermi detta: devo solo superare un'altra giornata, un'altra giornata in cui mi sentirò così, e poi leggerò quel fumetto e mi spalmerò in faccia quel sorbetto. Dovevo solo puntare a quella piccola cosa. L'indomani i dottori mi dissero quanto fosse grave la mia asma, e mi parlarono di tutti quei farmaci folli che avrei dovuto prendere, ma quando se ne andarono io mi misi seduta sul letto, lessi il mio dannato fumetto e mangiai quel cavolo di sorbetto, e mi sentii bene. Credo che sia così che le cose migliorino. Facendo piccoli passi. Concedendoci piccoli premi. In tutta la mia vita non ho mai più trovato un sorbetto così buono.»

«E ne ha mangiati un sacco, siamo onesti», fece Jenna.

«Gesù, smettila di rovinare il mio cazzo di discorso da Oscar.»

«Ascolta», riprese Jenna, che si lasciò cadere sul letto come Daisy. «Io non ho idea di quello che tu stia passando. Non riesco nemmeno a immaginarlo. Non so nemmeno che cosa significhi quella storia del sorbetto. Ma siamo tue amiche, e siamo qui per te. Funziona così, no? Non sarai mai da sola, che ti piaccia o no.»

«Grazie, io...»

«Anche se in realtà adesso dobbiamo andare, perché tuo padre ci ha concesso solo pochi minuti, e perché mia madre sta aspettando in macchina, fuori. Devo andare a una cazzo di fiera del lavoro. Adesso papà ha avuto questa idea... che potrei fare l'analista di sistemi.»

«Non credevamo che tuo padre ci avrebbe fatte salire, a dire la verità», spiegò Daisy. «Avremmo dovuto pensarci meglio.»

Jenna la guarda, e sospira. «Non avremmo dovuto sprecare tre minuti per quella storia del sorbetto.»

«Comunque, a domani. Perché continueremo a tornare.»

«Come l'herpes.»

Mi macchiano guancia e fronte con i loro baci, e poi se ne vanno, lasciandosi dietro il profumo dolce di fiori e di prodotti per capelli. D'un tratto la mia stanza è statica, fredda e imponente. Mi metto supina e guardo all'insù. Sopra di me, sparse su tutto il soffitto, c'è una miriade di stelle fosforescenti che papà vi appiccicò quando avevo cinque anni, perché mi piaceva fingere di dormire in una vallata in mezzo ai boschi, con una squadra di fate che cantavano. Questo accadeva quando credevo ancora nella magia. Quando tutto mi sembrava possibile. Adesso lo *so* che tutto è possibile, ma in modo diverso e merdoso. So che, in qualunque momento, tutto quello che pensavi può esserti strappato via. Se ne avessi le forze e le energie, mi alzerei sul letto e staccherei quelle stelle una a una.

Più tardi, tiro su la testa e mi guardo debolmente intorno, cercando di orientarmi. Vedo che le mie amiche mi hanno lasciato qualcosa sulla scrivania. Uno Sherbet Fountain e un fumetto di *Spider Woman*. Sorrido, quasi. Ma poi il mio sguardo cade sulla busta di Margaret, che avevo lasciato appoggiata a una pigna di testi di scuola. La prendo e la faccio scorrere tra le dita, tastando l'oggetto duro all'interno. Con un movimento rapido, la strappo.

Dentro c'è una chiave. Una grossa chiave tozza, molto vecchia. Attaccata c'è un'etichetta da viaggio di cartone, su cui Margaret ha scritto LA STANZA VERDE. Nel mio stato di confusione mi ci vuole parecchio per capire a che cosa si riferisca. All'inizio mi viene in mente che in qualche modo abbia rubato la chiave della sala verde in teatro, ma non ha senso, perché la serratura è completamente diversa, e poi perché diavolo avrebbe dovuto farlo? Poi mi dico che magari è la sala verde di un altro teatro, ma sarebbe altrettanto folle: cosa pensava, che avrei passato il resto della mia vita a visitare tutti i teatri del Paese chiedendo di provare la mia chiave?

Sdraiata, torno con la mente all'ultima volta che io e lei avevamo parlato veramente. Era stato quel pomeriggio a casa sua, con Callum. Il pomeriggio in cui avevo esplorato la villa. Ero andata di sopra ed ero entrata in tutte le stanze, tranne quella in fondo al corridoio. Quella con la porta chiusa a chiave. E adesso mi ricordo – e forse me ne sarei dovuta ricordare prima – che è dipinta di verde.

Tom

Eravamo fuori dal teatro, Hannah e io. In silenzio, immobili, guardavamo attraverso la facciata di vetro verso la piccola biglietteria, ora chiusa a chiave. Non avrebbe riaperto, probabilmente. Il tempo stava cambiando, l'estate cominciava a cedere all'aria fredda e frizzante d'autunno; foglie marroni attraversavano il parcheggio in grossi mucchi, come rotolacampo.

Dopo aver trascorso diversi giorni chiusa nella sua stanza, era stata la chiave a farla uscire, finalmente. Non penso mi fossi mai reso conto di quanto Margaret avesse significato, per lei: di quanto avessero contato per mia figlia quei loro incontri. Adesso, quell'ultima connessione le aveva dato la forza di uscire di casa.

«A che ora passa a prenderti Sally?» le chiesi.

«Da un minuto all'altro.»

«Te la senti? Sei sicura?»

«No, ma lo devo fare. E tu?»

Ero venuto a prendere delle cose e a parlare con i volontari, per cominciare a chiudere il teatro.

«Probabilmente quelli del comune sono impegnati a chiamare impresari edili», dissi. «Quando costruiranno delle case, qui, ho il sospetto che le chiameranno Zona Residenziale Willow Tree... un piccolo e falso segno di riconoscimento nei confronti del passato.»

Hannah fece una smorfia.

«Via del Teatro», disse.

«Strada dei Drammaturghi.»

«Via della Tragedia, strada residenziale chiusa...»

Quell'ultima forse era un po' troppo carica di significati, in un momento del genere.

«Mi dispiace», fece Hannah. «Mi dispiace che tu non sia riuscito ad andare alla riunione in comune.»

«Avevo cose molto più importanti di cui preoccuparmi, in quel momento. Ho chiamato il giorno dopo, spiegando le circostanze, ma non erano interessati ad ascoltarmi.»

Hannah rabbrividì, per il vento. Pensai: che cosa posso dire? Come faccio a scacciare tutto questo? Coraggio, dai, il teatro sta chiudendo e tu devi sottoporti a un trapianto di cuore a sedici anni, ma per il resto è tutto OK. Su con la vita!

Incapaci di confortarci a vicenda, cademmo di nuovo nel silenzio. Eravamo a tal punto persi nei nostri pensieri che, quando un'auto entrò nel parcheggio del teatro, facemmo entrambi un salto. Non era quella di Sally, e intuii immediatamente che non poteva appartenere a nessun membro del nostro staff, perché era nuova e lucidissima, e non era tenuta insieme da ruggine e nastro adesivo.

Non appena si aprì la portiera, riconobbi la persona al volante.

«Ciao, Tom», disse. «Hannah.»

«Ciao, Vanessa», risposi. Era molto bella, e aveva un'aria quasi parigina con il cappotto grigio lungo, con la sciarpa e il cappello di lana spessa. Notai che aveva con sé una busta marrone, formato A4. «Adesso il comune consegna le notifiche di sfratto a mano? Che tocco carino. Molto personale.»

«Come va?» chiese lei, ignorando la mia osservazione pungente.

«Come ci si potrebbe aspettare da una situazione simile.»

«Non riesco a immaginare quanto possa essere difficile.»

«No, non puoi.»

«Tom, mi dispiace.»

«Perché non avete potuto rimandare l'incontro? Non era chiedere troppo, considerate le circostanze.»

«Non è così semplice spostare una riunione del consiglio comunale. Avevamo decine di dispute da analizzare, in campo edile. Tuttavia...»

«Ma questo non è un edificio qualunque, Vanessa.»

«Ci sono budget da far quadrare, scadenze da rispettare... si muove tutto talmente in fretta. Non potevamo permetterci il lusso di prendere tempo. Io però...»

«Qualcuno avrebbe dovuto parlare in difesa di questo posto!»

«E l'ha fatto! È questo che sto cercando di dirti.»

«Chi?»

«Io, Tom. Ho pensato a quello che avevi detto... riguardo al fatto che il teatro fosse più di un semplice edificio, che fosse il simbolo di qualcosa di più importante. Ho presentato queste considerazioni al consiglio. Mi sono alzata in quella maledetta sala e ho detto che la città ha bisogno di un centro culturale, e che saremmo diventati più poveri, perdendolo. Per questo sono qui. Non è molto, ma sono riuscita a farti avere un po' di tempo. Questa lettera è del responsabile dell'Ufficio urbanistica. Se puoi provare che il teatro continua ad avere un valore per la comunità, e se riesci a trovare il denaro per riparare i danni dell'allagamento, il comune potrebbe riconsiderare i progetti di riqualificazione.»

Guardai Vanessa, e mi chiesi se avesse fatto infuriare i colleghi, prendendo le nostre parti quando avrebbe fatto comodo a tutti rinunciare al teatro. Mi guardò anche lei, con quell'espressione divertita, distaccata ma ribelle, che rammentavo dal nostro primo appuntamento. Mi piaceva. Quell'espressione mi piaceva davvero. Poi, lessi la lettera.

«Vogliono una relazione che dimostri nei dettagli il valore che ha avuto nel tempo il teatro per la comunità, e vogliono la garanzia che l'edificio supererà l'ispezione delle norme di sicurezza. Ma vogliono tutto entro due settimane.»

«È il massimo che sia riuscita a fare.»

«Non bastano», risposi.

«Il tempo non è mai abbastanza», osservò. «Così è la vita.»

«E come dovremmo rimediare i soldi che ci servono, se non possiamo neppure utilizzare l'edificio?»

«Questo non lo so. Hai una mailing list? Esiste un gruppo di Amici del Willow Tree? Non potete mettere in piedi uno spettacolo da qualche altra parte? Un evento "salviamo il nostro teatro"... hai presente?»

«Vanessa, tu sai perché non mi sono presentato alla riunione, vero?»

«Sì», disse, e poi si voltò verso Hannah. «Mi dispiace. Come stai?»

Hannah alzò le spalle e affondò le mani nelle tasche del giaccone.

«Quindi no, non posso mettere in piedi un evento.»

Vanessa venne avanti e mi mise una mano sulla spalla; solo un momento, ma sentii il calore del suo tocco.

«Sei circondato da brave persone», mi disse. «Lasciati aiutare.»

Annuii, poco convinto.

«Adesso sarà meglio che vada», aggiunse.

Stava tornando verso la sua auto, ma poi si fermò e si girò a guardarmi.

«Avevo studiato urbanistica, all'università», disse. «Credo che la mia ambizione fosse quella di cambiare il mondo... una rotonda alla volta. Mi piaceva l'idea di rendere le città più funzionali, di fare in modo che la gente fosse più felice nel posto in cui viveva. Invece mi ritrovo ad aiutare la burocrazia a demolire edifici. A quanto pare me la cavo bene con le risorse semidistrutte e vulnerabili.»

«Ah, ecco *perché* ti ero piaciuto.»

«No, mi eri piaciuto perché sei onesto, divertente e genuino.»

«Anche tu.»

Tirò fuori le chiavi dalla tasca del cappotto, e con un pulsante sbloccò le portiere.

«Lo rifarei», disse. «Voglio dire, uscirei ancora con te, se mai fosse scritto nelle carte.»

«Non credo.»

«Peccato.» Aprì la sua portiera, ma rimase immobile per un secondo, come se stesse aspettando qualcosa. «Tom, ricordi quello che ti ho detto fuori da casa mia, la sera della lezione di musica?»

Annuii.

«Io credo ancora che arriverà quel momento, per noi. E spero che riusciremo ad afferrarlo.»

Salì in auto e avviò il motore. Prima che avesse il tempo di uscire dal parcheggio in retromarcia, Hannah corse al suo finestrino e bussò. Il vetro si abbassò.

«L'hai letto?» le chiese. «*Persepolis.* L'hai letto?»

Non avevo idea di che cosa stessero parlando, ma apparentemente

Vanessa sì. Si voltò verso di lei, il vento che le faceva andare i capelli corvini sul viso.

«Sì. Quella ragazza è davvero coraggiosa. Tutto il suo mondo è crollato, ma lei è riuscita a ricostruirlo. È una sopravvissuta. La ammiro.»

Diede un'ultima, lunga occhiata al teatro, quasi volesse assorbire ogni singolo elemento della facciata, ogni singolo pannello di vetro, ogni lastra di cemento crepata. «Non arrendetevi», disse a me. «"E questo, soprattutto: sii sincero con te stesso"*. Non so se sia rilevante, ma è l'unico verso di Shakespeare che conosca. Non so nemmeno da quale opera sia tratto.»

E poi l'auto partì. Salutai con la mano, mentre usciva dal parcheggio immettendosi nella strada.

«*Amleto*», mormorai tra me e me. «Atto primo, scena terza.»

Mi voltai verso Hannah, pronta a chiederle di che cos'avessero parlato, ma in quel momento notai che mi stava guardando e, in modo quasi impercettibile, stava scuotendo la testa.

* W. Shakesperare, *Amleto*, Atto I, Sc. III, traduzione di Giancarlo Monti, Edizioni Paoline, p. 35. (*N.d.T.*)

Hannah

Mi sembra che siano passati cento giorni dall'ultima volta che sono uscita di casa, e ogni passo che faccio è instabile, incerto. Le caviglie mi reggono a fatica, sento i polmoni in fiamme, quella borsetta floscia che ho al posto del cuore batte debolmente contro le costole. Fuori dal teatro si consuma una piccola scenetta, in cui arriva Vanessa che ci offre un'ultima disperata possibilità di salvare l'edificio. Papà non è in grado di affrontare questa cosa. È un sollievo quando vedo arrivare Sally, ma avvicinandomi all'auto noto che si sta guardando nello specchietto retrovisore, e si sta asciugando svelta il mascara colato. Sono scioccata: è ovvio che sta piangendo. Apro la portiera, salgo, e lei si volta e mi rivolge un sorriso smagliante, ma non riesce a nascondere la tristezza. È come il raffreddore: è contagiosa.

«Sally, che cosa succede?» le chiedo.

«Sto bene, non è niente. Sei pronta a razziare la casa di Margaret in cerca di tesori?»

«Ti prego... hai ancora del mascara sulla guancia. Cos'è successo?»

Distoglie lo sguardo, lo sposta sulla strada senza guardare niente in particolare.

«Vuoi che vada a chiamare papà?»

«No! No, davvero. Ti ringrazio.»

Si passa le mani tra i capelli e li raccoglie in una coda di cavallo. Quando riporta le mani sul volante, lo stringe come se fosse sulla linea di partenza di una gara di velocità.

«Che cosa sta succedendo?» insisto.

«Abbiamo qualche problema. Phil e io. Da parecchio, ma... Oh, senti, tu non hai bisogno di queste cose.»

«Sì. Sì, invece.»

«Non so come spiegartelo», dice, e sta guardando in su, quasi stesse chiedendo un intervento divino. «Lui è un prepotente, Hannah. Da sempre. Quest'estate le cose sono peggiorate... per via della pressione sul lavoro, non lo so. Pretende di sapere dove sono e cosa sto facendo in qualsiasi momento, critica lo stato della casa, del giardino; se preparo la cena non è quello che voleva o fa schifo, se non la preparo dà di matto...»

«Phil?!» dico, quasi incredula... e poi mi sento in colpa.

«Oh, è molto bravo a recitare la parte del tipo simpatico, dell'anima delle feste, ma a casa è molto diverso. È molto... deve avere il controllo di tutto, sempre. Della casa, dei soldi, delle vacanze, di Jay, di me. Altrimenti si infuria. Parecchio.»

«Oh mio Dio. Ti ha mai...»

«No. Quello no. Ci è andato vicino... ha lanciato oggetti, ha devastato la stanza, ma non ha mai alzato le mani su di me. Stamattina mi ha chiesto dove stessi andando e, quando gli ho risposto che non erano affari suoi, ha scaraventato la tazza di caffè contro il muro. Per questo sono in ritardo. Vuole che rinunci al gruppo di teatro, detesta il fatto che venga qui e incontri persone che non conosce. Pensava che con il Willow Tree in difficoltà sarei stata a casa di più, ma non è andata così, ed è furioso. Hai presente il WestFest? Gli avevo detto che avrei portato Jay da mia madre per il weekend. Sapevo che sarebbe scoppiata una discussione terribile, altrimenti. Ma poi quel giorno è venuto in teatro e mi ha vista mentre dirigevo le maledette prove dello spettacolo. Ci sono andata comunque con Jay, ma questo ha peggiorato le cose. E Jay, povero ragazzo. Si è ritrovato in mezzo a tutto questo. Non so se capisce quello che sta succedendo. Quando provo a parlargli alza le spalle, e basta. Merda, merda, merda.»

«Oh, Sally.»

Mi chino ad abbracciarla, e lei abbraccia me, con delicatezza, ma la sua mente è altrove. «Mi sembra tutto così banale, in confronto a quello che stai passando tu.»

«Ma non lo è! Però... non capisco. Perché stai ancora con lui?»

Suo malgrado, quasi le scappa una risata beffarda, e vedo che le si colmano gli occhi di lacrime.

«Oh mio Dio, non lo so. Per abitudine? Paura? Quando ci mettemmo insieme le cose erano molto diverse... io ero molto diversa. Poi arrivò Jay e... gli anni sono scivolati via, Hannah. Se glielo permetti, se ne vanno così, senza che tu te ne accorga. Quello che provo adesso è umiliazione; mi imbarazza il fatto di non essermi fatta valere. Mi imbarazza l'idea che la gente scopra questo mio fallimento; che sappia quanto sono inutile. Mi sento così patetica, e stupida.»

«Sally, tu sei straordinaria.»

«Ah! Talmente straordinaria che continuo a sentirmi in colpa perché sono qui, e sono ancora in trappola.»

«Allora va' via. Prendi Jay e lascia Phil.»

«Non è così semplice.»

«Perché no?»

«Non capisci, sei solo...»

«Una bambina?»

«Sì. Non dovrei dirti tutte queste cose.»

«Sai cosa mi disse una volta il mio cardiologo? "Hannah, hai il cuore di un'ottantacinquenne." Lui si riferiva al fatto che è malconcio, ma non si tratta solo di quello. Sono cresciuta con il pensiero di poter cadere a terra morta stecchita da un momento all'altro; ho dovuto guardare mio padre che affrontava tutto questo, ho dovuto avvertire le mie amiche; ho dovuto informare e preparare ogni cazzo di persona che ho conosciuto. Prendo farmaci da tutta la vita; ho fatto più esami di quanti riesca a ricordarne. Questo pezzetto di merda che ho nel petto mi rammenta quanto sia patetica la mia situazione circa sessanta volte al minuto. A volte mi sembra di aver vissuto davvero ottantacinque anni, dal primo all'ultimo. Non sono una bambina.»

Quando mi sono calmata, Sally mi prende la mano.

«Cioè, guardiamo in faccia la realtà», dico, ora abbassando i toni. «La mia amica del cuore era una pensionata. Mentre tutti i miei compagni di scuola uscivano a bere e a scopare, io me ne stavo alla sala da tè a mangiare una fetta di Battenberg.»

Segue un momento di silenzio, e poi scoppiamo a ridere tutte e due. È una risata rauca, incontrollabile. Ridiamo senza riuscire a smettere, a malapena respiriamo. Sally mi afferra per un braccio. «Hai vinto tu», mi dice, quando è in grado di mettere in fila una frase intera. «Scusa, ma decisamente sei più patetica di me.» E le sue parole scatenano un'altra risata.

Quando lei riesce finalmente a ricomporsi, raddrizza la schiena, si asciuga gli occhi e mi guarda.

«Hai la chiave?» mi chiede. La tiro fuori dalla tasca e gliela mostro. «Allora, che cosa stiamo aspettando?»

«Ho paura», faccio io.

«Non devi», mi risponde, asciugandosi gli occhi. «Siamo supereroine, adesso. Siamo indistruttibili.»

Voglio dirti che la mia eroina sei sempre stata tu, Sally, ma lo tengo per me.

Carissima Willow,

verso gli undici anni cominciai a vedere in modo diverso gli spettacoli che mettevamo in scena per il mio compleanno. Papà mi aveva comprato un libro sulla storia del design teatrale, e io ero molto interessata ai lavori sul palco; la scenografia, l'utilizzo della torre scenica e dell'impianto luci; i trucchi, le tecniche. Era questa la magia, per me, adesso.

Inoltre, una realizzazione aveva cambiato la mia vita. Molte delle favole con cui ero stata allevata dipingevano fanciulle che erano viste come vittime, o premi; erano chiuse in torri, avvelenate da streghe, o costrette a intrecciare paglia per ricavarne oro, notte dopo notte. Erano beni di scambio tra padri e principi, da dare in spose o da sacrificare. Questo era in contrasto con i fumetti che leggevo. Wonder Woman non avrebbe mai sposato un principe solo per aver ballato con lui una sera. Credo di aver avuto una sorta di risveglio femminista. A te è già successo? È divertente.

Così, nel settembre del 2000, dissi a papà che volevo mettere in scena La bella addormentata nel bosco *per il mio compleanno. Ma... c'era l'inganno. La persona addormentata doveva essere un uomo, che sarebbe stato salvato da una principessa. Gli attori maschi più giovani, nel gruppo, furono un po' esitanti, ma Shaun – il più tosto e il più fico di tutti – disse di essere nato per interpretare il bello che aspettava di essere salvato. Rachel si offrì per il ruolo della principessa. Avevamo i nostri protagonisti. Io mi sedetti accanto a Sally ogni sera, e lei mi mostrò come costruire i set, come utilizzare i sagomatori con luminosità diffusa, come impiegare materiali tipo stucco, legno e mussola; aveva-*

mo in mente un progetto bellissimo per la conclusione, quello in cui il bello si addormenta e attorno al castello cresce un muro di rampicanti; avremmo impiegato delle carrucole per sollevare rovi di stoffa, tutt'intorno al bel dormiente.

Ma quando il gran giorno era ormai vicino dovemmo affrontare due problemi notevoli. Il primo fu che Shaun si era visto assegnare una settimana di turni di notte, e dovette mollare lo spettacolo. E poi, cosa un pochino più grave, io sviluppai una brutta infezione che sfociò in polmonite... e finii in ospedale. La vigilia del mio compleanno. Ero devastata. Inconsolabile. Diverse volte nel corso della mia vita ho provato rabbia e frustrazione per la mia condizione, ma quella fu in assoluto la più cupa, la peggiore.

Sally però non si arrese. Avvicinò l'infermiera caporeparto, e le propose un progetto folle. Avrebbero potuto mettere in scena lo spettacolo nella sala d'aspetto appena più in là, lungo il corridoio in cui si trovava la mia stanza... e tutti i bambini ricoverati sarebbero stati i benvenuti. Non so come, ottenne l'autorizzazione.

Fu così che, il giorno del mio undicesimo compleanno, papà mi prese in braccio e mi portò in quel teatro improvvisato. Il palco era un letto, sopra il quale erano state appese delle lucine, mentre tutt'intorno c'erano delle torri di cartone dipinto, che riproducevano un castello. Quando il re e la regina accolsero il loro bambino, per quest'ultimo si servirono di un bambolotto di quelli utilizzati per i corsi di rianimazione. Un monitor cardiaco faceva da fuso. E all'ultimo minuto, come protagonista si era presentato Jay, che aveva detto a sua madre di voler dare una mano alla sua amica (che ero io!). Se non altro rimediò un bacio da Rachel, l'eroina, che si faceva largo tra i rovi di carta crespa disseminati nel corridoio, per raggiungere il bell'addormentato.

In mezzo al piccolo pubblico, stipato nell'ampia stanza bianca e luminosa, c'erano amici e parenti: i soliti. Notai che Phil non era presente, e papà chiese a Sally come mai non fosse venuto. «Oh, non si sente bene», gli disse, affrettandosi a cambiare argomento. Solo anni dopo venni a sapere che si era rifiutato di venire. Non era d'accordo che Jay interpretasse il ruolo del Bell'Addormentato, aveva urlato che si sarebbe reso ridicolo. Ma Jay si era ribellato, e così pure Sally. Mi domando se fosse stato quello il momento in cui lei aveva cominciato a mettere in dubbio la reazione con suo marito.

Non dimenticherò mai quello spettacolo. Fu allora che appresi che l'idea stessa di teatro è malleabile; non necessariamente dev'essere confinata in uno spazio determinato. C'erano decine di persone stipate in quella stanza, illuminata da lucine bianche e dal bagliore verde di un'insegna che indicava l'uscita. Dardi di luce penetravano dal reparto, all'esterno, e in scena si creava un gioco di ombre ogni volta che passava un medico o un'infermiera. Ero talmente debole, talmente stanca da sentirmi quasi in un sogno. Una parte di me ancora si chiede se accadde davvero, o se sognai tutto quanto. Ho costruito l'intero spettacolo sulle mie allucinazioni da malata?

In seguito, lessi che per alcuni storici le fiabe in principio venivano narrate alle bambine dalle anziane; erano avvertimenti codificati riguardo agli uomini e alla società. Io sapevo soltanto che mi ero disamorata della magia delle fiabe, ma quella sera – grazie al coraggio dell'amica del cuore di papà – erano riuscite a riconquistarmi.

Hannah

Siamo in fondo al sentiero che attraversa il giardino davanti a casa di Margaret. Ho la chiave stretta nella mano. Fin qui ce l'ho fatta.

Quindi, coraggio, facciamolo.

Mi sento super eroica, almeno fino al momento in cui spingo il cancello nero cigolante: due passeri volano via dalla siepe, e io me la faccio sotto per lo spavento. Davanti, i meli sembrano aver assunto delle forme diverse, sinistre, i rami nodosi e contorti come quelli delle foreste maledette nei libri di fiabe.

« Vuoi che venga con te? » mi chiede Sally dal marciapiede.

« Ti dispiace? »

Sorride, e percorriamo il sentiero insieme, evitando le ortiche e i frutti caduti a terra e ormai marci, circondati da nugoli di vespe ronzanti. Alla porta, guardo attraverso il pannello di vetro, e noto che all'interno è tutto come l'ultima volta, solo che il tavolino nell'atrio è sommerso da una pigna di buste chiuse e di giornali locali. Quando siamo passati a prendere la chiave di casa dall'avvocato di Margaret, questi ci ha detto di essere entrato a dare una sistemata, e ha specificato di non avere la chiave della porta verde. « Sono curioso, fatemi sapere che cosa trovate », ha chiesto. « Non credo molto. Era una donna molto pignola, e detestava avere intorno oggetti inutili. »

Io però devo sapere.

Quando apro, l'odore di lucido per mobili mi investe in pieno, e mi riporta a quel giorno con Callum. Si era tirato su dal letto per accompagnarmi... l'avevo trovato un gesto grandioso. Ma adesso devo tenerlo fuori dalla mia testa: posso affrontare una delusione enorme e schiacciante alla volta, non di più.

Sally mi segue, e si prende qualche secondo per guardare l'arredamento, per ammirare i pavimenti a mosaico. L'aria è immobile, di una tranquillità mortale. Mi domando se il suo spettro sia qui, in questo momento. Al solo pensiero rabbrividisco. Sally mi mette una mano sulla schiena.

«La stanza è di sopra», le dico.

Saliamo lentamente, e rumorosamente, la scala di legno, io mi tengo alla balaustra, e lei mi sta accanto con il braccio destro vicino al mio gomito, come se fossi una specie di invalida. E in un certo senso lo sono, suppongo. I gradini scricchiolano. Una piccola finestra sopra di noi lascia entrare un dardo di luce dorata; è pieno di particelle di polvere, che brillano. Il che mi riporta alla volta in cui ho mostrato a Callum come si usano le luci in teatro. Gesù, devo togliermelo dalla testa. Con uno sguardo percorriamo il corridoio, oltre il bagno, oltre le camere, fino alla porta in fondo. Quella verde.

«Sai», fa Sally, «se là dentro non dovesse esserci niente, non ha importanza. Lei resta sempre la nostra Margaret.»

Annuisco, ma intanto considero tutto quello che sta succedendo, e mi dico che non sono d'accordo. Importa eccome. Non voglio che la sua vita sia stata una stupida fantasia, non voglio che sia solo un grande libro pieno di balle. Non voglio che si riveli una menzogna. Credo di avere bisogno di qualcosa a cui aggrapparmi, di qualcosa che non sia una storia. E per qualche secondo il peso di questa consapevolezza mi paralizza, lì dove sono. Non riesco a muovermi. A malapena riesco a respirare.

«Andiamo», fa Sally. «Togliamoci il pensiero.» Le vado dietro. Superiamo la stanza di Margaret; quella degli ospiti. Abbasso gli occhi sulla lunga passatoia decorata da disegni che percorre il corridoio, e mi domando quante volte Margaret l'abbia calpestata. Poi arriviamo alla porta. La chiave è rovente e sudata nel palmo della mia mano. La sollevo lentamente verso la serratura, e ve la infilo. Quando la giro, mi aspetto un po' di resistenza, invece il meccanismo è ben oliato, e sento lo scatto. Afferro la maniglia rotonda di ottone, e la giro.

Che cosa sappiamo veramente delle persone che amiamo? Voglio dire, quando ti soffermi a pensarci... quanto, in realtà, costruiamo nella nostra testa? Ci sono persone che fanno parte della nostra vita che hanno dei ruoli precisi; l'amica ribelle, l'amante lunatico, la zia eccentrica... chi sono, davvero? Che cosa vogliono? I momenti che avete passato insieme... sono stati davvero così divertenti? A volte, quando litighi con un amico, scopri caratteristiche di lui che non avevi mai notato. A volte la parte più dolorosa dell'aver perso una persona consiste nel rendersi conto di esserti sempre sbagliata sul suo conto. Già... e allora che cosa succede?

Oh Dio, che cosa sto facendo?

«Ultima possibilità», mi dice Sally. «Possiamo semplicemente richiudere quella porta, tornarcene a casa e lasciare che ci pensi l'avvocato.»

«Margaret voleva che l'aprissi io. Voleva che vedessi che cosa c'è qui dentro.»

«Ma verso la fine era un po' svagata. Sì, magari pensava che oltre questa porta ci fosse qualcosa che avresti dovuto vedere; o magari era solo la sua immaginazione... Sono solo un po' preoccupata perché era sempre stata un po' fantasiosa, no? E tu adesso non sei nella forma migliore... non credo ti serva una cosa del genere.»

«No», dico. «Forse no.»

Così, lentamente, senza aggiungere altro, richiudo la porta. Sally mi mette la mano sulla spalla, e insieme ce ne andiamo. Ci allontaniamo da qualunque cosa ci sia là dentro, e da qualunque cosa possa significare, o meno. In effetti non ha nessuna importanza, nel grande schema delle cose. Considerando quello che sto affrontando, e quello che dovrò passare, non ha...

Margaret la aprirebbe.

Questo pensiero mi colpisce con una forza tale da riverberare fin nelle ossa. Se il mondo fosse al rovescio, se questa fosse casa mia, e quella fosse la mia porta, con la mia serratura, Margaret vi entrerebbe come una furia, senza esitazioni. Perché ti penti delle cose che non hai fatto, più che di quelle che hai fatto.

E adesso mi volto. Accade tutto al rallentatore. Come nelle scene di un fumetto. Mi sto girando, e mi scrollo di dosso la mano di Sally. Poi vado verso la porta, quasi di corsa, la passatoia che si increspa sotto i miei piedi, mentre il corridoio sembra allungarsi, come in una bizzarra sequenza surrealista di una storia di *Doctor Strange*. La verità verrà fuori comunque, penso... tanto vale che la affronti. Alla fine, ci piomberà addosso. Così, afferro il pomello, mi prendo una frazione di secondo, e poi spalanco la porta.

L'aria è densa, odora di muffa. È questa la prima cosa che mi colpisce. Ma non è sgradevole, sembra di stare nell'ufficio di papà, o nella biblioteca della scuola... in qualunque posto che contenga tante vecchie carte. In quell'istante, lo so. Non ho bisogno di guardarmi intorno, di investigare. So tutto.

Indietreggio verso la porta, e guardo Sally.

I suoi occhi sono su di me, ansiosi, speranzosi. Ma anche tristi, perché ha già visto le cose andare male, in passato. Le sue mani sono pronte a prendermi, se cado.

Ma questa volta non cadrò.

«È tutto vero», dico. «Tutto quello che ci ha detto è vero.»

Le pareti sono coperte di foto incorniciate, immagini in bianco e nero di spettacoli, decine, tutte con la stessa splendida giovane attrice. Ci sono poster, alcuni appesi, altri a malapena appoggiati ai muri. Sono manifesti di produzioni teatrali e, a giudicare dal design, risalgono agli Anni Cinquanta, fino ai Settanta. Perlopiù si riferiscono a opere che non ho mai sentito nominare, messe in scena in luoghi come il Bush Theatre, l'Oval House, l'Orange Tree. C'è una libreria di legno, che contiene mucchi di programmi teatrali. Avide, Sally e io ne prendiamo due mucchi e andiamo subito alla pagina del cast, dove appare sempre lo stesso nome: Margaret Chevalier. Il suo nome da nubile. Il suo nome d'arte. Su un'altra mensola ci sono altre fotografie in bianco e nero con volti che riconosco vagamente da vecchi film e nostalgici programmi televisivi, quasi tutte autografate e dedicate a lei. *A Margaret, per l'indimenticabile spettacolo. A Margaret, la Lady Bracknell più discola che abbia mai conosciuto. A Margaret, con amore, Brian Blessed.*

Apriamo una vecchia valigia malconcia, e dentro troviamo una collezione di abiti da sera lussuosissimi, ripiegati e avvolti in carta velina. Su ciascuno c'è un biglietto scritto a mano: Evening Standard Theatre Awards 1965; Royal Variety Performance 1968; Sun Television Awards 1973.

È troppo. È tutto.

«Guarda», mi dice Sally. Prende una grande cartella di carta dallo scrittoio sotto la finestra a ghigliottina, di fronte alla porta. Sul davanti, c'è una sola parola.

Hannah.

La prendo, cauta, come se stessi maneggiando qualcosa di delicato, o di pericoloso. E suppongo sia un po' entrambe le cose, perché è quello che Margaret voleva che trovassi, e aprissi. Per questo sono qui.

Apro.

La prima cosa che cade fuori è un piccolo oggetto che rotola sulla scrivania e finisce tra le mie mani, il cerchietto di grosse pietre blu che brillano sotto la luce. Il suo anello di fidanzamento con lo zaffiro.

Ho bisogno di sedermi. Tiro fuori la sedia da sotto la scrivania e mi ci lascio cadere. Poi estraggo un fascio di fogli, il primo dei quali è una lettera datata giugno 2005, scritta nella bella calligrafia di Margaret.

Cara Hannah,

se stai leggendo questa lettera, significa che sono andata al Creatore. Da diversi mesi, oramai, ho la sensazione che stia per succedere. Spero tu non sia troppo sconvolta. Com'è che dite voi giovani? È la sfiga? Indubbiamente. Ho avuto una vita lunga e piena, come potrai vedere anche tu, adesso. Perché avevo nascosto tutte queste cose? Perché avevo difficoltà a guardarle. Preferisco che il passato continui a vivere nelle storie, più che nelle reliquie. Vedere questi programmi e questi poster mi ricorda che sono eventi accaduti tanto tempo fa, ma la mia mente mi dice che risalgono a ieri. Preferisco quest'ultima versione. Le cose che facciamo e che sperimentiamo rimangono con noi, no? A portata di pensiero. Smisi di recitare per traferirmi qui con Arthur, tanti anni fa; era quello che volevamo entrambi, e non mi andava di essere ossessionata dal passato; volevo che continuasse a vivere nella mia testa. Perdere qualcuno è sempre difficile, Hannah, ma possiamo renderlo più accettabile comprendendo che i ricordi sono reali, e vivi.

Detto ciò, questa cartelletta contiene una cosa che desidero che abbia tu, perché mi pare che tu e tuo padre l'abbiate perduta, poveri esseri senza speranza. Credo che dovresti usarla di nuovo, in qualche modo. C'è anche una cosa mia, che adesso appartiene a te. Ho visto come lo ammiravi. Ti starà benissimo al dito, e magari un giorno lo lascerai anche tu in eredità.

Sii forte, mia giovane amica: sei la persona più coraggiosa che abbia mai incontrato. Ti ho vista crescere; l'averti conosciuta, e l'averti vista diventare una donna brillante sono tra le cose che conservo del cuore. Mia cara, non avevo mai conosciuto nessuna come ho conosciuto te. Mi rendo conto che è stata dura, e che potrebbe esserlo anche di più. Ricorda che la vita non si misura in anni, ma in momenti. In un anno ci sono oltre trenta milioni di secondi, lo sapevi? Hannah, afferra tutti quelli che puoi, sono tuoi. Io ti sorriderò da lassù. Continuiamo a vederci e a prendere il nostro tè con il dolce, ogni due settimane. Continuiamo a raccontarci quello che ci succede.

La tua amica, per sempre

Margaret

Sfioro quelle parole con la punta delle dita. Traccio le linee curve.

«Vorrei che fosse ancora qui», dico. «Lo vorrei sul serio. Era l'unica persona con cui potevo parlare di...»

Sally è accanto a me, e mi mette un braccio intorno alle spalle.

«Di che cosa?» mi chiede.

Non mi va di risponderle, ma lo faccio lo stesso. «Della morte. Bella ironia del cazzo, eh?»

E per un po' non riesco a dire altro.

Infine, c'è il mazzo di fogli strausati, stropicciati e con i margini strappati. Li faccio passare, e mi ci vuole qualche secondo per capire che cosa sono. E a quel punto stento a crederci.

«Oh mio Dio, Sally.»

Sono le trascrizioni degli spettacoli per i miei compleanni. Tutti quanti. Ogni scena, ogni parola. Aveva tenuto gli appunti di scena scritti frettolosamente da mio padre, ma aveva aggiunto i dialoghi, le indicazioni riguardo alle posizioni sul palco. Do un'occhiata, colgo alcuni frammenti che riaccendono i miei ricordi, battute che rammentavo in parte si ricostruiscono nella mia testa. Per la prima volta, dopo giorni, sorrido. Sorrido davvero.

«Sono quello che penso che siano?» chiede Sally.

«Gli spettacoli per il mio compleanno», dico, la voce rotta dall'emozione. «Margaret li aveva tenuti tutti. Io e papà non c'eravamo riusciti. Ma lei sì.»

In mezzo ai tesori di una carriera sorprendente, aveva conservato i miei copioni, la mia vita. Significavano qualcosa per lei. Stringo le carte al petto e piango. Piango davvero.

Quando arrivo a casa, papà è nella sua piccola area studio, lo sguardo fisso nel vuoto.

«Papà, non crederai mai a quello che ho trovato a casa di Margaret», grido.

Lui si gira, sulla sedia.

«Sally è con te? Ho bisogno di parlare con lei.»

Lo strano tono della sua voce mi blocca. Mi domando se sia successo qualcosa con Phil, o al teatro. Non riesco a decifrare lo sguardo nei suoi occhi, ma so che non è questo il momento per abbandonarsi alla nostalgia. Invece, vado di sopra, in camera mia, e sparpaglio i testi sulla mia scrivania. Anche se sono messa male, spaventata e triste, e anche se il matrimonio di Sally sta andando in pezzi, siamo state sollevate entrambe da questa scoperta epica. È strano come le piccole cose riescano ad avere un effetto del genere: il minimo piacere, il più debole dardo di luce, una brezza appena accennata. A volte è tutto quello che ti serve per trascinarti fuori dal dramma della tua vita, fosse soltanto per un po'.

Margaret aveva salvato i copioni. Quegli spettacoli parlavano della magia del teatro. Del nostro teatro.

Sento nascere un'idea; un'idea potenzialmente irrealizzabile. Mi domando se sia per via dei farmaci, di questo senso di spossatezza... forse ho le allucinazioni. Penso di parlarne con Sally, ma è una cosa troppo stupida. E comunque è troppo tardi.

O forse no?

Sto appunto pensando a questo, sento Sally salutare a gran voce dal piano di sotto, e poi la porta d'ingresso che si apre e si richiude. Proprio non ho la forza di correrle dietro, così decido di mandarle un messaggio.

«Io penso che dovremmo salvare il teatro.»

Il telefono squilla quasi all'istante.

«Hannah.» È Sally. «Non hai già avuto abbastanza eccitazione per un solo giorno?»

Le dico le mie idee; si riversano fuori dalle mie labbra, come un fiume in piena. Mezzora dopo, sono riuscita a convincerla che non sono pazza. È come se lo spirito di Margaret stesse operando attraverso me, un incrocio tra Maggie Smith e Yoda.

«Se dobbiamo farlo, abbiamo bisogno dell'aiuto di tutti», dice Sally. «E non possiamo dirlo a tuo padre. Ha già abbastanza carne al fuoco, senza ulteriori preoccupazioni riguardo al teatro.»

«Che intendi dire?»

«Oh... oh niente. È tutto OK, solo... niente, cose noiose. Comunque, dobbiamo organizzare una riunione a cui partecipino tutti... ma non al teatro, da qualche altra parte. In un posto meno ovvio.»

«Ho proprio quello che fa al caso nostro.»

Tom

Hannah era uscita con Sally da più di un'ora, quando squillò il telefono. Il mio primo pensiero fu: Oh mio Dio, cos'è successo? La vita era diventata un melodramma... ogni volta che bussavano alla porta, che ricevevo una lettera, che squillava il telefono, mi aspettavo notizie catastrofiche.

Così, quando una voce che non riconobbi all'istante disse «Tom, sei tu?» provai un brivido di sollievo. Non era Sally che chiamava per dirmi che Hannah aveva avuto un collasso; e probabilmente non era il comune che mi informava di aver lanciato un attacco missilistico sul teatro.

Poi capii.

La voce era debole e gracchiante, arrivava da migliaia di chilometri di distanza e da un'altra vita.

«Ciao, Elizabeth.»

La chiamavo Lizzie. Solo dopo un anno avevo scoperto che detestava quel diminutivo. A scuola, c'era una bambina che la seguiva cantilenando «Busy Lizzie, Busy Lizzie», mentre le tirava i capelli. Era andata avanti per settimane, finché un giorno Busy Lizzie non si era voltata e non le aveva mollato un pugno, facendole saltare un dente. Da allora, nessuno l'aveva più chiamata Lizzie... fino a quando non ero capitato io nella sua vita. Per qualche ragione, non mi aveva fermato. Non le aveva dato fastidio, apparentemente; era stata una cosa nostra. Ma adesso era tutto finito.

«Ho appena ricevuto i tuoi messaggi», disse. «Mi dispiace. Ero via per lavoro, ad Abu Dhabi. Lei come sta?»

«Sta affrontando la cosa, ma non credo abbia ancora assimilato la notizia fino in fondo. Come me, del resto.»

«Oh mio Dio, povero tesorino», rispose, come se stesse parlando di un criceto che doveva sottoporsi a un intervento chirurgico di routine. La sua calma era quasi surreale, e fece venir fuori tutta la mia paura.

«Sono terrorizzato. Non so che cosa dovrà passare. Non lo so più.»

«Lei è forte, è una realista... gestirà la cosa senza problemi. Allora, qual è il prossimo passo? I medici ci terranno aggiornati?»

Mi presi un momento, mentre cercavo di digerire quel «*ci* terranno informati»; mi si bloccò nella trachea, come un frammento di cartilagine. Non c'era nessun «noi».

«La ricoverano al Great Ormond Street per tre giorni di test», dissi, la voce strozzata. «E poi ne sapremo di più.»

«Ho un amico a Londra. Un cardiologo famoso. Lo chiamo appena arrivo, sabato.»

Sul mondo intorno a me scese il silenzio, era come se le mie orecchie fossero esplose; il telefono non pesava niente, nella mano.

«Ci sei ancora?» fece Elizabeth.

«Io... che significa "appena arrivi"?»

«Sto tornando. La mia assistente personale ha prenotato un volo ieri. Ti mando un'e-mail con tutti i dettagli. A Gatwick, maledizione... fra tutti gli aeroporti, proprio quello.»

«Ma...»

«Oh, non preoccuparti, Tom. Non intendo presentarmi a casa vostra, mi cercherò un posto dove stare. Mi rendo conto che non sarà facile, ma ho bisogno di vederla. Mio Dio, ha passato un brutto momento.»

«Scusa se te lo chiedo, ma tu che cosa ne sai? Elizabeth, Gesù, non la vedi e non le parli da tredici anni.»

Fu il suo turno di rimanere in silenzio. Sentivo solo rumori statici. Per la prima volta, ebbi la sensazione di aver perforato uno strato delle sue poderose difese.

«No», disse, sommessamente. «Io non lo so. Mi dispiace. Penserai.... Scusa.»

La mia mente era vuota, avevo dimenticato tutte le mie battute.

Mi sembrava di essere in scena, e d'un tratto le tavole scadenti, da sempre traballanti e precarie, avevano cominciato a scheggiarsi; le scenografie splendidamente dipinte si stavano deformando, il legno troppo sottile non reggeva. Oh cielo. Sapevo che la situazione era *decisamente* critica, quando cominciavo a pensare per metafore teatrali apocalittiche.

«Allora ti mando tutti i dettagli per e-mail», fece lei, di nuovo vivace e professionale. «Se ti facessi trovare lì lo apprezzerei molto. In aeroporto. Così avremo modo di rimetterci in pari.»

Una parte nascosta dentro di me avrebbe voluto chiederle: «Perché ora? Perché tornare adesso? Perché non anni fa?» Ma non riuscii a dare forma alle parole, e nemmeno ai pensieri dietro alle parole.

«D'accordo», fu tutto quello che riuscii a dire. D'accordo? Ci eravamo parlati per un minuto, più o meno, ed era già rientrata prepotentemente nelle nostre vite. Era quanto di meglio riuscissi a fare? Sì, apparentemente sì.

«So che magari non vorrà vedermi», aggiunse Elizabeth, tutta gaia e pragmatica. «Sono pronta a un'eventualità del genere.»

«Bene.»

«A sabato, allora.»

«Sì», feci io. «A sabato.»

La linea si interruppe. Elizabeth stava tornando. Come l'avrei spiegato a Hannah?

Quando arrivarono lei e Sally, dopo essere state a casa di Margaret, riuscii a malapena a guardarla negli occhi: non aveva idea di come avrei fatto a dirle che cosa stata succedendo. Invece, aspettai che fosse andata di sopra, e spiegai tutta la storia a Sally.

«Che cosa dovrei fare?» le chiesi.

«Andare a Gatwick per incontrare la tua ex moglie.»

«Ma... e se dopo vuole venire qui e vedere sua figlia?»

«Certo che lo vorrà.»

«E che cosa dico a Hannah?»

Sally nascose il viso tra le mani, e poi mi guardò con mera esasperazione.

«Oh Dio, Tom, non lo so! Gesù! Mi dispiace, ma ci sono tante di quelle cose in ballo, adesso! E non sei l'unico ad avere un...»

«Ad avere cosa?»

«Non importa. Non è niente. Solo una cosa con cui devo fare i conti. Ascolta, devo andare, ma se vuoi il mio consiglio va' di sopra e dillo a Hannah. Devi pur fare qualcosa di decisivo nella tua vita. Non essere un gigantesco codardo.»

Non andai di sopra a dirglielo... per via di tutto quello che stava succedendo, e anche perché sono un gigantesco codardo. Rimandai, fino alla vigilia dell'arrivo di Elizabeth. A essere sinceri, stavo prendendo tempo nella remota speranza che lei cambiasse idea e mi mandasse un messaggio con una scusa terribile, citando un impegno dell'ultimo minuto nel Qatar... ma non accadde. Invece, ricevetti un messaggio conciso in cui mi rammentava il nostro appuntamento a Gatwick, l'indomani.

Hannah stava sonnecchiando sul divano nel soggiorno. Malvolio si allungò accanto a lei. Il viso, seppellito tra i riccioli, era di un pallore spettrale. Il viso di una bambina; sembrava un ritratto preraffaellita che aveva quasi preso vita. Non volevo disturbarla. Era come se tutto quello che ci stava succedendo in quel momento fosse pieno di paura e di conseguenze: era come vivere in un dramma di Ibsen. Pensai di preparare qualcosa da bere, così avrei potuto dirle: «Ecco qui una bella tazza di cioccolata calda con panna montata, oh, a proposito, sto andando in aeroporto a prendere tua madre, con cui non abbiamo rapporti da una vita... hai presente? Quella che se ne andò quando avevi tre anni? Ecco, lei. Comunque, ci vediamo dopo». No, probabilmente non avrebbe funzionato.

«Papà, perché te ne stai sopra di me come una specie di psicopatico?»

Hannah si tirò su a sedere, prese Malvolio, ancora intontita, e se lo mise in grembo. «Che ore sono?»

«Le nove. Del mattino. Da quanto sei qui?»

«Non lo so. Ho un dolore al petto.»

«Aspetta, vado a prenderti un po' d'acqua. Ti servono le pillole?»

«Ah-hah.»

Andai in cucina e riempii il bicchiere molto lentamente, per rimandare l'inevitabile conversazione ancora per qualche secondo. Quando tornai di là, Hannah stava tenendo Malvolio davanti al viso.

«Perché non mi lasci in pace, stupido gatto?»

«Tua madre andò su tutte le furie, quando lo portai a casa», cominciai, posando il bicchiere sul tavolino accanto al divano. «Diceva che i gatti sono pieni di pulci e di parassiti, ed era da irresponsabili tenerne uno in casa, con una bambina.»

«Be', Malvolio sarà anche un sacco di pulci, ma almeno è rimasto, non è vero, brutto idiota ciccione?»

«A questo proposito», dissi, affabile, «Hannah, tua madre mi ha chiamato qualche giorno fa. Te lo dirò senza girarci intorno. Torna in Inghilterra. Vuole vederti.»

Hannah si lasciò cadere il gatto sulle ginocchia.

«Il suo volo atterra domani», continuai. «Mi ha chiesto di vederci in aeroporto. Mi dispiace, Hannah. Avrei dovuto dirtelo prima. Solo che... non sapevo come dirtelo.»

«Papà! Verrà a stare qui?»

«No, certo che no. Andrà dai suoi a Bagshot, non ho idea di quanto tempo si fermerà. Ma vuole venire a trovarti.»

«Wow.»

«Lo so.»

«*Wow.*»

«Lo *so.*»

«Non mi aveva mai detto... cioè, non ti aveva mai fatto capire che magari stava pensando di venire?»

«No. L'ho chiamata per dirle del trapianto, ma ho trovato la segreteria. E quando la sento mi dice che ha già acquistato il biglietto.»

«Cazzo. Scusa, papà. Ma... cioè, che cosa pensa che succederà? Che madre e figlia si ritroveranno, e andremo a fare shopping insieme?»

«Dubito che si sia spinta a pensare fin là. Non devi incontrarla per forza. Le ho già detto che magari non avresti avuto voglia di vederla.»

Hannah nascose il viso tra le mani, ma più per lo stupore e l'incredulità che per il trauma della notizia. Poi, d'un tratto alzò gli occhi. «E tu, papà?»

«Io sto bene. Non ho idea di quello che proverò rivedendola, né di quello che ci diremo, ma sinceramente, in confronto a tutto il resto...»

Hannah prese un sorso d'acqua. «L'ami ancora?»

Sentii il colore abbandonare il mio viso. Non era una domanda che mi ero aspettato. Hannah non me l'aveva mai posta, prima di quella mattina. Ci aveva pensato su? Per questo aveva smesso di darmi il tormento con quel sito di appuntamenti? Perché pensava che fossi ancora innamorato di Elizabeth? Molto rapidamente, mi resi conto di non avere una risposta pronta. Per qualche motivo, mi guardai intorno, quasi cercassi dei suggerimenti. C'erano libri, quadri, mobili che avevamo scelto e comprato insieme... tutti pregni di ricordi. Ovunque erano disseminati reperti del nostro matrimonio. Tutti quei frammenti si incastravano insieme a formare qualcosa di concreto?

«Non lo so. Non credo. Voglio dire, sono ancora furioso con lei, mi sento ancora abbandonato. È amore questo? Forse. Sono molto confuso.»

«Lo so», disse Hannah. «Lo so com'è mamma.»

E fu dolce, da parte sua, perché in realtà che cosa poteva saperne? Non parlava con la madre da anni.

Hannah

«Ho il posto che fa per noi», avevo detto a Sally. E ce l'avevo.

La madre di Daisy ci porta al negozio di fumetti. Di solito Daisy si siede davanti, ma questa volta, senza dire una parola, apre la portiera e mi fa entrare, prima di sedersi dietro con Jenna. Avere problemi di cuore a volte comporta dei vantaggi inaspettati. Ecco un altro esempio: ieri ho mandato un messaggio a Ricky e Dav, in cui chiedevo se potessimo fare una riunione al negozio... e loro mi hanno risposto subito di sì. Mi aspettavo che ci sistemassero in un angolo, tutti stipati, invece quando arriviamo vedo che hanno disposto tutte le sedie a cerchio intorno a un tavolino carico di biscotti al cioccolato. A questi due poveri vecchi goth devo essere costata più di quanto abbia mai speso per dei fumetti. Sally è già qui, sulla poltrona, e armata di cartelletta, quindi è chiaro che ha intenzioni serie. Ci sono anche Ted, James e Shaun, e Natasha ha portato tutta la sua famiglia. Quando mi vedono, fingo di non notare le espressioni scioccate e preoccupate sui loro volti. Lo so, ragazzi. Sono pallidissima, cazzo, e sto perdendo peso. Vi dirò, non è male come sembra. A volte le persone nelle mie condizioni cominciano a trattenere liquidi e si gonfiano come l'Omino Michelin... io no, però. Sto svanendo, come una fanciulla malata dell'epoca vittoriana. Me ne sto andando come una delle Brontë. Jenna e Daisy mi tengono in mezzo a loro, come due bodyguard: ultimamente sono tutti pronti ad afferrarmi nel caso dovessi cadere. Mi sento come un'imperatrice in fin di vita che viene accompagnata fuori per salutare un'ultima volta la sua corte.

«Vieni a sederti», mi dice Ted, e tutti si alzano per offrirmi la loro sedia. Prendo quella accanto al trono di Sally, e mi abbasso piano fino a sedermi, cercando di non dare a vedere quale sollievo sia per me. Gli altri si radunano intorno a noi, qualcuno su una sedia, qualcun altro sul pavimento. Tutto questo avviene mentre i clienti sfogliano fumetti, sullo sfondo, fingendo di non guardarci... è davvero una scena surreale. Forse pensano sia una nuova iniziativa del negozio: il momento delle storie, con Sally e Hannah.

«Buongiorno a tutti», esordisce lei. «Grazie di essere venuti. Naturalmente vi ho ricattato, ma oramai è così che si fa, giusto, Hannah? OK, la situazione è questa...»

In quel momento si apre la porta del negozio, e un ragazzino dall'aria colpevole si ferma sulla soglia, la testa bassa, gli occhi incollati sul pavimento davanti a lui. Tutti i presenti si voltano e lo fissano.

«Sei qui per la riunione o per i fumetti?» gli chiedo.

«Per la riunione. Se mi vuoi.»

Non è Callum, è Jay. Non gli rivolgo la parola da quando ha fatto la spia con papà. Adesso che lo vedo vergognoso ed esitante sulla porta, sapendo che cosa sta succedendo a casa sua, provo una fitta di rimorso per la nostra amicizia.

«Sta passando un brutto momento, con suo padre e me, e tutto il resto», mormora Sally. «È davvero dispiaciuto per quello che ha fatto.» È abituata a giustificare gli uomini della sua vita.

«Vieni a sederti», ringhio. «Mi occuperò di te più tardi.»

In punta di piedi entra, e si siede con le gambe incrociate sul pavimento, la schiena appoggiata alla sedia di sua madre.

«Comunque», continua Sally, «penso che molti di voi ormai sapranno che il teatro è nei guai. In guai seri. Il consiglio vuole abbatterlo e costruirvi delle residenze di lusso, e hanno concesso due settimane a Tom per salvarlo. Ma Tom sta attraversando un brutto momento, è chiaro a tutti, no? Non può risolvere questa cosa da solo. Per questo siamo qui. Per tutti noi, quel teatro è stato un rifugio, un posto dove fuggire e in cui esibirsi. Per Hannah è stato una casa... ci è cresciuta. E come lei anche Jay, suppongo. Tutti noi probabilmente abbiamo scoperto qualcosa su noi stessi, tra quelle mura.» In quel momento lancia un'occhiata a Shaun e James.

«Ma per papà, il teatro significa anche di più», dico, anche se intendevo lasciare che fosse Sally a parlare. «Quel teatro è la sua vita. Devo aiutarlo.»

Vedo alcune teste che fanno sì, in mezzo a quella piccola banda di amici, colleghi e attori dilettanti, ma nessuno parla. D'un tratto, temo che non siano poi così in pensiero; che per loro quello che sta succedendo non sia davvero importante. Ci sono altri teatri, nei dintorni, altri gruppi di attori, altri pubblici. Lo spettacolo deve continuare, e palle varie.

Ma Sally chiaramente non è dell'umore per dubitare di sé.

«Questo è il piano di Hannah», dice, sbattendo la cartelletta sulle gambe così rumorosamente che tutte le persone presenti nel negozio si voltano ad ascoltare. «Tra due settimane metteremo in scena uno spettacolo in teatro. Inviteremo l'intera città, offriremo tè e dolci, faremo fare dei tour dell'edificio, e alla fine ci esibiremo. Sarà uno spettacolo speciale, che sta scrivendo Hannah, ma che alcuni di voi potrebbero riconoscere. Avvieremo una petizione per salvare il teatro, ed elaboreremo un piano di sottoscrizioni. Faremo vedere a quelli del comune che il Willow Tree non è un edificio commerciale che si può demolire e sostituire così... è il cuore di questa dannata città.»

«Ma il comune ha detto che non possiamo organizzare spettacoli», osserva Ted. «Ci hanno revocato la licenza. Tecnicamente, infrangeremo la legge.»

«Ma se non facessimo pagare la gente», fa Sally. «Se chiedessimo solo delle donazioni... tecnicamente sarebbe una festa privata.»

«Ma Tom cosa...»

«A papà non lo diciamo», intervengo. «Si preoccuperebbe per me se sapesse che sto facendo questa cosa, e non voglio che pensi che c'è qualche speranza per il teatro, quando è probabile che non ce ne siano. Inoltre, se ci facciamo arrestare, ci servirà che sia fuori per pagarci la cauzione.»

D'un tratto, Sally si china in avanti, sulla poltrona, e alza la voce. «Sarò onesta», dice. «Dovremo lavorare sodo per organizzare tutto quanto, e potremmo non farcela. Anche ammesso di riuscire a mettere insieme qualcosa, e a raccogliere donazioni e firme, al comune probabilmente non fregherà un accidenti. Ma dobbiamo provare. Margaret una volta ci disse di aver partecipato a una protesta nuda per salvare un teatro. Ora, noi non faremo nulla del genere, perché fa freddo e perché non siamo così bizzarri, ma dobbiamo mostrare di avere parte della sua determinazione.

«So che avete tutti delle vite impegnate, che avete altre responsabilità, ma se qualcuno di voi potesse dare una mano, anche solo raccogliendo firme, o preparando un dolce, o vestendosi da fata, è pregato di alzare la mano. Comincio io.»

Sally alza la mano, e subito la imito. C'è un ritardo di una frazione di secondo; un momento di incertezza; ancora una volta, temo di aver sopravvalutato l'importanza che i presenti...

La mano di Ted si alza prima che abbia modo di elaborare il mio pensiero, e così pure quella di Shaun, che solleva anche quella di James. Quindi è la volta di Jenna e Daisy, Jay, Natasha, il marito di lei, e Ashley. La madre di Daisy. Tutti i membri del gruppo. Un piccolo mare di mani. E non finisce qui. Mi guardo intorno, e vedo che hanno alzato la mano anche Ricky e Dav, e anche parecchi clienti, benché sembrino un po' confusi; un rockettaro di mezza età con una T-shirt dei Saxon alza il braccio tatuato; un tizio elegante con pantaloni chino solleva una copia di *Capitan America*. Mi sembra di essere in uno di quei film hollywoodiani che parlano di disagiati. Dovrebbe esserci la colonna sonora, il crescendo dell'orchestra, o il tema di Rocky. Invece, Dav mette di nuovo i Sisters of Mercy, ed è perfetto così... è il suo negozio.

«Bene», fa Sally, la voce rotta da una punta di emozione. «Dovremmo assegnare gli incarichi e mettere in moto il tutto.»

Cominciano ad alzarsi tutti.

«Oh, un'ultima cosa!» dice, forte.

Si rimettono seduti.

«Ci serve una ragazzina per uno dei personaggi. Siamo all'inizio del semestre e c'è in giro questo terribile virus gastrointestinale, quindi molti giovani del gruppo non sono disponibili. Se qualcuno di voi avesse un famigliare entusiasta che possiamo prendere in prestito...»

Sally guarda Natasha.

«Ti prego, mammina?» la supplica Ashley.

Adesso la stanno guardando *tutti*

«Oh, per l'amor di Dio, prendetevi mia figlia», dice, in un gemito. «Ma, Ashley, qui tiro una linea. Non ti unirai al mio club di degustazione vini.»

Mentre Sally comincia a prendere nomi e dati degli ignari volontari, Jay mi avvicina, sedendosi sulla poltrona fino a poco fa occupata da sua madre.

«Mi dispiace, Hannah. Scusa se ho detto a tuo padre di te e Callum. È stata una mossa del cazzo.»

«Del cazzo, hai detto bene. Perché l'hai fatto? Papà dice che è stato un incidente, ma non è così, vero?»

Scosse la testa, lentamente. «Ero geloso. Avevo sempre pensato che tu e io...»

«Cosa?»

«Non lo so. Dimentica tutto. Possiamo continuare a essere amici?»

«Io lo voglio, ma il fatto che siamo amici da sempre non implica che io ti debba qualcos'altro. Capisci? Non hai diritti di prelazione. Se è questo che pensi, non possiamo più essere amici.»

«Lo so.»

Sembra avvilito.

«E se siamo amici», dico, «tu devi dirmi quando le cose vanno male. Devi parlare con me. Intesi? Sono malata, ma sono ancora qui. Sono ancora io.»

Durante l'ora successiva, scegliamo incarichi per tutti. Sally è la regista, io il suo vice, Ted penserà alla parte amministrativa, James preparerà dei poster; Daisy e Jenna si occuperanno di stampa e pubblicità, principalmente perché Daisy con il suo fascino sa convincere chiunque a fare qualunque cosa, e perché nessuno è bravo come Jenna a diffondere informazioni tramite gruppi e forum. Infatti adesso tiene un interessantissimo discorso di otto minuti su MySpace, e sul «diventare virale», che lascia tutti confusi, ma che risulta piuttosto convincente. Salta fuori che, tra i volontari, il metallaro è un artista (il che mi fa pensare a Callum, e provo una fitta di tristezza per il fatto che non sia qui, con me), e dice di poterci fare un'insegna. Adesso comincio a sentirmi esausta, e Sally se ne accorge e aggiorna la riunione.

«Da adesso siete tutti membri dell'associazione Salviamo il Willow Tree», dice a gran voce, mentre tutti escono dal negozio. Quando è stato ripristinato l'ordine, torna a sedersi accanto a me.

«Sicura di sentirtela?»

«E tu?»

«Be', il mio matrimonio è fottuto, il tuo cuore...»

«Fottuto, anche quello.»

«L'idea è idiota e irresponsabile, e probabilmente sarà un fallimento. Tuo padre mi ucciderà, quando lo scoprirà.»

«Quindi siamo d'accordo. Si fa.»

«Non sono mai stata così sicura di una cosa in tutta la mia vita.»

Tom

Non c'è posto più strano degli aeroporti... austeri, distaccati, come moderni palazzi di uffici, che però brulicano di drammi ed emozioni. Di solito vi si svolgono due trame: addii e bentornati... ma esistono un milione di variazioni, non tutte positive, non tutte ben accette.

Impiegai tre ore per arrivarci; mi misi al volante alle sette, percorsi le strade locali sonnolente, e poi imboccai l'A303 con i suoi campi ondulati e le città di pendolari. Pensai a Hannah, a quello che avrebbe dovuto affrontare e a ciò che sarebbe significato. Ma, mio malgrado, pensai anche a Elizabeth e a come sarebbe stato rivederla, a quello che avrei provato. Non riuscivo a concepire un esito diverso da un disastro orribile, lacerante. Su una strada a doppia carreggiata, al mattino presto, è difficile non indugiare sugli scenari peggiori... ti piombano addosso come il traffico. Persino Radio 2 non aiutava.

Mi tornò in mente un particolare della nostra conversazione al telefono, di qualche sera prima. Era uscita dalle nostre vite da anni ma, quando le avevo detto di avere paura per Hannah, e di non sapere più che cosa provava, Lizzie aveva risposto: «Lei è forte, è una realista». Ed è verissimo. Hannah ama le storie, ma non è una sognatrice senza speranze come suo padre. Mi fece pensare che, nonostante la grande distanza, e anche dopo tutto quello che era successo, doveva esserci ancora un legame indissolubile tra madre e figlia. E, quando Elizabeth era venuta a sapere del trapianto, la sua reazione immediata era stata quella di prenotare un volo. Nessun pensiero, nessuna discussione, solo un «Sto tornando». Quasi fosse... preparata.

*

L'area arrivi, a Gatwick, era gremita di persone in attesa; intere famiglie che aspettavano i loro cari, donne e uomini soli, nervosi, impegnati a battere sul telefono, ragazzotti in completo giacca e pantaloni, che reggevano cartelloni con sopra scribacchiati dei nomi. Ero talmente intento a scrutare la folla, e a interrogarmi sulle riunioni che di lì a poco avrebbero avuto luogo, che non notai il gruppo di viaggiatori stanchi che stavano lasciando la dogana; non notai la donna dal viso sofisticato e i capelli lucidi che le arrivavano alle spalle, che indossava abiti casual ma firmati, che sembrava più riposata e sveglia di tutti gli altri. Non la notai fino a quando non fu a pochi passi da me, lo sguardo su di me.

«Ciao, Tom.»

Aveva un'aria fresca ed elegante, anche dopo sei ore di volo. C'era qualche filo d'argento tra i capelli ricci, ma era l'unica concessione all'età. La bocca si incurvò tremolante in quello che passò per un sorriso. Nel suo viso rividi Hannah, immediatamente.

«Ciao, Lizzie.»

Sapevamo entrambi di dover cementare la nostra riunione con un contatto fisico, ma, non conoscendo bene l'etichetta, né io né lei, optammo per un bacio volante, mantenendo un distacco tale che sembravamo trovarci in due zone con fuso diverso. Il bacio più metaforico di tutti i tempi.

«Come stai?» mi chiese.

«Non benissimo. Sono successe parecchie cose.»

«Lo so.»

«Davvero? E come fai a saperlo?»

«Non ora, Tom. Non qui.»

Intorno a noi c'erano famiglie che si riabbracciavano, coppie che si baciavano, cani che saltavano e leccavano i padroni tornati da un viaggio. I soliti dialoghi da aeroporto: Com'è andato il volo? Sei riuscito a dormire? Hai mangiato? I bambini sono così eccitati di vederti... Ma a me veniva in mente una sola domanda: come hai potuto andare via? Come hai potuto tornare?

«Vuole vedermi?» mi chiese subito, andando dritta al punto come sempre. Il tono era piccato, ma esitante.

«Ancora non lo sa con sicurezza. È una bella botta. Le mando un messaggio per farle sapere che sei arrivata. Poi sarà lei a decidere.»

Elizabeth annuì, distratta. Eravamo d'accordo di andare a prenderci un caffè insieme per parlare e discutere di quello che sarebbe successo dopo... come due adulti ragionevoli. Questo era il piano. Avevo la sensazione che fosse abituata a muoversi con breve preavviso; era pratica, preparata.

«Allora. Ordiniamo da bere?»

«C'è una caffetteria all'altra estremità dell'atrio. Non sembra granché, ma...»

«Andrà benissimo. Non può essere peggio di Big Billy's.»

Big Billy's era il locale che frequentavamo quando andammo a convivere, a Bristol. Una bettola lurida tre case più giù rispetto alla nostra minuscola abitazione a schiera, che vendeva panini al bacon e tazze di tè a meccanici del posto e a operai del turno di notte. Ci andavamo tutti i sabati mattina, dopo una sbornia; Elizabeth, che aveva un lavoro straordinario nel campo dell'ingegneria aerospaziale, portava con sé enormi cartelle di documenti, mentre io spulciavo *The Stage* alla ricerca di lavori e audizioni. Le sedie erano rotte, le tovaglie macchiate, la clientela terrificante, ma era il nostro posto. Per un attimo mi emozionò che se ne ricordasse. Ordinammo entrambi un americano, e ci trovammo un piccolo tavolo accanto a una famiglia chiassosa che evidentemente stava salutando uno dei figli, in partenza per un viaggio di un anno. Ragguagliai Elizabeth sugli eventi dell'ultimo mese: il drammatico funerale, e la fuga di Hannah alla convention di fumettisti, lo shock della visita in ospedale. Il modo in cui Venkman ci aveva comunicato la notizia, con cautela, estremamente serio. Elizabeth annuì per tutto il tempo, quasi stesse ricevendo un briefing su qualche progetto lavorativo.

«Ho parlato con quel mio amico, il cardiologo», mi disse poi. «I trapianti hanno un tasso di successo molto elevato, oggi; i farmaci immunosoppressori sono in continuo miglioramento. Ha detto che il cuore di un donatore può durare molti anni, se...»

«Stiamo facendo un passo alla volta», la interruppi, svelto. Mi rendevo conto che le mie mani stavano sfogliando il menu, frenetiche.

«Ma Tom, io credo che dovremmo...»

«Un passo alla volta. Non è nemmeno in lista, ancora. Deve fare degli esami e, una volta inserita, non ci sono garanzie. Non è una cosa che possiamo risolvere con il ragionamento.»

Non voleva essere una frecciata. Ma al tempo stesso volevo assolutamente che lo fosse. Per qualche ragione mi sentivo messo all'angolo. La famiglia accanto a noi si era alzata per dare inizio alla sessione degli abbracci di massa, come in una mischia a rugby; l'adolescente pelle e ossa al centro dimostrava a malapena sedici anni. Notai un vecchio orsacchiotto divorato dalle tarme che spuntava dal comparto posteriore del suo zaino. Stava partendo per un'avventura... probabilmente ce ne sarebbero state tante altre. Si sarebbe ricordato di quel momento? Ne avrebbe parlato con i suoi bambini? Le pagine del menu erano stropicciate, tra le mie dita. Non riuscivo a identificare le emozioni che sentivo salire dentro di me. Non le riconoscevo, e non sapevo dove fossero dirette.

«Quindi adesso che cosa facciamo?» chiese Elizabeth.

«Facciamo?»

Mi fissò. «Hannah è mia figlia.»

Feci un verso di derisione. Uno vero. Un verso brutale, sgradevole.

«Tu ci hai lasciato. Hai fatto la tua scelta.»

«Non ricominciamo. Abbiamo fatto questo discorso un migliaio di volte. Me ne andai perché non... perché non sono portata per fare il genitore. Non fa parte di me.»

«Oh, lo so bene perché te ne andasti. Quello che mi sfugge è perché sei tornata ora.»

«Perché Hannah sta male! Sono preoccupata, ho bisogno di vederla!»

«Hannah sta male da anni. Dov'eri quando le fecero la diagnosi? Dov'eri quando trascorse due settimane in ospedale a causa di un'infezione? Dov'eri il mese scorso, quando perse i sensi in cima alle scale e passò due giorni al pronto soccorso?»

«Tom, ti prego! Non sono brava in queste cose. Lo sai. Lo sai che non sono capace. Non sono mai stata capace. Oh Dio, non avrei mai dovuto...»

«Cosa?»

«Niente.»

«Non avresti mai dovuto sposarmi? Non avresti mai dovuto avere Hannah?»

Silenzio.

«Io non mi pento di averti sposato.»

Mi appoggiai allo schienale, incredulo, esterrefatto. «Quindi ti sei pentita di aver messo al mondo Hannah?»

L'espressione scioccata e ferita che attraversò il suo volto era sincera. «Tom, siamo tutti e due esausti ed emotivamente coinvolti, non dovremmo fare questa discussione adesso. Non è il momento, e non è il luogo.»

«Momento e luogo non sono mai stati adatti, in tredici anni. Sei tornata in Inghilterra diverse volte! Ti sei persa Hannah mentre cresceva. È la nostra bambina. La nostra bambina, Lizzie!»

«Non avevo la forza di affrontarvi!» grida, abbastanza forte da indurre la famiglia accanto a noi a interrompere i saluti per guardarci. «Mi vergognavo! Provavo vergogna per essermene andata, per non esserci! Davvero non lo capisci? In fondo al cuore, so che andarmene fu la decisione giusta... non solo per me, ma per tutti e tre; ma, Tom, non mi perdonerò mai per averla presa.»

In un attimo, la sua compostezza studiata se ne va. Colgo un lampo dell'Elizabeth che avevo visto durante quell'ultima settimana, prima che ci lasciasse... in lacrime, tormentata, devastata.

Ma non abbastanza da restare.

E restammo lì seduti in silenzio, un silenzio lungo e impenetrabile che si diffuse intorno a noi come una nebbia fitta. L'aeroporto si fece sbiadito; le persone divennero fantasmi. Sembrava che ci fossimo smarriti in qualche posto misterioso. Il mio istinto, improvvisamente e sorprendentemente, fu di trovare una via d'uscita.

«Ti ricordi di quella volta che portammo i tuoi da Big Billy's?» le dissi.

Suo malgrado, chiaramente, Elizabeth non trattenne un largo sorriso. «Oh mio Dio», fece, con un gemito. «La retata antidroga.»

C'eravamo trasferiti nella nostra orrenda casa di Bristol da poche settimane, quando i suoi altezzosi genitori altoborghesi erano venuti a trovarci da Bagshot, per portarle alcune cose e, naturalmente, per dare un'occhiata alla desolata e terrificante landa urbana in cui avevo trascinato la loro figliola. Per un qualche motivo avevamo deciso di portarli da Big Billy's per un brunch e, durante i nostri disperati tentativi di chiacchierare del più e del meno, un furgone della polizia si era fermato fuori dal locale. Stavano facendo una retata tre case più giù rispetto alla nostra. I genitori di Elizabeth davano le spalle alla vetrata, ma Lizzie e io osservammo con orrore malcelato la sfilata di agenti pesantemente armati che smontavano dal mezzo.

«Oh Tom, tu allora continuasti a parlare dell'Old Vic, e di Peter Ustinov che stava dirigendo una stagione molto interessante al Theatre Royal... e fuori c'era questo poliziotto con un ariete.»

«Tutte le altre persone nel locale continuarono come se niente fosse a mangiare i loro sandwich al bacon... anche quando gli sbirri trascinarono fuori di casa quel tipo, gettandolo in mezzo alla strada.»

«"Questa è una zona emergente, pa'. Ignora le urla, per favore." Bei tempi.»

«Un periodo più innocente di questo.»

Guardammo la famiglia accanto andare via, i ragazzi più giovani ora annoiati e stanchi, i genitori ancora restii a lasciar andare il figlio maggiore. Sicuro di avere il passaporto? Ricordati di comprare una bottiglia d'acqua per il volo. Chiamaci non appena arrivi. Stai attento. Stai attento.

«Starò da loro per una settimana, almeno», m'informò Elizabeth.

«Come?»

«Dai miei. Non vivono lontano da voi. Potrei prendere il treno, o chiedere in prestito l'auto a mio padre. Potrei essere da voi in un paio d'ore.»

«Parlerò con Hannah, quando arrivo a casa. Ti prego, Elizabeth, non presentarti senza preavviso. Aspetta che ti inviti.»

«Come un vampiro?»

Annuii, ancora perso nei ricordi dei nostri primi anni, nella storia delle nostre origini. Elizabeth, ora più tranquilla, continuò a chiacchierare.

«Le ho comprato alcuni di quei fumetti giapponesi di cui parla sempre. Non so se siano quelli giusti, è difficile starle dietro. L'ultima volta che abbiamo chattato mi aveva...»

Si interruppe e mi guardò. Destato bruscamente dal mio sogno a occhi aperti, la fissai. Mi ci volle un momento per capire.

«L'ultima volta che avete chattato?»

«Tom.»

Oh.

«Tom.»

«Quando vi siete sentite in chat? Come? Da quanto tempo... cioè, le ho sempre ripetuto che poteva telefonarti, o scriverti delle lettere...»

«Lo so.»

«Ma lei mi rispondeva che non le andava. Così diceva a me.»

«Iniziammo due anni fa, credo. Mi aggiunse ai suoi contatti su MSN. Fui sorpresa quanto te, in tutta onestà. All'inizio erano brevi scambi, e tra uno e l'altro passavano settimane. Si connetteva, mi chiedeva qualcosa, e poi si disconnetteva. Poi però cominciammo a chattare. E da lì siamo andate avanti.»

«Non mi ha mai detto niente.»

«Tom, non essere arrabbiato con lei.»

«Io non capisco.»

«Era preoccupata. Preoccupata al pensiero di ferirti.»

«Ma lei... ma io le dicevo... Di che cosa parlate?»

«Oh, non lo so. Di tante cose! Lei mi fa un sacco di domande sul mio lavoro, su quello che faccio, su dove vivo. Mi racconta della scuola, degli amici, di quello che sta facendo. Mi parla del teatro.»

«E ti scrive anche della sua salute? Del cuore?»

«Tom, sì.»

Sentii il mondo crollarmi sotto i piedi; fu come se si fosse aperta una botola. Mi sentii sbagliato, stupido. Un pensiero attraversò la mia mente: avevo sempre creduto che stessimo riuscendo ad affrontare la situazione, ero convinto di fare un buon lavoro. Ma non era abbastanza. Oh Dio, certo che no.

Lo shock, la confusione dovettero apparire sul mio viso, perché Elizabeth allungò una mano e la mise sulla mia.

«Tom, perlopiù mi parla di te. Di te e lei. Delle cose stupide che fate. Mi ha raccontato dei suoi compleanni; degli spettacoli che hai messo in piedi per lei. Hannah ti adora.»

Ho gli occhi velati. L'essermi messo in auto la mattina presto, la scocciatura del parcheggio, questo incontro carico di tensione in un merdoso bar in fondo alla zona degli arrivi. È troppo.

«Non so che cosa stia succedendo. Non lo so più», dissi. «Stanno per chiudere il teatro; Hannah è molto grave, Lizzie. Non so se sono in grado di farle superare anche questa.»

«Sì che lo sei, Tom. Puoi farlo e lo farai. Qualunque cosa succeda. Lo so. Ho sempre creduto in te. Sempre.»

Con ciò, le sue dita mi strinsero più forte e, quando abbassai lo sguardo sulle nostre mani, notai una cosa che mai mi sarei aspettato... un'ultima rivelazione. Seguì il mio sguardo, e poi alzò di nuovo gli occhi, vergognosa.

«Vedi... non ho mai chiuso veramente.»

Portava ancora la fede.

Hannah

L'Operazione Willow è partita. È il nome in codice della missione per salvare il teatro: poco fantasiosa, lo so, ma sentite, stiamo cercando di affrontare la situazione e vogliamo risparmiare le risorse mentali per cose più importanti. Ho preso i numeri di cellulare e gli indirizzi e-mail di tutti, e Jenna ha creato un gruppo in chat per i volontari, così da poter fare delle riunioni online. Grazie alle meraviglie della comunicazione moderna, posso gestire tutto quanto senza nemmeno alzarmi dal letto. James ci informa riguardo al materiale pubblicitario che ha disegnato; Shaun ci aggiorna sulle riparazioni che sta facendo di nascosto, nel backstage. Ted ha il compito di tenere occupato papà. Ci saranno manifesti in tutta la città; magari anche un articolo sul giornale locale, se Daisy riesce ad ammaliare il redattore che si occupa della rubrica dedicata agli eventi. In qualche modo, papà va tenuto fuori da tutto. Jenna ha creato anche una pagina «Salviamo il Willow Tree» su MySpace, riempiendola di foto del teatro, che ha scattato un pomeriggio plumbeo perché sembrasse particolarmente triste e patetico. Vuole farmi fare un video in cui invito la gente a venire all'open day, per poi caricarlo su diversi web forum. «Sembri malata, sei pallidissima e stupenda», mi ha detto. «Questo è oro, quando vuoi che un video diventi virale. Avremo più visualizzazioni del tizio con la spada laser di *Star Wars.*»

Jay e io stiamo cercando di recuperare la nostra amicizia. Qualche giorno fa si è presentato qui, e io ho alzato le spalle e l'ho fatto entrare. Fine. È ricominciata la scuola, e lui viene a pranzo ogni giorno, e prepara dei panini per tutti e due; poi torna non appena finiscono le lezioni, e io mi metto a sonnecchiare sul divano mentre lui se ne sta seduto sul pavimento a giocare con i suoi videogame. A volte mi sveglio e trovo anche Jenna e Daisy, che non fanno che battibeccare, e sentire le loro voci mi rende felice. Parlo con Sally al telefono, e lei mi dice che a casa regna una tensione infernale; lei e Phil si ignorano o discutono. Ed è allora che capisco: non è Jay che si sta prendendo cura di me, sono io che lo sto facendo con lui. Non è ancora riuscito ad aprirsi e a raccontarmi che cosa sta succedendo a casa sua. Spero che lo farà.

La sera avverto una scarica di energia, ed è in quel momento che mi metto a scrivere: mi rendo conto fin troppo bene che il gran finale di tutta questa stupida impresa dipende da me. Ho in mente l'idea di base, devo solo radunare i pensieri in qualcosa che abbia senso. Butto giù degli appunti e dei progetti su fogli A4, poi inserisco tutto nel computer. Non so esattamente che cosa sto facendo. Mando e-mail confusionarie e idee a metà a Sally, sperando che riesca a metterle in ordine.

In pratica, l'Operazione Willow consiste proprio in questo: nel creare l'ordine dal caos.

Tom

Tornai dall'incontro con Elizabeth, ancora sbigottito per via delle impreviste rivelazioni, e mi affidai alle strambe cure palliative del teatro. Quel mese avevo scoperto che la morte porta inevitabilmente due cose, a chi resta: sofferenza e responsabilità gestionali. Se il Willow Theatre chiudeva i battenti, Ted e io avremmo dovuto informare tutti, dai volontari che stavano in biglietteria al personale delle pulizie, dalle compagnie itineranti ai comici e ai cabarettisti che avevano in programma una serata sul nostro palco. Avremmo dovuto avvisare le compagnie che fornivano le utenze, quelli del catering, avremmo dovuto restituire le attrezzature a nolo a una schiera di aziende. Tutti quei contratti stipulati con cura nel corso di tanti anni, conclusi con un'e-mail cortese e stringata.

Ma Ted insisteva affinché rimandassimo tutto quanto, per il momento, per concentrarci invece sull'ufficio, che dovevamo ribaltare da cima a fondo, investigando con cura ogni raccoglitore straripante, ogni cigolante cassetto dell'armadietto, ogni contenitore strapieno. «Bisogna comunque passare al vaglio tutto quello che c'è qui dentro», continuava a ripetermi. «E poi non si sa mai, potremmo trovare qualcosa in grado di tirarci fuori da questo pasticcio.» Sì, rispondevo, magari troveremo quel vaso della dinastia Ming che il direttore precedente aveva messo qui per sbaglio; magari dovremmo cominciare lo sgombero partendo da quella scatola con scritto «opere perdute di Picasso». Mi aveva appena passato una scatola per scarpe contenente fatture, dicendomi di darmi da fare. In realtà non mi permetteva di uscire di lì; arrivavo la mattina e rimanevo in quell'ufficio tutto il giorno. Quando provavo a uscire per andare in città a prendere qualcosa per pranzo, si offriva svelto di andarci lui. Era evidente che stava cercando di tenere la mia mente occupata con compiti banali e inutili, ma credo che si sentisse anche molto solo.

«Angela passa un sacco di tempo a casa della sorella», mi spiegò. Gli avrei chiesto di più, ma era chiaro che non gli andava di affrontare l'argomento. Mentre passavamo in rassegna tutti i manufatti delle produzioni passate, mi faceva domande, cercando di appellarsi al mio innato senso di nostalgia.

Quella mattina, ad esempio.

«Ricordi il primo spettacolo che mettesti in scena da direttore?»

«*Miss Julie* di Strindberg», risposi, scivolando automaticamente in quell'aneddoto. «Era nel programma di teatro del GCSE. Il giornale locale mi intervistò, e io definii l'opera un classico naturalista, ma loro scrissero "naturista". I biglietti andarono esauriti in un giorno. Non avevo mai visto tanti pervertiti delusi.»

«E *Il signore delle mosche*?» fece Ted. «Ci facemmo consegnare tre tonnellate di sabbia.»

«E una testa di maiale presa dal macellaio. Hannah aveva insistito che fosse di un animale vero, allevato all'aperto.»

«Alla seconda serata avevamo anche un vero sciame di mosche. A posteriori, credo che avremmo dovuto tenere quella testa in frigo, anziché in un sacco di plastica nel magazzino delle attrezzature sceniche.»

«In teatro si vive e si impara.»

«Be', comunque si vive.»

Sorridemmo, insieme, ma avvertii una grande distanza tra quello che provavo e l'espressione del mio volto. Se fossi stato sul palco, non sarei stato convincente nella mia interpretazione. Alla fine, avvertii il bisogno di uscire di lì. Sentii la necessità di parlare con qualcuno che non tentasse di consolarmi, o di coccolarmi.

«Io vado a fare due passi», dissi. «Non starò via molto.»

«Dove vai?» fece lui, gli occhi stranamente vigili e inquisitori, dietro i vecchi occhiali dalla montatura metallica. «Se vuoi qualcosa per pranzo ci vado *io*, in città.»

«Non vado in città», risposi, mentre prendevo il cappotto grigio dall'appendino dietro la porta, e vi infilavo le braccia con gesto teatrale.

«Allora dove...»

«Non preoccuparti, torno presto.»

«Vengo con te.»

«No», gli dissi, in tono più brusco di quanto non fosse stato nelle mie intenzioni. «No, grazie, Ted. Devo vedere una persona, e devo andarci da solo.»

Hannah

James mi invia il manifesto per e-mail, ed è straordinario. Ha creato una sorta di immagine squadrata del teatro, in delicate tonalità pastello, con la scritta SALVIAMO IL WILLOW TREE in cima, a caratteri tozzi. Sembra il manifesto di una galleria d'arte molto trendy. Ne faremo stampare un centinaio, che Daisy, Jenna e Jay distribuiranno in città. I volontari del box office hanno creato una pagina web con tutte le informazioni, quindi adesso è ufficiale: sta succedendo davvero. Devo finire questo stupido testo, e devo farlo alla svelta, perché gli attori hanno bisogno di tempo per imparare le parti. Comincio a sentire la pressione, ma non posso stressarmi, perché in teoria devo rimanere rilassata.

Ho ricevuto una lettera dal Great Ormond Street con tutti i dettagli dell'appuntamento, che sarà dopo lo spettacolo, grazie a Dio. Dovrò rimanere a Londra tre giorni. Devo fare una radiografia al torace, un'ecocardiogramma, una serie di test sotto sforzo e altri per misurare la funzionalità polmonare, un'ulteriore valanga di esami del sangue... le solite cose divertenti. Devo anche parlare con uno psicologo e con un'infermiera del reparto trapianti, che mi diranno che cosa aspettarmi dall'intervento, e come sarà la mia vita dopo. Qualcosa so già, perché non sono stupida, e perché esiste Internet. So che, se subirò un trapianto, ne porterò i segni per sempre sul mio corpo. A volte, quando esco dalla doccia, mi guardo allo specchio e traccio una linea che va dal collo all'ombelico. Perché la cicatrice avrà quella lunghezza. So anche che un trapianto di cuore significa che non potrò avere dei figli. Questo pensiero resta annidato ai margini del mio cervello, come uno sparring partner, come un nemico misterioso. Un giorno, mi verrà incontro e mi colpirà con tutta la forza che ha.

Oltre a tutto questo, so che mamma sta dai suoi, e aspetta una nostra telefonata, il permesso di materializzarsi nella mia vita. Non so che cosa fare. Sono sicura che papà sappia che l'ho sentita via MSN. E non ci siamo limitate a parlare. A volte lei mi mandava foto di lei e papà insieme, di quando erano più giovani. Le ho stampate, per studiarle. Le ho nascoste in camera mia. Quante cose gli ho nascosto.

Decido di uscire a fare una passeggiata. È la prima volta che esco di casa, dopo tre giorni. Dovrei andare in teatro per vedere se c'è bisogno di fare qualcosa, o al negozio di fumetti, per accasciarmi in un angolino tranquillo e leggere le novità di questo mese. Ma non lo faccio. Vado in un altro posto... e non ho idea di quello che farò, una volta lì.

Come al solito, le tende della camera sopra la porta di casa sono chiuse. Sono a casa di Callum. La via è silenziosa, a parte un gruppetto di bambini che corrono in giro cercando di colpirsi con dei legnetti; questa pioggerellina costante ha costretto tutti in casa. Mentre mi avvicino, vedo Joe sul vialetto, sotto un'altra auto. Scavalco le sue gambe, in silenzio, per raggiungere la porta.

Prima di suonare il campanello, mi fermo e cerco di riprendere fiato, mentre mi faccio venire in mente qualcosa da dire. Ma non riesco a pensare a nulla. Passo continuamente dalla rabbia alla comprensione. Prima che questa frenetica indecisione mi costringa a tornare indietro, busso. Sento il cane che abbaia, e poi la madre di Callum che urla. «Sta' zitto, cazzo!» Un attimo dopo la porta si apre.

«Salve», dico.

Sembra invecchiata dall'ultima volta che sono stata qui. Più stanca. Sugli occhi c'è ancora il trucco di ieri; i capelli crespi sono stati tinti male, e sono ammassati in uno chignon che le cade da una parte.

«Non mi aspettavo di rivederti», fa lei.

«Callum è in casa?»

«No. Sta da sua sorella, a Bristol.»

«Oh.»

Rimaniamo lì, in silenzio. Lei ha una tazza in mano, e la tiene così mollemente che il caffè sta per rovesciarsi sullo zerbino con la scritta

WELCOME. Sto aspettando che dica qualcosa, invece apre la bocca e soffoca uno sbadiglio con la mano chiusa a pugno.

«Può dirgli che sono passata?»

Non mi risponde, quindi annuisco come un'idiota e me ne vado, pronta a tagliare la corda il più velocemente possibile. Ma Joe è uscito da sotto l'auto, e adesso vi sta appoggiato; mi guarda, mentre si pulisce le mani in uno straccio. Sento la porta che si chiude, alle nostre spalle.

«Mi ha detto che è come essere avvolti dall'oscurità», mi spiega. «La depressione, o qualunque cosa sia. È come essere intrappolati nel buio, e non potere uscire. Sa di dover fare delle cose, ne è consapevole, ma non trova il modo. È dura per lui. Lo è per tutti.»

«Lo so. Sono preoccupata per Callum.»

«Ti ha lasciata, eh? Con me non parla molto, ma questo me l'ha detto. Io cerco di aiutarlo, ma lui non vuole. Che cosa posso fare? Non posso aggiustarlo con questi.» Dà un calcio alla cassetta degli attrezzi, accanto a lui. «Sei malata anche tu, vero?»

Annuisco, in silenzio.

«Gli dirò che sei stata qui. Che peccato. Voi due vi sareste potuti dare una mano. Non l'avevo mai visto sorridere come quando parlava di te.»

Ci salutiamo con la mano, e io mi incammino lungo il breve tragitto verso casa, tirandomi su il cappuccio del parka per proteggermi dalla spruzzata di pioggia. E proprio in questo momento ricevo un messaggio da Ted, che mi comunica che papà è uscito. Chiamo Sally, lei sta andando in teatro, e lo vede varcare la soglia.

«Lo seguo», mi dice. «Tu come stai?»

«Sono andata a fare due passi, sto tornando a casa. Che noia. Sono sempre stanca. Devo capire che cosa fare con mamma. E dovrei impegnarmi di più per il teatro.»

«Stai facendo un lavoro straordinario», mi rassicura. «Va tutto bene. Sei una tosta. Sono davvero orgogliosa di te.»

Ho difficoltà ad attraversare la strada, perché d'un tratto l'acqua mi è entrata negli occhi, e devo asciugarli per riuscire a vedere.

Tom

Il cimitero sorge al margine meridionale della città, e ci arrivai dopo una breve camminata lungo una via trafficata e fiancheggiata da maestose residenze georgiane. Nell'aria c'era una pigra pioggerellina, quel tipo di pioggia che può andare avanti per giorni, e che sembrava suggerire che quell'autunno non avremmo avuto un'estate indiana. Superai la piccola area industriale dove lavorava Shaun, e poi imboccai un vialetto che mi condusse lontano dal traffico, attraverso un boschetto rado e verso la distesa di tombe.

Non impiegai molto a trovare la piccola targa d'ottone che stavo cercando. Era a metà di un sentierino stretto lungo il quale erano posizionate altre targhe simili, accanto a una panchina coperta di muschio e a una graziosa aiuola di fiori ben curata; l'aria era intrisa dell'odore di terra umida e di fiori di buddleia.

«Ciao, Margaret», dissi.

L'avevo conosciuta durante il mio colloquio per il posto di direttore del teatro. Debbie, assistente volontaria del foyer, mi stava facendo fare un giro della struttura. «Com'è il gruppo di attori della città?» avevo chiesto. «Oh, non sono un branco di vecchi istrioni, se è questo che la preoccupa», mi aveva risposto, ridendo. Poi si era fermata di colpo, avendo notato Margaret nella piccola area caffè, con un cagnolino ringhioso ai suoi piedi, una teiera e una tazza di porcellana sul tavolino davanti a lei. Stava leggendo una biografia di Lillie Langtry. «Lei è sempre lì», mi aveva sussurrato Debbie, cospiratrice. «Viene qui da sempre, da che ricordi la gente, ma sempre da sola. Si porta teiera e tazza, non vuole bere dalle nostre. Sa essere piuttosto rude e scortese, quindi faccia attenzione.» Ci presentò, e Margaret mi squadrò con quello che mi parve un feroce disgusto.

«Ha l'aria di essere il tipico giovanotto che metterebbe in scena testi moderni sovversivi solo per scioccare vecchie bisbetiche come me», mi aveva detto.

«Temo di esserlo, in realtà», le avevo risposto, con un sorriso.

«In tal caso», aveva aggiunto, «le faccio i miei migliori auguri per il nuovo lavoro.»

Da allora, spesso si sedeva con Hannah, mentre io lavoravo, leggeva fiabe con lei, oppure criticava furtivamente abbigliamento e modi degli altri visitatori. Sin dall'inizio aveva trattato mia figlia come un'amica e come una complice, anziché come una bambina: c'era un legame tra loro, una comprensione reciproca che a me sfuggiva, e a cui non avrei mai potuto ambire. Scommetto che a lei Hannah aveva detto di essere in contatto con sua madre.

Una coppia di anziani mi passò accanto, nel cimitero, la donna con un grosso mazzo di crisantemi bianchi. Mi domandai a chi andassero a fare visita. A un amico? A un fratello? A un figlio? Li guardai percorrere lentamente il sentiero, senza parlare, fino a quando non furono abbastanza lontani. Poi mi voltai verso la targa di Margaret. Lessi l'iscrizione ad alta voce.

> IN MEMORIA DI MARGARET CHEVALIER WRIGHT
> 1924-2005
>
> GRANDE AMICA E ATTRICE, CHE HA ILLUMINATO
>
> LE NOSTRE VITE E ADESSO RIPOSA.
>
> «NOI SIAMO DELLA MATERIA DI CUI SON FATTI I SOGNI.»*

Lì in piedi sotto la pioggia, mentre cito Shakespeare, mi sento come alla fine di *Shakespeare a colazione*, che andai a vedere con Elizabeth, e mi pentii all'istante perché lei aveva continuato a ripetere:

* W. Shakespeare, *La tempesta*, *op. cit.* (*N.d.T.*)

«Tu e i tuoi amici del teatro», per tutto il tempo. Ricordo di aver fatto guardare il DVD a Hannah, una domenica pomeriggio. Ero certo che si sarebbe identificata nel personaggio di Paul McGann, quello intelligente e talentuoso, invece no, si era innamorata del bellissimo e tragico Richard E. Grant.

«Che cosa faccio adesso, Margaret? Ho commesso parecchi sbagli, ultimamente.»

«Credo che i giorni in cui dispensava consigli siano finiti», sentii una voce alle mie spalle.

Mi girai di scatto e vidi Sally a un paio di metri da me, con cappello di lana, cardigan e jeans, che mi guardava da sotto un ampio ombrello.

«Tu che cosa ci fai, qui?» le chiesi.

«Stavo passando davanti all'ingresso del cimitero e ti ho visto entrare. Ho immaginato che stessi venendo a trovare lei.»

«Avevo solo bisogno di un po' di tempo per pensare.»

«Vuoi che vada via?»

«No.»

«Allora magari posso aiutarti? Ho esperienza nel commettere errori.»

Sollevò l'ombrello e venne a mettersi accanto a me, così ci trovammo sotto tutti e due, fianco a fianco, lo sguardo fisso sulla lunga fila di targhe.

«Allora, com'è andata con Elizabeth?»

«Un'esperienza educativa.»

«In che senso?»

«Sapevi che Hannah la sentiva in chat?»

Sally girò il manico dell'ombrello per qualche secondo, provocando una foschia di goccioline tutt'intorno a noi.

«Lo sospettavo.»

«Come?»

«Piccole cose dette o non dette. Me ne sono accorta così.»

«Io no.»

«Tu hai avuto tante cose per la testa.»

«Credi che abbia sbagliato a... a tenere Hannah lontana da sua madre?»

«Credo che Elizabeth abbia una parte più consistente di colpa, a tal riguardo, con il trasferimento a Dubai e tutto il resto.»

«Ma avrei potuto portare Hannah a trovarla. Elizabeth si è sempre offerta di pagarci il viaggio. Avrei potuto invitarla qui...»

«Perché non l'hai fatto?»

«Non lo so. Pensavo di saperlo, ma non è così. Mi sono sempre detto che lo stavo facendo per Hannah... che temevo che, una volta conosciuta la madre, si sarebbe sentita abbandonata e avrebbe sofferto. Pensavo che un'altra complicazione non le avrebbe fatto bene. Ma forse ero solo arrabbiato con Elizabeth. Forse volevo punirla.»

«Ed è normale, considerate le circostanze. È normale provare rancore, quando accade. Si può anche arrivare a odiare.»

«Ma il punto è proprio questo. Io non la odio, non l'ho mai odiata. Quando le cose cominciarono ad andare male, lei mi chiese scusa, era devastata. Non faceva che ripetere che avrebbe tanto voluto fare la moglie, e la madre, ma non ne era capace. Elaborammo i piani più diversi: lei avrebbe fatto la pendolare tra casa nostra e Londra, io avrei badato a Hannah, ma realizzammo entrambi che non avrebbe funzionato. Quella non era lei. Ciò che sta facendo adesso, costruire un gigantesco business online in mezzo al deserto... ecco, questa è Elizabeth. Pensava di fare la cosa più giusta per tutti e tre. Non aveva idea di quanto sarebbe successo. E la cosa strana è che una parte di me prova ancora frustrazione per la nostra incapacità di risolvere quello che fondamentalmente era un problema logistico. Questo è un altro dei motivi per cui ero preoccupato all'idea di vederla. In fondo al cuore ho ancora la speranza che un giorno riusciremo a trovare la soluzione.»

«La riprenderesti con te? Se ti dicesse che ha trovato il modo... che potrebbe gestire la sua impresa da qui?»

«Non succederà.»

«Ma se succedesse?»

Abbassai lo sguardo e notai che si stavano formando delle pozze enormi sul sentiero. Un torrente scorreva nel canaletto tra l'asfalto e la fila di targhe, portando con sé foglie morte che sembravano tante barche in miniatura.

«Non lo so. L'amavo. L'amavo così tanto che volevo che se ne andasse... perché era la cosa giusta per lei. Ma lasciò un buco enorme nelle nostre vite. Forse è proprio questo. Volevo che Hannah si sentisse completamente al sicuro, che si sentisse voluta... così cancellai Elizabeth, la eliminai del tutto.»

«Almeno, credevi di averlo fatto.»

«Non so perché Hannah non abbia potuto dirmi che era in contatto con sua madre.»

«Perché sapeva che cos'avresti provato? Perché sapeva che volevi proteggerla? Tom, hai fatto quello che ritenevi giusto. E lei anche.»

Annuii e chinai la testa, accettando in silenzio la sua spiegazione.

«Hannah è un'adulta ormai, no?» dissi poi.

«Oh sì, decisamente.»

«Forse sono stato un po' troppo protettivo nei suoi confronti.»

«Forse.»

«Probabilmente devo lasciarla andare.»

E d'un tratto compresi perché Hannah si era infuriata con me, al funerale di Margaret, quando avevo pronunciato il mio discorso. C'era una cosa che mi era sfuggita, ma che invece lei aveva compreso... che aveva compreso perfettamente. Non voleva sentire aneddoti; voleva piangere la sua amica. Perché arriva un momento in cui le storie devono finire.

«Dovrei dirle che mi sta bene... che non è un problema, per me, se vuole parlare con sua madre. Magari un giorno... non so... se dovesse andare tutto bene, magari potrà andare a farle visita.»

«Un passo alla volta», fece Sally. «Però, Tom...»

«Sì?»

«Lei sarà sempre la tua bambina... è così, e basta.»

Ci incamminammo, ripercorrendo il sentiero tortuoso verso l'uscita, e per un po' non ci parlammo.

«E tra te e Phil?» le chiesi poi.

Prese un lungo, lunghissimo respiro.

Stava scendendo una foschia sottile. Si stava addensando in lontananza, per poi srotolarsi sulle lapidi come una marea che saliva. Mentre camminavamo, il cimitero veniva obliterato, intorno a noi. E in quel momento in cui vista e udito sembravano isolati, mi accorsi che ci stavamo tenendo per mano. E probabilmente da parecchio.

Tom

L'ingresso del Great Ormond Street Hospital, a cui si accede tramite una passerella coperta che non è sicuramente di buon auspicio, era una caverna rumorosa. C'erano bambini che piangevano e ridevano, correndo tra le file di seggiole basse; c'erano paramedici che parlavano nei walkie-talkie; infermiere che si riunivano in gruppetti a chiacchierare. Grandi cartelli che puntavano in tutte le direzioni. Il frastuono era sconcertante. In qualche modo riuscii a comunicare a un'impiegata dell'accettazione, piuttosto irritata, perché fossi lì, e un attimo dopo l'assistente di cardiologia che mi aveva contattato si fece largo tra la folla e venne a presentarsi.

«Lei è il padre di Hannah? Pauline Croft. Prego, da questa parte.»

Mi portò via dall'atrio, e camminammo lungo un corridoio, superando altre famiglie e altre infermiere che andavano di fretta. Il silenzio improvviso, una volta entrati in ascensore, fu quasi sconvolgente.

«L'accompagno in cardiologia pediatrica», mi spiegò con un sorriso smagliante. E suppongo che paura e confusione fossero piuttosto evidenti, nel mio atteggiamento. «C'è molto più silenzio, quassù», disse. «Le faccio fare un tour veloce, e le presento il team di supporto clinico e il cardiologo. Se dovesse avere delle domande, non esiti a chiedere.»

Dall'istante in cui le porte dell'ascensore si aprirono, fino al momento in cui mi sarei trovato di nuovo fuori, sul marciapiede, fu tutto una macchia confusa e surreale di informazioni. Visitai il reparto, diviso in compartimenti simili a bozzoli; e bambini convalescenti dopo un intervento, monitorati da macchine. Laboratori e sale esami; mi mostrarono attrezzature mediche familiari, e altre di cui non riuscivo neppure a pronunciare il nome, quanto a capirne la funzione... Era tutto così bianco, pulito e calmo, che sembrava di stare su una sorta di stazione spaziale.

Mi sedetti con il primario di cardiologia, un uomo dal fisico asciutto, molto professionale, con un sorriso sorprendentemente amabile. Mi spiegò, con calma e con pazienza, quella che probabilmente sarebbe stata la vita di Hannah da quel punto in poi. Avevo portato con me taccuino e penna, ma per qualche motivo mi parve scortese infilare una mano in tasca per tirarli fuori. Mi sentii disperatamente in soggezione; quasi stessi partecipando alla serata dei genitori più importante della storia.

Dopo tre giorni di esami, Hannah sarebbe stata inserita nella lista dei pazienti in attesa di trapianto. Quando si fosse reso disponibile un cuore per lei, sarebbe stata contattata immediatamente, e portata di corsa in ospedale da una speciale azienda di trasporti. L'intervento sarebbe durato all'incirca sei ore. Il tasso di successo, nei trapianti di cuore, si aggirava intorno al novanta per cento, mi disse il cardiologo. Annuii, quasi mi avesse comunicato un risultato di football favorevole. Ascoltai attentamente le rassicurazioni: Hannah sarebbe stata in grado di andare a scuola, di fare esercizio fisico, di vivere una vita normale. Ma poi arrivarono gli avvertimenti. Sarebbe rimasta in ospedale diverse settimane, avrebbero dovuto monitorare l'organo e tenerlo sotto stretta osservazione, per verificare l'eventuale presenza di segnali di una scompensazione delle funzioni cardiache. Avrebbe dovuto prendere immunosoppressori tutta la vita.

«Ora, questo sarà difficile da accettare», mi disse il primario. «È il motivo per cui le ho chiesto di venire senza Hannah, la prima volta. Il trapianto di cuore non è una cura. In media, un organo trapiantato dura una quindicina d'anni. E temo che capiti di rado di riceverne un secondo. Comprende quello che le sto dicendo?»

«Sì», risposi, la voce strozzata e acuta.

«Le andrebbe un bicchiere d'acqua?» chiese un'infermiera. Non mi ero reso conto che fosse lì con noi, in quella stanza.

«No, non serve. Sto bene.»

«Signor Rose», continuò il medico, «so che la notizia è difficile da accettare, ma è meglio che comprenda i limiti di quello che siamo in grado di fare. Nessuno ha mai garanzie nella vita: nessuno, quindi cerchi di non fissarsi sugli aspetti negativi. Hannah ha ottime probabilità: è giovane, è in forma e la medicina continua a fare progressi. Stanno conducendo molte ricerche per migliorare gli immunosoppressori, oltre che nuove tecnologie e procedure. Non si può mai sapere che cosa riserverà il futuro.»

Annuii di nuovo. Mi ero pentito di non aver accettato quell'acqua. Era come se stessi offrendo un'interpretazione molto scadente in una scena che invece avrei dovuto dominare. Ma mi ero calato nei panni del padre razionale. Avrei ascoltato, e capito, e annuito saggiamente.

«Spiegherò tutto a Hannah, al momento del ricovero, ma penso sempre sia una buona idea preparare prima i genitori. A volte gli adolescenti non vogliono sentire queste cose da un medico; hanno bisogno che siano mamma e papà a informarli.»

Provai a non focalizzarmi sul fatto che avesse detto prima «mamma»; prima di papà. Perché quando un bambino si è fatto male o ha paura, da chi corre prima? C'erano tante cose più importanti a cui pensare. Quali erano? Che cosa avrei dovuto chiedere?

«Per favore, adesso potrei avere quel bicchiere d'acqua?»

Fuori dall'ospedale, il sole faceva capolino attraverso grandi tavolate di nuvole grigio acciaio. Me ne andati, superando un furgone dei gelati, e attraversai Queen Square, con il giardinetto fiancheggiato da panchine di legno. Mi domandai quanti genitori fossero venuti a sedersi lì, e a contemplare la vita dei loro figli. Vite magari in pericolo. Vite perdute. Tagliai per una strada secondaria e mi resi conto ora che forse avrei potuto prendere un treno prima. Magari sarei riuscito a tornare da Hannah in tempo per cena. Avremmo potuto ordinare una pizza: avremmo preso la nostra preferita, e poi ci saremmo seduti con le gambe incrociate sul pavimento del soggiorno, e avremmo parlato. Alcuni impiegati mi superarono, e quasi mi spinsero a gomitate in mezzo alla strada. Vidi una madre e un figlio seduti a un tavolino di un caffè italiano, dall'altro lato; lei era intenta a leggere il giornale, e lui aveva un giornale a fumetti, e la stava imitando nel girare le pagine. Quando lei se ne accorse, rise forte e si allungò a prendergli la mano. Avrebbero ricordato quel momento, quando lui avesse avuto dieci anni? Venti? Quaranta? Indietreggiai barcollando di qualche passo, e poi infilai un piccolo vicolo a lato di un pub. Mi appoggiai al muro di mattoni scuri, e piansi.

Sul treno, tornando a casa, pensai a come accidenti avrei spiegato a Hannah quello che avevo visto e appreso. L'infermiera mi aveva dato un numero di telefono del centro di supporto ai pazienti, dicendomi di chiamare se io o lei avessimo avuto delle domande, prima del ricovero. «Ci sarà sempre qualcuno del team, qui ad aiutarvi.» La sua gentilezza mi aveva fatto intravedere le difficoltà che avremmo dovuto affrontare, e le sue parole erano rimaste impresse nella mia mente. Andai alla carrozza ristorante e ordinai un gin tonic, che però lasciai intatto sul bancone.

A casa, sentii delle voci nell'istante stesso in cui aprii la porta. Magari Hannah aveva invitato un'amica, o forse era passata Sally per vedere come stava. Mi fermai per radunare i pensieri, e poi andai in soggiorno, pronto a salutarle... ma mi fermai di colpo, a bocca aperta.

«Ciao, pa'.»

«Ciao, Tom.» Elizabeth.

Carissima Willow,

intorno al mio dodicesimo compleanno cominciai a pensare che lo spettacolo annuale, un tempo tanto importante, fosse una cosa un po' infantile. Avevo spesso dei momenti bui, da cui non riuscivo a uscire. Angoscia adolescenziale e problemi cardiaci erano una combinazione difficile. Quella, pensavo, sarebbe stata la mia ultima messa in scena.

Scelsi Cappuccetto rosso, *una delle fiabe in assoluto più cupe. Sai, sentivo di essere cresciuta e maturata, come scrittrice e come regista, quindi dissi a papà che volevo progettarlo da sola. Dio, che mocciosa presuntosa, eh?! Ricordo che Daisy e io demmo un'occhiata alla collezione di DVD di suo padre, e ci guardammo* In compagnia dei lupi, *il film surreale di Neil Jordan basato sulla storia di Cappuccetto Rosso (Willow, devi vederlo, è super). Dovemmo coprirci gli occhi nei punti più cruenti, e avemmo gli incubi per settimane, ma all'epoca fummo ipnotizzate da quella visione inquietante e distorta della vecchia storia. Stavo imparando che le fiabe che avevo sempre amato erano allegorie, il cui contenuto spesso era diverso da quello che credevamo. Cominciavo a capire che il mondo non era come appariva.*

Con un fluente mantello scarlatto, e con in mano un cestino pieno di leccornie, Natasha si addentrò nella foresta per andare a casa della nonna. Gli alberi intorno a lei, costruiti con legno di balsa dipinto di nero, proiettavano ombre sinistre mentre camminava, e una macchina per il fumo creava una foschia fine intorno ai suoi piedi. Un paio di occhi, simili a due raggi di torcia, la fissavano dall'oscurità. Io guardai lo spettacolo con i miei amici... di solito chiacchieravamo e scherzavamo, duran-

te lo spettacolo, ma questa volta eravamo tutti in silenzio. C'era qualcosa di diverso. C'era un senso di pericolo.

All'improvviso, dall'altro lato del palco, apparve il grosso lupo cattivo; l'attore indossava una parrucca nera e grigia, e zanne di plastica. Una lunga coda spuntava dalla parte posteriore dei pantaloni eleganti, grigi. Il pubblico urlò, scioccato ed estasiato.

«Il lupo!» gridarono tutti. «Scappa!»

Ma Cappuccetto Rosso non scappò.

«Dove te ne vai, signorina?» le chiese il lupo. «E che cos'hai in quel cestino?»

«Sto andando a trovare la nonna. È malata, e le sto portando del pane e un po' di vino.»

«Che bontà. Posso averne un po'?»

Le andò più vicino. Cappuccetto Rosso fece un passo indietro.

«No, il mio cibo non te lo do», disse.

«D'accordo», fece il lupo, «ma io e te ci rincontreremo, oggi stesso.»

E con ciò uscì di scena.

Cappuccetto Rosso continuò a camminare. Saltellava tra gli alberi, si voltava, e ricominciava a saltellare. Kamil aveva costruito una baracca su rotelle, che pertanto poteva essere trascinata sul palco. Era decorata in modo tale da riprodurre una casetta con un camino e il tetto di paglia. La facciata, poi, si apriva completamente a rivelare l'interno, dove su una brandina c'era la nonna, che dormiva profondamente.

«Oh nonnina, come sono felice di vederti», esclamò Cappuccetto Rosso.

«No, è il lupo», gridò un bambino tra il pubblico.

«La tua nonna è morta!» urlò un altro.

«Oh no, non può essere vero», rispose Cappuccetto. «Però, nonnina, che occhi grandi che hai...»

«Non ho tempo per queste cose», disse il lupo, che balzò su dal letto con indosso una lunga camicia da notte bianca. «Ti mangio subito!»

Qualche bambino strillò; altri risero, divertiti. Io rimasi seduta a guardare, in silenzio. In quel momento, all'altro lato del palco, entrò il taglialegna. Era papà, che indossava una camicia a scacchi e le bretelle.

«Che cosa succede, qui?» tuonò.

«Il lupo si è mangiato la nonna e adesso vuole mangiarsi anche me.»

«Dovrà passare sul mio cadavere!» gridò lui.

«In tal caso, vi mangerò entrambi!» dichiarò il lupo. E cominciò a inseguire Cappuccetto e il taglialegna per tutta la casetta. I bambini ridevano e indicavano, mentre gli attori si rincorrevano.

Ma Cappuccetto non stava affatto ridendo, e io nemmeno. Guardavo il lupo, che inseguiva la bambina, e mi sembrava di sentire il cuore di lei che batteva sempre più veloce. Scappa, dissi tra me e me. Scappa, o morirai. Ma il lupo non mollava, e gli attori continuavano a correre, e i bambini ridevano ancora, e quell'inseguimento si faceva sempre più rumoroso. Thud-thud, thud-thud, thud-thud. *Con un brivido, mi resi conto che quello che sentivo era il mio cuore. Era il rumore che mi perseguitava da tutta la vita.*

Uno dopo l'altro, i bambini in sala si alzarono in piedi sulle poltrone e cominciarono a urlare: «Ammazza il lupo! Ammazza il lupo!»

Cappuccetto Rosso si girò, e con lei il taglialegna.

«Posso ucciderlo», fece lui. «Posso ammazzare la bestia, per voi.» E dallo zaino tirò fuori un'ascia scintillante. Il lupo si tirò su e ululò; l'uomo non si mosse.

«No!» esclamò Cappuccetto e, quando il lupo scappò, lei prese l'ascia e spinse via il taglialegna. «Devo farlo io.»

Il lupo fece per caricarla. La foschia turbinava davanti a lui. Il rumore nell'auditorium cessò. Sembrava di guardare una scena al rallentatore. Con un ringhio, e un balzo, l'animale si lanciò sulla bambina, e i due si azzuffarono e lottarono e, anche se la trama l'avevo scritta io e sapevo come sarebbe andata a finire, riuscii a malapena a guardare.

Si udì un latrato, e i due si accasciarono l'una sull'altro e caddero a terra. Dal pubblico si levarono dei sussulti. Poi, lentamente, molto lentamente, uno dei due cominciò a tirarsi su. C'era così tanto fumo che era difficile distinguere chi fosse... l'effetto speciale perfetto. Ma poi apparve chiaro chi dei due si era rialzato. Il lupo.

I bambini rimasero senza fiato. Cappuccetto Rosso era morta? Aveva vinto il lupo?! Ma, quando si voltò lentamente, vedemmo l'ascia piantata nel fianco dell'animale (o meglio, sostenuta tra braccio e petto), e lui emise un gemito e scappò via. Cappuccetto Rosso si alzò in piedi, sola.

«Hai battuto il lupo!» le disse il taglialegna.

I bambini esultarono e risero e applaudirono... tutti tranne me. Perché io guardai verso il margine del palco, dietro le quinte, e vidi che il lupo era ancora lì, e respirava ancora. E, anche se era soltanto un attore, ne fui terrorizzata... perché ero più grande, adesso, ed ero giunta a una nuova e cupa consapevolezza. Le storie sono soltanto questo: storie; non possono salvarci, alla fine. Ci sono mostri che non si possono uccidere.

No, pensai, il destino di Cappuccetto Rosso era quello di continuare a scappare senza mai potersi fermare. Perché il lupo sarebbe tornato, e alla fine, un giorno, sarebbe riuscito a prenderla.

E in fondo al suo cuore lei lo sapeva.

Hannah

Sono nel caos più totale. Sono talmente nervosa da avere le convulsioni. Ieri ho scritto un'e-mail a mia madre. «Papà sarà a Londra tutto il giorno, domani. Puoi passare, se ti va.» Mi sono detta, OK, se deve succedere, se devo vedere mamma per la prima volta dopo Dio solo sa quanti anni, meglio farlo mentre papà non c'è, perché con lui qui sarebbe tutto più stressante e strano. Non credevo nemmeno che avrebbe visto il messaggio in tempo, prima di rinunciare e tornare a Dubai levandosi dalle palle. Invece, due minuti dopo, il mio telefono ha cominciato a suonare, e sul display ho letto numero sconosciuto. Ci ho messo quattordici squilli per trovare il coraggio di rispondere.

«P... pronto?»

«Hannah?»

Oh merda. «Sì?»

«Elizabeth... mamma.»

«Oh. Ciao.»

«Ho ricevuto la tua e-mail. Sarei felice di venire. Se non hai cambiato idea...»

«No, per me va bene.»

«Sicura. Davvero?»

La gente si aspetta che debba essere furiosa. Quando racconto quello che successe, di come mamma se ne andò quando ero piccola per non tornare più, prova una rabbia cieca pensando a me. Ma io in realtà non so dire come mi senta. Cioè, non ho ricordi di lei in casa con noi, e papà mi spiegò da subito la situazione cercando di non farla apparire come la strega cattiva che aveva abbandonato la sua bambina in una foresta. Diceva che non era fatta per avere una famiglia, che voleva andare in qualche località esotica e impervia e fare montagne di soldi. Nessun problema, suppongo. Ma non sarebbe stato meglio se se ne fosse accorta *prima* di sposarsi e di rimanere incinta? Anche se in tal caso io non esisterei. Immagino sia quello che chiamano un paradosso.

Da allora sono successe tante cose. Papà ottenne il posto di direttore del Willow e io mi ammalai, e questo era più importante che non portare rancore nei confronti di una persona che non avevo conosciuto veramente. Quando ci penso, mi rendo conto di aver avuto un sacco di mamme: Margaret, Sally, una sfilza di attori, volontari, tutto lo staff. Le figure materne non sono mai mancate, nella mia vita. In pratica mi convinsi di non provare rabbia: ero solo curiosa. Per questo, a tredici anni, trovai l'indirizzo e-mail di mia madre e la aggiunsi ai miei contatti su MSN. Chattiamo un paio di volte al mese. Lei mi racconta di Dubai, e di come stiano realizzando questa città futuristica dal niente; la sua società contribuisce alla realizzazione delle infrastrutture per le telecomunicazioni. Quelle parti non mi interessano. In cambio, le parlo della scuola, dei fumetti, della recitazione e degli elettrocardiogrammi. È evidente che ha fatto un bel po' di ricerche sulla cardiomiopatia, e trovo quasi terapeutiche queste chiacchierate con lei, perché è sempre così distaccata e calma. Quanto alle questioni di famiglia, mi limito a scriverle di me e papà, di quello che facciamo. Non le chiedo come si sentì quando ci lasciò; lei non mi chiede come se la cava papà senza di lei, né perché non gli abbia mai detto che io e lei siamo in contatto. L'ultima volta abbiamo chattato il giorno del funerale di Margaret. Le ho raccontato tutto di Callum. Lei mi ha messa in guardia, avvertendomi di non fidarmi troppo dei ragazzi. Ah! Abbiamo *decisamente* un po' di cose da dirci.

Arriva nel primo pomeriggio. La vedo parcheggiare davanti a casa; guida una Range Rover bianca pulitissima. La vedo perché ho passato l'ultima mezzora a guardare dalla finestra, e a camminare per il soggiorno, per poi tornare a guardare fuori. La riconosco dalle fotografie che mi ha inviato via e-mail, ma quando apro la porta e la vedo per la prima volta in carne e ossa provo questo inquietante terremoto interno... e la riconosco davvero: è lei, è *mamma*. Abbiamo gli stessi occhi, gli stessi zigomi, gli stessi capelli ribelli (anche se i suoi arrivano a malapena alle spalle, e hanno un bellissimo taglio). A parte l'età, la differenza principale sta nel modo in cui siamo vestite: io indosso una goffa T-shirt di Akita, e un paio di jeans skinny strappati, lei una gonna lunga di lana e un maglione di Argyle, sopra una camicia bianca immacolata. Percorre il sentiero come una modella in passerella. Mi sento stranamente intimidita, e addirittura mi domando se lo stia facendo *di proposito*: ma è un'idea assurda. Mi sento una stupida. Il mio stomaco è una lavatrice rotta impostata sulla centrifuga.

«Ciao, Hannah», mi dice.

«Ciao, Elizabeth.»

La faccio entrare. Non ci abbracciamo.

Ci spostiamo nel soggiorno, e lei si siede (sulla poltrona di papà) mentre io vado in cucina a preparare il tè. Tengo il bollitore sotto il rubinetto, ma trema così tanto che schizzo acqua dappertutto. Mi aggrappo a un lato del lavello e prendo dei respiri profondi. Mi dico che è solo una donna che conosceva papà, in passato. Ma sento un turbine di emozioni che non so riconoscere.

«Che bella casa!» grida lei, dall'altra stanza.

Certo, non l'aveva mai vista. Ci trasferimmo qui dopo che lei se ne andò.

«Tra un momento ti faccio fare un giro.»

«Ci sono pigne di libri ovunque», osserva. «Certe cose non cambiano mai.» Non so se stia dicendo che papà ha sempre letto moltissimo, o che è sempre stato disordinato, in ogni caso il suo commento mi fa infuriare ancora di più.

Torno con due tazze e una confezione di digestive al cioccolato, e c'è un silenzio imbarazzante, in cui ce ne stiamo sedute e ci guardiamo intorno. La tensione è surreale. Intingo un biscotto ma lo lascio dentro troppo a lungo, mentre cerco di farmi venire in mente qualcosa da dire e una metà si stacca e affonda... papà e io detestiamo quando succede.

«Allora, come vanno le cose?» mi chiede dopo un po', allegramente. «Hai ripreso la scuola?»

«No, mi sono ritirata.»

«Quindi immagino che tu non abbia molte occasioni di vedere il tuo ragazzo.»

«Ci siamo lasciati.»

«Oh, Dio, mi dispiace. Tu come stai?»

«Sono troppo stanca per pensare a lui. Sono sempre spossata. Se faccio più di dieci passi devo fermarmi a riposare. È uno schifo, perché stiamo mettendo in piedi questo evento per salvare il teatro, e devo cercare di dare una mano da qui.»

«Tuo padre mi ha detto che il teatro sta per chiudere. Non sapevo che stesse mettendo in piedi un evento.»

«Oh, lui no. Lo sto facendo io. Papà non ne sa niente.» E adesso mi rendo conto che questa è un'altra cosa che gli stiamo tenendo nascosta.

«Perché?»

«Perché in parte si è arreso. Non ci sta mettendo il suo solito entusiasmo.»

Lei annuisce e sorride in un modo che mi dà fastidio, anche se non riesco a capire perché. Stringo la tazza con una forza tale che non escludo che possa esplodere, ricoprendomi di tè e biscotto maciullato.

«È una cosa che stiamo facendo per lui», continuo. «Non volevo che lo sapesse perché potrebbe non funzionare. Magari la gente non verrà. E inoltre non abbiamo la licenza, quindi tecnicamente stiamo facendo una cosa illegale. È probabile che finiremo in prigione.»

«Non hai già abbastanza pensieri?»

Scelgo di non risponderle. Invece, divento ossessionata dal biscotto. Decido di recuperarlo e di tentare discretamente di cacciarmelo in bocca, ma lei mi sta guardando con estrema attenzione.

«Come stai affrontando la cosa?» mi chiede.

Comincio a dirle «Ci sono momenti in cui...» Ma devo fermarmi e pensare, perché non so come descrivere quello che provo a un'estranea. Perché è questo che è, *un'estranea*. «Ci sono momenti in cui me ne sto sdraiata a letto, a piangere disperata e a chiedermi "Perché a me, Dio?" Mi vengono queste ondate di terrore puro, di paura, riguardo a quello che mi sta succedendo. Cioè, sto per sottopormi a un intervento importante, che mi cambierà la vita. Ecco con che cosa ho a che fare. È una cosa grossa, e fottutamente... scusa... terrificante. Ma mi sono resa conto di non poter fisicamente passare la prossima settimana, il prossimo mese o il prossimo anno ad avere questa paura folle, e a piangere. Certi giorni, be'... la vita va avanti, capisci? Ti svegli e hai delle cose da fare, mangi, vai a letto. A volte ho voglia di crollare, a volte mi va di andare a fare shopping con le mie amiche.»

«Be', almeno potrei portarti a fare spese», propone lei. «Anche se non credo ci sia molta scelta, qui intorno. Vieni a Dubai... stanno costruendo i centri commerciali più grandi del mondo.»

«Non lo so. Non so se si può fare... con i voli e tutto il resto.» D'istinto, mi porto la mano al cuore.

«Oh.»

«Pensi di rimanere là?»

«Vivo lì da quasi dieci anni, ed è un posto incredibile, ma dopo un po' cominci a vedere che... è tutto superficiale, è tutto denaro e immagine. Sto pensando di buttarmi in una nuova sfida. Stanno succedendo un sacco di cose interessanti in Internet, adesso. L'intera rivoluzione Web 2.0; video sharing, podcasting, hotspot Wi-Fi ovunque. La Silicon Valley è in fermento. Londra è sempre interessante.»

«Potresti tornare in Inghilterra?»

«Non lo so. Dipende da... parecchi fattori.»

Forse ho toccato una corda sensibile, perché per un attimo torna silenziosa, e vedo i suoi occhi che scrutano la stanza. Alla fine nota una foto sulla mensola del caminetto: è quella che la ritrae con papà, prima che nascessi io. Sembrano tanto felici. Lei indossa un parka, ma in qualche modo riesce a essere sempre fichissima e impeccabile. Papà è vestito da pirata. Nota che la sto guardando anch'io.

«Siamo noi al Festival di Edimburgo, nell'86», mi spiega. «Te ne ha parlato? Era l'anno dopo la laurea. Tom... cioè, tuo padre... dava uno spettacolo con un gruppo di amici attori; ci dividemmo questo minuscolo appartamento a Leith, dormivamo in otto in una camera. Non avevamo un soldo e la pioggia non ci diede tregua.»

«Cavoli, deprimente.»

«Viene da pensarlo, vero?» mi risponde, con un'espressione distante e malinconica. «Ma tuo padre... aveva questa capacità di trasformare tutto in un'avventura. Trovò tutti gli spettacoli migliori, e i bar e i party. Andammo a ballare la salsa, bevemmo assenzio, facemmo amicizia con una troupe di mimi finlandesi. Ci trascinavamo su e giù lungo il Royal Mile, dove distribuimmo volantini della sua versione piratesca del *Dottor Faust* di Marlowe. Nell'aria c'era profumo di pioggia e di luppolo, per via del birrificio Caledonian. Fu semplicemente... A volte, quando stavamo insieme, sembrava che tutto potesse succedere.»

Per un attimo, regna la tranquillità. Ci siamo perse tutte e due in questo bel ricordo.

«Ma lui non andò mai oltre. I suoi amici vedevano le proprie opere rappresentate al Royal Court, all'Old Vic, al Lyric. Lui era felice di occuparsi di piccole produzioni qua e là. Ed è vero ancora oggi, mi pare. Cioè, ha questa capacità di sorprendere e stupire... potrebbe dirigere il National Theatre, lo credo sul serio. Vorrei soltanto che trovasse quel potenziale dentro di sé.»

Per qualche motivo, questa sua analisi mi irrita. Mi fa davvero imbestialire. Un interruttore nella mia testa passa dall'ansia alla crisi di nervi.

«Non è così», dico, con un tono di voce altissimo e brusco. «Papà si spacca la schiena in teatro! Chiedilo a chi vuoi!»

«Non intendevo...»

«A sentire te sembra che non abbia né tempo né voglia di impegnarsi, ma non è vero! Ama quel posto, non è colpa sua se sta chiudendo.»

«Hannah, non è quello che volevo dire.»

«Sì, invece! Tu non sai quanto sia stata dura. Lo guardi con quest'aria di superiorità, ma che cosa ne vuoi sapere? Ti ci hai lasciato!»

«Lascia che ti spieghi...»

Indietro non si torna. «Come hai potuto?!»

Si sta facendo prendere dal panico, adesso, lo sento nella sua voce. «Papà deve avertelo detto. Non funzionava.»

«Non funzionava per te! Per *te*!»

«Hannah, ti prego, lascia che ti spieghi. Io amavo tuo padre, pensavo che la vita con lui fosse quella che volevo, ma poi non ce la feci. Dopo la tua nascita io... mi dispiace tanto, Hannah, mi sentivo in trappola, e vuota, e non ce la feci. Dissero tutti che era depressione post partum. Andai in terapia, presi i fermaci che mi prescrissero, feci il possibile.»

«Ma ancora non mi volevi.»

«Sì! Sì che ti volevo! Ma non potevo... non era nelle mie corde, quello che ti serve per fare il genitore non arrivò, come dicevano. Ma... oh, Hannah, io ti volevo. E, quando me ne andai, provai un dolore lacerante, un dolore fisico... senza pari.»

«Allora perché non sei mai tornata?»

«Perché voi due stavate meglio senza di me.»

«No! Ma non lo capisci? Andando via, distruggesti papà. Non l'ha mai superata! Sei una stronza! Lo hai lasciato solo, e quando morirò rimarrà solo un'altra volta!»

Ecco.

L'ho detto.

Quando morirò.

Perché potrei non arrivare all'operazione. Perché la gente muore, mentre aspetta un trapianto. Perché il mio corpo potrebbe rigettare il cuore.

Le mie parole riecheggiano nella stanza e, dopo, il silenzio è talmente profondo che sembra che nessuno pronuncerà più una parola. Ci guardiamo, entrambe scioccate. Ed è in quel momento che sento il rumore delle chiavi nella porta.

Papà ha sempre avuto un tempismo perfetto.

Tom

C'era un gioco che facevamo, al corso di teatro all'università. Due studenti cominciavano a recitare, improvvisando, e a un certo punto un terzo partecipante – che fino a quel momento era rimasto in un'altra stanza – veniva mandato in scena, e doveva afferrare il contesto e la storia, e inserirsi nella recitazione senza interruzioni. Era divertente, a lezione; non lo è quando accade nel soggiorno di casa tua, e quando i due personaggi già in scena sono tua figlia e la moglie che ti ha lasciato.

Ecco la scena che mi trovai davanti: Hannah era in piedi, turbata e arrabbiata, Elizabeth era seduta sulla poltrona, sul bordo, apparentemente allarmata. Oltre al silenzio, nell'aria c'era un'atmosfera inconfondibile di confronto. Quando hai visto *Ricorda con rabbia* tante volte quanto il sottoscritto, la riconosci a un chilometro di distanza.

«Ciao, papà», fa Hannah.

«Ciao, Tom», fa Elizabeth.

E per qualche secondo non riuscimmo a dire altro, fra tutti e tre. Restammo così, mentre il traffico scorreva sulla strada, all'esterno. Ma non potevamo rimanere così in eterno.

«Ti avevo chiesto di non presentarti qui senza preavviso», dissi a Elizabeth.

«L'ho invitata io», mi rispose Hannah. «Scusa.»

«Non importa», dissi.

«Sì che importa», rispose lei, spostando gli occhi su sua madre.

«D'accordo... metto su l'acqua per il tè?»

«Ne abbiamo appena bevuta una tazza», fece Elizabeth.

«Ci penso io», replicò Hannah, che poi si avviò a grandi passi verso la cucina.

Spostai un mazzo di fumetti dal divano e mi sedetti, cercando di mostrarmi tranquillo e disponibile.

«Allora, che cosa sta succedendo?»

«Avrei dovuto dirti che sarei venuta, oggi. Ho ricevuto un'e-mail di Hannah e ho... ho pensato che avevo davvero bisogno di vederla; perché magari non mi sarebbe ricapitata questa opportunità per un po'. Mi sono fatta prestare l'auto dai miei genitori e sono venuta qui senza prendermi troppo tempo per riflettere. Oh, Dio... ho combinato un disastro.»

Si portò la mano alla fronte, in un gesto drammaticamente disperato.

«È molto bella questa casa», disse poi. «La vista è stupenda.»

«In inverno fa freddo.»

«Immagino... è l'unica cosa che non mi manchi, dell'Inghilterra.»

«L'unica?»

Dopo un silenzio imbarazzante che sembrò durare secoli, Hannah tornò con tre tazze fumanti, che mollò sul tavolino accanto a un piatto pieno di digestive al cioccolato. Una scena scomoda, artefatta: non avrebbe potuto essere più inglese di così. In questi ultimi tredici anni avevo provato a immaginare tante volte questo momento: pensavo che magari ci saremmo incontrati in un caffè di campagna, o su una bella spiaggia del Devon, o in un lussuoso hotel londinese; nella mia fantasia poco realistica (lo ammetto), mettevamo da parte la questione dell'abbandono, e chiacchieravamo, e basta... come una vera famiglia. Non mi aspettavo che ci saremmo ritrovati a sorpresa nel mio soggiorno, davanti a un piatto di biscotti. Volevo provare a trovare il lato buffo di quella situazione, a forare quella bolla di inquietudine.

«Allora», esordii, «che cosa mi sono perso?»

«Elizabeth stava spiegando come, andandosene via, fece la cosa migliore per tutti», mi ragguagliò Hannah, con un disprezzo controllato.

Spostai lo sguardo da lei a Elizabeth, che a sua volta guardò me, e poi Hannah. Il pensiero ridicolo che mi passò per la mente fu che quella scena ricordasse quella del duello alla fine del *Buono, il brutto, il cattivo*.

«Ha ragione», dissi. «Io mi ritrovai a pezzi, ma è così. Per due anni provammo di tutto per far funzionare le cose, ma la sensazione era che lei stesse scivolando via. Poi ebbi un'intuizione... fu come un lampo: era chiaro come dovevano concludersi le cose. Lei doveva andare via.»

«Quindi lei se ne andò in giro per il mondo, mentre tu rimanevi bloccato qui, con una bambina?»

«No, non andò così. Io non rimasi bloccato qui con una bambina; rimasi con te. Vidi crescere mia figlia, ebbi la possibilità di stare con te. E da allora è sempre stato meraviglioso.»

«Ma Elizabeth ha detto che c'era la possibilità di lavorare in teatro, a Londra.»

«Probabilmente sì, ma non me la lasciai sfuggire a causa tua. Non mi lasciai sfuggire un bel niente: perché non era quello che volevo. Io volevo questo.»

E allargai le mani, a includere la stanza intera, con i libri, i testi teatrali, le foto, i manifesti incorniciati di vecchi spettacoli, il caminetto aperto, le finestre sudicie che davano sui campi, più in là.

«Senti», intervenne Elizabeth, decisa, «ho detto una cosa, appena prima che arrivassi. Stavamo parlando di quella foto di noi due, sulla mensola del caminetto. Dal modo in cui mi sono espressa, sembrava che ti stessi accusando di non aver sfruttato il tuo potenziale, di non essere stato ambizioso come i tuoi amici. Non volevo dire questo. Assolutamente, Hannah.»

«No, hai ragione.» Alzai le spalle. «Non ero motivato come loro, non in quel senso. Non lo sono mai stato.»

«Papà!» protestò Hannah. «Smettila di difenderla!»

«Ma è vero. Mi sarei potuto impegnare di più, avrei potuto prendere baracca e burattini e portarti a Londra, dando un taglio a tutto. Invece venni qui, a dirigere il Willow Tree.»

«Ma non c'è nulla di sbagliato, in questo!» esclamò Elizabeth. «Scrivevi opere brillanti, recitavi, e poi venisti qui a dirigere un teatro! E hai messo in scena spettacoli grandiosi, hai sostenuto persone, hai dato a questa piccola città, o qualunque cosa sia, un pizzico di cultura.»

«Oh, non direi proprio. Non sai che cos'abbiamo prodotto, qui.»

«Invece lo so. So tutto.» Si fermò un momento, spostando lo sguardo da me a nostra figlia. «Hannah me l'ha raccontato.»

Hannah abbassò lo sguardo sui piedi.

«Mi ha detto tutto del Willow Tree, e di quello che significa per lei e per chiunque si esibisca qui. Sembra un posto meraviglioso.»

«Lo è», confermai. «Lo era. Peccato, non avrai modo di vederlo con i tuoi occhi.»

A volte, quando guardi una persona che ami, o che un tempo hai amato molto, gli anni vengono spazzati via come ragnatele; vedi la persona come la vedevi allora, all'inizio della passione; i sentimenti in qualche modo sembrano nuovi, freschi; come quando senti il profumo dell'erba appena tagliata, e la tua mente si lascia trasportare a un'estate grandiosa, ideale, a gelati e picnic, a parchi, a piscine per bambini, alla luce che crea increspature sull'acqua. Guardai Lizzie nel nostro soggiorno, nella luce dorata del sole, e per un attimo rividi la studentessa fiera e brillante, la mia ragazza, la mia vita. Quando se ne andò, tredici anni fa, ero incagliato nel mio dolore. Intorno a me c'era il nulla. Giorno dopo giorno. Provò a contattarmi – per mesi mi chiamò al telefono, ma io non risposi; mi scrisse, ma niente. Fu così che ne uscii. E grazie a nostra figlia. All'inizio Hannah era troppo piccola per capire davvero e, quando ne parlammo in seguito, badai sempre a nasconderle la profondità del vuoto che avevo dentro. Mi volevano tutti arrabbiato. Volevano che odiassi Elizabeth, ed erano furiosi perché non io non la odiavo. La vedevano come una donna crudele, disumana addirittura. E questo rendeva tutto più difficile. La vita è breve e preziosa, e non hai il diritto di imprigionare qualcuno nelle tue aspettative. È questa la vera crudeltà. E poi un pensiero attraversò la mia mente. Un pensiero scioccante, eppure palesemente ovvio. Gli spettacoli per il compleanno, i Giorni della meraviglia, come li chiamavo io... Be', avevo sempre pensato che fossero stati una distrazione per Hannah, un intrattenimento divertente che doveva aiutarla a non pensare a niente. Ma forse non era stato affatto così. Mi parve di vedere delle crepe che si allungavano sulle pareti della stanza, come se la casa stesse per ridursi in macerie. Perché forse quegli spettacoli li avevo messi in piedi per me... forse erano serviti a distrarre *me*. E questo che cosa diceva di Tom, come uomo?

Hannah dovette percepire la mia ansia. La notò, ma sbagliò a interpretarla.

«Sei arrabbiato perché mi sono messa in contatto con mamma?» mi chiese. «Ce l'hai con me?»

«Oh Hannah, no. Non è questo. Proprio no. Non avrei dovuto farti pensare che fosse sbagliato.»

«Avevo solo bisogno di capire. Avevo bisogno di sapere chi era lei. Ma non... non ci sono riuscita finché non l'ho incontrata di persona. Non riuscivo a dirle quello che volevo.»

«E adesso l'hai fatto?»

Hannah guardò verso Elizabeth, forse cercando di pensare a un gesto conciliatorio, che però non voleva venire.

«Possiamo uscire? Ho bisogno di prendere un po' d'aria.»

Guardai Elizabeth e, incapace di valutare la sua reazione, annuii. «Potremmo andare in città, ci sono un sacco di caffè carini e...»

«No», fece Hannah. «Andiamo a camminare nei boschi.»

«Mi sembra una bella idea», concordò Elizabeth.

Ci incamminammo tutti e tre oltre la strada, attraversammo i prati, il sole che scendeva tra le colline basse all'orizzonte. Nell'aria c'era odore di falò, ma non faceva freddo. Camminammo insieme fino a raggiungere il sentiero stretto che conduceva tra gli alberi, e poi Hannah rimase indietro per controllare il telefono, che provava a spostare per cercare il segnale.

«Sono così i teenager di oggi?» chiese Lizzie.

«Temo di sì», le risposi. Mi voltai di nuovo verso mia figlia. «Metti via quell'affare, o te lo butto in una cacca di mucca.»

Fuori dall'ambiente claustrofobico racchiuso tra le mura di casa, sembrammo prendere vita. Lizzie e io ci raccontammo storie sui vecchi tempi, e su vecchi amici; ricordammo le case in cui avevamo vissuto da studenti, i tuguri semidiroccati con la muffa spessa che avanzava sulle pareti divorando vestiti e dischi. Hannah si unì a noi, facendo domande, ridendo degli aneddoti relativi a scelte di moda poco avvedute, e a merdosi club indie. Per qualche minuto, sfuggimmo alla realtà che incombeva su di noi: il teatro, il matrimonio distrutto, il trapianto. Le parole del cardiologo erano annidate in fondo alla mia mente, insieme con le sue gentili rassicurazioni, ai cauti avvertimenti. Dovevo mettermi seduto con Hannah, e avremmo dovuto trovare il modo di affrontare tutto quanto. Ma per qualche minuto mettemmo da parte le nostre divergenze, le nostre battaglie, e questo fece sentire meglio tutti e tre. Come una vera famiglia.

A casa, Hannah supplicò Elizabeth di fermarsi a bere una cioccolata calda. Mentre la preparavo, loro due si rannicchiarono insieme sul divano e guardarono fotografie e video sul nuovissimo cellulare di Elizabeth. Quando tornai di là, le trovai intente a guardare un filmato girato durante una sfilata di moda a Dubai: sfarzo, marmo, belle donne e flash dei fotografi.

«Oh mio Dio, guarda quel vestito!» esclamò Hannah. Una modella imbronciata stava sfilando davanti all'obiettivo con indosso un fazzoletto di stoffa argentato, tutto coperto di paillettes. Mentre camminava, increspature di luce scorrevano sul tessuto come raggi di sole filtrati da una cascata.

«Saresti una favola, con quello», osservò Lizzie.

«Oh, ma va'.» Hannah arrossì. «E, comunque, dove lo metterei? Alla discoteca della scuola? Al nightclub? Al negozio di fumetti?»

«Vieni a Dubai», giunse la prevedibile risposta. «Ci sono una decina di posti in cui potresti sfoggiarlo... E, se lo facessi, credimi, metteresti a tacere l'intero locale.»

Quando venne il momento dei saluti, andammo tutti fuori, e ci fermammo sulla veranda, sferzati dal vento già invernale che spazzava la strada, in imbarazzo e incerti su come salutarla. Sono certo che stessimo pensando tutti e tre – anche se nessuno lo disse – all'ultima volta in cui c'eravamo trovati nella stessa situazione.

«Allora, tornerai presto nel deserto?» chiesi.

«Per un po', ma non so quanto mi fermerò. Sto cercando qualcos'altro.»

Forse fu l'aria fresca che creava scompiglio con i miei cinque sensi, ma ebbi la netta impressione che si stesse sviluppando un copione che avrebbe potuto farci riavvicinare. Quel pensiero mi provocò un lieve capogiro, per un secondo, come se gli anni senza di lei fossero stati solo sciocchi attimi di dubbio. Ero certo che, se avessi detto le cose giuste, nell'ordine giusto, qualcosa sarebbe successo.

Ma qualcos'altro mi trattenne. Non fu paura, e non fu nemmeno buon senso (ammettiamolo; la prima mi aveva bloccato, in passato, ma il secondo di sicuro non era mai intervenuto): semplicemente, un ricordo recente attraversò come un lampo la mia memoria... fu solo una minima impressione, che però fu sufficiente a sbilanciarmi. E a farmi pensare a un'altra persona.

Hannah

Il teatro sta tornando in vita... proprio come la dimora del professor Xavier in *Uncanny X-Men*, dopo che è stata distrutta da un supercattivo extraterrestre. Ted ha organizzato un branco di volontari, per per le pulizie; Shaun e alcuni amici stanno sistemando l'impianto elettrico, o quello che serve; il bar e la caffetteria sono stati riforniti (utilizzando un misterioso fondo d'emergenza che Ted aveva nascosto su un conto), e il Women's Institute della città preparerà delle torte che venderemo. Il comune non si è fatto sentire. Devono aver visto i manifesti, no? Sapranno che stiamo organizzando un evento in modo del tutto ufficioso... Qualcuno è preoccupato all'idea che lo spettacolo venga cancellato dall'Ufficio di igiene ambientale, o roba simile, ma nessuno di noi sta pensando a uno scenario del genere. Ho un po' di esperienza nel filtrare possibilità spaventose.

Dopo aver lavorato al testo per qualche giorno, Sally è riuscita a mettere insieme il cast e a organizzare le prove nella casetta degli Scout più giù, nella via. Senza un budget a disposizione, Kamil sta lavorando utilizzando scarti del deposito di legname che gestisce suo fratello, oltre a vari oggetti riciclati recuperati dal magazzino delle attrezzature di scena. «Sarà il mio capolavoro», dice. È questo che ho sempre saputo del teatro: che è un luogo di possibilità, di magia, non governato dalle regole che il resto del mondo deve seguire. Ho trascorso tutta la mia vita seduta nelle prime file, in platea, a osservare in silenzio nella penombra crepuscolare mentre le scenografie venivano assemblate, e gli attori provavano le scene. Vedi quanto sia fragile tutto quanto: le pareti di una prigione sono tenute insieme da nastro da elettricista; i costumi sono fermati e stretti nella parte posteriore con mollettoni; gli attori sono nervosi e brufolosi sotto le luci di sala. Ma per lo spettacolo avviene una trasformazione: le sagome si allineano, vengono letti i cartelli, palcoscenici vuoti diventano campi di battaglia e camere da letto. Se si presenterà qualcuno, al nostro open day, voglio che capisca: che capisca che la vita cerca di limitarci, ma qui dentro non può farlo. Il mondo è grande quanto tu vuoi che sia, e dura quanto la memoria. Sul palco accadono cose che non possono succedere in nessun altro posto, perché non è veramente uno spazio fisico – esiste nella condivisione tra attori e pubblico.

Siamo riusciti a tenere papà lontano dal teatro, durante quest'ultima settimana. Una gran parte di me si sente in colpa per averglielo nascosto, ma poi mi dico che tutto questo non starebbe succedendo, se gli avessi confessato tutto. E deve succedere. Quando vedrà lo spettacolo – ammesso che venga messo in scena – ho bisogno che sappia che avremo sempre questo, lui e io. Nessuno potrà mai portarcelo via. Anche quando me ne andrò per sempre, saremo sempre qui.

Due giorni prima dello spettacolo, riesco ad andare in teatro. Impiego un'ora per coprire un tragitto di cinque minuti, e devo fermarmi più volte per prendere fiato. Provo una sorta di euforia, quando arrivo, ma quando entro trovo Sally, Jay, Ted e Shaun e qualche altro attore, che se ne stanno lì con aria cupa.

«Hanno portato via le luci», mi informa Ted.

«Cosa? Chi?»

«Tutta l'attrezzatura l'avevamo presa con un noleggio a lungo termine», spiega Sally. «La società ha saputo dal comune che il teatro sta per chiudere, e sono venuti a riprendersi tutto. Temevano che qualcuno entrasse a rubare.»

«Niente luci, quindi?» chiedo stupidamente. Alzo gli occhi e vedo l'impalcatura spoglia, a parte un paio di vecchi faretti che abbiamo da anni. «Ma come facciamo a...»

«Esatto», mi interrompe Sally. «Voglio dire, possiamo andare in scena con le luci di sala accese, ma il palco sarà piuttosto buio. Buona parte del pubblico non riuscirà a vedere granché.»

«Non possiamo chiamare un teatro vicino e farci prestare le loro?»

«Hanno tutti qualche spettacolo in cartellone. È troppo tardi per trovarne altre, ormai.»

«Potremmo usare... non so, un centinaio di candele?» propone Jay.

«Abbiamo già allagato il teatro», gli fa notare sua madre. «Non sono sicura che sia il caso di dargli anche fuoco.»

La nostra chiacchierata all'insegna dell'ottimismo è interrotta dal rumore di un trapano elettrico, che proviene dal palco. Ci voltiamo, e vediamo Kamil impegnato a costruire una sorta di ampia piattaforma circolare.

«È qui dalle sei di questa mattina», dice Shaun. «Adesso dovremo informarlo che nessuno vedrà la sua magnifica creazione.»

«Se Margaret fosse qui, ci direbbe di quando successe a lei, in qualche famoso teatro londinese, negli Anni Sessanta», aggiunge Ted con un tono malinconico. «Ci direbbe di farci andare bene quello che abbiamo.» Questo pensiero è sufficiente a metterci a tacere tutti, per un secondo. Poi sul viso di Jay si dipinge questa espressione... quasi avesse appena scoperto il senso della vita.

«Credo di avere un'idea», dice, mentre dà un'occhiata al cellulare. Ma non lo sente nessuno, tranne me, perché Kamil ha ricominciato a trapanare. Sally si guarda intorno solo quando nota il figlio fare di corsa il corridoio verso l'uscita.

«E adesso dove va?» chiede.

Alzo le spalle, dubbiosa che tra i contatti di Jay ci sia un gentile fornitore di luci teatrali.

Per un po' ce ne stiamo seduti in prima fila, a guardare Kamil e il fratello che lavorano sul palco. James arriva con due sacchetti di carta pieni di croissant caldi, che distribuisce quasi fossimo a una specie di mensa per poveri borghesi. Poi va a sedersi accanto a Shaun, e senza dirgli niente gli dà un sacchetto a parte, che – per la gioia di quest'ultimo – contiene un maxi involtino di sfoglia con würstel.

Mentre mi perdo a osservare questi due ragazzi che sono così carini l'uno con l'altro, la porta d'uscita si spalanca e sbatte con violenza contro il muro. Il rumore è così forte che Kamil smette di trapanare per un secondo. Prima ancora che qualcuno alzi gli occhi per vedere chi è, l'abbiamo già intuito. C'è una sola persona che irrompe qui in questo modo.

Phil ha lo sguardo folle, fa paura, la faccia non rasata e tesa in un'orribile espressione di rabbia.

«Lo sapevo», dice, la voce furiosa, aspra. «Lo sapevo, cazzo. Questo posto cade a pezzi e tu preferisci comunque stare qui, piuttosto che a casa.»

Sally lo guarda un momento, il viso privo di espressione, ma vedo che sta tremando. «Phil, ti prego. Adesso calmati.»

«Non dirmi di calmarmi», urla, puntando un dito nella sua direzione. «Passi tutta la settimana in questo maledetto posto, e adesso ci stai anche tutto il sabato? Mi prendi per il culo?»

«Phil, ti prego, va' via.» La voce di Sally è calma, controllata.

«No», fa lui, con il tono infantile di un ragazzino. «Tu vieni con me, e subito. Vieni a casa, e ne discutiamo.»

Ted, James e Shaun si spostano appena, così da trovarsi accanto a lei.

«Io rimango qui», gli dice Sally. «Mi stai mettendo in imbarazzo.»

«Io ti sto mettendo in imbarazzo?! Vieni subito fuori, stupida troia.»

«Basta così, Phil», interviene Ted. «Non ho idea di cosa stia succedendo, ma non puoi rivolgerti a Sally in questo modo.»

«Oh, levati dalle palle, vecchia scoreggia. A mia moglie parlo come mi pare. Magari, quando questo cazzo di posto chiuderà i battenti, ci lascerete in pace.»

Sally guarda Phil, la bocca spalancata in un'espressione di shock, quasi avesse appena intuito qualcosa.

«Sei stato tu», dice, la voce così sommessa che quasi si riduce a un sussurro. «Sei stato tu a rompere la caldaia.»

«Oh, ti prego», fa Phil.

«La sera dello spettacolo sei venuto nella sala verde e abbiamo litigato. Sei uscito come una furia. Pensavo fossi andato a casa, invece... Margaret ti ha visto, vero? L'hai minacciata?»

«Oh Cristo, non devo starmene qui ad ascoltare certe stronzate.»

«Perché, Phil? Perché l'hai fatto? Questo posto rischia di chiudere a causa tua, per colpa di quello che hai fatto! È questo che volevi?»

«No! Non volevo rompere la caldaia. Ma sei sempre qui, ero incazzato! Ho perso le staffe. Pagherò quei cazzo di danni, OK?»

«Va' fuori di qui», dice Sally. «Sei un mostro. La tua vista mi dà la nausea.»

Siamo a un punto morto, e la tensione è devastante. Ci siamo dentro tutti, siamo tutti attori e tutti membri del pubblico al tempo stesso, mentre cerchiamo di capire che cosa succederà adesso. È James che fa il primo passo. Lentamente, va verso Phil. «Dai», gli dice, «andiamo fuori, facciamo un passo indietro e...»

Allarga le braccia come per rabbonirlo, a pochi centimetri da Phil. Sembra che stia cercando di calmare un cane rabbioso.

«Vaffanculo!» urla Phil. Lo spinge via e poi si mette a gesticolare, rabbioso. James si gira su se stesso e si allontana, portandosi le mani al naso. Non è come nelle scene violente dei film: non ci sono effetti sonori, non ci sono reazioni al rallentatore. Sembra niente. Ma poi vediamo colare il sangue tra le dita. Tanto sangue. James si accascia su una poltrona della fila più vicina.

Immediatamente, Shaun si lancia verso Phil come una furia, l'espressione spaventosa. Supera Sally e, merda, lei non fa nulla per trattenerlo; lo guarda, e basta. Sembra che stia per accadere qualcosa di grande, di importante, perché c'è una sola cosa che Shaun vorrà fare quando raggiungerà suo marito.

Phil sembra piccolo e avvilito, tutto d'un tratto. Indietreggia, facendo qualche passo lungo.

«Ehi, ehi», dice, con una voce molto diversa. «Non ho problemi con te, amico.»

Phil ha sempre cercato di andare d'accordo con Shaun, ha sempre scherzato con lui, come farebbero due vecchi amici. Shaun gli dava corda. Non oggi, però, non ora.

«Oh sì che li hai, invece», gli dice Shann, e il suo sguardo si posa su James. Quello di Phil lo segue.

«Non l'ho praticamente toccato», scherza, con uno sgradevole ghigno lascivo. «Quella stupida fichetta non avrebbe dovuto provare a mettermi le mani addosso.»

«Quella stupida fichetta è il mio fidanzato.»

Shaun tira indietro il braccio, tutto il suo corpo asseconda il movimento. Sì, questo è un pugno da film. Sta per accadere qualcosa di terribile, qualcosa di decisivo, qualcosa di sconvolgente. E apparentemente ci stiamo preparando tutti all'impatto.

«No!» Una voce, abbastanza alta da fermare il pugno a mezz'aria. «Shaun, ti prego, non picchiare mio padre.»

Jay è sulla soglia, con il suo stupido berretto da baseball. Il pugno di Shaun rimane sollevato per qualche secondo, ancora pronto a colpire. Ma, quando si accorge dell'arrivo di Jay, lascia cadere la mano.

«Vattene», intima a Phil. «Ora.»

Phil raddrizza la schiena, chiaramente nel tentativo disperato di mantenere un certo status agli occhi del figlio. Una scena quasi tragica. Ted mette un braccio intorno alle spalle di Sally, che adesso sembra scioccata.

«Se non vieni via con me, adesso, tra noi è finita», le dice il marito. «O vieni, o è finita, cazzo.»

Sally fa un passo avanti, e sembra quasi che Ted voglia trattenerla, ma poi ci ripensa. Il suo braccio scivola via. Urlo: «No! Non andare con lui!» nella mia testa. Ma lei sta andando, e intanto guarda quest'uomo orribile con un sorriso compassionevole.

Si ferma a un paio di metri da lui. «Oh Phil», dice, il tono quasi dolce, quasi affettuoso. «Tra noi è finita tanto tempo fa.»

Lui la fissa, terrorizzato. Sì, nei suoi occhi c'è orrore puro. Nemmeno il pugno di Shaun avrebbe potuto colpirlo con tanta forza.

«D'accordo», dice, riprendendosi. «Andiamo, Jay.»

E va verso l'uscita, alzando la mano per metterla sulla spalla del suo ragazzo. Di suo figlio. L'unica persona su cui possa contare.

Ma questa volta Jay non si muove. Si chiude, incurva le spalle, l'espressione distante.

«ANDIAMO, figliolo!» urla, e ancora una volta prova a mettergli una mano sulla spalla. Con un unico movimento incerto, Jay la spinge via, e spedisce il padre nel ridotto, barcollando.

«Vaffanculo», gli dice. «Mi vergogno di te!»

Non vediamo la reazione di Phil. Sentiamo solo i battenti della porta d'ingresso che si aprono e poi si richiudono.

Mentre Sally corre da suo figlio, io mi siedo di fronte a James e gli do dei fazzoletti di carta che avevo in tasca. Se li porta al naso. Con delicatezza, Shaun si siede accanto a lui e gli mette un braccio intorno alle spalle.

«Tieni giù la testa», gli dice.

«Un consiglio che mi avrebbe fatto comodo qualche minuto fa», ribatte James. «Pensi sia rotto?»

Shaun rimuove i fazzoletti e guarda James. Ha il naso rosso, il sangue fuoriesce copioso.

«No», gli dice. «Sei ancora bello, tranquillo.» E gli dà un bacio sulla fronte.

James distoglie lo sguardo e ride tra sé e sé.

«Mi fido di te», dichiara, scuotendo la testa.

«Che c'è?»

«"Quella stupida fichetta è il mio fidanzato"? Solo *tu* potevi fare coming out subito dopo una scazzottata.»

Sally sta abbracciando Jay, e gli sta parlando sottovoce, mentre insieme cercano di capire che cosa sta succedendo nella loro vita. Noi li fissiamo, la confusione dipinta sui nostri volti. Oh Dio, è tutto talmente assurdo.

«Non mi ero accorto di niente», osserva Ted. «Com'è possibile che nessuno di noi avesse capito?»

Va verso Sally e suo figlio e, senza dire una parola, James e Shaun lo seguono. Formano un capannello attorno a loro, quasi volessero proteggerli.

E lì, cristallizzato in un secondo, vedo il motivo per cui vale la pena di salvare il teatro.

Hannah

Oggi è il gran giorno. Be', il gran giorno o il mega giga disastro: credo che lo scopriremo entro poche ore. Comincio a mandare messaggi a Sally alle nove del mattino, chiedendole se è al teatro, che cosa sta succedendo, se sono arrivati gli attori, se stanno provando. Lei mi risponde e mi dice di calmarmi, perché è tutto sotto controllo. Cerco un giornale a fumetti che mi tranquillizzi – da secoli voglio iniziare a leggere *Blankets* di Craig Thompson – ma non aiuta. Scrivo a Jenna e a Daisy per avere novità: online c'è stato interesse per il nostro evento? A qualcuno importa? Mi rispondono tutte e due di rilassarmi. Mi danno appuntamento al teatro, più tardi. Come faccio a non preoccuparmi? Per me è tutto.

Ted dice che il comune non si è ancora fatto sentire, e almeno questo è positivo. Magari ci permetteranno di divertirci, e poi raderanno comunque al suolo l'edificio. Magari arriveremo giusto in tempo per vederlo crollare in un ammasso di macerie.

Mi sento uno schifo. Ho la nausea per il nervoso. E poi vomito sul serio, striscio fino al bagno e scarico lo stomaco già vuoto nella padella. Papà si fa subito prendere dall'agitazione. Nel mondo della cardiomiopatia, la nausea non è un segnale favorevole. Be', spiacente per te, floscio sacco di merda che ho al posto del cuore. Non ho tempo per le tue aritmie stronze, oggi.

«Chiamo l'ospedale?» Preoccupato, papà si mette in ginocchio sul pavimento, accanto a me.

«No, sto bene», mento. «Sono solo un po' preoccupata per la scuola.»

Onestamente, mi sto abituando a questa spossatezza sempre più schiacciante, che rende le mie giornate offuscate, sbiadite. Mi sto abituando all'incapacità di svegliarmi; non m'importa se mi ci vogliono tre ore per alzarmi dal letto. Ho cominciato a studiare delle scorciatoie, in casa, a calcolare il tragitto meno stancante per raggiungere il microonde. Se esco, esco a metà mattina e a metà pomeriggio, quando c'è meno gente; mi do una regolata.

Oggi, però, voglio essere lucida. Voglio essere sveglia e in forze. Voglio essere là. Abbiamo scommesso forte sul teatro e su ciò che significa per le persone, e ho bisogno di vedere come finirà. Voglio assicurarmi di essere accanto a papà, quando scopriremo quello che accadrà, qualunque cosa sia. Mi alzo e mi lavo il viso, e dico a papà di andare di sotto a prepararmi una tazza di tè. Poi mi siedo sul letto e penso allo spettacolo, e a come Sally avrà pianificato tutto. D'un tratto mi viene in mente la questione delle luci. Ho dato un sacco di direttive agli attori, che non funzioneranno senza la giusta illuminazione, senza un impianto decente. Le scrivo di nuovo, e di nuovo mi risponde praticamente entro una frazione di secondo.

«Ti ho detto di non preoccuparti», leggo. «È successa una cosa. Aspetta e vedrai.»

Tom

Era un frizzante sabato mattina, il genere di giornata che un tempo avremmo adorato e sfruttato nel modo migliore. Saremmo usciti per andare in città a mangiare croissant caldi accompagnati da una tazza di tè, e poi a comprare giornali e fumetti. Eravamo capaci di trascorrere giornate intere alla caffetteria, ogni tanto separandoci per poi ritrovarci. Io facevo un salto al teatro per controllare il botteghino, lei usciva con Jenna o Jay o qualche altro amico, faceva un giro per negozi o se ne stava seduta al parco, scossa dai brividi. A volte ci ritrovavamo più tardi al Willow Tree, se c'era del lavoro da sbrigare, o uno spettacolo interessante da vedere. Quelli erano giorni da sogno.

Quella mattina mi accovacciai accanto a Hannah mentre vomitava; era la prima volta che lasciava la stanza, dopo diverse ore. Era pallida, i capelli spettinati tirati su, flosci e unti. Quando la aiutai a rialzarsi, le sentii le ossa della schiena. Volevo chiamare l'ospedale, ma lei disse che non era niente. Mi sentii in trappola: volevo disperatamente assumere il controllo, fare qualcosa, e al tempo stesso volevo rispettare il suo diritto di pensare alla propria salute. Andai in camera sua per dare una sistemata, e quasi d'istinto controllai il cestino della carta straccia. Il questionario era lì. Mi sedetti sul letto, con la testa fra le mani, e lo guardai a lungo. Allungai le braccia, ma poi mi fermai e mi tirai indietro. Questa volta, nonostante il dolore straziante che provai nei visceri, lo lasciai dov'era.

Naturalmente c'era anche un'altra questione da affrontare. Hannah mi aveva detto di Phil. Lui e Sally avevano litigato, la sera in cui avevamo messo in scena la farsa ambientata negli Anni Settanta, e lui come una furia era uscito ed era andato nel locale caldaia, dove aveva preso un pezzo di impalcatura e aveva colpito la macchina. Pensavo che fosse geloso della mia amicizia con sua moglie, invece era geloso di tutto quello che Sally aveva e non condivideva con lui. Stava sabotando il loro rapporto da anni. Alla fine aveva dato il colpo di grazia al loro matrimonio e anche al teatro. Non potevamo denunciarlo alla polizia, adesso. Quali sarebbero state le ripercussioni su Sally? E su Jay? I soldi dell'assicurazione erano perduti. Mi rimproverai per il mio egoismo. Che cosa contava quel posto, in mezzo a tutto il resto? Stava crollando tutto quanto.

Quando suonò il campanello, quella sera, non rimasi sorpreso di trovarmi di fronte Sally, una volta aperta la porta.

«Ehi, Tom. Hai da fare?»

«Sally! Hannah mi ha raccontato tutto. Mi dispiace tanto, io...»

«Phil se n'è andato. Ha preso una borsa ed è andato via.»

«Oh, Dio.»

«Mi sento stranamente tranquilla.»

E la cosa strana era che sembrava realmente tranquilla. Serena.

«Jay come sta?» le chiesi.

«Non lo so. Non abbiamo parlato molto. Ma lo faremo.»

«Se vi serve compagnia, se avete bisogno di un posto dove stare...»

Sally si portò un dito alle labbra. «Un'altra volta. Invece, puoi venire al Willow Tree? Subito?»

«Oh, Sally, non preoccuparti per il teatro.»

«Tom, è importante. Fidati. Ted è là e ci sono anche gli altri.»

«Non capisco che cosa stia succedendo, ma non posso», le risposi. «Hannah è di sopra, e sta male, e...»

«Chi è che sta male?» fece una voce alle mie spalle.

Mi voltai, e Hannah era sulla scala, a quattro gradini da terra, vestita in jeans e un maglione nero morbido, il rossetto rosso cabina telefonica che brillava sotto la luce della lampadina nuda nel corridoio.

«Siamo tutti pronti?» chiese a Sally.

Sally accennò appena un sì con la testa.

«Cosa... che cosa state facendo?» chiesi, e Hannah andò verso gli appendini per prendere il giubbotto di pelle.

«Vengo a teatro anch'io.»

«Ma... ecco, credo che Sally abbia bisogno che vada a trovare Ted. Probabilmente devo aiutarlo a far sparire tutto. Anche se non capisco perché non possa aspettare fino a lunedì.»

«Non si può», fece Sally, calma. «È successa una cosa e devi venire a vedere. Dovete venire tutti e due.»

Rimasi lì a guardare Sally, e poi Hannah, che era impegnata a infilarsi un paio di scarpe da ginnastica. Non riuscivo a raccapezzarmi: la mia mente tentava di afferrare una spiegazione qualsiasi, ma tutte le venivano strappate via e scaraventate in una sorta di lavatrice mentale. Hannah stava usando quella scusa per svignarsela e incontrare i suoi amici? Sally aveva una specie di esaurimento? O forse ero io ad averlo?

«Andiamo, pa'.» Hannah mi prese per mano. «Capirai quando arriveremo.»

Salimmo sulla minuscola Ford Ka di Sally e partimmo per la nostra bizzarra gita del sabato sera al teatro chiuso, Hannah seduta dietro e intenta a scrivere furiosamente al cellulare. Io continuavo a voltarmi verso Sally, cercando di farmi venire in mente qualcosa da dire, ma senza successo... più che altro perché non avevo idea di che cosa diavolo stesse succedendo, e pensavo di aver battuto la testa in cucina, perdendo i sensi, e di essere vittima di un'allucinazione molto dettagliata.

«Allora, come va?» riuscii a chiederle, alla fine.

«Phil sta da suo fratello a Radstock», disse. «Dove andrà dopo non lo so, e in verità nemmeno mi interessa.»

«C'è una possibilità che tu possa tornare...»

«No», mi rispose subito. «Ti sembrerà stupido, ma quello che è successo con il teatro negli ultimi mesi, quello che è successo a tutti noi, con tutto... non lo so, io sono cambiata, sono una persona diversa. A volte, devi mollare.»

Annuii, mentre l'auto imboccava la strada principale, e pensai alle sue parole mentre superavamo le familiari file di case vecchie e belle, con le finestre punteggiate di luci. Pensai a Hannah, seduta dietro, e a come sembrasse grande quella sera; e a come le decisioni importanti spettassero a lei, non a me. Non più.

«*A volte* devi rinunciare...» ripeté Sally, quasi tra sé e sé, mentre arrivavamo in prossimità del teatro. Cominciai a intravedere l'edificio, oltre l'ultima casa a schiera. E in quel momento lei si voltò brevemente verso di me.

«A volte no, però.» Il suo sorriso era luminoso nell'abitacolo buio. «A volte rimani e combatti.»

C'era gente, fuori. Fu la prima cosa che notai. Gente che circolava, tanta, non saprei dare un numero. All'inizio pensai a una folla casuale, a un curioso raduno spontaneo di persone che erano andate a fare spese e stavano tornando a casa, che stavano uscendo a bere qualcosa, a gruppi che per caso si erano ritrovati in quello stesso spazio. Ma no, non era una folla spontanea.

Era una coda.

Una fila piuttosto caotica che partiva dalla strada principale e si snodava in direzione del teatro, attraverso il parcheggio... che, notai ora, era pieno. C'erano famiglie – padri, madri, bambini – con cappotti e parka, che avanzavano con passo strascicato e ridevano nell'oscurità del tardo pomeriggio. C'erano persone con giubbotti fluo che sembravano farne avanzare altre, mentre chiacchieravano e ridevano con loro. Mi parve di riconoscerne un paio, volontari del teatro. Avanzammo piano, e i miei occhi seguirono la coda fino alla fine: quasi non comprendevo, i miei sensi erano disperatamente annebbiati. La coda arrivava all'ingresso principale dell'edificio.

«Ma che succede, qui?»

Sentivo della musica, un violino, un flauto, dei tamburi. Scrutai tra la folla, finché non distinsi... sì, un gruppo folk, accanto alle porte, i musicisti per qualche ragione abbigliati con indumenti antichi, come attori di una fiaba. Vidi due membri dello staff camminare lentamente lungo la fila, e distribuire qualcosa ai bambini. Quando si mossero, una luce fioca li seguì... e compresi – fui preso dall'emozione! – che stavano dando delle piccole lanterne. La fila si era trasformata in una fiaccolata.

Qualcuno mostrò a Sally l'ultimo parcheggio disponibile tra quelli di fronte al teatro. Lei fermò l'auto e tirò il freno a mano, e per qualche secondo restammo seduti, in silenzio. Mi voltai a guardare Hannah, e vidi che anche lei stava scrutando la folla, attonita, il telefono in grembo, dimenticato.

«Ce l'abbiamo fatta», disse mia figlia.

«A fare che cosa?» chiesi io.

Lei guardava fuori.

«Questo.»

«Andiamo, Tom», fece Sally. «Scendiamo, e andiamo a vedere che cosa succede.»

Aprii la portiera e aspettai qualche istante, mentre un paio di bambini passavano correndo; poi scesi in quello scenario pazzesco. Sally mi stava accanto, e in quel momento tirò fuori il cellulare e fece una chiamata. Sentii rispondere qualcuno, e poi lei mi diede un colpetto con il gomito e con la testa mi indicò la facciata del teatro.

«Adesso», disse.

Due grossi riflettori, posizionati su treppiedi ai lati dell'entrata principale, si accesero, e i loro raggi accecanti conversero sullo spazio di cemento al di sopra delle porte, dove campeggiava un cartello gigantesco, che occupava quasi l'intera larghezza dell'edificio; lo sfondo bianco risaltava sul grigio del muro, intorno. In cima c'erano queste parole: «Salviamo il Willow Tree presenta...» E, sotto, più in grande, in una calligrafia elegante e ricca di volute:

I Giorni della meraviglia
un'opera di Hannah Rose

La fissai per un lungo momento, mentre cercavo di dar tempo alla mia mente di ricomporsi.

«Se te l'avessi detto, non ci avresti permesso di farlo», mi spiegò Hannah, accanto a me, che mi guardava con occhi colmi di speranza e anche un po' cauti.

«Hai scritto un testo teatrale?» fu tutto quello che riuscii a dire.

«Una specie. Sally mi ha dato una mano. Ma in buona parte era già stata scritta.»

«Ma il comune...»

«'Fanculo il comune», disse Sally. «Leggi quello che c'è scritto sul cartello: abbiamo fondato un'associazione per salvare il teatro. Combatteremo, Tom. Non ci arrenderemo senza lottare.»

Attraverso lo stupore e lo stordimento – mi sentivo quasi uno zombie – stavo cominciando ad avere una vaga idea di quello che stava accadendo. I miei colleghi, i miei amici, mia figlia... non avevano perso la fiducia. Avevano continuato a crederci.

«Come... come avete fatto a...» balbettai.

«Vieni», fece Sally, «stiamo per aprire. E, come direttore, devi stare all'entrata e accogliere i nostri ospiti.»

Mi afferrò per il gomito e mi guidò avanti, verso le porte di vetro. Dall'altra parte vidi Ted che si sbracciava furiosamente dal ridotto buio. Lo salutai, con una certa apprensione.

«Tu resta lì», mi disse Sally, «e saluta la gente che entra. A tutto il resto abbiamo già pensato.»

«Io non riesco a crederci. Sto sognando?»

«Abituati.» Mi sorrise. «Ho idea che ci saranno altre sorprese, questa sera.»

Con ciò, le porte si aprirono, e lei entrò.

Si levò un mormorio dalla folla, che si faceva largo a fatica. Io mi preparai, e l'innato showman dentro di me si destò. C'è un pubblico che attende, mi dissi, e viene prima di tutto.

«Quindi il teatro è aperto?» chiese una donna.

«Sì. Sì, è aperto. Benvenuti al Willow Tree.»

Entrarono, una coppia alla volta, una famiglia alla volta. Hannah era vicino a me, ad accogliere i suoi amici, molti dei quali credo non avessero mai messo piede in un teatro, almeno negli ultimi anni. «Io venivo a vedere lo spettacolo di Natale con la nonna», disse un amico di Jay, con i jeans calati a metà chiappe, che lasciavano intravedere i boxer. Studiò il ridotto con aria sospettosa, quasi stesse per mettere piede in una centrale di polizia. Arrivarono la famiglia allargata di Shaun, e poi il marito di Natasha con la madre, i due tizi del negozio di fumetti, che si presero un momento per scambiare qualche parola con Hannah, abbracciandola. Vidi Daisy e Jenna e, con mia grande sorpresa, i genitori di quest'ultima.

«Mi hanno fatta uscire per questa serata, signor Rose», mi disse lei, a gran voce. «Quindi sarà meglio che lo spettacolo sia valido, o mi vieteranno anche il teatro, oltre a tutto il resto.»

Scappò a salutare Hannah, sotto lo sguardo del padre.

«Ci crede degli orchi cattivi», mi disse lui. «Ma stiamo solo cercando di tenerla in riga... fosse soltanto per tre anni ancora. Dopodiché... be', quella ragazza è un tornado, andrà dove le pare. L'amiamo così tanto. Si fa quel che si può, giusto?»

La coda avanzava, e io dovetti confrontarmi con i fantasmi degli appuntamenti passati. Jocasta, l'ambientalista, Oregon, la guru dei servizi per l'infanzia con i suoi sorprendenti pettegolezzi sulle celebrità, e Karen, prima disastrosa serata al ristorante italiano. Era con i bambini e, suppongo, la madre. La vidi felice, e sicura.

«Scusa se sono scappata via, quella sera. E se ho rovesciato il vino», mi disse, porgendomi la mano. «Non stavo attraversando un bel periodo. Adesso sto molto meglio.»

«Bene. Lo stesso vale per me.»

«Occorre tempo, vero? Per andare avanti, per lasciare che una persona esca definitivamente dalla tua vita. È una capacità che si acquisisce con la pratica. Come intrecciare cesti.»

«Sì, è esattamente così.»

Non vidi Vanessa, anche se da quel momento in poi tenni gli occhi aperti.

Passarono una ventina di persone, quando arrivò una coppia di anziani, che andavano per i novant'anni.

«Questa serata mi riporta indietro nel tempo», disse la signora, prima di stringermi in un abbraccio complice. «Ero qui la sera dell'inaugurazione, nel '74. Davano *The King and I*. Scenografie bellissime, un re affascinante. Venivamo spesso allora, non è vero, Brian?»

Il marito, taciturno e con le spalle incurvate, annuì da sotto un berretto consumato.

«Poi abbiamo smesso», continuò lei. «Le gambe mi danno problemi, Brian soffre di dolori alla schiena. Per noi è più semplice rimanere a casa a guardare la TV. Ma poi, quando ho sentito che il teatro rischia di chiudere... Be', non potevamo non venire, vero? Dovevamo far sentire il nostro sostegno. Buona fortuna a tutti voi.»

Ci scambiammo una stretta di mano, poi loro entrarono nel ridotto ora illuminato. Notai che all'interno erano stati allestiti dei tavoli su cavalletti, con torte e biscotti, e spremuta per i bambini. Il bar era aperto e pieno di clienti. Sembrava che non avessimo mai chiuso.

Quando ormai erano entrati quasi tutti, decisi di seguire la folla, impaziente di assistere allo spettacolo messo in piedi da Hannah. Mi diedi un'ultima occhiata intorno. Al di fuori dell'alone di luce che avvolgeva il teatro, stava scendendo la sera, portando con sé l'aria più fredda. Il traffico scorreva ignaro, come se al Willow Tree non stesse succedendo nulla di incredibile. Appena prima di voltarmi, notai un'automobile parcheggiata dall'altro lato della strada, e per un attimo mi si gelò il sangue nelle vene. Era Phil. Era stravaccato al posto del guidatore, e stava guardando verso il teatro. Il viso non rasato, che si profilava nell'oscurità, era incavato, pietoso. Per un attimo i nostri occhi si incrociarono, e lui fece un movimento improvviso. Pensai fugacemente che volesse scendere per affrontarmi, ma in realtà portò solo la mano alla chiave nel blocchetto dell'accensione. Il motore si avviò, e l'auto partì lentamente, come un carro funebre, sollevando una scia turbinante di polvere e rifiuti.

«Non farti più vedere», dissi.

Hannah

Lascio papà ad accogliere il pubblico e vado dentro, chiedendomi se sia il caso di fare un salto nella sala verde per controllare che gli attori siano pronti. Porta sfortuna vedere l'autrice prima dello spettacolo? Probabile. Ancora non riesco a credere di aver scritto qualcosa che la gente sta per vedere in scena.

Voglio anche capire come ha risolto Sally la questione delle luci, perché, se l'illuminazione è eccessiva, la scena sembrerà brutta e priva di anima, ma, se ci affidiamo alle luci di sala, sarà troppo buia... Devo rimanere calma, perché lei mi ha detto che è il caso che esca e dica qualche parola, prima dell'inizio, e non voglio svenire un'altra volta. Una è divertente, alla seconda comincerei a sembrare un caso disperato, diciamoci la verità. Anche se forse farei impennare la raccolta fondi.

Tutti questi pensieri si aggirano rantolando per la mia testa, mentre mi apro un varco tra la folla, schiacciandomi tra la coda per il bar e un gruppo di bambini che giocano a fare la lotta sul pavimento. Scorgo James che va di corsa verso la sala verde, e lo saluto con la mano, ma in quel momento noto anche un'altra persona, che una parte di me si aspettava di vedere, mentre un'altra no. Ha senso? Oh mio Dio, che confusione.

«Ciao, Hannah.»

«Ciao, mamma.»

Mamma? Mi abituerò mai?

È magnifica. Indossa un bellissimo abitino nero senza maniche, e ha un'acconciatura elaborata, quasi stesse andando alla Royal Opera

House anziché in un teatro di paese. Vederla qui, così, per un attimo mi fa dimenticare di tutto il resto.

«Io... ehm... che sorpresa.»

«Passavo da queste parti. Scusa, battuta stupida. Sono nervosa. Non so se sia la benvenuta. Che dici... lo sono?»

«Sì. Sì, certo. Naturalmente. Grazie di essere qui. Papà ti ha vista?»

«Non ancora. Sono riuscita a sgattaiolare dentro senza che mi notasse.»

«Vestita così?!»

Sorride, per la prima volta.

«Hannah, senti... so che non potrò mai... che non potrò mi rimediare a quello che feci allora. Alla decisione che presi tredici anni fa. Non sarà mai...»

«Mamma, ascolta me: non ora. Questa serata è dedicata al futuro, non al passato. Non ho la forza di preoccuparmi di entrambi, contemporaneamente. Non posso controllare il tempo. Sono davvero felice che tu sia qui, dico sul serio. Pensa solo a... divertirti. Bevi qualcosa, fa' una donazione. Ci vediamo dopo, OK? Ho solo bisogno di prepararmi. Devo salire sul palco e in questo momento l'idea mi terrorizza.»

«Vuoi salire sul palco, davanti a tutta questa gente... vestita così?»

La guardo, incredula. Sono così scioccata che resto senza parole.

«Che ho che non va?»

Mi guarda per un secondo, come se stesse cercando il coraggio di dirmi qualcos'altro. Poi, da dietro la schiena, tira fuori un capiente sacchetto di carta, dall'aspetto molto raffinato e lussuoso, con i manici legati da un bellissimo nastro di seta rosso.

«Volevo dartelo come regalo», dice. «Ma adesso penso che sia l'occasione adatta.»

Lo prendo, confusa, come in trance. Mi basta una sbirciatina all'interno per capire che cosa contenga. Vedo il luccichio delle paillettes; una pozza di diamanti. Disfo il fiocco, e apro il sacchetto un pochino di più. Tiro fuori il vestito, che sembra gocciolare tra le mie dita.

«Non è prêt-à-porter, è fatto su misura», mi dice. E le si rompe la voce. È davvero nervosa. «Ho dovuto indovinare la taglia. Mi sono sentita non so quante volte con il negozio. Spero di aver azzeccato.»

«Oh, mio Dio», dico in un sussurro, mentre scuoto la testa. «Lo adoro. Oh, mamma. Lo adoro.»

Qualcosa nella mia reazione le fa prendere coraggio, e la tensione sul suo viso sembra dileguarsi. Ha recuperato la sua sicurezza: si china verso di me e mi dà un bacio sulla fronte.

«*Andrai* al ballo», mi dice.

Mi lascio abbracciare, e l'abbraccio anch'io.

E d'un tratto mi viene da piangere; mi abbandono ai singhiozzi; ed è uno di quei pianti che si fanno solo nei nostri incubi peggiori. Non è gratitudine, non è sorpresa, e non ha niente a che vedere con le centinaia di altre cose che ho per la testa, questa sera. Il motivo è che all'improvviso ho ricordato un momento accaduto tanto tempo fa. Quel giorno in cui il taxi venne a prenderla per portarla all'aeroporto, e qualcuno diceva «Mi dispiace» e continuava a ripeterlo, ancora e ancora. Mi colpisce con una potenza assurda. È lì, chiaro e limpido. Ero io. Ero io a dire «Mi dispiace»; a lei. Stavo chiedendo scusa alla mia mamma. Perché era tutta colpa mia.

«Io ero un ostacolo», le dico.

«No», fa lei, mentre mi afferra per le spalle, e la sua stretta è vigorosa. «No. Mai. Avremmo dovuto trovare una soluzione migliore, tuo padre e io. Allora commettemmo un errore. *Io* commisi un errore.»

«Mamma... non spezzargli il cuore un'altra volta.»

Lei mi guarda, le mani ancora sulle mie spalle. E la sua espressione a poco a poco cede a un'emozione che non riconosco.

Tom

Entrai nel ridotto e, attraverso il trambusto e il viavai di gente, vidi Hannah ed Elizabeth strette in un abbraccio. Stava diventando una serata sentimentalmente complicata. Il mio primo pensiero non fu «Che cosa diavolo ci fa lei qui?» No: pensai, invece, che in quell'abbraccio c'era qualcosa che non avevo mai visto. Sembravano una madre e una figlia. Finalmente, sembravano parte di una famiglia. Per una frazione di secondo mi domandai se quella scena si sarebbe ripetuta più spesso, in futuro. Non riuscivo a comprendere bene quello che provavo. Feci per raggiungerle, ma in quel momento Hannah si staccò e si fece largo in mezzo a un gruppo di genitori che chiacchieravano, diretta alla sala verde.

«Non mi aspettavo di vederti», dissi a Elizabeth.

«Dovevo venire, spero non ti dispiaccia.»

«No, certo. Vi ho viste... te e Hannah...»

«Quella ragazza è così intelligente...»

«Lo so. Quando le ho detto che stavi tornando in Inghilterra, mi ha detto che avrei dovuto concederti una possibilità. E che tutti meritano di averla. Aveva ragione.»

Elizabeth abbassò lo sguardo, le dita che giocherellavano con una clutch dall'aspetto ridicolmente costoso. Quando alzò di nuovo gli occhi, erano bagnati. Disse qualcosa, sottovoce, troppo perché riuscissi a sentirla nel baccano che ci circondava.

«Scusa?»

«Il mio volo di ritorno per Dubai», ripeté, «è domani pomeriggio. Ma posso cancellarlo se...»

Le parole le morirono sulle labbra. Mi guardò.

Rimanemmo un momento in silenzio, e sentii i gruppi di persone che si affollavano e sgomitavano intorno a me, tra risate e chiacchiere. Colsi frammenti di altre conversazioni. Sentii uno dei volontari che spiegava: «Oh no, qui mettiamo in scena spettacoli d'ogni genere: musica, commedie, ballo...» Udii Ted che si lasciava andare ai ricordi con il critico teatrale del giornale locale. Vidi Janice che parlava con un'amica, o forse una parente, con un bicchiere di vino in mano, i nipoti che la tiravano per l'altra. Ci volle un'eternità per prepararmi a formulare la domanda che avevo bisogno di rivolgere a Elizabeth.

«Dimmi solo una cosa», dissi, sentendo un groppo in gola. «Sei tornata perché...» Ebbi bisogno di prendere fiato. «Sei tornata perché hai pensato che questa poteva essere l'ultima possibilità di vedere Hannah?»

Lizzie mi guardò, gli occhi e l'espressione fermi, come nella biblioteca dell'università tanto tempo prima, quando sapeva esattamente perché volessi sedermi al suo tavolo. Era sempre riuscita a vedere al di là dei miei diversivi, delle mie deviazioni; era sempre riuscita a correggere la traiettoria.

«No. Sono tornata perché so che vivrà. Lo so. Lo sento nel profondo del mio cuore. Volevo vedervi tutti e due, ora, perché così, quando le cose andranno meglio, avremo delle fondamenta da cui partire. Per cominciare come si deve. Negli affari, investi *prima* del rialzo, non dopo. Perché allora è troppo tardi.»

La guardo, incapace di nascondere il mio stupore davanti all'analogia.

«Gesù, Lizzie... questa è la cosa più "da te" che ti abbia mai sentito dire.»

«Tom, se esiste anche una sola possibilità, per noi...»

Non ha il tempo di finire, perché con un ronzio parte la voce gracchiante dell'altoparlante.

«Signore e signori, lo spettacolo comincerà tra venti minuti.»

Mi voltai di nuovo verso Elizabeth. «Parliamone dopo», le dissi.

Hannah

Il camerino delle donne è pieno di vita, quando entro. Natasha è impegnata a vestire Ashley, e si sta godendo il fatto di partecipare a questa avventura con lei; Rachel e qualche altra attrice del gruppo sono sedute davanti agli specchi, lungo una delle pareti spoglie, e ridono mentre si truccano. C'è un appendiabiti carico di costumi, e il vecchio divano con la fodera strappata, nell'angolo, è sommerso di borse e vestiti abbandonati.

«Hannah!» esclama Natasha. «Come ti senti? Te la starai facendo sotto dalla paura! Un po' di Pinot?»

«Grazie», le dico. «Come va con Ashley qui?»

«La vuoi sapere una cosa? Sta andando alla grande. Lei è una personcina con una bizzarra e innocente visione del mondo... corre di qua e di là a fare cose. Come una stagista, ma meno utile. Potrei portarla fuori con me più spesso. Cioè... non sarò mai eletta madre dell'anno, ma... sto cominciando a farci la mano.»

Riempie un bicchiere di plastica con del vino in cartone, che poi mi passa.

«Che cos'hai in quel sacchetto?» mi chiede.

«Un vestito per questa sera. Me l'ha comprato mamma, ma...»

Natasha sta già investigando il contenuto. «Gesà Cristo, Hannah, è magnifico.»

«Lo so, ma non so se sia il caso di metterlo.»

Natasha lo tira fuori e me lo mette davanti. Le altre si sono girate a guardarci. Le paillettes catturano la luce delle lampadine nude attorno agli specchi, e sembrano illuminarsi.

«Merda, *devi* mettertelo», dice qualcuna.

«Se non lo vuoi tu, lo metto io», fa Rachel.

E un attimo dopo sono tutte intorno a me, e cominciano a supplicarmi di indossarlo. E io mi dico, che cazzo: se devo salire su quel palco, magari per l'ultima volta, tanto vale che lasci il segno. E poi comincio a spogliarmi, aiutata da loro, che prendono i miei vestiti e li lanciano sul divano, prima di aiutarmi a infilarmi nell'esotico abito, come uno stuolo di domestiche con una principessa delle fiabe. Mi aspetto che mi graffi, che sia fastidioso... invece la fodera è così morbida che scivola come un guanto di seta.

«Ora, le calze puoi anche non metterle, ma hai bisogno di un paio di scarpe», osserva Natasha. «Che numero porti?»

«Ehm, quaranta.»

Cominciano a cercare e a frugare nelle borse e nelle valigie, e razziano anche l'armadio del camerino, finché qualcuna non mi lancia un paio di scarpe nere con tacco basso. Mi vanno un po' strette, ma mi vanno. Quando le truccatrici hanno finito, fanno un passo indietro e mi guardano; i loro sguardi vanno dalla testa ai piedi. Mi sento totalmente in imbarazzo, come tutte le volte in cui mi sono ritrovata con un camice da ospedale, per essere pungolata dalle infermiere... Solo che è tutto un po' più glamour. Non so dove mettere le braccia.

«Ehi, non crederete mai a quello che è appena successo, Nata...» Sally piomba nel camerino con il telefono in mano. Mi guarda e si ferma di colpo, la bocca che si apre a mimare una ridicola espressione di sorpresa.

«Perdona il linguaggio ma... porca troia, Hannah!»

«Davvero?» faccio io. «La scollatura è un po' esagerata, e...»

«Sei uno schianto.» Viene ad abbracciarmi. «Sei uno schianto», ripete. «Sei pronta?»

«Sì, credo di sì.»

«Non sei obbligata, lo sai... Posso presentarlo io, se vuoi.»

«No. Ce la posso fare. Ho preparato un discorso. Una specie. Devo farlo.»

«Posso dirti che sono orgogliosa di te?»

«Sì.»

«Allora sono orgogliosa di te, piccola.»

Bussano alla porta.

«Siete tutte presentabili?» urla Ted.

«No! Entra!» gli risponde Natasha. Dalle altre giungono delle risate avvinazzate, alquanto preoccupanti.

«Sto per annunciare che cominciamo», ci avvisa, nascondendosi dietro la porta.

«Tua moglie è già arrivata?» gli domanda Sally.

«Sì, ed è un po' strana. Dice che dopo deve farmi vedere una cosa.»

Natasha e le altre ridacchiano, nei bicchieri. Ted se la fila, in imbarazzo, il walkie-talkie stretto nella mano.

«Meglio dire alla squadra luci di prepararsi», dice Sally.

«Squadra luci?» Me n'ero scordata del tutto. D'un tratto, l'ansia torna a farsi sentire prepotente. «Di chi si tratta?»

«Ecco...» Ma prima che Sally abbia il tempo di spiegare, la cassa in un angolo della stanza prende vita.

«Signore e signori», la voce di Ted, «vi preghiamo di prendere posto in sala. Lo spettacolo sta per cominciare.»

Tom

Non sapevo se andare in sala o se dare prima un'occhiata dietro le quinte. Eventi ed emozioni giravano vorticosamente, al di fuori del mio controllo. Ero intrappolato in un dramma tutto mio. Decisi di andare a cercare Hannah... e di augurarle buona fortuna. Non avevo idea di quello che sarebbe accaduto in scena, ma volevo almeno vederla prima dell'inizio. Mi avviai verso il corridoio, quando sentii una mano sulla spalla.

«Signor Rose?»

La voce era sottile, fastidiosa, con un vago tono di rimprovero. Mi girai di scatto, quasi aspettandomi di trovarmi davanti un poliziotto. Ma era un'autorità di altro tipo: lo riconobbi subito. Bob Jenkins, dell'Ufficio commerciale edilizia privata e urbanistica. Sally aveva ragione: era una serata piena di sorprese. Subito, provai disperazione: era lì per farci chiudere? Poteva essere davvero tanto crudele? Ma qualcosa nella sua espressione compiaciuta mi suggerì altrimenti.

«Vedo che avete organizzato un bell'evento», disse. «Mi sorprende che non ci abbiate avvisato prima.»

«Ecco, io...»

Mi rivolse un ghigno che lasciava scoperti tutti i denti, e mi ci volle un momento per comprendere che era un sorriso.

«Intendiamo opporci alla chiusura», dissi, facendomi coraggio.

«Questo mi sembra chiaro.»

«Faremo quanto è in nostro potere. Questo è solo l'inizio. So che dovremo lottare.»

«Lo vedremo», fece lui, criptico.

Stava per andare via, quando lo afferrai per un braccio. «Anche Vanessa è qui?» gli chiesi.

«Non lo so, ma suppongo di sì, considerando il sacrificio che ha fatto per questo posto.»

«Sacrificio?»

«Sì. Non lo sapeva? Quando ha difeso la causa del teatro... be', il suo comportamento è stato considerato... inappropriato da parte di alcuni funzionari del comune. Hanno risolto il suo contratto.»

«L'hanno licenziata?»

«Tecnicamente no. Aveva un contratto di collaborazione, non era assunta dal comune. Però sì, a tutti gli effetti l'hanno fatta fuori. Quella sera ha fatto riflettere qualche persona, però. Se la vede, le suggerisco di ringraziarla. Ha pagato un prezzo non indifferente.»

«Quindi non ci farà chiudere questa sera?»

«No, questa sera no, signor Rose. In effetti, è un'occasione molto utile: poter valutare quanto tiene la comunità a un edificio. Utile davvero. Se usciranno da qui tutti quanti senza battere ciglio, se il giornale locale deciderà di non scrivere alcun articolo, se nessuno sottoscriverà la vostra piccola protesta... be', diciamo che alcuni tra i miei colleghi più determinati del Comitato direttivo potrebbero farsi forti davanti a una simile dimostrazione pubblica di indifferenza.»

Con ciò, si liberò dalla mia presa e scivolò tra la folla. Lo guardai un momento. Il rumore del ridotto si affievolì. A restarmi impressa non fu quell'ultima minaccia. No, fu quello che mi aveva detto di Vanessa. Pensai a quella mattina fuori dal teatro... perché non me l'aveva detto? In cuor mio, ero stato deluso. Deluso da lei, perché non era riuscita a ottenere di più. Che idiota.

Decisi di ringraziarla come meritava, quando l'avessi rivista... era l'unica cosa da fare. Cioè, eravamo usciti solo due volte. Non significava niente. Niente.

Mi guardai intorno, cercando Hannah. Ancora una volta mi ritrovai a cercare di afferrare quello che stava accadendo, a darvi un senso. E dopo? Dopo che cosa sarebbe successo? Dall'altoparlante uscirono uno scoppio e dei rumori statici.

«Signore e signori», annunciò Ted, «vi preghiamo di prendere posto in sala. Lo spettacolo sta per cominciare.»

La gente cominciò a dirigersi in massa verso la porta dell'auditorium. Fui preso dalla marea. Mi sentivo confuso e disorientato, mentre la corrente mi trascinava avanti, ma nell'istante in cui varcai la soglia compresi che solo una cosa contava davvero. Vidi Ted davanti al palco, con un uomo che non avevo mai visto prima, e che aveva l'aria di essere un tecnico. Mi notò, e attraversò la massa in entrata per raggiungermi.

«Come ti senti?» mi chiese.

«Non lo so.» Risi. «E tu?»

«Meravigliosamente. Sono eccitato. Nervoso.»

Non sentii veramente le sue parole. Mi stavo guardando intorno, fissando incredulo le poltrone che si riempivano rapidamente. C'erano intere famiglie, interi quartieri. I bambini correvano su e giù per i corridoi, i più anziani prendevano le poltrone ai lati, alzandosi felici per far passare i piccoli. Cercai Vanessa, ma non la trovai. Nell'aria c'era il brusio di tante conversazioni.

Mi voltai verso Ted. «Questo è... Wow, è parecchio da assimilare.»

«Aspetta solo di vedere tua figlia», mi rispose. «Bene, sarà meglio che vada a cambiarmi.»

Avanzai, feci i gradini in discesa che portavano alla prima fila. C'erano due posti vuoti, accanto a Jay, che me li indicò; quando mi sedetti accanto a lui, mi voltai a guardare la sala, e vidi Elizabeth che mi sorrideva, due file più indietro. La salutai con la mano, e lei fece lo stesso; poi incrociò le dita. Quasi fosse stato un segnale – e quella sera sembrava andare così – le luci di sala si abbassarono. Le chiacchiere si ridussero a un mormorio, e poi al silenzio.

Due file di riflettori si accesero, illuminando una bellissima donna che non riconobbi, sola, al centro del palco. Nei secondi che seguirono realizzai due cose: la prima, le luci non erano luci teatrali. Ai due lati del palco c'erano delle torri attrezzate con quei fari che si montano sul tetto dei fuoristrada, mentre lungo la parte posteriore del palco c'erano dei riflettori industriali... di quelli che si usano nelle autofficine.

La seconda: la splendida donna era Hannah.

Hannah

Sally mi sussurra buona fortuna. Percorro il corridoio spoglio che porta sul palco, e poi entro in scena. La mia mente torna alla farsa ambientata negli Anni Settanta, a quello che provai quella sera: all'elettricità che sentivo sulla pelle. Voglio sapere quante persone ci sono, laggiù, ma è difficile vederle per via delle file di lampade accecanti ai lati del palco. Almeno so che questo problema è stato sistemato, anche se non capisco come. Non fino a quando arrivo lentamente al centro del palco, e do un'occhiata. Allora capisco: vedo una console luci improvvisata, allestita da un lato, con cavi che sbucano e vanno in ogni direzione. Dietro, ci sono Callum e il fidanzato di sua madre, Joe. A quanto pare, il nostro spettacolo sarà illuminato dall'attrezzatura dell'autofficina di Joe.

Sono sul proscenio. Sola. Dall'oscurità di fronte a me giungono sussurri, qualche pianto o gridolino dai bambini stufi di aspettare. Sento il mio cuore, che batte patetico e sibilante contro il petto; il pugno di un bambino. Devo solo superare i prossimi minuti. Mi schiarisco la gola.

«Benvenuti al Willow Tree Theatre», dico. Mi esce una vocina rotta, rauca. Ho bisogno di respirare. Mi chiedo quanta capacità sia rimasta ai miei polmoni. «Grazie di essere qui. Il teatro fu costruito nel 1974. Non è un edificio esteticamente bello, ma fa il suo lavoro. Mio padre lo dirige da quattordici anni... è seduto lì, in prima fila. Non sapeva di questa serata. Scusa, papà, ma qualcuno doveva fare qualcosa.»

Risate gentili.

«Spero che qualcuno tra voi sia già stato qui, prima, a vedere uno spettacolo, uno show, un numero di cabaret. Magari avete partecipato alle lezioni di breakdance per over 35? Oppure vi capita di passare qui davanti, ogni tanto, di alzare gli occhi e pensare che prima o poi verrete. E adesso siete qui... per la serata più importante che abbiamo mai organizzato.

«Qualche settimana fa, un guasto alla caldaia ha provocato un allagamento, dietro le quinte, e sembrava che per noi fosse finita. Il comune voleva chiudere. Ma a noi non pare una buona idea; pensiamo che questo posto sia importante. Siete qui, quindi suppongo che siate d'accordo con noi. Per me, il Willow Tree non è stato solo il posto dove lavorava papà; è stato una casa, perché qui dentro ci sono cresciuta; ho giocato sulle poltrone su cui siete seduti ora; su questo palco ho imparato a leggere. E ad amare le storie.

«Non sono certa di riuscire a comunicarvi quanto le storie siano state importanti, per me. A cinque anni mi fu diagnosticata una grave malattia cardiaca. Che di recente è peggiorata. Molto. Ho sempre avuto questa consapevolezza: che le cose non sarebbero state facili, che forse non ce l'avrei fatta. Avrei dovuto vivere nella paura, ma non l'ho fatto, e non lo sto facendo neppure adesso. Lo spettacolo che metteremo in scena questa sera vi spiegherà il perché.

«Spero vi piaccia. Alla fine, chiediamo un'offerta. Ci sono dei volontari armati di secchiello, accanto all'uscita. Se voleste diventare membri dell'associazione Salviamo il Willow Tree, sarebbe stupendo. E adesso, spero non per l'ultima volta, abbiamo una storia da raccontarvi.

Al ritorno da casa di Margaret, dopo aver scoperto cosa si celava dietro la porta verde, mi ero seduta a leggere i testi che aveva trascritto per noi. E, via via che i ricordi tornavano, avevo realizzato una cosa: qualunque fiaba avessimo messo in scena, qualunque illusione fantastica avessimo evocato, il tema era sempre lo stesso. Quando l'ho detto a Sally, lei ha capito immediatamente che era questo che avremmo dovuto comunicare.

Scendo dal palco e vado a sedermi accanto a papà.

Tom

I fari da officina si accesero su una scena molto semplice; i pannelli del set girevole di Kamil erano decorati con lenzuola dipinte che riproducevano dei muri di pietra diroccati. Davanti c'era Ted, vestito come un re delle fiabe – con un mantello fluente e la corona – seduto accanto a un letto, su cui era distesa Ashley, la figlia di Natasha. Sally salì sul palco, e si fermò al podio sull'estrema sinistra.

«Un re e la figlia vivevano in un bel castello», disse. «Erano felici e spensierati, finché un giorno la bambina non si ammalò gravemente...»

I ricordi presero a orbitare attorno a me come pianeti d'argento. Mi venne in mente Hannah, a sette anni, seduta tra le prime file e impegnata a disegnare una scenografia con dei pennarelli, su un taccuino. «Farai la scenografa, da grande?» le avevo chiesto. «Papà, io non diventerò grande», mi aveva risposto.

Ma sbagliava.

Adesso la guardai. Lei mi prese la mano.

«Il re era deciso a trovare una cura, e non importava quanto tempo ci sarebbe voluto, né fin dove avrebbe dovuto viaggiare», continuò Sally. «Ma la figlia lo scongiurò di non lasciarla sola in quel castello cupo.»

«Morirò di solitudine e di noia», piagnucolò Ashley.

La sua recitazione esagerata deliziò il pubblico, che rise. Mi guardai intorno e vidi file di famiglie, gruppi caotici con cappotti, guanti e cappelli sul pavimento, per ora abbandonati. Dei bambini erano accoccolati sotto le braccia di mamme e papà, con il pollice in bocca, altri erano in piedi sulle poltrone, altri ancora seduti con le gambe incrociate nei corridoi. Un minuto prima stavano urlando e strillando, adesso erano rapiti. Vidi Elizabeth con lo sguardo inchiodato alla scena, la luce dei riflettori nei suoi occhi.

«Il sovrano distrutto dal dolore ebbe un'idea», continuò Sally. «C'era una troupe di attori, nel teatro reale, un'allegra banda di bricconi e disadattati, che avrebbero senz'altro potuto tenere compagnia alla principessa mentre lui era lontano.»

E adesso apparvero gli attori del gruppo: Shaun, James, Natasha e qualcun altro... vestiti con colori sgargianti da buffoni e acrobati, che presero a saltellare per il palco come artisti circensi. Ad accompagnarli c'era il gruppetto folk che si era esibito all'entrata del teatro, che stonava un po', creando un effetto alla Python. I bambini seduti tra il pubblico ridevano e indicavano, soprattutto quando Shaun tentò di fare una ruota e per poco non cadde dal palco (ma naturalmente James fu pronto ad afferrarlo).

«Farete visita alla principessa ogni volta che potrete?» chiese Ted. «Organizzerete spettacoli e divertimenti per lei?»

Gli attori accettarono con gioia. E nella mia testa rividi la mia bambina che correva alla finestra della sua cameretta, apriva le tende e vedeva sfilare il corteo di fate. Era una serata fredda, ma si erano presentati tutti. I miei amici. Oh, amici cari, non ce l'avremmo mai fatta senza di voi. Avevo un groppo in gola. Hannah mi guardò e mi strinse la mano.

«Mi viene in mente quella sera, con il corteo di fate», le dissi in un sussurro.

«Lo so.»

«Quando chiesi loro di venire, non credevo che nessuno...»

«Lo so, papà. Sta' a guardare.»

«Quando il re partì, gli attori mantennero la promessa», disse Sally. «L'indomani, le fecero visita al castello, e le chiesero che cosa dovessero mettere in scena.»

«*La Sirenetta*», gridò Ashley dal letto.

E con un poderoso cigolio, la struttura rotante di Kamil venne girata. Aveva fatto un capolavoro, ancora una volta. Adesso avevamo davanti agli occhi un ambiente sottomarino, le pareti drappeggiate con lenzuola di scintillante organza blu. Quando il cast cominciò a recitare la storia arcinota, mi parve stranamente familiare. Dove l'avevo già vista? Dove? Il cast portò in scena la ricostruzione in miniatura della prua di una vecchia nave; al timone c'era il giovane principe.

E poi, in un fosforescente flash di memoria, compresi. Era la nostra versione della *Sirenetta*, di tanti anni prima. La versione che avevamo imbastito io e Hannah, e che poi era andata persa con tutti gli altri spettacoli. Mi voltai a guardarla, attonito.

«Come?»

«Margaret aveva trascritto il testo. Li aveva imparati a memoria, tutti quanti.»

C'erano sirene con le loro code scintillanti, c'era la strega del mare, interpretata non da Margaret (Hannah si asciugò una lacrima) ma da Natasha. Tornai indietro negli anni. Ovunque guardassi, sul palco, dal sipario alle impalcature per le luci, ai fari flat, fino alle uscite, ricordavo momenti dei nostri spettacoli. Immagini di attori, cantanti, clown e comici. Ma, soprattutto, pensai al pubblico delle varie serate. Che rideva, piangeva, urlava. Una volta avevo detto a Hannah che quello a cui assisti in scena appartiene soltanto a te, perché ciascuno di noi vede qualcosa di diverso. La cosa importante è che tutti lo vedono insieme.

«La principessa guardava, estasiata», continuò Sally. «E, mentre guardava, cominciò a sentirsi un pochino meglio, e si tirò un po' più su, rimanendo a letto.»

Ashley non si mosse: era troppo occupata ad ammirare i costumi delle sirene.

«E, mentre guardava», ripeté Sally, «cominciò a sentirsi un pochino meglio, e *si tirò un po' più su*, rimanendo a letto.»

Alla fine qualcuno diede un colpetto ad Ashley, che saltò su scatenando l'ilarità generale. Sally si schiarì la gola e riprese.

«Quando il re fece ritorno, però, era triste e avvilito.»

«Non ho trovato una cura», disse Ted, «all'alba dovrò rimettermi in viaggio.»

«E, di nuovo, ripartì da solo», aggiunse Sally. «E, di nuovo, chiese agli attori di venire al castello per intrattenere la principessa.»

Questa volta il set, girato, mostrò una distesa desolata di ghiaccio, per la *Regina delle nevi*, la storia che Hannah aveva tanto amato a otto anni. Per me era sempre stato lo spettacolo di Ted e, quando lo vidi in scena come capo dei briganti, pensai a quando era arrivato in teatro, convinto di non avere niente da offrire, e a quanto si fosse sbagliato. Non ce l'avrei mai fatta senza di lui.

«L'eroismo dimostrato da Greta rese la principessa un pochino più forte», disse Sally. «Le sue guance ripresero colore. E si mise a sedere con la schiena bella diritta.»

Piazzata la struttura, la recita continuò. Ogni volta che il re andava via, gli attori mettevano in scena un'altra delle nostre vecchie produzioni per il compleanno di Hannah, e la principessa via via riacquistava la salute. A ogni scena, ricordavo qualche particolare che avevo dimenticato. Lo scafo di quella nave, lo scintillio dell'aurora boreale, la principessa che lottava per svegliare il Bell'Addormentato.

«Infine, gli attori misero in scena *Cappuccetto Rosso*», disse Sally.

Le luci si abbassarono un po', il palco girevole mostrò ora una foresta di alberi di legno di balsa dipinti di nero. Il palco fu invaso dal vapore prodotto da una macchina sul retro, che creò una foschia bassa ai piedi del letto di Ashley. Lei si accovacciò teatralmente sotto le coperte, quando entrò il lupo. Dai bambini in mezzo al pubblico si levò un sonoro coro di *boo*.

«Questa volta la principessa non si divertì affatto, aveva paura; nel lupo vide l'ombra della sua malattia. In quel momento comprese di non avere scampo: sapeva che suo padre non avrebbe mai trovato una cura.

«Ma era accaduto qualcos'altro. Gli attori le avevano fatto conoscere una gioia e una felicità che, era certa, le avrebbero dato la forza di sopravvivere, qualunque cosa fosse successa.»

Aiutata dal cast, Ashley buttò indietro le coperte e scese dal letto, sul freddo pavimento di pietra del castello. Guardai Callum, il viso teso e concentrato, dietro alla console traballante che si era chiaramente costruito da sé. Non sapevo in che modo l'avessero convinto a prendere parte a quello sforzo collettivo, ma ne intuii il motivo. Hannah aveva visto qualcosa in lui, e in quel momento lo vidi anch'io. Alzò gli occhi verso il palco, mentre Ashley si tirava su dal letto.

«Erano state le storie», continuò Sally. «Le storie l'avevano resa forte.»

Callum premette un pulsante e gli alberi cominciarono a girare. E, quando accadde, vedemmo che dietro erano ricoperti di minuscoli specchietti. In quel momento, quasi sospeso nel tempo, Hannah si chinò verso di me, e mi sussurrò qualcosa all'orecchio.

«Grazie. Ho sempre avuto magia e meraviglia, nella mia vita.»

Un riflettore potente – chiaramente l'ultimo rimastoci – si accese. Il raggio puntava dritto sugli alberi. Il pubblico rimase senza fiato.

La luce venne catturata e riflessa mille volte, rimbalzava da una superficie all'altra. Brillava nei nostri occhi; proiettava arcobaleni nell'aria polverosa.

Questo: era sempre stato questo il regalo di Hannah, per me. Nelle ultime settimane avevo cominciato a cancellare il passato; il passato era quando mia figlia si era ammalata. Ma non era tutta lì la storia. C'era sempre stata luce. Ci aveva accompagnato, strada facendo; in ogni cosa che avevamo fatto insieme: in ogni spettacolo, in ogni sciocca avventura. Avevamo avuto amore, e divertimento, e la paura all'orizzonte, il buio al limitare della città avevano soltanto contribuito a rendere tutto più vibrante, e prezioso.

Avevo la vista annebbiata, e pensai fosse per via della luce, invece erano lacrime. Vidi il palco attraverso il prisma delle nostre vite... un enorme, immenso gioiello.

«Accecato da quella luce abbagliante, il lupo scappò via», lesse ancora Sally. «Quando il re tornò, trovò la figlia sveglia, e in piedi. E gli apparve in salute, come non la vedeva da anni.»

«Ma... come... io ho fallito. Non ho trovato la cura di cui avevi bisogno.»

«No», disse la principessa. «Me l'hai portata, invece. Tanti anni fa. Solo che non lo sapevi.»

«Non capisco», fece il re.

«Ebbene, come narratrice di questa storia, permettete che vi spieghi», disse Sally al re. «Qualunque fiaba gli attori mettessero in scena, qualunque illusione fantastica evocassero, il tema era sempre il medesimo: parlavano di un padre che salvava la sua bambina grazie alle storie.»

E con ciò i riflettori si spensero. E il palco rimase al buio.

Quando si accesero le luci di sala, il cast si mise in fila e si inchinò.

Ci fu un momento di silenzio; il momento della verità, che ogni attore ben conosce. Puoi solo aspettare, e sperare.

Un applauso increspò la prima fila... quasi cauto, quasi timido. Ma poi si diffuse a quelle posteriori, come un'onda che guadagnava potenza. E altri ne partirono in giro per l'auditorium. Il rumore crebbe, fino a esplodere. Si udirono fischi, acclamazioni; mi guardai intorno, e c'erano persone in piedi; all'inizio poche, ma via via aumentarono, finché non ebbi l'impressione che la sala intera si fosse alzata. Vidi alzarsi Bob Jenkins. Credevo che se ne sarebbe andato, ma no, stava applaudendo. Anche lui. Non avevo mai sentito nulla di simile. Mi voltai verso mia figlia. «Sono così orgoglioso di te», le dissi. «Oh, bambina mia, sono così fiero di te.» L'abbracciai, e intanto piangevo, e lei mi disse: «Shhh, papà, non abbiamo ancora finito».

Sally venne avanti, sul palco, e chiese silenzio. Ci volle parecchio tempo.

«Grazie infinite, spero abbiate gradito lo spettacolo. Suppongo che tutte le persone presenti sul palcoscenico siano state trasformate, da questo posto... inclusa la sottoscritta. Dieci anni fa ero una persona insicura, timida, taciturna e quasi disperata. Ma il gruppo del teatro mi prese come scenografa, e poi come direttrice di scena, e infine come direttrice creativa. Mi hanno dato fiducia, hanno creduto in me. Sapete che cosa si prova? Ad avere qualcuno che crede in te quando nessun altro lo fa? È una cosa che ti cambia la vita. Che ti dà la forza per andare avanti. Il Willow Tree mi ha salvata.

«Ma credo che l'ultima parola spetti a Hannah, che ha organizzato l'intero evento, e che forse è la persona in assoluto più vicina al teatro. Hannah?»

Hannah si alzò e, con l'aiuto di James e Shaun, salì sul palco. In mano aveva un ritaglio di giornale spiegazzato.

«Di recente, il gruppo del teatro ha perso una delle due veterane, Margaret Chevalier... l'attrice e l'amica migliore che abbia conosciuto.» Si fermò qualche secondo, il respiro affannoso. Sally le mise un braccio intorno alle spalle. «Ho passato un po' di tempo a guardare tra le sue cose – me l'aveva chiesto lei, non stavo saccheggiando la sua casa – e ho trovato un articolo ritagliato da un vecchio giornale teatrale, che voglio condividere con voi. È un'intervista a Margaret, riguardo a un ruolo che aveva interpretato da qualche parte. Più che altro una raccolta di aneddoti gigioni, e di storie: Margaret era molto brava in questo. Ma quando l'intervistatore le chiese qualcosa a proposito del significato del testo, lei disse così: "Caro, c'è una cosa che ho imparato: l'ho imparata nella mia vita di studentessa in difficoltà, e poi come amante, come moglie, come attrice televisiva. Tutte le storie sono vere. Sono il nostro modo di dare un senso al mondo, il nostro modo di ricordare e comunicare quello che ci succede. Le custodiamo, e ce le tramandiamo come doni. Sono ricette. Sono incantesimi. Sono storie di sopravvivenza. E, dove c'è vita, mio caro, ci sono storie".

«Vi prego, aiutateci a tenere in vita questo edificio, così che le storie possano continuare a vivervi, per sempre.»

Applausi, di nuovo. Cominciava a sembrare una celebrazione non soltanto dello spettacolo, ma del teatro stesso. C'era un clima di ribellione. James abbracciò Shaun, Natasha abbracciò Ashley, Ted abbracciò Sally.

Guardai mia figlia. Avevo diretto quel teatro per quattordici anni, ma forse lei lo aveva appena salvato. Se sarà ancora in piedi tra dieci, cento anni, pensai, sarà grazie a lei. Mi alzai anch'io, e applaudii; lei mi vide e mi salutò. Finse di svenire, ma non svenne. Crudele fino all'ultimo, quella ragazzina. La gente si stava raccogliendo intorno a me; una folla disposta a semicerchio di persone che mi abbracciavano, che mi stringevano la mano. Volevo salire sul palco, per raggiungere Hannah, ma non ci riuscii. Lei stava già andando verso l'angolo, verso la console delle luci. Volevo dirle che aveva raccontato la storia al contrario.

Non era stato il re a salvare la principessa con le storie: era stata lei a salvare suo padre.

Hannah

In mezzo al rumore e all'eccitazione e alla confusione, mentre papà viene attorniato da tanta gente, so esattamente chi è la prima persona che ho bisogno di vedere. Scendo con attenzione dalle scale a lato del palco, nell'auditorium.

La gente si scansa per farmi passare, ma all'inizio non lo vedo. Invece, scorgo Joe che sta staccando spine e fili dalla struttura di fortuna. Quando mi vede, lascia cadere un cavo sul pavimento, così da potermi porgere la mano. Gliela stringo, timidamente.

«Ciao, Joe. Non so che cosa dire. Cioè... come hai fatto? E perché?»

Mi rivolge un ghigno enorme. «Sono tutti i fari dell'officina. Non sono potenti come quelli teatrali, pare, ma hanno fatto il loro lavoro.»

«Ma perché? Perché ti sei fatto coinvolgere? Tu non...»

«Non sono un patito di teatro? Ho visto qualche comico un po' di anni fa, non sono un idiota totale. Però sì, non è decisamente il mio ambiente, se vuoi la verità.»

«Allora perché? Perché l'hai fatto?»

Con un sospiro, si appoggia alla console. «Perché Callum ha chiesto il mio aiuto. È la prima volta che quel ragazzo mi chiede qualcosa. Non potevo non farmi avanti, no? Hai conosciuto suo padre? Non parlo dell'ex marito di Kerry... del suo vero padre.»

Scuoto la testa.

«Be', risparmiatelo. È un coglione. Come anche l'ex di Kerr, ma non dirle che ti ho detto così. Quel ragazzo è stato circondato da coglioni per tutta la vita. Non gliene serve un altro. Non so bene che cos'abbia che non va, ma so che fa stare male sua madre vederlo così. Ed è un bravo figliolo... anche se non capisce un cazzo di auto. Ti ha detto che ha ricevuto un'e-mail da un tizio che lavora nei fumetti, che ha conosciuto a quell'evento di Bristol? Pare che stia fondando una casa editrice sua... gli aveva chiesto di mandargli in visione qualche disegno, con una storia decente.»

«Merda», dico. «Voleva che la scrivessi io.»

«Ha mandato tutto a puttane, eh?»

«Ah-hah.»

«Callum... è tutto complicato per lui. Non si sente al suo posto da nessuna parte. Forse perché non è al suo posto. Ma questo è un bene, no? Se guardi che direzione sta prendendo il mondo, sono le persone che sembrano fuori posto che fanno strada, non gli idioti un po' tardi come me.»

«Io non ti trovo tardo, per me sei una persona fantastica», gli dico. «Grazie di averci dato una mano.»

«Di nulla. Spero che sia servito. Continua a lottare.»

«Lo farò. Davvero. Devo.»

Arriva Callum, con due enormi riflettori, la maglietta macchiata di olio e di altro, i capelli arruffati. Sembra uscito da un servizio fotografico di qualche boy band. Joe mi sorride e si allontana, svelto, chinandosi sotto la console e fingendo di cercare qualcosa in una capiente cassetta degli attrezzi. Faccio un passo verso Callum, che mi guarda con quegli enormi occhi cupi.

«Ehi.»

«Ciao.»

«Mi dispiace», aggiunge. «Scusa per come mi sono comportato.»

«A cosa ti riferisci? All'avermi scaricata con un sms? Proprio quando avevo bisogno di te più che mai?»

Abbassa gli occhi e annuisce. C'è vergogna sul suo viso; mi fa male vederlo.

«Perché? Perché l'hai fatto?»

«Non lo so. Io... avevo paura. E non credevo che avessi bisogno anche della mia merda, oltre alla tua.»

«Questo avresti dovuto lasciarlo decidere a me, no?»

«Non lo so. Suppongo di sì. Solo che tu...»

«Continua.»

«Hai bisogno di qualcosa di meglio. Di qualcuno abbastanza forte da aiutarti. Io non ce la farei a guardarti mentre peggiori, senza sapere se sarei in grado di darti una mano. Ma sono stato egoista, debole... una merda. So di non poter fare niente per rimediare.»

Lo guardo, e penso davvero a quello che sta per succedere, penso a quello di cui avrò bisogno. Penso all'incertezza che ho provato per tutta l'estate. Per tutto il tempo che abbiamo trascorso insieme, mi sono chiesta perché lo stessi facendo, e se ne valesse la pena. Ma poi ripenso all'evento a Bristol, a come ci siamo aiutati a vicenda. È stato naturale. Non è stato uno sforzo. Le cose di cui avevamo bisogno, ce le siamo date a vicenda. Le cose che ci tengono separati sono le stesse che minacciano di distruggere entrambi. In questo momento, in mezzo al viavai di amici, sotto questi scintillanti fari d'auto, penso che forse dobbiamo essere uniti per sconfiggerle.

«Allora perché hai fatto tutto questo?» gli chiedo. «Se pensavi di non avere speranze. Perché ti sei preso tanto disturbo?»

Finalmente mette giù i riflettori e mi viene più vicino.

«Non sono abbastanza bravo. Ma tu sì. Tu lo sei. Sei la persona migliore che abbia mai conosciuto, e che mai conoscerò. Non dimenticherò mai questa estate. Non ho molto, ma ho questo. Almeno, questa sera sono riuscito a dimostrarti una cosa. Quando ti serve aiuto, posso accenderti una luce, nell'oscurità. Questo lo posso fare.»

Dal ridotto giunge una musica sommessa. È quasi impercettibile al di sotto del trambusto nell'auditorium, e non riconosco la melodia. Ma sento il ritmo. Un ritmo pesante. *Bomp*, *bomp*, *bomp*. Il basso lo sento nel petto. Lo percepisco, più che udirlo.

«Sei un idiota», gli dico. «Te l'eri preparato? Il discorsetto, intendo.»

«Sì. Sono tre giorni che me lo ripeto. Ne avevo pronti anche degli altri; questo era il migliore.»

«Sul serio? *Questo?*»

«Non sono uno scrittore», fa lui.

«Ti serve un incidente all'origine.»

«Come?»

«Un incidente che scatena tutto quanto. Il tuo personaggio... non può cadere in depressione senza un motivo. Non in un fumetto, comunque. Deve succederle qualcosa. Potrebbe essere vittima di un crimine orrendo. Pensa a Batman e ai suoi genitori, a Daredevil e alla vista... Deve avere un motivo per cercare vendetta.»

«Giusto. Avrei dovuto pensarci.»

«Avresti dovuto, sì.»

«Quel tizio della DC...»

«Lo so, me l'ha detto Joe.»

«Oh.»

«Per questo l'hai fatto? Perché volevi che scrivessi la storia del tuo dannato fumetto?»

Per un attimo sembra attonito, terrorizzato, come se il teatro stesse crollando, e con esso il mondo tutt'intorno. Ma poi non riesco a fermare il sorrisetto malizioso che si sta già allargando sul mio viso. Non sono mai riuscita a resistere, con lui.

«Sì», mi dice, stando al gioco. «Lo ammetto. L'ho fatto perché ho bisogno che tu mi faccia diventare famoso.»

«Callum, ho parecchi problemi a pensare al futuro.»

«L'ho notato.»

«È un meccanismo di difesa. Contro... sì be', lo sai... contro la morte.»

«Non è granché.»

«Potresti... avere pazienza? Sto imparando a guardare oltre le prossime due settimane, ma non è facile.»

«Se tu puoi sopportare i miei momenti down, io posso avere pazienza con la tua ossessione per la morte.»

«Ci sto.»

E allungo il braccio per la seconda stretta di mano della serata.

«A proposito», fa lui, «mi è piaciuta la parte finale, quella in cui gli alberi si girano e la luce acceca tutto il pubblico in sala. Dove avrai mai preso un'idea simile?»

«Oh, sai... da un tipo. La sua idea era un po' grezza. Ha avuto bisogno di parecchio aiuto.»

«Posso immaginare come si sente.»

Udiamo qualcuno che si schiarisce rumorosamente la gola, e ci giriamo.

«Ah, avete fatto pace finalmente.»

Jay è a un paio di metri da noi, nella sala ormai quasi deserta, grosso e impacciato più che mai.

«Meglio che dia una mano a Joe a smontare tutto il resto», fa Callum, che poi si allontana verso il palco.

«Sei stato tu a dire a Callum delle luci», dico a Jay.

«Sì. Qualcuno doveva salvare il salvabile.»

«Sei un bravo ragazzo, Jay.»

D'un tratto, intorno a noi regna il silenzio. Sono passati tutti nel ridotto, oppure fuori, in strada, diretti alle loro vite, alle loro case. Siamo qui, Jay e io, nel luogo in cui siamo cresciuti, in cui da bambini giocavamo insieme. Si schiarisce ancora la gola, come per richiamarmi dai ricordi che turbinano per la sala.

«Non è vero. Non sono un bravo ragazzo. Mamma ha sbattuto fuori papà. Avevano un sacco di problemi. Sono un fottutissimo cretino, Hannah.»

«Non è colpa tua. Non lo sapevi.»

«Sì, invece. Li sentivo, spesso. Li sentivo urlare, quando pensavano che fossi a letto, e stessi dormendo. Adesso riesco soltanto a pensare che avrei dovuto fare qualcosa. Invece ho mandato tutto a puttane.»

«Che cosa avresti potuto fare?»

«Io non sono come lui, vero? Ti prego, dimmi che non sono come lui.»

«Sarei tua amica se lo fossi?»

«E lo sei? Mia amica?»

«Ma certo, scemo.»

«Credi che mia madre riuscirà a perdonarmi?»

«Lei non ti incolpa di nulla, Jay.»

«Non so che cosa succederà.»

«Credimi, conosco la sensazione. Quindi dovremo darci una mano. Come abbiamo sempre fatto.»

Annuisce, piano. «Al negozio di fumetti, quando mi hai detto che avrei dovuto dirtelo, quando le cose andavano male... ho voglia di parlare con te. Presto. Se ti va ancora.»

«Jay, sì. Sì che mi va.»

Chiaramente, sa più cose sui problemi tra i suoi genitori di quanto ci fossimo resi conto. Solo che non sapeva come affrontare tutto quanto. È sempre stato un cucciolone, che saltella in giro e si mette nei guai. Adesso, stasera, in questo istante, nella sua espressione colgo qualcosa; e anche nella sua postura, nel suo portamento. Qualcosa di molto diverso. Sembra più grande.

«Sarà dura, vero?» mi chiede.

«Sì, molto. Ma, ehi, a questo servono i fumetti e i video-game.»

Sorrido, lo guardo negli occhi e vedo quel vecchio scintillio... vedo il bambino con cui giocavo a rincorrerci, con cui litigavo, e con cui giocavo a nascondino in mezzo alle poltrone e nei corridoi del teatro. Provo un tale sollievo che quasi mi viene da piangere. Perché avrò bisogno di lui. Di lui, di Jenna, e Daisy, e Callum. Avrò bisogno che mi facciano sentire che sta andando tutto bene, che sono parte del loro mondo, che posso aiutarli. Anche se è una bugia. Anche se è soltanto teatro.

Tom

Fui catturato dall'ondata di persone che sgomitavano per raggiungere i secchielli per le donazioni, e fui praticamente sputato nel ridotto quando si riversarono di là per firmare la petizione. E lì finalmente trovai Sally e Ted, che stavano uscendo con il resto degli attori dal corridoio del backstage.

«Non so che cosa dire», esordii, le braccia sollevate in un gesto di resa e sgomento. «Non ci sono parole per esprimervi quello che sento. Quello che avete fatto questa sera... è un miracolo.»

«Perdona il sotterfugio», si scusò Ted. «Ma se fosse giunta voce dello spettacolo in comune, se ci avessero denunciato o avessero chiuso il teatro, non volevamo che fossi coinvolto. Hai già abbastanza pensieri, amico mio. Volevamo solo provare a salvare questo posto. In tutta onestà, all'inizio sembrava un'impresa abbastanza disperata. Adesso, però...»

«Deve funzionare», intervenne Sally. «A parte tutto, voglio che Phil veda che le cose vanno avanti... malgrado quello che ha fatto.»

«Avete visto quanta gente sta andando a fare un'offerta?» feci io. «Cioè... forse i soldi non basteranno a pagare le riparazioni, ma potrebbero farci ottenere un prestito, o qualcosa del genere, eh Ted?»

«Mi metterò al lavoro lunedì.»

Rimanemmo lì, in silenzio, a riflettere sul folle stravolgimento della fortuna, quando Shaun e James arrivarono saltellando, i volti ancora sporchi di trucco di scena sbavato. Avevano tutti e due una bottiglia di cava aperta, in mano, il contenuto che si riversava spumeggiante sulle dita.

«Gesù, che vi prende, gente?» fece Shaun. «Non abbiamo appena salvato il teatro?»

«Be', dobbiamo ancora aspettare la decisione del comune, e...»

«Oh, che si fotta il comune», biascicò Shaun. «Guardate laggiù.»

Tra la folla che si stava attardando nel ridotto, forse restia a separarsi dal calore di quella serata, vedemmo una donna che puntava un registratore verso alcune persone vicino al bar. Alle sue spalle un fotografo immortalava il gruppetto sorridente.

«Il giornale della contea», ci disse James. «Che storia, eh? "Comunità si riunisce attorno al teatro minacciato di chiusura." Gesù, si scrive praticamente da sola. Andrà in cerca del Pulitzer. Il comune non potrà toccarci, dopo una cosa del genere.»

«Coraggio, dobbiamo andare», lo esortò Shaun, il braccio intorno alla schiena di James. «Andiamo a farci una pizza. Le nostre famiglie si incontrano stasera per la prima volta. Sarà un cazzo di incubo.»

James rabbrividì con forza istrionica. «Lo spettacolo sarà anche finito, ma per noi il dramma è appena cominciato», disse. «Le cose che non si fanno per amore... Oh, Tom, una certa Vanessa ti cercava, prima.»

«C'era?»

«Sì, era in giro. Non so se sia ancora qui.»

«Noi ci siamo sempre, per te», disse Shaun. «Se hai bisogno di consigli sugli appuntamenti.»

Prese James per il bavero del cappotto costoso, gridò «Ancora una volta alla breccia, caro amico» e lo trascinò fuori nella notte, oltre le porte scorrevoli. Il vuoto che lasciarono nella nostra piccola cricca fu prontamente colmato da Jay, che arrivò dall'auditorium. Sally lo accolse mettendogli un braccio intorno alle spalle, e lui ricambiò il gesto.

«Ho bisogno di farmi una birra», disse.

«Hai quindici anni! Ma sai cosa ti dico? Hai ragione. Ne abbiamo bisogno tutti e due. Dai, andiamo a casa. Credo ce ne sia qualche lattina, nel frigo. Abbiamo un po' di cose di cui parlare.»

Si voltò verso Ted e me. «Vi vedo entrambi lunedì? C'è parecchio da programmare.»

«Io porto i biscotti», si offrì Ted. «Magari anche una torta. Vedremo.»

«Ma guardatelo... comincia già a spendere il fondo per salvare il teatro. E adesso è al telefono. A chi stai scrivendo, Ted? Al direttore della tua banca?»

«No, scusate... Ho appena ricevuto un messaggio da parte di Angela, che mi dice di raggiungerla fuori, subito.» Alzò le spalle e si rimise il cellulare in tasca.

«Grazie», dissi a Sally, una volta ancora. «Non potrò mai ripagarvi. Non potrò mai ripagare nessuno dei due.»

«Nessuno è in debito con nessuno», mi rispose lei. «Era questa la morale della storia di questa sera, no? Se due persone sono in debito l'una con l'altra, non ci sono debiti da saldare. OK, andiamo, Jay. Fermiamoci a prendere una pizza, tornando a casa.»

E li guardammo andare via. Stavo per congedarmi, per andare finalmente a cercare Hannah, ma, prima che avessi il tempo di parlare, dal parcheggio giunse un rombo poderoso: il rumore inconfondibile di una motocicletta che si avvicinava.

«Oh Signore. Sono arrivati gli Hells Angels per offrirci il loro sostegno? Nel Somerset c'è una banda di biker amanti del teatro di cui ignoravo l'esistenza?»

Mi voltai verso Ted, ma non mi stava guardando; gli occhi strabuzzati, stava guardando fuori dalla porta. «Non è una banda di biker», disse. «È Angela.»

Per qualche secondo quelle parole non ebbero alcun senso, almeno fino a quando non si aprirono nuovamente le porte scorrevoli, e non apparve la moglie di Ted, con un giubbotto di pelle malconcio sopra il vestito a fiori. E con un casco da moto. Impiegò alcuni secondi per sganciare la cinghia sotto il mento. Aveva i capelli in disordine, il viso rosso.

«Dovresti essere fuori», disse a Ted.

«Io... io», rispose lui. Guardò la moglie, e poi guardò fuori, verso la Triumph Bonneville con il sidecar, un po' ammaccata e arrugginita ma apparentemente in grado di viaggiare, parcheggiata appena oltre le porte.

«Oh, quella... Ho parlato con uno degli infermieri che si occupano di mia sorella; ho scoperto che è un patito di motociclette. Si è offerto di aiutarmi con le riparazioni, quando ha saputo che si trattava di una vecchia Bonneville. È in buone condizioni, pare... perlopiù si trattava di interventi estetici, vecchio pazzoide.»

«Tu... hai riparato il mio sidecar?»

«Il *nostro* sidecar. Perde ancora un po' d'olio e i rapporti sono allentati. Parte della carrozzeria non si può sistemare. Però va. Comunque, ho fatto un corso intensivo di guida. Mi è tornata comoda questa storia del teatro: ti ha tenuto occupato mentre io me la svignavo di nascosto. Volevo rivelartelo per il tuo compleanno, la prossima settimana, ma non ho resistito e ti ho portato la moto stasera. Ho pensato di sfruttare la drammaticità della serata. Perché non mi avevi mai detto che cosa si provava a guidarla?»

«Non credevo ti importasse.»

«Forse prima no. Ma adesso mi importa. Andiamo, non vuoi portare la tua vecchia ragazza a fare un giro? Ho anche il tuo casco. Magari potremmo andare a farci un viaggio. Ho sentito dire che la Scandinavia ha delle strade magnifiche, e che la Lapponia sia stupenda.»

«Non sai quanto mi piacerebbe; ma, Angela... tua sorella?»

«Lei è al sicuro, c'è chi se ne prende cura. Non molto tempo fa, una signorina molto in gamba mi ha detto che la Julia che conoscevo avrebbe voluto che continuassi a vivere, avrebbe voluto vedermi felice. Ha ragione. Lo devo a mia sorella: devo sfruttare al massimo il tempo che ho a disposizione, senza sprecare un secondo di più. Ted, io ho te, tu hai me. Abbiamo la salute, e adesso anche un sidecar con il serbatoio pieno. Montiamo in sella e vediamo dove ci porta. Per questa sera al fish and chips e poi a casa.»

Senza dire nient'altro, Ted andò dalla moglie e la baciò; e si incamminarono insieme, a braccetto, uscirono dal teatro e sentii la moto che si avviava e sfrecciava via, nella notte, ma non vidi chi era alla guida e chi nel sidecar. Allora mi voltai e andai a cercare Elizabeth, perché adesso sapevo che cosa dovevo fare.

Il teatro si stava vuotando. Famiglia dopo famiglia, coppia dopo coppia. I tavoli allestiti per vendere le torte erano vuoti, i volontari stavano pulendo la zona intorno al bar. Diedi una mano a Natasha e Seb a portare i secchielli con le offerte nel mio ufficio; erano pieni di banconote, oltre che di monete. Avevamo otto pagine di nomi e indirizzi, sui nostri moduli. Avremmo avuto una storia potente per il comune; avremmo avuto dalla nostra la comunità cittadina e i media locali. Ma questo era un pensiero per un altro giorno. Chiusi la porta a chiave. Nel ridotto erano rimasti solo pochi ritardatari. E naturalmente, poiché il teatro è un luogo di drammi, di sorprese e di rivelazioni, c'erano due persone al bar che riconobbi immediatamente. C'era Elizabeth, disinvolta e distaccata, un po' fuori posto. E poco distante c'era Vanessa. Mi incamminai. Ci siamo, mi dissi. È il momento della verità.

«Ciao», esordii. «Grazie di essere venuta Elizabeth. Non ero sicuro di vederti, ma è dannatamente importante il fatto che tu sia venuta. Davvero.»

«E ne sono tanto felice... è stato straordinario.»

«Quando sono venuto a Gatwick, per incontrarti, pensavo sarebbe stato un completo disastro. Quanto tempo è passato, Lizzie...»

«Lo so.»

«Sono successe molte cose.»

«Lo so.»

«Quel giorno, quando sei venuta a casa nostra e poi siamo andati a passeggiare... all'improvviso ho avuto la sensazione... che fossimo una famiglia. Sembra sciocco, ma è quello che ho provato.»

Aspettò un secondo. Un secondo soltanto. «Anch'io.»

Il sole filtrato dagli alberi, la sfumatura arancio della luce; le foglie ai nostri piedi. Noi tre in fila.

«Elizabeth.»

Non tutte le storie sono lineari. Hanno un inizio, una metà e una fine, ma non necessariamente in quest'ordine; a volte turbinano e girano su se stesse come vortici.

«Sì?» Il suo sorriso mi era familiare quanto il mio.

«Tu e io», dissi. «Tu, io e Hannah. Non potrà mai più funzionare.»

La porta d'ingresso. Il taxi. Fu Hannah a dire «Mi dispiace». La mia bambina.

«Lizzie, potresti entrare in qualunque sala riunioni in qualunque parte del mondo: Dubai, Shanghai, San Francisco... ed entro trenta secondi capiresti chi è importante e chi no, chi potrebbe dare un contributo e chi sarebbe un peso morto; e sapresti come trattare con ogni singola persona che ti sta intorno. Ma quando sei entrata in casa nostra eri smarrita. Non sapevi cosa fare, chi fossi, non sapevi come dire o fare la cosa giusta. È stato tutto molto emotivo, è stato intenso, ma non è per te. Non devi dispiacerti, non devi rimediare a quello che è successo. Devi essere te stessa. Dobbiamo voltare pagina.»

Abbassò lo sguardo sulla borsetta costosa, e poi guardò l'orologio.

«Hai... c'è qualcun'altra?» mi chiese. Lo domandò quasi con indifferenza, come se mi stesse interrogando riguardo a una faccenda domestica poco importante.

Alzai gli occhi e, lungo il bancone, più in giù, c'era Vanessa, impegnata a parlare con Bob Jenkins. Lui le stava dicendo qualcosa, e lei fece no con la testa. Si girò dall'altra parte, appoggiandosi al bancone, e mi guardò.

Non so spiegarlo, ma fu come vedersi puntare addosso cento riflettori, una supernova di luce. Sentii un brusio statico nell'aria. Era come quello che si sente alla fine della performance, prima dell'applauso del pubblico.

«Una persona c'è, sì. Ma non so come stiano le cose. È presto, siamo solo all'inizio. Potrebbe non essere niente. Devo parlare con lei. Devo scoprirlo. Devo decisamente capire.»

Lizzie mi rivolse il suo largo, saggio, sorriso. «Bene», disse. «Sarà meglio che vada. Ho il volo molto presto, domattina. Devo fare ancora un sacco di cose.»

«Arrivederci», le dissi.

Ci abbracciammo, i suoi capelli mi sfiorarono il volto.

«Tom, prenditi cura della nostra bambina.»

«L'ho sempre fatto.»

«Lo so, lo so. Ma, se permetti che ti dia un consiglio, ti prego di ascoltarla. Lascia che ti dica di che cosa ha bisogno. Potrebbe non essere quello che pensi.»

Con ciò, se ne andò. La guardai uscire. Fuori dalle porte scorrevoli, nella notte buia. E poi mi girai di nuovo verso il bar, verso Vanessa.

Ma se n'era andata anche lei.

Tipico di noi due. Quando pensavo che avesse funzionato, scoprivo che non era così.

Spinsi entrambe le porte dell'auditorium, dove sapevo di trovare Hannah.

Era seduta sul bordo del palcoscenico, con le gambe penzoloni, e stava guardando Callum che ritirava cavi e attrezzatura. Si era rimessa i jeans e il maglione, il vestito era piegato, sulle ginocchia, e le paillettes catturavano ancora le luci riflettendole sul pavimento intorno a lei. Era pallida, quasi trasparente, i capelli tirati su in qualche modo, un po' in disordine. Non avrei mai saputo quanto le erano costate quelle settimane passate a progettare e a organizzare. Io avevo rinunciato a lottare, ma lei non aveva voluto, o forse non aveva potuto. In mezzo a tutto il resto, era determinata a salvare quel posto o – per usare un'espressione crudele – a morire mentre tentava di farlo. Solo quando le porte si richiusero alle mie spalle i due ragazzi alzarono lo sguardo.

«Devo fare a pugni con questo giovanotto, o l'abbiamo perdonato?» chiesi.

«Hmm, penso che abbia già sofferto abbastanza», mi rispose Hannah. «Prenderle da te sarebbe un disonore troppo grande.»

«Io, ehm, comincio a portare questa roba sul furgone», disse Callum, afferrando svelto una cassa di plastica piena di fari e attrezzi.

Scappò via, salì i gradini del palco e si diresse verso l'uscita laterale.

«Callum», lo chiamai. Lui si fermò e si voltò a guardarmi, con aria colpevole, come un attore a cui è stata suggerita la battuta che ha dimenticato. «Grazie», dissi, in tono più conciliante. «Hai fatto un buon lavoro, questa sera.»

Annuì e scappò via.

Scesi i gradini in discesa, verso il palco. E a ogni passo delle immagini scorrevano nella mia testa: immagini della bambina che avevo portato lì, giorno dopo giorno; delle volte che ci eravamo andati di ritorno da una visita in ospedale; e, naturalmente, dei nostri spettacoli messi in scena per il suo compleanno: spettacoli gioiosi ma anche ribelli, perché pensati per sfidare il ricordo della diagnosi e della minaccia che quest'ultima comportava. Nella semioscurità dell'auditorium, con una chiarezza quasi luminosa, mi resi conto che le nostre giornate insieme erano state meravigliose e piene perché avevamo intuito la fragilità di tutto quanto, anche se non avevamo voluto riconoscerla. Ma il tempo alla fine ti costringe a riconoscere ogni cosa. Il sole più splendente proietta le ombre più nere e, mentre camminavo verso Hannah, temetti il futuro più di quanto non avessi mai fatto. Oltre a un amore incalcolabile, sentii il buio sopra di me... e capii perché.

«Ti ho detto quanto sono orgoglioso di te?» riuscii a dirle, finalmente.

Hannah alzò le spalle. «Ho soltanto preso i vecchi spettacoli e li ho messi insieme. Sally mi ha dato una mano. Il grosso del lavoro l'ha fatto lei.»

«Non mi riferisco allo spettacolo di questa sera. Cioè, è stato stupendo, certo, è stato una sorpresa pazzesca... che non dimenticherò mai. Ma questo posto, per quanto importante, è sempre stato solo il ritrovo, il set. La magia eri tu, fin dal giorno in cui venisti al mondo. Sono grato e attonito per quello che hai fatto. Ma non dovevi mettere a rischio la tua salute per salvare il Willow Tree.»

«Sì, invece.» E con ciò scivolò giù dal palco. «Dovevo.»

«Perché?»

«Perché tu ne avrai bisogno... avrai bisogno di avere qualcosa.»

«Hannah...»

«Pa', ascolta... qualunque cosa succeda, tu devi lasciarmi andare... solo un pochino.»

«Non posso, piccola mia.»

«Ma devi. È dall'inizio dell'estate che provo a dirtelo. Ci ho provato. Quando sono svenuta e sono caduta giù dalle scale, il mattino dopo, in ospedale, mi sono resa conto che non potevo continuare a farti questo.»

«A farmi che cosa?»

«A contare su di te, sul fatto che sia tu a proteggere entrambi, a tenere lontano tutto quanto. Ma quella cosa da cui stiamo scappando è qui, adesso, e devo affrontarla. E tu devi fare un passo indietro. È la mia scena. È il mio monologo.»

«Non capisco», dissi. Invece capivo. Sotto sotto, capivo.

«Non riesco a farmi venire in mente le parole giuste, quindi te lo dico e basta», fece lei. «Sto per affrontare una battaglia, la più grande che mi troverò mai a combattere. Se vincerò, avrò bisogno che la vita intorno a me sia normale – o, quanto meno, normale per i nostri canoni. Ho bisogno che la vita continui, perché è questo che fa. Non prenderla nel modo sbagliato, ma ogni tanto ho bisogno che tu non ci sia. Ho bisogno che tu mi dica: Hannah, non posso starmene qui seduto a guardare questi DVD di merda, oggi, perché ho un appuntamento, o devo lavorare, o devo portare il gruppo a uno schifoso festival in un campo dimenticato da Dio, da qualche parte. Perché questo sei tu. Non voglio perdere quello che sei, pa'. Non voglio che tu metta tutto in pausa per me, non voglio averti addosso come la cupa mietitrice. Ho bisogno che tu sia tu. Così riusciremo a vincere. Lo capisci? Vinciamo vivendo.»

«Vieni qui», le dissi.

Ci abbracciammo, e la sentii leggera, e stanca. Ma sapevo che era forte abbastanza.

«Promettimi una cosa», mi chiese. «Promettimi che, se succede qualcosa, non te ne starai in casa a guardare vecchi album di foto, come un perdente totale. Uscirai, metterai in scena degli spettacoli, continuerai a vivere.»

«Te lo prometto.»

«Bene. E adesso vado a cercare il mio ragazzo, e tu non mi seguirai.»

«Hannah, io... Torna entro le dieci e mezza, o sei in punizione.»

Risalì sul palco e uscì dal set. Sentii i suoi passi allontanarsi lungo il passaggio che portava ai camerini, e all'ingresso degli artisti.

Di nuovo solo, il silenzio nel teatro divenne palpabile... anche se non c'è mai veramente silenzio, qui. L'aria in un auditorium vibra, è carica; trasporta ogni momento di tensione, ogni scoppio di risa... questi momenti rimangono per sempre, come rumori statici, come ricordi. Da qualche parte nel ronzio perpetuo ci sono i versi di Hannah ancora piccola, che correva lungo i corridoi e giù verso il palco. Quel suono sarebbe vissuto finché l'edificio fosse rimasto in piedi. Avrebbe continuato a riecheggiare. Mi sarebbe bastato ascoltare con attenzione.

Percorsi di nuovo il lungo corridoio verso le porte in fondo alla sala, e pensai che, se davvero ci eravamo guadagnati una tregua, avremmo dovuto sfruttarla: avremmo dovuto mettere in scena nuovi spettacoli, spettacoli coraggiosi, e offrire altro accanto a musical, farse da camera da letto, testi del programma scolastico, cabarettisti. Sta cambiando tutto; Internet scatenerà una rivoluzione nel modo in cui le persone guardano le cose, nel modo in cui sperimentano le storie. Pensai, tra me e me, che il responsabile di un teatro avrebbe dovuto comprendere in che direzione ci si stava muovendo, così da tenersi al passo.

Spensi le luci di sala e passai nel ridotto. Ci avrebbe pensato uno dei volontari a chiudere. Le porte di vetro si aprirono con un fruscio, e uscii nella serata che mi avvolse. La folla se n'era andata da parecchio, il parcheggio si era svuotato. Mi voltai a guardare il cartello sopra l'ingresso. *Un'opera di Hannah Rose.* Ce ne sarebbero state altre?

Quando udii la voce, ebbi un sussulto.

«Hai dimenticato dove hai lasciato l'auto?»

Indossava lo stesso vestito che aveva al nostro primo appuntamento, abbinato a un lungo impermeabile elegante. Il viso, illuminato dal bagliore degli ultimi fari, era di una bellezza straordinaria.

«Vanessa», dissi, come uno stupido. Avevo tante cose da dirle: grazie di essere venuta, grazie dell'aiuto, grazie di avermi fatto uscire da me stesso per qualche ora un'afosa sera d'agosto. Ma nessuna di queste frasi trovò la strada fino alle mie labbra, anche se Vanessa annuì comunque, apparentemente capace di leggere i miei pensieri ingarbugliati.

«C'è questo nuovo ristorante a tema, che apre vicino al cinema», mi disse. «Go Go Sushi. Dicono che i piatti viaggino su un piccolo nastro trasportatore, e che devi provare ad afferrarli quando ti passano davanti. Ho pensato, se dovessimo andarci a cena insieme... cos'è che potrebbe andare storto?»

«Non mi viene in mente niente che potrebbe costringerci a darcela a gambe, da un posto del genere.»

«Io sono libera questo venerdì... sarebbe un modo piacevole per concludere la mia prima settimana del nuovo lavoro.»

«Andata», dissi io.

Restammo così, in imbarazzo, per qualche secondo, il che probabilmente era un'anticipazione fedele di quello che mi sarei dovuto aspettare dall'appuntamento di venerdì.

«Come va il teatro?» mi chiese lei. «E Hannah come sta?»

Sorrisi. «Ci aspetta una battaglia. Combatteremo, e vinceremo. In un modo o nell'altro, vinceremo.»

Hannah

Quando arrivo a casa, dopo, mi stendo sul letto e controllo il telefono: ho decine di messaggi da ragazzi della mia scuola, che dicono cose carine sulla serata. Il più bello è di Jenna: «OMG! Mamma e papà si sono commossi così tanto che mi permetteranno di unirmi al gruppo! Potrebbero addirittura farmi scegliere arte, tra le materie A-level. Sei una star xxx».

Forse è così che funziona, nella vita. I piccoli atti d'amore si allargano verso l'esterno, come cerchi nell'acqua. Fanno capire alle persone che è possibile sperare in qualcosa. Tiro fuori dal cestino il questionario sulle materie A-level. Lo metto sulla scrivania e lo liscio come riesco. Prendo una penna. Sulla riga delle materie scelte, scrivo inglese, teatro e psicologia. Poi guardo la domanda più sotto: dove sarai tra cinque anni?

Ci penso su per qualche secondo, e poi mi viene in mente un'altra cosa, una cosa che ho appreso in passato.

In un trapianto, il team di chirurghi deve poter trasferire l'organo da donatore a ricevente entro quattro ore. Quattro ore. Quando arriva il momento, non trasportano l'organo in qualche elegante contenitore high-tech, ma in un frigo pieno di ghiaccio. Esatto, un frigo portatile. Viene portato in tutta fretta in ospedale a bordo di una motocicletta o di un elicottero, e poi deve essere riportato in vita. Venkman mi ha spiegato tutto anni fa, prima che per me si prospettasse la necessità di un trapianto. Ricordo la nostra conversazione.

«Perché ricomincia a battere?» gli chiesi.

«Be', fanno passare la corrente elettrica attraverso...»

«No, non parlo del come... la procedura medica la conosco. Intendo dire perché. Quel cuore non è che un pezzo di carne strappato da un corpo, ficcato in un frigo e poi elettrizzato con un pungolo da bestiame. È distrutto... è solo. Quindi perché torna in vita? Perché si disturba a battere ancora?»

Venkman si prese molto più tempo di quanto mi fossi aspettata, per rispondere. Tamburellava con la penna sulla cartelletta; lo sguardo vitreo era rivolto fuori dalla finestra. Alla fine, si voltò e mi guardò dritto negli occhi.

«Non c'è cosa che non voglia essere viva», mi disse.

Ed è così. Davvero. Margaret mi aveva detto che la vita va misurata in momenti... perché a differenza delle ore, dei giorni o delle settimane, i momenti durano per sempre. E io ne voglio altri. Sono determinata. Ruberò tutti quelli che posso.

«Dove sarai tra cinque anni?» mi chiede il questionario. Appoggio la penna sul foglio e scrivo: «Qui. Viva».

Carissima Willow,

ti avevo promesso che un giorno ti avrei raccontato che cosa accadde al termine della Sirenetta, *lo spettacolo che mettemmo in scena per il mio sesto compleanno. Ed ecco.*

Ricordi che, nella storia, la Sirenetta poteva scegliere se uccidere il principe, o lasciare che sposasse un'altra e morire lei stessa? Per quanta voglia avesse di vivere, non ebbe la forza di fare del male all'uomo di cui era innamorata; invece, si tuffò tra le onde di organza, e cadde verso il fondo dell'oceano.

E poi apparve Rachel, sdraiata sul palco nel suo splendido costume, con gli occhi chiusi. In sala regnava il silenzio. Ma all'improvviso qualcosa non mi quadrò. No, non era così che doveva andare.

«No», gridai, e mi staccai dai miei amici e, prima che qualcuno avesse il tempo di fermarmi, stavo salendo sul palco, dalla Sirenetta. Perché non era più uno spettacolo, non nella mia testa. Era qualcos'altro: credo che lo shock e la preoccupazione per la mia diagnosi fossero tornati con prepotenza, all'improvviso. Mi lasciai cadere accanto a Rachel.

«Puoi vincere la maledizione della strega, puoi continuare a vivere», le dissi.

Rachel aprì un occhio, mi guardò e poi si diede un'occhiata tutt'intorno, chiaramente pensando: Oddio, e adesso che cosa diavolo faccio? Ma a suo credito va detto che rimase nel personaggio. Vide che stavo piangendo, perché adesso stavo piangendo sul serio, e continuò a impersonare la Sirenetta.

«Pensi davvero che possa vivere?» mi chiese.

«Sì. Puoi. Puoi farlo.»

«Ma... ma il mio cuore è in pezzi.»

Le misi un braccio intorno alle spalle.

«Va tutto bene», la confortai. «Anche il mio.»

*E adesso era lei ad avere le lacrime agli occhi. Ricordo che il trucco le colava sulle guance, i glitter dell'eyeliner scintillavano sotto le luci. Allora mi chinai su di lei e le dissi: «*Io *però vivrò».*

Ricordo che le altre sirene sentirono, e si radunarono intorno alla loro amica. L'afferrarono per le braccia, la tirarono su; la sollevarono dal pavimento/fondo dell'oceano. Le sussurrarono delle parole di incoraggiamento. All'inizio incerta e insicura, indebolita da settimane di tormento, la Sirenetta cominciò a dimenare la coda. Delicatamente, lentamente, le amiche la lasciarono andare, e poi con un colpo di coda vigoroso riprese a nuotare. Almeno, io lo vidi così.

Willow, un giorno potrai sentirti perduta, potrai avere il cuore in pezzi: può succedere, per quanto ci sforziamo di stare attenti. La gente può essere crudele, la vita spesso è dura. Ma ci sarà sempre un luogo in cui poter scappare; può essere la musica, l'arte, possono essere i fumetti o le fiabe; magari una città, un amico. Ma ricorda: sei tu l'autrice del tuo destino, sei tu che scegli la scenografia e il testo. Non lasciare che sia un altro a dirti che cosa fare.

Oltre i rovi, oltre la foresta buia, oltre i mari agitati, oltre i lupi e le streghe, c'è un posto per te. Come ci arrivi costituisce la tua storia.

EPILOGO

27 settembre 2025

È difficile credere che siano vent'anni oggi... vent'anni dalla sera in cui Hannah, Ted e Sally salvarono il vecchio Willow Tree Theatre dalla demolizione. Era tutto talmente incerto, talmente sconcertante, i miei ricordi di quel momento sono ancora vaghi e deformati... provo a prenderli, ma loro mi sfuggono. Quella sera non potevamo sapere che il giornale locale avrebbe avviato una campagna per sostenere l'edificio, che nel suo testamento Margaret aveva lasciato una somma di denaro al Willow, e anche ad Hannah. Non sapevamo che il suo futuro era salvo... e che lo sarebbe stato anche dopo la recessione e i tagli del Consiglio delle arti, giunti solo cinque anni dopo.

Non sapevamo che di lì a sei mesi, una bella mattina di primavera, Hannah avrebbe ricevuto una chiamata dall'ospedale: era disponibile un cuore. Ci portarono all'aeroporto di Bristol, e poi a Londra con un aereo privato. Callum ci seguì in auto, con Joe. L'intervento durò sei ore e mezza e dopo, per giorni, Hannah fu una presenza intontita in mezzo a macchine e tubi. Ma ce la fece. Superò quella prova. Dopo due sole settimane uscì dal reparto di terapia intensiva, e poi dall'ospedale, e tornò a casa. Riprese colore, recuperò le forze. Era formidabile. Non riuscivamo a starle dietro. In verità, non credo di essere più riuscito a tenere il passo.

Superò gli esami nelle materie A-level; si prese un anno sabbatico e andò a stare da sua madre; studiò inglese e teatro alla Queen Mary University, a Londra. Lei e Callum scrissero il loro fumetto: *A Darkness* fu pubblicato in tiratura limitata, fu acclamato dalla critica, e Callum strinse una collaborazione con un noto autore Marvel; è diventato una star, o quasi. Hannah scrisse opere teatrali: cupe, divertenti, bizzarre, emozionanti, sulla mitologia e gli eroi. Andai alla prima presso un teatro pub di Londra. Qualche mese dopo venne messa in scena in un teatro famoso.

Quanto a me, lasciai il teatro poco dopo quella sera; Sally prese il mio posto. Avevo altre cose da vedere, da fare. Scrissi, recitai, ripresi ad andare in tour. Mi occupai di uno spettacolo a Edimburgo, dove incontrati Ted e Angela per l'ultima volta. Vanessa mi persuase addirittura a portare una modesta produzione di Shakespeare a un festival in Thailandia, dove i suoi figli rimasero con me mentre lei girava un po'. Al suo ritorno, poté togliere sedici puntine dalla sua mappa del mondo.

Dieci anni dopo, ci prendemmo un altro brutto spavento per la salute di Hannah: fu un mese tormentato, ma ancora una volta ne uscì. Decise di sposare Callum. Un'altra tappa in cui non avevamo osato sperare. Il ricevimento si tenne al Willow Tree, naturalmente. Vanessa e io riuscimmo a non farci buttare fuori.

Il tempo passò, e noi afferrammo tutte le opportunità che ci si presentarono, lasciavamo che i giorni scorressero; estati languide lasciavano il posto a lunghi inverni frizzanti. Fummo grati di ogni momento. Fummo pazienti, fummo fortunati. Ci vollero diversi mesi, ma alla fine Callum e Hannah adottarono una bambina. Un dono meraviglioso. Naturalmente, la chiamarono Willow.

La sera dello spettacolo che avrebbe salvato il teatro, Hannah mi aveva detto di avere una battaglia da combattere. E che avrebbe vinto vivendo. Visse altri diciannove anni. Morì la notte del 12 luglio del 2024. Le finestre erano aperte, una brezza lieve portava il profumo del gelsomino dal giardino. Callum dice di averle sentito sussurrare qualche parola, prima di andarsene, le labbra che sfioravano il suo orecchio. «Ruba il futuro», gli disse con un sospiro. L'ultimo.

Prima di andarsene, si era seduta a leggere con Willow ogni sera; prendeva le fiabe dallo scaffale, una alla volta, e gliele leggeva. Nessuno sapeva narrarle come lei. E questa cosa le aveva unite. Per tutta la sua vita, Hannah aveva scritto anche delle lettere alla bambina, in cui le parlava della sua infanzia. Non sapeva quanto tempo avrebbe avuto, per raccontarle la sua storia. Aveva nascosto le lettere in una cartella; le trovammo poco dopo la sua morte. Dentro, c'era anche un anello di fidanzamento con uno zaffiro.

E adesso Willow è da me, per il weekend. Nella camera che era della sua mamma. Prima le ho letto una fiaba, e lei si è tirata su a sedere e mi ha fatto delle domande che avevo già sentito, e a cui avevo già risposto tanto tempo fa. E ancora una volta mi sono fatto trovare pronto.

«La magia esiste, nonno?»

«Certamente. Non è come quella che si vede nei libri, ma esiste.»

«E le fate esistono?»

«Shhhh, sì, ma è un segreto, e non tutti sono in grado di vederle.»

«Chi è che ci riesce?»

«Le persone speciali.»

«E io sono speciale?»

«Oh sì, assolutamente.»

«E posso vederle?»

«Non lo so. Se guardi fuori dalla finestra, più tardi, potresti... Se sei così fortunata.»

Le ho dato il bacio della buonanotte e sono strisciato verso la porta. Ma non sono uscito. Ho aspettato, in silenzio, perché sapevo che cosa sarebbe successo. Non è stato facile mantenere il controllo: quei ricordi mi fanno ancora piangere, ogni tanto. Tutti i ricordi più belli contengono un pizzico di tristezza... ci danno solo uno scorcio di quello che avevamo un tempo, ma se sei pronto ad afferrare i momenti meravigliosi quando accadono, puoi sempre crearne altri.

E così sono rimasto lì, a metà fra la stanza e il pianerottolo, mentre un bagliore sommesso appariva al margine della finestra, e il suono di una musica distante si faceva via via più forte.

Nota dell'autore

Durante la stesura del mio romanzo, ho potuto contare sul supposto, l'assistenza e la conoscenza dell'incredibile team del reparto di cardiologia del Great Ormond Street Hospital. Grazie a loro mi auguro di aver offerto un ritratto autentico di un disturbo cardiaco grave, e fortunatamente molto raro. Tuttavia, il mio intento era quello di scrivere una storia, e non un manuale, pertanto in alcuni punti mi sono preso qualche libertà, rispetto alla rigida accuratezza medica. Eventuali errori e omissioni sono unicamente responsabilità del sottoscritto.

www.gosh.org
www.organdonation.nhs.uk

Ringraziamenti

Scrivere un romanzo che parla di una patologia medica grave è una sfida complessa, che intimidisce. Grazie al cielo ho potuto contare sull'aiuto prezioso dello staff del reparto di cardiologia del Great Osmond Street Hospital. Vorrei ringraziare in particolare il primario, il dottor Matthew Fenton, che ha partecipato a questo progetto sin dal principio, fornendomi informazioni mediche dettagliate, mostrandomi il reparto e rispondendo a centinaia di domande sulle cardiopatie. Grazie infinite, Matthew, sei stato di grande ispirazione. Un sentito ringraziamento anche all'infermiera specialista clinica Jane Crook, che mi ha offerto una panoramica fondamentale sugli effetti emotivi e psicologici dei disturbi cardiaci, oltre a un'infinità di notizie sulle cure e una miriade di altri aspetti della cardiologia. Mia sorella Catherine, infermiera caporeparto al GOSH, mi è stata di enorme aiuto, mettendomi in contatto con il personale e facendomi compagnia davanti a un caffè, dopo. Quanti caffè abbiamo bevuto!

Grazie a Sarah Ryrie, che si è seduta con me e mi ha raccontato della sua convivenza con una malattia cardiaca. Grazie a Pippa Goldfinger, per le informazioni utili sull'infrastruttura e la burocrazia dei municipi locali. A Claudia Pepler, che mi ha spiegato il suo lavoro di direttrice del Merlin Theatre di Frome. A Malcom Rippeth, esperto tecnico luci, che mi ha aiutato a comprendere l'utilizzo dell'illuminazione in scena. A Kieron Gillen, Emma Vieceli e Kev Sutherland, che hanno generosamente condiviso con me le loro conoscenze in materia di fumetti, storia del fumetto ed eventi nell'ambiente.

Grazie molte a Chris e Caitlin Mosler, a Ruth Price e Poppy Andrews, e a Harris West, che mi hanno aiutato a capire la vita delle adolescenti e dei loro genitori nel Ventunesimo secolo. Grazie a Lisa Merryweather-Millard, che mi ha accompagnato in un tour del Frome College, rispondendo a un sacco di domande sugli adolescenti moderni.

Grazie ai miei colleghi del *Guardian*: Jonathan Haynes, Alex Hern e Samuel Gibbs. Grazie ai miei meravigliosi amici Simon Parkin, Will Porter, Christian Donlan, João Diniz Sanches, Simon Attfield e Kat Brewster. Un ringraziamento speciale alla mia *partner in crime*, Jordan Erica Webber, per l'aiuto, la saggezza, i consigli, l'amicizia. Grazie a Jules May Brown e a Brigid Moss, per gli incontri regolari del club di scrittura, sempre altamente stimolanti.

Buona parte di questo libro è stata scritta in pub e caffè, nella zona di Frome. Ringrazio di cuore il personale del River House café, del Talbot Inn, di Sam's Deli e di Babington House, per l'accoglienza calorosa e la pazienza.

Non potrò mai sottolineare abbastanza quanto sia grato al gruppo appassionato e meraviglioso di Little, Brown, in particolare al mio editor Ed Wood, al mio editore, Cath Burke, a Thalia Proctor, desk editor, a Clara Diaz, responsabile delle relazioni esterne, e alle star dei diritti esteri, Andy Hine, Kate Hibbert, Sarah Birdsey e Joe Dowley.

Grazie alle persone più importanti della mia vita: i miei figli, Zac e Albie, e mia moglie Morag, che hanno letto ogni parola durante la stesura, che mi hanno dato consigli, hanno avuto idee brillanti e mi hanno fatto credere di poter andare fino in fondo anche quando non mi sembrava possibile. Grazie. Di tutto.

NARRATORI CORBACCIO

Isabel Abedi, *Sono nel tuo sogno*
Alan D. Altieri, *Kondor*
Alan D. Altieri, *L'uomo esterno*
Alan D. Altieri, Magdeburg. *L'Eretico*
Alan D. Altieri, Magdeburg. *La Furia*
Alan D. Altieri, Magdeburg. *Il Demone*
Alan D. Altieri, *Ultima luce*
Zachary Anderegg e Pete Nelson, *Quello che ho imparato da Riley*
Vanessa Barbara, *La lunga notte del signor Otto*
Kathleen Barber, *Il bivio*
Detlef Bluhm, *Il gatto che arrestava i malviventi*
Annamaria Bonucci, *Il futuro è lunedì*
Jennifer Bosworth, *Colpo di fulmine*
Alina Bronsky, *Outcast*
Paul Bühre, *Noi (e voi)*
Joanna Cannon, *A proposito di Elsie*
Joanna Cannon, *Equivoci e bugie*
Stefano D'Andrea, *La vita è una pizza*
Damian Dibben, *Il custodi della storia*
Damian Dibben, *L'enigma dell'Impero*
Andrea di Robilant, *Autunno a Venezia*
Andrea di Robilant, *Sulle tracce di una rosa perduta*
Andrea di Robilant, *Un amore veneziano*
Zana Fraillon, *Fuori dal buio*
Zana Fraillon, *Il bambino che narrava storie*
Diana Gabaldon, *Lord John e i fantasmi del passato*
Diana Gabaldon, *Lord John e una questione personale*
Diana Gabaldon, *Lord John e una verità inaspettata*
François Garde, *Il ritorno del naufrago*
Kerstin Gier, *Red*
Kerstin Gier, *Blue*
Kerstin Gier, *Green*
Kerstin Gier, *Silver. Il libro dei sogni*
Kerstin Gier, *Silver. La porta di Liv*

Kerstin Gier, *Silver. L'ultimo segreto*
Kerstin Gier, *Il castello tra le nuvole*
C.W. Gortner, *L'ultima regina*
C.W. Gortner, *L'artiglio del leone*
David Grann, *Gli assassini della Terra Rossa*
David Grann, *Il vecchio e la pistola*
Robert Graves, *Il divo Claudio*
Jan Guillou, *La Badessa*
Jan Guillou, *Il ponti di Bergen*
Jan Guillou, *La moglie straniera*
Jan Guillou, *L'erede del Templare*
Jan Guillou, *Il Saladino*
Jan Guillou, *Il Templare*
Sue Halpern, *Una ladra in biblioteca*
Torey L. Hayden, *La foresta dei girasoli*
Torey L. Hayden, *Il gatto meccanico*
Torey L. Hayden, *L'innocenza delle volpi*
Debra Jo Immergut, *La prigioniera*
Hape Kerkeling, *All'aria aperta*
Lenz Köppelstatter, *Omicidio sul ghiacciaio*
Elsa Lewin, Io, *Anna*
Nell Leyshon, *Il colore del latte*
Charlotte Link, *Profumi perduti*
Charlotte Link, *Quando l'amore non finisce*
Charlotte Link, *Una difficile eredità*
Charlotte Link, *Venti di tempesta*
Giuseppe Marotta, *E i bambini osservano muti*
Giuseppe Marotta, *Sfrattati*
Martignoni, Elena e Michela, *I Borgia*
Emilio Martini, *Chiodo fisso*
Emilio Martini, *Farfalla nera*
Emilio Martini, *Il mistero della gazza ladra*
Emilio Martini, *Invito a Capri con delitto*
Emilio Martini, *Il ritorno del Marinero*
Emilio Martini, *La regina del catrame*
Carine McCandless, *Into the wild truth*
Silvia Metzeltin, *Polvere nelle scarpe*
Ashley Edward Miller & Zack Stentz, *Questione di dettagli*
Simon Montefiore, *L'amore ai tempi della neve*
Simon Montefiore, *Cieli di fuoco*
Simon Montefiore, *Sašenka*
Eloy Moreno, *Lungo le strade della nostra vita*

Eloy Moreno, *Ricomincio da te*
J.B. Morrison, *La fantastica storia dell'ottantunenne investito dal camioncino del latte*
J.B. Morrison, *Un ottantaduenne, un gatto e una fantastica vacanza*
Véronique Mougin, Il filo di Auschwitz
Laura Norton, *Non è colpa del karma*
Francesco Ongaro, *L'uomo che cambiò i cieli*
James Patterson, Il giullare
Jodi Picoult, *Intenso come un ricordo*
Jodi Picoyult, *La solitudine del lupo*
Jodi Picoult, *Leaving*
Jodi Picoult, *Piccole grandi cose*
Martin Pistorius, *Il ragazzo che si risvegliò uomo*
Véronique Poulain, *Un diverso sentire*
Ayn Rand, *Ideale*
Ayn Rand, *La rivolta di Atlante. Il Tema*
Ayn Rand, *La rivolta di Atlante. L'uomo che apparteneva alla terra*
Ayn Rand, *La rivolta di Atlante. L'Atlantide*
Ayn Rand, *Noi vivi*
Amanda Reynolds, *L'anno che è passato*
A.G. Roemmers, *Il ritorno del giovane principe*
Pascal Ruter, *La nuova vita di nonno Napoléon*
Daniel Sánchez Pardos, *La dama di Barcellona*
Daniel Sánchez Pardos, *Il segreto di Gaudí*
Joe Simpson, *Il suono del silenzio*
Robin Sloan, *Il magico pane dei fratelli Mazg*
Robin Sloan, *Il segreto della libreria sempre aperta*
Mahsuda Snaith, *Le cose che credevamo di sapere*
Keith Stuart, *Giorni meravigliosi*
Keith Stuart, *La morbidezza degli spigoli*
Simonetta Tassinari, *La casa di tutte le guerre*
Ann Kidd Taylor, *Hotel delle muse*
Nils Uddenberg, *Il vecchio e il gatto. Una storia d'amore*
Laurens van der Post, *Una storia come il vento*
Carla Vistarini, *Se ho paura prendimi per mano*
Carla Vistarini, *Se ricordi il mio nome*
Nicole C. Vosseler, *La luna color zafferano*
Louise Walters, *Il libro dei ricordi perduti*
Chi Zijian, *Ultimo quarto di luna*

KEITH STUART

LA MORBIDEZZA DEGLI SPIGOLI

Sam, un ragazzino di otto anni, è sempre stato diverso: bellissimo, sorprendente e autistico. Per amore suo e della sua famiglia, il papà Alex ha sempre cercato un modo per intendersi con Sam, ma lo sforzo, quotidiano e sfibrante, porta a una crisi matrimoniale che sembra irreversibile. Alex decide di allontanarsi dalla moglie e va ad abitare a casa di Dan, il suo migliore amico felicemente scapolo ed eterno adolescente, e da una scomodissima branda per gli ospiti medita su come fare per riconquistare moglie e figlio.
Mentre Alex naviga a vista nella sua nuova vita da single fra segreti di famiglia rimasti a lungo sepolti e gli impegni di padre part-time, Sam incomincia a giocare a Minecraft, rivelando uno spazio inatteso in cui padre e figlio riescono a intendersi.
La morbidezza degli spigoli, basato sull'esperienza vera dell'autore, è un romanzo commovente, divertente e profondo sulla forza della differenza e su un figlio molto molto speciale.

CORBACCIO

SUE HALPERN

UNA LADRA IN BIBLIOTECA

Le persone vanno in biblioteca per i motivi più vari. Molte ci vanno per i libri, naturalmente, altre per trovare compagnia. Quanto a Kit, che lavora nella biblioteca pubblica di Riverton, cittadina industriale in crisi nello New Hampshire, lei cerca essenzialmente la pace. Qui nessuno si metterebbe a rivangare gli eventi traumatizzanti che l'hanno spinta ad abbandonare la città, la famiglia e il suo posto in società. E lei può proteggersi con i suoi amati libri e cercare di dimenticare. Ma tutto cambia quando si presenta una ragazzina quindicenne, Solstice detta Sunny, arrestata per aver rubato un vocabolario in un negozio e condannata dal giudice a lavorare in biblioteca per un periodo di tre mesi. Sunny è una persona curiosa, brillante, aperta e desiderosa di allontanarsi da una famiglia soffocante. Kit inizialmente è infastidita dall'invadenza di Sunny, ma proprio grazie a lei incomincia a uscire dal bozzolo di isolamento che si era autoimposto, e a conoscere meglio i frequentatori, talora emarginati ma sempre interessanti e originali, di questa piccola biblioteca che è diventata il cuore pulsante del paese. E a mano a mano che Kit e Sunny fanno i conti con il proprio passato, insieme si aiuteranno a riappropriarsi della propria vita.

CORBACCIO

Fotocomposizione:
Nuovo Gruppo Grafico s.n.c. - Milano

Finito di stampare
nel mese di febbraio 2019
dalla Grafica Veneta S.p.A.
di Trebaseleghe (PD)
Printed in Italy